CW00703893

MENSONGES SUR LE DIVAN

Professeur émérite de psychiatrie à Stanford, Irvin Yalom est l'auteur – entre fiction, philosophie et psychothérapie – de nombreux essais, romans ou récits, best-sellers dans le monde entier, dont *La Méthode Schopenhauer*, *Le Bourreau de l'amour*, *Le Jardin d'Épicure*, *En plein cœur de la nuit*, *Le Problème Spinoza* (lauréat du Prix des lecteurs du Livre de Poche en 2014) ou encore *Créatures d'un jour*.

IRVIN D. YALOM

Mensonges sur le divan

ROMAN TRADUIT DE L'ANGLAIS (ÉTATS-UNIS) PAR CLÉMENT BAUDE

LE LIVRE DE POCHE

Titre original :

LYING ON THE COUCH
Publié par Basic Book.

À l'avenir – Lily, Alana, Lenore, Jason, Desmond.
Que vos vies soient merveilleuses.

Prologue

Ernest adorait son métier de psychothérapeute. Jour après jour, ses patients l'invitaient dans les recoins les plus secrets de leurs vies. Jour après jour, il les rassurait, prenait soin d'eux, soulageait leur peine. En retour, il était admiré, il était choyé. Et payé, aussi, même si, se disait-il souvent, il aurait pratiqué son métier pour rien s'il n'avait pas eu besoin de cet argent.

Bien chanceux celui qui aime son travail. Et Ernest s'estimait chanceux. Plus que cela, même : béni. Voilà un homme qui avait trouvé sa vocation, un homme qui pouvait affirmer haut et fort : « Je suis exactement à la place qui est la mienne, au carrefour de mes talents, de mes intérêts et de mes passions. »

Ernest n'était pas croyant. Mais lorsqu'il ouvrait son agenda chaque matin et voyait les noms des huit ou neuf êtres chers avec lesquels il allait passer la journée, il était alors gagné par un sentiment qu'il ne pouvait qualifier que de religieux. Dans ces moments-là, il éprouvait un désir profond de dire « merci » – à quelqu'un, à quelque chose – merci pour l'avoir mené à sa vocation.

Certains matins, il regardait le ciel par la mansarde de son appartement victorien de Sacramento Street, à travers la brume matinale, et il imaginait ses glorieux ancêtres en psychothérapie flotter au beau milieu de l'aurore.

« Merci, merci », scandait-il. Il les remerciait tous, tous ces guérisseurs qui avaient soigné le désespoir. D'abord, les premiers ancêtres, dont les traits sublimes étaient à peine visibles : Jésus, Bouddha, Socrate. Au-dessous d'eux, déjà un peu plus distincts, les grands fondateurs : Nietzsche, Kierkegaard, Freud, Jung. Plus proches encore, les grands-parents thérapeutes : Adler, Horney, Sullivan, Fromm et le doux visage souriant de Sándor Ferenczi.

Quelques années plus tôt, ils avaient répondu à son cri de détresse lorsque, après son internat, il avait suivi la voie de tous les jeunes neuropsychiatres ambitieux en se lançant dans la recherche neurochimique – le visage de l'avenir, l'arène dorée de la réussite personnelle. Les ancêtres comprirent qu'il s'était égaré. Sa place n'était pas dans un laboratoire scientifique, ni dans une quelconque activité psychopharmaceutique dispensant des médicaments.

Ils lui envoyèrent alors un messager – un drôle de messager – pour le guider vers son destin. Ernest ne savait pas *comment* il avait décidé de devenir thérapeute. Mais il se rappelait *quand*. Il se rappelait ce jour avec une précision étonnante. Et il se souvenait aussi du messager en question : Seymour Trotter, un homme qu'il ne vit qu'une seule fois, mais qui changea sa vie à jamais.

Six ans plus tôt, le directeur du département d'Ernest lui avait demandé de travailler pendant quelque temps au comité de déontologie médicale de l'hôpital de Stanford. La première procédure disciplinaire qu'Ernest eut à traiter concernait le Dr Trotter. Âgé de soixante et onze ans, Seymour Trotter était l'un des patriarches de la communauté psychiatrique, en plus d'être l'ancien président de l'Association américaine de psychiatrie. On l'accusait d'avoir abusé sexuellement d'une patiente de trente-deux ans.

À l'époque, Ernest était professeur assistant de psychiatrie ; il avait achevé son internat quatre ans plus tôt. Chercheur en neuropsychiatrie à temps complet, il ignorait tout de l'univers de la psychothérapie, ignorant même qu'on lui avait confié ce dossier épineux parce que personne d'autre n'en voulait : tous les psychiatres un peu expérimentés de la Californie du Nord vénéraient Seymour Trotter autant qu'ils le craignaient.

Pour son entretien, Ernest choisit un austère bureau administratif de l'hôpital ; il adopta un air solennel, regardant sa montre en attendant le Dr Trotter, le dossier d'accusation posé sur le bureau devant lui, pas encore ouvert. Pour ne pas risquer d'être influencé, Ernest avait décidé d'interroger l'accusé sans rien connaître du dossier, donc d'écouter son histoire sans préjugé d'aucune sorte. Il lirait le dossier plus tard et, si nécessaire, organiserait un second entretien.

Il entendit soudain des coups réguliers, qui provenaient du couloir. Se pouvait-il que le Dr Trotter fût aveugle ? Personne ne l'y avait préparé, ni ne l'avait prévenu. Les tac-tac, suivis par des pas traînants, s'approchèrent. Ernest se leva et entra dans le couloir.

Non, pas aveugle. Boiteux. Le Dr Trotter titubait dans le hall, son corps se balançant péniblement entre deux cannes. Il était plié en deux et tenait ses cannes très écartées, presque à bout de bras. Ses belles pommettes fermes et son menton avaient encore fière allure, mais toutes les parties plus molles de son visage avaient été colonisées par des rides et des taches de vieillesse. De lourds replis de peau pendaient à son cou et des touffes de poils blancs sortaient de ses oreilles. L'âge n'avait pourtant pas abattu cet homme : quelque chose de jeune, voire d'enfantin, avait survécu. Mais quoi ? Peut-être ses cheveux, gris et épais, à la coupe militaire ; ou alors son accoutrement, une veste en jean bleue sur un pull à col roulé blanc.

Ils se présentèrent l'un à l'autre au seuil du bureau. Le Dr Trotter fit deux pénibles pas pour entrer dans la pièce, leva soudain ses cannes, se retourna vigoureusement et, comme par le plus grand des miracles, fit une pirouette directe jusqu'à son siège.

« Dans le mille ! Surpris, hein ? »

Ernest ne devait en aucun cas se laisser distraire. « Est-ce que vous connaissez la raison de cet entretien, docteur Trotter ? Est-ce que vous comprenez aussi pourquoi je l'enregistre sur cassette ?

— J'ai cru comprendre que l'administration de l'hôpital voulait me remettre le prix du meilleur employé du mois. »

Derrière ses épaisses lunettes, Ernest ne dit rien, regardant devant lui sans sourciller.

« Pardon, reprit le Dr Trotter. Je sais bien que vous devez faire votre boulot, mais vous savez… quand vous aurez dépassé les soixante-dix ans, les bonnes blagues de ce genre-là vous feront sourire. Oui, soixante et onze ans la semaine dernière. Et vous, quel âge avez-vous, docteur… ? J'ai oublié votre nom. Toutes les minutes, dit-il en se tapotant la tempe, une douzaine de mes neurones tombent comme des mouches. Le plus drôle, c'est que j'ai publié cinq articles sur la maladie d'Alzheimer… naturellement je ne sais plus où, mais dans de bonnes revues. Vous étiez au courant ? »

Ernest secoua la tête.

« Donc vous ne saviez pas, et moi j'ai oublié. On est donc à peu près quittes. Vous savez quels sont les deux grands avantages de la maladie d'Alzheimer ? D'abord, vos vieux amis deviennent vos nouveaux amis, et ensuite vous pouvez cacher vos propres œufs de Pâques. »

Bien qu'agacé, Ernest ne put s'empêcher de sourire.

« Vos nom, âge et courant de pensée ?

— Je suis le Dr Lash. Peut-être que le reste ne s'impose pas vraiment, docteur Trotter. Nous avons beaucoup de choses à aborder aujourd'hui.

— Mon fils a quarante ans. Vous ne pouvez pas être plus âgé que ça. Je sais que vous êtes diplômé de Stanford. Je vous ai entendu parler à des conférences l'année dernière. Vous vous en étiez bien sorti. Présentation très claire. On ne parle plus que de psychopharmacie, maintenant, n'est-ce pas ? Quel genre de formation psychothérapeutique recevez-vous aujourd'hui ? D'ailleurs, est-ce que vous en recevez une, au moins ? »

Ernest ôta sa montre et la posa sur le bureau. « Une prochaine fois, je serai ravi de vous envoyer une copie du programme de Stanford. Mais pour le moment, je vous en prie, parlons de ce qui nous intéresse, docteur

Trotter. Peut-être serait-il préférable que vous me parliez d'abord de Mme Felini.

— D'accord, d'accord, d'accord... Vous voulez que je sois sérieux, que je vous raconte mon histoire. Asseyez-vous, *boychik*[1], et je vous raconterai une histoire. Commençons par le commencement. C'était il y a environ quatre ans – au moins quatre ans... j'ai égaré tous mes dossiers sur cette patiente... quelle date indique votre dossier d'accusation ? Quoi ? Vous ne l'avez pas lu. Par flemme ? Ou pour éviter une influence non scientifique ?

— Je vous en prie, docteur Trotter, poursuivez.

— Le premier principe d'un entretien est de créer un environnement favorable, une confiance. Maintenant que vous avez fait cela, et très habilement, je me sens beaucoup plus libre de parler de toutes ces choses aussi douloureuses qu'embarrassantes. Ah, j'ai fait mouche ! Méfiez-vous, docteur Lash, cela fait quarante ans que je lis sur les visages. Je suis très doué pour ça. Mais une fois que vous aurez fini de m'interrompre, je vais commencer. Vous êtes prêt ?

« Bien. Il y a des années de cela, disons à peu près quatre ans, une femme, nommée Belle, débarque, ou plutôt se traîne, dans mon bureau... je dirais même, se traînouille dans mon bureau – se traînouille, oui, c'est mieux. Ça existe, le verbe *se traînouiller* ? Environ trente-cinq ans, très bon milieu – d'origine suisse et italienne –, déprimée, vêtue d'une blouse à manches longues en plein été. Suicidaire manifestement, les poignets couverts de cicatrices. Si vous

---

1. En yiddish américain : terme affectueux, « mon garçon ». *(Toutes les notes sont du traducteur.)*

voyez des manches longues en plein été, alors attention : patient difficile ; pensez toujours à des entailles aux poignets ou à des injections de drogue, docteur Lash. Belle femme, très jolie peau, des yeux fascinants, bien habillée. La classe, mais au bord du délabrement.

« Un long passé d'autodestruction. Tout ce que vous voudrez : la drogue, elle a tout essayé, sans exception. La première fois que je l'ai vue, elle était revenue vers l'alcool et touchait un peu à l'héroïne. Mais pas vraiment accro, non plus. D'une certaine manière, elle n'avait pas le talent pour cela – certaines personnes sont comme ça –, mais elle y travaillait. De gros troubles de l'alimentation, également. Surtout de l'anorexie, mais aussi, parfois, des purges boulimiques. J'ai déjà mentionné les entailles : très nombreuses, tout le long des deux bras et sur les deux poignets – elle aimait la douleur et le sang, c'étaient les seuls moments où elle se sentait vivante. Vous entendrez toujours les patients vous dire ça. Une demi-douzaine d'hospitalisations, mais brèves. Elle quittait toujours l'hôpital au bout d'un ou deux jours. Et les infirmiers étaient ravis quand elle partait. Elle excellait, un vrai petit génie, au jeu de l'engueulade permanente. Vous vous rappelez *Des jeux et des hommes*, d'Éric Berne[1] ?

« Non ? J'imagine que vous n'étiez pas encore né. Mon Dieu, je me sens vieux… Un bon bouquin – Berne n'était pas idiot. Lisez-le, parce qu'il ne doit pas tomber aux oubliettes.

---

1. Éric Berne (1910-1970), psychiatre canadien, fondateur de l'analyse transactionnelle.

« Mariée, sans enfant. Elle refusait d'en avoir, disant que le monde était trop atroce pour l'infliger à des enfants. Un bon mari, mais une relation pourrie jusqu'à l'os. Lui voulait désespérément des enfants, du coup les deux s'engueulaient beaucoup à ce propos. Comme son père à elle, il travaillait dans une banque d'investissement et voyageait tout le temps. Quelques années après leur mariage, le mari a perdu toute sa libido, ou l'a peut-être reportée sur l'argent : il en a gagné pas mal, mais n'a jamais vraiment touché le gros lot comme le papa de madame. Il était sur-occupé, il dormait avec son ordinateur. Peut-être même qu'il baisait avec, qui sait ? Ce qui est certain, c'est qu'il ne baisait pas Belle. Selon elle, il l'avait évitée pendant des années, sans doute parce qu'il était furieux qu'elle ne veuille pas d'enfant. Difficile de comprendre comment ils ont pu rester ensemble. Lui avait grandi dans un foyer de la Science chrétienne et, fort logiquement, refusait les thérapies de couple, voire toute forme de psychothérapie. Mais elle reconnaît qu'elle n'a jamais fait de gros efforts non plus. Voyons… quoi d'autre ? Aidez-moi, docteur Lash.

« Sa précédente thérapie ? Bien. Question importante. Je la pose toujours dans la première demi-heure. Depuis l'adolescence, des thérapies sans interruption, ou disons… des essais de thérapie. Elle a vu tous les psy de Genève et a même déménagé quelque temps à Zurich pour une psychanalyse. Elle est venue aux États-Unis pour ses études – à Pomona – et a enchaîné thérapeute sur thérapeute, souvent pour une seule séance. Avec trois ou quatre d'entre eux, elle a réussi à tenir quelques mois, mais elle n'est jamais vraiment parvenue à se fixer. Belle était…

Belle *est* très cassante : personne n'est assez bien, en tout cas assez bien pour elle. Avec chaque psychothérapeute, toujours un problème : trop formel, trop pompeux, trop donneur de leçons, trop condescendant, trop intéressé par le fric, trop froid, trop occupé à faire son diagnostic, trop tenté par les recettes magiques. Des médicaments ? Des tests psychologiques ? Des protocoles comportementaux ? N'y songez pas : quiconque lui proposait ça se faisait étriller immédiatement. Quoi d'autre ?

« Pourquoi m'a-t-elle choisi ? Excellente question, docteur Lash. Ça permet de recentrer la discussion et d'aller plus vite. Nous ferons de vous un vrai psychothérapeute. J'y ai pensé la première fois en vous écoutant pendant vos conférences. Bon esprit, incisif. Ça se voyait quand vous présentiez vos résultats. Mais ce que j'ai le plus aimé, c'était votre présentation de cas, en particulier la manière dont vous laissez les patients vous émouvoir. Je me suis rendu compte que vous aviez tous les bons réflexes. Carl Rogers disait : "Ne perdez pas votre temps à former des thérapeutes : vous feriez mieux de les *sélectionner*." J'ai toujours accordé beaucoup de crédit à cette phrase.

« Voyons… où en étais-je ? Ah oui, comment elle a atterri chez moi. Son gynécologue, qu'elle adorait, était un de mes anciens patients. Il lui a dit que j'étais un type ordinaire, sans baratin, et prêt à mettre les mains dans le cambouis. Elle a consulté mes textes dans une bibliothèque et apprécié un article que j'avais écrit il y a quinze ans sur Jung, plus précisément sur sa volonté d'inventer un nouveau langage thérapeutique pour chaque patient. Vous connaissez cet article ? Non ? Il se trouve dans le *Journal of*

Orthopsychiatry. Je vous en enverrai un numéro. Je suis même allé plus loin que Jung, puisque j'ai proposé qu'on invente une nouvelle thérapie pour chaque patient, qu'on prenne au sérieux cette idée que chaque patient est unique, et qu'on développe une psychothérapie unique pour chacun d'entre eux.

« Du café ? Oui, je veux bien. Noir. Merci bien. Voilà donc comment elle est arrivée dans mon bureau. Et la question suivante, docteur Lash ? *Pourquoi à ce moment précis ?* Exactement. C'est toujours une question à forte valeur ajoutée à poser au nouveau patient. La réponse : comportement sexuel dangereux. Même elle s'en rendait compte. Elle avait toujours fait des trucs comme ça, mais là, les choses commençaient à devenir vraiment inquiétantes. Figurez-vous qu'elle avait pour habitude de conduire sur l'autoroute, de se mettre au niveau des camions ou des camionnettes, de relever sa jupe et de se masturber – le tout en faisant du cent vingt kilomètres à l'heure. Complètement dingue. Elle prenait ensuite la première sortie et, si le conducteur la suivait, elle s'arrêtait, montait dans sa cabine et lui faisait une turlute. De quoi se faire tuer. Et très souvent, en plus. Elle se contrôlait si peu que, lorsqu'elle s'ennuyait, elle allait dans un bar miteux de San José, parfois un bar de chicanos, parfois de Noirs, et elle se chopait un type. Elle prenait son pied en se mettant dans des situations dangereuses, entourée par des inconnus potentiellement violents. Et le danger venait non seulement des hommes, mais aussi des prostituées qui n'appréciaient pas qu'elle chasse sur leurs terres. Elles la menaçaient de mort, elle devait changer d'endroit à chaque fois. Le sida, l'herpès, l'amour protégé, les capotes ? C'était comme si elle n'en avait jamais entendu parler.

« Voilà donc, en gros, qui était Belle lorsque nous avons commencé. Vous voyez le tableau ? Vous avez des questions, ou je continue ? D'accord. Donc, lors de notre première séance, je lui ai fait passer tous les tests. Elle est revenue une deuxième fois, puis une troisième, et nous avons commencé le traitement, deux, voire trois fois par semaine. J'ai passé une heure entière à écouter l'histoire détaillée de son travail avec les précédents thérapeutes. C'est toujours une bonne méthode quand vous avez en face de vous un patient difficile, docteur Lash. Essayez de voir comment on l'a traité pour éviter les mêmes erreurs. Oubliez toutes ces conneries sur le patient qui ne serait pas prêt pour la thérapie ! *C'est la thérapie qui n'est pas prête pour le patient.* Mais vous devez être suffisamment audacieux et imaginatif pour élaborer une nouvelle thérapie pour chaque patient.

« Belle Felini ne faisait pas partie de ces patients qu'on aborde avec une technique traditionnelle. Si j'étais resté dans mon rôle classique – écouter son histoire, réfléchir, compatir avec elle, interpréter –, alors c'était foutu, elle serait partie. Croyez-moi. *Sayonara. Auf wiedersehen.* C'est ce qu'elle avait fait avec tous les psychothérapeutes précédents – et beaucoup d'entre eux étaient réputés. Vous connaissez la vieille blague : l'opération a été un succès, mais le patient est mort.

« Quelles techniques ai-je employées ? Je crains que vous n'ayez pas bien compris. *Ma technique consiste à abandonner toute technique !* Et ce n'est pas pour faire le malin que je vous dis cela, docteur Lash :

c'est tout simplement la première règle d'une bonne thérapie. Et ça devra être également la vôtre, si vous voulez devenir psychothérapeute. J'ai essayé d'être plus humain, moins mécanique. Je ne prépare jamais de plan thérapeutique précis – au bout de quarante ans de travail, vous n'en ferez pas non plus. Je me fie à mon intuition. Mais vous débutez, ce n'est pas très juste de ma part. Quand j'y repense, je crois que l'aspect le plus marquant de la pathologie de Belle reste son impulsivité : elle veut quelque chose, paf ! elle doit l'obtenir tout de suite. Je me rappelle avoir voulu accroître sa résistance à la frustration. C'était mon point de départ, l'objectif premier, numéro un, de ma thérapie. Voyons… comment avons-nous commencé ? J'ai du mal à me souvenir du début, sans mes notes… c'était il y a tellement longtemps.

« Je vous ai déjà dit que j'avais perdu toutes ces notes. Je vois que votre visage exprime le doute. Les notes n'existent plus. Disparues quand j'ai déménagé de mon bureau, il y a à peu près deux ans. Vous n'avez d'autre choix que de me croire.

« Ce dont je me souviens surtout, c'est qu'au début, les choses se sont bien mieux passées que je n'aurais pu l'imaginer. Je ne sais pas bien *pourquoi*, mais Belle m'a tout de suite trouvé sympathique. Ce n'était certainement pas dû à mon apparence. Je venais d'être opéré de la cataracte et mon œil était épouvantable à voir. Et mon ataxie n'augmentait pas particulièrement mon *sex appeal*… il s'agit d'une ataxie cérébelleuse congénitale, si vous voulez tout savoir. Elle poursuit son chemin, inexorablement :

d'ici un an ou deux un déambulateur, et dans trois ou quatre ans un fauteuil roulant. *C'est la vie*[1].

« Je crois que Belle m'aimait bien parce que je la traitais comme un être humain. J'ai fait exactement ce que vous êtes en train de faire ; et je veux vous dire, docteur Lash, que je vous en sais gré. Je n'ai lu aucun de ses dossiers. J'y suis allé à l'aveugle, je voulais être vierge de tout préjugé. Belle ne s'est *jamais* réduite à un simple diagnostic pour moi : pas de maniaco-dépression, pas de dysfonctionnement alimentaire, pas de syndrome antisocial ou compulsif. C'est comme ça que j'aborde tous mes patients. Et j'espère bien ne jamais être réduit à un simple diagnostic pour vous.

« Comment ? Si je pense que le diagnostic a droit de cité ? Eh bien, je sais que maintenant, tous les jeunes diplômés, comme l'ensemble de l'industrie pharmaceutique d'ailleurs, ne jurent plus que par le diagnostic. Les revues de psychiatrie sont remplies de discussions absurdes sur les nuances du diagnostic. Désastres en perspective. Je sais que le diagnostic est important dans certaines psychoses, mais il joue un rôle minime, voire un rôle négatif, dans la psychothérapie au jour le jour. Avez-vous jamais réfléchi au fait qu'il est plus facile d'établir un diagnostic la première fois que vous voyez un patient, mais que plus vous le connaissez, plus ça devient difficile ? Demandez à n'importe quel psychothérapeute un peu aguerri : en privé, il vous répondra exactement la même chose ! En d'autres termes, la certitude est

---

1. En français dans le texte.

inversement proportionnelle à la connaissance. Pour de la science, c'est de la science, n'est-ce pas ?

« Ce que je veux vous dire, docteur Lash, ce n'est pas seulement que je n'ai fait aucun diagnostic sur Belle : je n'ai même pas *pensé* en termes de diagnostic. Et je ne le fais toujours pas. Malgré ce qui est arrivé, malgré ce qu'elle m'a fait, je ne pense toujours pas en ces termes. Et je crois qu'elle en avait parfaitement conscience. Nous étions simplement deux personnes entrées en contact. Et j'aimais bien Belle. Je l'ai toujours bien aimée. Beaucoup ! Cela aussi, elle le savait. C'est peut-être *ça*, l'essentiel.

« Cela dit, Belle n'était pas une patiente facile pour une thérapie de discussion, à tous les points de vue : impulsive, tournée vers l'action, pas curieuse d'elle-même, refusant l'introspection, incapable de coopérer sereinement. Elle ne parvenait jamais à satisfaire aux exigences traditionnelles de la thérapie – autoexamen et introspection –, ce qui lui donnait une image encore pire d'elle-même. *Voilà pourquoi* la thérapie avait toujours lamentablement échoué avec elle. Et voilà pourquoi je savais qu'il me fallait attirer son attention par d'autres moyens. Voilà pourquoi j'ai dû inventer une nouvelle psychothérapie pour Belle.

« Un exemple ? Eh bien, je vais vous en donner un qui remonte au début de la thérapie, peut-être au troisième ou au quatrième mois. Je m'étais d'abord concentré sur son comportement sexuel autodestructeur, en lui demandant ce qu'elle attendait vraiment des hommes, y compris le premier dans sa vie, son père. Mais ça ne menait à rien. Elle était très rétive aux discussions sur son passé, disant qu'elle avait déjà trop donné avec les autres psy. Elle était également persuadée que le fait de remuer les cendres du passé était, en réalité, une manière de fuir la responsabilité personnelle de nos actes. Elle avait lu mon livre sur la psychothérapie : elle m'a donc cité le passage où je disais exactement la même chose. Je déteste ce genre de méthodes. Quand les patients se rebiffent en citant vos propres bouquins, ils vous tiennent par les couilles.

« Alors, au cours d'une séance, je lui ai demandé de me raconter des rêves ou des fantasmes sexuels récurrents chez elle. Finalement, pour me faire plaisir, elle a décrit un fantasme qu'elle avait depuis l'âge de huit ou neuf ans : pendant un orage, elle entre toute trempée et grelottante dans une pièce, où un homme plus âgé l'attend. Il l'enlace, lui ôte ses habits mouillés, la sèche avec une grande serviette tiède et lui donne un chocolat chaud. Je lui ai donc suggéré que nous jouions ces rôles : je lui ai dit de sortir du cabinet et de revenir en faisant semblant d'être trempée et de grelotter. Naturellement, j'ai sauté la scène du déshabillage, mais j'ai pris une grande serviette dans la salle de bains, puis je l'ai séchée vigoureusement – le tout de manière non sexuelle, comme je l'ai toujours fait. Je lui ai "séché" le dos et les cheveux, je l'ai emmitouflée dans la serviette, je l'ai fait s'asseoir et lui ai préparé une tasse de chocolat chaud instantané.

« Ne me demandez pas pourquoi, ou comment, j'ai choisi de faire ça à ce moment précis. Quand vous avez pratiqué aussi longtemps que je l'ai fait, vous apprenez à suivre votre intuition. Or cette intervention a tout changé. Belle est restée silencieuse pendant quelque temps, les larmes lui sont montées aux yeux, puis elle s'est mise à brailler comme un bébé. Elle n'avait jamais, jamais pleuré pendant une séance de psychothérapie. Sa résistance venait tout simplement de s'écrouler.

« Qu'est-ce que j'entends, au juste, quand je dis que sa résistance s'est écroulée ? J'entends par là qu'elle m'a fait confiance, qu'elle pensait désormais que nous étions tous les deux dans le même camp. Le terme technique, docteur Lash, est « alliance thérapeutique ». Après cela, elle s'est transformée en vraie patiente. Des choses importantes se sont mises à jaillir hors d'elle. Elle m'a dit et redit à quel point j'étais important pour elle. Et tout ceci, au bout de trois mois seulement.

« Si j'étais *trop* important ? Non, docteur Lash… le psy n'est jamais trop important au début de la thérapie. Même Freud a cherché à remplacer une psychonévrose par une névrose de transfert ; c'est un moyen efficace pour maîtriser les symptômes destructeurs.

« Vous avez l'air étonné par ce que je vous raconte. Bon… voilà comment les choses se passent. Le patient devient totalement obsédé par son thérapeute… il rumine chaque séance à fond, il a de longues conversations fantasmées avec lui entre les séances. Finalement, la thérapie prend le relais des symptômes. Autrement dit, plutôt que d'être mus par des facteurs névrotiques internes, les symptômes commencent à fluctuer au gré des exigences posées par la relation thérapeutique.

« Non merci, je ne veux plus de café, Ernest. Mais prenez-en, je vous en prie. Vous permettez que je vous appelle Ernest ? Très bien. Pour continuer, donc, j'ai tout misé sur cette transformation. J'ai fait mon possible pour apparaître de plus en plus important aux yeux de Belle. Je répondais à toutes les questions qu'elle me posait sur ma propre vie et je soutenais tout ce qui était positif chez elle. Je lui rappelais à quel point elle était belle et intelligente. Je détestais la voir se maltraiter ainsi, et je le lui ai dit très directement. Ce n'était pas difficile : tout ce que j'avais à faire, c'était de lui dire la vérité.

« Tout à l'heure, vous m'avez demandé quelle avait été ma technique. Voilà, je dirais que la meilleure réponse serait sans doute : *j'ai dit la vérité.* Peu à peu, j'ai commencé à jouer un rôle croissant dans ses fantasmes. Elle se lançait dans de longues rêveries sur nous – juste tous les deux, dans les bras l'un de l'autre, moi lui faisant faire des jeux d'enfant et la nourrissant. Un jour, elle est venue au cabinet avec une boîte de dessert à la gélatine et une cuiller, puis elle m'a demandé de la nourrir – ce que j'ai fait, à sa plus grande joie.

« Tout cela a l'air bien innocent, n'est-ce pas ? Pourtant je savais, dès le début, que les nuages s'amoncelaient à l'horizon. Je le savais déjà, je l'ai su quand elle m'a raconté à quel point ça l'excitait que je la nourrisse. Je l'ai su quand elle m'a raconté comment elle faisait du canoë-kayak pendant de longues périodes, deux ou trois jours par semaine, juste pour être toute seule, pour flotter sur l'eau et profiter pleinement de ses rêveries à mon sujet. Je savais que mon approche était risquée, mais il s'agissait d'un risque calculé. J'allais permettre au transfert positif de se mettre en place, afin de l'utiliser pour combattre ses penchants autodestructeurs.

« Et au bout de quelques mois, j'étais devenu tellement important à ses yeux que j'ai pu commencer à me pencher sur sa pathologie. Je me suis d'abord concentré sur les questions de vie ou de mort : le VIH, les scènes dans les bars, les turlutes prodiguées par l'ange-de-l'autoroute. Elle a fait un test VIH : négatif, Dieu merci. Je me souviens des deux semaines d'attente pour les résultats. Je peux vous dire que j'ai transpiré autant qu'elle.

« Vous avez déjà travaillé avec des patients au moment où ils attendent les résultats d'un test VIH ? Non ? Eh bien, Ernest, cette période d'attente est une excellente fenêtre de tir. Vous pouvez en profiter pour vraiment faire du bon travail. Pendant quelques jours, les patients se retrouvent face à leur mort, sans doute pour la toute première fois. Vous pouvez les aider à analyser et à revoir leurs priorités, à faire en sorte que leur vie et leur comportement soient fondés sur les choses essentielles. J'appelle cela, parfois, la *thérapie du choc existentiel.* Mais pas Belle. Ça n'a eu aucun effet sur elle. Trop de déni, tout simplement. Comme tant d'autres patients autodestructeurs, Belle se sentait invulnérable face à toutes les mains qui n'étaient pas les siennes.

« Je lui ai tout appris sur le VIH et sur l'herpès, maladies dont, par miracle, elle n'était pas atteinte, ainsi que sur les pratiques sexuelles protégées. Je l'ai dirigée vers des endroits plus sûrs, au cas où elle aurait eu une envie subite de lever des types : clubs de tennis, réunions de parents d'élèves, lectures dans des librairies. Belle était un phénomène… une vraie professionnelle ! Elle pouvait fixer un rendez-vous à un parfait inconnu en cinq ou six minutes, parfois avec la femme du bonhomme à trois mètres de là, ne se doutant de rien. Je dois reconnaître que je l'enviais beaucoup. La plupart des femmes n'apprécient pas à sa juste valeur la chance qu'elles ont dans ce domaine. Vous imaginez des hommes – qui plus est une épave ruinée comme moi – faire la même chose, comme bon leur semble ?

« Une chose étonnante avec Belle, compte tenu de ce que je vous en ai raconté jusqu'ici, c'était son honnêteté absolue. Lors de nos deux premières séances, alors que nous décidions de travailler ensemble, je lui ai exposé ma condition *sine qua non* pour une psychothérapie : *l'honnêteté totale.* Elle devait s'engager à partager tous les moments importants de sa vie : consommation de drogues, manifestations d'une impulsion sexuelle, coupures, purges, fantasmes… Absolument tout. Sans quoi, lui ai-je dit, nous perdrions notre temps. Mais si elle jouait le jeu, alors elle pourrait absolument compter sur moi pour analyser les choses avec elle. Elle m'a promis de s'y plier et, en guise de contrat, nous nous sommes solennellement serré la main.

« Autant que je sache, elle a tenu sa promesse. En fait, cela faisait partie de mon arsenal ; parce que, s'il se produisait des dérapages importants dans la semaine – si, par exemple, elle s'écorchait les poignets ou se rendait dans un bar –, alors j'analysais l'épisode de fond en comble. Dans ces cas-là, j'insistais pour que nous nous livrions à une investigation, en profondeur, des événements qui précédaient ces dérapages. "S'il vous plaît, Belle, lui disais-je, je dois tout savoir sur ce qui se passe avant l'événement, tout ce qui peut nous aider à sa compréhension : les faits de la journée, vos pensées, vos sentiments, vos fantasmes." Ça la rendait folle de rage : elle voulait parler d'autre chose et détestait consacrer une grosse partie de sa psychothérapie à ces histoires-là. Cela lui a permis de contrôler son impulsivité.

« L'analyse ? Ça n'a pas été un élément central dans la thérapie de Belle. Oh, bien sûr, elle a commencé à admettre que ses comportements impulsifs étaient généralement précédés d'un fort sentiment de mort ou de vide, et que la prise de risques, les coupures, la baise et les excès en tous genres n'étaient que des tentatives pour se remplir ou pour revenir à la vie.

« Mais ce que Belle ne comprenait pas, c'est que ces tentatives étaient vaines. Elles échouaient toutes, dans la mesure où elles engendraient un profond sentiment de honte, suivi par des efforts encore plus frénétiques – et autodestructeurs – pour se sentir vivante. Belle se montrait toujours curieusement obtuse dès lors qu'il lui fallait comprendre que son attitude avait certaines conséquences.

« L'analyse n'a donc pas été d'un grand secours. Je devais tenter autre chose pour l'aider à maîtriser ses pulsions : j'ai employé toutes les techniques recensées dans les livres. Nous avons dressé une liste de ses comportements impulsifs et destructeurs ; elle a accepté de ne jamais s'y abandonner sans m'avoir préalablement téléphoné et laissé une possibilité de la calmer. Mais elle m'a très rarement appelé : elle ne voulait pas me déranger. En son for intérieur, elle était persuadée que mon engagement auprès d'elle était très fragile, que je me lasserais bien vite d'elle et la renverrais à ses chères études. Je n'arrivais pas à lui ôter cette idée de la tête. Alors elle m'a demandé que je lui donne un objet qu'elle garderait tout le temps sur elle, comme un petit souvenir qui lui permettrait une plus grande maîtrise de soi. Je lui ai dit de choisir un objet dans le cabinet. Elle a enlevé le mouchoir qui était dans ma veste. Je le lui ai donné, non sans y avoir écrit certains des penchants importants qu'elle avait :

"Je me sens morte et je me blesse pour m'assurer que je suis en vie.

Je me sens éteinte et je dois courir de gros dangers pour me sentir en vie.

Je me sens vide et j'essaye de me remplir avec de la drogue, de la nourriture et du sperme.

Mais ce sont là des solutions à court terme. Je finis par avoir honte – et par me sentir encore plus morte et vide."

« J'ai demandé à Belle de méditer sur le mouchoir et les messages que j'y avais inscrits chaque fois qu'elle se sentirait gagnée par ses pulsions.

« Vous avez l'air perplexe, Ernest. Vous n'êtes pas d'accord ? Pourquoi ? Trop de *gimmicks* ? Pas tant que ça, en fait. Ça ressemble à des *gimmicks*, j'en conviens, mais aux grands maux les grands remèdes. Pour les patients qui semblent n'avoir jamais développé un sens durable de la permanence des objets, je trouve que certains objets, des petits rappels concrets, sont très pratiques. L'un de mes professeurs, Lewis Hill, qui était génial dans le traitement des schizophrènes sévèrement atteints, avait pour habitude de souffler dans une petite bouteille, qu'il donnait ensuite à ses patients afin qu'ils la portent autour du cou quand lui partait en vacances.

« Vous pensez que ce sont encore des *gimmicks*, Ernest ? Alors permettez-moi d'employer un autre mot, le mot juste : *créativité*. Vous vous rappelez ce que je vous ai dit tout à l'heure sur cette idée de créer une nouvelle psychothérapie pour chaque patient ? C'est exactement ce que je voulais dire. Par ailleurs, vous ne m'avez pas posé la question la plus importante.

« Est-ce que cela a fonctionné ? Exactement, exactement. C'est la bonne question. La *seule* question. Oubliez les règles. Oui, ça a fonctionné ! Ça a fonctionné pour les patients du Dr Hill comme pour Belle, qui s'est trimballée partout avec mon mouchoir et qui, petit à petit, a maîtrisé son impulsivité. Ses « dérapages » sont devenus moins fréquents et, très vite, nous avons pu porter notre attention sur d'autres points.

« Comment ? Une simple guérison par transfert ? Il y a quelque chose qui vous tarabuste vraiment, Ernest. C'est bien… il est toujours bon de se poser des questions. Vous avez le sens des vrais problèmes. Je vais vous dire quelque chose : vous n'êtes pas à votre place ici, vous n'avez rien à faire dans la neuro-chimie. Pour vous répondre, Freud dénigrait la "guérison par transfert" il y a déjà presque un siècle. Il avait en partie raison mais, sur le fond, il se trompait.

« Croyez-moi : si vous parvenez à vous immiscer dans un cycle comportemental d'autodestruction, peu importe *comment*, eh bien… vous faites déjà un grand pas. La première étape *doit* consister à interrompre ce cercle vicieux de haine de soi, d'autodestruction, puis de haine accrue de soi, engendrée par la honte. Bien qu'elle ne l'ait jamais exprimé clairement, imaginez une seule seconde quelle honte et quel mépris de soi Belle a dû éprouver à cause de son comportement dégradant. C'est tout le travail du thérapeute que d'aider à renverser ce processus. Karen Horney a dit un jour... vous connaissez le travail de Horney, Ernest ?

« Quel dommage... Mais je crois que c'est le lot des grands théoriciens dans notre domaine : leurs enseignements ne survivent qu'une génération. Horney faisait partie de mes idoles. J'ai lu tous ses travaux pendant mes études. Son meilleur livre, *La Personnalité névrotique de notre temps*[1], a déjà plus de cinquante ans, mais c'est l'un des meilleurs textes qui soient sur la thérapie – et sans le moindre jargon. Je vous enverrai mon exemplaire. Quelque part, peut-être dans ce livre d'ailleurs, elle dit cette chose simple mais puissante : *"Si vous voulez être fier de vous, alors faites des choses dont vous pouvez tirer fierté."*

« J'ai perdu le fil de mon histoire. Aidez-moi, Ernest... Ma relation avec Belle ? Bien sûr, c'est la raison pour laquelle nous sommes aujourd'hui tous les deux ici, n'est-ce pas ? Sur ce plan, il y a eu de nombreux développements intéressants. Mais je sais bien que, aux yeux de votre comité, l'événement essentiel est le contact physique entre elle et moi. Presque dès le début, Belle en a fait une question cruciale. Il se trouve que je touche physiquement tous mes patients, hommes ou femmes, à chaque séance

---

1. Karen Horney (1885-1952), psychanalyste allemande installée aux États-Unis dans les années 1930.

– en général, une poignée de main au moment de nous quitter, voire une tape sur l'épaule. Mais Belle ne voulait rien savoir : elle refusait de me serrer la main et a commencé à tenir des propos ironiques, du style : "Est-ce que cette poignée de main est approuvée par l'Association américaine de psychologie ?", ou bien : "Est-ce que vous ne pourriez pas essayer d'être un peu plus formel ?"

« Parfois, elle terminait la séance en me prenant dans ses bras, mais toujours d'une manière amicale, jamais sexuelle. Et puis, la séance suivante, elle me grondait à propos de mon attitude, de mon formalisme, de la manière dont je me raidissais quand elle m'enlaçait. Et quand je dis "raidir", je parle de mon corps, pas de ma queue, Ernest… j'ai bien vu votre regard. Vous feriez un très mauvais joueur de poker. Nous n'en sommes pas encore aux passages croustillants. Je vous ferai signe quand on y arrivera.

« Elle se plaignait de mon blocage sur son âge. Si elle avait été plus âgée et plus ratatinée, disait-elle, je n'aurais pas hésité à la prendre dans mes bras. Elle avait sans doute raison, d'ailleurs. Pour elle, le contact physique jouait un rôle absolument capital : elle insistait sans cesse pour que nous nous touchions. Elle poussait, poussait, poussait. Toujours. Cela dit, je pouvais la comprendre : Belle avait grandi dans un environnement dénué du moindre contact physique. Sa mère est morte quand elle était toute petite et elle a été élevée par une ribambelle de gouvernantes venues du fin fond de la Suisse. Et son père ! Imaginez-vous grandir avec un père ayant une phobie des microbes, ne vous touchant jamais et portant toujours des gants, à la maison comme à l'extérieur. C'était le cas : il demandait même aux domestiques de laver et de repasser tous ses billets de banque.

« Petit à petit, au bout d'environ un an, je m'étais suffisamment détendu, ou en tout cas j'avais été suffisamment travaillé par la pression incessante de Belle, pour commencer chaque séance par une embrassade avunculaire. Avunculaire ? Cela veut dire "comme un oncle". Mais j'avais beau tout lui donner, elle en demandait toujours plus ; elle essayait de m'embrasser sur la joue au moment où elle me prenait dans ses bras. J'insistais toujours pour qu'elle respecte les limites, mais elle insistait pour les repousser. Vous ne pouvez pas savoir combien de petits rappels je lui ai faits sur ce point, combien de livres et d'articles je lui ai donnés à lire sur la question.

« Mais elle était comme une enfant dans un corps de femme – un sacré corps de femme, soit dit en passant – et sa soif de contact était intarissable. Ne pourrait-elle pas approcher son fauteuil un peu plus ? Ne pourrais-je pas lui tenir la main pendant quelques minutes ? Ne pourrions-nous pas nous asseoir l'un à côté de l'autre sur le canapé ? Ne pourrais-je pas poser mon bras autour de son cou et m'asseoir en silence à côté d'elle, ou bien faire une promenade, plutôt que de discuter ?

« Il faut dire qu'elle était rudement persuasive. "Seymour, disait-elle, vous parlez toujours d'une thérapie différente pour chaque patient, mais vous avez oublié de dire dans vos articles 'tant que cela respecte le manuel officiel' ou 'tant que cela n'interfère pas avec le confort bourgeois du thérapeute cinquantenaire'." Elle me rabrouait parce que je me réfugiais toujours derrière les règles de l'AAP[1] concernant les limites à ne pas franchir au cours de la psychothérapie. Elle savait que c'était moi qui avais écrit ces mêmes règles quand j'étais président de l'AAP, et elle m'accusait d'être prisonnier de mes propres règles. Elle me reprochait de ne pas lire mes propres articles. "Vous en faites des tonnes sur le respect dû à l'unicité de chaque patient, mais vous prétendez ensuite qu'un seul ensemble de règles convient à tous les patients, quelle que soit la situation. Vous mettez tous les patients dans le même sac, comme s'ils fonctionnaient tous, et devaient tous être traités, de la même manière." Sa rengaine favorite était : "Qu'est-ce qui est le plus important : respecter les règles et rester bien calé dans votre petit fauteuil confortable ? Ou bien faire du mieux possible pour votre patient ?"

« À d'autres moments, elle s'en prenait à ma "psychothérapie de défense" : "Vous avez tellement peur d'être traîné devant les tribunaux. Tous les psy humanistes comme vous s'écrasent devant les avocats, tout en demandant à leurs malades mentaux de patients de conquérir leur liberté. Est-ce que vous pensez, décemment, que je vais vous coller un procès ? Vous commencez à me connaître, Seymour, non ? Vous êtes en train de me sauver la vie. Et je vous aime !"

« Vous savez, Ernest… elle avait raison. Elle m'avait foutu la trouille. *Je m'écrasais.* Je défendais mes règles de déontologie quand bien même je les savais antithérapeutiques. Je plaçais ma timidité et mes angoisses quant à ma petite carrière avant son intérêt à elle. Franchement, quand vous regardez les

---

1. Association américaine de psychiatrie.

choses d'un point de vue désintéressé, il n'y avait *aucun mal* à la laisser s'asseoir à côté de moi et me tenir la main. En réalité, à chaque fois que je l'ai laissée faire, la thérapie s'en est retrouvée améliorée, sans exception : elle se mettait moins sur la défensive, elle me faisait davantage confiance, et j'accédais plus facilement à sa vie intérieure.

« Comment ça ? Y a-t-il une place pour des limites strictes dans une thérapie ? Évidemment. Écoutez-moi bien, Ernest. Le problème, c'est que Belle s'attaquait à toutes les limites, comme un taureau face à un chiffon rouge. Où que je place, je dis bien *où que je place* les limites, elle les repoussait sans relâche. Elle s'est mise à porter des vêtements très légers, ou bien des chemisiers transparents sans soutien-gorge. Lorsque je lui ai fait des commentaires là-dessus, elle a dénigré mon rapport victorien au corps. Je voulais connaître tous les recoins de son âme, affirmait-elle, mais sa peau restait un tabou pour moi. À deux ou trois reprises, elle s'est plainte d'avoir une boule dans le sein et m'a demandé de l'examiner : j'ai refusé, bien sûr. Des heures durant, elle était absolument obsédée par l'idée de faire l'amour avec moi, elle me suppliait de lui faire l'amour, juste une fois. L'un de ses arguments était qu'un rapport sexuel unique avec moi la délivrerait de son obsession : elle se rendrait compte que ça n'avait rien de spécial, ou de magique, et serait donc libre de penser à autre chose.

« Comment est-ce que je réagissais face à cette pression sexuelle de sa part ? Bonne question, Ernest, mais est-ce qu'elle a un quelconque rapport avec votre enquête ?

« Vous n'en êtes pas certain ? Ce qui est pertinent, c'est *ce que j'ai fait* – c'est pour ça qu'on fait une enquête sur moi – et non pas ce que j'ai ressenti ou pensé. Dans un lynchage, tout le monde s'en fout éperdument ! Mais si vous êtes d'accord pour éteindre votre magnétophone pendant quelques minutes, alors je vais vous répondre. Prenez cela comme une leçon. Vous avez lu les *Lettres à un jeune poète* de Rilke, n'est-ce pas ? Eh bien, considérez ce que je vais vous dire comme ma lettre à un jeune thérapeute.

« Bien. Votre stylo également, Ernest. Posez-le et écoutez-moi quelques instants. Vous voulez savoir en quoi tout cela m'a affecté ? Une très belle femme obsédée par moi, se masturbant tous les jours en pensant à moi, me suppliant de la sauter, racontant en long et en large ses fantasmes sur moi, dans lesquels elle étale mon sperme sur son visage ou le tartine sur des biscuits au chocolat : *à votre avis*, qu'est-ce que j'ai pu éprouver ? Regardez-moi bien ! J'ai deux cannes, je vais de plus en plus mal, je suis moche, mon visage est bouffé par mes propres rides, mon corps est flasque, et tout est en train de foutre le camp.

« Je l'avoue. Je suis un être humain, après tout. Ça a commencé à me travailler. Je me suis mis à penser à elle pendant que je m'habillais, les jours de nos séances ensemble. Quelle chemise choisir ? Elle détestait les rayures larges, disant qu'elles me donnaient un air trop content de moi. Et quelle lotion d'après-rasage ? Elle préférait le Royall Lyme au Mennen et, à chaque fois, j'hésitais entre les deux. La plupart du temps, je me décidais pour le Royall Lyme. Un beau jour, à son club de tennis, elle a rencontré un de mes collègues, un polard, un vrai narcissique qui était toujours en compétition avec moi. Dès qu'elle a entendu qu'il avait un lien avec moi, elle lui a demandé de lui parler de moi. Belle était très excitée par le lien qu'il avait avec moi, et elle l'a immédiatement ramené chez elle. Vous vous rendez compte : ce crétin qui saute cette superbe fille sans même savoir que c'est grâce à moi. Et je ne pouvais pas le lui dire, en plus… J'étais furieux.

« Avoir des sentiments pour un patient est une chose. Passer à l'acte en est une autre. Je me suis battu contre cela, en m'analysant en permanence, en consultant régulièrement deux ou trois amis et en essayant de gérer au mieux la chose pendant les séances. Chaque fois, je lui répétais qu'il était absolument hors de question que je couche avec elle, que jamais je ne pourrais me regarder dans la glace de nouveau si je le faisais. Je lui ai dit qu'elle avait bien plus besoin d'un bon thérapeute attentif que d'un vieil amant ratatiné. Néanmoins, je lui ai fait part de mon attirance pour elle. Je lui ai dit que je ne voulais pas qu'elle s'assoie à côté de moi parce que le contact physique m'émoustillait et affaiblissait mes capacités thérapeutiques. J'ai adopté une attitude autoritaire, insistant sur le fait que ma vision à long terme était meilleure que la sienne et que je savais des choses sur la psychothérapie qu'elle ignorait encore.

« Oui, oui, vous pouvez remettre votre magnétophone en marche. Je crois avoir répondu à votre question sur mes sentiments à l'époque. Donc tout cela a continué pendant plus d'un an, en évitant à tout prix que les symptômes reviennent. Elle dérapait souvent mais, dans l'ensemble, nous faisions du bon travail. Je savais pourtant qu'elle ne guérissait pas : je ne faisais que l'"endiguer", la protéger d'une séance à l'autre et lui donner des choses auxquelles elle puisse s'agripper. Mais j'entendais quand même le tic-tac de ma montre ; Belle devenait de plus en plus agitée et fatiguée.

« Et puis, un beau jour, elle est arrivée totalement exténuée. De nouvelles substances circulaient et elle a reconnu qu'elle était sur le point de retoucher à l'héroïne. "Je ne peux pas continuer à vivre dans la frustration la plus complète, me dit-elle. Je fais tout mon possible pour travailler avec vous, mais je commence à perdre mes forces. Je me connais, je me connais… Je sais très bien comment je fonctionne. Vous me maintenez en vie et je veux travailler avec vous. Je crois que j'en suis capable. Mais *j'ai besoin d'un stimulant* ! Oui, oui, Seymour, je sais très bien ce que vous allez dire, je connais toutes vos répliques par cœur. Vous allez me dire que j'ai déjà un stimulant, et que mon stimulant c'est d'avoir une vie meilleure, de me sentir mieux dans ma peau, de ne pas vouloir me suicider, de me respecter. Mais ça ne suffit pas. C'est trop éloigné de moi. Trop nébuleux. J'ai besoin de quelque chose de tangible. Tangible !"

« J'ai commencé à lui tenir des propos rassurants, mais elle m'a interrompu sur-le-champ. Son désespoir ne faisait que grandir et, logiquement, elle m'a fait une proposition désespérée. "Seymour, travaillez avec moi. À ma manière. Je vous en supplie. Si je reste *clean* pendant un an – vraiment *clean*, vous comprenez : pas de drogues, pas de vomissements, pas de scènes dans les bars, pas de coupures, *rien de rien* – alors *récompensez-moi* ! Donnez-moi un stimulant ! Promettez-moi de partir une semaine avec moi à Hawaii, comme un vrai couple, pas comme un psy et sa tarée de patiente. Ne souriez pas, Seymour, je suis sérieuse. Je suis très sérieuse. J'en ai besoin. Seymour, pour une fois, placez *mes* besoins au-dessus des règles. Travaillez-y avec moi."

« L'emmener à Hawaii pendant une semaine ! Vous souriez, Ernest ; moi aussi, j'ai souri. C'était ridicule ! J'ai fait exactement ce que vous auriez fait à ma place : j'ai pris le parti d'en rire. J'ai tenté d'évacuer le sujet de la même manière que j'avais évacué toutes ses autres propositions indécentes. Mais ce coup-ci, elle n'a pas lâché le morceau. Elle y mettait quelque chose de plus autoritaire, de plus inquiétant aussi. Et de plus tenace. Elle ne cédait pas, et je ne pouvais pas la faire changer d'avis. Lorsque je lui ai dit qu'il n'en était pas question, Belle a commencé à négocier : elle a étendu la période *clean* à dix-huit mois, elle a laissé tomber Hawaii pour San Francisco et elle a raccourci la semaine à cinq, puis quatre jours.

« Entre les séances, malgré moi, je me suis mis à réfléchir à sa proposition. Je ne pouvais pas m'empêcher de retourner l'idée dans tous les sens. Un an et demi – *dix-huit mois* – de comportement sain ? Impossible. Absurde. Elle ne pourrait jamais y arriver. Ce n'était même pas la peine d'en parler, ne serait-ce que deux secondes.

« Mais *imaginons*... Juste une hypothèse d'école, me suis-je dit : imaginons qu'elle soit capable de changer son mode de vie pendant dix-huit mois. Essayez d'y penser, Ernest. Réfléchissez-y quelques secondes. Imaginez cette hypothèse. Ne conviendriez-vous pas que si cette femme impulsive et prompte à passer à l'acte parvenait à se contrôler et à se comporter de manière plus équilibrée pendant dix-huit mois, sans drogues, sans coupures, sans aucune forme d'autodestruction, eh bien… *ce ne serait plus la même personne* ?

« Quoi ? "Les patients cas limites sont des joueurs" ? Ai-je bien entendu ? Ernest, si vous pensez de la sorte, alors vous ne serez jamais un vrai psycho-thérapeute. C'est exactement ce que je voulais dire tout à l'heure lorsque j'ai évoqué devant vous les dangers du diagnostic. Il y a cas limite et cas limite. Les étiquettes nuisent aux personnes. Vous ne pouvez pas traiter l'étiquette ; il vous faut traiter la personne qui se trouve derrière l'étiquette. Donc, Ernest, je vous repose la question : ne penseriez-vous pas que cette personne, pas cette étiquette, mais Belle, cet être de chair et de sang, aurait été intrinsèquement et radi-calement transformée si elle s'était comportée, dix-huit mois durant, d'une manière fondamentalement différente ?

« Vous ne vous prononcerez pas ? Je comprends très bien, vu votre position aujourd'hui. Vu le magné-tophone, aussi. Dans ce cas-là, répondez en silence, à vous-même. Non, mieux encore : laissez-moi ré-pondre à votre place. Je crois que n'importe quel thé-rapeute vivant conviendrait que Belle serait une tout autre personne si elle n'était plus gouvernée par son dysfonctionnement pulsionnel. Elle aurait alors de nouvelles valeurs, de nouvelles priorités, une nou-velle vision des choses. Elle se réveillerait, ouvrirait les yeux, verrait la réalité, verrait peut-être sa beauté et sa valeur. Et elle *me* verrait différemment, comme vous me voyez vous-même : un vieillard titubant et décati.

Une fois revenue à la réalité, son transfert érotique et sa nécrophilie s'évanouiraient, tout simplement, et, avec eux, bien sûr, son intérêt pour la récompense hawaiienne.

« Comment, Ernest ? Si le transfert érotique ne me manquerait pas ? Si tout cela ne m'attristerait pas ? Mais évidemment ! Évidemment ! J'adore qu'on m'adore. Qui n'aime pas ça ? Vous n'aimez pas ça, vous ?

« Allons, Ernest. *Vous n'aimez pas ça ?* Vous n'aimez pas les applaudissements nourris à la fin de vos conférences ? Vous n'aimez pas lorsque les gens, notamment les femmes, vous entourent ?

« Bien ! J'apprécie votre honnêteté. Il n'y a pas de quoi avoir honte. Qui n'aime pas ça ? Que voulez-vous : on est fait comme ça. Donc, pour continuer, bien sûr que son adulation pour moi m'aurait manqué ; je me serais senti dépossédé : question de territoire. C'est tout mon travail : mettre Belle à la réalité, l'aider à se détacher de moi, voire, Dieu soit loué, m'oublier.

« Au fil des jours et des semaines, je devenais de plus en plus intrigué par le défi de Belle. "*Clean* pendant dix-huit mois", avait-elle proposé. Rappelez-vous néanmoins que c'était encore sa première offre. Je suis un bon négociateur ; j'étais sûr de pouvoir obtenir plus, faire monter les enchères, arracher encore plus de concessions. Vraiment consolider le changement. J'ai songé à d'autres conditions que je pourrais poser : des séances de thérapie de groupe pour elle, peut-être, et un effort un peu plus soutenu auprès de son mari pour qu'il accepte de se lancer dans une thérapie de couple.

« Je ruminais la proposition de Belle jour et nuit. Je ne pouvais pas la chasser de ma tête. Je suis un joueur, vous savez, et toutes les chances étaient de mon côté. Si Belle perdait son pari, si elle dérapait en se droguant, en se faisant vomir, en traînant dans les bars ou en se taillant les poignets, *rien ne serait perdu*. On en reviendrait tout simplement au point où l'on s'était arrêté. Même si j'arrivais à obtenir d'elle quelques mois d'abstinence, c'était déjà une bonne base de travail pour moi. Et si Belle gagnait son pari, elle en serait tellement changée qu'elle ne demanderait jamais son dû. Le raisonnement était très simple. Au pire, aucun risque ; au mieux, de bonnes chances pour que je puisse sauver cette femme.

« J'ai toujours aimé l'action… J'adore les courses, je parie sur tout et n'importe quoi, le base-ball, le basket… Après le lycée, je me suis engagé dans la marine, et c'est grâce à l'argent gagné au cours des parties de poker à bord des bateaux que j'ai pu m'inscrire à la fac ; pendant mon internat à l'hôpital du Mont-Sinaï, à New York, j'ai passé une grande partie de mes nuits libres dans l'unité d'obstétrique, à jouer gros avec les obstétriciens de garde de Park Avenue. Dans la salle de repos des médecins, juste à côté de la salle d'accouchement, ça jouait en permanence. Dès qu'une partie commençait, ils demandaient à l'opérateur d'aller chercher le "Dr Blackwood". Et quand j'entendais dans les haut-parleurs : "On demande le Dr Blackwood dans la salle d'accouchement", je me ruais aussi vite que possible. Des grands médecins, tous ces types, mais aussi des compagnons de poker. Vous savez, Ernest, à l'époque, les internes n'étaient presque pas payés, si bien qu'à la fin de l'année ils se retrouvaient tous endettés jusqu'au cou. Moi ? Je me suis rendu à mon premier poste, à Ann Arbor, dans une De Soto décapotable flambant neuve, et ce grâce aux obstétriciens de Park Avenue.

« Mais revenons à Belle. J'ai donc hésité pendant des semaines sur son défi puis, un jour, j'ai fait le grand saut. Je lui ai dit que je pouvais comprendre son besoin de stimulation et j'ai entamé des négociations sérieuses. J'ai insisté pour que sa période *clean* dure deux ans. Elle était tellement heureuse d'être prise au sérieux qu'elle a accepté toutes mes conditions sans broncher ; nous en sommes vite arrivés à signer un contrat solide et clair. De son côté, elle devait rester totalement *clean* pendant deux ans : ni drogues (y compris l'alcool), ni entailles, ni vomissements, ni virées sexuelles dans les bars ou sur les autoroutes, ni aucun autre comportement sexuel dangereux. Naturellement, les aventures sexuelles classiques étaient autorisées. Mais rien d'illégal. Je pensais que cela couvrait bien l'ensemble des situations possibles. Ah oui, j'oubliais : elle devait entamer une thérapie de groupe et promettre de participer, avec son mari, à une thérapie de couple. De mon côté, je m'engageais à passer avec elle un week-end à San Francisco : tous les détails, l'hôtel, les activités, etc., étaient à sa discrétion... Elle avait *carte blanche*[1]. Je devais être à son service.

« Belle prenait ça très au sérieux. À la fin de la négociation, elle a même suggéré un serment officiel. Elle est arrivée à sa séance avec une bible, et nous avons tous les deux juré que nous remplirions chacun

---

1. En français dans le texte.

notre part du contrat. Et puis nous nous sommes solennellement serré la main.

« Le traitement s'est poursuivi, exactement comme avant. Belle et moi nous rencontrions environ deux fois par semaine – trois séances auraient été préférables, mais son mari commençait à s'énerver devant la facture. Puisqu'elle était *clean* et que nous n'avions pas à passer notre temps à analyser ses "dérapages", la thérapie a gagné en vitesse et en profondeur. Ses rêves, ses fantasmes… Tout paraissait plus accessible. Pour la première fois, j'ai commencé à voir chez Belle des signes de curiosité à l'égard d'elle-même ; elle s'est inscrite à des cours par correspondance, à l'université, sur les psychologies anormales, puis elle s'est lancée dans l'écriture de son autobiographie, du moins celle de ses premières années. Peu à peu, elle a retrouvé des détails de son enfance, sa triste quête d'une nouvelle maman parmi la ribambelle de gouvernantes qui ne s'intéressaient pas à elle et qui partaient, pour la plupart, au bout de quelques mois, à cause des délires paternels à propos de la propreté et de l'ordre. Sa phobie des microbes régissait tous les aspects de la vie de Belle. Jugez vous-même : jusqu'à ses quatorze ans, elle n'allait pas à l'école et recevait des cours à domicile, tout simplement parce que son père craignait qu'elle ramène des germes à la maison. Par conséquent, elle avait très peu d'amis. Même les déjeuners avec des amis étaient rares ; elle n'avait pas le droit de dîner dehors et était terrifiée à l'idée que ses amis assistent au rituel absurde de son père à propos de la nourriture : port obligatoire de gants, lavage des mains entre chaque plat, inspection systématique de celles des domestiques. Belle n'avait pas le droit, non plus, d'emprunter des livres – une de ses gouvernantes préférées avait été renvoyée sur-le-champ pour avoir laissé Belle et une de ses amies échanger leurs robes respectives pendant toute une journée. Son enfance s'est terminée brutalement à l'âge de quatorze ans, lorsqu'elle a été envoyée en pension à Grenoble. À partir de ce moment-là, elle n'a eu que des contacts superficiels avec son père, lequel s'est remarié assez vite. Sa nouvelle épouse était une femme magnifique, mais une ancienne prostituée, du moins selon les dires d'une tante, très vieille fille, qui prétendait que cette nouvelle épouse n'était qu'une des nombreuses putes fréquentées par le père au cours des quatorze dernières années. Peut-être, se demandait Belle – et ce fut là sa toute première interprétation au cours de la thérapie –, se sentait-il sale *lui-même*, et était-ce pour cette raison qu'il se lavait tout le temps et refusait que sa peau entre en contact avec celle de sa fille.

« Pendant cette période *clean*, Belle n'a évoqué notre contrat que pour exprimer sa gratitude à mon égard. Elle en parlait comme du "plus puissant moyen d'affirmation" qu'elle ait jamais connu. Elle savait bien que c'était une aubaine pour elle : contrairement aux "bienfaits" qu'elle avait reçus des autres psy – paroles, interprétations, promesses, "attention thérapeutique" –, celui-ci était concret, tangible. Peau contre peau. C'était la preuve palpable que j'étais entièrement voué à sa guérison, la preuve, à ses yeux, que je l'aimais. Jamais auparavant, disait-elle, elle n'avait été aimée ainsi. Jamais personne ne l'avait placée au-dessus de ses propres intérêts, au-dessus des règles. Certainement pas son père, qui ne lui a jamais tendu une main non gantée et qui, jusqu'à sa mort il y a dix ans, lui envoyait chaque année le même cadeau d'anniversaire : autant de billets de cent dollars qu'elle avait d'années, chaque billet fraîchement lavé et repassé.

« Mais le défi avait encore un autre sens. Belle était titillée par mon désir de tordre le coup aux règles établies. Ce qu'elle préférait chez moi, me disait-elle, c'était mon goût du risque, ma manière de laisser une place à mes propres ombres : "Il y a quelque chose de retors et de sombre, chez vous aussi, affirmait-elle. C'est pour cela que vous me comprenez si bien. Par certains aspects, je crois que nos cerveaux sont jumeaux."

« Vous savez, Ernest, c'est sans doute pour ça que nous nous sommes si bien entendus très vite, qu'elle a su immédiatement que j'étais le bon psychothérapeute – un je-ne-sais-quoi de malicieux sur mon visage, une lueur d'insolence dans mon regard. Belle avait raison. Elle avait tout compris. C'était une fine mouche.

« Et vous savez, je comprenais très bien ce qu'elle voulait dire... Exactement ! Je peux déceler cette chose chez les autres de la même manière. Ernest, faites-moi plaisir, éteignez le magnétophone quelques instants. Bien. Merci. Ce que je veux dire, c'est que je crois distinguer la même chose chez vous. Vous et moi, nous ne sommes pas assis du même côté de cette estrade, de cette table de tribunal, mais nous avons quand même quelque chose en commun. Je vous l'ai dit : je lis très bien sur les visages. Dans ce domaine, je me trompe rarement.

« Non ? Allons, vous voyez bien ce que je veux dire ! N'est-ce pas justement pour cela que vous écoutez mon histoire avec tant d'intérêt ? Plus que de l'intérêt, d'ailleurs : serait il exagéré de parler de *fascination* ? Vos yeux sont comme des soucoupes. Oui, Ernest, vous et moi. Vous auriez très bien pu vous retrouver à ma place. Mon pacte faustien aurait pu être également le vôtre.

« Vous secouez la tête… Bien sûr ! Mais ce n'est pas à votre tête que je m'adresse, c'est à votre cœur, et un jour viendra, peut-être, où vous comprendrez ce que je suis en train de vous dire. Peut-être même que vous vous retrouverez non seulement en moi, mais aussi en Belle. Nous ne sommes pas très différents l'un de l'autre ! Enfin… bon, revenons à nos moutons.

« Attendez ! Avant que vous ne remettiez en marche votre magnétophone, permettez-moi d'ajouter une dernière chose. Vous croyez vraiment que j'ai quelque chose à foutre du comité de déontologie ? Qu'est-ce qu'ils peuvent bien me faire ? M'enlever mon droit de travailler à l'hôpital ? J'ai soixante-dix ans, ma carrière est derrière moi, et je m'y suis résigné. Alors pourquoi est-ce que je vous raconte tout ça ? Dans l'espoir qu'il en sortira quelque chose de bon, que vous laisserez un soupçon de moi entrer en vous, que je pourrai circuler dans vos veines, vous apprendre des choses. Rappelez-vous, Ernest : quand je vous dis de laisser entrer en vous votre propre ombre, j'en parle *positivement* – vous avez peut-être le courage et la largesse d'esprit pour être un grand thérapeute. Rallumez le magnétophone, Ernest. Ce que je vous dis n'appelle aucune réponse de votre part. Quand on a soixante-dix ans, on n'a plus besoin de réponses.

« Bien, où en étions-nous ? Oui… Au cours de la première année, Belle allait nettement mieux. Plus aucun dérapage. Elle était parfaitement *clean*. Elle exigeait moins de choses de moi. De temps en temps, elle demandait à s'asseoir à mes côtés, je posais mon bras autour de son cou et nous restions ainsi quelques minutes. Cela la détendait toujours et facilitait la thérapie. Je continuais à la prendre dans mes bras, comme un père, à la fin des séances, après quoi elle me collait généralement un baiser sur la joue, comme une fille avec son père. Son mari refusait toujours la thérapie de couple, mais il finit par accepter de voir, pour plusieurs séances, un praticien de la Science chrétienne. Belle me disait qu'ils communiquaient beaucoup mieux entre eux, et les deux avaient l'air plus heureux dans leur relation.

« Au seizième mois, tout se passait encore très bien. Pas d'héroïne – pas la moindre drogue –, pas d'entailles, pas de boulimie, pas de vomissements, aucun comportement autodestructeur. Elle était en rapport avec plusieurs mouvements marginaux : un spirite, une thérapie de groupe sur les vies antérieures, un nutritionniste spécialisé dans les algues, bref les conneries californiennes typiques… Rien de bien méchant. Son mari et elle avaient renoué avec leur vie sexuelle, et elle se lâchait toujours un peu avec mon collègue, ce connard, ce trou du cul qu'elle avait rencontré à son club de tennis. En tout cas, c'étaient des rapports sexuels protégés, très loin des escapades dans les bars et sur les autoroutes.

« Je dois avouer que ç'a été le plus incroyable revirement thérapeutique que j'aie jamais vu. Belle me disait que c'étaient les plus beaux jours de sa vie. Je vous assure, Ernest : intégrez-la dans n'importe laquelle de vos études d'évaluation. Elle serait la patiente vedette ! Comparez ses résultats avec la moindre thérapie à base de médicaments : Risperidone, Prozac, Paxil, Effexor, Wellbutrin, et tout ce que vous voudrez : je vous assure que ma méthode gagne à coup sûr, les doigts dans le nez. Ma meilleure performance thérapeutique. Impossible pourtant de publier un article là-dessus. Pourquoi ? Je ne pouvais même pas en parler à qui que ce soit. Jusqu'à maintenant ! Vous êtes mon tout premier véritable auditoire.

« Au dix-huitième mois, à peu près, les séances ont commencé à changer. C'était subtil, au départ. De plus en plus de références à notre excursion à San Francisco se sont glissées dans nos conversations, jusqu'à ce que, très vite, Belle finisse par en parler systématiquement à chaque séance. Tous les matins, elle restait au lit une heure de plus, à fantasmer sur notre week-end à deux : comment elle dormirait dans mes bras, comment elle commanderait le petit-déjeuner au lit, comment nous partirions nous balader et déjeuner à Sausalito avant de faire une petite sieste. Elle se faisait des films sur notre futur couple, elle en train de m'attendre à la maison tous les soirs. Elle répétait sans cesse qu'elle serait à jamais heureuse si elle savait simplement que je rentrais tous les soirs pour la retrouver. Elle n'aurait pas besoin de rester longtemps avec moi ; elle accepterait d'être une deuxième femme, de m'avoir auprès d'elle juste une heure ou deux par semaine… Elle pourrait ainsi vivre heureuse et en bonne santé.

« Vous pouvez vous imaginer à quel point je commençais à me sentir un peu mal à l'aise. Puis très mal à l'aise. La panique. Je faisais de mon mieux pour l'aider à voir la réalité. Je lui parlais de mon âge à chaque séance, ou presque, en lui disant que d'ici trois ou quatre ans je serais dans un fauteuil roulant, et que d'ici dix ans j'en aurais quatre-vingts. Je lui ai demandé combien de temps elle pensait que j'avais encore à vivre. Les hommes de ma famille meurent jeunes. À mon âge, mon père était déjà dans un cercueil depuis quinze ans. Elle me survivrait pendant au moins vingt-cinq ans. J'ai même commencé à exagérer ma maladie neurologique dès que j'étais avec elle. Une fois, j'en suis venu à simuler une chute devant elle : pour vous dire à quel point j'étais désespéré. Puis je lui répétais que les personnes âgées n'ont pas d'énergie. Couché tous les soirs à huit heures et demie, lui disais-je, cela faisait cinq ans que je n'avais pas vu les nouvelles de dix heures à la télévision. Sans parler de ma vue déclinante, de ma bursite de l'épaule, de ma dyspepsie, de ma prostate, de mes gaz, de ma constipation. J'ai même songé à me munir d'un appareil auditif, juste pour la convaincre.

« Mais c'était une erreur grossière. Tout faux de *A à Z* ! Ça n'a fait qu'aiguiser son appétit. Elle avait développé une attirance perverse pour mon infirmité et mon affaiblissement. Elle s'imaginait des choses : que j'aie une crise cardiaque, que ma femme me quitte et que j'aille chez elle pour qu'elle s'occupe de moi. L'un de ses fantasmes favoris faisait d'elle mon infirmière : elle me préparait le thé, me lavait, changeait mes chemises et mes pyjamas, me poudrait avec du talc, puis elle se déshabillait et se glissait dans les draps frais, à mes côtés.

« Au bout du vingtième mois, les progrès de Belle étaient encore plus impressionnants. Elle avait contacté d'elle-même les Narcotiques anonymes, et elle assistait à trois réunions par semaine. Elle travaillait bénévolement dans une école de banlieue, où elle sensibilisait les jeunes filles au contrôle des naissances et aux dangers du sida ; enfin, elle avait été prise pour un MBA dans une université du coin.

« Pardon, Ernest ? Comment est-ce que je savais qu'elle me disait la vérité ? Vous savez, je n'ai jamais douté de sa sincérité. Je sais pertinemment qu'elle avait ses défauts mais, au moins en ce qui me concernait, elle ne pouvait presque pas s'empêcher de dire la vérité. Très vite – je crois vous l'avoir déjà dit – nous avions établi un contrat exigeant une honnêteté mutuelle absolue. Au cours des premières semaines, elle m'a caché, une ou deux fois, des épisodes particulièrement peu ragoûtants de sa vie, mais elle ne l'a pas supporté ; elle s'est mise dans des états impossibles à cause de cela, elle était convaincue que je pouvais lire dans son esprit et que je la chasserais de la thérapie. À chaque fois, elle ne pouvait pas attendre la séance suivante pour se confesser ; alors, elle m'appelait au téléphone – même après minuit, une fois – pour rétablir la vérité.

« Mais votre question est pertinente. Trop de choses en dépendaient, en effet, pour que je puisse simplement la croire sur parole ; j'ai alors fait ce que vous auriez fait à ma place : j'ai vérifié toutes les sources possibles et imaginables. C'est à cette époque que j'ai rencontré son mari deux ou trois fois. Il refusait de faire une psychothérapie, mais il était d'accord pour accélérer celle de Belle. Il se trouve qu'il a corroboré tout ce qu'elle racontait. Non seulement ça, mais il m'a même autorisé à contacter la conseillère de la Science chrétienne, laquelle, ironie du sort, était en train de passer son Ph. D. en psychologie clinique et de lire mes travaux ; elle aussi m'a confirmé les propos de Belle, à savoir qu'elle faisait de gros efforts pour son couple, qu'elle ne se taillait plus les poignets, qu'elle ne se droguait plus et qu'elle faisait du bénévolat. Non, Belle était parfaitement réglo.

« Qu'auriez-vous fait dans cette situation, Ernest ? Comment ça ? Vous ne vous seriez jamais fourré dans une histoire pareille ? Oui, oui, je sais. Facile, Ernest, facile. Vous me décevez. Dites-moi : si vous n'aviez pas été là, où *auriez-vous été*, alors ? Dans votre labo ? Ou à la bibliothèque ? Vous auriez été peinard. Tranquille, à l'abri. Mais le patient, où aurait-il été ? Disparu depuis longtemps ! Voilà où il aurait été ! Exactement comme la bonne vingtaine de psy que Belle avait consultés avant moi : eux aussi ont pris le chemin le plus sûr et le plus tranquille. Mais moi, j'appartiens à une autre espèce de thérapeutes. Je sauve les âmes perdues. Je refuse de laisser tomber un patient. Pour le sauver, je serais prêt à me briser la nuque, à risquer ma tête, à faire n'importe quoi. Et ç'a été le cas pendant toute ma carrière. Vous connaissez ma réputation ? Demandez autour de vous. Demandez à votre directeur. Il en sait quelque chose. Il m'a envoyé des dizaines de patients. Je suis le thérapeute du dernier recours. Les autres m'envoient les patients pour lesquels ils ont abdiqué. Vous hochez la tête ? C'est ce qu'on vous a raconté sur moi ? Très bien ! Il est bon que vous sachiez que je ne suis pas juste un vieux schnoque gâteux.

« Dans ce cas, imaginez ma situation deux secondes ! Que diable pouvais-je faire ? Je commençais à être très nerveux. J'ai fait feu de tout bois : j'ai commencé à interpréter comme un dingue, frénétiquement, comme si ma vie en dépendait. J'interprétais tout ce qui bougeait. Et face à ses fantasmes, j'ai commencé à perdre patience.

« Tenez, par exemple : tout son délire absurde sur notre mariage et sur le fait qu'elle serait prête à tout plaquer pour le seul plaisir de passer une heure ou deux avec moi... Je lui ai posé la question : "Mais quel genre de vie est-ce là ? Quel genre de relation ?" Car ce n'était pas une relation, c'était du chamanisme. Mettez-vous à ma place, je me disais : "Qu'est-ce qu'elle peut bien imaginer que je retire d'un tel arrangement ? De la voir guérir par ma simple présence pendant une heure ?" C'était surréaliste. Était-ce vraiment une relation ? Non ! Nous n'étions pas dans le réel, puisqu'elle faisait de moi une icône. Et son obsession de me sucer et d'avaler mon sperme. Complètement dingue. Elle se sentait vide et voulait que je la remplisse de mon essence. Ne pouvait-elle pas voir ce qu'elle faisait ? Ne pouvait-elle pas comprendre à quel point c'est une erreur de traiter le symbolique comme s'il s'agissait du réel ? Pendant combien de temps croirait-elle qu'une goutte de mon sperme pourrait la remplir ? En l'espace de quelques secondes, ses acides gastriques hydrochloriques ne laisseraient plus rien que des fragments d'ADN.

« Face à mes interprétations frénétiques, Belle opinait de la tête d'un air grave. Et elle retournait aussitôt à son tricot. Son parrain des Narcotiques anonymes lui avait appris à tricoter et, pendant les dernières semaines, elle travaillait en permanence sur un pull en point natté que je devrais porter lors de notre fameux week-end. Je ne pouvais pas la faire changer d'avis. Elle convenait parfaitement que sa vie était peut-être fondée sur un fantasme, qu'elle était en quête d'un modèle, celui du vieux sage. Mais qu'y avait-il de mal à cela ? En plus de son MBA, elle suivait des cours d'ethnologie et lisait *Le Rameau d'or*[1]. Elle me rappelait que la plupart des êtres humains vivaient sur des concepts aussi irrationnels que les totems, la réincarnation, le paradis, l'enfer, voire les transferts et la déification de Freud. "Tout ce qui fonctionne est bon à prendre, disait-elle, et l'idée que nous allons passer un week-end ensemble fonctionne. Je n'ai jamais été aussi heureuse ; c'est comme si j'étais mariée avec vous. Comme si je vous attendais en sachant que vous allez me retrouver à la maison très bientôt ; ça me fait tenir, ça me rend heureuse." Puis elle s'en est retournée à son tricot. Ce satané pull ! J'avais envie de le lui arracher des mains.

« Au vingt-deuxième mois, j'ai tiré la sonnette d'alarme. J'ai perdu toute contenance. J'ai commencé à la cajoler, à louvoyer, à la supplier. Je lui assénais des grandes leçons sur l'amour. "Vous dites que vous m'aimez, mais l'amour signifie établir une relation, faire attention l'un à l'autre, se soucier du développement et de l'existence de l'autre. Est-ce que vous vous

---

1. Ouvrage en douze volumes, écrit entre 1911 et 1915 par l'anthropologue anglais James G. Frazer, qui voulut y recenser tous les mythes et croyances de l'univers.

souciez une seule seconde de mon bien-être ? De ce que *je* ressens ? Est-ce qu'il vous arrive de penser à mon sentiment de culpabilité, à mon angoisse, aux conséquences de tout cela sur ma propre estime, moi qui ai bafoué la déontologie ? Et les conséquences sur ma réputation, le risque que je prends, mon métier, mon mariage ?"

« "Combien de fois, répondit Belle, m'avez-vous rappelé que nous étions deux êtres humains qui se sont rencontrés, ni plus ni moins ? Vous m'avez demandé de vous faire confiance, et je vous ai fait confiance – pour la première fois de ma vie. Maintenant, je *vous* demande de *me* faire confiance. Ce sera notre secret. Je l'emporterai dans ma tombe. Quoi qu'il arrive. À jamais ! Quant à votre amour-propre, votre sentiment de culpabilité et vos angoisses professionnelles, eh bien… un guérisseur qui guérit son patient, que peut-on vouloir de plus ? Allez-vous laisser les règles, la réputation et la déontologie prendre le pas là-dessus ?" Je vous le demande, Ernest : avez-vous une bonne réponse à donner à cela ? Pas moi, en tout cas.

« D'une manière subtile, mais inquiétante, elle faisait des allusions aux conséquences possibles d'un abandon de ma part. Elle avait vécu *deux années* dans l'attente de ce week-end avec moi. Pourrait-elle jamais être à nouveau en confiance ? Avec un quelconque psychothérapeute ? Avec *n'importe qui*, d'ailleurs ? *Voilà* quelque chose qui devrait me faire culpabiliser, me faisait-elle bien comprendre. Elle n'avait pas besoin d'ajouter grand-chose. Je savais très bien ce qu'une éventuelle trahison de ma part aurait signifié pour elle. Même si elle avait cessé toutes ses pratiques autodestructrices depuis plus de deux ans, il ne faisait aucun doute qu'elle n'avait pas perdu son savoir-faire. Pour dire les choses crûment, j'étais convaincu que si je jetais l'éponge, Belle se suiciderait. J'essayais encore de me sortir du piège, mais mes ailes devenaient de plus en plus faibles.

« "J'ai soixante-dix ans et vous en avez trente-quatre, lui dis-je. Coucher ensemble serait contre nature.

— Chaplin, Kissinger, Picasso, Humbert Humbert et Lolita", répondit-elle en ne daignant même pas lever les yeux de son tricot.

"Vous en arrivez à des extrémités grotesques, lui dis-je. Ce que vous dites est tellement gros, exagéré et détaché de la réalité ! Ce week-end ne pourra rien être d'autre qu'une immense déception pour vous.

— Une déception est encore ce qui pourrait m'arriver de mieux. Vous savez bien… Pour que j'en finisse avec mon obsession de vous, mon 'transfert érotique', comme vous dites. Ce ne peut être que positif pour notre thérapie."

« J'essayais encore de ruser. "En plus, à mon âge, la vigueur sexuelle décline.

— Seymour, gronda-t-elle, vous me surprenez. Vous n'avez pas encore bien compris que la vigueur ou le rapport sexuel n'ont rien à voir là-dedans. Ce que je veux, c'est que vous soyez avec moi et que vous me serriez dans vos bras, comme une personne, comme une femme. Pas comme une patiente. Qui plus est, Seymour…", à ce moment-là, tenant le pull à moitié tricoté devant ses yeux, elle a jeté un regard timide derrière l'objet et m'a dit : "Vous et moi, ce sera la baise du siècle !"

« Et puis le jour J est arrivé. Le vingt-quatrième mois. Je n'avais pas d'autre choix que de m'incliner. Si je flanchais, je savais que les conséquences seraient catastrophiques. Mais si, d'autre part, je tenais parole ? Eh bien, qui sait ? Peut-être avait-elle raison, peut-être cela *mettrait-il fin* à son obsession. Peut-être que, sans le transfert érotique, son énergie serait plus libre de se porter sur son mari. Elle aurait encore confiance en la psychothérapie. Je partirais à la retraite dans deux ans, et elle consulterait d'autres thérapeutes. Peut-être que passer un week-end à San Francisco avec Belle serait un acte suprême d'amour thérapeutique.

« Pardon, Ernest ? Mon contre-transfert ? Exactement comme le vôtre, si vous aviez été à ma place : oscillant sans cesse. J'essayais de ne pas le faire intervenir dans ma décision. Je n'ai pas agi en fonction de mon contre-transfert ; j'étais persuadé de ne pas avoir d'autre choix rationnel. Et j'en suis encore convaincu aujourd'hui, même à la lumière de ce qui s'est produit par la suite. Mais je vous concède que j'étais plus que simplement captivé. J'étais là, un vieil homme confronté à la mort, les neurones du cortex et du cervelet claquant l'un après l'autre, les yeux en fin de course, une vie sexuelle presque terminée – ma femme, qui est très douée pour l'abandon, avait abdiqué depuis longtemps déjà. Et mon attirance pour Belle ? Je ne vais pas le nier : j'adorais cette femme. Et quand elle m'a dit qu'elle allait m'offrir la baise du siècle, je pouvais entendre mes vieux moteurs testiculaires redémarrer et se remettre à tourner. Mais je vais vous dire quelque chose – à vous et au magnétophone –, et je vais le dire aussi fort que possible : *ce n'est pas pour ça que je l'ai fait !* Peut-être que ça n'a aucune importance à vos yeux, comme à ceux du comité de déontologie, mais pour moi c'est une question de vie ou de mort. Je n'ai jamais rompu mon pacte avec Belle. Je n'ai jamais rompu mon pacte avec mes patients. Je n'ai jamais placé mes besoins au-dessus des leurs.

« Quant à la fin de l'histoire, j'imagine que vous la connaissez. Belle et moi, nous nous sommes retrouvés à San Francisco un dimanche matin pour un petit-déjeuner chez Mama's, à North Beach. Puis nous sommes restés ensemble jusqu'au dimanche soir. Nous avons décidé de dire à nos conjoints respectifs que j'avais mis en place une séance de groupe marathon pour mes patients. J'organise ce genre de groupes pour dix ou douze de mes patients environ deux fois par an. Belle avait même participé à l'une de ces séances du week-end au cours de sa première année de thérapie avec moi.

« Vous avez déjà mis en place des groupes de ce genre, Ernest ? Non ? Eh bien, laissez-moi vous dire qu'ils sont très efficaces… ils permettent d'accélérer la thérapie à un point ! Vous devriez vous renseigner là-dessus. La prochaine fois que nous nous verrons – et je suis sûr que nous nous reverrons, en d'autres circonstances –, je vous parlerai plus longuement de ces groupes ; j'en ai organisé pendant trente-cinq ans.

« Mais revenons au week-end avec Belle. Ce serait injuste de vous raconter tous les détails sans vous révéler la fin de l'histoire. Voyons voir… Qu'est-ce que je peux vous dire ? Qu'est-ce que je *veux* vous dire ? J'ai essayé de préserver ma dignité et de rester dans mon rôle de psychothérapeute, mais ça n'a pas duré bien longtemps – Belle s'en est chargée. Elle m'a sauté dessus dès notre arrivée à l'hôtel Fairmont, et très vite nous étions un homme et une femme, et tout, je dis bien tout ce que Belle avait prédit est arrivé.

« Je ne vais pas vous mentir, Ernest. J'ai adoré chaque minute de ce week-end, dont la majeure partie s'est déroulée au lit. Je craignais que ma tuyauterie soit complètement rouillée après tant d'années de chômage technique. Mais Belle était une reine de la plomberie et, après quelques secousses et autres cahotements, tout s'est remis en marche normalement.

« Pendant trois ans, j'avais reproché à Belle de vivre dans l'illusion et lui avais imposé ma réalité. Mais là, en un week-end, je suis entré dans son univers et me suis rendu compte que la vie dans le royaume des fées n'était pas si désagréable. Elle a été ma fontaine de jouvence. Heure après heure, je rajeunissais et je reprenais des forces. Je marchais mieux, je rentrais mon ventre, je paraissais plus grand. Ernest, je vous le dis comme je le pense, j'avais envie de rugir. Et Belle le voyait bien. "C'est ce dont vous aviez besoin, Seymour. Et c'est tout ce que je voulais : être dans vos bras, vous serrer, vous donner tout mon amour. Est-ce que vous comprenez bien que c'est la première fois de ma vie que je donne de l'amour ? Est-ce mal ?"

« Elle a beaucoup pleuré. Comme tous mes autres conduits, mes canaux lacrymaux s'étaient ouverts, et moi aussi j'ai beaucoup pleuré. Elle m'a tant donné pendant ce week-end… Toute ma carrière, j'ai passé mon temps à donner, et c'était la première fois que j'étais payé en retour, vraiment en retour. Comme si Belle donnait pour tous les patients que j'avais vus.

« Mais la vraie vie a repris ses droits. Le week-end s'est achevé. Belle et moi sommes revenus à nos séances bihebdomadaires. N'ayant jamais imaginé perdre notre pari, je n'avais aucun plan de secours pour la thérapie après ce week-end. J'ai cherché à reprendre le cours normal des événements, mais au bout d'une ou deux séances je me suis rendu compte que j'avais un problème. Un gros problème. Car il est presque impossible pour des gens qui ont été intimes de retrouver une relation normale. Malgré tous mes efforts, au travail thérapeutique sérieux se substituait un nouveau rapport de séduction. Belle insistait pour s'asseoir sur mes genoux. Elle me câlinait tout le temps, elle me caressait, me flattait. J'essayais de freiner ses ardeurs, de m'en tenir à la déontologie professionnelle, mais – soyons franc – on n'était plus dans le domaine de la psychothérapie.

« J'ai donc mis le holà et, solennellement, je lui ai annoncé que nous avions deux possibilités : soit nous essayions de revenir à un travail sérieux, c'est-à-dire à une relation non physique et plus classique, soit nous cessions de prétendre être en thérapie et essayions d'établir une relation purement sociale. Et "sociale" ne signifiait pas "sexuelle" : je ne voulais pas compliquer encore le problème. Je vous l'ai dit, j'ai participé à la rédaction des principes condamnant les thérapeutes et les patients qui ont des relations sexuelles post-thérapeutiques. Je lui ai également expliqué que, puisque nous n'étions plus en thérapie, je n'accepterais plus le moindre dollar de sa part.

« Pour Belle, aucune de ces deux options n'était acceptable. Un retour à la normalité de la psychothérapie lui paraissait grotesque. S'il existe bien une relation où l'on ne joue pas, n'est-ce pas, précisément, la relation thérapeutique ? Quant à ne plus payer, cela lui était impossible. Son mari avait installé son bureau à domicile et il passait le plus clair de son temps à la maison. Comment pourrait-elle donc lui expliquer où elle se rendait deux heures par semaine si elle ne faisait pas régulièrement des chèques à son psychothérapeute ?

« Belle me reprochait ma vision étroite de la thérapie. "Nos rencontres, tous les deux, ces rencontres intimes, joyeuses, émouvantes, où parfois nous faisons bien l'amour, vraiment l'amour, sur ton divan : *ça*, c'est de la thérapie. Et de la bonne thérapie, en plus. Pourquoi refuses-tu de le voir, Seymour ? me demandait-elle. Est-ce qu'une bonne thérapie n'est pas une thérapie efficace ? Aurais-tu oublié tes grandes phrases sur 'la question essentielle de la thérapie' : *est-ce que ça marche ?* Ne crois-tu pas que ma thérapie marche, justement ? Est-ce que je ne me porte pas de mieux en mieux ? Je suis restée *clean*. Pas de symptômes. J'ai eu mon diplôme. Je commence une nouvelle vie. Tu m'as changée, Seymour, et la seule chose que tu aies à faire pour consolider ce changement, c'est de continuer à passer deux heures par semaine à mes côtés."

« Belle était rusée, je vous le concède volontiers. Et elle l'était de plus en plus. Je n'avais aucun argument à lui opposer, aucun moyen de lui démontrer qu'un tel arrangement n'était pas une bonne chose.

« Pourtant, je savais qu'on allait tout droit à la catastrophe. J'y prenais trop de plaisir. Lentement, trop lentement d'ailleurs, j'ai commencé à me dire que j'étais dans la panade. Quiconque nous aurait vus ensemble deux secondes en aurait conclu que je profitais du transfert et que j'abusais de cette patiente pour en tirer du plaisir. Ou alors, que j'étais un vieux gigolo de luxe.

« Je ne savais plus quoi faire. Je ne pouvais évidemment en parler à personne : je connaissais déjà la réponse qu'on me donnerait, et je n'étais pas prêt à aller au combat. Je ne pouvais pas non plus envoyer Belle chez un autre psy : elle n'y serait jamais allée. Pour être honnête, je n'ai pas vraiment creusé dans cette direction. Je m'en veux un peu. Est-ce que j'ai bien fait ? J'ai passé quelques mauvaises nuits à l'imaginer en train de tout déballer sur moi à un autre thérapeute. Vous savez comment les psy adorent se raconter entre eux des ragots sur les frasques du thérapeute précédent… Ils auraient adoré des ragots bien juteux sur Seymour Trotter. Pourtant, je ne pouvais pas lui demander de me protéger ; car si elle gardait ce genre de secret pour elle, elle sabotait sa prochaine psychothérapie.

« Il y avait donc un gros avis de tempête mais, malgré cela, je n'étais absolument pas préparé à l'ouragan qui allait se déchaîner. Un soir, en rentrant chez moi, j'ai trouvé la maison sans lumière, ma femme était partie et quatre photos de Belle et moi ensemble étaient clouées à la porte d'entrée : l'une d'entre elles nous montrait en train de prendre notre chambre à la réception de l'hôtel Fairmont ; une autre nous voyait, bagages à la main, entrer dans notre chambre ensemble ; la troisième était un gros plan de la fiche de réservation de l'hôtel – Belle avait payé en liquide et avait pris la chambre au nom de "Dr et Mme Seymour". La quatrième, enfin, nous montrait en train de nous embrasser sur le pont du Golden Gate.

« Sur la table de la cuisine, j'ai trouvé deux lettres : l'une du mari de Belle à ma femme, lui disant qu'elle serait peut-être intéressée par les quatre photos ci-jointes qui montraient bien quel genre de traitement son époux dispensait à sa femme. Il disait également avoir envoyé une lettre identique au comité de déontologie médicale de l'État, et concluait par une menace sournoise : si je revoyais Belle une seule fois, un procès serait bien le cadet des soucis dont aurait à se préoccuper la famille Trotter. La seconde lettre avait été rédigée par ma femme. Une lettre brève, directe, me priant de ne pas prendre la peine de m'expliquer. Son avocat se chargerait de m'écouter. Elle me donnait vingt-quatre heures pour faire mes valises et quitter la maison.

« Cela nous amène à aujourd'hui, Ernest. Que puis-je vous dire d'autre ?

« Comment a-t-il récupéré ces photos ? Il a dû payer un détective privé pour nous suivre. Quelle ironie, tout de même… son mari qui décide de la quitter juste au moment où elle va mieux ! Mais qui sait ? Peut-être qu'il cherchait une échappatoire depuis longtemps. Peut-être que Belle l'avait complètement usé.

« Je n'ai plus jamais revu Belle. Tout ce que je sais d'elle, ce sont des ouï-dire que m'a rapportés un vieux copain de l'hôpital de Pacific Redwood. Et les nouvelles ne sont pas très rassurantes. Son mari a demandé le divorce et quitté le pays avec toute la fortune familiale. Cela faisait des mois qu'il soupçonnait Belle, depuis le jour, en fait, où il avait trouvé des préservatifs dans son sac à main. Encore une ironie de l'histoire : c'est parce que la thérapie avait enrayé ses tendances mortelles à l'autodestruction qu'elle était disposée à utiliser des préservatifs.

« Aux dernières nouvelles, Belle était dans un état lamentable – revenue à la case départ. Toutes ses anciennes pathologies avaient refait surface : deux hospitalisations pour tentative de suicide – l'une en se coupant les veines, l'autre après une méchante overdose. Elle va se tuer. Je le sais. Apparemment, elle a essayé pas moins de trois nouveaux thérapeutes, les a renvoyés l'un après l'autre, et refuse désormais toute nouvelle thérapie, se réfugiant de nouveau dans les drogues dures.

« Mais vous ne savez pas le pire ? Je sais que je pourrais l'aider, même aujourd'hui. J'en suis absolument certain et pourtant, par décision judiciaire, je n'ai pas le droit de la voir ni de lui parler. Si j'enfreins cette interdiction, j'encours une lourde sanction pénale. Elle m'a laissé plusieurs messages téléphoniques, mais mon avocat m'a prévenu que je courais de gros risques et m'a enjoint, pour éviter la prison, de ne pas lui répondre. Il a contacté Belle et lui a appris que, sur décision de justice, je n'avais pas le droit de communiquer avec elle. Elle a donc cessé de m'appeler.

« Qu'est-ce que je vais faire ? En ce qui concerne Belle, vous voulez dire ? C'est dur. De ne pas pouvoir répondre à ses appels me rend malade, mais je n'aime pas les prisons. Et je sais que je pourrais lui faire énormément de bien en lui parlant ne serait-ce que dix minutes. Même aujourd'hui. Coupez le magnétophone, Ernest… Je ne suis pas certain de pouvoir la laisser sombrer comme ça. Pas certain de pouvoir vivre avec ça en moi.

« Voilà, Ernest, je vous ai tout dit. Fin de l'histoire. *Terminé*. Mais laissez-moi vous dire que ce n'est pas comme ça que j'aurais voulu finir ma carrière. Belle a été le personnage principal de cette tragédie, mais la situation est également catastrophique pour moi. Ses avocats insistent pour qu'elle me demande des indemnités et ramasse le maximum. Ils vont être très gourmands, et la plainte pour faute professionnelle arrive dans deux mois.

« Déprimé ? ! Bien sûr que je suis déprimé. Comment ne pas l'être ? J'appelle ça une "dépression justifiée" : je suis un vieil homme triste et misérable. Découragé, seul, assailli de doutes, finissant sa vie dans la déchéance.

« Non, Ernest, ce n'est pas une dépression qui peut se soigner par les médicaments. Ce n'est pas ce genre de dépression. Pas de symptômes physiologiques : ni problèmes psychomoteurs, ni insomnies, ni perte de poids… Rien de tout cela. Merci pour la proposition, quand même.

« Non, pas d'envies de suicide non plus, bien que, je l'admets, je sombre dans les ténèbres. Mais je suis un battant. Je me cache et je lèche mes plaies.

« Oui, très seul. Ma femme et moi avons vécu ensemble pendant de nombreuses années. Par habitude. J'ai vécu pour mon travail, et mon mariage a toujours été périphérique. Ma femme disait que j'assouvissais mes désirs pour me rapprocher de mes patients. Et elle avait raison. Mais ce n'est pas pour cela qu'elle est partie. Mon ataxie se développe à la vitesse grand V, et je ne suis pas certain qu'elle ait envisagé la perspective d'être mon infirmière à plein temps avec un immense plaisir. Je crois qu'elle a profité de l'occasion pour se tirer de ce traquenard au plus tôt. Je ne peux pas lui en vouloir.

« Non, je n'ai pas besoin de voir un psy. Je vous le dis : je ne suis pas cliniquement déprimé. J'apprécie le geste, Ernest, mais je serais un patient absolument insupportable. Jusqu'à présent, je vous le répète, je lèche mes plaies – et je suis un assez bon lécheur.

« Si vous m'appelez pour venir aux nouvelles, ça me fera plaisir. Je suis touché par votre geste. Mais ne vous en faites pas, Ernest. Je suis du genre coriace. Ça va aller. »

Sur ces entrefaites, Seymour Trotter ramassa ses cannes et tituba hors de la pièce. Ernest, toujours assis, écouta les petits coups s'éloigner de plus en plus.

Lorsque Ernest le rappela deux semaines plus tard, le Dr Trotter déclina de nouveau tout secours. Au bout de quelques minutes, il détourna la conversation vers l'avenir d'Ernest et lui exprima une fois de plus sa forte conviction que, quels que fussent ses talents de psychopharmacologue, Ernest passait à côté de sa vocation : il était fait pour la psychothérapie et se devait d'assumer son destin. Il proposa à Ernest d'en discuter autour d'un déjeuner, mais celui-ci refusa.

« Que je suis bête ! répondit le Dr Trotter sans la moindre ironie. Je vous prie de m'excuser. Je suis en train de vous donner des conseils sur un changement dans votre carrière et, en même temps, je vous pousse à la mettre en danger en vous affichant en public avec moi.

— Non, Seymour, répondit Ernest en l'appelant pour la première fois par son prénom, ce n'est pas du tout pour cela. Pour dire la vérité, et je suis gêné de vous le dire, on m'a désigné comme expert lors de votre procès au civil pour faute professionnelle.

— Vous n'avez pas à vous sentir gêné, Ernest. Il est de votre devoir de témoigner. À votre place, je ferais la même chose, exactement la même chose. Notre profession est vulnérable, menacée de toutes parts. Il est de notre devoir de la protéger et de défendre nos valeurs. Si vous ne deviez croire qu'une seule chose de ce que je vous ai dit, croyez celle-là : je vénère ce travail. J'y ai consacré ma vie entière. C'est pour ça que je vous ai raconté mon histoire dans tous ses détails ; je voulais que vous sachiez qu'il ne s'agit pas d'une affaire de trahison. J'ai agi en toute bonne foi. Cela peut vous paraître absurde mais, aujourd'hui encore, je crois avoir bien agi. Parfois le destin nous place dans des situations où le bien est le mal. Je n'ai jamais trahi ni mon métier, ni mes patients. Quelle que soit l'issue de toute cette histoire, Ernest, je vous demande de me croire. Je crois en ce que j'ai fait : je ne trahirai jamais un patient. »

Lors du procès, Ernest témoigna. Arguant de son grand âge, de ses facultés de jugement émoussées et de son infirmité, l'avocat de Seymour tenta une nouvelle défense désespérée : il affirma que si victime il y avait eu, c'était Seymour, et non Belle. Mais le dossier était indéfendable, et Belle reçut deux millions de dollars, soit le maximum que l'assurance de Seymour pouvait donner. Ses avocats étaient prêts à demander encore plus, mais cela n'avait plus grand sens dans la mesure où, après avoir payé son divorce et ses frais d'avocat, Seymour se retrouvait totalement fauché.

La vie publique de Seymour Trotter était donc terminée. Quelque temps après le procès, il quitta la ville discrètement et ne fit plus jamais signe, à l'exception d'une lettre (sans indication de provenance) qu'Ernest reçut un an plus tard.

Ernest ne disposait que de quelques minutes avant de recevoir son premier patient, mais il ne put résister à la tentation de jeter un œil, une fois de plus, sur la dernière trace laissée par Seymour Trotter :

« Cher Ernest,

vous seul, pendant ces semaines de chasse aux sorcières, avez exprimé un intérêt pour mon bien-être. Je vous en remercie – votre attention m'a été du plus grand secours. Vais bien. Perdu, mais ne veux pas être trouvé. Je vous dois beaucoup – au moins cette lettre ainsi que cette photo de Belle et moi ensemble. Au fait, à l'arrière-plan, c'est sa maison : Belle a gagné pas mal d'argent.

Seymour »

Comme il l'avait fait tant de fois, Ernest regarda la photo un peu jaunie. Sur une pelouse parsemée de petits palmiers, Seymour était assis dans un fauteuil roulant. Belle se tenait derrière lui, triste et décharnée, les mains crispées autour des poignées du fauteuil. Ses yeux regardaient par terre. Derrière elle, une belle maison coloniale et, encore au-delà, les eaux vertes, laiteuses et étincelantes d'une mer tropicale. Seymour souriait – un grand sourire à la fois idiot et goguenard. D'une main, il s'accrochait au fauteuil roulant ; de l'autre, il pointait joyeusement sa canne vers le ciel.

Comme toujours lorsqu'il étudiait cette photo, Ernest eut mal au cœur. Il approcha ses yeux pour essayer de se fondre dans l'image, y découvrir quelque indice, une réponse définitive quant à ce qu'étaient vraiment devenus Seymour et Belle. La clé, pensa-t-il, se trouvait dans les yeux de Belle. Ils avaient l'air mélancoliques, abattus même. Pourquoi ? N'avait-elle pas obtenu ce qu'elle voulait ? Il s'approcha encore un peu de Belle et essaya de capter son regard. Mais elle regardait toujours ailleurs.

Chapitre 1

Au cours des cinq années passées, Justin Astrid avait, trois fois par semaine, débuté sa journée par une visite chez le Dr Lash. Ce jour-là, la visite avait commencé exactement comme les sept cents séances de psychothérapie précédentes : à sept heures cinquante du matin, il avait gravi les marches, joliment peintes en mauve et acajou, qui menaient à l'immeuble victorien de Sacramento Street, puis il avait traversé le vestibule, était monté au deuxième étage et avait pénétré dans la salle d'attente d'Ernest, une pièce faiblement éclairée et imprégnée d'un fort arôme de café italien encore chaud. Justin respira un grand coup, se versa un peu de café dans un bol japonais orné d'une fleur de kaki peinte à la main, s'assit sur le dur canapé de cuir vert et ouvrit la page sportive du *San Francisco Chronicle.*

Mais il ne parvint pas à lire le compte rendu du match de base-ball disputé la veille. Pas aujourd'hui. Car quelque chose d'important s'était produit, quelque chose qui imposait le respect. Il replia le journal et regarda la porte d'Ernest.

Lorsque huit heures sonnèrent, Ernest classa le dossier de Seymour Trotter dans son armoire, jeta un rapide coup d'œil sur celui de Justin, mit de l'ordre

71

sur son bureau, rangea son journal dans un tiroir et mit sa tasse de café à l'abri des regards. Puis il se leva et, juste avant d'ouvrir la porte, inspecta une dernière fois son bureau. Aucun signe visible de présence humaine. Parfait.

Il ouvrit la porte. L'espace de quelques instants, les deux hommes se regardèrent. Le guérisseur et le patient. Justin avec son *San Francisco Chronicle* à la main, et le journal d'Ernest soigneusement caché dans son bureau. Justin, veste bleu foncé et cravate italienne Liberty en soie rayée. Ernest, blazer bleu marine avec une cravate à fleurs. Tous deux avaient cinq kilos de trop : Justin était tout en bajoues et multiples mentons, tandis que la panse d'Ernest recouvrait sa ceinture. Si la moustache de Justin rebiquait vers le haut, en direction de ses narines, en revanche la barbe soigneusement entretenue d'Ernest était son trait physique le plus raffiné. Le visage de Justin était mobile, agité, ses yeux nerveux. Ernest, lui, portait de grosses lunettes et pouvait rester de longs moments sans cligner des yeux.

« Je viens de quitter ma femme, annonça Justin après s'être assis dans le bureau. Hier soir. Je suis parti. J'ai passé la nuit avec Laura. » Il s'exprimait calmement, presque froidement. Puis il s'arrêta net et scruta Ernest.

« Comme ça ? » demanda ce dernier non moins calmement. Ses yeux ne clignèrent pas.

« Oui, comme ça. » Justin sourit. « Une fois que je sais ce qu'il faut faire, je ne perds pas de temps. »

Depuis quelques mois, leurs discussions avaient laissé une petite place à l'humour. Généralement, Ernest s'en réjouissait. Son formateur, Marshal

Streider, lui avait appris que, dans une thérapie, l'apparition d'apartés humoristiques était souvent un bon signe.

Mais le « comme ça ? » d'Ernest n'avait rien de drôle : la phrase de Justin l'avait troublé, et même irrité ! Il traitait Justin depuis cinq ans – cinq ans qu'il se cassait le cul pour l'aider à quitter sa femme ! Et voilà que Justin lui apprenait, comme si de rien n'était, qu'il venait de quitter sa femme.

Ernest repensa à leur toute première séance, aux premiers mots que Justin avait prononcés : « J'ai besoin que l'on m'aide à quitter ma femme ! » Des mois durant, Ernest avait méthodiquement analysé la situation pour en arriver à cette conclusion : Justin *devait* rompre, car il s'agissait bien de l'un des pires couples qu'il ait jamais vus. Et pendant cinq années, Ernest avait employé tous les outils thérapeutiques connus pour permettre à Justin de quitter sa femme. Mais rien n'avait marché.

Ernest était un thérapeute obstiné. Personne ne l'avait jamais accusé de ne pas faire le maximum. La plupart de ses confrères considéraient sa psychothérapie comme trop active, trop ambitieuse. Son formateur le lui reprochait toujours : « Oh, doucement mon vieux ! Préparez le terrain... Vous ne pouvez pas *obliger* les gens à changer. » Mais en fin de compte, même Ernest avait dû abandonner le combat. Bien qu'il n'ait jamais cessé d'apprécier Justin, et toujours souhaité son bonheur, il s'était de plus en plus rangé à l'idée que son patient ne quitterait jamais sa femme, qu'il était absolument indéracinable, comme cloué au sol, et resterait toute sa vie empêtré dans un mariage malheureux.

Alors Ernest lui avait assigné des objectifs plus limités : s'accommoder de ce mariage raté, devenir plus autonome au travail, entretenir de meilleures relations sociales. Ernest y parvint aussi bien que n'importe quel autre psychothérapeute. Mais quel ennui ! La thérapie devint de plus en plus prévisible ; aucune surprise ne se produisait. Ernest étouffait ses bâillements, remontant ses lunettes sur l'arête de son nez pour se maintenir éveillé. Il ne parla plus de Justin à son formateur. Il imaginait des conversations avec Justin où il lui suggérait gentiment d'aller consulter un autre psychothérapeute.

Et soudain, voilà Justin qui débarque comme une fleur pour annoncer, désinvolte, qu'il vient de quitter sa femme !

Ernest chercha à dissimuler ses sentiments en nettoyant ses lunettes avec un Kleenex tiré d'une boîte.

« Racontez-moi, Justin. » Mauvaise technique ! Ernest s'en rendit compte tout de suite. Il rechaussa ses lunettes et écrivit sur son carnet de notes : « Erreur – j'ai demandé des précisions – contre-transfert ? »

Il reviendrait plus tard sur ses notes avec Marshal, au cours de la supervision. Mais il comprit tout seul que c'était idiot de demander des détails. Pourquoi devrait-*il* encourager Justin à poursuivre ? Il n'aurait jamais dû céder à sa curiosité. « Bavard » : voilà comment Marshal l'avait qualifié quelques semaines auparavant. « Sachez attendre, lui avait-il dit. L'important, c'est que Justin vous dise quelque chose, et non que vous l'entendiez. Et s'il choisit de ne *rien* vous dire, alors vous devriez vous demander pourquoi il vient vous voir et vous paye, tout en vous cachant des choses. »

Ernest savait que Marshal avait raison. Néanmoins, il ne se souciait pas des bonnes pratiques : il ne s'agissait pas d'une séance ordinaire. Justin l'endormi s'était réveillé, et il avait quitté sa femme ! Ernest le regarda : était-ce son imagination, ou bien Justin paraissait-il plus fort aujourd'hui ? Fini les courbettes obséquieuses, fini le pas traînant, fini les trémoussements dans son fauteuil pour rajuster son caleçon, les hésitations, les excuses pour avoir fait tomber son journal par terre.

« Eh bien… J'aurais aimé pouvoir vous en dire plus, mais tout s'est passé de manière tellement simple. Comme si j'avais été en pilote automatique. J'ai agi, tout simplement. Je suis parti ! » Puis il se tut.

Une fois de plus, Ernest avait hâte de savoir.

« Dites-m'en plus, Justin.

— Ça a un rapport avec Laura, ma jeune amie. »

Justin parlait rarement de Laura, mais quand il le faisait, elle était toujours sa « jeune amie », ce qui avait le don d'énerver Ernest. Mais celui-ci n'en montra rien et demeura silencieux.

« Vous savez que je l'ai beaucoup vue, ces derniers temps. Peut-être que je ne vous en ai pas trop parlé… en fait, je ne sais pas pourquoi. Mais bon… Il se trouve que je la vois presque tous les jours, pour déjeuner, pour une balade, ou pour des galipettes chez elle. Avec elle, je me sentais de mieux en mieux. Jusqu'à ce qu'elle me dise, hier, de manière très terre à terre : "Justin, il est temps que tu t'installes avec moi."

« Vous savez, poursuivit Justin en frottant sa moustache qui lui chatouillait les narines, je me suis dit qu'elle avait raison : il *était temps* de partir. »

Laura lui demande de quitter sa femme et il s'exécute. Pendant quelques instants, Ernest repensa à un texte qu'il avait lu un jour sur le comportement sexuel des poissons vivant dans les barrières de corail. Apparemment, les biologistes marins identifient facilement les poissons dominants, mâles et femelles : ils n'ont qu'à observer la femelle en train de nager et de déranger totalement les habitudes de la plupart des mâles – tous, à l'exception des mâles dominants. Ah, le pouvoir des belles femelles sur les poissons et les êtres humains ! Terrible ! Laura, qui sortait à peine du lycée, avait simplement dit à Justin qu'il devait quitter sa femme, et il lui avait obéi. Alors que lui, Ernest Lash, un thérapeute doué, extrêmement doué même, s'était escrimé pendant cinq inutiles années à convaincre le même Justin de quitter sa femme – en vain.

« Et donc, poursuivit Justin, cette nuit, à la maison, Carol m'a facilité la tâche en faisant son emmerdeuse, comme d'habitude, et en me reprochant de ne pas être *présent*. "Même quand tu es présent, tu es absent, me dit-elle. Rapproche ta chaise de la table ! Pourquoi est-ce que tu es toujours loin ? Parle ! Regarde-nous ! Quand est-ce que tu as dit quelque chose de spontané pour la dernière fois, à moi ou aux enfants ? Où as-tu la tête ? Ton corps est là, mais pas toi !" À la fin du repas, alors qu'elle débarrassait la table en faisant du bruit avec les assiettes, elle a ajouté : "Je ne sais même pas pourquoi tu te fatigues à ramener ton corps à la maison."

« Et soudain, Ernest, la lumière m'est apparue : Carol a raison. Elle a raison. *"Pourquoi est-ce que je me fatigue ?"*, me suis-je demandé, puis répété : *"Pourquoi est-ce que je me fatigue ?"* Je l'ai redit à voix haute. "Carol, tu as raison. Là-dessus, comme sur tout, tu as raison ! Je ne sais pas *pourquoi* je me fatigue à revenir à la maison. Tu as parfaitement raison."

« Du coup, sans un mot de plus, je suis monté dans ma chambre, j'ai mis tout ce que je pouvais mettre dans la première valise que j'ai trouvée et je suis parti de la maison. Je voulais emporter plus de choses, revenir chercher une autre valise. Vous connaissez Carol : elle allait massacrer et brûler tout ce que je laisserais derrière moi. J'ai voulu récupérer mon ordinateur, parce qu'elle allait le pulvériser à coups de marteau. Mais je savais que si je ne partais pas à ce moment-là, je ne le ferais jamais. "Si tu retournes dans cette maison, me suis-je dit, tu es un homme mort." Je me connais. Je connais Carol. J'ai marché droit devant moi, sans regarder ni à droite, ni à gauche. Juste avant de fermer la porte d'entrée derrière moi, j'ai penché la tête et crié : "Je t'appellerai." Et je me suis barré ! »

Justin avait parlé en inclinant son corps vers l'avant. Il respira profondément, se pencha de nouveau en arrière et dit, épuisé :

« Voilà, je vous ai tout dit.

— Et tout ça s'est passé cette nuit ? »

Justin acquiesça.

« Je suis allé directement chez Laura et j'ai passé la nuit dans ses bras. Mon Dieu… j'ai eu du mal à quitter ses bras, ce matin. Je ne pourrais pas vous décrire ça, c'était tellement dur.

— Essayez quand même, insista Ernest.

— Eh bien, lorsque j'ai commencé à m'arracher des bras de Laura, j'ai immédiatement pensé à une amibe en train de se séparer en deux – je n'y avais pas songé depuis mes cours de biologie au lycée. Nous étions comme les deux moitiés de l'amibe en train de se séparer, morceau par morceau, jusqu'à ce qu'il ne reste plus qu'un mince fil qui nous reliait l'un à l'autre. Et puis clac – un *clac* douloureux – et nous étions séparés. Je me suis levé, me suis habillé, j'ai regardé l'horloge et me suis dit : "Plus que quatorze heures avant que je ne revienne me lover de nouveau contre Laura dans son lit." Ensuite, je suis venu ici.

— Cette scène avec Carol, hier soir, pendant des années, vous en avez eu peur. Et pourtant, vous avez l'air plutôt content.

— Comme je vous l'ai dit, Laura et moi nous entendons à merveille. C'est un ange que le ciel m'a envoyé. Cet après-midi, nous allons chercher un appartement. Elle a un petit studio à Russian Hill, avec une très belle vue sur le Bay Bridge. Mais c'est trop petit pour nous deux. »

« *Envoyée du ciel* » ! Ernest suffoquait.

« Si seulement, poursuivit Justin, Laura avait pu exister plus tôt ! Nous avons parlé du loyer que nous pouvions nous permettre. Sur le chemin, ce matin, j'ai commencé à faire le calcul de ce que j'ai dépensé pour ma psychothérapie. Trois fois par semaine, pendant cinq ans… Ça nous fait combien ? Entre soixante-dix et quatre-vingt mille dollars ? Ne le prenez pas pour vous, Ernest, mais je ne peux pas m'empêcher de me demander ce qui serait arrivé si Laura avait débarqué cinq ans plus tôt. Peut-être que je n'aurais pas quitté

Carol et que j'en aurais terminé avec ma thérapie. Peut-être que je serais en train de chercher un appartement avec quatre-vingt mille dollars en poche ! »

Ernest se sentit rougir. Les propos de Justin résonnaient dans son cerveau. « *Quatre-vingt mille dollars ! Ne le prenez pas pour vous, ne le prenez pas pour vous !* »

Mais il ne pipa mot. Pas plus qu'il ne tiqua ou ne chercha à se défendre. Il ne voulut pas non plus rappeler à son interlocuteur que, cinq ans auparavant, Laura avait environ quatorze ans, que Justin n'aurait pas pu lui torcher les fesses sans demander la permission à Carol, qu'il ne pouvait pas passer une journée sans appeler son psy, ne pouvait commander un plat dans un restaurant sans demander conseil à sa femme, ni s'habiller le matin si elle ne choisissait pas ses vêtements. Et c'était avec le fric de sa femme, de toute manière, qu'il payait ses séances, certainement pas avec le sien – Carol gagnait trois fois plus que lui. Comment pouvait-il prétendre que, sans ces cinq années de psychothérapie, il aurait aujourd'hui quatre-vingt mille dollars en poche ? Merde ! Cinq ans plus tôt, il n'aurait pas pu décider dans quelle poche les mettre !

Ernest n'en dit pourtant rien. Il était très fier de cette retenue, y voyant un signe évident de maturité professionnelle. Il se contenta plutôt de demander innocemment :

« Est-ce que vous êtes entièrement heureux ?

— Comment ça ?

— Je veux dire qu'il s'agit d'un événement important. Vous devez donc avoir des tas de sentiments différents sur la question, non ? »

Mais Justin ne lui donna pas ce qu'il attendait. Il s'engagea peu, garda ses distances et sembla méfiant. Finalement, Ernest se rendit compte qu'il ne devait pas se concentrer sur le *contenu*, mais sur le *processus* – c'est-à-dire la *relation* entre le patient et le psychothérapeute.

Le *processus* : la baguette magique du thérapeute, toujours efficace quand celui-ci se trouve dans une impasse. C'est son secret professionnel le plus puissant, l'instrument qui rend la conversation avec son psy différente et plus efficace qu'une conversation avec son meilleur ami. Cette attention sur le processus, sur ce qui se passe entre le patient et le thérapeute, était ce qu'il avait tiré de plus précieux de son apprentissage auprès de Marshal ; et, en retour, c'était le meilleur enseignement qu'il pouvait offrir lorsqu'il formait des internes. Au fil des années, il avait peu à peu appris à comprendre que le *processus* n'était pas simplement une baguette magique que l'on utilise dans les mauvais moments : c'était le cœur même de la thérapie. L'un des meilleurs exercices que lui avait imposés Marshal consistait justement à se concentrer sur le processus au moins trois fois par séance.

« Justin, hasarda-t-il, est-ce qu'on peut s'arrêter quelques instants sur ce qui est en train de se passer entre nous aujourd'hui ?

— Quoi ? Mais qu'est-ce que vous entendez par "ce qui est en train de se passer" ? »

Toujours plus de résistance. Justin qui joue au crétin.

« Néanmoins, pensa Ernest, la rébellion, même passive, n'est pas une si mauvaise chose. » Il se rappela ainsi les dizaines et dizaines d'heures qu'ils avaient consacrées à l'obséquiosité délirante de Justin, cette tendance qu'il avait à s'excuser de tout et à ne jamais rien demander, par exemple à ne pas se plaindre d'avoir le soleil dans les yeux ou à ne pas demander si l'on pouvait baisser le store. Dans *ce* contexte, Ernest savait bien qu'il devait soutenir Justin et le féliciter d'avoir enfin agi. L'objectif, aujourd'hui, était de l'aider à transformer cette résistance passive en une expression franche et claire.

« Je veux dire, comment ressentez-vous le fait de me parler aujourd'hui ? Quelque chose a changé, vous ne trouvez pas ?

— Et *vous*, que ressentez-vous ? »

Aïe ! Encore une réponse fort peu « justinienne ». Une déclaration d'indépendance. « Estime-toi heureux, pensa Ernest. *Tu te souviens de la joie qu'éprouve Geppetto quand Pinocchio danse sans ficelles pour la première fois ?* »

« Très bien, Justin. Pour vous répondre, je me sens éloigné, exclu, comme si quelque chose d'important vous était arrivé… Non, ce n'est pas exactement ça. Je vais vous le dire autrement : comme si *vous aviez provoqué un changement important* et vouliez tenir ce changement hors de ma portée, comme si vous ne vouliez pas être ici, comme si vous souhaitiez m'exclure. »

Justin acquiesça franchement.

« C'est bien vu, Ernest. *Très* bien vu. C'est en effet ce que je ressens. Je me tiens à distance. J'ai envie de m'accrocher à mon bonheur, je ne veux pas qu'on me ramène sur terre.

— Parce que je vais vous ramener sur terre ? Je vais essayer de vous enlever ce bonheur ?

— Vous avez déjà essayé de le faire », répondit Justin en regardant Ernest, chose rare, directement dans les yeux.

Ce dernier leva les sourcils avec étonnement.

Justin poursuivit : « Ce n'était pas le cas quand vous m'avez demandé si j'étais entièrement heureux ? »

Ernest retint son souffle. Justin venait de le défier comme jamais. Peut-être avait-il appris quelque chose de la thérapie, après tout ! C'était maintenant au tour d'Ernest de jouer les crétins.

« Qu'est-ce que vous voulez dire, au juste ?

— *Bien sûr* que je ne me sens pas entièrement heureux… Je suis tout remué de quitter à jamais Carol et ma famille. Vous ne vous en rendez pas compte ? Comment est-ce possible ? Je viens de tout plaquer : ma maison, mon ordinateur portable Toshiba, mes gamins, mes vêtements, mon vélo, mes raquettes, mes cravates, ma télé Mitsubishi, mes cassettes vidéo et mes disques. Vous connaissez Carol : elle ne va rien me rendre, elle va détruire tout ce que je possède. Aaaahhh… »

Justin grimaça, croisa les bras et se plia en deux comme s'il venait de recevoir un coup de poing dans l'estomac. « Cette douleur… Elle est là, je peux la toucher… Vous voyez comme elle est proche ? Aujourd'hui, je voulais oublier, juste une journée, quelques heures… Mais vous n'avez pas voulu que j'oublie. Vous n'avez même pas l'air content que j'aie enfin quitté Carol. »

Ernest était stupéfait. S'était-il donc trahi à ce point ? Que ferait Marshal dans cette situation ?

Merde, Marshal ne se serait *jamais* retrouvé dans cette situation !

« Est-ce que vous l'êtes ? répéta Justin.

— Est-ce que je suis quoi ? » Tel un boxeur groggy, Ernest se colla à son adversaire, le temps de reprendre ses esprits.

« Content de ce que j'ai fait ?

— Vous pensez, rusa Ernest en essayant tant bien que mal d'assurer sa voix, que je ne suis pas content de vos progrès ?

— Parce que vous l'êtes ? On ne dirait pas, pourtant.

— Et *vous* ? rusa de nouveau Ernest. Est-ce que *vous* êtes content ? »

Justin se détendit et ignora cette fois la ruse. C'en était assez. Il avait besoin d'Ernest, et il recula : « Content ? Oui. Et effrayé. Et résolu. Et hésitant. Tout se mélange dans ma tête. Le plus important pour moi, désormais, est de ne pas revenir en arrière. Maintenant que je suis parti, il est essentiel que je reste loin, pour toujours. »

Pendant tout le reste de la séance, Ernest tenta de se racheter en soutenant son patient, en l'exhortant : « Tenez bon… Rappelez-vous depuis combien d'années vous souhaitiez faire ce geste… Vous avez agi au mieux de vos intérêts… C'est peut-être la chose la plus importante que vous ayez jamais accomplie.

— Ne faudrait-il pas que je retourne en discuter avec Carol ? Est-ce que je ne le lui dois pas ça, tout de même, au bout de neuf ans ?

— Imaginons la situation, suggéra Ernest. Que se passerait-il si vous y retourniez maintenant pour discuter avec elle ?

— Ce serait terrible. Vous savez ce qu'elle est capable de faire. De *me* faire et de *se* faire. »

Ernest n'avait pas besoin qu'on lui rafraîchisse la mémoire. Il se souvenait, comme si c'était la veille, d'un incident que Justin lui avait raconté un an plus tôt. Plusieurs des collègues avocats de Carol devaient venir chez eux pour un brunch dominical et, tôt dans la matinée, Justin, Carol et les deux enfants étaient partis faire des courses. Justin, qui faisait toujours la cuisine, voulait préparer du poisson fumé, des *bagels* et ce qu'ils appelaient du « sobo » (saumon, œufs brouillés et oignons). « Trop vulgaire », estima Carol. Elle ne voulut pas en entendre parler, bien que, comme le lui rappela Justin, la moitié des invités soient juifs. Il se décida à agir et dirigea la voiture vers l'épicerie. « Non, espèce de fils de pute, tu ne vas pas faire ça ! » hurla Carol, qui s'empara du volant pour contre-braquer. La lutte pour la direction du véhicule prit fin lorsque celui-ci percuta une moto garée.

Carol était un chat sauvage, une ogresse, une sorcière qui tyrannisait tout le monde par son irrationalité. Ernest se souvint également d'une autre péripétie automobile que Justin lui avait racontée deux ans plus tôt. En voiture par une belle nuit d'été, ils s'étaient disputés sur le choix d'un film : elle penchait pour *Les Sorcières d'Eastwick*, lui pour *Terminator II*.

Elle haussa le ton mais Justin refusa de céder – cette semaine-là, Ernest l'avait justement poussé à s'affirmer. Finalement, elle ouvrit la portière en pleine circulation, hurlant : « Je ne passe pas une minute de plus avec toi, espèce de gros connard ! » Justin eut tout juste le temps de la saisir par la main, mais elle lui planta les ongles dans l'avant-bras et, tout en se jetant dehors au milieu du trafic, lui laissa quatre gros sillons sanguinolents dans la chair.

Une fois hors de la voiture, qui avançait tout de même à vingt-cinq kilomètres à l'heure, Carol fit quatre ou cinq bonds avant de percuter le coffre d'une voiture garée là. Justin arrêta sa voiture et courut vers Carol en fendant la foule qui s'était déjà rassemblée. Elle gisait sur la chaussée, hagarde mais calme, ses collants déchirés et ensanglantés aux genoux, les mains, les joues et les coudes écorchés, et un poignet manifestement fracturé. Le reste de la soirée fut cauchemardesque : l'ambulance, les urgences, l'interrogatoire humiliant mené par la police et le personnel médical.

Justin était bouleversé. Il se rendait compte que, même avec l'aide d'Ernest, il ne pouvait pas surenchérir sur Carol : pour elle, les enjeux n'étaient jamais assez élevés. Le coup du plongeon hors de la voiture en marche avait littéralement brisé Justin. Il ne pouvait ni s'opposer à elle ni la quitter. Elle était tyrannique, mais il avait besoin d'être tyrannisé. Une seule nuit passée loin d'elle le remplissait d'angoisse. Chaque fois qu'Ernest lui avait demandé, à titre expérimental, de s'imaginer en train de briser son couple, Justin avait été pris d'une sorte de terreur. Il lui paraissait inconcevable de rompre le lien qui l'unissait à Carol. Jusqu'au jour où Laura – dix-neuf ans, superbe, franche, culottée, ne craignant pas les tyrans – était apparue.

« Qu'en dites-vous ? répéta Justin. Est-ce que je dois montrer que je suis un homme et essayer de discuter de tout ça avec Carol ? »

Ernest médita les options qui s'offraient à son patient. Justin avait besoin d'une femme dominatrice : était-il simplement en train d'en échanger une contre une autre ? Sa nouvelle histoire ressemblerait-elle, dans quelques années, à la précédente ? Mais les choses avaient atteint une telle inertie avec Carol… Peut-être, une fois éloigné d'elle, Justin s'ouvrirait-il, même brièvement, au travail thérapeutique.

« J'ai vraiment besoin de conseils, maintenant. »

Comme tous les psychothérapeutes, Ernest détestait devoir donner des conseils directs, car il avait tout à y perdre : si les conseils étaient bons, il infantilisait le patient ; s'ils s'avéraient mauvais, il passait pour un nul. Mais à ce moment précis, il n'avait pas le choix.

« Justin, je ne crois pas qu'il soit très sage que vous la voyiez. Laissez passer un peu de temps. Laissez-la récupérer. Ou alors, essayez de la voir en présence d'un thérapeute. Je peux me dévouer… ou, mieux encore, vous donner le nom d'un psy spécialisé dans les couples. Je ne vous parle pas de ceux que vous avez déjà vus, je sais qu'ils n'ont pas réussi. Non, je veux dire quelqu'un de nouveau. »

Ernest savait que son conseil ne serait pas suivi : Carol avait toujours saboté les thérapies de couple. Mais le *contenu* – en l'occurrence : le conseil qu'il venait de donner – n'était pas l'essentiel. Ce qui comptait le plus, à ce moment-là, c'était encore une fois le *processus* : la relation qui se cachait derrière les mots, le soutien qu'il prodiguait à Justin, sa volonté de ne plus ruser et de redonner à la séance toute sa rigueur.

« Si jamais vous vous sentez mal, si vous avez besoin de parler avant notre prochaine séance, n'hésitez pas à m'appeler », ajouta Ernest.

Bonne technique. Justin parut apaisé. Ernest retrouva son aplomb. Il avait sauvé la séance. Il savait que son formateur aurait approuvé ses méthodes. Mais lui-même ne les approuvait pas. Il se sentait souillé. Contaminé. Il n'avait pas été honnête avec Justin. Ils n'avaient pas été *vrais* entre eux. Et c'est cela qu'il appréciait le plus chez Seymour Trotter. Peu importe tout ce qu'on racontait sur lui – et Dieu sait qu'on en racontait de belles –, Seymour savait être *vrai*. Ernest se rappelait encore ce que Seymour avait répondu à la question sur sa technique : « *Ma technique, c'est de ne pas en avoir. Ma technique, c'est de dire la vérité.* »

À la fin de la séance, une chose étrange se produisit. Ernest mettait toujours un point d'honneur à établir un contact physique avec ses patients, à chaque séance. En général, Justin et lui se quittaient sur une poignée de main. Mais pas ce jour-là : Ernest ouvrit la porte et inclina tristement la tête devant son patient qui s'en allait.

Chapitre 2

Il était minuit. Justin Astrid avait à peine quitté sa maison depuis quatre heures que déjà Carol Astrid entreprit de le chasser de sa vie. Elle commença par le bas de la penderie, avec les lacets de Justin et une paire de grands ciseaux, pour terminer dans le grenier, quatre heures plus tard, en arrachant le grand *R* rouge du maillot de tennis porté par Justin au collège Roosevelt. Entre-temps, elle s'était rendue dans toutes les pièces pour détruire méthodiquement tous les vêtements de Justin, ses draps de flanelle, ses pantoufles bordées de fourrure, sa collection d'insectes sous verre, ses diplômes scolaires et universitaires, enfin sa collection de cassettes vidéo pornos. Puis les photos de sa colonie de vacances, où lui et son collègue posaient aux côtés des gamins de huit ans ; celles de son équipe de tennis, celles de son bal de fin d'année au lycée, avec sa cavalière chevaline : tout fut réduit en bouillie. Elle passa ensuite à leur album de mariage. Munie d'un couteau bien aiguisé que son fils utilisait pour ses maquettes d'avion, elle eut vite fait de ne laisser aucune trace de la présence de Justin à St Mark, l'église fétiche des mariages épiscopaliens branchés de Chicago.

Elle en profita également pour découper les visages de sa belle-famille sur les photos du mariage. Si ce n'avait été pour eux et leur grosse, très grosse fortune, aussi grosse qu'hypothétique d'ailleurs, elle n'aurait sans doute jamais épousé Justin. Ils pouvaient attendre encore longtemps avant de revoir leurs petits-enfants. Pareil pour son propre frère, Jeb. Qu'est-ce que sa photo faisait encore là, d'ailleurs ? Carol s'empressa de la déchiqueter. Elle n'avait pas besoin de lui. Et toutes ces photos des amis de Justin, ces tablées entières de crétins gras, souriants, en train de trinquer bêtement, d'indiquer à leurs enfants idiots l'appareil photo ou de se traîner sur la piste de danse. Qu'ils aillent au diable ! Bientôt, toutes les traces de Justin et de sa famille se consumèrent dans la cheminée. Le mariage, le couple… tout fut réduit en cendres.

De l'album, il ne restait maintenant plus que de rares photos d'elle, de sa mère et de quelques amis, y compris ses associées du cabinet, Norma et Heather, qu'elle allait appeler à la rescousse dans la matinée. Cherchant désespérément une aide, elle regarda attentivement la photo de sa mère. Mais elle n'était plus là, enterrée depuis quinze ans. Partie bien avant cela, même. Au fur et à mesure que son cancer du sein avait rongé les moindres recoins de son organisme, sa mère avait été pétrifiée par la peur et, pendant plusieurs années, Carol était devenue la mère de sa mère. Elle arracha les pages contenant les photos qu'elle voulait conserver, déchira l'album et le jeta, lui aussi, au feu. Au bout d'une minute, elle se ravisa : les couvertures en plastique blanc risquaient de dégager des fumées toxiques pour ses jumeaux de huit ans. Elle le retira vite du feu et l'emporta dans le garage. Avec d'autres débris, elle en ferait plus tard un unique paquet qu'elle enverrait à Justin.

Étape suivante : le bureau de Justin. Elle avait de la chance : c'était la fin du mois et Justin, qui travaillait comme expert-comptable pour la chaîne de magasins de chaussures de son père, avait rapporté du travail à la maison. Tous ses documents en papier – cahiers de comptes et feuilles de paie – passèrent rapidement sous le fil du ciseau. Carol savait que les dossiers importants se trouvaient dans l'ordinateur portable. Elle songea d'abord à y assener des coups de marteau, mais elle eut une meilleure idée : après tout, un ordinateur à cinq mille dollars pourrait lui servir. La meilleure chose à faire était encore d'effacer tous les dossiers. Elle essaya donc d'ouvrir les documents de Justin, mais ce dernier avait installé un mot de passe. Connard paranoïaque ! Elle demanderait de l'aide plus tard. En attendant, elle enferma l'ordinateur dans son placard en cèdre et nota dans un coin de sa tête qu'elle devrait faire changer toutes les serrures de la maison.

Avant le lever du jour, elle se coucha, non sans avoir, pour la troisième fois, vérifié que les jumeaux dormaient bien. Leurs lits étaient remplis de poupées et de peluches. Ils respiraient profondément, sereinement. Un sommeil tellement doux, innocent... Dieu comme elle les enviait ! Elle dormit tant bien que mal pendant trois heures, avant d'être réveillée par une terrible rage de dents – pendant son sommeil, elle n'avait cessé de les faire grincer. La main sous le menton, elle ouvrit et referma lentement les mâchoires à plusieurs reprises. Elle pouvait les entendre craquer.

Elle regarda de l'autre côté du lit, celui – vide – de Justin, et marmonna : « Espèce de fils de pute... Tu ne mérites même pas que j'aie une rage de dents ! » Puis, toute tremblante et se tenant les genoux, elle se redressa sur son lit et se demanda où elle était. Elle fut effrayée de voir des larmes couler sur ses joues et tomber sur sa chemise de nuit. Elle les essuya du revers de la main et observa ses doigts trempés. Carol était une femme extraordinairement énergique, une femme qui agissait avec promptitude et résolution. Jamais elle n'avait trouvé de réconfort dans l'introspection ; elle tenait en piètre estime ceux, comme Justin, qui s'y livraient.

Mais elle ne pouvait pas aller plus loin : ayant brisé tout ce qui restait de Justin, elle se sentait désormais tellement lourde qu'elle était incapable de bouger d'un pouce. Elle pouvait encore respirer et, se rappelant certains des exercices de respiration appris aux cours de yoga, elle inspira profondément et expira lentement la moitié de l'air. Puis elle chassa la moitié du souffle qui lui restait, puis une autre moitié encore, et ainsi de suite. Cela lui fit du bien. Elle tenta un autre exercice que lui avait enseigné son professeur de yoga. Elle imagina son esprit comme une scène de théâtre ; elle s'assit en silence dans le public, puis observa froidement le spectacle de ses pensées. Rien ne vint, sinon une succession de sentiments aussi douloureux qu'incohérents. Comment les trier et les appréhender ? Tout semblait emmêlé.

Une image lui apparut soudain : le visage d'un homme qu'elle haïssait, un homme dont la trahison l'avait à jamais blessée : le Dr Ralph Cooke, le psychiatre qu'elle avait consulté au service de médecine mentale de l'université. Un visage rose bien lisse, très rond, surmonté de cheveux blonds très fins. Pendant sa deuxième année à la faculté de droit, elle était allée le voir à cause de Rusty, un garçon avec qui elle sortait depuis qu'elle avait quatorze ans. Rusty avait été son premier petit ami et, au cours des quatre années qui avaient suivi leur rencontre, il lui avait rendu un fier service en lui évitant de pénibles efforts pour se trouver un fiancé ou un chaperon, voire, plus tard, des partenaires sexuels. Elle avait suivi Rusty à l'université Brown, s'était inscrite aux mêmes cours que lui, avait fait des pieds et des mains pour dégotter une chambre près de la sienne. Mais peut-être son emprise s'était-elle avérée trop étouffante, car Rusty finit par sortir avec une superbe étudiante franco-vietnamienne.

Jamais Carol n'avait éprouvé une telle douleur. Au début, elle garda tout pour elle, pleurant tous les soirs, ne mangeant plus, séchant les cours, et se défonçant aux acides. Elle finit par exploser, mit la chambre de Rusty à sac, creva les pneus de son vélo, traqua et harcela sa nouvelle petite amie. Une fois, même, elle les suivit tous les deux jusque dans un bar et leur renversa une pinte de bière sur la tête.

Dans les premiers temps, l'aide du Dr Cooke s'avéra précieuse. Après avoir gagné sa confiance, il l'aida à faire le deuil de son amour. La raison pour laquelle son chagrin était tellement vif, expliqua-t-il, était que la perte de Rusty avait rouvert la grande blessure de sa vie : son père l'avait abandonnée. Celui-ci faisait partie des « disparus de Woodstock » : quand elle avait huit ans, il était parti pour le festival de Woodstock et n'en était jamais revenu. Au début, elle avait bien reçu quelques cartes postales de Vancouver, du Sri Lanka et de San Francisco, mais il avait fini par ne plus donner aucun signe de vie. Elle se souvint des larmes de sa mère, qui brûla également les photos et les vêtements de son mari disparu. Après cela, sa mère ne parla plus jamais de lui.

Le Dr Cooke lui expliqua bien que la perte de Rusty tirait toute son intensité de cette désertion initiale du père. Carol fit de la résistance, arguant qu'elle n'avait plus aucun souvenir positif de son père. « Peut-être plus aucun souvenir *conscient*, rétorqua le Dr Cooke, mais est-ce que vous ne gardez pas enfouis un tas d'épisodes d'autant plus oubliés qu'ils ont été marquants ? » Et *quid* du père rêvé et attendu, ce père aimant, tendre et protecteur qu'elle n'avait jamais eu ? Elle pleurait ce père, aussi, et l'abandon de Rusty n'avait fait que raviver cette douleur.

Le Dr Cooke la réconforta également en l'aidant à adopter un autre point de vue, à replacer la perte de Rusty dans le cadre plus large de son parcours tout entier : elle n'avait que dix-neuf ans, après tout, et bien vite le souvenir de Rusty s'évanouirait. Dans quelques mois, elle ne penserait plus à lui que rarement et, dans quelques années, il ne resterait de lui qu'un vague souvenir, celui d'un gentil garçon qui s'appelait Rusty. D'autres hommes croiseraient sa route.

En effet, un autre homme *était en train de croiser sa route*. Au fur et à mesure des séances, le Dr Cooke approchait discrètement son fauteuil de Carol. Il lui disait combien elle était belle femme, *très belle* femme ; il lui tenait la main quand elle pleurait, la prenait dans ses bras à la fin des séances et lui promettait qu'une femme aussi gracieuse qu'elle n'aurait pas de mal à se trouver d'autres hommes. Il parlait pour lui, expliqua-t-il, et lui avoua qu'il était attiré par elle.

Pour justifier son attitude, le Dr Cooke invoqua la théorie. « Le contact physique est nécessaire à votre guérison, Carol. La perte de Rusty a attisé les braises laissées par d'autres pertes, plus anciennes, préverbales ; le traitement doit donc, lui aussi, être non verbal. Vous ne pouvez pas aborder ce genre de souvenirs corporels par la parole – ils doivent être apaisés par un réconfort physique et des gestes de tendresse. »

Du réconfort physique, on passa vite au réconfort sexuel, dispensé à même le kilim grisâtre et élimé qui séparait leurs deux fauteuils. Par la suite, les séances adoptèrent un rituel bien déterminé : quelques minutes pour passer en revue les événements de la semaine, ponctuées par les compatissants « je vois, je vois » du Dr Cooke (elle ne l'appelait jamais par son prénom), puis une exploration des symptômes de Carol – pensées obsessionnelles à propos de Rusty, insomnie, anorexie, problèmes de concentration – et, pour terminer, un rappel de son interprétation selon laquelle sa réaction catastrophique au départ de Rusty puisait toute sa force dans celui de son père, des années auparavant.

Il était très doué. Carol se sentait mieux, elle était apaisée, écoutée et reconnaissante. Puis, à peu près au milieu de chaque séance, le Dr Cooke passait des paroles à l'action. Cela pouvait s'inscrire dans le contexte des fantasmes sexuels de Carol : il lui disait qu'il était important pour elle de réaliser ces fantasmes ; ou bien, en réponse à la colère qu'elle éprouvait à l'encontre des hommes, il disait que son travail consistait justement à lui prouver que les hommes n'étaient pas tous des salauds ; ou encore, lorsque Carol lui disait combien elle se trouvait moche et peu attirante, il répondait qu'il allait lui montrer en quoi elle se trompait, en quoi elle l'attirait terriblement. Cela pouvait également se produire après une crise de larmes de Carol ; il lui disait : « Voilà, voilà… c'est très bien de faire sortir les choses, mais vous avez besoin d'un soutien. »

Quelle que fût la transition, la séance se terminait toujours de la même manière. Il se levait de son siège, s'asseyait sur le kilim usé et lui faisait signe du doigt de le rejoindre. Après l'avoir tenue dans ses bras et caressée pendant plusieurs minutes, il brandissait deux préservatifs de couleurs différentes, un dans chaque main, et lui demandait de choisir. Le fait que Carol choisisse lui permettait peut-être de se justifier en affirmant qu'elle était maîtresse de ses actes. Alors, Carol sortait le préservatif et le posait sur sa queue déjà brandie, de la même couleur que ses joues roses et lisses. Le Dr Cooke adoptait toujours une position passive, couché sur le dos, laissant Carol s'empaler sur lui et contrôler la cadence et la profondeur de leur danse sexuelle. Peut-être cela lui permettait-il, une fois de plus, de nourrir l'illusion qu'elle était aux commandes.

Ces séances furent-elles efficaces ? Carol le pensait. Chaque semaine pendant cinq mois, elle quittait le cabinet du Dr Cooke avec le sentiment d'être prise en considération. Exactement comme le lui avait prédit le Dr Cooke, elle pensa de moins en moins à Rusty, elle retrouva un peu de son calme et recommença à assister aux cours. Tout se passait bien jusqu'au jour où, au bout d'une vingtaine de séances, le Dr Cooke la déclara guérie. Il avait accompli sa mission, lui dit-il, et il était temps de mettre fin au traitement.

Mettre fin au traitement ! Ce nouvel abandon la renvoya directement à la case départ. Bien que n'ayant jamais considéré leur relation comme éternelle, à aucun moment Carol n'avait imaginé pouvoir être écartée de la sorte. Elle appela le Dr Cooke tous les jours. Celui-ci, d'abord cordial et compréhensif, se fit de plus en plus cassant et impatient au fur et à mesure des coups de fil. Après lui avoir rappelé que les services de santé pour étudiants ne prodiguaient que des thérapies brèves, il lui déconseilla fortement d'essayer de le joindre. Carol, de son côté, était persuadée qu'il avait trouvé une autre patiente pour ses méthodes sexuelles. Ainsi, tout, chez le Dr Cooke, n'avait été que mensonge : son intérêt pour elle, sa gentillesse, ses discours sur sa beauté. Tout n'avait été que manipulation, pour son seul bon plaisir, et non pour son intérêt à elle. Elle ne savait plus à quel saint se vouer.

Les semaines qui suivirent furent cauchemardesques. Carol voulait désespérément revoir le Dr Cooke, elle l'attendait devant son bureau dans l'attente d'un simple regard, d'une petite seconde d'attention de sa part. Soir après soir, elle passait son temps à composer son numéro de téléphone ou à essayer de l'apercevoir à travers la grille de fer qui ceignait son immense maison de Prospect Street. Aujourd'hui encore, près de vingt ans plus tard, elle pouvait encore sentir les barres de fer froides sur ses joues, à l'époque où elle observait sa silhouette et celles des membres de sa famille marcher d'une pièce à l'autre. Bien vite, la blessure se mua en colère et en soif de vengeance. Car le Dr Cooke l'avait violée – un viol sans contrainte, certes, mais un viol tout de même. Elle demanda conseil à l'une de ses profs, qui lui conseilla de laisser tomber. « Votre dossier est vide, lui dit-elle. Personne ne vous prendra au sérieux. Et même si quelqu'un vous prenait au sérieux, imaginez l'humiliation... Devoir décrire le viol, notamment la manière dont vous y avez consenti et pourquoi vous y êtes retournée comme une grande, sans y être contrainte, toutes les semaines. »

Cela se passait il y a quinze ans. C'est à ce moment-là que Carol décida de devenir avocate.

Au cours de sa dernière année d'études, elle se montra brillante en sciences politiques, et son professeur voulut bien lui rédiger une belle lettre de recommandation pour la faculté de droit, en lui faisant bien comprendre qu'en échange il attendait d'elle certaines faveurs sexuelles. Carol ne put contenir sa colère. Se retrouvant, une fois de plus, désemparée et déprimée, elle demanda assistance au Dr Zweisung, un psychologue non conventionné. Au cours des deux premières séances, l'homme se révéla efficace. Mais il emprunta le même chemin sinistre que le Dr Cooke, puisqu'il approcha également son fauteuil de Carol tout en lui rappelant avec insistance à quel point elle était merveilleusement belle. Cette fois-ci, elle sut comment réagir et déguerpit sur-le-champ, hurlant de toutes ses forces : « Espèce d'ordure ! » C'était la dernière fois qu'elle demandait de l'aide.

Elle secoua vigoureusement la tête, comme pour en chasser toutes ces images. Pourquoi repenser à tous ces salauds maintenant ? Surtout cette petite merde de Ralph Cooke ? La raison en était simple : elle essayait de démêler des sentiments qui étaient totalement enchevêtrés.

Ralph Cooke ne lui avait donné qu'une seule bonne chose, un moyen mnémotechnique pour l'aider à bien identifier les sentiments, en commençant par les quatre

sentiments primaires : le mal, la colère, la joie et la tristesse. Plus d'une fois, cet exercice s'était avéré utile.

Elle cala un oreiller derrière sa tête et se concentra.
Elle pouvait d'emblée éliminer la joie : cela faisait des
siècles qu'elle n'avait pas éprouvé ce sentiment. Elle
passa directement aux trois autres. La colère : c'était
facile ; elle connaissait bien, puisqu'elle vivait avec elle.
Elle serra les poings et put sentir, clairement, nettement, la colère sourdre en elle. Simple. Naturelle. Elle
se pencha, tambourina sur l'oreiller de Justin et hurla,
en serrant les dents : « Connard, connard, connard !
Mais où est-ce que tu as passé la nuit, bordel ? »

La tristesse, Carol connaissait aussi. Pas très bien,
pas de manière précise, mais plutôt comme un personnage brumeux, aux contours vagues. C'est justement
parce que la tristesse n'était pas présentement au
rendez-vous qu'elle se rendit clairement compte de sa
présence passée. Des mois durant, elle avait détesté les
matins, grognant dès le réveil en pensant à son programme de la journée, énervée, avec ses haut-le-cœur et
ses articulations rouillées. Si c'était cela, la tristesse,
alors elle avait disparu ; ce matin-là, elle se sentait différente – remontée, hérissée même. Et en colère !

Le mal ? Carol n'y connaissait pas grand-chose.
Justin, lui, en parlait souvent en indiquant du doigt son
propre torse, oppressé qu'il se sentait par la culpabilité
et l'angoisse. Mais elle avait peu d'expérience du mal
– et tolérait fort peu ceux qui, comme Justin, s'en plaignaient sans cesse.

La pièce était encore plongée dans l'obscurité. En
voulant se rendre dans la salle de bains, Carol buta sur
quelque chose de mou. Une simple pression sur l'interrupteur lui rappela qu'elle s'était livrée à un massacre

vestimentaire quelques heures plus tôt. Le sol de la chambre était en effet jonché de bouts de cravates et de pantalons réduits à l'état de cylindres. D'un doigt de pied, elle accrocha l'un de ces cadavres de pantalons et l'envoya en l'air. Cela lui parut parfaitement légitime. Mais les cravates… quel dommage de les avoir hachées menu ! Parmi elles, Justin en chérissait cinq en particulier – « sa collection d'art », les appelait-il –, chacune rangée séparément dans un étui en daim que Carol lui avait offert pour son anniversaire. Il ne portait ces cravates que très rarement, pour des occasions exceptionnelles ; elles avaient donc survécu pendant des années – deux d'entre elles avaient même été achetées avant leur mariage, neuf ans plus tôt. La nuit précédente, Carol avait donc taillé en pièces toutes ses cravates banales, puis s'était attaquée à celles qui formaient la « collection d'art ». Mais après en avoir massacré deux, elle s'était arrêtée et avait contemplé la préférée de Justin : un exquis motif japonais autour d'une superbe et audacieuse fleur verte superposée. « C'est idiot, pensa-t-elle. Je peux sûrement faire quelque chose de bien plus méchant avec ces cravates. » Alors elle la replia, comme les deux cravates restantes, et les reposa toutes les trois dans l'armoire en cèdre, au-dessus de l'ordinateur.

Elle téléphona à Norma et Heather pour leur demander de venir chez elle de toute urgence, le soir même. Bien que ne se voyant pas régulièrement – Carol n'avait pas d'amis ou d'amies intimes –, ces trois femmes se considéraient comme un tribunal militaire permanent ; elles se réunissaient souvent en temps de crise, généralement en cas de discrimination sexuelle au sein du cabinet d'avocats Kaplan, Jarndyce et Tuttle, où elles travaillaient depuis huit ans.

Norma et Heather arrivèrent après le dîner, et les trois femmes se retrouvèrent dans le salon, orné de poutres apparentes et meublé de fauteuils de style Néanderthal, taillés grossièrement dans la loupe de séquoia et recouverts d'épaisses peaux de bêtes. Carol lança un feu avec des bûches d'eucalyptus et de pin, puis elle demanda à ses deux amies de se servir allègrement en vin et en bière dans le frigo. Elle était tellement agitée qu'en ouvrant sa canette, elle se renversa de la bière sur les bras. Heather, enceinte de sept mois, bondit et alla chercher dans la cuisine un chiffon humide pour lui nettoyer le bras. Carol, pour mieux sécher son pull, s'assit près du feu et raconta, en détail, l'exode de Justin.

« Carol, c'est une chance. Essaye d'y voir là une *mitzvah*[1] », dit Norma en se versant du vin blanc. Le visage étroit mais parfaitement proportionné, encadré par de courts cheveux noirs, Norma était aussi vive qu'elle était petite. Bien que ses origines fussent entièrement irlandaises et catholiques – son père avait été flic dans le sud de Boston –, son ex-mari lui avait appris des expressions yiddish adaptées à chaque situation. « Depuis que nous te connaissons, poursuivit-elle, ce type a toujours été un boulet pour toi. »

Heather, une femme d'origine suédoise au visage long et aux seins énormes – elle avait pris plus de vingt kilos pendant sa grossesse – fut du même avis : « C'est vrai, Carol. Il est parti. Tu es libre, maintenant. La

---

1. Terme hébreu qui signifie « commandement » ou « bonne action ».

maison est à toi. Ce n'est pas le moment de se lamenter, mais plutôt de faire changer les serrures. Attention à ton bras, Carol ! Ça sent le brûlé ! »

Carol s'éloigna du feu et s'enfonça dans l'un des fauteuils couverts de fourrure.

Norma prit une grande gorgée de vin. « *L'chaim* [1], Carol. À ta délivrance. Je sais bien que tu es encore toute secouée, mais rappelle-toi que *c'est ce que tu voulais*. Depuis toutes ces années que je te connais, je ne t'ai jamais entendu prononcer une phrase positive – pas *une seule* – sur Justin ou sur ton couple. »

Silence de Carol, qui avait enlevé ses chaussures et serrait ses jambes dans ses bras. Elle avait une silhouette fine, le cou long et gracieux, d'épais cheveux noirs, courts et frisés, une mâchoire et des pommettes prononcées, des yeux incandescents comme des braises. Elle portait un Levi's noir bien serré, ainsi qu'un pull tricoté beaucoup trop grand, avec une immense capuche.

Norma et Heather cherchaient le ton juste à adopter. Elles avancèrent à tâtons et se jetaient régulièrement des coups d'œil pour trouver conseil.

« Carol, dit Norma en se penchant et en caressant le dos de Carol, dis-toi bien une chose : tu es guérie d'une plaie. Alléluia ! »

Mais Carol ne faisait que se recroqueviller ; elle se tenait les genoux toujours plus fermement. « Oui, oui, je sais bien. Je sais tout ça. Mais ça ne m'est d'aucun secours. Je sais qui est Justin ; je sais qu'il a gâché neuf ans de ma vie. Mais il ne l'emportera pas au paradis.

---

1. En hébreu : « À la vie ! », équivalent de « Santé ! ».

— Comment ça, l'emporter au paradis ? demanda Heather. N'oublie pas que tu voulais qu'il s'en aille. Tu ne veux pas qu'il *revienne*. Ce qui t'est arrivé est une *bonne* chose.

— Là n'est pas le problème, répondit Carol.

— Tu viens de crever un abcès. Tu voudrais que le pus revienne ? Laisse tomber, surenchérit Norma.

— Mais là n'est pas le problème non plus…

— Mais alors, quel *est* le problème ? demanda Norma.

— Le problème, c'est la vengeance ! »

Heather et Norma parlèrent en même temps. « Quoi ? ! Il ne le mérite même pas ! Maintenant qu'il est parti, laisse-le là où il est. Ne le laisse pas continuer à diriger ta vie. »

À ce moment-là, Jimmy, l'un des jumeaux de Carol, l'appela. Elle se leva pour aller dans sa chambre en marmonnant : « J'adore mes enfants, mais quand je me dis que je vais devoir être disponible vingt-quatre heures sur vingt-quatre pendant les dix prochaines années… Mon Dieu ! »

En l'absence de Carol, Norma et Heather se sentirent mal à l'aise. « Mieux vaut, se disaient-elles toutes les deux, éviter les messes basses. » Norma déposa donc une bûche d'eucalyptus dans la cheminée, et les deux femmes regardèrent le bout de bois s'embraser, en attendant le retour de Carol. Celle-ci reprit immédiatement le fil de son discours : « Bien sûr que je vais le laisser là où il est. Vous ne voyez toujours pas où est le problème. Je suis heureuse qu'il soit parti… Je ne veux pas qu'il revienne. Mais je veux qu'il paie pour m'avoir quittée comme ça. »

Heather avait rencontré Carol à la faculté de droit ; elle était habituée à ses réflexions contradictoires. « Essayons de comprendre, dit-elle. J'aimerais comprendre. Es-tu en colère parce que Justin est parti ? Ou bien es-tu simplement en colère *à l'idée même* de son départ ? »

Avant même que Carol puisse répondre, Norma ajouta : « Tu es vraisemblablement en colère contre toi-même parce que ce n'est pas toi qui l'as jeté dehors ! »

Carol secoua la tête. « Norma, tu connais très bien la réponse. Pendant des années, il a essayé de me pousser à bout jusqu'à ce que je le jette parce qu'il était trop lâche pour partir de lui-même, trop lâche pour supporter la culpabilité d'avoir brisé sa famille. Je ne voulais pas lui faire ce plaisir de le jeter.

— Donc, dit Norma, tu es en train de nous dire que tu es restée avec lui uniquement pour le punir, c'est bien ça ? »

Carol secoua la tête, énervée. « Il y a longtemps, très longtemps de ça, j'ai juré qu'aucun homme ne me quitterait plus jamais : *je lui fais savoir* quand il peut partir. C'est moi qui décide ! Justin n'est pas parti – il n'a pas les tripes pour le faire : quelqu'un l'a emmené ou l'a convaincu de partir. Et je veux savoir quelle femme se cache derrière tout cela. Il y a un mois, ma secrétaire m'a dit l'avoir vu au Yank Sing en train de manger des *dim sum*[1] et de rigoler avec une très jeune femme, environ dix-huit ans. Vous savez ce qui m'a le plus énervée dans tout ça ? Les *dim sum* ! J'adore les *dim sum*, or il ne m'a jamais emmenée au restaurant pour en manger. Avec moi, ce connard est soudainement

---

1. Plat chinois : assortiment de hors-d'œuvre.

victime d'allergies au glutamate et de violents maux de tête dès qu'il aperçoit une carte de la Chine.

— Tu lui as demandé qui était cette fille ? demanda Heather.

— Évidemment que je lui ai demandé ! Qu'est-ce que tu crois ? Que je vais laisser passer ça ? Il m'a menti. Il m'a juré que c'était une de ses clientes. Le soir d'après, je lui ai rendu la monnaie de sa pièce en levant un mec au bar du Sheraton. J'avais complètement oublié la femme des *dim sum*... Mais je finirai par savoir qui c'est. J'ai ma petite idée, sans doute une fille qui travaille pour lui. Une fille pauvre. Une fille assez conne ou assez myope pour adorer sa petite bite ! Il n'a pas assez de tripes pour approcher une vraie femme. Je la retrouverai.

— Tu sais, Carol, répondit Heather, Justin a ruiné ta carrière professionnelle – combien de fois t'ai-je entendu dire ça ? Que sa peur de rester seul à la maison a foutu en l'air toute ta carrière. Tu te souviens de l'offre que t'avait faite le cabinet Chipman, Bremer et Robey, et que tu avais dû décliner ?

— Si je m'en souviens ? Et comment ! Il a *en effet* bousillé ma carrière ! Les filles, vous vous rappelez les offres que j'avais reçues au moment où j'ai décroché mon diplôme. J'aurais pu faire ce que je voulais. Et celle dont tu viens de parler, c'était le rêve... mais j'ai *dû* refuser. Est-ce que vous avez déjà vu un expert en droit international qui ne peut pas voyager ? C'est une baby-sitter que j'aurais dû engager pour lui... Et puis les jumeaux sont arrivés, et là, ma carrière était définitivement enterrée. Si j'étais entrée dans ce cabinet, il y a dix ans de ça, je ferais partie des associés aujourd'hui. Regardez cette petite coincée de Marsha... elle y est arrivée, elle. Vous pensez que je n'aurais pas pu être une associée ? Merde, bien sûr que j'y serais arrivée, maintenant.

— Mais, rétorqua Heather, voilà où je veux en venir ! Sa faiblesse a régi toute ta vie. Si tu consacres ton temps et ton énergie à te venger de lui, il continue de dicter sa loi.

— C'est vrai, intervint Norma. Maintenant, tu as une deuxième chance. Saisis-la !

— "Saisis-la…" Facile à dire, mais à faire… Il a englouti neuf années de ma vie ! J'ai été assez conne pour gober ses promesses d'avenir. Quand nous nous sommes mariés, son père était très malade ; il était sur le point de lui confier sa chaîne de magasins de chaussures – qui valait des millions. Et neuf ans plus tard, son père est en meilleure santé que jamais ! Il n'a même pas pris sa retraite. Et Justin continue de travailler comme comptable de Papa, pour des clopinettes. Et devinez combien je vais toucher quand Papa va claquer ? Après toutes ces années d'attente ? En tant qu'ex-belle-fille ? Rien ! Absolument rien.

« "Saisis ta chance", dis-tu… Simplement, on ne la saisit pas après avoir foutu en l'air neuf années de sa vie. » Carol lança rageusement un coussin par terre, puis elle se mit à arpenter la pièce derrière ses deux amies. « Je lui ai tout donné, je l'ai habillé – quel petit connard pathétique, quand j'y pense… il était incapable de s'acheter ses caleçons tout seul, ou même ses chaussettes ! Il ne porte que des chaussettes noires, et j'étais obligée de les acheter pour lui parce que celles qu'il achetait n'étaient pas assez douces et tire-bouchonnaient. Je l'ai materné, je l'ai honoré comme épouse, j'ai tout sacrifié pour lui. Et abandonné les autres hommes pour lui. Ça me rend malade, rien que de penser à tous les hommes que j'aurais pu avoir. Et voilà qu'une petite tête de conne lui dit de venir, et il la suit.

— Tu es sûre de cela ? demanda Heather en faisant pivoter sa chaise pour être en face de Carol. Je veux parler de cette fille. Est-ce qu'il t'a dit quelque chose à ce sujet ?

— Je suis prête à parier là-dessus. Je connais l'animal. Est-ce qu'il aurait pu partir tout seul ? Je prends les paris : mille contre cinq cents qu'il est parti s'installer chez quelqu'un – la nuit dernière. »

Personne ne prit de pari. Carol avait l'habitude de tous les gagner. Et la voir perdre n'aurait pas eu grand intérêt – elle était mauvaise perdante.

« Tu sais, intervint Norma, elle aussi en faisant pivoter sa chaise, quand mon premier mari m'a pla-quée, j'ai déprimé pendant six mois. J'y serais encore aujourd'hui si je n'avais pas commencé une thérapie. J'ai vu un psy, le Dr Seth Pande, de San Francisco, un analyste. Il a été génial avec moi. Et puis j'ai rencontré Shelly. Nous nous entendions merveilleusement bien tous les deux, surtout au lit, mais Shelly était un joueur compulsif ; je lui ai demandé de travailler sur cette addiction avec le Dr Pande, avant que nous ne nous mariions. Et Pande a été fabuleux. Il a transformé Shelly. Je vous assure… Il pariait son salaire sur tout ce qui bougeait : chevaux, lévriers, ballons de football, et j'en passe. Maintenant, il se contente d'une petite partie de poker de temps en temps. Shelly ne jure plus que par Pande. Je te donne son numéro de téléphone.

— Non ! Je t'en supplie, non ! La dernière chose dont j'ai besoin, c'est bien un psy, répondit Carol en se relevant. Je sais que tu fais ça pour m'aider, Norma – toutes les deux, d'ailleurs –, mais crois-moi, ce que tu me proposes n'est pas un cadeau ! Et la psychothérapie n'est pas d'un grand secours. En quoi vous a-t-il aidés, d'ailleurs, Shelly et toi ? Soyons honnêtes : combien de fois nous as-tu dit que Shelly était un boulet pour toi ? Qu'il joue toujours autant qu'avant ? Que tu dois avoir un compte séparé pour qu'il ne te pique pas tout ton fric ? » Carol perdait patience dès que Norma faisait les louanges de Shelly. Elle connaissait très bien Shelly – et ses prouesses sexuelles : c'est avec lui qu'elle s'était vengée de la fille du restaurant chinois. Mais elle était experte en secrets bien gardés.

« Je reconnais que ça n'a pas été une thérapie durable, dit Norma. Mais Pande a été d'un grand secours. Shelly s'est calmé pendant plusieurs années, et il a fallu attendre qu'il se fasse virer de son boulot pour que ses vieilles lubies le reprennent. Les choses reviendront à la normale dès qu'il retrouvera du travail. Mais Carol, pourquoi en veux-tu tellement aux psy ?

— Un jour, je te parlerai de ma liste noire de thérapeutes. Cela dit, j'ai retenu une chose de mon expérience avec eux : ne jamais ravaler sa colère. Crois-moi, c'est une erreur que je ne ferai plus jamais. »

Carol se rassit et regarda Norma. « Quand Melvin est parti, peut-être l'aimais-tu encore – peut-être que tu étais bouleversée, ou que tu voulais qu'il revienne, ou que ton amour-propre en avait pris un coup. Et peut-être que ton psy t'a aidée sur ce point. Mais tout ça, c'est *toi*. Et moi, je ne suis pas dans la même situation. Je ne suis pas complètement affolée. Justin a volé dix années de ma vie, mes dix plus belles années – celles qui ont décidé de ma vie professionnelle. Il a déposé les jumeaux dans mon corps, m'a laissée le soutenir, s'est lamenté jour et nuit sur son boulot mal payé de comptable pour Papa, et il a claqué une grosse partie de notre fric – de mon fric – avec son putain de psy. Trois, quatre fois par semaine… Vous y croyez ? Et maintenant, quand l'envie lui prend, il se barre, tout simplement. Franchement, est-ce que vous trouvez que j'exagère ?

— Eh bien… dit Norma, peut-être qu'on peut regarder les choses d'une autre…

— Crois-moi, coupa Carol. Je n'ai pas perdu la tête. Je suis sûre et certaine de ne pas l'aimer. Et je ne veux pas qu'il revienne. Non, plus exactement : je *veux* qu'il revienne, pour que je puisse le foutre dehors ! Je sais exactement où j'en suis et ce que je veux vraiment. Ce que je veux, c'est lui *faire mal* – ainsi qu'à sa petite grue, quand je la retrouverai. Vous voulez m'aider ? Alors dites-moi comment je pourrais lui faire mal. Lui faire vraiment très mal. »

Norma ramassa une vieille poupée de son qui se trouvait près de l'armoire en bois (Alice et Jimmy, les jumeaux de Carol, âgés de huit ans, étaient trop vieux pour jouer avec la plupart de leurs poupées) et la posa au-dessus de la cheminée :

« Est-ce que l'une d'entre vous aurait des épingles, par hasard ?

— Ah, enfin des choses sérieuses », lui répondit Carol.

Elles réfléchirent pendant des heures entières. On parla d'abord argent – le bon vieux remède traditionnel : le faire payer, l'endetter pour le restant de ses jours, le virer de sa BMW, de ses costumes italiens et de ses cravates. Le ruiner, trafiquer ses comptes professionnels et épingler son père pour fraude fiscale, le faire radier de son assurance automobile et de sa mutuelle.

« Le faire radier de sa mutuelle… Mmmhhh, intéressant. Elle ne lui rembourse que trente pour cent de ses séances chez le psy, mais c'est déjà pas mal. Qu'est-ce que je ne donnerais pas pour l'empêcher de voir son psy ! Il en deviendrait fou de malheur, je crois, et de colère. Il dit toujours que Lash est son meilleur ami ; or je serais curieuse de voir comment son cher ami Lash se comporterait si Justin ne pouvait plus payer les séances ! »

Mais tout cela, au fond, n'était que de la comédie : ces femmes étaient des professionnelles, des expertes ; elles savaient très bien que l'argent allait être une partie du problème, mais pas une partie de la vengeance. Finalement, c'est à Heather, avocate spécialisée dans les divorces, que revint la tâche de rappeler gentiment à Carol qu'elle gagnait mille fois plus d'argent que Justin, et que toute décision judiciaire prise en Californie exigerait, sans le moindre doute possible, qu'*elle* lui verse une pension alimentaire. Sans compter qu'elle ne pourrait jamais exiger un seul dollar des millions dont Justin finirait par hériter. La vérité, la triste vérité, c'est que tous les plans qu'elles échafaudaient pour ruiner Justin finiraient par obliger Carol à raquer encore plus.

« Tu sais, Carol, dit Norma, tu n'es pas la seule dans ce cas ; il se peut bien que je me retrouve bientôt confrontée au même problème. Je vais être très franche avec toi à propos de Shelly : j'ai *en effet* l'impression qu'il est un boulet pour moi. C'est déjà triste qu'il ne se tue pas à la tâche pour trouver du travail, mais en plus tu as raison : il *recommence* à jouer – et l'argent disparaît. Il me ruine lentement. Et dès que je lui en parle, il trouve toujours des raisons parfaitement valables. Dieu sait pourtant qu'un tas de choses ont disparu ; j'ai même peur de faire un inventaire de nos biens. J'aimerais pouvoir lui lancer un ultimatum : "Trouve-toi un boulot et arrête de jouer, sinon je te quitte." C'est ce que je devrais faire. Mais je n'y arrive pas. J'aimerais tellement qu'il se reprenne…

— Peut-être, dit Heather, est-ce parce que tu aimes ce type. Ce n'est pas un secret : il est drôle, il est beau, et tu dis que c'est un bon amant. Tout le monde dit qu'il ressemble à Sean Connery jeune.

— C'est vrai. Au lit, il est extraordinaire. Le meilleur ! Mais le plus cher, aussi. Et le divorce coûterait encore plus cher, beaucoup d'argent : j'imagine que je devrais lui verser une pension plus importante que ce qu'il jette par les fenêtres au poker. En plus, il y aurait de fortes chances – il y a eu un précédent le mois dernier, au tribunal de Sonoma – que mon partenariat dans le cabinet d'avocats – le tien aussi, Carol – soit considéré comme une situation solide et très profitable.

— Norma, ton cas est un peu différent. Toi, tu retires *quelque chose* de ton couple. Au moins, tu aimes ton mari. Tandis que moi, avant que je ne verse la moindre pension à ce connard, j'aurai déjà démissionné de mon boulot et déménagé loin d'ici.

— Laisser tomber ta maison, laisser tomber San Francisco, nous laisser tomber, Heather et moi, pour ouvrir un cabinet à Boise, dans l'Idaho, au-dessus d'une laverie automatique ? dit Norma. En voilà une bonne idée ! Ça lui apprendra ! »

Carol jeta violemment une poignée de fagots dans le feu et regarda crépiter les flammes.

« Je me sens de plus en plus mal, dit-elle. Toute cette soirée me fait mal. Vous ne comprenez pas, vous n'imaginez pas à quel point je suis sérieuse. Notamment toi, Heather… Tu m'expliques calmement les obstacles du divorce, alors que j'ai passé toute ma journée à penser à des tueurs à gages. Il y en a des tas, dans le coin. De quelle somme s'agit-il ? Vingt, vingt-cinq mille dollars ? Je les ai, *offshore* et invisibles. Je ne pourrais pas imaginer argent mieux dépensé. Si je veux le voir mort ? Plutôt deux fois qu'une. »

Heather et Norma ne disaient rien. Elles évitaient de croiser leurs regards, comme elles évitaient celui de Carol, qui scrutait attentivement leurs visages. « Je vous choque ? » demanda-t-elle.

Ses amies secouèrent la tête. Elles niaient être choquées mais, en leur for intérieur, elles se faisaient de plus en plus de bile. C'en était trop pour Heather, qui se leva, s'étira, s'en alla dans la cuisine pendant quelques minutes et revint avec de la glace à la cerise rouge et trois fourchettes. Les autres déclinèrent ; elle s'attaqua à la glace, en ôtant méthodiquement toutes les cerises.

Carol saisit soudain une fourchette et se fraya un chemin. « Laisse-m'en un morceau avant qu'il ne soit trop tard. Je déteste quand tu fais ça, Heather. C'est pourtant ce qu'il y a de meilleur, les cerises. »

Norma alla chercher du vin dans la cuisine, feignant d'être gaie et levant son verre. « À ton tueur à gages… Voilà, je trinque à sa santé ! J'aurais dû y penser le jour où Williams s'est opposé à ce que je devienne partenaire de la boîte.

— Sans aller jusqu'au meurtre, poursuivit Norma, qu'est-ce que tu dirais d'un bon passage à tabac ? J'ai un client sicilien qui propose une formule spéciale : règlement de comptes à coups de chaînes de pneu, pour cinq mille dollars.

— Des chaînes de pneu pour cinq mille ? Pas mal… Tu lui fais confiance, à ce type ? » demanda Carol.

Norma aperçut le regard inquiet de Heather.

« Je t'ai vue, dit Carol. Qu'est-ce que vous avez, toutes les deux ?

— Je crois qu'il faut qu'on se calme un peu, répondit Heather. Norma, je ne crois pas que tu rendes service à Carol en excitant sa colère, même pour plaisanter. S'il s'agit d'une blague, d'ailleurs. Carol, réfléchis en termes de temps. S'il arrive le moindre pépin illégal – *n'importe lequel* – à Justin dans les mois qui viennent, tu seras *forcément* impliquée. Automatiquement. Tes motifs, ton caractère…

— Mon quoi ?

— Disons… Ta tendance aux comportements impulsifs te laisse… »

Carol secoua la tête et regarda ailleurs.

« Carol, soyons objectives. Tu démarres au quart de tour : tu le sais, nous le savons, tout le monde le sait. Et l'avocat de Justin n'aurait aucun problème pour le prouver devant un tribunal. »

Carol ne répondit pas. Heather poursuivit sur sa lancée : « Ce que je veux dire, c'est que tu te retrouverais exposée et, si quelqu'un apprend que tu t'es fait justice toi-même, tu risques d'être radiée du barreau. »

De nouveau, le silence. La base du feu céda sous la chaleur et les bûches s'écroulèrent bruyamment dans un complet désordre. Personne ne se leva pour alimenter le feu ou remettre du bois.

Pour amuser la compagnie, Norma leva la poupée de son :

« Des épingles, quelqu'un ? Des épingles sûres, légales ?

— Vous ne connaîtriez pas un bon bouquin sur la vengeance ? demanda Carol. Un manuel pratique en vingt leçons ? »

En guise de réponse, Norma et Heather secouèrent la tête.

« Eh bien, reprit Carol, il y a vraiment un créneau à occuper. Je devrais peut-être en écrire un – avec des recettes testées personnellement.

— Du coup, le salaire du tueur à gages pourrait passer en note de frais, dit Norma.

— J'ai lu il y a longtemps une biographie de D. H. Lawrence, renchérit Heather, et je crois me souvenir d'une histoire macabre à propos de sa veuve, Frieda, qui ne respecta pas ses dernières volontés et le fit incinérer, avant de répandre ses cendres dans un bloc de ciment. »

Carol hocha la tête en signe d'approbation. « L'esprit libre de Lawrence emprisonné à jamais dans du ciment. *Chapeau*[1], Frieda ! *Voilà* ce que j'appelle une vengeance ! Une vengeance inventive ! »

Heather consulta sa montre. « Bon, soyons concrètes, Carol. Il existe des moyens sûrs et légaux de punir Justin. Qu'est-ce qu'il aime ? Qu'est-ce qui l'intéresse ? C'est par *là* que l'on doit commencer.

— Pas grand-chose, répondit Carol. C'est justement tout le problème. Oh, son petit confort, ses fringues – il adore ses fringues. Mais je n'ai pas besoin de vous pour

_____

1. En français dans le texte.

démolir sa garde-robe. Je m'en suis déjà occupée, mais je ne crois pas qu'il en sera particulièrement affecté. Il fera du shopping avec mon argent et une nouvelle femme qui se choisira une nouvelle garde-robe à son goût. J'aurais dû faire autre chose avec ses vêtements, par exemple les envoyer à son pire ennemi. Le problème, c'est qu'il est trop coincé pour avoir des ennemis. Ou alors les donner au prochain homme de ma vie s'il y en a un. Si jamais il y en a un. J'ai épargné ses cravates préférées. Et s'il avait un patron, je coucherais avec lui et lui donnerais ses cravates.

« Quoi d'autre ? Peut-être sa BMW. Pas les enfants… Il est incroyablement indifférent aux enfants. Lui refuser les visites lui ferait trop plaisir, ce ne serait pas une punition. Naturellement, je vais les dresser contre lui – cela va sans dire. Mais je ne crois pas qu'il le remarquera. Je peux toujours inventer des accusations d'abus sur enfants contre lui, mais les enfants sont trop grands pour être endoctrinés comme ça. En plus, cela ne lui permettrait plus de s'en occuper, du coup c'est moi qui devrais m'en charger.

— Quoi d'autre, sinon ? demanda Norma. Il doit bien y avoir quelque chose.

— Pas tant que ça ! Ce type est très égocentrique. Oh, il y a bien son tennis, deux ou trois fois par semaine. J'avais pensé scier ses raquettes en deux, mais il les garde dans la salle de sport. Peut-être qu'il a rencontré cette fille là-bas, peut-être que c'est une des profs d'aérobic. Et malgré tout cet exercice, c'est toujours un porc. Je crois que c'est la bière… Oh oui, il adore la bière.

— Des gens ? demanda Norma. Il doit bien y avoir des gens !

— Environ cinquante pour cent de ses conversations sont composées de lamentations en tout genre… Quel est le terme yiddish que tu utilises, Norma ?

— *Kvetch*[1] !

— Oui, voilà, s'asseoir et *kvetch* sur son absence d'amis. Il n'a pas de proches, sauf bien sûr la fille des *dim sum*. Elle reste la meilleure piste pour arriver jusqu'à lui, à mon avis.

— Si elle est aussi nulle que tu l'imagines, dit Heather, mieux vaut ne rien faire et les laisser s'empêtrer complètement. Ce sera alors *sans issue*, ils se rendront eux-mêmes la vie impossible, comme des grands.

— Je crois que tu ne comprends toujours pas, Heather. Je ne veux pas simplement qu'il soit malheureux : *je veux qu'il sache que c'est à cause de moi.*

— Donc, conclut Norma, nous avons identifié la première étape : trouver qui est cette fille. »

Carol acquiesça. « Exactement ! Prochaine étape : je trouve un moyen de l'atteindre à travers elle. Mordre la tête pour tuer le corps. Heather, tu connais un bon détective privé, quelqu'un que tu aurais déjà utilisé dans des affaires de divorce ?

— Facile : Bat Thomas. Il est excellent ; il suivra Justin et identifiera la fille en vingt-quatre heures.

— En plus, il est très mignon, ajouta Norma. Il te rendra peut-être, en prime, quelques services sexuels – sans frais supplémentaires.

— Vingt-quatre heures ? répondit Carol. Il pourrait trouver le nom de la fille en moins d'une heure s'il avait la bonne idée de mettre un micro chez le psy de Justin.

---

1. En yiddish : « geindre, se lamenter ».

Il doit certainement lui en parler tout le temps, de cette fille.

— Le psy de Justin… le psy de Justin. C'est drôle, on a complètement négligé cette piste. Ça fait combien de temps qu'il le voit, déjà ?

— Cinq ans !

— Cinq ans, à raison de trois fois par semaine. Voyons voir… avec les vacances, ça fait à peu près cent quarante heures par an, multipliées par cinq… on arrive à environ sept cents heures, en tout.

— *Sept cents heures !* s'exclama Heather. Mais de quoi est-ce qu'ils ont bien pu parler pendant sept cents heures ?

— J'ai une petite idée, répondit Norma, sur ce dont ils ont pu discuter récemment. »

Afin de dissimuler son agacement profond face à ce que disaient Heather et Norma, Carol avait depuis quelques minutes plongé sa tête dans la capuche de son pull ; seuls ses yeux étaient visibles. Comme souvent, elle se sentait seule au monde. Rien de surprenant à cela : bien des fois ses amies faisaient une partie du chemin avec elle, et bien des fois elles l'assuraient de leur loyauté : mais pour finir, elles ne la comprenaient jamais.

L'évocation du psy de Justin retint toutefois son attention. Telle une tortue émergeant de sa coquille, elle tendit lentement le cou.

« Qu'est-ce que vous voulez dire, au juste ? De quoi ont-ils discuté ?

— Mais du grand départ, évidemment, répondit Norma. De quoi d'autre aurais-tu voulu qu'ils discutent ? Tu as l'air étonnée.

— Non ! Enfin… oui, si. Je sais que Justin *a dû* parler de moi à son psy. C'est drôle comme j'arrive à oublier ça. Peut-être que je ferais mieux de l'oublier, d'ailleurs. Quand je pense que j'étais en permanence sur écoute et que Justin rapportait à son psy toutes nos conversations… Mais bien sûr ! Bien sûr ! J'y suis : ces deux-là ont tout organisé ensemble. Je vous l'avais dit ! Je vous l'avais dit, que Justin n'aurait jamais pu se tirer de lui-même.

— Il t'a déjà parlé de leurs discussions ? demanda Norma.

— Jamais ! Lash lui a conseillé de ne pas m'en parler, lui disant que j'étais trop inquisitrice et que Justin avait besoin d'avoir un jardin secret où je ne puisse pas entrer. Cela fait longtemps que je ne lui pose plus de questions là-dessus. Mais vous savez, une fois, il y a deux ou trois ans, il s'est fâché contre son psy et n'a pas arrêté de lui casser du sucre dans le dos pendant deux semaines. Il disait que Lash était tellement à côté de la plaque qu'il le poussait au divorce. Je ne sais pas pourquoi – peut-être parce que Justin est tellement nul – mais, à l'époque, je pensais que Lash était de mon côté, qu'il essayait de montrer à Justin à quel point, s'il s'éloignait de moi, il se rendrait compte de tout ce que je lui apporte. Maintenant, je vois tout différemment. Merde alors, pendant cinq ans, j'ai eu une taupe dans ma maison !

— Cinq ans, dit Heather. C'est long, cinq ans. Je ne connais personne qui soit resté en thérapie aussi longtemps. Pourquoi tout ce temps ?

— Je constate que tu ne connais pas bien l'industrie de la psychothérapie. Tu as certains psy qui seraient prêts à te voir toute la vie. Et, oui, j'ai oublié de vous dire qu'il s'agit de cinq années passées avec *ce* thérapeute. Car il y en a eu d'autres, avant. Justin a toujours eu des problèmes : il est indécis, il a des obsessions, il doit tout vérifier vingt-cinq fois. On part de la maison, et il se sent obligé de revenir pour vérifier que la porte est bien fermée. Le temps qu'il revienne à la voiture, il a déjà oublié s'il a bien vérifié, et le voilà reparti pour un tour. Quel crétin ! Vous imaginez un comptable comme ça ? C'est grotesque. Il était shooté aux médicaments – il ne pouvait pas dormir sans eux, prendre l'avion sans eux, rencontrer un auditeur sans eux.

— Encore aujourd'hui ? lui demanda Heather.

— Il est passé des médicaments au psy, désormais. Lash est devenu sa drogue favorite, il ne peut plus s'en passer. Bien qu'ils se voient déjà trois fois par semaine, il ne peut pas s'empêcher de l'appeler entre les séances. Si quelqu'un le critique au boulot, par exemple, dans les cinq minutes qui suivent il l'appelle pour geindre au téléphone. Ça me dégoûte.

— Ce qui est dégoûtant aussi, intervint Heather, c'est de penser à l'exploitation médicale de ce genre de dépendances. C'est tout bénef' pour le compte en banque du psy. Qu'est-ce qui peut l'inciter à aider un patient à fonctionner de manière autonome ? Est-ce qu'on ne peut pas voir le problème sous l'angle de la faute professionnelle ?

— Heather, tu ne m'écoutes pas : je t'ai déjà dit que, aux yeux de l'industrie, cinq années de psychothérapie, c'est tout à fait normal. Tu as certaines analyses qui durent huit ans, neuf ans, à raison de quatre ou cinq fois par semaine. Et essaye d'obtenir qu'un de ces types témoigne contre l'un de ses confrères : bon courage ! C'est une secte...

— Tu sais, dit Norma, je crois que nous sommes sur la bonne piste. » Elle prit une autre poupée, la plaça à côté de l'autre sur le chambranle de la cheminée, et les entoura toutes deux avec de la ficelle. « Ce sont des frères siamois : frapper l'un, c'est frapper l'autre. Frapper le toubib, c'est frapper Justin.

— Je ne suis pas d'accord… », répondit Carol, son grand cou à présent totalement sorti de la capuche ; sa voix était dure, impatiente. « Frapper uniquement Lash ne changera rien à l'affaire. Au contraire, ça pourrait même les rapprocher l'un de l'autre. Non, la véritable cible, c'est leur relation elle-même : en détruisant *ça*, j'atteindrai Justin.

— Tu l'as déjà rencontré, ce Lash ? demanda Heather.

— Non. Plusieurs fois, Justin m'a dit qu'il aurait bien aimé me voir pour deux ou trois séances, mais les psy, j'en ai ma claque. Une fois cependant, il y a environ un an, j'ai été piquée par la curiosité et je suis allée assister à l'une de ses conférences. Un gros type arrogant. Je me rappelle m'être dit que j'aimerais bien poser une bombe sous son divan ou coller mon poing sur sa gueule de donneur de leçons. Histoire de régler quelques vieux comptes avec lui. »

Tandis que Norma et Heather se creusaient les méninges pour savoir comment piéger un psy, Carol retrouva peu à peu son calme. Elle contempla le feu en repensant au Dr Lash, ses joues brillantes reflétant la lueur des braises d'eucalyptus. Et la lumière fut. Une porte s'ouvrit dans son esprit : une idée, une idée géniale, apparut à l'horizon. Carol sut exactement ce qu'il lui restait à faire ! Elle se leva, ramassa les poupées et les jeta au feu. La petite ficelle qui les liait s'enflamma quelques instants, se transforma en brindille incandescente, avant d'être réduite en cendres. Une fumée s'échappa des poupées, la chaleur les noircit très vite, et elles finirent par s'embraser à leur tour. Carol remua les cendres et annonça : « Merci, mes amies. Je sais ce qu'il me reste à faire, à présent. Voyons voir comment Justin va pouvoir se débrouiller sans son psy. Mesdames, la séance est levée. »

Heather et Norma demeurèrent impassibles.

« Faites-moi confiance, conclut Carol en replaçant le pare-feu. Ne m'en demandez pas plus. Si vous ne savez rien, vous ne risquerez pas de faire un parjure. »

Chapitre 3

Ernest entra dans la librairie Printers Inc., à Palo Alto, et regarda l'affiche posée sur la porte :

LE DR ERNEST LASH
Prof. assoc. de psychiatrie, Univ. de Calif., San Francisco
nous parlera de son nouveau livre :

LE DEUIL : FAITS, LUBIES ET MENSONGES

Le 19 février, entre 20 et 21 heures
avec une séance de signature

Il jeta un coup d'œil à la liste des invités de la semaine précédente. Impressionnant ! Il était en bonne compagnie : Alice Walker, Amy Tan, James Hillman [1], David Lodge. *David Lodge* – venu exprès d'Angleterre ? Mais comment l'avaient-ils capturé ?

En pénétrant dans le magasin, Ernest se demanda si les clients qui s'entassaient là reconnaissaient en lui l'invité du soir. Il se présenta à Susan, la propriétaire

---

1. Alice Walker et Amy Tan sont des romancières américaines contemporaines ; James Hillman, psychologue et écrivain disciple de Jung, fonda la psychologie archétypale.

de la librairie, et accepta le café qu'elle lui proposa. Se dirigeant ensuite vers la salle de lecture, il balaya du regard les derniers titres de ses auteurs favoris. En guise de remerciement, la plupart des magasins offraient à leurs invités la possibilité de choisir un livre. Ah, le nouveau roman de Paul Auster !

Au bout de quelques minutes, Ernest fut rattrapé par son blues des librairies. Partout, en effet, des livres étaient posés sur de longues tables, suppliant qu'on les regarde un seul instant, exposant sans la moindre vergogne leurs chatoyantes couvertures vertes ou rouge magenta, entassés au sol en attendant d'être mis en rayon, débordant sur les tables, tombant par terre. Contre le mur du fond, de grandes piles d'invendus attendaient tristement d'être envoyés au pilon. À côté d'eux se trouvaient des cartons encore fermés : c'étaient les livres qui venaient d'arriver, pressés de connaître, eux aussi, leur heure de gloire.

Ernest eut une pensée émue pour son dernier-né. Quelles étaient ses chances, pauvre esprit fragile nageant pour sa survie dans cet océan de livres ?

Il entra dans la salle de lecture, où quinze rangées de chaises en métal avaient été installées. Son livre, *Le Deuil : faits, lubies et mensonges*, était bien en évidence ; près de l'estrade, plusieurs piles, peut-être une soixantaine de livres en tout, attendaient d'être signés et achetés. Très bien. Très bien. Mais quel avenir pour son livre ? Dans deux mois, dans trois mois ? Peut-être un ou deux exemplaires rangés à la lettre *L* au rayon « psychologie » ou « développement personnel ». Et dans six mois ? Disparu ! Envolé ! « Uniquement disponible sur commande ; livraison : entre trois et quatre semaines. »

Ernest comprit qu'aucune librairie n'était assez vaste pour exposer tous les livres, y compris les meilleurs. Cela, il pouvait au moins le comprendre pour les livres des autres. Mais à ses yeux, il était inconcevable que *son* livre à lui meure ainsi, ce livre auquel il avait travaillé pendant trois années, avec ses phrases finement ciselées et son style gracieux qui prenait le lecteur par la main pour l'emmener dans les sphères les plus sombres de la vie. Dans un an, dans dix ans, des millions de veufs et de veuves auraient besoin de son livre. Les vérités qu'il assenait seraient toujours aussi profondes, toujours aussi modernes.

« Ne confonds pas valeur et éternité – c'est le meilleur chemin vers le nihilisme », se murmura-t-il pour dissiper son angoisse. Il invoqua son credo traditionnel. « Tout disparaît. C'est la nature même de l'expérience. Rien ne subsiste. L'éternité n'est qu'illusion, et le système solaire finira un jour en ruines. » Il se sentait déjà nettement mieux ! Encore mieux quand il repensa au mythe de Sisyphe : « Ton livre disparaît ? Alors écris-en un autre ! Et puis un autre, et encore un autre. »

Bien qu'il restât encore quinze minutes d'attente, les sièges commençaient à se remplir. Ernest se posa quelque part au dernier rang pour revoir ses notes et vérifier qu'ils les avaient bien remises en ordre après sa dernière lecture à Berkeley, une semaine plus tôt. Une femme qui tenait une tasse de café vint s'asseoir quelques sièges plus loin. Poussé par une étrange intuition, Ernest leva les yeux : la femme le regardait.

Il la dévisagea, et ce qu'il vit lui plut : une belle femme avec de grands yeux, la quarantaine, de longs cheveux blonds, de grosses boucles d'oreilles qui se balançaient, un collier d'argent en forme de serpent, des collants résille noirs et un chandail en angora orange qui tentait vaillamment de contenir des seins imposants. Mon Dieu, ces seins ! Ernest sentit son pouls s'accélérer : il dut arracher ses yeux de leur vue.

Elle le regardait intensément. Ernest pensait rarement à Ruth, sa femme tuée dans un accident de voiture six ans auparavant, mais il se souvenait avec émotion d'un cadeau qu'elle lui avait fait. Un jour, quand ils étaient jeunes, avant qu'ils n'aient cessé de s'aimer et de se toucher, Ruth lui avait révélé le secret ultime des femmes : comment capturer un homme. « C'est tellement simple, lui avait-elle dit. Il suffit de regarder un homme dans les yeux pendant quelques secondes de plus. C'est tout ! » Le secret dévoilé par Ruth s'était révélé juste : de temps à autre, il avait ainsi identifié des femmes qui essayaient de le séduire. La femme de la librairie avait réussi le test. Il leva de nouveau les yeux : elle le fixait toujours. Plus aucun doute – elle l'allumait ! Et cela tombait on ne peut mieux : son histoire du moment était en train de partir à vau-l'eau, et il était dans un état d'excitation absolue. Tout excité, il rentra le ventre et lui décocha un regard audacieux.

« Docteur Lash ? » Elle s'avança vers lui et tendit la main. Il la saisit. « Je m'appelle Nan Swensen. » Elle serra sa main deux ou trois secondes de plus que de coutume.

« Ernest Lash. » Il essaya de moduler sa voix. Son cœur battait la chamade. Il adorait la drague mais détestait la première étape – le rituel, le risque. Il enviait beaucoup l'attitude de Nan Swensen : totale maîtrise de soi, totale confiance en elle. « Comme elles ont de la chance, ces femmes-là, pensa-t-il. Pas besoin de parler, de se casser la tête pour trouver une bonne accroche, pas d'invitations maladroites à prendre un verre, à danser ou à discuter. Tout ce qu'elles ont à faire, c'est de laisser parler leur beauté. »

« Je sais qui *vous* êtes, dit-elle. Toute la question est de savoir si vous savez qui *je* suis.

— Pourquoi, je devrais ?

— Je me sentirais blessée si vous ne le saviez pas. »

Ernest fut intrigué. Il la regarda des pieds à la tête, en essayant de ne pas laisser ses yeux s'attarder trop longtemps sur sa poitrine.

« Je crois que j'aurai besoin d'un examen plus approfondi – plus tard. » Il sourit et regarda avec insistance la foule qui devenait de plus en plus compacte et bientôt l'accaparerait.

« Peut-être que le nom de Nan *Carlin* vous dira quelque chose.

— Nan Carlin ! Nan Carlin ! Mais bien sûr ! » Tout à sa joie, Ernest lui serra l'épaule ; ce faisant, il fit trembler la main de Nan, qui renversa son café sur son sac à main et sa jupe. Il fit un bond, fit le tour de la salle, tout gêné, en quête d'une serviette, et finit par revenir avec un paquet de mouchoirs en papier.

Pendant qu'elle essuyait la tache sur sa jupe, Ernest rassembla ses souvenirs de Nan Carlin. Elle avait été l'une de ses toutes premières patientes, dix ans plus tôt, alors qu'il commençait son internat. Le directeur de la formation, le Dr Molay, un fanatique des thérapies de groupe, avait décidé que tous les internes commenceraient une thérapie de groupe au cours de leur première année. Nan Carlin faisait partie de ce groupe. Bien que tout cela remontât à plusieurs années, Ernest s'en souvenait assez bien. À l'époque, Nan était plutôt obèse – ce qui expliquait pourquoi il ne l'avait pas reconnue tout de suite. Il se souvenait d'une fille timide et ne s'aimant pas – rien à voir, une fois de plus, avec la femme sûre d'elle qui le regardait à présent. Si sa mémoire était bonne, Ernest se rappelait qu'elle était alors en pleine rupture amoureuse – oui, c'était bien cela. En réalité, son mari lui avait annoncé qu'il la quittait parce qu'elle était devenue trop grosse, l'accusant d'avoir rompu les engagements du mariage, de le déshonorer délibérément et de lui désobéir en se transformant lentement en monstre.

« Si je me souviens ? répondit Ernest. Oui, je me souviens de votre timidité face au reste du groupe, du temps que vous avez mis pour prononcer un mot. Et puis je me souviens que vous avez changé, ainsi que de votre colère contre un des hommes du groupe… Saul, je crois. Vous l'accusiez, à juste titre, de se cacher derrière sa barbe et de miner le groupe. »

Ernest faisait son intéressant. Il était en effet doté d'une mémoire prodigieuse, qui lui permettait de se rappeler, même des années plus tard, presque toutes les séances de thérapie, individuelles ou collectives.

Nan esquissa un sourire et acquiesça résolument. « Je me souviens de ce groupe, aussi : Jay, Mort, Bea, Germana, Irinia, Claudia. Je n'y suis restée que deux ou trois mois, avant d'être mutée sur la côte Est, mais je crois qu'il m'a sauvé la vie. Ma vie de couple était en train de me détruire à petit feu.

— Ça me fait plaisir de vous voir en si bonne forme. Et de savoir que le groupe a joué un rôle important là-dedans. Nan, vous avez l'air radieuse. C'était il y a dix ans, vraiment ? Honnêtement, honnêtement… et n'y voyez pas du pipeau de psy – "pipeau" était l'un de vos mots favoris, non ? » (de la frime, une fois de plus) « Vous avez l'air plus sûre de vous, plus jeune, plus belle. Vous n'êtes pas d'accord avec moi ? »

Elle hocha la tête et lui prit la main avant de répondre : « Je me sens merveilleusement bien. Célibataire, en bonne santé, mince.

— Si je me rappelle bien, vous étiez toujours en train de faire des régimes !

— Et je peux vous dire que j'ai gagné mon combat. Je suis véritablement une autre femme.

— Comment avez-vous fait ? Je devrais peut-être m'inspirer de votre recette. » Ernest pinça un morceau de son ventre entre ses doigts.

— Oh, vous n'en avez pas besoin… Les hommes ont de la chance, ils portent bien leur poids – on les gratifie même de mots comme "puissants" ou "costauds". Cela dit, vous voulez connaître ma recette ? Pour être très honnête, j'ai été aidée par un bon médecin ! »

Pour Ernest, ce fut là une mauvaise nouvelle : « Vous avez été en thérapie pendant tout ce temps-là ?

— Non, je vous suis restée loyale, vous êtes resté mon seul et unique psy ! » Elle caressa gentiment sa main. « Je parle d'un médecin médecin, un chirurgien plastique qui m'a refait le nez et m'a fait une liposuccion sur le ventre. Magique ! »

La salle était maintenant remplie, et Ernest écouta la présentation qu'on faisait de lui, qui se termina par l'inévitable : « Je vous demande donc d'applaudir maintenant le Dr Ernest Lash. »

Avant de se lever, Ernest se pencha vers Nan, posa sa main sur son épaule et lui susurra à l'oreille : « Ça m'a fait très plaisir de vous revoir. Reparlons de tout cela un peu plus tard. »

Il s'avança vers l'estrade, le cerveau tout chamboulé. Nan était superbe. Absolument splendide. Et un cœur à prendre. Jamais aucune femme ne s'était montrée aussi disponible. Il suffisait simplement de trouver le lit – ou le divan – le plus proche.

Le *divan*. Oui, justement ! « Voilà tout le problème, se rappela Ernest : dix ans plus tôt ou pas, elle est encore ma patiente, donc intouchable. Zone interdite ! Non, elle n'est pas ma patiente, elle était ma patiente, l'un des huit membres de la thérapie de groupe pendant quelques semaines, pensa-t-il. À l'exception d'un briefing avant les séances, je crois ne l'avoir jamais vue pour une séance en tête-à-tête. Quelle différence ? Un patient est un patient. Pour toujours ? Dix ans après ? Tôt ou tard, les patients reçoivent leur diplôme d'adulte, avec tous les privilèges de la fonction. »

Ernest interrompit ce monologue intérieur et porta toute son attention sur le public.

« Pourquoi ? Mesdames et messieurs, je vous le demande : pourquoi écrire un livre sur le deuil ? Jetez un œil sur la section "deuil" de cette librairie : les étagères croulent sous les volumes. Par conséquent, me direz-vous, pourquoi encore un autre livre là-dessus ? »

Pendant qu'il parlait, Ernest poursuivait néanmoins son débat intérieur. « Elle dit se sentir mieux que jamais. Ce n'est pas vraiment une patiente. Cela fait neuf ans qu'elle n'a pas suivi de thérapie ! C'est parfait. Pourquoi pas, bon sang ? Deux adultes consentants ! »

« Parmi les souffrances psychologiques, le deuil occupe une place unique. D'abord, il est universel. Aucun adulte de notre âge… »

Ernest sourit et croisa le regard de nombreuses personnes dans l'assistance ; il était très doué pour ce genre de choses. Il remarqua Nan, au dernier rang. Elle hochait la tête et souriait aussi. Juste à côté d'elle se tenait une belle femme à l'apparence sévère, avec des cheveux noirs et courts, qui semblait le scruter avec insistance. Était-ce encore une femme en chasse ? Il la fixa pendant un bref instant. Elle détourna vite les yeux.

« Aucun adulte de notre âge, disais-je, n'échappe au deuil. C'est la grande souffrance psychologique universelle. »

« Non, voilà le problème, se dit Ernest : Nan et moi, nous ne sommes pas des adultes consentants. J'en sais trop sur elle. Parce qu'elle s'est tant confiée à moi, elle se sent un lien particulier avec moi. Je me rappelle que son père est mort quand elle était adolescente ; j'ai un peu repris ce rôle. Me lancer dans une aventure sexuelle avec elle serait la trahir. »

« C'est bien connu : devant des étudiants en médecine, il est plus facile de parler du deuil que d'autres syndromes psychologiques, car ils le comprennent bien mieux que les autres. De tous les états psychologiques, le deuil est celui qui s'approche le plus de la souffrance corporelle, par exemple des maladies infectieuses ou des traumatismes physiques. Aucune autre souffrance psychologique n'a un point de départ aussi précisément déterminé, une cause spécifique aussi identifiable, un parcours aussi aisément prévisible, un traitement aussi efficace et court, une fin aussi spécifique et bien définie. »

« Non, au bout de dix ans, il y a prescription. Elle a pu me considérer, à un certain moment, un peu comme son père. Et alors ? C'était il y a longtemps, maintenant la situation n'est plus la même. Elle me voit maintenant comme un homme intelligent, un homme sensible. Regarde-la : elle boit tes paroles. Elle est follement attirée par toi. Regarde les choses en face, mon vieux. Je suis sensible. Je suis profond. Combien de fois une femme célibataire de son âge, de n'importe quel âge d'ailleurs, a-t-elle la chance de rencontrer un homme comme toi ? »

« Mais, mesdames et messieurs, que les étudiants en médecine, les médecins, ou encore les psychothérapeutes souhaitent un diagnostic et un traitement du deuil qui soient simples et directs, cela ne veut pas dire pour autant qu'ils le sont automatiquement. Essayer d'aborder le deuil par le seul biais médical, celui de la maladie, c'est précisément négliger la part la plus humaine en chacun de nous. La perte d'un être cher n'est pas comparable à une invasion bactérienne ou à un traumatisme physique ; la douleur psychique n'a rien à voir avec un dysfonctionnement somatique ; l'esprit n'est pas le corps. L'intensité et la nature de l'angoisse que nous vivons ne sont pas déterminées (ou, du moins, pas *uniquement*) par la nature du traumatisme, mais par sa *signification*. Et cette signification constitue justement toute la différence entre le corps et l'esprit. »

Ernest avait maintenant trouvé sa vitesse de croisière. Il scruta les visages dans le public pour bien s'assurer de leur attention.

« Rappelle-toi, pensa-t-il, à quel point elle avait peur du divorce, à cause de ses expériences antérieures avec des hommes qui profitaient d'elle sexuellement avant de se barrer du jour au lendemain. Rappelle-toi comme elle se sentait vide. Si je la ramenais chez moi ce soir, je lui ferais subir exactement le même sort – je serais un nom de plus sur sa longue liste de profiteurs ! »

« Laissez-moi vous donner un exemple qui montre l'importance de la "signification", un exemple tiré de mes propres recherches. Imaginez deux veuves ayant récemment perdu leurs époux respectifs, après quarante ans de mariage. L'une des deux en a conçu une grande douleur, mais elle a peu à peu retrouvé goût à la vie, avec des phases de sérénité, voire, de temps à autre, de grande joie. L'autre, en revanche, s'est retrouvée dans une très mauvaise passe : au bout d'un an, elle était embourbée dans une dépression profonde, avec parfois des envies de suicide, et elle avait besoin d'une prise en charge psychiatrique permanente. Comment peut-on expliquer cette différence entre les deux femmes ? C'est tout de même mystérieux, quand on y pense. Permettez-moi néanmoins d'avancer une hypothèse.

« Même si ces deux femmes se ressemblaient en bien des points, elles se distinguaient par une différence notable : la nature de leur couple. L'une avait eu des rapports tumultueux et conflictuels avec son mari, tandis que l'autre avait établi avec le sien une relation tendre, constructive et respectueuse de l'autre. Maintenant, je vous pose la question : à votre avis, comment se sont distribués les rôles ? »

En attendant que le public lui réponde, Ernest croisa le regard de Nan et se dit : « Pourquoi supposer qu'elle se sentirait vide ? Ou exploitée ? Pourquoi pas reconnaissante ? Peut-être que notre histoire mènerait quelque part. Peut-être qu'elle a un appétit sexuel aussi gros que le mien ! Est-ce que je ne peux pas, de temps en temps, faire une pause ? Est-ce que je dois être psy vingt-quatre heures sur vingt-quatre ? Si je dois à chaque fois faire attention aux conséquences du moindre geste, de la moindre relation que j'entretiens, je ne vais plus jamais baiser avec qui que ce soit !

« Femmes, gros seins, baiser… tu es dégueulasse. Tu n'as rien de mieux à faire ? Rien de plus intéressant à méditer ? »

« Oui, exactement ! dit Ernest à une femme du troisième rang qui avait proposé une réponse. Vous avez parfaitement raison : la femme qui avait eu une relation conflictuelle est celle qui a mal terminé. Très bien. Je parie que vous avez déjà lu mon livre – ou alors, vous n'avez pas besoin de le lire. » Sourires béats dans le public. Ernest s'en délecta et poursuivit sur sa lancée. « Mais est-ce que tout cela ne vous semble pas contraire au bon sens ? On peut en effet penser que la veuve qui a eu pendant quarante ans une relation gratifiante et tendre va d'autant plus mal vivre son deuil. Car après tout, n'est-ce pas elle qui a subi la perte la plus douloureuse ?

« Pourtant, comme vous venez de le suggérer, c'est souvent le contraire qui se produit. J'y vois plusieurs explications. À mon avis, tout est affaire de *regrets*. Pensez un instant à l'angoisse éprouvée par la veuve qui, en son for intérieur, se rend compte qu'elle a passé quarante ans de sa vie avec le mauvais numéro. Dans ces conditions, son chagrin ne tient pas, ou *pas seulement*, à la perte de son mari. Ce que cette femme pleure, c'est sa propre vie. »

« Ernest, se raisonna-t-il, il y a des millions, des milliards de femmes dans le monde. Il y en a sans doute une dizaine dans le public, aujourd'hui, qui rêveraient d'être avec toi, si tu avais assez de tripes pour les approcher. Tiens-toi loin des patientes ! Éloigne-toi d'elles !

« Mais ce n'est pas une patiente. C'est une femme libre.

« La vision qu'elle avait de toi, et qu'elle a encore, est erronée. Tu l'as aidée ; elle t'a fait confiance. Le transfert a été puissant. Et tu essayes d'en profiter !

« Dix ans ! Le transfert, quelque chose d'éternel ? Où est-ce que c'est écrit ?

« Regarde-la ! Elle est sublime. Elle t'adore. Quand est-ce qu'une fille comme elle a jeté son dévolu sur toi et t'a chauffé comme ça ? Regarde-toi. Regarde ta panse. Encore quelques kilos et tu ne pourras même plus voir ta braguette. Tu veux une preuve ? La voilà, la preuve, tu l'as ! »

Son attention était tellement dédoublée qu'il fut pris d'un vertige. Le dédoublement, il connaissait pourtant bien. D'un côté, un véritable intérêt pour ses patients, ses étudiants, son public. Pour les grandes questions existentielles, aussi : le développement personnel, le regret, la vie, la mort, la quête de sens. Et d'un autre côté, sa face noire : l'égoïsme et la débauche. Il était fort, ça oui, pour aider ses patients à reconquérir cette partie obscure et y puiser leur force, leur puissance, leur énergie vitale, leur élan créateur. Il connaissait tous les mots ; il adorait la phrase de Nietzsche selon laquelle les plus beaux arbres sont ceux qui ont les racines les plus profondes, loin dans les ténèbres, loin dans le mal.

Pourtant, toutes ces belles paroles ne rimaient pas à grand-chose pour lui. Ernest détestait sa partie obscure, justement, et encore plus l'empire qu'elle exerçait sur lui. Il ne supportait pas non plus la servitude, le fait d'être soumis aux instincts les plus animaux, prisonnier d'une antique programmation. Ce qui se passait ce jour-là en était la parfaite illustration : cette basse-cour en train de piailler et de renifler, ce besoin primaire de séduire et de conquérir – *qu'était-ce*, sinon des fossiles directement venus des temps les plus reculés ? Et sa passion pour les seins, cette envie de les malaxer et de les lécher… Lamentable ! Un vestige de la crèche !

Alors, Ernest serra le poing et enfonça ses ongles dans sa paume. « Attention ! Tu as une centaine de personnes qui t'écoutent en ce moment ! Donne-leur le maximum. »

« Encore une dernière chose à propos des relations de couple conflictuelles : la mort les fige dans le temps. Elles seront donc toujours conflictuelles, toujours inachevées, toujours frustrantes. Pensez un instant à la culpabilité qui en résulte ! Pensez à tous ces moments où la veuve éplorée – ou le veuf – se dit : "Si seulement j'avais pu…" Je crois que c'est l'une des raisons pour lesquelles le deuil après une mort soudaine, par exemple un accident de voiture, est tellement difficile à vivre. Dans ces cas-là, mari et femme n'ont pas eu le temps de se dire adieu, de se préparer aux événements – autant d'affaires laissées en plan, autant de conflits non réglés. »

Ernest était à fond dans son propos à présent, et son public attentif et silencieux. Il ne regardait plus Nan.

« Avant de passer à vos questions, permettez-moi de vous dire une dernière chose. Réfléchissez un peu à la manière dont les professionnels de la santé mentale évaluent le deuil d'un conjoint. Qu'est-ce qu'un deuil réussi ? Quand le processus se termine-t-il ? Au bout d'un an ? Deux ans ? Le bon sens voudrait que le travail de deuil s'achève lorsque la personne s'est suffisamment détachée du défunt pour reprendre une vie normale. Mais les choses sont plus compliquées que ça, en réalité ! Beaucoup plus compliquées !

« L'une de mes découvertes les plus intéressantes, c'est qu'une proportion non négligeable de veufs ou de veuves – peut-être à hauteur de vingt-cinq pour cent – ne se contentent pas de reprendre leur vie ou de retrouver leur mode de fonctionnement antérieur. Au contraire, ils connaissent un important développement personnel. »

Ernest adorait ce moment-là ; le public le trouvait toujours pertinent.

« Parler de "développement personnel" n'est pas, d'ailleurs, très heureux. Je ne sais pas bien comment le définir, peut-être "conscience existentielle accrue" serait-il plus juste. Ce que je sais, en revanche, c'est qu'une partie des veuves, parfois des veufs, apprennent à aborder la vie de manière tout à fait nouvelle, à apprécier la valeur de la vie avec un regard neuf. Et ils se donnent de nouvelles priorités, aussi. Comment caractériser ce phénomène ? On pourrait dire qu'ils apprennent à banaliser le banal, à dire "non" aux choses dont ils ne veulent pas, à se consacrer aux aspects de la vie qui apportent du sens : l'amour des proches et de la famille. Ils apprennent aussi à boire à leurs propres sources créatrices, à contempler les saisons qui passent et la beauté de la nature qui les entoure. Mais par-dessus tout, peut-être, ils acquièrent un sens aigu de leur propre finitude, ils apprennent à profiter du moment présent au lieu de le repousser sans cesse au lendemain – au week-end, aux grandes vacances ou à la retraite. Je décris cela longuement dans mon livre, mais j'y médite aussi sur les causes et les signes précurseurs de cette conscience existentielle.

« Voilà… place à vos questions, maintenant. » Ernest adorait répondre aux questions improvisées : « Combien de temps avez-vous travaillé à ce livre ? », « Les cas présentés sont-ils réels et, si oui, que faites-vous de la confidentialité ? », « Votre prochain livre ? », « Quelle est l'utilité de la thérapie dans le travail de deuil ? » Les questions sur la thérapie étaient toujours posées par une personne en plein deuil, et Ernest prenait grand soin d'y répondre avec tact. Ainsi fit-il remarquer que le deuil se suffit à lui-même – avec ou sans thérapie, les individus en deuil vont, pour la plupart, progresser – et qu'aucune preuve ne venait étayer l'idée selon laquelle, à situation de deuil équivalente, au bout d'un an les personnes en thérapie s'en sortent mieux que les autres. Mais, pour ne pas donner l'impression qu'il dévalorisait la thérapie, Ernest s'empressa d'ajouter qu'elle pouvait, manifestement, rendre la première année de deuil moins douloureuse ; qu'il était clairement prouvé, en outre, qu'elle s'avère efficace avec les gens que rongent une culpabilité ou une colère fortes.

Les questions posées furent toutes classiques et consensuelles ; il n'en attendait pas moins du public de Palo Alto – rien à voir avec les questions polémiques et agaçantes de celui de Berkeley. Ernest consulta sa montre et fit signe à ses hôtes qu'il en avait terminé ; il referma son carnet de notes et se rassit. Après les remerciements officiels prononcés par la propriétaire de la librairie, une belle salve d'applaudissements crépita. Ernest fut vite entouré par une foule de clients. Il sourit gentiment et signa tous les exemplaires. Peut-être était-ce le fruit de son imagination, mais il lui sembla que plusieurs belles femmes le regardaient avec intérêt et le fixaient une ou deux secondes de plus que les autres. Il ne leur répondit pas : Nan Carlin l'attendait.

Peu à peu, la foule se dispersa. Il était enfin libre de la rejoindre. Comment devait-il l'aborder ? Un cappuccino au café de la librairie ? Un endroit moins exposé ? Ou alors, tout simplement, quelques minutes de discussion dans la librairie avant de laisser tomber cette satanée histoire ? Que faire ? Le cœur d'Ernest se remit à battre la chamade. Il la chercha des yeux. Où était-elle ?

Il referma sa mallette et se rua dans la librairie pour la retrouver. Aucune trace de Nan. Il jeta un dernier coup d'œil dans la salle de lecture : totalement vide, à l'exception d'une femme assise tranquillement dans le siège occupé précédemment par Nan – c'était la femme mince et d'allure sévère, avec ses cheveux noirs et courts. Elle avait le regard sombre, tranchant. Une fois de plus, Ernest essaya de la fixer des yeux. Une fois de plus, elle détourna les siens.

Chapitre 4

Un patient ayant annulé sa séance à la dernière minute, le Dr Marshal Streider disposait donc d'une petite heure avant son rendez-vous hebdomadaire consacré à la supervision d'Ernest Lash. Cette annulation soudaine lui laissait des sentiments partagés. Troublé par le degré de résistance du patient, il ne mordit pas une seule seconde à la mauvaise excuse du voyage d'affaires. D'un autre côté, disposer d'un peu plus de temps libre lui faisait plus que plaisir. D'autant plus que la question pécuniaire ne se posait pas : présent ou pas, le patient devait naturellement payer la séance, quelle que fût son excuse.

Après avoir passé quelques coups de fil et répondu à son courrier, Marshal sortit sur son petit balcon pour arroser les quatre bonsaïs qui trônaient sur une planche de bois, au bord de la fenêtre : une rose de Noël pourvue de racines apparentes merveilleusement délicates (quelque jardinier méticuleux l'avait plantée contre une pierre qu'il avait, quatre ans plus tard, soigneusement retirée) ; un pin à cinq aiguilles noueux, au moins sexagénaire ; une série de neuf plants d'érables ; enfin, un genévrier. Son épouse Shirley l'ayant aidé, toute la journée de dimanche, à remodeler le genévrier, celui-ci avait l'air totalement transformé, un peu comme un enfant de quatre ans après son premier passage chez le coiffeur. Ils avaient taillé les pousses qui se trouvaient sous les deux branches principales, amputé une tige rebelle qui poussait à l'horizontale, et conféré au végétal, sécateurs à l'appui, une jolie forme de triangle scalène.

Marshal s'adonna ensuite à l'un de ses plaisirs favoris. Il consulta les pages boursières du *Wall Street Journal* et sortit de son portefeuille les deux objets, grands comme des cartes de crédit, qui lui permettaient de calculer ses profits du jour : une loupe pour déchiffrer les petits caractères des cotes boursières et une calculatrice solaire. La veille avait été marquée par une faible activité du marché. Rien n'avait bougé, sinon la Silicon Valley Bank, son plus gros portefeuille d'actions – achetées sur les bons conseils d'un ancien patient –, qui avait gagné un cent vingt-cinq pour cent, soit, multiplié par mille cinq cents actions, un gain d'environ mille sept cents dollars. Il releva la tête et sourit. La vie était belle.

Se saisissant du dernier numéro de l'*American Journal of Psychoanalysis*, Marshal en parcourut rapidement le sommaire avant de le refermer. Mille sept cents dollars ! Mais pourquoi diable n'en avait-il pas acheté plus ? Calé dans son fauteuil pivotant en cuir, il promena son regard sur les murs de son bureau : les reproductions de Hundertwasser et de Chagall, sa collection de verres à vin du dix-huitième siècle, aux pieds délicatement torsadés et enrubannés, joliment exposés dans une armoire de palissandre bien cirée. Ce qu'il aimait par-dessus tout, c'étaient ses trois superbes sculptures de Musler, en verre. Il se leva pour les épousseter, muni d'un vieux plumeau jadis utilisé par son père sur les rayons de sa petite épicerie à Washington, au croisement de la 5ᵉ Rue et de la Rue R.

Si les peintures et les reproductions changeaient souvent – Marshal avait une fort belle collection chez lui –, en revanche les précieux verres à vin et les pièces fragiles de Musler résidaient là en permanence. Après avoir vérifié les montures antisismiques des pièces de verre, Marshal caressa amoureusement celle des trois qu'il préférait : la Roue dorée du temps, une immense coupe orange, brillante, fine comme du papier, dont les bords faisaient penser à quelque horizon de gratte-ciel futuriste. Depuis qu'il l'avait achetée, douze ans plus tôt, il ne s'était pas passé un jour sans qu'il la caresse ; ses contours parfaits et son extraordinaire douceur étaient on ne peut plus apaisants. Plus d'une fois, bien sûr, il avait été tenté d'inciter un patient tourmenté à la caresser également, pour en absorber les pouvoirs tranquillisants et magiques.

Dieu merci, il avait passé outre les réticences de sa femme et acheté les trois pièces : elles constituaient sa plus belle acquisition. Et peut-être la dernière. La cote de Musler avait tellement grimpé qu'une nouvelle œuvre du maître lui en coûterait maintenant six mois de salaire. Mais s'il pouvait surfer sur une nouvelle hausse du marché, grâce aux actions à terme Standard & Poor, comme cela s'était passé l'année dernière, alors peut-être... Mais évidemment, son meilleur conseiller avait eu le mauvais goût de terminer sa thérapie. Ou bien quand ses deux enfants auraient terminé leurs études et décroché leurs diplômes – mais il faudrait attendre encore cinq ans, au bas mot.

Onze heures et trois minutes. Ernest Lash était en retard, comme d'habitude. Cela faisait deux ans que Marshal était son superviseur. Et bien qu'Ernest payât dix pour cent moins cher qu'un patient normal, Marshal attendait presque toujours avec impatience leur rendez-vous hebdomadaire, une pause revigorante dans sa journée, qui plus est avec un étudiant en tous points parfait : curieux, brillant, réceptif aux nouvelles idées, aussi assoiffé de connaissances qu'il était ignorant des choses de la psychothérapie.

Même si, à trente-huit ans, Ernest était un peu âgé pour suivre une supervision, Marshal y voyait un avantage plutôt qu'un inconvénient. Dix ans plus tôt, lorsque Ernest avait fait son internat en psychiatrie, il avait refusé d'apprendre quoi que ce soit sur la psychothérapie, et préféré céder aux sirènes de la psychiatrie biologique en se concentrant sur le traitement médicamenteux de la maladie mentale et en choisissant, après l'internat, de passer plusieurs années dans la recherche en biologie moléculaire.

Ernest n'était pas du tout un cas isolé ; la plupart de ses confrères avaient pris le même chemin. Il y a vingt ans, la psychiatrie avait été confrontée à de nouvelles et immenses avancées dans la recherche sur les causes biochimiques de la maladie mentale, mais aussi en psychopharmacologie, en psychogénétique, dans l'analyse et la représentation de l'anatomie et de la fonction du cerveau, sans compter la localisation, imminente, des gènes spécifiques de toutes les grandes maladies mentales.

Pourtant ces nouveaux développements n'avaient aucunement ébranlé Marshal. À soixante-trois ans, il avait une carrière de psychiatre suffisamment longue derrière lui pour avoir déjà connu plusieurs de ces assauts positivistes. Il se rappelait les vagues d'optimisme béat (et de déception ultérieure) qui avaient entouré l'introduction de la Thorazine, de la psychochirurgie, du Miltown, de la réserpine, du LSD, du Tofranil, du lithium, de l'ecstasy, des bêtabloquants, du Xanax et du Prozac ; et il n'était absolument pas surpris lorsque l'un de ces engouements pour la biologie moléculaire retombait comme un soufflé, lorsque nombre de prétendues avancées scientifiques n'étaient jamais empiriquement démontrées, ou quand les savants commençaient à admettre que, peut-être, après tout, finalement, ils n'avaient pas encore localisé le chromosome anormal qui se logeait derrière toute pensée anormale. La semaine précédente, Marshal avait assisté à un séminaire organisé par l'université, au cours duquel d'éminents scientifiques avaient présenté leurs tout derniers travaux au Dalaï Lama. Bien que n'étant pas lui-même tenant d'une vision non matérialiste du monde, il avait été ébranlé par la réponse du Dalaï Lama aux savants qui lui présentaient des photographies récentes d'atomes individuels, et qui assuraient que rien n'existait en dehors de la matière. « Et le Temps, dans tout ça ? avait demandé le Dalaï Lama avec un grand sourire. Est-ce que l'on connaît les molécules du Temps ? Et pouvez-vous me montrer des photographies du moi ? De la conscience du moi ? »

Après avoir travaillé des années comme chercheur en psychogénétique, Ernest avait été déçu par la recherche comme par les politiques académiques dans ce domaine. Il avait donc décidé de se mettre à son compte. Pendant deux ans, il avait exercé comme psychopharmacologue pur et dur, voyant ses patients vingt minutes et leur prescrivant systématiquement des médicaments. Peu à peu – et sa rencontre avec Seymour Trotter y fut pour quelque chose –, Ernest comprit les limites, voire la vulgarité, d'un traitement purement médicamenteux de ces problèmes et, quitte à sacrifier quarante pour cent de ses revenus, passa graduellement à une activité de psychothérapeute.

Marshal avait des frissons dans le dos quand il pensait à tous ces psychiatres, psychologues, travailleurs sociaux et autres conseillers qui exerçaient sans avoir reçu au préalable une formation psychanalytique. Il se félicita donc de voir Ernest chercher une supervision en psychothérapie et envisager une formation sérieuse à l'Institut psychanalytique.

Comme toujours, Ernest déboula dans le bureau de Marshal avec cinq minutes de retard, se versa une tasse de café, se posa dans le fauteuil italien en cuir blanc, et fouilla dans sa mallette pour retrouver ses notes cliniques.

Marshal avait abandonné tout espoir d'élucider le retard systématique d'Ernest. Pendant des mois, il lui avait demandé des explications – en vain. Une fois, il était même sorti pour chronométrer le parcours dérisoire qui séparait leurs deux bureaux : quatre minutes ! Ernest avait un rendez-vous à onze heures, qui s'achevait à onze heures cinquante. Il avait donc largement le temps, y compris avec une pause toilettes, d'arriver au bureau de Marshal à midi pile. Et pourtant, Ernest arguait systématiquement d'un nouveau et énième contretemps : un de ses patients avait dépassé le temps imparti, ou il avait dû passer un coup de fil urgent, ou bien il avait oublié ses notes au bureau et avait dû retourner les chercher. Il y avait toujours quelque chose.

Et ce quelque chose avait évidemment pour nom « résistance ». Car débourser une belle somme d'argent pour une séance de cinquante minutes et en gaspiller systématiquement dix pour cent, c'était là un signe patent d'ambivalence – tel était du moins l'avis de Marshal.

Normalement, il aurait insisté jusqu'au bout pour que ce mystérieux retard fût exploré en long et en large. Mais Ernest n'était pas un patient. Du moins pas tout à fait. Car la supervision se situait dans un *no man's land*, entre la thérapie et l'apprentissage. Parfois, le superviseur devait aller au-delà du cas étudié et explorer en profondeur les motivations et les conflits inconscients de l'étudiant. Néanmoins, en l'absence d'un contrat thérapeutique clairement défini, il y avait des limites que le superviseur ne devait pas franchir.

Par conséquent Marshal laissa tomber la question du retard d'Ernest, tout en décidant de terminer leurs séances de cinquante minutes à l'heure exacte, presque à la seconde près.

« J'ai beaucoup de choses à dire, annonça Ernest. Je ne sais pas trop par où commencer. J'ai envie de parler d'autre chose, aujourd'hui. Pas de nouveaux développements avec mes deux patients réguliers… Séances banales avec Jonathan et Wendy, ils vont bien, merci, rien de nouveau.

144

« Non, j'ai envie de vous décrire une séance avec Justin au cours de laquelle il y a eu un gros contre-transfert. Et de vous parler aussi de ma rencontre avec une ancienne patiente à moi, hier soir, dans une librairie où je faisais une lecture.

— Le livre marche toujours bien ?

— Les libraires l'ont toujours sur leurs tables. Tous mes amis le lisent, et j'ai eu quelques bonnes critiques, dont une cette semaine dans la *newsletter* de l'AMA[1].

— Bravo ! C'est un livre important. Je vais en envoyer un exemplaire à ma sœur aînée, elle a perdu son mari l'été dernier. »

Ernest s'apprêtait à répondre qu'il aurait été ravi de dédicacer cet exemplaire avec un petit mot gentil, mais les mots ne purent franchir la barrière de ses lèvres. Il lui parut présomptueux de dire une telle chose à Marshal.

« Bon, mettons-nous au travail… Justin… Justin… » Marshal feuilleta ses notes. « Justin ? Rappelez-moi, déjà… Ce n'était pas votre patient obsessionnel-compulsif ? Celui qui avait tant de problèmes de couple ?

— Exact. Ça fait un bail que je ne vous ai pas parlé de lui. Mais vous vous rappelez sans doute que nous avions suivi son traitement pendant de longs mois.

— Je ne savais pas que vous continuiez à le voir. Je ne me rappelle plus… Pourquoi avons-nous cessé de suivre son cas ?

— Pour être très honnête, il ne m'intéressait plus. Voilà la vraie raison. Il était devenu évident qu'il ne

_____
1. Association médicale américaine.

pourrait pas aller plus loin. Ce n'était plus vraiment de la thérapie… Plutôt du colmatage. Et pourtant, il vient encore me voir trois fois par semaine.

— Du colmatage ? À raison de trois fois par semaine ? Ça fait tout de même beaucoup… » Marshal s'enfonça dans son fauteuil et contempla le plafond, comme toujours lorsqu'il était très concentré.

« Vous savez, reprit Ernest, tout cela m'inquiète un peu. Ce n'est pas pour cette raison que je voulais vous parler de lui aujourd'hui, mais ce n'est peut-être pas plus mal qu'on en discute également. Je n'arrive pas à faire diminuer la fréquence de ses visites. Trois fois par semaine, plus un coup de fil ou deux !

— Est-ce que vous avez une liste d'attente, Ernest ?

— Une petite liste, oui. Une seule personne, pour tout dire. Pourquoi ? » Ernest savait pertinemment, en réalité, où Marshal voulait en venir. Il admira au passage sa manière de poser des questions crues avec un parfait aplomb. Rien à dire, il était très fort.

« Eh bien, il y a tellement de thérapeutes qui ont peur d'avoir des trous dans leur emploi du temps qu'ils maintiennent inconsciemment leurs patients dans un état de dépendance.

— Je suis au-dessus de ça. Et puis je n'arrête pas de lui dire de venir moins souvent. Si je devais garder un patient uniquement pour les beaux yeux de mon porte-monnaie, alors je me préparerais de très mauvaises nuits. »

Marshal hocha légèrement la tête, montrant par là qu'il était satisfait, du moins pour le moment, de la réponse d'Ernest. « Il y a deux minutes, vous disiez que *vous ne pensiez pas* qu'il pourrait aller plus loin : imparfait de l'indicatif. Et maintenant ? Quelque chose vous a fait changer d'avis sur la question ? »

Marshal avait une oreille très fine, et une mémoire redoutable. Ernest le regarda avec une certaine admiration : des cheveux blond-roux, des yeux sombres et alertes, une peau intacte, et le corps d'un homme vingt ans plus jeune. L'apparence physique de Marshal était à l'image de sa personnalité : solide, tonique, sèche. Lui qui, dans le temps, avait joué *linebacker*[1] dans l'équipe de l'université de Rochester, ses gros biceps et ses avant-bras couverts de taches de rousseur remplissaient tout l'espace de ses manches de chemise. Un roc. Physiquement, mais aussi professionnellement : pas de déchet, jamais assailli par le doute, une grande confiance en lui, et la certitude d'être toujours sur la bonne voie. Certains superviseurs avaient la même assurance, une assurance nourrie par l'orthodoxie et la conviction, mais aucun n'égalait Marshal dans ce domaine, aucun ne parlait avec une telle autorité naturelle, mélange de souplesse et de compétence. Il faut dire aussi qu'il puisait à une autre source, une confiance instinctive en son corps et en son esprit qui anéantissait le moindre doute et lui conférait une perception immédiate, pénétrante, des grandes questions. Depuis leur première rencontre, dix ans auparavant, lorsqu'il l'avait entendu parler de la psychothérapie analytique, Ernest avait fait de Marshal son modèle.

---

1. Dans une équipe de football américain, le *linebacker* est une sorte de défenseur.

« Vous avez raison, dit Ernest. Pour que vous ayez toutes les données du problème en main, il faut que je revienne un peu en arrière. Vous vous rappelez peut-être que, depuis le début, Justin me demandait explicitement de l'aider à quitter sa femme. Vous pensiez alors que je m'investissais trop dans cette histoire, que le divorce de Justin était devenu pour moi une sorte de mission divine et que je m'étais transformé en justicier. C'était l'époque où vous me traitiez d'"incontinent thérapeutique", vous vous souvenez ? »

Bien sûr qu'il s'en souvenait. Il hocha la tête en souriant.

« Eh bien, vous aviez raison. Je me fourvoyais. Tous mes efforts pour aider Justin à quitter sa femme étaient vains. Dès qu'il s'apprêtait à tout plaquer, dès que sa femme suggérait que, peut-être, la séparation s'avérait nécessaire, Justin s'affolait. J'ai même failli l'envoyer à l'hôpital plus d'une fois.

— Et sa femme ? demanda Marshal en sortant une feuille blanche pour y prendre des notes. Pardonnez-moi, Ernest, je ne retrouve plus mes anciennes notes.

— Comment ça, sa femme ?

— Vous les avez déjà vus tous les deux, en couple ? Comment était-elle ? Elle aussi suivait une thérapie ?

— Non, je ne l'ai jamais vue ! Je ne sais même pas quelle tête elle a. Mais je me la figure toujours comme une harpie. Elle ne voulait pas venir me voir, elle disait que c'était le problème de Justin, pas le sien. Pas plus qu'elle n'a voulu entamer une thérapie individuelle, pour les mêmes raisons, j'imagine. Non, d'ailleurs, il y avait autre chose… Justin m'a dit qu'elle détestait les psy, qu'elle en avait vu deux ou trois quand elle était plus jeune et que tous avaient fini par lui sauter dessus, ou du moins tenté de le faire. Comme vous le savez, j'ai eu plusieurs patientes qui ont été sexuellement abusées, et personne n'est plus scandalisé que moi par ces comportements odieux. Mais enfin, si cela arrive deux ou trois fois à la même femme… Je ne sais pas… Peut-être faudrait-il se poser des questions sur *ses* motivations inconscientes.

— Ernest, dit Marshal en secouant ostensiblement la tête, c'est la première et dernière fois que vous m'entendrez vous le dire, mais dans ce cas précis, les motivations inconscientes n'ont absolument rien à voir ! Quand une relation sexuelle s'instaure entre le thérapeute et le patient, il faut laisser de côté la dynamique et ne regarder que le comportement. Les thérapeutes qui ont une liaison avec leurs patients sont toujours irresponsables et destructeurs. Ils sont inexcusables, ils devraient être radiés ! Sans doute certains patients sont-ils plongés dans des conflits d'ordre sexuel, sans doute veulent-ils séduire des hommes – ou des femmes – qui ont une position d'autorité, sans doute ont-ils des obsessions sexuelles, mais après tout c'est pour cette raison qu'ils suivent une thérapie. Et si le thérapeute est incapable de comprendre cela, alors il faut qu'il change de métier.

« Je vous ai dit que je faisais partie du comité déontologique de l'ordre des médecins de Californie. Figurez-vous que je viens de passer toute la nuit à lire des dossiers en vue de notre prochaine réunion mensuelle qui se tiendra la semaine prochaine à Sacramento. D'ailleurs je comptais vous en parler, parce que je voudrais proposer votre nom pour me remplacer. Mon mandat de trois ans s'achève le mois prochain, et je me dis que vous y feriez un travail remarquable. Je me souviens de votre attitude lors de l'affaire Trotter, à l'époque. Vous aviez fait preuve d'un courage et d'une intégrité admirables. Tout le monde était tellement terrorisé par ce vieux porc que personne n'osait témoigner contre lui. Sachez que vous avez rendu un immense service à la profession, Ernest. Mais ce que je voulais vous dire, poursuivit-il, c'est que les cas de ce genre se multiplient à une vitesse galopante. Il ne se passe plus un jour sans que les journaux rapportent un nouveau scandale. J'ai reçu, par un ami, un article du *Boston Globe* sur le cas de seize psychiatres accusés de viol au cours des dernières années, y compris des personnalités bien connues comme l'ancien président de Tufts[1] et l'un des meilleurs superviseurs en psychothérapie du Boston Institute. Sans parler, naturellement, de Jules Masserman, qui, comme Trotter, était président de l'AAP. Vous vous rendez compte de ce qu'il a fait ? Donner un barbiturique à ses patientes et coucher avec elles alors qu'elles étaient inconscientes… Inimaginable !

— Oui, c'est cette histoire qui m'a le plus choqué, répondit Ernest. Mes anciens amis de l'internat se foutent souvent de moi parce que j'avais passé toute l'année à prendre des bains de pieds – j'avais des ongles incarnés monstrueux – et à lire *Principes de psychiatrie dynamique*, de Masserman, justement : c'est le meilleur manuel que j'aie jamais lu !

---

1. Grande université de Boston.

— Je sais bien, répondit Marshal. Ah, toutes ces idoles qui s'effondrent… Et c'est de pire en pire ! Je ne comprends pas ce qui se passe. Cette nuit j'ai lu les griefs retenus contre huit thérapeutes, et c'est franchement ignoble. Vous vous rendez compte que l'un d'entre eux a couché avec sa patiente à chaque séance, deux fois par semaine, pendant *huit* ans ! Et en la faisant payer, en plus ! Ou cet autre, spécialiste des enfants, qui a été attrapé dans un hôtel avec une patiente de quinze ans : il avait le corps entièrement recouvert de chocolat fondu, et la petite le léchait des pieds jusqu'à la tête ! Dégueulasse ! Pour terminer dans la série, il y a le cas de ce thérapeute, spécialisé dans les dédoublements de personnalité, qui hypnotisait ses patientes et les encourageait à révéler leur personnalité la plus primitive et à se masturber devant lui. Le type s'est défendu en disant qu'il n'avait jamais touché une seule de ses patientes, et que, par ailleurs, c'était le bon traitement à suivre, en permettant d'abord à cette personnalité de s'exprimer librement dans un environnement rassurant, ensuite en les encourageant petit à petit à affronter et à intégrer la réalité.

— Tout en prenant son pied en les regardant se masturber, ajouta Ernest en jetant un rapide coup d'œil à sa montre.

— Vous venez de regarder l'heure, Ernest. Pouvez-vous me dire ça avec des mots ?

— Eh bien, le temps passe. J'aurais voulu qu'on avance un peu sur le cas de Justin.

— En d'autres termes : aussi intéressante que soit cette discussion, vous n'êtes pas venu pour ça. Et vous n'avez pas envie d'y gaspiller votre temps ni votre argent, n'est-ce pas ? »

Ernest haussa les épaules.

« Je brûle ? »

Ernest acquiesça.

« Alors pourquoi ne le dites-vous pas ? C'est votre argent, c'est votre temps !

— Oui, Marshal, c'est toujours la même chose, vouloir vous faire plaisir, parce que vous m'impressionnez encore.

— Dans ce cas, je crois qu'un peu moins d'admiration et un peu plus de franchise amélioreront notre travail ensemble. »

Un roc, pensa Ernest. Une montagne. C'était grâce à ces petites discussions informelles, généralement bien distinctes de leur travail très formel à propos des patients, qu'Ernest apprenait le plus de Marshal. Il espérait bien faire sienne, tôt ou tard, la force mentale de son superviseur. Ce jour-là, il remarqua à quel point la position de Marshal quant aux relations sexuelles entre thérapeute et patient était intraitable. Or il était venu avec la ferme intention de lui raconter son aventure avec Nan Carlin, à la librairie. À présent, il était moins sûr de lui.

Il en revint à Justin. « Plus je travaillais avec Justin, plus j'étais persuadé que tous les progrès faits lors de nos séances étaient anéantis dès qu'il rentrait chez lui et qu'il se retrouvait en face de Carol, sa femme – une vraie Gorgone.

— Ah oui, ça me revient. Ce n'est pas la folle furieuse qui s'était jetée de la voiture pour l'empêcher d'acheter des *bagels* et du saumon fumé ?

152

— Elle-même, en personne ! La femme la plus mauvaise et la plus dure que j'aie jamais rencontrée, même indirectement. Et j'espère ne jamais me retrouver un jour en face d'elle. Quant à Justin, pendant deux ou trois ans j'ai fait du bon travail avec lui : un pacte thérapeutique solide, des interprétations claires de sa dynamique interne, et la bonne distance professionnelle entre lui et moi. Malgré ça, je ne pouvais pas faire évoluer ce type. J'ai tout essayé, posé toutes les bonnes questions : pourquoi avait-il épousé Carol ? Qu'est-ce qu'il retirait de sa relation avec elle ? Pourquoi avait-il choisi de faire des enfants ? Mais rien de ce que nous nous sommes dit ne s'est jamais traduit par des actes.

« J'ai réalisé que nos hypothèses de départ habituelles, selon lesquelles une interprétation et une analyse suffisantes finissent par produire des changements externes, n'étaient pas adaptées. Pendant des années j'ai interprété, mais Justin était victime, me semblait-il, d'une complète paralysie de la volonté. Vous vous rappelez peut-être que, suite à mon travail avec lui, je me suis énormément intéressé au concept de volonté, et j'ai commencé à tout lire sur la question : William James, Rollo May, Hannah Arendt, Allen Wheelis, Leslie Farber, Silvano Arieti. Il y a deux ans, si ma mémoire est bonne, j'ai même donné une conférence sur la paralysie de la volonté.

— Oui, je m'en souviens. C'était du bon travail, Ernest. Je crois toujours que vous devriez en faire un livre.

— Merci, mais je dois reconnaître que je suis moi-même atteint d'une légère paralysie de la volonté, et j'ai du mal à terminer mon texte. Pour l'instant, il vient juste derrière deux autres projets d'écriture qui me tiennent à cœur. Dans cette conférence, peut-être vous en souvenez-vous, j'en arrivais à la conclusion que si l'analyse ne parvient pas à stimuler la volonté, alors les thérapeutes doivent trouver une autre manière de faire pour qu'elle se déclenche. J'ai ainsi tenté l'exhortation, en murmurant à l'oreille de Justin : "Il faut que vous essayiez." J'ai alors compris, oh ça oui, j'ai compris... la phrase d'Allen Wheelis sur ces patients qui devraient lever leurs fesses du divan et se mettre au travail.

« J'ai également essayé l'imagination visuelle, en demandant à Justin de se projeter dans l'avenir – dix ou vingt ans plus tard – et de s'imaginer toujours coincé dans son mariage mortifère, d'imaginer son remords et ses regrets à propos de ce qu'il avait fait de sa vie. Mais ça n'a pas marché.

« Je suis peu à peu devenu comme le soigneur dans un des coins du ring, donnant des conseils à Justin, répétant avec lui des déclarations de séparation solennelles, que sais-je encore... Mais j'entraînais un poids plume, alors que sa femme était un poids lourd de première catégorie. Rien ne fonctionnait. Je pense que le comble a été atteint avec le coup de la randonnée. Magnifique. Je vous en avais parlé ?

— Dites toujours. Je vous arrêterai si je connais l'histoire.

— Il y a à peu près quatre ans de cela, Justin s'est dit qu'une randonnée de plusieurs jours ferait du bien à sa petite famille – il a des jumeaux, un garçon et une fille, qui ont aujourd'hui huit ou neuf ans. Je l'ai encouragé, parce que j'étais ravi de voir quelque chose ressembler, de près ou de loin, à une initiative.

Il culpabilisait sans cesse de ne pas consacrer suffisamment de temps à ses enfants. Je lui ai donc suggéré de trouver une manière de changer cela, et c'est là que lui est venue l'idée de la randonnée, pour montrer qu'il était un bon père. J'ai trouvé l'idée excellente et le lui ai dit. En revanche, Carol n'était pas du tout enchantée, c'est le moins qu'on puisse dire. Elle a refusé d'y aller, sans raison particulière, par pure méchanceté, et a interdit aux enfants d'accompagner leur père. Elle ne voulait pas qu'ils dorment dans les bois – elle a trente-six mille phobies, les insectes, les arbres à la gale, les serpents, les scorpions, j'en passe. En plus, elle a du mal à rester seule chez elle, ce qui est curieux quand on sait que voyager toute seule pour affaires ne lui pose aucun problème – elle est avocate, et du genre coriace. Or Justin ne peut pas rester seul à la maison non plus. Une *folie à deux*[1].

« Comme je l'y incitais vigoureusement, Justin m'assurait, bien sûr, qu'il ferait cette randonnée avec ou sans la permission de sa femme. Pour une fois, il prenait les choses en main et restait ferme ! "C'est bien, mon garçon, murmurais-je. Vous vous décidez enfin à agir." Carol lui a fait un numéro impossible, en cherchant à l'amadouer et à négocier, promettant que s'ils allaient tous à Yosemite Park et restaient à l'hôtel Ahwahnee cette fois-ci, elle irait camper avec eux l'année suivante, promis juré. "Pas question, disais-je à Justin. Tenez bon la barre."

— Et alors, que s'est-il passé ?

— Justin l'a fait plier. Elle a finalement cédé et invité sa sœur chez elle, pendant que Justin et les

_____

1. En français dans le texte.

enfants partaient en randonnée. Mais l'obscurité s'est installée, et de drôles de choses se sont produites. Encore tout étourdi par sa victoire, Justin a commencé à se dire qu'il n'était pas en assez bonne condition physique pour une telle excursion. Il lui fallait tout d'abord perdre du poids – avec un objectif fixé à dix kilos – et, ensuite, se muscler le dos. Il s'est donc mis à faire de l'exercice, principalement en montant et en descendant à pied les quarante étages de l'immeuble où il travaillait. C'est au cours de l'une de ces ascensions qu'il a eu le souffle court et a fait un check-up complet.

— Mauvais point, évidemment, dit Marshal. Je ne me rappelle pas cette histoire, mais je peux facilement imaginer la suite. Votre patient est devenu maladivement inquiet quant à cette randonnée, il n'est pas arrivé à perdre de poids, a pensé que son dos ne tiendrait pas le coup et qu'il ne pourrait pas bien s'occuper de ses enfants. Il a fini par avoir de violents accès de panique et par oublier complètement la randonnée. Toute la famille est donc allée en vacances à l'hôtel Ahwahnee, et tout le monde s'est demandé comment son crétin de psy avait pu imaginer une seule seconde un projet aussi insensé que la randonnée.

— L'hôtel Disneyland.

— Franchement, Ernest, c'est un grand classique. Et une erreur classique ! Vous pouvez être sûr de tomber dans ce scénario dès lors que le thérapeute confond symptômes familiaux et symptômes individuels. C'est donc à ce moment-là que vous avez abandonné ?

« — Oui, dit Ernest en hochant la tête. C'est là que je suis passé au colmatage. Je suis parti du principe qu'il allait être embourbé toute sa vie dans sa thérapie, dans son couple, dans ses angoisses. C'est aussi à compter de ce jour que j'ai cessé de vous parler de lui.

— Et aujourd'hui, il y a du nouveau ?

— Oui. Hier il est venu pour me dire, presque désinvolte, qu'il avait quitté Carol et s'était installé avec une femme beaucoup plus jeune, dont il ne m'avait pratiquement jamais parlé. Il vient me voir trois fois par semaine et il *oublie* de me parler d'elle…

— Ah, ça devient intéressant ! Et alors ?

— J'aime autant vous dire que j'ai passé un mauvais moment. Nous étions désynchronisés, tous les deux, et pendant toute la séance, j'ai éprouvé un malaise diffus.

— Racontez-moi en deux mots. »

Ernest s'exécuta, et Marshal s'attarda sur le contre-transfert, à savoir la réponse affective du thérapeute à son patient.

« Ernest, concentrons-nous d'abord sur le malaise que vous avez éprouvé hier. Essayez de revivre cette séance. Lorsque Justin vous a dit qu'il avait quitté sa femme, qu'avez-vous ressenti ? Faites un peu d'association libre, n'essayez pas d'être rationnel, détendez-vous. »

Ernest se lança. « Eh bien, c'était comme s'il faisait peu de cas, voire se foutait de tout le bon travail que nous avions effectué ensemble. Pendant des années, j'ai bossé comme un chien pour aider ce type, je me suis vraiment cassé le cul pour lui, pendant des années il a été un boulet, un poids mort... Je suis désolé, je parle crûment, Marshal, mais...

— C'est *justement* ce que j'attends de vous. »

Parmi les très nombreux sentiments qui lui venaient en tête, Ernest ne savait pas lesquels il pouvait partager ou non avec Marshal. Après tout, il ne suivait pas une thérapie avec lui ; ce qu'il en attendait, c'était un respect de confrère à confrère ainsi qu'une ou deux lettres de recommandation et son appui auprès de l'Institut psychanalytique. Mais il voulait aussi que la supervision soit une vraie supervision.

« J'étais vexé. Vexé qu'il me balance les quatre-vingt mille dollars à la figure, vexé qu'il plaque sa femme sans même m'en parler avant. Il savait très bien à quel point je m'étais battu pour qu'il la quitte. Et pas le moindre coup de fil ! Et laissez-moi vous dire que ce type m'a appelé des tonnes de fois pour des choses d'une trivialité ahurissante. Par-dessus le marché, il m'avait toujours caché l'existence de l'autre femme. J'étais vexé, enfin, de voir comment cette femme, comment n'importe quelle femme, d'ailleurs, simplement en claquant des doigts ou en écartant les cuisses, réussissait là où, malgré tous mes efforts pendant des années, j'avais toujours échoué.

— Mais qu'avez-vous ressenti à propos du fait qu'il ait quitté sa femme ?

— Eh bien, il y est enfin arrivé ! Et c'est une bonne chose, peu importe *comment* il s'y est pris. Mais il s'est trompé de méthode, et je n'arrive pas à comprendre pourquoi il n'a pas pu s'y prendre autrement. C'est complètement dingue ! On a affaire là à un comportement primitif, un processus primaire.

J'ai vraiment beaucoup de mal à exprimer ce que je ressens. »

Marshal se pencha en avant et posa une main sur le bras d'Ernest, un geste très inhabituel chez lui. « Faites-moi confiance, Ernest. Ce n'est pas facile, mais vous vous débrouillez très bien. Continuez sur cette voie. »

Ernest fut rassuré par ces paroles. Il était intéressant pour lui d'être confronté au curieux paradoxe de la thérapie et de la supervision : plus il révélait de choses honteuses, illicites, sombres et laides, plus il était récompensé ! Mais ses associations d'idées s'étaient ralenties. « Il va falloir que je creuse. Je n'ai pas supporté de voir Justin se laisser dicter sa conduite uniquement par sa queue. Je m'attendais à mieux de lui, qu'il puisse quitter sa sorcière de femme de la bonne manière. Cette Carol… Elle me tape sur les nerfs.

— Dites-moi spontanément ce qu'elle vous inspire, détendez-vous deux ou trois minutes. » Ce rassurant « deux ou trois minutes » constituait l'une des rares concessions faites par Marshal au contrat de la supervision. En effet, une limite temporelle à la fois claire et réduite donnait un cadre à l'ouverture personnelle et rendait le processus plus sûr aux yeux d'Ernest.

« Carol ? Sale bonne femme… Une vraie Gorgone… Un personnage égoïste, méchant, elle est presque folle… Des dents de requin… De petits yeux… Le mal incarné… La femme la plus mesquine que j'aie jamais rencontrée…

— Donc vous l'avez bel et bien rencontrée ?

— Je devrais plutôt dire : la femme la plus mesquine que je *n'ai jamais* rencontrée. Je ne la connais qu'à travers Justin mais, après ces centaines d'heures passées ensemble, je commence à bien la cerner.

— Qu'est-ce que vous voulez dire exactement lorsque vous dites que Justin n'a pas agi de la *bonne* manière ? Quelle est la bonne manière ?

— En tout cas, je peux vous dire quelle est la mauvaise manière : quitter le lit d'une femme pour le lit d'une autre femme. Voyons… Si je devais souhaiter une seule chose à Justin, ce serait que, pour une fois, juste une fois, il se comporte comme un homme, un vrai. Qu'il quitte Carol comme un homme ! Qu'il reconnaisse que c'était le mauvais choix – on n'a qu'une seule vie, après tout. Qu'il s'en aille simplement, qu'il prenne sa solitude à bras le corps, qu'il se réconcilie avec lui-même et se considère comme ce qu'il est, un adulte, un être humain unique. Ce qu'il a fait est absolument affligeant : fuir ses responsabilités, tomber dans une sorte de transe, en pâmoison devant une petite Lolita, un "ange tombé du ciel", comme il dit… Même si ça marche quelque temps, ce n'est pas ça qui va le faire grandir, ni lui apporter quoi que ce soit !

« Voilà, Marshal, je vous ai tout dit ! C'est moche ! Et je n'en suis pas fier ! Si vous vouliez du primaire, vous en avez, et du lourd. » Ernest poussa un soupir et s'enfonça dans son fauteuil, épuisé, dans l'attente d'une réponse de Marshal.

« Vous savez, on dit souvent que le but d'une psychothérapie est de transformer le patient en ses propres père et mère. Je crois qu'on pourrait en dire autant de la supervision : l'objectif est que vous deveniez votre propre superviseur. Bon… Voyons maintenant ce que vous comprenez de vous-même. »

Avant de se livrer à une telle introspection, Ernest regarda Marshal et pensa : « Être mes propres père et mère, être mon propre superviseur… Il est quand même très fort. »

Il se lança. « Eh bien, la chose qui me paraît la plus évidente, c'est la profondeur de mes sentiments. Je m'investis beaucoup trop. Et puis cette susceptibilité, cette possessivité, quand je me dis : "Comment ose-t-il prendre une telle décision sans me consulter au préalable ?"

— Exactement ! s'exclama Marshal en hochant la tête énergiquement. Maintenant, comparez cette susceptibilité à votre envie de diminuer la dépendance de Justin et de réduire la fréquence de ses séances.

— Je sais, je sais. Il y a une contradiction flagrante. D'un côté, je veux qu'il rompe le lien avec moi et, de l'autre, je m'énerve parce qu'il agit sans me consulter. C'est pourtant bon signe qu'il se soucie de sa vie privée, même en me cachant l'existence de cette femme.

— Ce n'est pas seulement un bon signe ; ça montre que vous avez fait du bon travail, du sacré bon travail ! Lorsque vous travaillez avec un patient dépendant, votre récompense ne doit pas être sa complaisance, mais sa révolte. Vous devriez vous en réjouir. »

Ernest était ému. Il ne dit plus rien, retenant ses larmes, digérant avec une infinie gratitude ce que Marshal venait de lui donner. Lui qui, pendant des années, avait prodigué des soins, il était peu habitué à en recevoir des autres.

« Que voyez-vous, poursuivit Marchal, dans vos commentaires sur la bonne manière pour Justin de quitter sa femme ?

— Je vois surtout mon arrogance ! Il n'y a qu'une manière : la mienne. Mais c'est un sentiment extrêmement puissant, encore aujourd'hui. J'ai été déçu par Justin. Je lui souhaitais une meilleure vie. Je sais, je parle comme un vrai père de famille.

— Vous avez une vision très radicale des choses, tellement radicale que vous-même n'y croyez pas. Comment cela se fait-il, Ernest ? Qu'est-ce qui vous pousse dans cette direction ? Êtes-vous aussi exigeant avec vous-même ?

— Mais j'y crois ! Il est passé d'une situation de dépendance à une autre, de la mère tyrannique à la mère angélique. Et puis se vautrer dans cet amour béat pour le fameux ange tombé du ciel… Il me disait qu'il se retrouvait comme une amibe pas entièrement divisée… Tout ça pour ne pas regarder en face sa propre solitude. Et c'est justement par peur de la solitude qu'il est resté avec Carol pendant toutes ces années. Il faut que je l'aide à comprendre ça.

— Mais pourquoi vous montrer aussi autoritaire, Ernest ? Aussi exigeant ? En théorie, je suis assez d'accord avec vous, mais quel patient en instance de divorce pourra jamais satisfaire une telle exigence ? Ce que vous voulez, c'est un héros absolu. Dans un roman c'est parfait, mais aussi loin que je remonte dans mes souvenirs, je n'ai jamais rencontré un patient qui ait quitté sa femme avec l'élégance et la noblesse que vous décrivez. Permettez-moi donc de vous reposer la question : d'où vous vient une telle exigence ? Et vous, dans votre propre vie ? Je sais que votre épouse est morte dans un accident de voiture il y a plusieurs années. Mais je n'en sais pas beaucoup plus sur vos histoires avec les femmes. Vous êtes-vous remarié ? Avez-vous vécu un divorce ? »

Ernest fit non de la tête. Marshal poursuivit : « Dites-moi si vous me trouvez indiscret, ou si vous estimez que je dépasse la limite entre thérapie et supervision.

— Non, vous avez raison. Je ne me suis jamais remarié. Ma femme, Ruth, est morte il y a maintenant six ans. Mais à vrai dire notre couple était déjà terminé bien avant. Nous vivions séparés, mais dans la même maison, pour des raisons pratiques. J'ai eu beaucoup de mal à quitter Ruth, même si j'ai su très rapidement – comme elle, d'ailleurs – que nous n'étions pas faits l'un pour l'autre.

— D'accord... Revenons maintenant à Justin et à votre contre-transfert...

— Visiblement, j'ai encore du pain sur la planche, et il faut que j'arrête d'exiger de Justin qu'il fasse le boulot à ma place. » Ernest regarda l'horloge plaquée or, dans un lourd style Louis XIV, qui trônait sur la cheminée, et il se rendit compte, une fois de plus, qu'elle n'était que décorative. Pour connaître l'heure, il lui fallait consulter sa montre : « Il nous reste cinq minutes, dit-il. J'aimerais parler d'un autre sujet.

— Vous avez évoqué une lecture dans une librairie et votre rencontre avec une de vos anciennes patientes.

— Avant cela, permettez-moi d'ajouter quelque chose. Je reviens sur cette question de savoir si j'aurais dû avouer mon irritation à Justin. Quand il m'a accusé d'être rabat-joie et de lui gâcher son bonheur amoureux, il avait parfaitement raison, il voyait juste. Je crois justement que, en *ne confirmant pas ses justes perceptions*, je faisais de l'antithérapie. »

Marshal hocha la tête d'un air sévère. « Réfléchissez, Ernest : qu'auriez-vous pu dire d'autre ?

— Eh bien, j'aurais pu, tout simplement, lui dire la vérité – à peu près ce que je vous ai raconté aujourd'hui. » Voilà ce qu'aurait fait Seymour Trotter. Mais, naturellement, Ernest n'en dit rien.

« Comment ça ? Qu'est-ce que vous entendez par là ?

— J'entends par là que je suis devenu quelqu'un de possessif, sans même m'en rendre compte, que j'ai pu semer le trouble chez Justin en décourageant ses velléités d'indépendance par rapport à la thérapie, ou encore que j'ai peut-être laissé certains de mes problèmes personnels altérer ma perception des choses. »

Marshal, qui n'avait cessé d'observer fixement le plafond, posa soudain son regard sur Ernest, s'attendant à voir sur son visage un grand sourire. Mais Ernest ne souriait pas du tout.

« Vous êtes sérieux, Ernest ?

— Pourquoi pas ?

— Ne voyez-vous donc pas que vous êtes trop impliqué ? Qui a dit que l'objectif de la thérapie était d'être toujours honnête, quel que soit le sujet ? Non, *le seul et unique objectif, c'est de toujours agir pour le bien du patient*. Si les psychothérapeutes commencent à ne plus respecter les consignes fondamentales, à faire ce que bon leur semble, à improviser au petit bonheur la chance et à toujours dire la vérité, imaginez un instant la situation… Ce serait le chaos.

Imaginez un général déprimé marchant parmi ses troupes en se tordant les mains de peur, à la veille d'une grande bataille. Imaginez-vous dire à un cas limite, une patiente très atteinte que, quels que soient ses efforts, elle est bonne pour encore vingt ans de thérapie, quinze hospitalisations et une douzaine d'overdoses ou de suicides. Imaginez-vous raconter à un de vos patients que vous êtes fatigué, que vous vous ennuyez, que vous avez des gaz, que vous avez faim, marre de l'écouter, ou simplement que vous avez hâte de faire une partie de basket. Je joue au basket trois fois par semaine, à midi, et une ou deux heures avant, je rêve déjà de tirs en suspension et de paniers à la dernière minute. Est-ce que je dois le dire à mon patient ?

« Bien sûr que non ! répondit Marshal à lui-même. Je dois garder ces choses-là pour moi. Si elles commencent à prendre trop de place, alors j'analyse mon propre contre-transfert, ou je fais exactement ce que vous êtes en train de faire – et que vous faites bien, d'ailleurs : travailler dessus avec un superviseur. » Marshal consulta sa montre. « Désolé de m'étendre aussi longtemps sur le sujet. Nous n'avons plus le temps, et c'est un peu de ma faute, quand je vous ai parlé du comité déontologique. La semaine prochaine, je vous donnerai tous les détails sur le boulot du comité, justement. En attendant, Ernest, dites-moi en deux minutes ce qui s'est passé à la librairie. Je sais que vous aviez envie de m'en parler. »

Ernest commença à ranger ses notes dans sa mallette. « Oh, rien d'extraordinaire… Mais disons que la situation était intéressante, le genre de chose qui peut donner lieu à une bonne discussion dans un groupe de travail. En début de soirée, j'ai vu arriver vers moi une très belle femme, très séductrice aussi ; et pendant quelques instants, j'ai également joué le jeu de la séduction. Puis elle m'a raconté qu'elle avait été ma patiente pendant très peu de temps, dans un groupe, il y a une dizaine d'années, alors que je venais de commencer l'internat, puis que la thérapie avait très bien marché pour elle, et que tout allait pour le mieux dans sa vie.

— Et ensuite ? demanda Marshal.

— Ensuite, elle m'a invité à boire un café, juste après ma lecture, dans le café de la librairie.

— Et qu'avez-vous fait ?

— J'ai décliné, naturellement. Je lui ai dit que j'étais pris toute la soirée.

— Hmmm… Oui, je vois ce que vous voulez dire. C'est *en effet* une situation intéressante. Certains thérapeutes, voire certains psychanalystes, auraient pu prendre un café avec elle quelques instants. Ils pourraient dire, étant donné que vous n'avez vu cette femme que de rares fois, et dans un groupe en plus, que vous vous êtes montré trop rigide. Mais, poursuivit Marshal en se levant, signe que la séance était terminée, je suis d'accord avec vous, Ernest. Vous avez bien fait. J'aurais agi exactement comme vous. »

Chapitre 5

Avec quarante-cinq minutes devant lui jusqu'à son patient suivant, Ernest décida de se promener dans Fillmore Street, vers Japantown. La séance de super-vision qu'il venait d'avoir le tourmentait à bien des égards, notamment la proposition – ou plutôt l'injonction – de Marshal pour qu'il rejoigne le comité de déontologie médicale de l'État.

En d'autres termes, Marshal lui avait ordonné de rejoindre la police de la profession. Or s'il voulait devenir psychanalyste un jour, il ne pouvait pas se mettre Marshal à dos. Mais pourquoi ce dernier insis-tait-il si lourdement ? Il devait bien savoir que le rôle n'était pas taillé pour Ernest. Plus celui-ci y pensait, plus il s'affolait. Tout était calculé dans cette proposi-tion de Marshal, qui, à l'évidence, lui envoyait là une sorte de message codé et ironique, un signe qu'il lui fallait déchiffrer. Peut-être quelque chose comme : « Voyez vous-même quel est le destin des psy trop bavards. »

Du calme, pensa Ernest, pas la peine d'en faire une montagne. Peut-être, après tout, les motivations de Marshal étaient-elles parfaitement bien fondées, en ce sens qu'être membre de ce comité de déontologie facili-terait sa candidature pour l'Institut psychanalytique.

Quand bien même, Ernest n'aimait pas l'idée. Sa nature le poussait à comprendre les êtres avec humanité, pas à les condamner. Une seule fois il s'était retrouvé dans un rôle de flic : avec Seymour Trotter. Bien qu'en cette circonstance il se fût comporté de manière apparemment impeccable, il avait décidé de ne plus jamais revêtir l'habit de juge. Pour personne.

Il regarda sa montre : plus que dix-huit minutes avant le premier de ses quatre patients de l'après-midi. Il acheta deux belles pommes chez un épicier de Divisadero et les dévora en s'acheminant rapidement vers son cabinet. Ces pauses déjeuner exclusivement composées de pommes ou de carottes étaient la dernière d'une longue série de stratégies d'Ernest, toutes plus vaines les unes que les autres, pour perdre du poids. Quand il rentrait chez lui le soir, il avait une telle fringale qu'il engloutissait l'équivalent de plusieurs déjeuners d'un seul coup.

Oui, Ernest était un glouton. Il consommait beaucoup trop de nourriture, et croire, comme il le faisait, qu'il pourrait perdre du poids simplement par une meilleure répartition de ses rations journalières relevait de l'illusion pure et simple. Marshal avait sur le sujet une théorie (qu'Ernest considérait comme du pipeau psychanalytique) : à force de trop materner ses patients au cours des séances et de se laisser vampiriser par eux, Ernest s'empiffrait pour combler le vide. Pendant la supervision, Marshal lui avait à plusieurs reprises enjoint de moins donner, de moins dire, pour se limiter à trois ou quatre interprétations par heure.

Regardant autour de lui – Ernest n'aurait pas supporté qu'un patient le surprenne en train de manger –, il poursuivit sa réflexion sur sa séance de supervision. L'exemple du général qui se tord les poignets devant ses troupes à la veille d'une bataille lui parut excellent. D'ailleurs, tout ce que Marshal disait, avec son accent bostonien plein d'assurance, lui paraissait excellent, presque autant que les propos très oxfordiens des deux analystes anglais du département de psychiatrie. Ernest restait stupéfait de voir à quel point tout le monde, y compris lui-même, buvait chacune de leurs paroles, même si on ne les avait encore jamais entendus exprimer une pensée originale.

Marshal parlait bien, lui aussi. Mais qu'avait-il vraiment dit ? Qu'Ernest devait moins se livrer, qu'il devait dissimuler tous ses doutes, toutes ses incertitudes. Quant au général qui se tordait les poignets, que signifiait cette comparaison ? Quel était le rapport entre un champ de bataille et la relation qu'il entretenait avec Justin ? Y avait-il une guerre ? Était-il, lui aussi, une sorte de général en chef ? Et Justin un soldat ? Allons… Pure sophistique.

C'étaient des raisonnements dangereux, car jamais Ernest ne s'était permis, jusqu'ici, de critiquer aussi ouvertement Marshal. De retour à son bureau, il se plongea dans ses notes afin de préparer la prochaine séance. Quand il était sur le point de voir un patient, Ernest ne se laissait jamais aller à la rêverie : aucun temps mort. Ses réflexions hérétiques au sujet de Marshal attendraient. L'une des règles thérapeutiques fondamentales qu'il s'était fixées était de donner à chacun de ses patients une pleine attention.

Cette règle, il l'évoquait souvent lorsque ceux-ci se plaignaient de penser bien plus à lui qu'il ne pensait à eux, comme s'il n'était qu'un ami loué pour une petite heure. Généralement, il leur répondait que, lorsqu'il se trouvait avec eux dans l'ici-et-maintenant de la séance, il était entièrement, pleinement, avec eux. Évidemment qu'ils pensaient plus à lui que l'inverse, mais comment pouvait-il en être autrement ? Il avait beaucoup de patients, et eux n'avaient qu'un seul thérapeute. Un professeur avec ses élèves, ou des parents avec plusieurs enfants étaient-ils dans une situation différente ? Souvent, Ernest avait envie de dire à ces patients qu'il avait éprouvé les mêmes sentiments au moment où *lui* suivait une thérapie ; mais c'était justement ce genre de révélation qui suscitait les critiques les plus sévères de Marshal.

« Nom de Dieu, Ernest ! disait-il, gardez quelque chose pour vos amis. Vos patients sont des clients, *pas* des amis. » Depuis quelque temps pourtant, Ernest commençait à se poser des questions sérieuses sur le fossé qui existait, chez chaque être, entre identité professionnelle et identité personnelle.

Pourquoi les thérapeutes ne pourraient-ils pas se montrer authentiques et sincères en toutes circonstances ? En se posant cette question, Ernest se souvint d'une cassette qu'il avait récemment entendue, où le Dalaï Lama, s'adressant à des enseignants bouddhistes, se voyait demander par l'un d'entre eux son avis sur l'engagement total du professeur et sur la possibilité d'être disponible en dehors des heures de travail. Le Dalaï Lama avait éclaté de rire : « Le Bouddha *en congé* ? Jésus *en congé* ? »

Plus tard dans la soirée, en dînant avec son vieil ami Paul, Ernest repensa à toutes ces questions. Ils se connaissaient depuis la sixième, et leur amitié s'était renforcée pendant leurs années de médecine et d'internat à l'université Johns Hopkins, quand ils avaient habité ensemble dans une petite maison blanche de Mount Vernon Place, à Baltimore.

Au cours des dernières années, leur amitié avait été principalement téléphonique, puisque Paul, d'un naturel solitaire, s'était installé sur un terrain boisé de dix hectares, dans les contreforts de la Sierra, à trois heures de route de San Francisco. Cependant, ils étaient convenus de passer une soirée par mois ensemble, parfois à mi-chemin, parfois chez l'un ou chez l'autre, en alternance. Ce soir-là, c'était au tour de Paul d'aller chez Ernest, en début de soirée. Mais il ne passait plus jamais la nuit sur place. Sa misanthropie congénitale n'avait fait que croître avec le temps, au point qu'il ne supportait plus, depuis quelques années, de dormir dans un autre lit que le sien. Ernest le taquinait en voyant dans ce comportement une angoisse homosexuelle, ou en se moquant de sa couverture et de son matelas amoureusement entreposés dans sa voiture. Mais Paul n'en avait cure.

Son goût de plus en plus marqué pour les voyages strictement intérieurs agaçait de plus en plus Ernest, qui regrettait l'époque où ils prenaient tous les deux la route. Bien que Paul fût très compétent en matière de psychothérapie – il avait passé une année entière à postuler pour l'Institut Jung de Zurich –, son choix d'une vie rurale avait fortement réduit le nombre de ses patients en psychothérapie de longue durée. Il gagnait sa vie comme psychopharmacologue dans une clinique psychiatrique du comté. Mais la sculpture était sa vraie passion. En travaillant le métal et le verre, il donnait à ses plus profondes angoisses existentielles et psychologiques une forme esthétique. L'œuvre préférée d'Ernest lui était d'ailleurs dédiée : une grosse coupe en terre cuite, à l'intérieur de laquelle une petite figurine de cuivre jaune tenait un galet, tout en scrutant d'un œil inquisiteur pardessus le rebord. Paul avait appelé cette pièce *Sisyphe profitant du spectacle.*

Ils dînèrent chez Grazie, un petit restaurant de North Beach. Ernest arriva directement de son cabinet, coquettement habillé d'une légère veste grise et d'un gilet noir et vert à damier. L'accoutrement de Paul – des santiags, une chemise de cowboy à carreaux et une cravate américaine fermée par une grosse turquoise – jurait avec sa barbe en pointe de professeur et ses épaisses lunettes cerclées de métal. Comme un croisement entre Spinoza et Roy Rogers [1].

Pendant qu'Ernest commandait un énorme plat, le végétarien Paul vexa le serveur italien en refusant toutes ses suggestions pour ne commander qu'une salade accompagnée de quelques courgettes marinées. Ernest ne perdit pas de temps et raconta à Paul les événements marquants de la semaine. Tout en trempant sa *focaccia* dans l'huile d'olive, il décrivit sa rencontre avec Nan Carlin à la librairie, puis commença à se plaindre d'avoir raté trois coups cette semaine.

« Tu es chaud comme la braise », dit Paul à travers ses épaisses lunettes, tout en picorant lentement dans sa salade. « Écoute-toi deux secondes : une superbe

---

1. Acteur et chanteur américain (1912-1998), spécialisé dans les rôles de cow-boy chantant.

fille te drague, et à cause d'une excuse bidon, comme quoi tu l'aurais connue vingt ans plus tôt…

— Je ne l'ai pas "connue", Paul : j'étais son psy. Et c'était il y a dix ans.

— D'accord, dix ans… Mais ce n'est pas parce qu'elle a fait partie de ton groupe pendant quelques séances il y a dix ans – merde, ça fait une demi-génération ! – que tu ne peux pas avoir une autre relation avec elle aujourd'hui. Elle doit avoir le feu au cul, cette fille, et la meilleure chose que tu aurais pu lui offrir, c'est ta bite.

— Non, Paul, soyons sérieux… Garçon ! Un peu plus de *focaccia*, de l'huile d'olive et du chianti, s'il vous plaît.

— Mais je suis sérieux, répondit Paul. Tu sais pourquoi tu ne baises jamais ? À cause de ton indécision chronique. Un océan, un vaste océan d'indécision. Tu as toujours une bonne excuse. Avec Myrna, tu avais peur qu'elle tombe amoureuse de toi et reste blessée à vie. Avec machinchose, le mois dernier, tu as eu peur qu'elle se rende compte qu'il n'y avait que ses gros seins qui t'intéressaient et que tu te foutais de sa gueule. Avec Marcie, tu as eu peur qu'une simple petite partie de jambes en l'air détruise son couple. C'est toujours la même rengaine : elles t'admirent, tu agis avec noblesse, tu ne les baises pas, elles te respectent encore plus, et elles finissent par se mettre au lit avec un vibromasseur.

— Je ne peux pas fonctionner comme ça, être un modèle de responsabilité le jour et participer à des partouzes la nuit.

— Des partouzes ? Mais qu'est-ce que tu racontes ? Tu n'arrives pas à croire une seule seconde qu'il y a des tas de femmes aussi intéressées par des aventures d'un soir que nous. Tout ça pour dire que tu t'es enfermé dans une sorte de désir méthodiquement inassouvi. Tu assumes une telle responsabilité "thérapeutique" à l'égard de chaque femme qu'au bout du compte tu ne leur donnes pas ce qu'elles veulent peut-être vraiment. »

Les propos de Paul firent mouche. Curieusement, ils n'étaient pas très éloignés de ceux que Marshal lui avait tenus pendant des années : « N'usurpez pas la responsabilité individuelle des autres. Ne cherchez pas à devenir une sorte de mamelle universelle. Si vous voulez voir les gens grandir, aidez-les plutôt à se transformer en leurs propres père et mère. » Malgré sa misanthropie fantasque, les analyses de Paul étaient toujours pénétrantes et constructives.

« Excuse-moi, Paul, mais j'ai du mal à t'imaginer subvenant aux besoins sexuels des femmes privées de désir.

— Oui, mais je ne passe pas mon temps à me plaindre. Entre nous, je n'ai pas une bite à la place du cerveau, du moins plus maintenant… Et je ne le regrette pas. La vieillesse a du bon, tu sais. D'ailleurs, je viens juste de terminer une ode à la "sérénité testiculaire".

— Beurk ! La "sérénité testiculaire" ! Je vois très bien ça inscrit sur le tympan de ton mausolée.

— Le *tympan* ? Joli, Ernest. » Paul griffonna immédiatement le mot « tympan » sur sa serviette en papier, qu'il rangea dans la poche de son épaisse chemise à carreaux. « Mais je ne suis pas mort. Juste serein. Paisible. Et ce n'est pas moi qui fuis ce qui me tombe dessus. La fille de la librairie veut coucher avec un psy ? Eh bien, envoie-la-moi, je te promets que je ne vais pas exhumer une mauvaise excuse pour ne pas la sauter. Dis-lui qu'elle peut compter sur un homme à la fois bien élevé et surexcité.

— Mais j'étais sérieux quand je voulais te présenter Irène, tu sais cette femme chic que j'ai rencontrée grâce aux petites annonces. Elle t'intéresse toujours ?

— Du moment qu'elle sait se montrer reconnaissante pour ce qu'on lui donne, qu'elle ne fouille pas dans mes affaires et qu'elle rentre coucher chez elle pour la nuit. Et elle peut presser tout ce qu'elle voudra, sauf des oranges le matin. »

Ernest leva les yeux de son minestrone pour répondre au sourire de Paul. Mais point de sourire, justement. Rien que ses yeux grossis en train de scruter à travers ses épaisses lunettes. « Paul, il va falloir qu'on s'occupe de ton cas… Tu es en train de sombrer dans une forme aiguë de misanthropie. Encore un an, et tu vas finir par t'installer dans une grotte avec un portrait de saint Jérôme accroché au mur.

— Saint Antoine, tu veux dire. Saint Jérôme vivait dans le désert et fréquentait les mendiants. Je déteste les mendiants. Et qu'est-ce que tu as contre les grottes ?

— Oh, pas grand-chose, si ce n'est les insectes, le froid, l'humidité, l'obscurité, le côté caverneux… Enfin, ce serait trop long pour ce soir, surtout si le premier concerné ne se montre pas très coopératif. »

Le serveur s'approcha et servit l'entrée qu'Ernest avait commandée. « Laissez-moi deviner qui a commandé quoi, dit-il. L'*osso buco*, les *fagiolini* et les *gnocchi* au pistou doivent être pour vous, non ? » demanda-t-il en les posant, pour rire, devant Paul. Puis, se tournant vers Ernest : « Et vous, je parie que vous adorerez ces légumes sans assaisonnement. »

Ernest éclata de rire. « Toutes ces courgettes ! Mais jamais je ne pourrai manger tout ça ! » Il échangea les plats avec Paul et attaqua la nourriture. « Parle-moi sérieusement de mon patient Justin, continua-t-il entre deux bouchées, et de la direction que Marshal veut me voir prendre. Tu sais que ça me tourmente vraiment, Paul. D'un côté, Marshal a l'air de savoir ce qu'il fait, je veux dire, après tout il y a dans ce métier des choses qu'on ne connaît pas par hasard. La psychothérapie est une science vieille de presque un siècle…

— Une science ? Tu plaisantes ? À peu près aussi scientifique que l'alchimie, et encore !

— Très bien. Alors la psychothérapie est un art, si tu préfères… » Ernest vit la grimace de Paul et tenta de corriger le tir. « Oh, et puis merde, tu vois bien ce que je veux dire : le domaine, le champ, la tentative… Disons que pendant cent ans, beaucoup d'esprits brillants ont travaillé dans ce secteur. Freud était loin d'être un crétin, et tu sais bien que peu de gens lui arrivent à la cheville. Et tous ces psy qui passent des dizaines, des centaines, des dizaines de milliers d'heures à écouter leurs patients. Bon, mais voilà ce que dit Marshal : que ce serait le comble de l'arrogance d'ignorer tout ce qu'ils ont appris, de simplement tout reprendre à zéro et d'improviser. »

Paul secoua la tête. « N'écoute pas ces conneries selon lesquelles le simple fait d'écouter engendre invariablement la connaissance. L'écoute indisciplinée, la concrétisation de l'erreur, l'inattention sélective, les prophéties autoréalisatrices ou encore le fait de pousser inconsciemment le patient à te dire ce que tu voulais entendre : toutes ces choses existent aussi, elles sont bien réelles. Tu veux faire quelque chose d'intéressant ? Va dans une librairie et choisis un livre du dix-neuvième siècle sur l'hydrothérapie – pas un essai historique sur la question, mais un texte original, un texte d'époque. J'ai vu des bouquins faisant des milliers de pages qui contenaient les instructions les plus précises qui soient, température de l'eau, durée de l'immersion, force du jet, bonne alternance entre le chaud et le froid, j'en passe et des meilleures. Et tout était calibré pour chaque diagnostic différent. Très impressionnant, très exhaustif, très scientifique, mais rien à voir avec la foutue réalité ! Du coup, la "tradition" ne m'impressionne pas, et à mon avis tu devrais suivre mon exemple. L'autre jour, un spécialiste des ennéagrammes a répondu à une question un peu dérangeante que les ennéagrammes provenaient d'anciens textes sacrés soufis. Comme si cela signifiait qu'il fallait forcément les prendre au sérieux. Or tout ce que ça voulait dire, et le type n'a pas apprécié que je le lui dise, c'est qu'il y a très, très longtemps, lors d'un rassemblement de chameliers, quelques-uns, assis sur de gros tas de bouse, ont planté leurs bâtons dans le sable et dessiné des diagrammes sur la personnalité.

— C'est curieux, je ne vois vraiment pas pourquoi le type n'a pas apprécié ta remarque », répondit Ernest en trempant un bout de *focaccia* dans la sauce au pistou.

Paul préféra poursuivre sur sa lancée. « Je sais ce que tu penses : misanthropie pathologique, notamment à l'encontre des prétendus experts. Est-ce que je t'ai parlé de ma grande résolution pour la nouvelle année ? Humilier un expert par jour ! Ces poses qu'ils prennent… C'est de la blague. La vérité, c'est qu'on sait rarement ce qu'on fait. Pourquoi ne pas être honnête ? Pourquoi ne pas le reconnaître humblement ? Pourquoi ne pas se comporter avec ses patients comme un être humain ?

« T'ai-je déjà raconté, ajouta-t-il, mon analyse à Zurich ? Je voyais à l'époque un certain Dr Feifer, un vieux de la vieille qui avait été un proche collaborateur de Jung. Tu parles d'honnêteté chez le thérapeute ! Ce type me racontait *ses* rêves, surtout quand j'y apparaissais ou qu'un thème vaguement lié à ma thérapie y faisait vaguement une apparition. Tu as lu les mémoires de Jung, *Souvenirs, rêves et pensées* ?

— Oui, acquiesça Ernest. Un drôle de livre. Malhonnête, aussi.

— Malhonnête ? Comment ça ? On en reparlera le mois prochain. En attendant, tu te souviens de ses commentaires sur le guérisseur blessé ?

— Selon lesquels seul un guérisseur blessé est capable de guérir vraiment les autres ?

— Le vieux allait encore plus loin. Il disait que la situation thérapeutique idéale consistait à voir le patient appliquer le remède parfait sur les blessures du thérapeute.

— Le *patient* qui panse les plaies du thérapeute ? demanda Ernest étonné.

— Exactement ! Tu imagines tout ce que ça implique ? C'est une révolution ! Et, quoi que tu penses de Jung, Dieu sait qu'il était loin d'être con. Peut-être pas de la trempe de Freud, mais pas loin. En tout cas, beaucoup de gens qui gravitaient autour de Jung au début ont pris l'idée au pied de la lettre et travaillé sur leurs propres problèmes pendant la thérapie. Non seulement mon psychanalyste me racontait ses rêves, mais en plus il allait très loin dans leur interprétation en y mettant des choses intimes, par exemple, à un moment donné, ses penchants homosexuels pour moi. Ce jour-là, j'ai failli me tirer de son bureau illico. Mais je me suis rendu compte plus tard qu'il n'était pas vraiment intéressé par mes fesses poilues, trop occupé qu'il était à sauter deux de ses patientes.

— Il avait appris ça du vieux Jung, c'est sûr.

— Très certainement. Jung n'avait aucun scrupule à sauter sur ses patientes. Presque tous ces grands patriarches de la psychanalyse étaient des cavaleurs invétérés : Otto Rank sautait Anaïs Nin, Jung se tapait Sabina Spielrein et Toni Wolff, et Ernest Jones tringlait à peu près tout le monde, au point de devoir quitter au moins deux villes après des scandales sexuels. Sans parler de Ferenczi, qui avait vraiment beaucoup de mal à ne pas poser les mains sur ses patientes. Freud fut à peu près le seul à ne pas se laisser aller à ce genre de choses.

— Peut-être parce qu'il était trop occupé à enfiler sa belle-sœur Minna.

— Non, je ne crois pas. Il n'y a pas de preuve indiscutable là-dessus. Je pense que Freud est arrivé très vite dans le fameux royaume de la sérénité testiculaire.

— Je constate que, comme moi, tu as des idées très arrêtées sur la séduction des patientes. Alors pourquoi est-ce que tu m'es tombé dessus tout à l'heure, quand je t'ai parlé de cette ex-patiente rencontrée à la librairie ?

— Tu sais à qui ça m'a fait penser, cette scène ? À mon oncle Morris, un juif tellement orthodoxe qu'il refusait de manger un sandwich au fromage dans un restaurant non kasher, de peur que le pain ait été coupé à l'aide d'un couteau ayant préalablement servi à trancher du jambon. Il y a d'un côté la responsabilité, et de l'autre le fanatisme déguisé en responsabilité. Je me souviens des heures qu'on a passées avec les élèves infirmières, à Johns Hopkins : soit tu allais vite te recoucher avec un bon bouquin, soit tu te tapais la plus moche. Tu te rappelles Mathilda Shore ? On l'appelait Mathilda Couche-Toi-Là ? Voilà le genre de filles auxquelles on avait droit ! Et l'autre, magnifique, qui te poursuivait partout, tu la fuyais comme la peste. Comment s'appelait-elle ?

— Betsy. Elle avait l'air très fragile et, qui plus est, son mec était inspecteur de police.

— Mais c'est justement ce que je veux dire ! Sa fragilité, son mec… Ernest, c'était *son* problème, pas le tien. Qui t'a demandé de soigner le monde entier ? Mais laisse-moi terminer mon histoire avec le Dr Feifer. À plusieurs occasions, il lui est arrivé d'échanger son fauteuil contre le mien.

— C'est-à-dire ?

— Au sens strict : parfois, en plein milieu de la séance, il se levait et m'invitait à m'asseoir dans son fauteuil, et vice-versa. Et là, il commençait à me parler de ses difficultés personnelles liées au problème dont je lui parlais. Ou alors, il m'avouait faire un gros contre-transfert et se mettait à y travailler directement.

— Mais ça faisait partie du credo jungien ?

— D'une certaine manière, oui. J'ai appris que Jung se livrait à des expériences de ce genre en collaboration avec un drôle d'oiseau, Otto Gross.

— Y a-t-il eu des choses écrites là-dessus ?

— Pas sûr, non. Je sais aussi que Ferenczi et Jung ont évoqué et essayé ces échanges de fauteuils. Je ne sais même pas qui a lancé l'idée en premier.

— Mais qu'est-ce que ton analyste t'a révélé ? Donne-moi un exemple.

— L'épisode dont je me souviens le mieux avait trait à ma judéité. Même s'il n'était pas antisémite lui-même, son père était un Suisse pronazi, et Feifer en avait grande honte. Il m'a raconté que c'était même pour cette raison qu'il avait épousé une Juive.

— Et en quoi cela a-t-il affecté ton analyse ?

— Eh bien, regarde-moi deux secondes ! As-tu déjà vu un Juif mieux intégré que moi ?

— C'est vrai. Encore deux ans avec lui, et tu aurais même fini par murer l'entrée de ta grotte ! Mais sérieusement, qu'est-ce que cela a changé ?

— Tu sais à quel point déterminer les responsabilités exactes est une chose difficile. Mais je crois que ses révélations n'ont jamais entravé le processus. Au contraire, elles m'ont délivré d'un poids et permis de lui faire confiance. Rappelle-toi qu'à Baltimore, j'ai vu trois ou quatre psy glaciaux, et j'ai laissé tomber au bout de la deuxième séance.

— J'étais bien plus accommodant que toi. La première psychanalyste que j'ai vue était Olivia Smithers, et je suis resté avec elle environ six cents heures. Comme elle formait des psy, je me suis dit qu'elle savait ce qu'elle faisait, et que si je n'y arrivais pas, c'était de ma faute. Grossière erreur ! Aujourd'hui, j'aimerais pouvoir récupérer ces six cents heures. Elle ne partageait rien, et nous n'avons jamais connu un seul moment sincère, elle et moi.

— Attends, je ne voudrais pas que tu te trompes sur ma relation avec Feifer. Révélation *à la suisse*[1] ne veut pas forcément dire révélation véritable. La plupart du temps, il ne s'adressait pas à *moi*. Son ouverture personnelle fonctionnait en pointillé. Il ne me regardait pas, s'asseyait à environ trois mètres de moi et, soudain, bondissait comme un diablotin pour me dire à quel point il avait envie de décapiter son père ou de sauter sa sœur. Et puis il reprenait aussitôt sa posture raide et arrogante.

— Ce qui m'intéresse plus, c'est la réalité de la relation en cours, dit Ernest. Prends par exemple cette séance avec Justin dont je t'ai parlé. Il s'est *forcément* rendu compte que j'étais vexé et mesquin. Admire le paradoxe : d'abord, je lui dis que le but de la thérapie est d'améliorer ses rapports avec autrui ; ensuite, j'essaye de nouer une relation authentique avec lui ; et pour finir, on se retrouve dans une situation où il perçoit, non sans raison, un aspect problématique de notre relation. Maintenant, je te le demande : si je récuse la justesse de sa perception, comment appeler ça autrement que de l'antithérapie ?

---

1. En français dans le texte.

— Bon Dieu, Ernest ! Tu n'as pas l'impression de te focaliser sur un événement minuscule au regard de l'histoire de l'humanité ? Est-ce que tu sais combien de patients j'ai vus aujourd'hui ? Vingt-deux ! Et encore, j'ai dû m'arrêter plus tôt pour venir ici. Donne-lui un peu de Prozac, à ton patient, et vois-le seulement un quart d'heure tous les quinze jours. Tu crois vraiment qu'il s'en portera plus mal ?

— Oh merde, Paul. Laisse tomber, on a déjà eu cette discussion quinze mille fois… Soutiens-moi au moins une fois.

— Vas-y, alors, tente l'expérience : échangez vos fauteuils et dis tout ce que tu as sur le cœur. Dès demain. Tu m'as dit que tu le voyais trois fois par semaine. Tu veux qu'il coupe le cordon avec toi, qu'il cesse de t'idéaliser : dans ce cas, montre-lui certaines de tes limites. Qu'est-ce que tu risques ?

— Avec Justin, pas grand-chose… Sauf que, après toutes ces années, il va être complètement désarçonné par un changement aussi radical. L'idéalisation est une chose tenace, tu sais, et il se pourrait même, connaissant Justin, qu'il m'idéalise encore plus parce que j'aurai été plus honnête que jamais.

— Et alors ? Tu n'auras qu'à soumettre *cela* à son attention.

— Tu as raison. En vérité, le vrai risque ne pèse pas sur le patient, mais sur *moi*. Comment puis-je à la fois être supervisé par Marshal et faire quelque chose qu'il réprouve autant ? Or je ne peux certainement pas mentir à mon superviseur. Tu t'imagines : payer cent soixante dollars la séance pour mentir ?

— Peut-être que tu as atteint ta maturité professionnelle. Peut-être que tu n'as plus besoin de voir

Marshal. Peut-être même qu'il serait d'accord. Tu as terminé ton apprentissage.

— Tu parles ! Je n'ai même pas encore débuté dans le monde de la psychanalyse. J'ai besoin d'une formation psychanalytique complète, peut-être sur quatre ou cinq ans, des années de cours, des années de supervision intensive à propos de mes patients.

— Et te voilà occupé jusqu'à la fin de tes jours, répondit Paul. C'est le *modus operandi* typique des orthodoxes de l'analyse : ils étouffent les cerveaux un tant soit peu actifs, donc dangereux, dans un fumier doctrinal, pendant des années, jusqu'au pourrissement. Et une fois que le dernier vestige de créativité est définitivement éradiqué, ils donnent un diplôme au malheureux et comptent sur lui pour perpétuer la tradition sacrée. C'est comme ça que ça fonctionne, n'est-ce pas ? Le moindre défi lancé par un apprenti est interprété comme un acte de résistance, non ?

— Quelque chose comme ça, oui. Il est évident que Marshal interpréterait toute expérience comme un geste incohérent ou, comme il dit, une preuve de mon incontinence thérapeutique. »

Paul appela le serveur et commanda un café. « Beaucoup de thérapeutes ont expérimenté l'ouverture personnelle. Je viens juste de commencer à lire les journaux cliniques de Ferenczi. C'est fascinant. Dans le cercle de Freud, seul Ferenczi a eu le courage de mettre en œuvre des traitements plus efficaces. Le vieux était trop obnubilé par la théorie, le traitement et la préservation de son mouvement pour s'intéresser vraiment aux résultats. Par ailleurs, je pense qu'il était beaucoup trop cynique et convaincu de l'inexorabilité du désespoir humain pour croire qu'un traitement psychologique puisse entraîner un quelconque changement profond. Freud tolérait Ferenczi et l'aimait à sa façon, autant qu'il était capable d'aimer quelqu'un – il l'emmenait en vacances avec lui et l'analysait en se promenant avec lui. Mais dès que Ferenczi allait trop loin dans ses expériences, dès que ses procédés menaçaient d'écorner la réputation de la psychanalyse, Freud lui tombait dessus violemment, très violemment. Dans une lettre, Freud reproche à Ferenczi d'entrer dans sa troisième puberté.

— Mais Ferenczi ne le méritait-il pas ? Est-ce qu'il ne couchait pas avec ses patientes ?

— Je n'en suis pas si sûr. C'est possible, mais je crois qu'il poursuivait le même but que toi : essayer d'humaniser le processus thérapeutique. Lis ce livre, tu y trouveras des choses intéressantes sur ce qu'il appelle l'analyse "double" ou "mutuelle" ; pendant la première heure, il analyse le patient, et l'heure suivante ils alternent les rôles. Je te prête le bouquin, mais tu me le rends – et tout retard sera puni d'une amende.

— Merci, Paul, mais je l'ai déjà. Il attend son tour sur ma table de chevet. Cependant, le prêt que tu me proposes… Je suis touché, pour ne pas dire bouleversé, par le geste. »

Pendant vingt ans, Paul et Ernest s'étaient mutuellement recommandé des lectures, surtout des romans, parfois des essais. La grande spécialité de Paul : les romans contemporains, notamment ceux que négligeait ou méprisait l'intelligentsia new-yorkaise. Ernest, lui, était ravi de pouvoir surprendre Paul avec des auteurs enterrés et oubliés depuis belle lurette, comme Joseph Roth, Stefan Zweig ou Bruno Schulz.

185

Mais prêter des livres était hors de question. Paul n'aimait pas partager – même sa nourriture, ce qui frustrait toujours Ernest dans sa volonté de partager les entrées. Chez Paul, les murs étaient entièrement tapissés de livres, et il lui arrivait souvent de les feuilleter, retrouvant avec un bonheur non dissimulé de vieilles connaissances depuis longtemps oubliées. Ernest n'aimait pas non plus prêter ses livres. Même les romans à suspense idiots et bas de gamme, il les lisait crayon en main, soulignant tel ou tel passage qu'il trouvait touchant ou intéressant, voire utile à ses propres travaux. Paul était en quête d'images et de formules poétiques fortes, Ernest d'idées marquantes.

Lorsqu'il rentra chez lui ce soir-là, Ernest passa une heure à feuilleter le journal de Ferenczi. Il repensa aussi aux propos de Seymour Trotter sur la vérité en psychothérapie. Pour celui-ci, en effet, le thérapeute devait montrer aux patients qu'il mangeait la nourriture qu'il cuisinait : plus il se montrait ouvert et authentique, plus ils suivraient son exemple. Malgré la disgrâce de Trotter, Ernest se dit que cet homme avait en lui, tout de même, quelque chose d'un magicien.

Pourquoi n'appliquerait-il pas les théories de Trotter ? Pourquoi ne se livrerait-il pas entièrement à ses patients ? Avant que le jour ne fût levé, Ernest prit une grande décision : il tenterait une expérience, celle de l'égalité thérapeutique absolue. Il se livrerait complètement, et ce dans la poursuite d'un objectif unique : établir une relation authentique avec le patient et partir du principe que la relation, *en elle-même et par elle-même*, serait le remède. Pas de reconstructions historiques, pas d'interprétations du passé, pas d'explorations dans le développement psychosexuel. Il se concentrerait uniquement sur ce qui se passait entre le patient et lui – rien d'autre. Et il tenterait l'expérience immédiatement.

Mais qui choisir comme patient-cobaye ? Certainement pas l'un de ses patients actuels, car la transition entre ancienne et nouvelle méthodes serait pour le moins délicate. Non, mieux valait se lancer avec un tout nouveau patient.

Il se saisit de son agenda et consulta le programme du lendemain. Une nouvelle patiente devait venir à dix heures, une certaine Carolyn Leftman. D'elle, il ne savait absolument rien sinon qu'elle n'était recommandée par personne, puisqu'elle avait assisté à la lecture d'Ernest dans la librairie de Palo Alto. « Eh bien, qui que tu sois, Carolyn Leftman, te voilà embarquée dans une expérience thérapeutique unique au monde », dit-il avant d'éteindre sa lampe de chevet.

Chapitre 6

Carol arriva au cabinet d'Ernest à neuf heures quarante-cinq. Suivant les instructions qui lui avaient été
données au téléphone lorsqu'elle avait pris rendez-vous,
elle s'installa directement dans la salle d'attente
– comme la plupart des psychothérapeutes, Ernest
n'avait pas de secrétaire. Carol était venue exprès en
avance pour pouvoir se calmer, se répéter une dernière
fois l'histoire qu'elle avait inventée de toutes pièces, et
bien s'imprégner de son rôle. Elle s'assit sur le canapé
en cuir vert. À peine deux heures plus tôt, Justin avait,
lui aussi, joyeusement monté l'escalier de l'immeuble
et posé son séant sur le même canapé qui accueillait
désormais Carol.

Elle se versa une tasse de café, qu'elle sirota tranquillement, puis elle respira profondément avant d'étudier
de plus près l'antichambre d'Ernest. « C'est donc là, se
dit-elle en promenant son regard autour de la pièce,
c'est donc dans ce quartier général que cet odieux personnage et mon mari ont comploté contre moi depuis
tant d'années. »

Elle observa les meubles. Ignobles. La tapisserie bon
marché au mur, rescapée d'une brocante des années
1960, les fauteuils ringards, les mauvaises photos de
San Francisco avec les inévitables maisons victoriennes

d'Alamo Square… « Que Dieu m'épargne pour toujours les photos des cabinets psychiatriques ! » pensa-t-elle. Elle eut un frisson en repensant au cabinet du Dr Cooke à Providence, elle allongée sur le kilim usé jusqu'à la corde, en train de regarder les photos mielleuses de levers de soleil à Truro, pendant que le médecin lui touchait les seins avec ses mains glacées et, émettant ses grognements sinistres, lui assenait cette plénitude sexuelle dont il affirmait qu'elle avait tant besoin.

Elle avait passé une heure entière à choisir ses habits. Voulant apparaître comme une femme à la fois sensuelle et vulnérable, elle avait hésité entre une longue jupe à motifs et un pantalon de soie, un chemisier en satin très fin et un pull en cachemire magenta. Finalement, elle avait opté pour une petite jupe noire, un chandail à côtes, noir lui aussi, et une simple chaîne en or torsadée. Le tout couvrant un soutien-gorge en dentelle tout neuf, rembourré et pigeonnant, qu'elle avait spécialement acheté pour l'occasion. Ce n'était pas pour rien qu'elle avait étudié de près le comportement d'Ernest avec Nan, dans la librairie. Seul un fou ou un aveugle n'aurait pas remarqué sa puérile attirance pour les seins, ce minable à l'air patelin, avec ses lèvres tremblotantes et couvertes de salive – c'est à peine s'il ne s'était pas penché sur la fille pour lui téter le sein. Pire encore, il était tellement pompeux et imbu de lui-même qu'il ne lui était sans doute jamais venu à l'esprit que les femmes puissent remarquer son regard vicieux. Comme Ernest n'était pas grand, à peu près de la taille de Justin, Carol avait décidé de ne pas porter de chaussures à talon. Elle envisagea également des bas noirs, mais s'était ravisée. Plus tard.

Ernest entra dans la salle d'attente et tendit la main. « Carolyn Leftman ? Enchanté, Ernest Lash.

— Comment allez-vous, docteur ? demanda Carol en lui serrant la main.

— Je vous en prie, entrez, Carolyn, répondit Ernest en lui indiquant de la main le fauteuil qui se trouvait en face du sien. Comme nous sommes en Californie, j'appelle mes patients par leur prénom, et vice-versa. Est-ce que cela vous pose un problème ?

— J'essayerai de m'y faire, docteur. Ça prendra peut-être un peu de temps. » Elle le suivit dans son bureau et jeta un rapide coup d'œil sur la pièce. Deux pauvres fauteuils en cuir placés perpendiculairement, de sorte que le thérapeute comme le patient devaient légèrement tourner la tête pour se faire face. Par terre, un faux kilim persan élimé. Et contre le mur, l'inévitable divan – bien ! – au-dessus duquel étaient accrochés deux diplômes encadrés. La corbeille était pleine, remplie notamment de nombreux papiers gras froissés – sans doute directement venus du Burger King le plus proche. Une sorte de paravent mexicain minable, couleur pipi de chat, tout en contreplaqué et corde usée, trônait devant le bureau d'Ernest, un bureau totalement en désordre où de grandes piles de livres et de papiers coexistaient tant bien que mal avec un énorme ordinateur. Il n'y avait pas le moindre indice, dans cette pièce, d'une quelconque sensibilité esthétique. Ni la moindre trace d'une touche féminine. Parfait !

Le fauteuil de Carol était raide et peu accueillant. Dans un premier temps, elle fit en sorte de ne pas y mettre tout son poids en crispant les bras. Le fauteuil de Justin. Pendant combien d'heures – payées par elle –

s'était-il assis là pour l'accabler d'injures ? Un frisson la parcourut lorsqu'elle imagina Justin et ce gros cul assis en face d'elle, deux crétins ensemble, en train de comploter dans son dos.

Elle prit sa voix la plus onctueuse : « Merci de me recevoir aussi vite. J'ai l'impression d'être au bout du rouleau.

— Vous aviez l'air aux abois quand je vous ai eue au téléphone. Mais commençons par le commencement, dit Ernest en sortant son carnet. Dites-moi tout ce qui peut m'être utile. À partir de notre petite conversation de l'autre jour, je sais seulement que votre mari a le cancer et que vous vous êtes adressée à moi après m'avoir entendu à la librairie.

— Oui. Et puis j'ai lu votre livre. J'ai été très impressionnée. À plusieurs égards : votre compassion, votre sensibilité, votre intelligence. Je n'ai jamais eu beaucoup de respect pour la psychothérapie et pour tous les psy que j'ai eu l'occasion de rencontrer, à une exception près. Mais quand je vous ai entendu parler, j'ai eu le sentiment que vous, et vous seul, pouviez peut-être m'aider. »

« Aïe, se dit Ernest, voilà la patiente que j'avais désignée pour ma petite expérience de thérapie-vérité, pour une relation honnête et sans compromis, et je me retrouve avec le plus mauvais départ imaginable. » Il ne se souvenait que trop bien du combat qu'il avait dû livrer contre sa propre ombre, ce soir-là, à la librairie. Mais que pouvait-il dire à Carolyn ? Certainement pas la vérité ! Qu'il avait passé son temps à hésiter entre sa tête et sa queue, entre son appétit pour Nan et la gravité de son sujet ? Non ! La discipline ! La discipline ! Ernest commença ainsi à développer très vite une série de principes d'action qui formeraient le cadre de sa thérapie-vérité. Premier principe : *Ne se livrer que dans la mesure où cela aidera le patient.*

Aussi Ernest donna-t-il une réponse à la fois honnête et mesurée : « Vos propos suscitent en moi deux réactions différentes, Carolyn. Naturellement, je suis flatté par vos compliments. Mais je suis en même temps gêné par votre sentiment qu'il n'y ait *que* moi qui puisse vous aider. Parce que je suis aussi un auteur et que je suis connu du public, les gens ont tendance à m'accorder plus de sagesse et de compétences thérapeutiques que je n'en ai vraiment.

« Carolyn, poursuivit-il, je vous dis tout cela parce que si, pour une raison ou une autre, nous n'arrivons pas à bien travailler ensemble, je veux que vous sachiez qu'il existe dans le coin plein d'autres psychothérapeutes aussi compétents que moi. J'ajoute enfin que je ferai de mon mieux pour combler vos attentes. »

Ernest se sentit bien. Content de lui. Pas mal, pas mal du tout.

Carol lui décocha un sourire approbateur. « Rien de pire, pensa-t-elle pourtant, que cette fausse modestie doucereuse. Quel salaud ! Et pompeux, avec ça ! S'il continue à me dire "Carolyn" toutes les deux phrases, je vais finir par vomir. »

Ernest l'interrompit dans ses réflexions. « Bon, Carolyn, commençons par le commencement. D'abord, quelques renseignements sur vous : âge, famille, passé, situation professionnelle. »

Carol avait décidé, dans son plan de bataille, de mêler mensonge et vérité. Pour éviter de s'emmêler dans ses propres mensonges, elle collerait au plus près de la vérité dès qu'il s'agirait de sa vie, et déformerait la réalité uniquement lorsque cela empêcherait Ernest de découvrir qu'elle était la femme de Justin. Elle avait tout d'abord songé à s'appeler Caroline, mais cette orthographe avait quelque chose d'un peu trop étranger ; elle avait opté pour Carolyn, en espérant que ce prénom était suffisamment éloigné de Carol. Elle était douée pour le mensonge. Elle regarda de nouveau le divan et se dit que mentir serait un jeu d'enfant, d'autant plus qu'elle n'en aurait pas pour longtemps – deux ou trois heures, peut-être.

Elle récita donc sa fausse histoire à un Ernest qui ne se doutait de rien. Elle avait tout minutieusement préparé, prenant une nouvelle ligne de téléphone chez elle de peur qu'Ernest se rende compte qu'elle avait le même numéro que Justin ; payant en liquide pour ne pas avoir à ouvrir un compte à son nom de jeune fille, Leftman ; s'inventant, enfin, un passé aussi proche de la vérité que possible, sans pour autant éveiller les soupçons d'Ernest. Elle avait trente-cinq ans, lui dit-elle, elle était avocate, mère d'une petite fille de huit ans, malheureuse en amour, mariée depuis neuf ans à un homme qui, neuf mois plus tôt, avait subi une lourde opération chirurgicale – un cancer de la prostate. Mais le cancer avait résisté et le mari avait alors subi une orchidectomie, puis des traitements hormonaux et une chimiothérapie. Carol avait également prévu d'expliquer en quoi ce traitement aux hormones et cette ablation des testicules avaient rendu son mari impuissant, et elle sexuellement frustrée. Mais elle se ravisa : cela faisait beaucoup pour une seule fois. Pas de précipitation. Chaque chose en son temps.

Elle avait plutôt décidé de se concentrer, pour cette première visite, sur son impression d'être inexorablement prise au piège. Son couple, confia-t-elle à Ernest, ne l'avait jamais rendue heureuse, et c'est au moment où elle envisageait sérieusement de divorcer que son mari avait été frappé par le cancer. Lorsque le verdict était tombé, il avait sombré dans le plus profond désespoir, terrifié à l'idée de mourir seul ; et elle n'avait pas trouvé la force de demander le divorce. Quelques mois plus tard, le cancer avait réapparu. Le pronostic était mauvais. Son mari l'avait suppliée de ne pas le laisser mourir seul. Elle avait accepté sa demande. Désormais, elle se sentait prise au piège tant que son mari serait en vie. Il avait insisté pour qu'ils quittent le Midwest et s'installent à San Francisco, près de l'institut cancérologique de l'université de Californie. Voilà comment, deux mois plus tôt, elle avait quitté tous ses amis à Chicago, abandonné sa carrière d'avocate et déménagé à San Francisco.

Ernest l'écouta avec attention. Il fut frappé par la ressemblance entre cette histoire et celle d'une veuve qu'il avait traitée quelques années auparavant, une institutrice dont le mari avait eu un cancer de la prostate, lui aussi, au moment même où elle avait voulu demander le divorce. Elle lui avait promis de l'accompagner pour ses derniers mois. Mais il mit neuf ans à mourir ! Neuf années au cours desquelles elle fut son infirmière, au fur et à mesure que le cancer rongeait son corps tout entier. Horrible ! Et après sa mort, elle fut dévastée par la colère et les regrets. Elle avait sacrifié les plus belles années de sa vie à un homme qu'elle n'aimait pas. Est-ce que c'est ce qui attendait Carolyn ? Ernest ressentit une grande compassion pour elle.

Il essaya d'être en empathie avec elle, de se mettre à sa place. Mais il se rendit compte à quel point il avait du mal à le faire, un peu comme plonger tête baissée dans une eau glacée. Un piège monstrueux !

« Dites-moi maintenant de quelle manière tout cela vous a affectée. »

Carol déroula alors la liste de ses symptômes : les insomnies, les crises d'angoisse, la solitude, les larmes, et l'impression de mener une vie absurde. Elle n'avait personne à qui parler. Certainement pas son mari, en tout cas : ils ne s'étaient jamais parlé et maintenant, plus que jamais, un immense fossé s'était creusé entre eux. Une seule chose pouvait la soulager, la marijuana, et depuis qu'ils s'étaient installés à San Francisco, elle fumait deux ou trois joints par jour. Elle poussa un long soupir et se tut.

Ernest l'observait attentivement. C'était une belle femme triste, avec une bouche fine dont les lèvres dessinaient, à leur commissure, une moue amère ; de grands yeux marron larmoyants ; des cheveux courts, bouclés et noirs ; un long cou gracieux émergeant d'un chandail en point à côtes qui mettait en valeur de beaux seins fermes, dont les tétons pointaient audacieusement ; une jupe moulante ; une culotte noir de jais, qu'on pouvait entrapercevoir lorsqu'elle décroisait lentement ses jambes fuselées. En d'autres circonstances, Ernest aurait méthodiquement épluché cette femme du regard, mais ce jour-là il se montra totalement imperméable à ses charmes. C'est au cours de ses études de médecine qu'il avait acquis cette capacité à tourner une sorte d'interrupteur invisible pour couper toute excitation sexuelle, voire tout intérêt sexuel, quand il travaillait avec des patientes. Dans la clinique gynécologique, il s'était livré à des examens pelviens tout un après-midi, sans la moindre arrière-pensée sexuelle, et s'était ensuite couvert de ridicule, le soir même, en essayant de se frayer un chemin dans la petite culotte d'une infirmière.

Que pouvait-il faire pour Carolyn ? Son problème relevait-il même de la psychothérapie ? Peut-être n'était-elle qu'une victime innocente, quelqu'un qui avait eu le malheur de se trouver au mauvais endroit, au mauvais moment. En d'autres temps, elle aurait certainement consulté le prêtre du coin pour obtenir un réconfort.

Et peut-être le réconfort du prêtre était-il précisément ce qu'Ernest devait lui donner. La psychothérapie avait, à l'évidence, beaucoup à apprendre des deux mille ans d'expérience de l'Église en la matière. Ernest s'était d'ailleurs toujours demandé en quoi consistait la formation des prêtres. Dans quelle mesure étaient-ils compétents en matière de réconfort ? Où apprenaient-ils leurs techniques ? Des cours de réconfort ? De confession ? Sa curiosité l'avait jadis poussé à faire des recherches en bibliothèque sur la confession catholique dans la littérature, recherches qui ne l'avaient mené nulle part. Puis il avait enquêté auprès d'un séminaire de la région et appris que les enseignements qu'on y prodiguait ne comportaient aucune formation psychologique particulière. Un jour, visitant une cathédrale abandonnée à Shanghai, Ernest se glissa dans le confessionnal et, pendant une demi-heure, s'assit à la place du prêtre, s'imprégnant de l'atmosphère toute catholique du lieu et murmurant sans cesse : « Vous êtes tout pardonné. Mon enfant, vous êtes pardonné ! » Il sortit de là remonté comme une pendule, envieux de tout cet arsenal dont disposaient les prêtres dans leur combat contre le désespoir, alors que ses très profanes instruments d'interprétation et de réconfort paraissaient, en comparaison, bien faibles.

Un jour, une veuve qu'il avait aidée dans son deuil et qui revenait de temps en temps le voir pour faire le bilan avec lui, avait défini son rôle comme celui d'un témoin compatissant. « Peut-être, se dit-il, que la seule chose que je puisse offrir à Carolyn Leftman, c'est d'être un témoin compatissant… Mais peut-être pas ! Peut-être y a-t-il là des perspectives pour faire du bon travail. »

Il dressa mentalement la liste des zones qui méritaient d'être explorées. En premier lieu, pourquoi avait-elle entretenu des rapports aussi pauvres avec son mari avant qu'il n'eût le cancer ? Pourquoi rester dix ans avec quelqu'un que l'on n'aime pas ? Ernest songea alors à sa propre histoire avec Ruth, une histoire sans amour. Si Ruth ne s'était pas tuée en voiture, aurait-il été capable de la quitter ? Peut-être pas. Cela étant dit, si le mariage de Carolyn s'était révélé tellement triste, pourquoi ne pas avoir essayé une thérapie de couple ? Et fallait-il prendre ses propos sur son couple pour argent comptant ? Il y avait sans doute une possibilité de sauver leur relation. Pourquoi déménager à San Francisco pour soigner le cancer du mari ? Des tas de malades, après tout, se rendent quelque temps dans un hôpital et rentrent ensuite chez eux. Pourquoi avait-elle abandonné si facilement sa carrière et ses amis ?

« Cela fait longtemps, Carolyn, se risqua Ernest, que vous vous sentez prise au piège. D'abord sentimentalement, et maintenant sentimentalement *et* moralement. Ou alors sentimentalement *versus* moralement. »

Carol s'efforça d'acquiescer avec un air enthousiaste. « Mon Dieu qu'il est intelligent ! se dit-elle. Dois-je me mettre à genoux ? »

Ernest poursuivit. « Vous savez, j'aimerais que vous me disiez tout, tout sur vous-même, tout ce que vous estimez nécessaire que je sache afin que nous puissions comprendre votre situation. »

« Hmm, pensa Carol, intéressant, ce "nous". Ils sont tellement malins, ils vous mettent le grappin dessus avec une telle habileté… Au bout d'un quart d'heure, on en est déjà aux "nous" et aux "dites-moi tout", comme si "nous" étions déjà d'accord pour dire que comprendre ma "situation" permettrait de m'en sortir. Et il a besoin de tout savoir, absolument tout. Mais rien ne presse. Pourquoi faudrait-il se presser, à cent cinquante dollars la séance – et cent cinquante dollars net, pas de frais, pas de conseiller juridique, pas de salle de conférences, pas de bibliothèque, pas d'avocat, même pas de secrétaire. »

Ramenant toute son attention sur Ernest, Carol commença à raconter sa vie. Elle se dit qu'il était plus sage de dire la vérité. Avec certaines limites. Justin était bien trop égocentrique pour s'être étendu sur la vie de sa femme. Moins elle mentirait, plus elle serait crédible. C'est ainsi que, à part un déplacement géographique de ses études de Brown et de Stanford vers Radcliffe et Chicago, elle se contenta de dire la vérité sur sa jeunesse, notamment sur sa mère institutrice, une femme frustrée et aigrie qui ne s'était jamais remise du départ de son mari.

Des souvenirs de son père ? Il était parti quand elle avait huit ans. Selon la mère, il était devenu fou à l'âge de trente-cinq ans, s'était entiché d'une hippie aux cheveux sales, avait tout plaqué pour suivre les Grateful Dead pendant quelques années, avant d'atterrir dans une communauté de San Francisco et d'y rester quinze ans, défoncé nuit et jour. Il avait envoyé des cartes d'anniversaire (sans adresse d'expédition) pendant quelque temps, et puis… Plus rien. Jusqu'à l'enterrement de la mère de Carol, où il avait soudain réapparu comme une fleur, vêtu de tout l'accoutrement hippie minable : sandales usées, jeans découpé ne ressemblant plus à rien et chemise *tie and dye*. Il avait prétendu, ce jour-là, que seule sa femme l'avait empêché, toutes ces années, d'assumer pleinement son rôle de père. Carol avait alors désespérément envie et besoin d'un père, mais elle eut un doute sur sa bonne foi lorsqu'il lui susurra à l'oreille, en plein enterrement, qu'elle ne devait pas hésiter à vite laisser éclater toute sa colère, trop longtemps réprimée, contre sa mère.

Si elle se faisait encore des illusions quant à un éventuel retour de son père, elles s'envolèrent dès le lendemain, lorsque, tout bégayant, grattant ses cheveux pouilleux, et emplissant l'air de l'odeur âcre de ses cigarettes roulées, il lui proposa un marché : Carol lui remettrait son héritage pour qu'il puisse investir dans un *coffee shop* de Haight Street. Devant son refus, il contre-attaqua en lui rappelant que la maison de sa mère lui revenait « légitimement » – selon les « lois humaines » et non selon les « lois légales » –, puisqu'il en avait versé les arrhes, vingt-cinq ans auparavant. Naturellement, Carol lui demanda instamment de quitter les lieux (ses paroles exactes, qu'elle ne répéta pas à Ernest, avaient été : « Tire-toi, vieux clochard. »). Et, depuis ce jour, elle avait eu la chance de ne plus jamais entendre parler de lui.

« Vous avez donc perdu votre père et votre mère en même temps ? »

Carol hocha vaillamment la tête.

« Des frères et sœurs ?

— Un frère, qui a trois ans de plus que moi.

— Son nom ?

— Jeb.

— Où habite-t-il ?

— Dans le New York ou le New Jersey, je ne sais plus. Quelque part sur la côte Est.

— Il ne vous appelle jamais ?

— Il n'a pas intérêt ! »

Il y avait tellement d'amertume et de sécheresse dans cette réponse de Carol qu'Ernest ne put réprimer une grimace.

« Pourquoi cela ? demanda-t-il.

— Jeb s'est marié à dix-neuf ans et s'est engagé dans la marine deux ans après. À trente et un ans, il a commis des abus sexuels sur ses deux petites filles. Je suis allée au procès : il a pris seulement trois ans de prison et a été renvoyé de l'armée. Il n'a pas le droit de résider à moins de mille cinq cents kilomètres de Chicago, où vivent ses filles.

— Voyons voir… » Ernest consulta ses notes et procéda à un rapide calcul : « Il a trois ans de plus que vous… Vous deviez avoir vingt-huit ans à l'époque… Donc tout cela s'est passé il y a dix ans. Vous ne l'avez plus revu depuis le procès ?

— Trois ans de prison, c'est peu. Je lui ai infligé une peine bien plus lourde.

— Combien ?

— Perpétuité ! »

— C'est un verdict sévère, répliqua Ernest, un peu effrayé.

— Pour un tel crime ?

— Mais *avant* le crime ? Est-ce que vous lui en vouliez déjà autant ?

— Ses filles étaient âgées de dix et huit ans quand il a abusé d'elles.

— Non, non, j'entends : *avant* ce crime.

— Ses filles étaient âgées de *huit* et *dix* ans quand il a abusé d'elles », répéta Carol, la mâchoire serrée.

Aïe ! Ernest avait posé le pied sur un terrain miné. Il était conscient de se livrer à une séance « sauvage », de celles dont il ne pourrait jamais parler à Marshal. Il savait déjà ce que ce dernier lui aurait répondu : « Qu'est-ce que vous foutez, Ernest ? Pourquoi insister tellement sur son frère avant même de faire un bilan systématique de son passé ? Vous n'avez même pas encore exploré son couple, qui est la raison première de sa visite. » Oui, il entendait déjà Marshal : « Bien sûr qu'il y a là quelque chose à travailler. Mais bon Dieu, vous ne pouvez pas attendre un peu ? Mettez ça de côté et revenez-y plus tard, au moment opportun. Une fois de plus, vous êtes incapable de vous retenir. »

Malgré tout, Ernest savait qu'il devait exclure Marshal de toute cette affaire. La résolution qu'il avait prise – être totalement ouvert et honnête avec Carolyn – exigeait de lui qu'il fût spontané et qu'il exprimât ce qu'il éprouvait *au moment où* il l'éprouvait. Avec cette patiente, il fallait oublier les petits calculs et les idées remises à plus tard ! L'objectif de la séance était : « Sois sincère. Livre-toi. »

En outre, Ernest était fasciné par la soudaineté de cette colère chez Carolyn – une colère tellement immédiate, tellement vraie. Jusqu'ici, il avait eu du mal à établir le contact avec cette femme si douce, si terre à terre. Et voilà qu'elle s'était soudain animée, que sa parole et son visage s'étaient synchronisés. Pour avoir une vraie relation avec elle, Ernest devait donc la maintenir dans le réel. Il décida donc de suivre son intuition et de rester sur le terrain de l'émotion.

« Vous êtes en colère, Carolyn. Pas seulement contre Jeb, mais aussi contre moi. »

« Enfin ! pensa Carol. Espèce de connard, enfin tu dis quelque chose de sensé. Tu es encore pire que je ne le pensais. Pas étonnant que tu n'aies pas réfléchi à ce que Justin et toi étiez en train de me faire. Tu ne tiques même pas à l'idée d'une petite fille de huit ans violée par son père ! »

« Désolé, Carolyn, d'avoir touché du doigt une zone aussi sensible. Peut-être était-ce un peu prématuré. Mais je vais être très honnête avec vous. Voilà où je voulais en venir : si Jeb a pu se montrer assez ignoble pour faire ces choses-là à ses propres petites filles, alors qu'aurait-il été prêt à faire à sa jeune sœur ?

— Qu'est-ce que vous voulez dire par là ? » Carol baissa la tête ; elle se sentait mal.

« Vous allez bien ? Vous voulez un peu d'eau ? »

Carol secoua la tête et se ressaisit très vite. « Excusez-moi, j'ai eu un petit malaise. Je ne sais pas ce que c'était.

— Qu'en pensez-vous ?

— Je ne sais pas.

— Ne perdez pas le fil, Carolyn. Explorez ce sentiment pendant deux petites minutes encore. Ça vous a pris quand je vous ai posé une question sur Jeb et vous. Je pensais à vous à dix ans, et à ce que c'était de vivre avec un grand frère comme lui.

— J'ai travaillé deux ou trois fois sur des affaires d'abus sexuels sur enfants. C'est la chose la plus brutale que je connaisse. Non seulement les souvenirs atroces qui hantent les enfants toute leur vie, mais le violent chambardement au sein des familles, et toute la controverse à propos des souvenirs reconstruits – c'est terrible pour tout le monde. J'ai dû blêmir en m'imaginant passer par là à mon tour. Je ne sais pas si vous vouliez m'emmener dans cette direction. Si c'était le cas, je vous dis tout de suite que je ne me rappelle pas avoir subi de traumatisme particulier en rapport avec mon frère, rien d'autre que les chamailleries traditionnelles entre frère et sœur. Mais il est vrai que j'ai très peu de souvenirs de ma petite enfance.

— Non, non… Je suis désolé, Carolyn, je n'ai pas été clair. Je ne songeais pas à un traumatisme majeur pendant l'enfance ou à une angoisse post-traumatique. Pas du tout, bien que, nous sommes d'accord là-dessus, ce genre de concept soit très à la mode aujourd'hui. Je pensais à quelque chose de moins spectaculaire, de plus insidieux, de plus actuel : je me demandais comment vous aviez vécu le fait de grandir et de passer la plus grande partie de vos journées avec un frère brutal, voire sexuellement dangereux ?

— Oui, oui, je vois bien la différence. » Ernest regarda la pendule. « Merde, pensa-t-il, plus que sept minutes. Et tant de choses à faire encore ! Il *faut* que je commence à examiner son couple. »

Malgré la discrétion du coup d'œil d'Ernest, Carol s'en rendit compte. Sa réaction première fut curieuse : elle se sentit blessée. Mais elle passa vite à autre chose et se dit : « Regarde-le, ce salaud, ce lâche, ce truand, en train de voir combien de temps il lui reste avant de pouvoir me dégager et remettre le compteur à zéro, en attendant les cent cinquante dollars de la prochaine séance. »

La pendule d'Ernest était placée sur une des étagères, bien cachée, loin du regard des patients. Marshal, quant à lui, posait la sienne sur la petite table qui le séparait de ses patients, bien en vue. « Question d'honnêteté, disait-il. Tout le monde sait que le patient paie cinquante minutes de mon temps, alors pourquoi cacher la pendule ? Ce serait se complaire dans l'illusion que le patient et le thérapeute entretiennent une relation amicale, et non pas professionnelle. » Du Marshal tout craché : solide, irréfutable. Mais Ernest préférait garder sa pendule à l'abri des regards.

Il voulut consacrer les quelques minutes qui restaient au mari de Carolyn : « Je suis frappé de voir que tous les hommes que vous avez mentionnés, ceux qui ont compté dans votre vie, vous ont terriblement déçue, et je sais que le terme est trop faible : votre père, votre frère et, bien sûr, votre mari. Pourtant je ne sais vraiment pas grand-chose de lui. »

Carol ignora la proposition d'Ernest. Elle avait établi son propre programme.

« Puisqu'on parle des hommes qui m'ont déçue, je dois mentionner une exception de taille. Lorsque j'étais étudiante en droit à Radcliffe, j'étais dans un état psychologique lamentable. La pire période de ma vie : j'étais renfermée, déprimée, je me sentais mal à l'aise et moche. Et pour couronner le tout, je m'étais fait plaquer par Rusty, mon petit ami depuis le lycée. J'ai vraiment touché le fond à ce moment-là, j'ai commencé à boire, à me droguer, j'ai songé à arrêter mes études, et même à me suicider. Et puis j'ai vu un psy, un certain

Dr Ralph Cooke, qui m'a sauvé la vie. Il a été extraordi-nairement gentil, doux et rassurant.

— Combien de temps l'avez-vous vu ?

— Comme thérapeute, environ un an et demi.

— Il y a eu autre chose, Carolyn ?

— J'hésite un peu à vous en parler. J'aime beaucoup cet homme, et je ne voudrais pas que vous en ayez une vision déformée. » Carol sortit un Kleenex et parvint à produire une larme.

« Pourriez-vous m'expliquer ?

— C'est que… j'ai beaucoup de mal à en parler… J'ai peur que vous le jugiez. Je n'aurais jamais dû men-tionner son nom. Je sais bien que la psychothérapie est une chose confidentielle, mais… Mais…

— Y a-t-il là une question qui m'est destinée, Carolyn ? » Ernest voulait lui faire comprendre sans détour qu'il était un thérapeute à qui on pouvait poser des questions, et qu'il y répondrait.

« Bon Dieu, pensa Carol en se tortillant dans son fau-teuil. "Carolyn, Carolyn, Carolyn." Est-ce qu'il va dire "Carolyn" à chaque putain de phrase ? »

Elle reprit. « Une question… Eh bien, oui. Plu-sieurs questions, même. D'abord, nos séances sont-elles totalement confidentielles ? Personne n'en saura rien ? Ensuite, allez-vous le juger, ou le ranger définiti-vement dans une case ?

— Confidentielles ? Absolument. Comptez sur moi. »

« Compter sur toi ? se dit Carol. C'est ça… Comme je pouvais compter sur Ralph Cooke. »

« Quant à juger cet homme, mon boulot consiste à comprendre, pas à juger. Je ferai de mon mieux, et je vous promets d'être très ouvert avec vous sur le sujet. Je répondrai à toutes vos questions », dit-il en inscrivant sa décision de dire la vérité dans la mise en place concrète de cette première séance.

« Très bien, alors je crache le morceau : le Dr Cooke et moi sommes devenus amants. Au bout de quelques séances, il a commencé à me prendre dans ses bras de temps en temps, pour me consoler, et puis ce qui devait arriver est arrivé, comme ça, sur le magnifique kilim de son bureau. Ç'a été la plus belle chose du monde... La seule chose qui me vienne à l'esprit, c'est que ça m'a sauvé la vie. Toutes les semaines je le voyais, et toutes les semaines nous faisions l'amour. Toute ma douleur, tout mon désarroi se sont envolés. Il a fini par décréter que je n'avais plus besoin de thérapie, mais nous sommes restés amants encore une année. Grâce à lui, j'ai décroché mon diplôme et j'ai pu faire mes études de droit. Dans la meilleure université, celle de Chicago.

— Votre liaison a pris fin avec votre entrée à la fac de droit ?

— Quasiment, oui. Mais parfois, quand j'avais besoin de lui, je prenais l'avion pour le voir, à Cambridge, et chaque fois il était là pour moi et me donnait tout le réconfort dont j'avais besoin.

— Il est toujours dans votre vie ?

— Il est mort. Il y a longtemps, environ trois ans après mon arrivée à la fac de droit. Je crois que je n'ai jamais cessé de le chercher. Peu après j'ai rencontré Wayne, mon mari, et j'ai décidé de l'épouser. Une décision précipitée. Et mauvaise. Peut-être que j'aimais tellement Ralph que j'ai imaginé le retrouver en la personne de mon mari. »

Carol prit d'autres Kleenex et finit par vider la boîte d'Ernest. Elle n'avait pas besoin de se forcer, les larmes coulaient maintenant toutes seules. Ernest s'empara d'une autre boîte dans un tiroir de son bureau, déchira l'emballage en plastique et en sortit un premier mouchoir qu'il tendit à Carol. Elle était surprise par ses propres larmes : une vision à la fois tragique et romantique de sa vie l'avait submergée à mesure que son mensonge devenait sa vérité. Quelle chance elle avait eue d'être aimée de cet homme à la fois magnifique et généreux ! Et quelle tristesse, quelle insupportable tristesse – les larmes de Carol redoublèrent – de ne l'avoir jamais revu, de l'avoir à jamais perdu ! Lorsqu'elle cessa de sangloter, elle éloigna la boîte de Kleenex et regarda Ernest dans l'attente de sa réponse.

« Voilà, je vous ai tout dit. Vous ne le jugez toujours pas ? Vous m'avez promis de dire la vérité. »

Ernest était très embarrassé. En vérité, feu le Dr Cooke ne lui inspirait pas une immense compassion. Il envisagea rapidement les quelques options qui se présentaient à lui. « Souviens-toi, se dit-il : livre-toi entièrement. » Mais il n'osa pas. Se livrer entièrement eût été, dans cette circonstance, rendre un bien mauvais service à sa patiente.

C'est en interrogeant Seymour Trotter qu'il avait été, pour la première fois, directement confronté à un cas d'abus sexuel par un thérapeute. Au cours des huit années qui avaient suivi cet épisode, il avait travaillé avec de nombreuses patientes ayant eu des rapports sexuels avec un psy, et, chaque fois, les conséquences pour elles avaient été désastreuses. Malgré la photographie envoyée par Seymour, malgré son bras joyeusement levé vers le ciel, qui pouvait dire le sort de Belle ? Bien sûr qu'elle avait gagné de l'argent au procès, mais à part ça ? La dégradation cérébrale de Seymour étant irréversible, Belle avait sans doute été accaparée, au bout d'un an ou deux, par les soins intensifs et permanents que la maladie de Seymour exigerait jusqu'à la fin de ses jours. Non, décidément, pensa Ernest, personne ne pouvait affirmer que Belle, ou n'importe quelle autre patiente, avait pu tirer profit de cette situation. Et pourtant, voilà que Carolyn lui racontait comment elle avait eu une relation durable avec son psy, et comment cette relation lui avait sauvé la vie. Ernest était abasourdi.

Son premier réflexe fut de mettre en doute les propos de Carolyn : peut-être son transfert vers le Dr Cooke avait-il été si puissant qu'elle n'avait pas voulu voir la vérité. Après tout, il était évident qu'elle ne s'en était toujours pas remise. Quinze ans après, elle en était encore à verser des larmes pour lui. De plus, conséquence directe de sa relation avec le Dr Cooke, elle avait fait un mauvais mariage, qui n'avait cessé d'empoisonner sa vie.

Prudent, Ernest s'efforçait de ne pas avoir trop de préjugés sur toute cette affaire. « Si tu commences à adopter un point de vue moralisateur ou vertueux, se dit-il, tu finiras par perdre ta patiente. Sois ouvert, essaye de te mettre à la place de Carolyn. Et surtout ne crache pas sur le Dr Cooke – en tout cas pas maintenant. » Marshal lui avait enseigné ce dernier principe : la plupart des patients entretenant des liens très forts avec les thérapeutes qui les ont heurtés, ils ont besoin de temps pour guérir des séquelles de leur amour. Il n'est pas rare de voir des patients ou des patientes qui ont été victimes d'abus sexuels passer par de nombreux thérapeutes avant de trouver celui, ou celle, qui leur conviendra.

« Donc votre père, votre frère et votre mari ont fini par vous abandonner, vous trahir ou vous piéger. Et le seul homme que vous ayez vraiment aimé est mort. La mort aussi est parfois perçue comme un abandon. » Ernest éprouva un profond dégoût, de lui-même, de ce cliché ridicule sur la mort, mais en l'occurrence il n'avait rien de mieux à offrir.

« Je ne pense pas que le Dr Cooke ait été particulièrement heureux de mourir. »

Carol regretta aussitôt sa phrase. « Ne sois pas idiote ! se reprocha-t-elle. Tu veux séduire ce type, le rendre marteau, alors pourquoi est-ce que tu joues les susceptibles ? Pourquoi est-ce que tu défends ce merveilleux Dr Cooke, qui est un pur produit de ton imagination ? »

« Excusez-moi, docteur Lash… Je veux dire… Ernest. Je sais bien que ce n'est pas ce que vous vouliez dire. Je crois que Ralph me manque beaucoup, aujourd'hui encore. Je me sens seule.

— Je sais, Carolyn. C'est justement pour cette raison que nous devons nous sentir proches l'un de l'autre. »

Ernest vit s'agrandir les yeux de Carolyn. « Attention, se dit-il, elle pourrait voir dans cette phrase une tentative de séduction. » Adoptant un ton plus formel, il poursuivit : « Et c'est pour cette raison que le thérapeute et le patient doivent examiner tout ce qui entrave leur relation… Comme lorsque je vous ai énervée il y a deux minutes. » « Bien, pensa-t-il, très bien, de mieux en mieux. »

« Vous m'avez dit vouloir partager vos pensées avec moi, répondit-elle. Je me demandais donc si vous émettiez, *oui ou non*, un jugement sur lui ou sur moi.

— Est-ce que c'est une question, Carolyn ? » Ernest essayait de gagner du temps.

« Mais bon sang ! Il faut que je lui fasse un dessin, ou quoi ? » pensa Carol.

« Oui. *Portiez-vous* un jugement ? Comment *voyez-vous* les choses ?

— À propos de Ralph ? » Nouveau gain de temps.

Carol hocha la tête, grognant en silence.

Ernest décida de ne plus prendre de pincettes et lui dit la vérité. Presque toute la vérité. « J'avoue que ce que vous dites me désarçonne, *en effet*. Et je crois aussi que je porte un jugement sur lui. Mais j'y travaille, je ne veux pas me fermer. Je veux au contraire rester totalement perméable à votre expérience.

« Je vais vous expliquer pourquoi je suis désarçonné. Vous me dites que le Dr Cooke vous a été d'un immense secours, et je vous crois. Pourquoi venir ici, me payer tout cet argent, et me raconter des salades ? Par conséquent, je vous crois sur parole. Néanmoins, que dois-je faire de toute mon expérience, sans parler de la vaste littérature professionnelle et du large consensus clinique sur le sujet, qui m'amènent tous à d'autres conclusions ? En l'occurrence, qu'une relation sexuelle entre psychothérapeute et patient nuit immanquablement à ce dernier, et, au final, au thérapeute aussi. »

Carol s'était bien préparée à cet argument. « Vous savez, docteur Lash… Pardon, Ernest, je vais m'y faire, j'ai encore du mal à me dire que les psy sont des gens en chair et en os, avec de vrais prénoms. Ils se cachent souvent derrière leur titre, et assument rarement leur humanité, contrairement à vous. Où en étais-je… ? Ah oui ! Quand je me suis décidée à venir vous voir, j'ai pris la liberté de consulter en bibliothèque les textes que vous avez écrits. C'est un vieux réflexe professionnel chez moi, je vérifie toujours les titres des médecins qui viennent témoigner aux procès en tant qu'experts scientifiques…

— Et ?

— Et j'ai découvert que vous étiez particulièrement compétent dans le domaine des sciences naturelles, et que vous aviez même publié de nombreux rapports sur vos recherches en psychopharmacologie.

— Et ?

— Eh bien… Se pourrait-il que vous soyez en train de négliger les règles scientifiques les plus élémentaires ? Regardez les données que vous utilisez pour tirer des conclusions à propos de Ralph : un échantillon qui n'est soumis à aucune vérification. Honnêtement, pensez-vous vraiment que ça puisse être validé scientifiquement ? *Bien sûr* que celles de vos patientes qui ont eu des relations sexuelles avec leur thérapeute sont meurtries ou mécontentes, mais c'est *parce qu'elles viennent demander de l'aide.* Les autres, les patientes satisfaites comme moi, ne viennent pas ici pour vous voir, et vous n'imaginez pas la quantité de monde que cela représente. Autrement dit, vous connaissez uniquement le numérateur, c'est-à-dire celles qui viennent pour la thérapie. Mais vous ignorez tout du dénominateur, à savoir le nombre de patientes et de thérapeutes qui ont des relations sexuelles entre eux, ou le nombre de celles qui y ont trouvé une aide, ou le nombre de celles à qui l'expérience n'a rien apporté. »

« Impressionnant… se dit Ernest. Intéressant de voir son visage professionnel. Je n'aimerais pas me retrouver en face d'elle dans un tribunal. »

« Vous voyez ce que je veux dire, Ernest ? Se peut-il que j'aie raison ? Répondez-moi honnêtement. Avez-vous déjà rencontré une patiente, avant moi, qui n'ait pas été détruite par une telle relation ? »

Ernest repensa alors à Belle, la patiente de Seymour Trotter. *Pouvait-elle être rangée dans la catégorie des patientes qui ont été secourues ?* Une fois de plus, la photo jaunie de Seymour et Belle traversa son esprit. « Ce regard triste. Mais peut-être qu'elle se portait bien. Qui sait ? Peut-être qu'ils se portaient tous les deux bien. Du moins provisoirement. Non, comment être sûr de quoi que ce soit dans cette affaire ? Et notamment comment ils ont terminé. » Ernest s'était longtemps demandé à quel moment ils avaient décidé de se retirer ensemble sur une île. Seymour s'était-il résolu à la sauver au dernier moment ? Ou tout cela était-il un plan manigancé depuis longtemps ? Peut-être depuis le début ?

Mais tout cela, Ernest ne pouvait, ne devait pas le partager. Il chassa donc Seymour et Belle de son esprit et, pour toute réponse à la question de Carolyn, secoua légèrement la tête. « Non, Carolyn. Je n'ai jamais vu de patiente qui n'ait pas souffert d'une telle relation. Cela dit, votre point de vue sur l'objectivité est pertinent. Et cela m'aidera à ne pas avoir trop de préjugés. » Il regarda sa montre avec insistance. « Nous avons déjà dépassé l'horaire. Il faut quand même que je voie deux ou trois choses avec vous.

— Bien sûr. » Le visage de Carol s'illumina. Ernest venait de lui donner un nouveau signe positif. « Il m'a d'abord demandé de lui poser des questions, pensa-t-elle. Or aucun psy digne de ce nom ne fait ça. Il se pourrait même qu'il réponde à des questions ayant trait à sa vie privée. Je testerai la chose la prochaine fois. Et voilà qu'il bouscule les règles en dépassant les cinquante minutes. »

Elle avait lu les consignes rédigées par l'APA à l'attention des psychiatres sur la manière d'éviter des plaintes pour abus sexuel : ne jamais franchir les limites, éviter les pentes glissantes, ne pas appeler les patients par leur prénom, commencer et terminer les séances sans traîner. Tous les cas d'abus sexuel pour lesquels on avait fait appel à elle avaient commencé de la même manière : le thérapeute se mettait à dépasser les cinquante minutes réglementaires. « Ah ! se dit-elle, une petite entorse ici, un léger dépassement là… Qui sait où nous allons nous retrouver d'ici deux ou trois séances ? »

« J'aimerais d'abord savoir si cette séance provoquera chez vous le moindre trouble. Par exemple, que dois-je penser de celui que vous avez manifesté quand nous avons parlé de Jed ?

— Pas Jed. *Jeb.*

— Pardon. Jeb. Quand nous avons parlé de lui, vous vous êtes évanouie quelques instants.

— Je suis toujours un peu secouée, d'ailleurs. Mais pas choquée. Je crois que vous touchiez du doigt un problème important.

— D'accord. Ensuite, j'aimerais qu'on parle de la distance qui existe entre nous. Vous avez fait beaucoup d'efforts aujourd'hui, vous avez pris de gros risques et dévoilé des choses intimes qui vous tenaient très à cœur. Vous m'avez fait confiance, et je vous en sais gré. Est-ce que vous croyez que nous allons pouvoir travailler ensemble ? Qu'est-ce que je vous inspire ? Quel effet cela vous fait-il de m'avoir révélé toutes ces choses ?

— Figurez-vous que j'envisage avec plaisir le fait de travailler avec vous. Vraiment, Ernest. Vous êtes agréable et souple d'esprit, vous facilitez la prise de parole et vous avez un vrai talent pour appuyer là où ça fait mal, sur des blessures dont je ne soupçonnais pas moi-même l'existence. J'ai le sentiment d'être entre de très bons bras. Et voilà le règlement. » Carol lui tendit trois billets de cinquante dollars. « Je suis en train de changer de banque, entre Chicago et San Francisco, alors je préfère pour l'instant vous payer en liquide. »

« Entre de bons bras... réfléchit Ernest, en la raccompagnant à la porte. Mais l'expression correcte est "entre de bonnes mains", non ? »

Sur le pas de la porte, Carol se retourna. Les yeux humides, elle s'adressa à Ernest : « Merci. Vous êtes un cadeau du ciel ! »

Puis elle se pencha vers lui et le serra dans ses bras, quelques secondes, avant de s'en aller. Ernest fut déconcerté.

En descendant les marches de l'immeuble, Carol fut prise d'une immense tristesse. Des images longtemps enfouies lui revenaient en mémoire : Jeb et elle en train de se battre à coups d'oreiller ; elle sautant et hurlant dans le lit de ses parents ; son père l'accompagnant à l'école et portant ses livres de classe ; le cercueil de sa mère s'enfonçant dans la terre ; le visage poupin de Rusty qui lui sourit pendant qu'il cherche ses livres dans son casier, au collège ; la tentative de retour désastreuse de son père ; le pauvre kilim usé dans le bureau du Dr Cooke. Elle ferma les yeux, en une vaine tentative pour évacuer ces mauvais souvenirs. Mais l'image de Justin surgit alors, Justin qui, peut-être en ce moment même, marchait main dans la main avec une autre femme, quelque part dans la ville – pas loin de là, qui sait ? Sur le point de sortir de l'immeuble, Carol balaya Sacramento Street du regard, à droite, à gauche : pas de trace de Justin. En revanche, un beau jeune homme aux longs cheveux blonds, vêtu d'un pantalon de survêtement, d'une chemise rose et d'un sweat-shirt blanc ivoire passa sous ses yeux, en trottinant, et monta les marches deux par deux. « Sans doute le prochain pigeon de Lash », pensa-t-elle. S'éloignant de l'immeuble, elle ne put s'empêcher de jeter un coup d'œil vers la fenêtre du bureau d'Ernest. « Bon Dieu, ce fils de pute essaye de m'aider ! »

Pendant ce temps, en haut, Ernest s'était assis à son bureau et enregistrait les notes prises au cours de la séance. Le parfum de Carolyn, citronné et entêtant, allait embaumer la pièce longtemps encore.

Chapitre 7

Après la séance de supervision passée en compagnie d'Ernest, Marshal Streider se rassit dans son fauteuil et commença à réfléchir aux cigares de la victoire. Vingt ans auparavant, il avait entendu le Dr Roy
Grinker, éminent psychanalyste de Chicago, décrire
son année sur le divan de Freud. Cela remontait aux
années 1920, à l'époque où la respectabilité analytique exigeait de faire un pèlerinage sur le divan du
maître – certains pour deux ou trois semaines, jusqu'à
un an pour qui rêvait de devenir une sommité de
l'analyse. Selon Grinker, Freud ne cachait jamais sa
joie lorsqu'il venait de se livrer à une brillante interprétation. Et s'il la jugeait monumentale, alors il
ouvrait sa boîte de cigares bon marché, en offrait un
à son patient et lui proposait de fumer une sorte de
« calumet de la victoire ». En repensant à cette
manière à la fois naïve et charmante qu'avait Freud
d'aborder le transfert, Marshal ne put réprimer un
sourire. S'il avait été encore fumeur, il aurait lui aussi
solennellement allumé un cigare après le départ
d'Ernest.

Les derniers mois, celui-ci s'était bien comporté ; la
séance qu'ils venaient d'avoir tous les deux avait été
un vrai tournant. Lui faire intégrer le comité de

déontologie des médecins était une riche idée, car Marshal trouvait souvent l'ego d'Ernest bourré de lacunes : il était à la fois pompeux et impulsif. Des éléments un peu turbulents de son ça sexuel avaient tendance à déborder dans certains recoins. Pire que tout, ses penchants iconoclastes de jeune homme : il n'avait aucun respect pour l'autorité légitime, ni pour les connaissances acquises au fil des années par des générations de psychanalystes vénérables, dont les cerveaux étaient pourtant plus puissants que le sien.

« Et quelle meilleure méthode, pensa Marshal, pour étouffer cet iconoclasme que de confier à Ernest une fonction d'autorité ? Génial ! » C'était dans ce genre de situation que Marshal regrettait de ne pas être observé, de ne pas avoir un public enthousiaste qui applaudisse à son chef-d'œuvre. Tout le monde connaissait et admettait les raisons traditionnelles qui exigent de l'analyste qu'il soit préalablement analysé lui-même. Mais Marshal avait l'intention d'écrire, un jour ou l'autre (sa liste des textes à produire s'allongeait tous les jours), un article sur un aspect négligé de la maturité : la capacité d'être toujours créatif, année après année, décennie après décennie, sans le moindre public extérieur. Après tout, quels autres artistes – qui peut encore prendre au sérieux l'idée de Freud selon laquelle la psychanalyse est une science ? – peuvent consacrer leur vie tout entière à un art qui n'est jamais vu par les autres ? Imaginez Cellini fondre un superbe calice en argent, puis le ranger dans un coffre-fort ; ou Musler transformer du verre en un chef-d'œuvre de grâce et de beauté avant de le briser en mille morceaux dans son atelier. Ce serait épouvantable ! « Le "public", pensa Marshal, n'est-il pas l'une des nourritures essentielles – bien que méconnue – apportées par la supervision au thérapeute encore un peu vert ? Il faut des décennies de maturation pour pouvoir créer sans spectateurs.

« Même chose pour la vie, se dit-il. Il n'y a rien de pire qu'une vie que personne ne regarde. » Dans son travail analytique, il avait, jour après jour, remarqué l'extraordinaire soif d'attention que ses patients voulaient étancher auprès de lui ; le besoin d'avoir un public est en effet l'une des composantes majeures, mais négligée, des thérapies prolongées. Quand il s'était trouvé face à des patients en deuil (et en cela il rejoignait les observations d'Ernest dans son livre), il les avait souvent vus sombrer dans le désespoir uniquement parce qu'ils avaient perdu leur public : leurs vies n'étaient plus observées par un tiers (sauf à avoir la chance de croire en une divinité qui aurait suffisamment de temps libre pour scruter leurs moindres faits et gestes).

« Mais, poursuivit Marshal, les artistes de l'analyse travaillent-ils véritablement dans la solitude ? Les patients ne sont-ils pas un public ? Non, en l'occurrence, ils ne comptent pas. Ils ne sont jamais assez désintéressés. Même les discours analytiques les plus élégamment créatifs sont rigoureusement sans effet sur eux ! Et ils en veulent toujours plus ! Regarde comment ils sucent une interprétation jusqu'à la moelle sans poser le moindre regard admiratif sur celui qui la propose. Et tes étudiants ? Et les personnes que tu supervises ? Ne s'agit-il pas d'un public ? Rares sont les étudiants suffisamment perspicaces pour comprendre l'art d'un psychothérapeute dans toute sa splendeur. Généralement, l'interprétation les dépasse ; en avançant dans leur travail clinique, peut-être des mois, voire des années plus tard, quelque chose viendra secouer leur mémoire, et soudain, en un éclair, ils pourront appréhender et admirer la subtilité et le talent de leur maître.

« Ce constat vaut certainement pour Ernest. Un jour viendra où il comprendra et me remerciera. En l'obligeant aujourd'hui à s'identifier à l'agresseur, je lui épargne au moins une année de sa formation d'analyste. »

Non pas qu'il soit pressé de voir Ernest en finir. Au contraire, Marshal souhaitait le garder près de lui pour un bout de temps encore.

Plus tard dans la soirée, après avoir vu ses cinq patients de l'après-midi, Marshal se dépêcha de rentrer chez lui. Mais il trouva la maison vide, et un mot de sa femme Shirley lui disant que le dîner était dans le frigidaire et qu'elle reviendrait de son exposition de composition florale vers sept heures. Comme toujours, elle lui avait laissé une composition ikebana : une longue coupe tubulaire, de céramique, contenant un faisceau de branches de fusain grises, anguleuses, nues et tournées vers le bas. À un bout de ce faisceau, deux lys de Pâques aux longues tiges se tournaient le dos.

Tout en jetant la petite composition végétale sur la table, la faisant presque tomber de l'autre côté, Marshal pesta : « Merde à la fin ! J'ai eu huit patients aujourd'hui, plus une heure de supervision – mille quatre cents dollars –, et madame est infoutue de me préparer un dîner à cause de ses fleurs à la con ! » Mais sa colère retomba dès qu'il ouvrit les boîtes en plastique qui se trouvaient dans le frigidaire : un gaspacho aux arômes renversants, une salade niçoise joliment bigarrée à base de thon fumé au poivre, et une mangue, et du raisin vert, et une salade de papaye nappée d'un coulis de fruits de la Passion. Pour couronner le tout, Shirley avait collé un petit mot sur le bol de gaspacho : « Eurêka ! Enfin une recette anticalorique : plus tu en manges, plus tu maigris. Mais n'en abuse pas, je n'ai pas envie que tu disparaisses. » Marshal sourit. Mais seulement pour quelques instants. Il se rappela vaguement une blague sur la « disparition » que Shirley avait faite quelques jours auparavant.

En mangeant, il ouvrit l'*Examiner* du jour à la rubrique financière. Le Dow Jones avait gagné vingt points. Naturellement, le journal ne donnait que les cours de treize heures ; or, le marché avait tendance depuis peu à fluctuer sauvagement en fin de journée. Peu importe : Marshal aimait à consulter les cours deux fois par jour, et il connaîtrait les valeurs à la fermeture des marchés dans le *San Francisco Chronicle* du lendemain matin. Retenant son souffle, il tapa frénétiquement les chiffres de ses actions sur sa calculatrice pour connaître son gain de la journée. Onze cents dollars – peut-être même plus à la clôture. Une onde de satisfaction le traversa. Il avala sa première cuillérée de gaspacho, épais, pourpre, parsemé de dés d'oignon, de concombre et de courgette verts, blancs et luisants. Mille quatre cents dollars grâce à son travail, onze cents dollars grâce à ses placements boursiers : la journée avait été bonne.

Après avoir jeté un rapide coup d'œil aux rubriques sportive et internationale, Marshal changea rapidement de chemise et s'élança dans la nuit. Sa passion pour l'exercice physique le disputait presque à son amour du gain. Tous les lundis, mercredis et vendredis, pendant sa pause déjeuner, il jouait au basket au YMCA. Le week-end, il faisait du vélo et jouait au tennis ou au squash. Enfin, le mardi et le jeudi étaient dans la mesure du possible consacrés à l'aérobic. Ce soir-là, une réunion de l'Institut psychanalytique du Golden Gate était prévue à vingt heures ; Marshal partit de chez lui suffisamment tôt pour pouvoir faire les trente minutes de marche qui le séparaient de l'Institut.

À chacun de ses pas décidés, son excitation s'accroissait. Car cette réunion promettait d'être extraordinaire. Pas de doute, il allait y avoir du spectacle. Le sang allait couler. Oh, le sang ! Oui, magnifique ! C'était la première fois qu'il ressentait avec autant de force tout l'attrait de l'horreur : l'atmosphère carnavalesque des exécutions capitales dans l'ancien temps, les camelots colportant leurs gibets miniatures, l'excitation de la foule lorsque roulait le tambour et que le malheureux condamné gravissait les marches de l'échafaud. Les pendaisons, les décapitations, les bûchers, les écorchements et les écartèlements – imaginez un homme dont on attachait les quatre membres à des chevaux fouettés, éperonnés et poussés par les cris des badauds, jusqu'à ce qu'il soit disloqué, toutes ses artères dégueulant leur sang en même temps. L'horreur, oui. Mais l'horreur chez quelqu'un d'autre, quelqu'un qui donnait à voir la jonction précise entre l'être et le non-être à l'instant même où le corps et l'esprit sont arrachés l'un à l'autre.

La fascination est d'autant plus grande que le personnage auquel on donne la mort est important. Ainsi, pendant la Terreur, devant les têtes d'aristocrates qui roulaient et le sang qui giclait des torses royaux, l'excitation des foules devait être à son comble. Sans parler du frisson ressenti à l'écoute des dernières paroles sacrées... Tandis que cette jonction entre l'être et le non-être approche, même les libres penseurs se mettent à parler à voix basse, à tendre l'oreille pour essayer de saisir les dernières syllabes du mourant – comme si, en ce funeste instant, lorsque la vie disparaît, que la chair commence à devenir viande, une révélation allait se produire, une réponse aux grands mystères de l'existence. Marshal pensa alors à l'intérêt immense porté par ses contemporains aux expériences de mort imminente. Tout le monde savait pertinemment qu'il s'agissait de charlatanisme pur et simple, et pourtant cette folie durait depuis vingt ans et avait fait vendre des millions de livres. « Mon Dieu, pensa-t-il, tant d'argent gagné sur cette escroquerie ! »

Certes, aucun régicide n'était prévu au cours de cette soirée à l'Institut. Mais il y aurait tout de même du spectacle : excommunication et bannissement. Seth Pande, l'un des membres fondateurs de l'Institut et analyste superviseur confirmé, allait en effet être jugé, certain d'être exclu pour activités antianalytiques. Un tel événement n'avait pas eu lieu depuis l'excommunication de Seymour Trotter, plusieurs années auparavant, pour avoir couché avec une patiente.

Marshal savait que sa position politique personnelle était délicate et qu'il allait devoir agir avec beaucoup de prudence. Il était de notoriété publique en effet que Seth Pande avait été son superviseur quinze ans plus tôt, et qu'il l'avait énormément aidé, sur le plan personnel aussi bien que professionnel.

Pourtant l'étoile de Seth était en train de pâlir ; il avait dépassé les soixante-dix ans et, trois ans auparavant, avait subi une lourde opération pour un cancer du poumon. Toujours plein de superbe, Seth s'était depuis longtemps arrogé le droit de ne pas respecter les règles de l'art et de la morale. Sa maladie et sa confrontation avec la mort n'avaient fait que le libérer des derniers éléments de conformisme qui subsistaient en lui. Ses collègues analystes en avaient nourri un embarras et un agacement croissant, exaspérés par ses prises de position antianalytiques et radicales sur la psychothérapie, sans même parler de son comportement personnel scandaleux. Mais il faisait toujours impression. Son charisme était tel qu'il était immédiatement sollicité par les journaux et la télévision pour donner son point de vue sur presque tous les événements majeurs de l'actualité : l'impact de la violence à la télévision sur les enfants, l'indifférence des autorités municipales à propos des clochards, les attitudes à adopter face à la mendicité dans les lieux publics, au contrôle des armes à feu et aux frasques sexuelles des politiciens. Sur chacune de ces questions, Seth avait un avis éclairant, souvent scandaleusement irrévérencieux. Ces derniers temps il était allé trop loin, et le président de l'Institut, John Weldon, soutenu par le contingent des vieux psychanalystes anti-Pande, avait finalement trouvé le courage de l'attaquer.

Marshal peaufinait sa stratégie. Seth avait tellement franchi les bornes, il s'était livré à une telle exploitation sexuelle et financière de ses patientes qu'il eût été politiquement suicidaire de le soutenir encore. Marshal savait donc que sa voix serait entendue. John Weldon comptait également sur son soutien. Mais la situation était compliquée. Bien que Seth soit mourant, il avait encore des amis, et bon nombre de ses disciples, passés et présents, participeraient à la réunion. Pendant quarante ans, il avait exercé un véritable magistère intellectuel au sein de l'Institut. Avec Seymour Trotter, il en était l'un des deux fondateurs encore vivants – à supposer que Seymour soit encore de ce monde car, Dieu merci, personne ne l'avait vu depuis des années. Le tort que cet homme avait causé à la réputation de la profession ! Seth, pour sa part, était une menace bien vivante. Il avait enchaîné tellement de mandats de trois ans à la tête de l'Institut que seule la force pouvait désormais l'éloigner du pouvoir.

Marshal se demanda alors si Seth pourrait survivre sans l'Institut, tant ce dernier était consubstantiel à sa propre existence. L'en bannir équivaudrait à le condamner à mort. Mais tant pis ! Seth aurait dû y penser avant de jeter le discrédit sur la psychanalyse. Il n'y avait pas d'autre possibilité : Marshal devait voter contre lui. Et pourtant Seth avait été son psychanalyste. Comment éviter de passer pour parricide ou ingrat ? Compliqué… Très compliqué.

Les perspectives d'avenir de Marshal au sein de l'Institut étaient excellentes. Il était tellement certain d'accéder au pouvoir suprême qu'il se demandait seulement comment accélérer le processus. Il était l'un des rares membres clés de l'Institut à y être entré dans les années 1970, alors que la psychanalyse commençait à perdre de sa superbe, sans compter une baisse significative du nombre de candidats. Dans les deux décennies suivantes, la tendance s'était inversée, et nombreux avaient été les candidats à des programmes de formation de sept ou huit ans. Par conséquent, la pyramide des âges de l'Institut présentait deux composantes : d'un côté, les anciens, les pontes vieillissants emmenés par John Weldon, qui s'étaient rassemblés contre Seth ; de l'autre, des novices, dont certains thérapeutes-patients de Marshal, qui n'avaient été admis comme membres à part entière qu'au cours des deux ou trois années précédentes.

Dans sa classe d'âge, Marshal n'avait pas grand-chose à craindre : deux des éléments les plus prometteurs venaient de mourir prématurément, victimes de crises cardiaques. C'est même leur décès qui avait poussé Marshal à suivre des séances intensives d'aérobic, afin de remédier à l'engorgement de ses artères – conséquence logique du caractère sédentaire de son activité psychanalytique. Ses seuls concurrents sérieux étaient Bert Kantrell, Ted Rollins et Dalton Salz.

Bert, chic type mais totalement dénué de sens politique, s'était compromis en s'impliquant dans des projets non analytiques, en particulier son travail thérapeutique de soutien aux malades du sida. Ted était un incapable : sa formation analytique avait duré onze ans, et tout le monde savait qu'il avait décroché son habilitation uniquement à l'usure et par compassion. Enfin, Dalton s'était récemment occupé de questions écologiques à un point tel que plus aucun analyste ne le prenait au sérieux. Lorsque John Weldon avait lu son étude imbécile sur les fantasmes archaïques de destruction de l'environnement – le viol de Dame Nature ou le fait de pisser sur les murs de notre maison Terre –, son premier commentaire avait été : « Vous êtes sérieux ou bien vous vous foutez de nous ? » Mais Dalton n'avait pas cédé d'un pouce et avait récemment publié son texte dans une revue jungienne après avoir essuyé un refus de la part de toutes les revues de psychanalyse. Du coup, Marshal savait qu'il n'avait plus qu'une chose à faire : patienter tranquillement, sans commettre d'erreur. Ces trois rigolos étaient en train de se griller tout seuls, sans même qu'il ait à faire le moindre effort.

Mais il visait bien plus loin que la seule présidence de l'Institut psychanalytique du Golden Gate. Il voyait dans ce poste un tremplin pour un mandat national, voire pour la présidence de l'Association psychanalytique internationale. Le fruit était mûr : aucun président de l'API n'était sorti d'un institut de la côte Ouest des États-Unis.

Il n'y avait qu'un petit hic : Marshal n'avait jamais rien publié. Ce n'était pas faute d'avoir des idées, pourtant. L'un des cas qu'il traitait, un patient *border-line* ayant un frère jumeau schizoïde, sans symptômes *borderline*, avait d'énormes implications pour la théorie du miroir, et ne demandait donc qu'à être publié. Ses idées sur la nature de la scène primitive et sur les foules qui assistent aux exécutions pouvaient révolutionner la théorie analytique. Oui, Marshal avait des milliers d'idées, et il le savait très bien. Son problème, c'était l'écriture : son style maladroit se traînait lourdement derrière ses idées.

C'est là qu'intervenait Ernest. Récemment, il s'était montré particulièrement agaçant ; son immaturité, son impulsivité, son idée puérile que le thérapeute doit se montrer authentique et se livrer... Tout cela aurait épuisé la patience de n'importe quel superviseur. Mais Marshal avait de bonnes raisons d'attendre : Ernest avait un immense talent littéraire, il savait tirer de son clavier des phrases parfaitement ciselées. Aussi les idées de Marshal et les mots d'Ernest formeraient-ils ensemble une équipe imbattable. Tout ce qu'il avait à faire, c'était de museler Ernest suffisamment pour qu'il puisse intégrer l'Institut. Le convaincre de collaborer à des articles pour des revues spécialisées ne serait pas difficile. Marshal avait déjà préparé le terrain en exagérant systématiquement non seulement la difficulté qu'il y avait à intégrer l'Institut, mais aussi l'importance de l'avoir lui, Marshal, comme « parrain ». Ernest lui serait à jamais reconnaissant. Par ailleurs, Ernest était tellement ambitieux – du moins Marshal le pensait-il – qu'il accepterait sur-le-champ d'écrire avec lui.

En approchant du siège de l'Institut, il prit plusieurs grandes bouffées d'air frais pour s'éclaircir les idées. Il allait avoir besoin de tous ses esprits ; une lutte pour le pouvoir allait se déclencher dans la soirée.

Grand, de l'allure, environ soixante-cinq ans, rougeaud, des cheveux blancs qui se raréfiaient et un long cou ridé sur lequel se détachait une pomme d'Adam très saillante : John Weldon se tenait déjà sur l'estrade, dans cette pièce aux murs tapissés de livres qui faisait office à la fois de bibliothèque et de salle de conférences. Marshal put constater qu'il y avait foule,

227

et que pas un membre de l'Institut ne manquait à l'appel. Sauf Seth Pande, naturellement, qui venait d'être longuement interrogé par une sous-commission, et auquel on avait expressément demandé de ne pas venir ce soir-là.

En plus des membres habituels, trois étudiants candidats analysés par Seth avaient, événement sans précédent, exigé de pouvoir venir. L'enjeu était de taille pour eux : si Seth était exclu, banni ou s'il perdait simplement son statut de superviseur, alors toutes les années qu'ils avaient passées avec lui ne compteraient pour rien, ce qui les obligerait à tout recommencer auprès d'un nouveau superviseur. Ils avaient d'ailleurs clairement précisé qu'ils n'excluaient pas, le cas échéant, de rester avec Seth, même si cela signifiait pour eux l'annulation pure et simple de leurs candidatures. Ils avaient même évoqué la possibilité de fonder un institut dissident. Considérant cela, et dans l'espoir que les trois comprennent à quel point leur loyauté envers Seth était insensée, le comité de direction avait pris la décision exceptionnelle – et très contestée – de les laisser assister aux débats en tant que simples observateurs.

À l'instant où Marshal s'assit au deuxième rang, John Weldon, comme s'il avait attendu son arrivée, fit retentir son petit marteau laqué, et annonça que la séance était ouverte.

« Chacun de vous, commença-t-il, connaît la raison de cette séance extraordinaire. La pénible tâche qui nous attend ce soir consiste à examiner les accusations graves, très graves, qui pèsent sur l'un de nos membres les plus éminents, Seth Pande, et à envisager, si besoin est, les actions que notre Institut devra entreprendre. Comme vous en avez tous été informés par courrier, la sous-commission *ad hoc* a étudié avec soin toutes ces accusations ; je pense donc qu'il serait bon d'écouter, dès à présent, ses conclusions.

— Docteur Weldon ! Un point de procédure ! » C'était Terry Fuller, jeune psychanalyste grande gueule qui avait été admis à l'Institut un an plus tôt. Il avait également été sur le divan de Seth.

« La parole est au Dr Fuller. » Weldon s'adressait à Perry Wheeler, le secrétaire de l'Institut, un psychanalyste de soixante-dix ans à moitié sourd qui transcrivait fébrilement les minutes du débat.

« Est-il juste que nous étudions ces "accusations" en l'absence de Seth Pande ? Non seulement instruire un procès par contumace est moralement répugnant, mais c'est aussi une infraction aux règles de l'Institut.

— J'ai parlé avec le Dr Pande, et nous sommes tous les deux convenus qu'il valait mieux qu'il ne vienne pas ce soir.

— Objection ! *Vous* avez pensé, John, pas nous, que ça valait mieux. » La voix puissante de Seth Pande venait de retentir dans la salle. Il se tenait dans l'embrasure de la porte. Après avoir embrassé du regard l'assistance, il prit une chaise au fond de la salle et l'apporta au premier rang. En chemin, il posa une main affectueuse sur l'épaule de Terry Fuller et reprit : « Je vous ai dit que je réfléchirais et que je vous ferais connaître ma décision. Et ma décision, comme vous pouvez le voir, est d'être présent, parmi mes chers et néanmoins distingués confrères. »

Même si son mètre quatre-vingt-quinze avait quelque peu plié sous les coups du cancer, Seth en imposait encore, avec ses cheveux blancs et brillants, sa peau mate, son beau nez aquilin et son menton de seigneur. Issu d'une lignée royale, il avait été élevé, les premières années de sa vie, à la cour royale de Kipoche, une province du nord-est de l'Inde. Lorsque son père fut nommé ambassadeur d'Inde à l'ONU, Seth partit aux États-Unis et poursuivit ses études à Exeter et à Harvard.

« Merde, pensa Marshal. Tire-toi de là et laisse jouer les grands fauves. » Il se ratatina dans son fauteuil.

Le visage de John Weldon avait viré au pourpre, mais sa voix ne trahissait aucune émotion. « Je regrette votre décision, Seth, et je crois sincèrement que vous la regretterez aussi. Je ne faisais que vous protéger contre vous-même. Il sera peut-être humiliant pour vous d'entendre une discussion publique et détaillée à propos de votre comportement professionnel – et non professionnel.

— Mais je n'ai rien à cacher. J'ai toujours été fier de ma carrière professionnelle. » Seth regarda l'assistance et poursuivit : « Si vous voulez des preuves, John, je vous invite à vous regarder dans un miroir. La présence dans cette salle d'au moins une demi-douzaine de mes anciens élèves patients, et de trois actuels, chacun ou chacune... » Il s'inclina avec grâce et respect en direction de Karen Jaye, l'une des femmes présentes. « ... chacun ou chacune, disais-je, avec son talent, ses mérites et sa contribution à notre profession, eh bien, tout cela atteste la valeur de mon travail. »

Marshal fit la grimace. Seth allait faire tout son possible pour compliquer les choses. En balayant la salle du regard, son regard avait croisé le sien. Marshal l'avait esquivé, mais uniquement pour tomber sur celui de Weldon. Alors il ferma les yeux, serra les fesses et se fit encore plus minuscule.

Seth reprit : « Ce qui m'humilierait vraiment, John, et peut-être qu'en cela je diffère de vous, serait d'être accusé à tort, voire d'être calomnié, sans faire l'effort de me défendre. Venons-en aux faits. De quoi m'accuse-t-on ? Qui sont mes détracteurs ? Écoutons-les l'un après l'autre.

— La lettre que chacun, répondit John Weldon, y compris vous, Seth, a reçue de la commission de l'éducation recense tous les griefs. Je vous en fais donc la lecture. Commençons par le troc : vous auriez échangé des heures d'analyse contre des services personnels.

— J'ai le droit, exigea Seth, de savoir qui m'accuse de ça. »

Marshal tiqua. « Ça va être mon tour », se dit-il. Car c'était lui qui avait porté à la connaissance de Weldon les habitudes de troc de Seth. Il n'eut d'autre choix que de se lever et de parler avec toute la franchise et la confiance dont il était capable.

« J'assume la responsabilité de cette accusation. Il y a quelques mois, j'ai reçu un nouveau patient, conseiller financier, et lorsqu'il a été question du tarif et du règlement, il m'a proposé un échange de services. Comme nos tarifs horaires sont à peu près équivalents, il m'a dit : "Pourquoi ne pas simplement échanger nos services plutôt que des sommes d'argent soumises à l'impôt ?" Naturellement, j'ai refusé et je lui ai expliqué pourquoi un tel arrangement entre nous aurait inévitablement, et à tous points de vue, saboté la thérapie. Il m'a alors accusé d'étroitesse d'esprit et de rigidité intellectuelle, puis a cité deux personnes, l'un de ses associés et l'un de ses clients, jeune architecte, qui avaient passé un marché comme celui-là avec Seth Pande, ancien président de l'Institut psychanalytique.

— Je répondrai à cette accusation en temps et en heure, Marshal, mais je ne peux évidemment pas m'empêcher de me demander pourquoi un confrère, un ami et, qui plus est, un ancien patient, n'a pas choisi de m'en parler et d'étudier la question directement avec moi !

— Où est-il écrit, rétorqua Marshal, que le patient analysé doit éternellement traiter son ancien analyste avec une dévotion filiale ? Vous m'avez enseigné que le but du traitement et du travail sur le transfert est justement d'aider le patient à se détacher de ses parents pour développer sa propre autonomie et raffermir son intégrité. »

Seth fit un grand sourire, comme un père ravi de voir son fils lui faire échec et mat pour la première fois de sa vie. « Bravo, Marshal. *Touché*[1]. Vous avez bien appris vos leçons, et je suis fier de vous. Néanmoins, je me demande si, malgré nos cinq années de polissage, de récurage et de nettoyage psychanalytique, il ne vous reste pas quelques traces de sophistique.

— De sophistique ? » Marshal s'entêta. Quand il était arrière de l'équipe de football de l'université, ses jambes puissantes et agiles lui permettaient de repousser des garçons qui faisaient deux fois sa taille.

---

1. En français dans le texte.

Quand il affrontait un adversaire, il ne lâchait jamais prise.

« Je ne vois là aucune sophistique, dit-il. Est-ce que je devrais, pour les beaux yeux de mon père en psychanalyse, mettre en veilleuse ma conviction – que, j'en suis sûr, tout le monde partage dans cette assemblée – que troquer des heures d'analyse contre des services personnels est une faute ? Et une faute dans tous les sens du terme. Légalement et moralement : cette pratique est formellement prohibée par les lois fiscales en vigueur dans ce pays. Techniquement : elle vient interférer avec le transfert et le contre-transfert. Et c'est encore pire lorsque les services dont profite l'analyste sont d'ordre personnel : par exemple les conseils fiscaux, où le patient doit connaître les détails les plus intimes de votre vie financière. Ou bien, comme cela semble être le cas avec l'architecte, le fait de dessiner une nouvelle maison implique que le patient connaisse dans le détail vos moindres habitudes et préférences domestiques. Vous couvrez vos propres erreurs par des accusations fumeuses contre ma personne. »

Marshal se rassit, content de sa prestation. Il ne voulait pas regarder autour de lui. Ce n'était pas nécessaire. D'ailleurs, il pouvait presque entendre les cris d'admiration poussés par l'assistance. Il savait qu'il était apparu à leurs yeux comme un homme avec qui il fallait désormais compter. Il connaissait suffisamment Seth, aussi, pour savoir exactement ce qui allait se passer. Dès qu'il était attaqué, ce dernier ripostait invariablement de manière à s'enfoncer davantage. Du coup, nul besoin de démontrer plus avant la nature destructrice du comportement de Seth : il se compromettrait tout seul.

« Ça suffit ! s'exclama John Weldon en frappant avec son marteau. C'est une question trop importante pour que nous nous laissions entraîner dans les méandres d'une querelle personnelle. Revenons au cœur du sujet et discutons de chaque accusation qui pèse sur vous.

— Le troc, dit Seth, ignorant superbement les propos que venait de tenir Weldon, est un terme atroce, qui sous-entend qu'un acte d'amour psychanalytique implique forcément quelque chose d'odieux et de méprisable.

— Mais comment pouvez-vous défendre le troc, Seth ? » demanda Olive Smith, une femme assez âgée, dont le plus beau titre de gloire était sa généalogie psychanalytique : quarante-cinq ans plus tôt, elle avait été analysée par Frieda Fromm-Reichman, qui l'avait elle-même été par Freud en personne. En outre, elle avait entretenu une brève amitié et une correspondance avec Anna Freud, et fréquenté certains des petits-enfants du grand maître. « Il va de soi qu'un cadre non contaminé, surtout quand il s'agit des honoraires, fait partie intégrante du processus analytique.

— Vous parlez de l'amour psychanalytique comme d'une justification du troc. Vous n'êtes pas sérieux, à l'évidence. » C'était Harvey Green, un analyste suffisant et antipathique qui ne manquait jamais de proférer des commentaires désagréables. « Imaginez que votre patiente est une prostituée. Dans ce cas, comment fonctionne votre système de troc ?

— Commentaire original autant que vénal, Harvey, répliqua Seth. La vénalité, bien sûr, ça ne m'étonne pas de vous ; en revanche, l'originalité et l'intelligence de votre question sont réellement inattendues. Cela dit, votre question ne rime à rien. Je vois que la sophistique a trouvé sa place à l'Institut du Golden Gate… » Il tourna la tête vers Marshal avant de foudroyer Harvey du regard. « Dites-nous, Harvey, combien de prostituées avez-vous eues comme patientes, récemment ? Et vous, messieurs ? » Ses yeux firent le tour de l'assistance. « Combien de prostituées peuvent porter un regard analytique sérieux sur elles-mêmes tout en restant des prostituées ? Il faut grandir, Harvey ! s'exclama-t-il, manifestement désireux de croiser le fer. Vous confirmez ce que j'ai un jour écrit dans les pages de l'*International Journal*, à savoir que nous, vieux habitants de la planète psychanalyse – quel est le terme que vous les Juifs vous utilisez… *Alte cockers*[1] ! –, nous devrions obligatoirement nous soumettre à des analyses de maintenance, disons tous les dix ans. En fait, nous pourrions servir de tests pour les candidats ? Et ce serait une bonne manière d'éviter la sclérose. Je crois vraiment que cette institution en a besoin.

— Ne nous égarons pas, menaça Weldon en utilisant de nouveau son marteau. Revenons à nos affaires. En tant que président, j'insiste…

— Le troc ! coupa Seth, qui avait tourné le dos à l'estrade pour s'adresser maintenant à l'assistance. Le troc ! Quel crime ! Impardonnable ! Cet architecte sévèrement atteint, jeune homme anorexique que je

---

1. Expression yiddish qui signifie « vieux schnoques ».

traite depuis trois ans et que j'ai mené sur le chemin d'un changement majeur de personnalité, a perdu son emploi, du jour au lendemain, après le rachat de son cabinet par une autre entreprise. Il va lui falloir un ou deux ans pour s'établir en indépendant et, en attendant, il n'a pratiquement aucun revenu. Je vous pose la question : quelle attitude dois-je adopter ? L'abandonner à son triste sort ? Le laisser s'endetter jusqu'au cou, une solution fondamentalement inacceptable pour lui ? Or il se trouve qu'au même moment, pour des raisons qui touchent à ma santé, j'avais projeté de faire construire une annexe à ma maison pour y installer un cabinet et une salle d'attente. Je cherchais un architecte. Lui cherchait un client.

« La solution était donc évidente. C'était la bonne solution, une solution morale selon moi, et je n'ai pas à me justifier devant vous, ni devant quiconque d'ailleurs. Mon patient a dessiné les plans de ce nouveau bâtiment. La question du tarif était réglée et la confiance que je lui ai témoignée lui a fait beaucoup de bien. Je pense même écrire un papier sur ce cas : le fait de dessiner ma maison – la tanière intérieure du père – l'a plongé dans les strates les plus enfouies et les plus anciennes des souvenirs et autres fantasmes sur son père, des strates inaccessibles par le biais des techniques classiques. Est-ce que je dois attendre votre permission pour faire mon travail de manière créative ? »

À ce moment-là, Seth, théâtral, balaya de nouveau la salle des yeux avant de fixer Marshal.

Seul John Weldon osa répondre : « Et les limites ! Les limites ! Seth, est-ce que vous vous considérez au-delà de toutes les règles en vigueur ? Un patient qui inspecte et dessine votre maison ? On peut en effet parler de créativité. Mais laissez-moi vous dire, et je sais que tout le monde partage mon point de vue, que *ce n'est pas de la psychanalyse.*

— "Règles en vigueur"… "Pas de la psychanalyse"… » Singeant John Weldon, Seth répéta ses mots d'une voix à fois aiguë et enfantine. « Ah, le piaillement des faibles d'esprit… Pensez-vous que les règles proviennent directement des Tables de la Loi ? Non, elles ont été façonnées par des psychanalystes visionnaires : Ferenczi, Rank, Reich, Sullivan, Searles. Et Seth Pande, oui !

— Se faire passer pour un visionnaire autoproclamé, l'interrompit Morris Fender, une sorte de gnome chauve, aux yeux globuleux, avec des lunettes énormes et un cou littéralement inexistant, est une manière rusée, mais diabolique, de dissimuler et de rationaliser une multitude de défauts. Je suis très préoccupé, Seth, par votre attitude, qui contribue à salir la réputation de la psychanalyse auprès du grand public ; et sincèrement, l'idée que vous formiez de jeunes psychanalystes me fait froid dans le dos. Vous n'avez qu'à relire vos propres textes, comme ceux que vous avez publiés dans la *London Literary Review.* »

Morris sortit de sa poche quelques pages de journal et les déplia fébrilement. « Ceci, dit-il en les brandissant devant lui, est tiré de votre article sur la correspondance entre Freud et Ferenczi. Vous y déclarez ouvertement que vous dites à vos patients que vous les aimez, que vous les prenez dans vos bras et que vous discutez avec eux des détails intimes de votre vie : votre procédure de divorce en cours, votre cancer. Vous leur dites qu'ils sont vos meilleurs amis. Vous les invitez chez vous pour prendre le thé, vous leur parlez de vos préférences sexuelles. Franchement, vos préférences sexuelles ne regardent que vous – et leur nature n'est pas l'enjeu du débat. Mais pourquoi tous vos lecteurs, ainsi que vos patients, doivent-ils absolument être au courant de votre bisexualité ? Vous ne pouvez pas nier ce que je vous dis. » Morris agita de nouveau les extraits du journal devant lui. « Ce sont vos propres termes.

— Évidemment que ce sont mes propres termes. Est-ce que le plagiat fait également partie des charges qui pèsent contre moi ? » Seth se saisit de la lettre rédigée par la commission *ad hoc* et fit grossièrement semblant d'y chercher quelque chose : « Plagiat, plagiat… C'est incroyable ! Tant de crimes impardonnables, tant de perversions innommables, mais aucune trace de plagiat… Au moins, on m'a épargné ça. Oui, bien sûr, ce sont mes propres termes. Je persiste et signe. Existe-t-il lien plus fort que celui qui unit analyste et analysant ? »

Marshal écoutait attentivement. « Bien joué, Morris ! pensa-t-il. Excellente attaque. C'est bien la première fois que je te vois faire quelque chose d'intelligent ! » Les fusées de Seth étaient en train de prendre feu. Il était sur le point d'exploser en plein vol.

Son unique poumon à la peine, la voix de plus en plus rauque, Seth reprit : « Oui, je maintiens que mes patients sont mes plus proches amis. Et c'est le cas pour vous tous. Y compris vous, Morris. Mes patients et moi-même passons quatre heures par semaine à discuter des choses les plus intimes. Qui parmi vous consacre autant de temps à des discussions intimes avec ses amis ? Permettez-moi de répondre à votre place : *aucun d'entre vous*, et certainement pas vous, Morris. Nous connaissons tous le schéma traditionnel de l'amitié masculine aux États-Unis. Peut-être que certains d'entre vous déjeunent toutes les semaines avec un ami et parlent une demi-heure de choses intimes, entre la commande et la mastication.

« Mais nierez-vous, poursuivit-il, sa voix emplissant maintenant tout le volume de la salle, qu'une séance thérapeutique a pour vocation d'être un temple dédié à l'honnêteté ? Si vos patients sont bel et bien vos interlocuteurs les plus intimes, *alors ayez le courage d'oublier votre hypocrisie et de le leur dire !* Et qu'est-ce que ça peut faire qu'ils connaissent tout de votre vie privée ? Jamais mes révélations n'ont interféré avec le processus analytique. Au contraire, je dirais qu'elles l'ont accéléré. Peut-être qu'à cause de mon cancer, j'ai envie d'aller plus vite ; mon seul regret est de ne pas m'en être rendu compte assez tôt. Mes trois analysants présents ce soir dans cette salle peuvent témoigner de la vitesse à laquelle nous travaillons. Demandez-leur ! Je suis désormais convaincu qu'une formation psychanalytique ne doit pas dépasser trois ans. Allez-y, laissez-leur la parole ! »

Marshal se leva. « Objection ! Il est injustifié et incontinent » – encore ce mot, son préféré ! – « d'impliquer vos patients, de quelque manière que ce soit, dans cette discussion affligeante. Considérer cela comme une possibilité est tout simplement le signe d'une capacité de jugement bien pauvre. Leur point de vue est en effet doublement biaisé : par le transfert et par leur propre intérêt. Vous leur demandez leur avis sur une psychanalyse bâclée : *évidemment* qu'ils vont être d'accord, évidemment qu'ils vont être séduits par l'idée d'une formation accélérée de trois ans. Quel candidat ne le serait pas ? Cela dit, je crois que nous contournons la vraie question : votre maladie, et l'impact qu'elle a sur vos conceptions et votre travail. Comme vous le suggériez vous-même, Seth, le cancer vous a convaincu de l'urgence d'en finir avec vos patients le plus vite possible. Tout le monde ici comprend et respecte cette attitude. Votre maladie modifie votre vision des choses par bien des aspects, parfaitement compréhensibles étant donné la situation.

« Mais ça ne veut pas dire, poursuivit Marshal avec une assurance grandissante, que vos nouvelles perspectives, nées d'une urgence personnelle, doivent être présentées aux étudiants comme une doctrine psychanalytique. Je suis désolé, Seth, mais je ne peux qu'être d'accord avec la commission de l'éducation : il est temps, et il est juste, de poser la question de votre statut de superviseur et de votre capacité à conserver ce statut. Une institution psychanalytique ne peut pas se permettre de négliger le problème de la succession et de la transmission. Si les analystes ne sont plus en mesure de le faire, comment attendre d'autres organisations qui nous demandent de l'aide – corporations, gouvernements – qu'elles veillent à la bonne transmission de la responsabilité et du pouvoir entre les anciennes et les nouvelles générations ?

— De la même manière qu'on ne peut pas se permettre, rugit Seth, de ne rien dire lorsque le pouvoir est sauvagement pris par des gens trop médiocres pour le mériter !

— S'il vous plaît ! » John Weldon, une fois de plus, fit retentir son marteau. « Revenons au sujet qui nous intéresse. La commission *ad hoc* a attiré notre attention sur les propos, publics et publiés, que vous avez tenus contre certains des piliers fondamentaux de la théorie psychanalytique. Par exemple, dans l'interview récente que vous avez donnée à *Vanity Fair*, vous tournez en ridicule le complexe d'Œdipe et en faites une "erreur juive". Puis vous poursuivez en affirmant qu'il y en a beaucoup d'autres dans les lois fondamentales de la psychanalyse…

— Bien sûr », répliqua Seth. Il n'était plus du tout dans le registre ironique ou léger. *« Bien sûr que c'est une erreur juive.* Élever le triangle de la petite famille juive viennoise au rang de famille universelle, puis essayer de résoudre pour le monde ce que les Juifs rongés par la culpabilité ne peuvent résoudre pour eux-mêmes ! »

Un brouhaha envahit la salle, et plusieurs psychanalystes voulurent parler en même temps. « Antisémite », dit l'un. D'autres commentaires se faisaient entendre : « faire des massages aux patients », « coucher avec ses patients », « vantardise », « pas de l'analyse… Laissez-le faire tout ce qu'il veut, mais n'appelez pas ça de l'analyse ».

Seth couvrit leurs voix. « Certes, John, j'ai dit et écrit toutes ces choses. Et je n'y change rien. Tout le monde dans le fond sait que j'ai raison. Freud et sa petite famille juive du ghetto représentent une infime portion de l'humanité. Prenez ma propre culture, par exemple. Pour la moindre famille juive qui reste sur cette planète, vous avez des milliers de familles musulmanes. Or la psychanalyse ignore totalement ces familles et ces patients. Tout comme elle ignore les différents rôles du père, le désir inconscient et bien enfoui du père, d'un retour au confort et à la sécurité du père, d'une fusion avec lui.

— Oui, dit Morris tout en ouvrant un journal, c'est là, dans une lettre que vous avez écrite au rédacteur en chef de *Contemporary Psychoanalysis.* Vous y évoquez votre interprétation du désir d'un jeune bisexuel. Ce désir, dites-vous, "était un désir universel de retour à la sinécure ultime – le rectummatrice du père". Avec votre modestie habituelle, vous en parlez comme d'une "interprétation fondatrice et révolutionnaire qui a été totalement éclipsée par le préjugé racial de la psychanalyse".

— Exactement ! Mais cet article, publié il y a seulement deux ans, avait été écrit quatre ans plus tôt. Et je trouve qu'il ne va pas assez loin. C'est une interprétation universelle à laquelle j'attribue désormais une place centrale dans mon travail avec *tous* mes patients. La psychanalyse n'est pas une entreprise de petit Juif provincial ; elle doit reconnaître et embrasser les croyances de l'Orient comme de l'Occident. Nous avons tous beaucoup à apprendre, mais j'ai de sérieux doutes sur votre volonté et votre capacité d'absorber des idées nouvelles. »

Louise Saint Clare, une sympathique dame aux cheveux gris, et accessoirement psychanalyste d'une grande intégrité morale, livra la première attaque décisive. Elle s'adressa directement au président : « Je crois que j'en ai assez entendu, monsieur le président, pour être convaincue que le Dr Pande s'est trop écarté du corpus des principes psychanalytiques pour pouvoir assurer la bonne formation de jeunes analystes. Je propose qu'il soit déchu de son statut d'analyste formateur ! »

Marshal leva la main : « Je soutiens cette proposition. »

Seth adopta une pose menaçante et fusilla du regard l'assistance. « *Vous ? Me* déchoir ? Je n'en attendais pas moins de la mafia psychanalytique juive.

— La mafia juive ? demanda Louise Saint Clare. C'est le curé de ma paroisse qui va être étonné d'entendre ça !

— Juif, chrétien, aucune différence… Une mafia judéo-chrétienne. Et vous croyez que vous pouvez *me* déchoir. Eh bien, c'est moi qui vais vous déchoir. J'ai fondé cet Institut, *je suis* cet Institut. Et où que j'aille – faites-moi confiance, je m'en vais – l'Institut *me suivra*. » Sur ces mots, il écarta sa chaise, reprit son chapeau, son manteau et quitta la salle bruyamment.

Rick Chapton rompit le silence qui suivit son départ. En tant qu'ex-patient de Seth, il était naturel que Rick ressente plus vivement les effets de son bannissement. Bien qu'il ait complètement achevé sa formation et soit membre à part entière de l'Institut, il tirait encore, comme la plupart des autres, une certaine fierté du statut de son ancien formateur.

« J'aimerais prendre la défense de Seth, dit-il. J'ai de très sérieux doutes sur l'esprit et le bien-fondé des procédures mises en place ce soir. Je ne crois pas non plus que les derniers propos de Seth sont particulièrement appropriés. Ils ne prouvent rien. C'est un homme malade, un homme fier, et nous savons tous que lorsqu'il est attaqué – et on peut penser qu'il a été attaqué à dessein ce soir –, il se met sur la défensive et riposte avec arrogance. »

Rick s'arrêta un instant pour consulter une petite carte de sept centimètres sur dix ; puis il reprit. « J'aimerais vous soumettre mon interprétation de ce qui s'est passé ce soir. Je vois beaucoup d'entre vous faire une surenchère de bonne conscience vertueuse à propos des théories de Seth. Mais je me demande si le problème est posé non par le *contenu* des interprétations du Dr Pande, mais plutôt par son style et par sa visibilité. Serait-il possible, par exemple, que nombre d'entre vous puissent se sentir menacés par son intelligence, par ses contributions à la psychanalyse, par ses dons littéraires, et surtout par son ambition ? Est-ce que les membres de cet Institut ne sont pas jaloux de ses apparitions fréquentes dans les journaux, ou à la télévision ? Est-on capable de tolérer un franc-tireur comme lui ? De tolérer quelqu'un qui défie l'orthodoxie de la même manière qu'un Sándor Ferenczi défia le dogme psychanalytique il y a soixante-quinze ans ? Je crois vraiment que la controverse de ce soir ne porte pas sur le *contenu* des interprétations analytiques de Seth Pande. Toute cette discussion sur sa théorie du père n'est qu'un chiffon rouge, un exemple classique de déplacement du débat. Non, il s'agit tout simplement d'une vendetta, d'une attaque *ad hominem*, qui ne vaut même pas qu'on s'y intéresse. Je maintiens que les véritables motifs en jeu ici sont la jalousie, la défense de l'orthodoxie, la crainte du père et la peur du changement. »

Marshal se chargea de répondre. Il connaissait bien Rick pour avoir supervisé pendant trois ans l'un de ses cas analytiques. « J'admire votre courage, Rick, votre loyauté et votre envie de dire ce que vous avez sur le cœur. Cependant, je ne peux partager votre vision des choses. Le contenu interprétatif de Seth Pande est bien ce dont *je veux parler* ici. Il s'est tellement éloigné de la théorie analytique qu'il est de notre responsabilité de prendre nos distances avec lui. Penchez-vous sur le contenu de ses interprétations : la volonté de s'unir au père, de retourner au rectum-matrice du père. En effet !

— Marshal, rétorqua Rick, vous sortez cette interprétation de son contexte ! Combien d'entre vous ont-ils livré des interprétations très particulières qui, une fois sorties de leur contexte, sembleraient parfaitement absurdes ou indéfendables ?

— C'est fort possible. Mais dans le cas de Seth, il ne s'agit pas de ça. Il a souvent donné des conférences et écrit des articles, pour la profession comme pour le grand public, où il considérait ce schéma comme un élément clé de l'analyse de tous les patients masculins. Et ce soir, il a clairement démontré qu'il ne s'agissait en rien d'une tentative interprétative isolée. Une "interprétation universelle", dit-il. Il s'est même vanté d'avoir livré cette dangereuse interprétation à tous ses patients masculins !

— Oui, oui ! » L'assistance encourageait Marshal.

« "Dangereuse interprétation", Marshal ? tonna Rick. N'est-ce pas un peu exagéré, tout de même ?

— Au contraire, je trouve que nous sommes en deçà de la réalité. » La voix de Marshal prenait de l'ampleur. Il apparaissait sans conteste comme l'un des porte-parole les plus efficaces de l'Institut. « Mettez-vous en doute le rôle majeur que joue le pouvoir d'interprétation ? Avez-vous songé un seul instant à tous les dégâts qu'une telle interprétation a pu occasionner ? N'importe quel homme adulte tenté par une phase régressive et par un séjour provisoire dans un endroit à la fois tendre, reposant et bénéfique, s'entend ainsi dire qu'il souhaite repasser par l'anus du père, direction le rectum-matrice. Réfléchissez deux secondes à la culpabilité iatrogénique et à l'angoisse d'une régression homosexuelle.

— Je suis complètement d'accord, intervint John Weldon. La commission de l'éducation était unanime pour recommander que Seth Pande soit déchu de son statut d'analyste formateur. Seules ses contributions passées et sa grave maladie lui ont évité d'être définitivement exclu de l'Institut. Les membres doivent maintenant donner leur avis sur la recommandation du comité.

— Je demande le vote », dit Olive Smith.

Marshal l'appuya, et le vote aurait été unanime si Rick Chapton n'avait pas exprimé un « non ». Mian Khan, un psychanalyste pakistanais qui avait souvent travaillé avec Seth, ainsi que quatre des anciens psychanalysés de Seth s'abstinrent.

Le groupe des trois observateurs et patients de Seth se concerta à voix basse. L'un d'eux finit par dire qu'ils avaient encore besoin de temps pour prendre une décision, mais qu'ils éprouvaient un grand désarroi devant la teneur de la réunion. Puis ils quittèrent les lieux.

« Quant à moi, j'éprouve bien plus que du désarroi, affirma Rick en rassemblant bruyamment ses affaires et en se dirigeant vers la sortie. C'est proprement scandaleux. De la pure hypocrisie. » Sur le seuil de la porte, il ajouta : « Comme Nietzsche, je crois que la seule vérité qui vaille est la vérité vécue !

— Qu'est-ce que ça veut dire ? demanda John Weldon en cognant son marteau pour faire silence.

— Est-ce que cette institution croit vraiment, comme Marshal Streider, que Seth Pande a causé des torts graves à ses patients masculins en leur présentant ses interprétations sur la fusion paternelle ?

— Je crois pouvoir m'exprimer au nom de l'Institut, répondit John Weldon, en disant qu'aucun analyste un tant soit peu responsable ne peut nier que Seth a causé un préjudice terrible à nombre de ses patients. »

Rick, maintenant dans l'embrasure de la porte, s'exclama : « Dans ces conditions, la phrase de Nietzsche est très simple à comprendre. Si cette institution croit sincèrement que les patients de Seth ont été brutalisés, et si cette institution connaît encore un peu le sens du mot intégrité, alors je ne vois plus qu'une seule solution pour vous – à condition, bien sûr, que vous vouliez agir de manière responsable, moralement et légalement.

— C'est-à-dire ? demanda Weldon.

— Le rappel !

— Le rappel ? Mais qu'est-ce que c'est ?

— Si, expliqua Rick, des entreprises comme General Motors ou Toyota ont l'honnêteté et les couilles – excusez-moi, mesdames, mais je ne vois pas d'autres termes plus politiquement correct – de demander qu'on leur renvoie en usine les voitures défectueuses, celles qui ont un pépin qui pourrait à terme menacer la sécurité du conducteur, alors, clairement, *vous* n'avez pas d'autre choix.

— Mais encore ?

— Vous voyez très bien ce que je veux dire. » Rick s'en alla et n'hésita pas à claquer la porte derrière lui.

Il fut suivi immédiatement par trois anciens patients de Seth, ainsi que par Mian Khan. Parvenu à la porte, Terry Fuller lança un avertissement : « Prenez ces propos très au sérieux, messieurs. Nous sommes confrontés à un vrai risque de scission. »

Mais John Weldon n'avait aucunement besoin qu'on lui rappelle en quoi la situation était préoccupante. Car une scission et la création d'un institut psychanalytique dissident était bien la dernière chose dont il voulait pour *son* mandat. La chose s'était produite à de nombreuses reprises dans d'autres villes : New York possédait trois instituts après le départ successif des partisans de Karen Horney et des interpersonnalistes sullivaniens, et Chicago, et Los Angeles, et l'école de Washington-Baltimore… À Londres aussi, trois bandes rivales, les adeptes de Melanie Klein, ceux d'Anna Freud et la « *middle school* » – à savoir les disciples de Fairbairn et de Winnicott, tenants de la relation d'objet – s'étaient livré une guerre sans merci pendant des décennies.

Cependant, l'Institut psychanalytique du Golden Gate avait vécu en paix pendant un demi-siècle, peut-être parce que ses courants les plus agressifs s'étaient toujours tournés contre des ennemis bien plus visibles : un robuste Institut Jungien et une ribambelle d'écoles thérapeutiques alternatives — transpersonnelle, reichienne, l'école des vies antérieures, la respiration holotrophique, l'homéopathie, Rolfing — qui jaillissaient miraculeusement des sources chaudes et des jacuzzis de

Marin County[1]. Qui plus est, John savait très bien qu'un journaliste un peu cultivé ne pourrait résister à faire un papier sur une scission au sein de l'Institut. Voir tous ces psychanalystes incapables de cohabiter, toujours en train de poser, de se battre pour le pouvoir, de se chamailler pour des bagatelles, et qui, pour finir, divorçaient en se drapant dans leur orgueil… Cela fournissait une merveilleuse matière à bouffonnerie littéraire. Or John ne voulait pas passer à la postérité comme celui qui avait dirigé l'Institut au moment de son explosion.

« Le rappel ? s'exclama Morris. Mais ça ne s'est jamais fait.

— Aux grands maux les grands remèdes », murmura Olive Smith.

Marshal observait avec attention le visage de John Weldon. Juste au moment où ce dernier allait acquiescer en réponse à Olive, il prit la parole.

« Si nous ne relevons pas le défi de Rick – ce qui se saura, j'en suis sûr, très vite –, nos chances de panser cette plaie béante seront alors très minces.

— Mais le *rappel* ? dit Morris Fender. À cause d'une mauvaise interprétation ?

— Ne sous-estimez pas le problème, Morris. Connaissez-vous un outil analytique plus puissant que l'interprétation ? Et n'êtes-vous pas d'accord avec moi pour dire que les formulations de Seth sont aussi fausses que dangereuses ?

— Dangereuses *parce que* fausses, osa Morris.

---

1. Le comté de Marin, tout près de San Francisco, est le comté le plus riche des États-Unis.

— Non, répondit Marshal. Elles pourraient simplement être fausses mais inoffensives, parce qu'elles n'auraient aucun impact sur le patient. Mais en l'occurrence elles sont fausses *et* profondément dangereuses. Rendez-vous compte ! Chacun de ses patients masculins qui a besoin d'un petit réconfort, d'un simple contact humain, s'entend dire qu'il éprouve le désir primitif de retrouver le confort des entrailles de son père en passant par son anus. Même si nous n'avons jamais fait ça, je crois qu'il est nécessaire que nous prenions des mesures pour protéger les patients de Seth. » Un rapide coup d'œil permit à Marshal de voir que John non seulement soutenait, mais appréciait son idée.

« Le rectum-matrice ! Mais d'où est-ce qu'il a pu sortir cette connerie, cette hérésie, cette... cette... *meshuga*[1] ? » s'écria Jacob, un psy avec de grosses bajoues, dont le regard sévère était encadré par d'épais sourcils et des tempes grisonnantes.

Morris avait la réponse : « De sa propre psychanalyse avec Allen Janeway, m'a-t-il dit.

— Et Allen est mort il y a trois ans. Vous savez, je n'ai jamais fait confiance à ce bonhomme. Je n'ai aucune preuve tangible, mais sa misogynie, son dandysme, ses nœuds papillons, ses amis homosexuels, son appartement dans le Castro[2], sa vie entière vouée à l'opéra...

— Ne nous égarons pas, Jacob, coupa John. Pour le moment, ce n'est pas la question des préférences sexuelles d'Allen Janeway qui est posée. Ni celles de Seth, d'ailleurs. Il faut faire très attention. Dans l'am-

---

1. Terme yiddish qui signifie « folie, idée absurde ».
2. Le Castro est le quartier homosexuel de San Francisco.

biance actuelle, ce serait une catastrophe si nous donnions l'impression de virer un de nos membres parce qu'il est homosexuel.

— Il ou *elle*, d'ailleurs », précisa Olive.

John acquiesça impatiemment et reprit son propos. « Pas plus, et pour les mêmes raisons, que n'est en cause le supposé mauvais comportement sexuel de Seth avec ses patientes – dont nous n'avons pas encore parlé ce soir. Oui, nous avons eu vent de ces histoires par des thérapeutes qui ont été amenés à traiter deux anciennes patientes de Seth ; mais aucune des deux, pour l'instant, n'a voulu porter plainte. L'une n'est pas convaincue que cette relation lui ait nui ; l'autre estime que ces rapports sexuels ont détruit son couple mais, soit parce qu'elle n'a pas très envie de rendre tout cela public, soit à cause d'une sorte de loyauté transférentielle perverse, elle préfère ne rien dire. Je suis d'accord avec Marshal : nous devons absolument nous en tenir à une ligne de conduite, à savoir que, sous couvert de psychanalyse, Seth Pande s'est livré à des interprétations fausses, non analytiques et dangereuses.

— Mais soyez vigilants, intervint Bert Kantrell, qui avait suivi la même formation que Marshal, et pensez aux problèmes de confidentialité. Seth pourrait très bien nous traîner en justice pour diffamation. Et *quid* de la faute professionnelle ? Si Seth est poursuivi pour faute professionnelle par un de ses anciens patients, qu'est-ce qui empêcherait d'autres patients de venir chercher des noises à notre Institut, voire à l'Institut national ? Après tout, ils pourraient très facilement dire que nous avons soutenu Seth et que nous lui avons confié un rôle majeur dans la formation. Je crois que c'est un panier de crabes, et que nous ferions mieux de ne pas y mettre les mains. »

Marshal prenait un malin plaisir à voir un concurrent rater son coup et émettre des propositions peu concluantes. Pour enfoncer le clou, il s'exprima avec une assurance totale : « *Au contraire* [1], Bert. Nous serons mille fois plus vulnérables si nous n'agissons pas. La raison précise que vous avancez pour ne pas agir est justement celle qui doit nous pousser à le faire, et à le faire très vite, pour nous désolidariser de Seth et réparer les dégâts du mieux possible. J'imagine très bien cet enfoiré de Rick Chapton nous coller un procès, ou au moins nous envoyer un journaliste du *Times*, si nous censurons Seth sans rien faire pour protéger ses patients.

— Marshal a raison, dit Olive, qui incarnait souvent la conscience morale de l'Institut. Si nous estimons, comme c'est le cas, que notre traitement est efficace et que le mauvais emploi de la psychanalyse – l'analyse sauvage – est extrêmement dangereux, alors nous n'avons d'autre choix que de tenir notre parole. Nous devons ramener les anciens patients de Seth dans le giron de la psychothérapie.

— Plus facile à dire qu'à faire, dit Jacob. Personne au monde ne pourra convaincre Seth de livrer les noms de ses ex-patients.

— On ne sera pas obligé d'en passer par là, répliqua Marshal. La procédure la plus adéquate, me semble-t-il, est de lancer un appel dans la presse à tous les patients qui l'ont consulté ces dernières années, au moins les patients masculins. » Tout sourire, il ajouta :

_____
1. En français dans le texte.

« Partons du principe qu'il manipulait les femmes autrement. »

L'assistance répondit par un sourire au sous-entendu de Marshal. Bien que les rumeurs sur les pratiques sexuelles de Seth avec ses patientes aient été connues des membres de l'Institut depuis des années, le fait d'en parler enfin ouvertement fut un vrai soulagement.

« Nous sommes donc d'accord, conclut John Weldon en s'aidant de son marteau, pour proposer une nouvelle psychothérapie aux patients de Seth ?

— D'accord », dit Harvey.

Après un vote à l'unanimité, Weldon s'adressa à Marshal : « Êtes-vous prêt à assumer l'entière responsabilité de cette décision ? Si c'est le cas, je vous demanderai simplement de proposer au comité d'orientation un plan d'action précis.

— Oui, naturellement, John. » Marshal avait beaucoup de mal à cacher sa joie, tout émerveillé de constater à quel point son étoile avait brillé ce soir-là. « J'en parlerai également à l'Association internationale de psychanalyse. Je dois voir cette semaine son secrétaire général, Ray Wellington, pour tout autre chose. »

Chapitre 8

Quatre heures et demie du matin. La ville de Tiburon était plongée dans l'obscurité, à l'exception notable d'une maison vivement éclairée, haut perchée sur un promontoire surmontant la baie de San Francisco. Les lumières de l'imposant pont du Golden Gate étaient voilées par un brouillard laiteux, mais, au loin, vacillaient les frêles lueurs de la ville. Les huit hommes fatigués assis autour de la table ne prêtaient aucune attention au pont, au brouillard ou aux lumières de la ville : ils n'avaient d'yeux que pour les cartes qui venaient de leur être distribuées.

Len, lourdaud, rougeaud, portant de larges bretelles jaunes sur lesquelles étaient dessinés des dés et des cartes à jouer, annonça : « Dernière partie. » On jouait en *dealer's choice*, et Len se décida pour un *seven-card high-low* : les deux premières cartes fermées, quatre autres ouvertes, et la dernière fermée. Le pot était partagé par deux gagnants : la main la plus haute et la main la plus basse.

Shelly, dont la femme Norma était une des associées de Carol, était le grand perdant de la soirée (comme de toutes les soirées au cours des cinq derniers mois). Mais il ramassa ses cartes à la hâte. C'était un bel homme, puissant, au regard triste, un optimisme à toute épreuve et un dos douloureux. Avant de regarder ses deux premières cartes, Shelly se leva et réajusta la poche de glace qui ceignait sa taille. Jeune homme, il avait été joueur de tennis professionnel et encore aujourd'hui, malgré les objections cuisantes formulées par certains de ses disques lombaires, il continuait de jouer presque tous les jours.

Il ramassa les deux cartes, l'une sur l'autre. Un as de carreau. Pas mal. D'un geste lent, il souleva le coin de l'autre : le deux de carreau ! Des cartes parfaites ! Était-ce donc possible, après une telle succession de cartes minables ? Il les reposa mais, au bout de quelques secondes, ne put s'empêcher de les regarder de nouveau. Il ne vit pas que les autres joueurs l'observaient ; ce deuxième regard langoureux faisait partie des nombreux « signes » dont le visage de Shelly était coutumier – des petits signes fugaces mais qui suffisaient à trahir son jeu.

Les deux cartes suivantes étaient aussi bonnes : un cinq et un quatre de carreau. Doux Jésus ! Une main à un million de dollars. Shelly faillit se lancer dans un vibrant « Dadi lada da, mon Dieu que la vie est belle !… » As, deux, quatre et cinq de carreau : il y avait de quoi devenir dingue ! Enfin sa chance avait tourné. Il savait bien que ça devait finir par arriver s'il persévérait. Et Dieu sait qu'il avait persévéré.

Encore trois cartes à venir, et il n'avait besoin que d'un carreau pour avoir une couleur à l'as, ou alors d'un trois de carreau pour une quinte *flush*, qui lui permettrait de ramasser la moitié supérieure du pot. Une petite carte – un trois, un six, voire un sept – lui rapporterait la moitié inférieure. Enfin, s'il dégottait un carreau *et* une petite carte, il pouvait rafler les

255

deux moitiés, donc toute la mise. Cela lui redonnerait du courage, mais ne réglerait pas la situation pour autant : il était à moins douze mille.

Généralement, les rares fois où il avait une bonne main, la plupart des gars passaient très tôt. Pas de chance ! Vraiment ? Pas tant que ça, après tout. C'est là que ses « signes » le trahissaient : les joueurs se retiraient tous dès qu'ils remarquaient son excitation, sa manière silencieuse de compter la mise, de regarder ses cartes avec plus d'attention, de miser plus vite que d'habitude, de fuir le regard du miseur pour le pousser à mettre plus, ses tentatives de camouflage minables en faisant semblant de réfléchir aux mains hautes alors qu'il jouait les basses.

Mais cette fois-ci, personne ne passait ! Chacun des joueurs avait l'air fasciné par sa main (chose pas inhabituelle au dernier tour ; les gars aimaient tellement jouer qu'ils ramassaient les restes de la partie précédente). Le pot allait être colossal.

Pour se constituer un pot aussi gros que possible, Shelly commença à miser sur la troisième carte. Pour la quatrième, il misa cent dollars (la limite était de vingt-cinq dollars pour le premier tour, cent pour les suivants, et deux cents pour les deux derniers) et fut surpris de voir Len relancer. Ce dernier ne montra pas grand-chose sur la table : un deux et un roi de pique. Le mieux qu'il pouvait faire était une couleur au roi (l'as de pique était devant Harry).

« Continue de relancer, Len, supplia intérieurement Shelly. Je t'en prie. Que Dieu te donne ta couleur au roi ! Ce sera de la gnognotte face à ma quinte *flush* à l'as. » Il relança, lui aussi, et les sept joueurs suivirent. Tous ! Incroyable ! Le cœur de Shelly accéléra la cadence. Il était sur le point d'empocher un sacré pactole. Que la vie était belle ! Dieu qu'il aimait jouer au poker !

Sa cinquième carte fut décevante : un valet de cœur sans intérêt. Il avait encore deux cartes à venir. C'était le moment de profiter de cette main. Il jeta un rapide coup d'œil autour de la table et tenta d'évaluer ses chances. Quatre carreaux en main, trois autres sur la table : sept des treize carreaux étaient ainsi sortis. Il en restait six. Donc de très bonnes chances d'avoir une couleur. Et puis il y avait les petites cartes ; très peu sur la table, mais beaucoup, beaucoup, dans le paquet. Et il attendait encore deux cartes.

La tête lui tournait – trop compliqué pour se faire une idée précise, mais les probabilités étaient énormes. Largement en sa faveur. Avec sept joueurs dans le coup, il récupérerait trois dollars cinquante pour chaque dollar investi. Et de bonnes chances de ramasser tout le pot : sept contre un.

La carte suivante était un as de cœur. Shelly grimaça. Une paire d'as ne lui servait pas à grand-chose. Il commençait à se faire du souci. Tout reposait désormais sur la dernière carte. Cependant, seul un carreau et deux petites cartes étaient apparues au dernier tour ; ses chances étaient encore immenses. Il misa le maximum : deux cents. Len et Bill relancèrent tous deux. La limite était fixée à trois relances, et Shelly relança pour la troisième fois. Six joueurs suivirent. Shelly étudia les mains. Pas grand-chose à en tirer. Seulement deux petites paires sur la table. Mais sur quoi est-ce qu'ils misaient tous ? Y avait-il une méchante surprise derrière tout cela ? Shelly ne cessait d'essayer d'évaluer le pot, au flair. Gigantesque !

Sans doute plus de sept mille dollars, plus un gros tour de mise supplémentaire.

La septième et dernière carte fut distribuée. Shelly ramassa ses trois cartes cachées, les mélangea minutieusement et les retourna lentement. Il avait vu son père faire la même chose des milliers de fois. Un as de trèfle ! Merde ! Il n'aurait pas pu faire pire. Commencer avec quatre petits carreaux et terminer avec un brelan d'as. Ces cartes ne valaient rien – pire que rien, d'ailleurs, parce qu'il ne pouvait sans doute plus gagner, et pourtant elles étaient trop bonnes pour passer. Cette main était une vraie malédiction ! Il était pris au piège, obligé de rester dans le jeu. Il dit « parole ». Len, Arnie et Willy misèrent, relancèrent, une fois puis deux. Ted et Harry se retirèrent. Huit cents pour lui. Devait-il les cracher ? Cinq joueurs dans le coup. Aucune chance de l'emporter. Inconcevable que l'un d'eux n'ait pas d'as.

Et pourtant… Pourtant… Aucune main haute à l'horizon. Peut-être, pensa Shelly, que les quatre autres joueurs jouaient des cartes basses. Len avait une paire de trois sur la table ; peut-être qu'il visait deux paires ou un brelan de trois. Il était coutumier de ce genre de choses. « Non ! se dit Shelly. Réveille-toi, mon vieux ! Sauve tes huit cents. Aucune chance de gagner avec ton brelan d'as – il devait forcément y avoir des couleurs ou des quintes cachées. C'était *obligé*. Sur quoi est-ce qu'ils misaient, à la fin ? À combien se montait le pot ? Au moins douze mille, voire plus. » Il pourrait rentrer chez lui, retrouver Norma en vainqueur.

Et passer tout de suite, pour apprendre que son brelan d'as aurait pu gagner… Jamais il ne pourrait se pardonner une telle erreur. Jamais. Allez, allez ! Il n'avait plus le choix. Il s'était trop avancé pour pouvoir reculer. Il cracha les huit cents.

Le dénouement fut aussi rapide que clément. Len sortit une couleur au roi, le brelan d'as de Shelly ne valait rien. Même la couleur de Len ne l'emporta pas : Arnie avait un full complètement caché – cela voulait dire qu'il l'avait obtenu sur la dernière carte. Merde ! Shelly se rendit compte que, même s'il avait eu une couleur à carreau, il aurait tout de même perdu. Même s'il avait eu son trois ou son quatre, il aurait perdu la plus petite main – Bill sortit une petite main imbattable : cinq, quatre, trois, deux, as. Un instant, Shelly eut envie de pleurer. Mais il se fendit d'un grand sourire et s'exclama : « Cette partie de rigolade valait bien deux mille dollars ! »

Chacun compta ses jetons et les encaissa auprès de Len. Les parties tournaient de maison en maison, toutes les deux semaines. L'hôte faisait office de banquier et établissait les comptes à la fin de la soirée. Shelly était à moins quatorze mille trois cents. Il rédigea un chèque et, d'un air un peu gêné, expliqua qu'il le postdatait de quelques jours. Sortant une énorme liasse de billets de cent dollars, Len intervint : « Laisse tomber, Shelly, je les prends. Apporte ton chèque à la prochaine partie. » Voilà comment les choses se passaient. La confiance qui régnait entre eux était telle qu'ils se disaient régulièrement qu'en cas de tremblement de terre ou d'inondation, ils pourraient encore jouer au poker par téléphone.

« Non, pas de problème, répondit Shelly nonchalamment. Je me suis gouré de chéquier. J'ai juste à faire un virement sur ce compte. »

Mais Shelly avait bel et bien un problème. Un problème considérable. Il devait quatorze mille dollars, alors que son compte n'en contenait que quatre mille. Et si Norma apprenait le montant de ses pertes, c'en était fini de leur couple. C'était peut-être sa dernière partie de poker. En quittant les lieux, il décida de faire une promenade nostalgique dans la maison de Len, peut-être sa dernière dans la maison d'un des joueurs. Il eut les larmes aux yeux en regardant les vieux chevaux de manège sur le palier de l'escalier, l'énorme table en bois de koa bien ciré qui trônait dans le séjour, la plaque en grès de deux mètres sur deux couverte, aurait-on dit, de poissons préhistoriques à jamais pétrifiés.

Sept heures auparavant, la soirée avait débuté à cette même table, devant un véritable festin : du corned-beef chaud, de la langue de veau et des sandwiches aux tranches de pastrami, que Len en personne avait coupées, empilées et parsemées de cornichons, de salade au chou et à la crème fraîche – le tout en provenance directe du Carnegie Deli de New York. Len mangeait et recevait énormément. Il brûlait ses calories, en grande partie du moins, en s'exerçant sur les tapis roulants de sa salle de gym dernier cri.

Shelly entra dans le salon et y retrouva les autres, qui admiraient un vieux tableau que Len venait d'acheter dans une vente aux enchères de Londres. Incapable d'identifier l'artiste, et craignant de passer pour un ignare, Shelly demeura silencieux. L'art était un domaine dont il se sentait exclu ; il y en avait d'autres : les vins (plusieurs de ses compagnons de poker possédaient des caves aussi grandes que des restaurants, et ils se rendaient souvent en groupe à des enchères de vin), l'opéra, le ballet, les croisières en bateau, les restaurants parisiens trois étoiles, les limites de paris dans les casinos – trop luxueux pour quelqu'un comme lui.

Il observa attentivement chacun des joueurs, comme pour garder une trace indélébile de leurs visages dans sa mémoire. Il savait qu'il vivait là les meilleurs moments de sa vie ; il voulait pouvoir, dans un avenir lointain – peut-être après une attaque, assis dans une maison de retraite un jour d'automne, des feuilles mortes tourbillonnant dans le vent et une vieille couverture sur les genoux –, convoquer sans problème tous ces visages souriants.

Il y avait Jim, dit le Duc de Fer, ou encore le Rocher de Gibraltar. Il avait des mains immenses et une mâchoire très carrée. Mon Dieu, un vrai gaillard... Personne n'avait bluffé Jim au poker. Jamais.

Et Vince : énorme. Ou disons, *parfois* énorme. D'autres fois, moins. Vince entretenait en effet une relation haine-amour avec les centres de remise en forme : soit il y allait (son réveil téléphonique s'était une ou deux fois invité dans la partie pour lui rappeler un rendez-vous), soit il en revenait, tout mince, tout propret, avec dans les bras des sodas à la pêche sans sucre, des pommes fraîches et des biscuits fondants sans graisse. En général, lorsque la partie se déroulait chez lui, il préparait de copieux buffets – sa femme était très douée pour la cuisine italienne –, mais dès qu'il venait de finir un stage de remise en forme, ses copains avaient une peur bleue de sa cuisine : tortillas *grillées*, carottes râpées et champignons, salade de poulet chinoise sans huile de sésame.

Du coup, ils préféraient pour la plupart dîner avant de venir. Ils aimaient la nourriture riche : plus elle était lourde, plus elle leur plaisait.

Shelly pensa ensuite à Dave, un psy barbu mais de plus en plus chauve, affligé d'une très mauvaise vue, et qui devenait dingue lorsque l'hôte ne fournissait pas des cartes de poker de la marque Jumbo. Dans ces cas-là, il sortait de la maison comme une furie et démarrait en trombe dans sa Honda Civic rouge et toute cabossée, direction le magasin de jeux le plus proche – pas toujours facile quand ils se retrouvaient, comme c'était parfois le cas, dans des banlieues perdues. Cette manie qu'avait Dave de jouer avec les *bonnes* cartes était une perpétuelle source d'amusement pour les autres. Il était tellement mauvais au poker, se trahissant toujours par mille et une grimaces, que la plupart estimaient préférable pour lui qu'il ne voie pas ses propres cartes. Et le plus comique, dans tout ça, c'était que Dave se considérait comme un grand joueur de poker. Curieusement, il terminait souvent en tête. Tel était le grand mystère de la partie du mardi : *comment Dave n'a-t-il pas perdu cette partie ?*

Ce qui les amusait beaucoup, c'était de voir que le psy était mille fois plus à la ramasse que quiconque autour de la table de jeu ou, du moins, *avait pu* l'être. Car Dave revenait peu à peu sur terre. Fini le blabla verbeux et hautain, fini les mots de dix syllabes, comme par exemple « antépénultième partie » ou « stratégie duplice » ; ou encore, au lieu de dire « une attaque », il disait « un accident vasculaire cérébral ». Et puis cette nourriture qu'il servait... Des sushis, du melon en brochettes, de la salade de fruits, des courgettes au vinaigre : encore pire que chez Vince. Personne, d'ailleurs, n'osait goûter ses plats ; il lui fallut néanmoins un an pour s'en rendre compte. C'est à partir de ce moment-là qu'il commença à recevoir des fax anonymes contenant des recettes de cuisine : poitrine de bœuf, *cheese-cake, brownies...*

Shelly se dit, en regardant Dave, qu'il allait quand même nettement mieux et qu'il se comportait enfin comme un être normalement constitué. « On aurait dû être payé pour tout le bien qu'on lui a fait », pensa-t-il. Plusieurs de ses compagnons de poker l'avaient pris en main. Arnie lui avait vendu une participation de cinq pour cent sur l'un de ses chevaux de course, l'avait emmené à des entraînements et à des courses, lui avait appris à lire les grilles de paris et à évaluer les chevaux en les regardant simplement s'entraîner. Harry lui avait expliqué le basket-ball professionnel. À l'époque de leur première rencontre, Dave ne savait pas faire la différence entre un panier, une batte et une raquette. Mais où avait-il donc passé les quarante premières années de sa vie ? Et voilà qu'il roulait désormais dans une Alfa Romeo bordeaux, allait voir des matches de basket avec Ted, de hockey sur glace avec Len, pariait avec les autres chez le bookmaker d'Arnie à Las Vegas. Il avait même failli claquer mille dollars pour aller voir Barbra Streisand en concert à Las Vegas, avec Vince et Harry.

Shelly observait Arnie qui sortait de la pièce, son absurde chapeau à la Sherlock Holmes sur la tête. Il portait toujours un couvre-chef quand il jouait au poker, et quand il gagnait, il refusait d'en changer jusqu'à ce que la chance tourne. Alors il en achetait un neuf. Ce foutu chapeau de Sherlock Holmes lui avait tout de même fait gagner à peu près quarante mille dollars... Arnie faisait deux heures et demie de route dans sa Porsche customisée pour rejoindre la partie. Deux ou trois ans plus tôt, il avait passé une année à Los Angeles pour y gérer son entreprise de téléphonie portable, et il prenait régulièrement l'avion pour consulter son dentiste ou jouer au poker. Par courtoisie, les autres déduisaient le prix du billet d'avion des deux premiers pots. De temps en temps, son dentiste, Jack, venait taper également le carton, jusqu'au jour où il avait perdu vraiment beaucoup trop d'argent. Il jouait terriblement mal mais s'habillait terriblement bien. Un jour, Len était tombé amoureux de sa chemise piquée de métal, et lui avait demandé de la mettre en jeu : deux cents dollars contre la chemise. Jack avait perdu : un full aux dames face à la quinte de Len. Ce dernier repartit avec la chemise pour la soirée, mais il vint la réclamer dès le lendemain matin. Ce fut la dernière de Jack. Et, pendant un an, à chaque partie, Len avait porté la chemise de Jack.

Même dans ses périodes fastes, Shelly était, de loin, le moins riche de la bande, et ce dans un rapport de un à dix – voire plus. D'autant que la période actuelle, avec la crise de Silicon Valley, n'était pas la meilleure ; il était au chômage depuis que sa société, Digilog Microsystems, avait fait faillite cinq mois auparavant. Au début, il avait harcelé les chasseurs de têtes et épluché chaque jour les petites annonces. Norma facturait une heure de travail deux cent cinquante dollars. C'était parfait pour les finances du ménage mais, du coup, Shelly avait un peu honte d'accepter un boulot à vingt ou vingt-cinq dollars de l'heure. Ses exigences étaient telles que les chasseurs de têtes avaient fini par l'abandonner à son sort. Peu à peu, il s'était habitué à l'idée d'être entretenu par sa femme.

Décidément, Shelly n'était pas doué pour gagner de l'argent. Mais c'était de famille. Son père s'était saigné les veines pendant des années pour mettre un peu de côté, alors que Shelly était encore gamin. Mais son petit pécule avait été englouti. D'abord dans un restaurant japonais à Washington, D. C., qui avait ouvert ses portes deux semaines avant Pearl Harbor ; ensuite, dix ans plus tard, dans l'achat d'une concession Edsel [1].

Shelly maintenait bien haut le flambeau familial. C'était un excellent joueur de tennis, repéré dès l'université, mais qui n'avait gagné que trois matches en trois ans de compétition. Il était beau garçon, jouait remarquablement bien, les foules l'adoraient, il faisait toujours le *break* sur le premier service adverse… Mais il était incapable de se débarrasser de son adversaire. Peut-être était-il trop gentil. Lorsqu'il se retira du circuit professionnel, il investit son maigre héritage dans un club de tennis près de Santa Cruz, juste un mois avant que le tremblement de terre de 1989 n'engloutisse toute la vallée. Il ne reçut qu'une modeste indemnité, qu'il investit dans des actions de la Pan Am Airlines quelques mois avant que l'entreprise ne s'effondre ; sur le peu qu'il lui restait, une partie fut placée dans des obligations pourries par la

---

1. Le lancement des voitures Edsel, à la fin des années 1950, reste connu comme l'échec le plus retentissant de l'histoire automobile américaine.

société de courtage de Michael Milken [1], et le reste dans l'équipe de volley-ball de San José, les Nets.

Peut-être était-ce cela qui attirait Shelly dans ces parties de poker. Ces types savaient très bien ce qu'ils faisaient. Ils savaient comment gagner de l'argent. Et s'ils pouvaient déteindre un peu sur lui ?

De tous, Willy était le plus riche. Et de loin. Le jour où il avait vendu à Microsoft sa start-up spécialisée dans les logiciels financiers, il avait empoché environ quarante millions de dollars. Cela, Shelly le savait seulement des journaux : personne n'en parlait ouvertement autour de la table de poker. Ce qu'il adorait chez Willy, c'était sa manière de profiter de son argent. Il ne s'en cachait pas : il était sur terre pour s'amuser. Aucune culpabilité. Aucune honte. Willy parlait et lisait le grec, la langue de ses parents. Il avait notamment un faible pour l'écrivain grec Kazant-zákis et essayait de prendre exemple sur Zorba, l'un de ses personnages, dont le but dans l'existence était de n'offrir à la mort « qu'un château en cendres ».

Willy était un homme d'action. Dès qu'il passait une main, il se ruait dans la pièce voisine pour jeter un coup d'œil au match télévisé – de basket, de football ou de base-ball – sur lequel il avait parié. Un jour, il avait loué pour la journée un ranch de Santa Cruz qui accueillait des parties de *paintball*. Shelly sourit en repensant au moment où il était allé faire un tour là-bas et avait vu toute la petite bande faire cercle autour d'un duel : Vince et Willy, grosses lunettes de

---

1. Célèbre homme d'affaires, spécialisé dans les *junk bonds* – ou obligations à haut risque – et condamné à dix ans de prison dans les années 1990 pour divers délits financiers.

protection et casquettes de pilote de la Grande Guerre sur la tête, tous deux un flingue à la main, en train de s'éloigner de dix pas. Len, qui arbitrait, portait la chemise de Jack et tenait dans la main une poignée de billets de cent dollars – les paris. Ces types étaient dingues. Ils pariaient sur tout et n'importe quoi.

Shelly suivit Willy dehors, où les Porsche, les Bentley et les Jaguar commençaient à chauffer en attendant que Len daigne ouvrir le massif portail métallique. Willy se retourna et posa son bras sur les épaules de Shelly ; les gars aimaient le contact physique. « Comment ça va, Shelly ? Le boulot, ça avance ?

— *Comme ci, comme ça*[1].

— Patience… Les affaires reprennent, tu sais. J'ai l'impression que la Valley va redécoller dans pas très longtemps. On déjeune un de ces quatre ? » Au fil des années, les deux hommes étaient devenus amis. Comme Willy adorait jouer au tennis, Shelly lui donnait souvent quelques tuyaux ; et puis il avait été, pendant des années, l'entraîneur officieux des enfants de Willy, dont l'un jouait maintenant avec l'équipe de Stanford.

« Quand tu veux ! La semaine prochaine ?

— Non, plus tard. Ces deux prochaines semaines, je vais être souvent ailleurs ; mais pas de problème pour la fin du mois. Mon agenda est au bureau. Je t'appelle demain. Il faut que je te parle de quelque chose. On se voit à la prochaine partie. »

Shelly ne dit rien.

---

1. En français dans le texte.

« D'accord, Shelly ? »

Il acquiesça. « Très bien, Willy.

— Salut, Shelly !

— Salut, Shelly !

— Salut, Shelly, salut, Shelly, salut, Shelly. »

Leurs voix résonnèrent tandis que les grosses voitures démarraient. Shelly eut un coup au cœur en les voyant disparaître dans la nuit. Dieu comme ils allaient lui manquer… Il adorait ces types.

Ce soir-là, il rentra chez lui profondément malheureux. « Quatorze mille dollars de perdus… Bordel, il en faut du talent pour perdre quatorze mille dollars. » Mais ce n'était pas l'argent qui le mettait dans cet état. Shelly se foutait des quatorze mille. Ce qu'il aimait, c'étaient les parties de poker, les copains. Et il ne pouvait plus jouer ! Plus du tout ! L'équation était on ne peut plus simple : il n'avait plus un sou vaillant. « Il faut que je trouve du boulot. Si je ne trouve pas dans l'informatique, alors je vais devoir chercher ailleurs… Peut-être vendre encore des bateaux à Monterey. Beurk. Est-ce que j'en suis vraiment capable ? Rester assis pendant des semaines en espérant faire une vente tous les deux ou trois mois, ça suffirait à me ramener sur les champs de courses… » Shelly avait soif d'action.

Au cours des six derniers mois, il avait perdu beaucoup d'argent aux cartes. Quarante, peut-être cinquante mille dollars. Il n'osait même plus vérifier le montant exact. Il n'avait plus aucune possibilité de trouver des fonds. Norma versait tous ses revenus sur un compte bancaire séparé. Il avait emprunté sur tout. Et à tout le monde. Sauf, bien sûr, aux copains du poker – ça ne se faisait pas. Il lui restait un seul actif : un millier d'actions de l'Imperial Valley Bank, soit environ quinze mille dollars. Tout le problème était de les vendre sans que Norma s'en rende compte. Tôt ou tard, d'une manière ou d'une autre, elle verrait bien la manœuvre. Shelly avait joué toutes ses cartes. Et Norma commençait à perdre sérieusement patience. Ce n'était plus qu'une question de temps.

Quatorze mille dollars ? Cette putain de dernière main ! Il n'arrêtait pas d'y repenser. Il était persuadé d'avoir bien joué le coup : quand on a la chance avec soi, il faut y aller… Si les nerfs craquent, c'est foutu. C'était à cause des cartes. Il savait qu'elles reviendraient un jour. C'était comme ça. Il voyait loin. Il savait ce qu'il faisait. Depuis l'adolescence, il jouait beaucoup, organisant même dans son lycée un système de paris sur les matches de base-ball – une belle affaire, vraiment.

À quatorze ans, il avait lu, il ne savait plus où, que les probabilités pour que trois joueurs de base-ball réussissent le même jour six coups gagnants étaient d'environ vingt contre un. Il proposait donc neuf ou dix contre un, et tout le monde prenait les paris. Chaque jour les gogos étaient toujours plus nombreux à croire que trois joueurs choisis parmi les Mantle, Musial, Berra, Pesky, Bench, Carew, Banks, McQuinn, Rose et autres Kaline *devaient* faire six coups chacun. Quels crétins ! Ils ne comprenaient rien.

Désormais, c'était peut-être *lui* qui ne comprenait rien. *Lui* le crétin. Lui qui devait peut-être arrêter de jouer. Pas assez d'argent, pas assez de nerfs, pas assez de talent. Mais Shelly avait du mal à admettre qu'il puisse être aussi mauvais. Comment ça, après quinze ans de réussite dans ce jeu, devenir du jour au lendemain un moins que rien, un nul ? Non, c'était parfaitement impossible. Peut-être avait-il modifié certains détails ; peut-être cette mauvaise passe affectait-elle son jeu.

Sa grande faiblesse, il le savait, était de perdre patience pendant les moments difficiles, de vouloir à tout prix réussir avec de mauvaises cartes. Aucun doute. C'était la faute des cartes. Et la chance reviendrait certainement. Simple question de temps. N'importe quelle partie – probablement la prochaine – pouvait le faire revenir dans la course et enchaîner les victoires. Cela faisait quinze ans qu'il jouait et, tôt ou tard, les choses finissent toujours par changer. Simple question de temps. En attendant, Shelly ne pouvait pas se payer davantage de temps.

Une pluie fine se mit à tomber. Le pare-brise se couvrit de buée. Shelly actionna les essuie-glaces et le dégivrage, s'arrêta pour payer trois dollars au péage du Golden Gate puis se dirigea vers Lombard Street. Il n'était pas doué pour faire des projets mais, plus il y pensait, plus il se rendait compte de l'enjeu : son appartenance au cercle des joueurs, son amour-propre, sa fierté de joueur. Sans même parler de son couple.

Norma savait qu'il jouait. Avant de l'épouser, huit ans plus tôt, elle avait eu une longue discussion avec la première femme de Shelly, qui, six ans plus tôt, l'avait quitté le jour où un carré de valets avait réduit leurs économies à néant, lors d'une croisière aux Bahamas.

Shelly aimait vraiment Norma, et il voulait sincèrement tenir les promesses qu'il lui avait faites : arrêter le jeu, s'inscrire aux Joueurs anonymes, lui confier ses revenus et la gestion de toutes les finances familiales. Puis, pour prouver sa bonne foi, il proposa même de travailler sur son problème avec un thérapeute qu'elle choisirait. Norma jeta son dévolu sur un psy qu'elle avait vu deux ou trois ans plus tôt. Shelly le consulta pendant quelques mois : perte de temps complète. Il était même incapable de se souvenir de quoi ils avaient bien pu parler. Mais un bon investissement, aussi, qui confirmait à Norma qu'il savait tenir ses promesses.

Des promesses, d'ailleurs, qu'il avait pour la plupart tenues. Il avait abandonné le jeu, à l'exception du poker : fini les paris sur les matches de football ou de base-ball, fini Sonny ou Lenny, ses vieux copains bookmakers, fini Las Vegas ou Reno. Il résilia son abonnement à *The Sporting Life* et à *Card Player*. Désormais, le seul événement sportif sur lequel il pariait était l'US Open de tennis ; il savait déchiffrer les programmes des matches – mais il perdit gros en pariant sur la victoire de McEnroe sur Sampras.

Jusqu'à ce que Digilog s'effondre, six mois plus tôt, il avait fidèlement versé ses salaires à Norma. Elle était au courant pour le poker, naturellement, mais elle lui donnait une sorte de dispense spéciale, pensant qu'il s'agissait de parties à cinq ou dix dollars, et lui avançait donc volontiers deux cents dollars de temps à autre – Norma aimait bien voir son mari côtoyer certains des hommes d'affaires les plus riches et les plus influents de la Californie du Nord. Qui plus est, deux d'entre eux avaient recours à ses services en conseil juridique.

Mais Norma ignorait deux choses. D'abord, les sommes mises en jeu. Les types étaient discrets sur la question – pas d'espèces sur la table, seulement les jetons, qu'ils appelaient « quarts » (vingt-cinq dollars), « demis » (cinquante dollars) et « uns » (cent dollars). Parfois, un des enfants qui les accompagnaient assistait à quelques parties, mais sans connaître le montant réel des mises. Lorsque Norma croisait un des joueurs, ou sa femme, dans un autre contexte – à un mariage, une confirmation de foi ou une bar-mitzvah –, Shelly implorait tous les dieux pour qu'elle n'apprenne pas l'étendue de ses pertes ou les risques qu'il prenait. Mais ses amis, qu'ils en soient loués, connaissaient bien leur texte : aucun n'avait jamais gaffé. C'était là une des règles que personne ne mentionnait jamais, mais que tout le monde connaissait.

L'autre chose que Norma ignorait, c'était l'existence du compte secret de Shelly. Entre ses deux mariages, Shelly avait en effet amassé un capital de soixante mille dollars. Il avait été un commercial en informatique ultra-efficace... les jours où il avait daigné travailler. Il avait mis vingt mille dollars sur le compte commun, mais en avait gardé quarante mille pour le poker, sur un compte secret de la banque Wells Fargo. Il s'était dit, à l'époque, que quarante mille dollars dureraient éternellement et lui permettraient de surmonter les coups du sort. Ce fut en effet le cas. Jusqu'à ce dernier coup du sort, le pire de tous !

Les mises avaient peu à peu augmenté. Il s'y était opposé timidement, mais il avait honte d'en faire toute une histoire. Pour qu'un jeu ait quelque intérêt, la mise se doit d'être importante, car il faut que la défaite fasse un peu mal… Le problème était que les autres partenaires avaient trop d'argent ; ce qu'il considérait comme de grosses mises était à leurs yeux de la bagatelle. Que faire ? S'humilier en leur disant : « Désolé, les gars, mais je n'ai pas assez de fric pour jouer aux cartes avec vous. Je suis trop pauvre, trop lâche, j'ai trop raté ma putain de vie pour vous suivre » ? Impossible.

Et voilà que son argent spécialement destiné au poker avait fondu comme neige au soleil : il ne lui restait plus que quatre mille dollars. Dieu merci, Norma n'avait jamais su pour les quarante mille perdus. Sinon elle serait déjà partie depuis longtemps. Elle détestait le jeu parce que son père avait perdu la maison de famille en boursicotant : ce n'était pas le poker (il était diacre dans une église, raide comme un piquet, un balai dans le cul), mais l'agiotage et les cartes – pareil ! Les marchés, pensait Shelly, étaient faits pour les mauviettes qui n'avaient pas les couilles de jouer au poker.

Il essaya de se concentrer. Il avait besoin de dix mille dollars, et très vite : le chèque était postdaté de quatre jours seulement. Il était obligé de trouver l'argent quelque part où Norma ne fourrerait pas son nez pendant deux semaines. Il *savait*, il *savait* très bien, comme il avait pu savoir avec certitude deux ou trois choses dans sa vie, que s'il arrivait simplement à trouver de l'argent pour participer à la prochaine partie, la chance reviendrait, il gagnerait le gros lot, et tout rentrerait dans l'ordre.

En arrivant chez lui, à cinq heures et demie, Shelly avait pris sa décision. La meilleure solution, la *seule* solution, consistait à vendre une partie de ses actions de l'Imperial Bank. Trois ans auparavant, Willy avait racheté l'Imperial Bank et laissé entendre à Shelly que la société était solide, et qu'au minimum il doublerait son investissement en deux ans, quand la banque serait cotée en Bourse. Du coup, Shelly acheta mille actions avec le bas de laine de vingt-cinq mille dollars qu'il avait apporté au compte commun à l'époque du mariage, tout en jurant à Norma que son tuyau était sérieux et que Willy et lui allaient gagner beaucoup d'argent.

Toutefois Shelly ne faillit pas à sa réputation d'être toujours au mauvais endroit, au mauvais moment. Cette fois-ci, ce fut le scandale des caisses d'épargne. La banque de Willy fut frappée de plein fouet : l'action chuta de vingt dollars à onze. Elle était remontée, depuis, à quinze dollars. Shelly rongea son frein ; il savait que Willy avait également beaucoup perdu dans cette affaire. Il se demandait tout de même pourquoi, bien entouré comme il l'était, il n'arrivait pas, ne fût-ce qu'une fois, une seule petite fois, à gagner de l'argent. Tout ce qu'il touchait se transformait en merde.

Il resta éveillé jusqu'à six heures du matin afin de pouvoir appeler Earl, son courtier, dès l'ouverture des bureaux, pour lui demander de vendre ses actions. Au départ, il pensait n'en vendre que six cent cinquante – ce qui lui aurait procuré les dix mille dollars dont il avait besoin. Puis, au fil de la conversation, il décida de vendre les mille actions, ce qui lui donnerait, en plus des dix mille de dettes, cinq mille dollars à miser pour une toute dernière partie.

« Tu veux qu'on te rappelle pour te confirmer la vente, Shelly ? demanda Earl de sa voix haut perchée.

— Oui, je serai là toute la journée. Fais-moi connaître le montant exact. Et… Ah oui, dépêche-toi et ne dépose pas le chèque sur notre compte. C'est très important : ne le dépose pas. Tu me le mets de côté et je passerai le prendre très bientôt. »

Tout allait bien se passer, pensa Shelly. Dans deux semaines, après la prochaine partie, il rachèterait les actions avec l'argent gagné au poker, et Norma n'en saurait jamais rien. Il retrouva sa bonne humeur. Il sifflota quelques mesures de « Dadi lada da », puis se coucha. Norma, qui avait le sommeil léger, dormait dans le salon, comme elle le faisait toujours lors des soirées de poker. Il feuilleta quelques pages de *Tennis Pro* pour se calmer, désactiva la sonnerie du téléphone, se colla des boules Quiès dans les oreilles pour ne pas entendre Norma se préparer avant d'aller au travail, et éteignit la lumière. Avec un peu de chance, il dormirait jusqu'à midi.

Il était presque treize heures lorsqu'il entra péniblement dans la cuisine pour se préparer un café. Au moment même où il rebranchait la sonnerie du téléphone, celui-ci sonna. C'était Carol, l'amie de Norma qui travaillait dans le même cabinet qu'elle.

« Salut, Carol, tu veux parler à Norma ? Elle est partie depuis longtemps. Elle n'est pas au bureau ?

Écoute, Carol, ça tombe bien que tu téléphones. J'ai appris le départ de Justin. Norma m'a dit que tu étais bouleversée. Quel con de laisser tomber une fille comme toi... De toutes façons, il ne te méritait pas. Désolé de ne pas t'avoir appelée plus tôt pour qu'on en discute. Mais j'en profite maintenant pour te le proposer : un déjeuner ? Un café ? Un câlin ? »

Depuis ce fameux après-midi au cours duquel elle avait jeté son dévolu sur lui pour une petite partie de galipettes vengeresses, Shelly avait toujours fantasmé sur une réédition de cet exploit.

« Merci, Shelly, répondit Carol de sa voix la plus glacée, mais je n'ai pas le temps de parler mondanités. C'est un coup de fil professionnel.

— Mais je viens de te dire que Norma était partie.

— Shelly, c'est toi que j'appelle, pas Norma. Elle m'a engagée comme avocate pour la représenter. C'est une situation un peu délicate, vu ce que nous avons fait ensemble toi et moi, mais Norma me l'a demandé et je ne pouvais absolument pas refuser.

« Venons-en aux faits, poursuivit-elle sur un ton professionnel, un peu pincé. Ma cliente m'a demandé de déposer une demande de divorce, et je vous enjoins donc de quitter la maison, pour de bon, avant dix-neuf heures. Elle ne veut plus avoir le moindre contact direct avec vous. Vous ne devez pas essayer de lui parler, monsieur Merriman. Je l'ai informée que toutes les transactions nécessaires entre vous devront passer par moi, l'avocate de votre épouse.

— Oublie le blabla juridique, Carol, tu veux bien ? Quand je couche avec une nana, je ne vais pas me laisser intimider par son jargon à la noix ! Utilise un langage normal ! Qu'est-ce qui se passe, bordel de merde ?

— Monsieur Merriman, ma cliente m'a demandé d'attirer votre attention sur votre télécopieur. La réponse à toutes vos questions se trouve dans la machine. Rappelez-vous qu'il y a une injonction officielle : dix-neuf heures, ce soir.

« Ah oui, j'oubliais, monsieur Merriman. Si je puis me permettre un petit commentaire personnel : tu es une merde. Comporte-toi comme un adulte ! » Sur ces entrefaites, Carol raccrocha violemment.

Les oreilles de Shelly bourdonnèrent pendant quelques instants. Il courut vers le télécopieur. Là, horreur, se trouvait une copie de sa transaction matinale, avec une petite note disant qu'il pourrait récupérer son chèque dès le lendemain. Et, en dessous, pire encore : une photocopie du relevé bancaire de son compte de poker secret chez Wells Fargo, accompagnée d'un post-it jaune sur lequel était inscrit un message sec de Norma : « Tu ne veux pas que je le voie ? Apprends à dissimuler tes traces ! C'est fini entre nous. »

Shelly appela immédiatement son courtier. « Qu'est-ce que c'est que ce bordel, Earl ? Je t'avais demandé de m'appeler, *moi*, pour la confirmation. Tu parles d'un ami !

— Écoute, arrête de m'emmerder, abruti ! Tu as demandé à ce qu'on t'appelle chez toi. Nous avons vendu à sept heures et quart. Ma secrétaire a appelé à sept heures et demie. Ta femme a décroché et ma secrétaire lui a transmis le message. Norma a demandé qu'on lui faxe le document à son bureau. Est-ce que ma secrétaire était censée savoir qu'elle ne devait rien dire à ta femme ? Je te rappelle que les titres étaient sur un compte commun. Il fallait donc qu'on lui cache ? Que je perde ma licence pour ton pauvre compte de merde ? »

Shelly raccrocha. La tête lui tournait. Il essaya de tirer au clair ce qui s'était passé. Il n'aurait jamais dû demander cette confirmation par téléphone. Et ces putains de boules Quiès. Lorsque Norma avait appris la vente des actions, elle avait dû se mettre à chercher dans tous ses papiers, et c'est là qu'elle avait découvert l'existence de son compte chez Wells Fargo. Voilà, maintenant elle savait tout. C'était terminé.

Shelly relut le fax de Norma et se mit à hurler : « Putain de merde ! Putain de merde ! » avant de le déchirer en mille morceaux. Il repartit dans la cuisine, réchauffa son café et ouvrit le *San Francisco Chronicle* du matin. C'était le moment de lire les petites annonces. Ce n'était plus seulement un travail dont il avait besoin maintenant, mais aussi un appartement meublé. Pourtant, un titre étrange, qui barrait la première page de la section locale, retint son attention.

« ADIEU FORD, TOYOTA, CHEVROLET !
LES PSY SE METTENT À RAPPELER
LEURS PRODUITS ! »

Shelly continua de lire.

« Imitant l'exemple des géants de l'industrie automobile, l'Institut psychanalytique du Golden Gate a publié un bulletin de rappel (voir page D2). Lors d'une réunion houleuse qui s'est tenue le 24 octobre, l'Institut a censuré et suspendu l'un de ses membres éminents, le Dr Seth Pande, "pour comportement préjudiciable à la psychanalyse". »

Seth Pande ! Seth Pande ! « Mais, pensa Shelly, c'est le psy que Norma m'avait demandé de voir avant qu'on ne se marie ! Seth Pande, c'est bien lui. Il n'y a pas trente-six mille Pande… » Il reprit sa lecture.

« Le Dr Marshal Streider, porte-parole de l'Institut, n'a pas voulu en dire plus, sinon que les membres ont estimé que les patients du Dr Pande n'ont peut-être pas reçu le meilleur traitement que la psychanalyse puisse offrir, et qu'ils peuvent par conséquent avoir subi des préjudices suite à leur analyse auprès du Dr Pande. Il leur sera donc proposé une « révision psychanalytique » gratuite ! Est-ce un problème de réservoir ? De transmission ? De bougies ? D'échappement ? Le Dr Streider n'a pas voulu répondre à ces questions.

« Pour lui, cette décision est la preuve de l'engagement de l'Institut à respecter les normes les plus élevées sur le plan du traitement des patients, de la responsabilité professionnelle et de l'intégrité morale.

« Soit. Mais cette mesure ne soulève-t-elle pas des doutes sur la suffisance de la démarche psychanalytique dans son ensemble ? Combien de temps encore les psychanalystes prétendront-ils éclairer des individus, des groupes et des institutions alors que, une fois de plus – souvenons-nous de la scandaleuse affaire Trotter il y a quelques années –, preuve est faite qu'ils sont incapables de se régenter eux-mêmes ?

« Nous avons contacté le Dr Pande. Sa réponse (surprenante !) : " Voyez avec mon avocat." »

Shelly passa directement à la page D2 pour lire l'annonce officielle.

« PROCÉDURE DE RAPPEL DES PATIENTS »

« L'Institut psychanalytique du Golden Gate demande à tous les patients masculins ayant consulté le Dr Seth Pande après 1984 d'appeler le 415-555-2441, afin qu'ils se soumettent à une évaluation psychologique et, si besoin est, à un traitement psychothérapeutique complémentaire. Il est possible que le traitement du Dr Pande ait sensiblement dévié des règles de conduite de la psychanalyse, et produit des effets néfastes. Tous ces services seront gratuits. »

Deux secondes plus tard, Shelly était au téléphone avec le secrétaire de l'Institut.

« Oui, monsieur Merriman, vous avez le droit, nous vous y encourageons, même, de suivre une psychothérapie avec l'un de nos membres. Nos thérapeutes proposent leurs services selon un système de roulement. Vous êtes la première personne à nous appeler. Puis-je vous proposer un rendez-vous avec le Dr Marshal Streider, l'un de nos plus éminents psychanalystes ? Vendredi, neuf heures du matin, 2313 California Street.

— Est-ce que vous pouvez m'en dire un peu plus ? Ça m'inquiète. Je n'ai pas envie d'avoir une crise de panique dans la salle d'attente.

— Je comprends bien, mais je ne peux pas vous en dire trop. Le Dr Streider vous renseignera, mais disons que l'Institut craint que certaines interprétations du Dr Pande aient pu être néfastes à certains de ses patients.

— Donc… Si j'ai un symptôme… Disons, une dépendance, par exemple, vous voulez dire que c'est peut-être Pande qui en est la cause.

— Oui… Quelque chose comme ça. Nous ne disons pas que le Dr Pande vous a *intentionnellement* porté préjudice. L'Institut a simplement tenu à témoigner qu'il désapprouvait fortement ses méthodes.

— Bon, très bien. Neuf heures, vendredi… Ça me convient. Mais vous savez, je suis sujet à des accès de panique. Toute cette histoire me bouleverse, et je n'ai pas envie de finir aux urgences. Je serais soulagé – un soulagement qui pourrait me sauver la vie – si j'avais par écrit tout ce que vous venez de me dire, y compris le lieu et l'heure du rendez-vous. Comment s'appelle-t-il ? Vous voyez le problème ? J'ai déjà oublié son nom. Je crois que j'en ai besoin tout de suite. Pourriez-vous me faxer ça immédiatement ?

— Avec plaisir, monsieur Merriman. »

Shelly se dirigea vers le télécopieur et attendit. Enfin *quelque chose* se passait bien ! Il rédigea une petite note à la hâte :

« Norma,

Lis ça ! Un mystère enfin éclairci ! Tu te souviens de ton thérapeute, le Dr Pande ? Et comment j'ai été amené à le voir ? Et à quel point j'étais contre la psychanalyse ? Comment je me suis remis entre ses mains, à ta demande ? Tout cela nous a fait, à toi, à moi, à nous, beaucoup de mal. J'ai essayé d'agir au mieux. Rien d'étonnant à ce que la thérapie n'ait pas aidé ! Maintenant nous savons pourquoi. Je vais essayer encore une fois d'agir au mieux, de tout réparer. Et je vais le faire !

Quoi qu'il arrive. Aussi longtemps qu'il le faudra. Reste avec moi. Je t'en supplie !

Ton seul et unique mari »

Puis Shelly faxa ce mot à Norma, accompagné de l'article du journal et de la lettre envoyée par le secrétaire de l'Institut. Une demi-heure plus tard, le télécopieur émit un bip. Un message de Norma sortit de la machine.

« Shelly,
Dois te parler. Voyons-nous à six heures.

Norma »

Shelly retourna à son café, referma le cahier des petites annonces et passa à la page des sports.
« Dadi lada da. »

Chapitre 9

Marshal consulta son agenda. Son patient suivant, Peter Macondo, un homme d'affaires mexicain vivant en Suisse, venait pour sa huitième et dernière séance. De passage à San Francisco pour un mois, il avait appelé pour une thérapie courte, suite à un problème familial. Depuis deux ou trois ans, Marshal avait dérogé à son principe de n'accepter que des thérapies longues : les temps avaient changé. Comme tous les thérapeutes, il avait des heures creuses et était heureux de voir M. Macondo deux fois par semaine pendant un mois.

Il faut dire que travailler avec cet homme était un plaisir, il faisait bon usage de la thérapie, un usage exceptionnel même. De plus, il avait payé en liquide et par avance. À la fin de la première séance, il avait tendu à Marshal deux billets de cent dollars : « Je préfère me simplifier la vie avec du liquide. Soit dit en passant, je vous informe que je ne paye pas mes impôts en Amérique et que je n'inclus pas mes dépenses de santé dans mes impôts suisses. »

Et il s'était levé.

Marshal savait exactement ce qu'il avait à faire. C'eût été une grossière erreur de commencer la thérapie en risquant d'être le complice d'une pratique malhonnête, même aussi courante que de frauder le fisc. Même s'il souhaitait se montrer ferme, Marshal parla d'une voix douce : Peter Macondo était un homme aimable, dont il émanait une noblesse innocente.

« Monsieur Macondo, je dois vous dire deux choses. Tout d'abord, je déclare tous mes revenus. C'est la seule chose à faire. Je vous donnerai donc un reçu à la fin de chaque mois. Ensuite, vous m'avez donné trop d'argent. Mon tarif est de cent soixante-quinze dollars. Attendez, je regarde si j'ai de la monnaie… » Il chercha dans un tiroir de son bureau.

M. Macondo, une main posée sur la poignée de la porte, se retourna et leva son autre main, paume ouverte face à Marshal. « Je vous en prie, docteur Streider, à Zurich le tarif est de deux cents dollars. Et les thérapeutes suisses sont moins qualifiés que vous. Beaucoup moins qualifiés. Permettez-moi, je vous en prie, de vous accorder le même tarif. Cela me rassure et, par conséquent, mon travail avec vous en sera facilité. À jeudi. »

La main encore dans la poche, Marshal demeura bouche bée après le départ de son patient. C'était bien la première fois qu'il entendait quelqu'un lui dire que ses tarifs étaient trop bas. « Après tout, pensa-t-il, c'est un Européen. Et puis il n'y a pas de risques de transfert sur le long terme. Ce n'est qu'une thérapie courte. »

Marshal ne détestait pas les thérapies courtes : il les méprisait. Tout ce baratin sur la thérapie centrée sur le symptôme… Le modèle du patient satisfait… Quelle horreur ! Ce qui comptait aux yeux de Marshal, comme à ceux de la plupart des analystes, c'était la *profondeur* du changement. Tout était question de profondeur. Les psychanalystes du monde entier savaient que plus l'exploration était profonde, plus la thérapie s'avérait efficace. Il entendait encore la voix de Bob McCallum, son propre superviseur : « Enfoncez-vous profondément dans les sphères les plus enfouies de la conscience, dans les sensations originelles, les fantasmes les plus anciens ; revenez aux premières strates de la mémoire, et ce n'est qu'à ce moment-là, pas avant, que vous serez en mesure d'éliminer la névrose et d'obtenir une guérison analytique. »

Mais la thérapie en profondeur perdait du terrain : les hordes barbares de l'opportunisme et du rendement étaient partout. Marchant sous les étendards flambant neufs des compagnies de sécurité sociale privées, les bataillons de la thérapie courte assombrissaient le paysage et venaient tambouriner à la porte des instituts analytiques, dernières enclaves fortifiées de la sagesse, de la vérité et de la raison sur les terres de la psychothérapie. L'ennemi était suffisamment proche pour que Marshal puisse en distinguer les nombreux visages : biorétroaction et relaxation musculaire pour les troubles anxiogènes ; implosion ou désensibilisation pour les phobies ; médicaments pour la dysthymie et les troubles obsessionnels/compulsifs ; thérapie de groupe cognitive en cas de troubles de l'alimentation ; incitation à la prise de parole pour les timides ; cours de sociabilité pour les solitaires chroniques ; séance unique d'hypnose pour les gros fumeurs ; et ces satanés groupes en douze étapes pour tout le reste !

Le rouleau compresseur économique de la sécurité sociale privée avait submergé les défenses médicales en de nombreux points du pays. Dans ces territoires perdus, les thérapeutes étaient maintenant obligés, s'ils voulaient garder leur travail, de s'agenouiller devant l'envahisseur, qui leur allouait une fraction de leur rémunération passée et leur imposait des patients, à charge pour eux de les soigner en cinq ou six séances alors qu'il en fallait, au bas mot, cinquante ou soixante.

Une fois que les thérapeutes avaient consommé leur maigre pitance, les choses sérieuses commençaient : ils étaient obligés de quémander, auprès de leur gestionnaire de tutelle, des séances supplémentaires pour poursuivre le traitement. Naturellement, ils devaient étayer leur demande par des montagnes de paperasse, aussi inepte qu'envahissante, et étaient contraints de mentir en exagérant les risques encourus par le patient – suicide, drogues ou recours à la violence. Tels étaient les seuls mots magiques susceptibles d'attirer l'attention des plans sanitaires – non pas parce que les administrateurs éprouvaient le moindre intérêt pour les patients en question, mais parce qu'ils redoutaient d'éventuelles poursuites judiciaires.

Aussi les thérapeutes étaient-ils obligés non seulement de traiter leurs patients dans des délais impossibles à tenir, mais aussi de calmer et de faire plaisir aux gestionnaires de tutelle, souvent de jeunes administrateurs imbus d'eux-mêmes et dotés d'une culture minimale sur la question. Récemment, Victor Young, un confrère éminemment respecté, avait ainsi reçu une note de son gestionnaire âgé de vingt-sept ans, lui accordant des séances supplémentaires pour un patient sévèrement schizoïde. Dans la marge, le gestionnaire avait gribouillé son instruction, mystérieuse autant qu'idiote : « Surmontez le déni du patient. »

Ce n'était pas seulement la dignité des psychothérapeutes qui était atteinte, mais aussi leur portefeuille. L'un des collègues de Marshal avait quitté le secteur pour intégrer, à l'âge de quarante-trois ans, un internat en radiologie. D'autres, qui avaient beaucoup investi, songeaient à prendre une retraite anticipée. Marshal, quant à lui, n'avait plus de liste d'attente ; il acceptait volontiers, désormais, des patients qu'il aurait auparavant refusés. Il se posait beaucoup de questions sur l'avenir – le sien comme celui de la profession.

En général, Marshal pensait que, dans le meilleur des cas, une thérapie courte pouvait engendrer une légère amélioration qui, avec un peu de chance, permettrait au patient de tenir jusqu'à la prochaine année fiscale, lorsque les gestionnaires lui accorderaient peut-être quelques autres séances. Mais Peter Macondo était l'exception qui confirmait la règle. Quatre semaines plus tôt, il donnait encore tous les signes de la détresse, rongé par la culpabilité et une anxiété extrême, sans compter ses insomnies et ses problèmes digestifs. Et voilà que tous ces symptômes avaient disparu. Rarement Marshal avait autant aidé un patient en aussi peu de temps.

Cela changea-t-il l'idée qu'il se faisait de l'efficacité des thérapies courtes ? Pas le moins du monde. Pour lui, l'explication de cette remarquable réussite était limpide : M. Macondo n'avait aucun problème d'ordre névrotique ou caractériel. C'était un individu plein de ressources et bien intégré, dont les symptômes étaient uniquement liés au stress, lui-même principalement dû à sa situation actuelle.

Car M. Macondo était un homme d'affaires extrêmement actif, brillant, qui était aux prises, selon Marshal, avec les problèmes typiques des individus richissimes. Divorcé depuis quelques années déjà, il envisageait maintenant de se remarier avec une jeune femme magnifique, plus jeune que lui, nommée Adriana. Bien que très amoureux d'elle, il était incapable de prendre une décision – il avait trop souvent vu des divorces cauchemardesques mettant aux prises de riches hommes d'affaires et des jeunes femmes qui faisaient avant tout office de trophées. Il avait le sentiment que la seule solution – ingrate, compliquée – consistait à signer un accord prénuptial. Mais comment présenter la chose sans que leur amour en souffre ou s'en trouve terni ? Il tournait autour du pot, il ne pensait plus qu'à cela, il repoussait toujours au lendemain. C'était là son principal problème, celui-là même qui l'avait poussé à entamer une psychothérapie.

L'autre problème de Peter était posé par ses deux enfants. Très influencés pas Evelyn, sa première femme très remontée contre lui, ils s'opposaient fermement au remariage de leur père, refusant même de rencontrer Adriana. Peter et Evelyn s'étaient rencontrés à l'université, et s'étaient mariés le lendemain de leur diplôme. Mais rapidement leur couple avait périclité et, en l'espace de quelques années, Evelyn avait sombré dans l'alcoolisme. Peter, héroïquement, avait réussi à faire tenir la famille, s'assurant que ses enfants recevaient une bonne éducation catholique avant de demander le divorce une fois qu'ils eurent terminé leurs études supérieures. Mais malgré cela, toutes ces années d'amertume et de rancœur avaient laissé des traces sur les enfants. Rétrospectivement, Peter savait bien qu'il aurait dû divorcer plus tôt et se battre pour la garde de ses enfants.

Ces derniers, qui avaient maintenant dépassé les vingt ans, accusaient ouvertement Adriana de vouloir faire main basse sur la fortune familiale. Ils n'hésitaient pas à exprimer tout le ressentiment qu'ils éprouvaient à l'encontre de leur père. Bien que, pour chacun d'eux, Peter ait mis de côté près de trois millions de dollars, ils prétendaient avoir été délaissés. Pour étayer leur propos, ils brandirent un article récent du *Financial Times* de Londres, qui décrivait une juteuse opération de deux cents millions de livres qu'il venait de mener à bien.

Peter Macondo était paralysé par des sentiments contradictoires. Généreux par nature, il ne souhaitait rien tant que de partager son patrimoine avec ses enfants, qui justifiaient à eux seuls une telle fortune amassée. Pourtant tout cet argent était devenu une malédiction. Les deux enfants avaient abandonné leurs études, déserté l'église et étaient en train de s'embourber : pas d'intérêts professionnels, pas d'ambition, pas de vision de leur avenir, et pas de valeurs morales auxquelles se conformer. Pour couronner le tout, son fils abusait des drogues.

Peter Macondo sombrait dans le nihilisme. Pour quoi avait-il fourni tous ces efforts au cours des vingt dernières années ? Sa foi religieuse s'était desséchée, ses enfants ne méritaient plus qu'il se batte pour leur avenir, même ses œuvres philanthropiques lui paraissaient de plus en plus absurdes. S'il avait en effet donné de l'argent à plusieurs universités mexicaines, il se sentait désemparé face à la pauvreté, la corruption de la classe politique, l'explosion démographique à Mexico City et la catastrophe écologique qui se profilait. La dernière fois qu'il avait vu Mexico City, il avait dû porter un masque de tissu pour pouvoir respirer. Qu'est-ce que ses millions de dollars pouvaient y changer ?

Marshal était persuadé d'être le thérapeute parfait pour Peter Macondo. Il avait l'habitude de travailler avec des patients richissimes ou avec leurs enfants ; il comprenait parfaitement leurs problèmes. Il avait donné plusieurs conférences dans diverses institutions philanthropiques et sociétés de capital-risque sur la question, et rêvait même d'écrire un livre sur ce sujet. Mais ce texte, dont Marshal avait déjà trouvé le titre – *Riches à en crever : la malédiction des privilégiés* –, restait à l'état de projet, comme toutes ses autres bonnes idées de livre. Prendre du temps sur ses heures de travail et se consacrer à l'écriture lui paraissait impossible. Comment diable, se demandait-il, les grands théoriciens – Freud, Jung, Rank, Fromm, May, Horney – avaient-ils fait ?

Avec Peter Macondo, Marshal employait des techniques thérapeutiques ciblées. À sa grande satisfaction, chacune d'elles s'était révélée efficace. Il rassurait son patient en lui expliquant que le dilemme auquel il était confronté, ainsi que la culpabilité qu'il éprouvait, étaient des problèmes récurrents chez les individus richissimes comme lui. Il allégea le rapport qu'entretenait Peter avec ses enfants en lui faisant prendre davantage conscience des expériences que ceux-ci traversaient, notamment la lutte permanente entre leur père et leur mère. Afin d'améliorer sa relation avec ses enfants, Marshal lui conseilla d'améliorer d'abord celle qu'il entretenait avec son ex-femme. Petit à petit, M. Macondo réussit à rétablir le contact avec elle et, au bout de la quatrième séance, il l'invita à déjeuner : ce fut la première fois depuis longtemps qu'ils se parlèrent sans se disputer.

Toujours à l'initiative de Marshal, Peter demanda à son ex-femme de reconnaître que, bien que vivre ensemble soit désormais impossible, ils s'étaient tout de même aimés pendant des années, et que la réalité de cet amour passé existait encore, il était important de la cultiver, plutôt que de la liquider. Sur les conseils de Marshal, une fois de plus, Peter proposa de payer les vingt mille dollars que coûterait la cure de désintoxication de son ex-épouse au Centre de réhabilitation Betty Ford. Même si, ayant reçu une pension extrêmement généreuse au moment du divorce, elle aurait très bien pu payer un tel traitement, elle avait toujours refusé de s'y plier. Mais elle fut émue par le geste de Peter ; à sa surprise, elle accepta cette proposition.

Dès que Peter et son ex-femme renouèrent, ses rapports avec ses enfants s'en trouvèrent améliorés. Avec l'aide de Marshal, il échafauda un plan : cinq millions de dollars supplémentaires pour chaque enfant, distribués sur une période de dix ans, à mesure que des étapes spécifiques seraient franchies – diplôme universitaire, mariage, deux années passées dans un cadre professionnel bien établi et solide, une activité au sein de projets philanthropiques. Ce marché généreux mais strict fit merveille : en un temps record, le regard des enfants sur leur père changea du tout au tout.

Marshal consacra deux des séances à la propension qu'avait Peter à culpabiliser. Il ne supportait pas de décevoir les autres et, tout en minimisant les centaines de conseils remarquables qu'il avait donnés à ses investisseurs – un groupe fidèle de banquiers suisses et écossais –, il se rappelait très bien la moindre décision malheureuse qu'il avait pu prendre ; dans le bureau de Marshal, son regard s'assombrissait à l'évocation des visages de ses rares investisseurs déçus.

Les deux hommes consacrèrent pratiquement toute leur cinquième séance à l'un de ces incidents. Un an plus tôt, en effet, le père de M. Macondo, distingué professeur d'économie à l'université du Mexique, était allé à Boston pour y subir un triple pontage coronarien.

Après l'opération, le chirurgien, un certain Dr Black, auquel Peter était plus que reconnaissant, lui proposa de faire une donation au programme de recherche cardio-vasculaire de Harvard. Non seulement M. Macondo accepta sur-le-champ, mais il voulut également faire un don personnel au chirurgien. Ce dernier déclina l'offre : ses honoraires pour l'opération, dix mille dollars, lui convenaient parfaitement. Et pourtant, au détour d'une conversation, M. Macondo révéla au médecin qu'il comptait tirer un immense profit d'un investissement qu'il avait réalisé la veille sur le marché à terme du peso. Le Dr Black procéda immédiatement à la même opération. Mais une semaine plus tard, il perdit soixante-dix pour cent de son investissement lorsque Luis Colosio, candidat mexicain aux élections présidentielles, fut assassiné.

M. Macondo se sentit atrocement coupable de cet échec. Marshal n'eut de cesse de le confronter à la réalité, en lui rappelant qu'il avait agi de bonne foi, qu'il avait lui aussi perdu beaucoup d'argent dans cette affaire, et que le Dr Black avait pris sa décision tout seul. Mais Peter Macondo continuait désespérément de chercher un moyen de se racheter. Après la séance, et malgré les protestations de Marshal, Peter envoya au Dr Black un chèque de trente mille dollars, soit la somme qu'il avait perdue.

Le médecin – c'était tout à son honneur – renvoya le chèque en précisant poliment qu'il était adulte et savait encaisser les coups du sort. Par ailleurs, ajoutait-il, il pourrait compenser ses pertes par des gains sur le marché à terme du sucre. Finalement, M. Macondo se rassura en donnant trente mille dollars supplémentaires au programme de recherche cardio-vasculaire de Harvard.

Marshal était électrisé par son travail avec Peter Macondo. Aucun de ses patients n'avait nagé dans une telle richesse. Il éprouvait une excitation certaine à la vue, même fugace, de cette immense fortune, au fait d'être au cœur de décisions qui allouaient un million de dollars ici, un autre million là. Il ne pouvait s'empêcher de saliver en entendant Peter évoquer la générosité avec laquelle il avait traité le médecin de son père. Il se prenait de plus en plus à rêver : et si son patient lui donnait de l'argent ? Mais chaque fois, Marshal chassait hâtivement ces pensées de son esprit, le souvenir de l'excommunication de Seth Pande pour faute professionnelle étant encore bien vivace. C'était une faute professionnelle d'accepter des cadeaux importants de *n'importe quel* patient, mais encore plus d'un patient qui était pathologiquement généreux et consciencieux. Tous les comités d'éthique, du moins tous ceux dont *il* était membre, auraient très fermement condamné le thérapeute qui aurait exploité un tel patient.

Le plus difficile pour M. Macondo fut de dompter son angoisse, parfaitement irrationnelle, concernant l'accord prénuptial avec sa fiancée. Marshal opta pour une approche à la fois systématique et méthodique. En premier lieu, il voulut clarifier les termes de l'accord : une somme d'un million de dollars, qui augmenterait chaque année, selon la longévité du couple, avant de se transformer, au bout de dix ans, en détention par son épouse d'un tiers de tout son patrimoine. Puis Marshal et son patient jouèrent et rejouèrent la négociation. Malgré cela, M. Macondo exprimait des doutes à l'idée d'affronter Adriana. Marshal finit par proposer ses services en demandant à Peter d'amener sa fiancée pour une séance à trois.

Lorsque, quelques jours plus tard, le couple se présenta au bureau de Marshal, ce dernier craignit d'avoir commis une grosse erreur : il n'avait jamais vu M. Macondo dans un tel état d'agitation, à peine capable de rester assis dans son fauteuil. Adriana, quant à elle, était l'incarnation même de la grâce et du calme. Quand M. Macondo ouvrit la séance par un discours aussi maladroit que pénible sur les contradictions entre ses envies de mariage et les revendications de sa famille sur son patrimoine, elle l'interrompit aussitôt pour dire qu'elle estimait un accord prénuptial non seulement justifié, mais aussi souhaitable.

Elle affirma également comprendre les craintes de Peter, et même les partager pour la plupart. Quelques jours auparavant, son père malade lui avait dit combien il était sage de maintenir son propre patrimoine hors de la communauté de biens. Même si elle possédait beaucoup moins que Peter, elle finirait par hériter d'un patrimoine immense – son père était l'actionnaire majoritaire d'une chaîne de cinémas californiens.

Le problème fut réglé sur-le-champ. Nerveux, Peter présenta ses conditions, et Adriana les accepta avec enthousiasme, en exigeant cependant que ses biens personnels demeurent à son nom. Marshal remarqua, non sans déplaisir, que son patient avait doublé la somme qu'ils avaient tous les deux fixée au préalable, sans doute par gratitude pour l'attitude conciliante d'Adriana. « Une générosité incurable, pensa-t-il. Mais il y a pire, comme maladie. » Au moment de partir, Peter se retourna, serra la main de Marshal et dit : « Je n'oublierai jamais ce que vous avez fait pour moi aujourd'hui. »

Marshal ouvrit la porte et invita M. Macondo à entrer dans son bureau. Peter portait une veste de cachemire marron clair d'une douceur incomparable, qui s'accordait avec ses cheveux bruns et soyeux qui, tombant gracieusement sur ses yeux, exigeaient d'être sans cesse ramenés vers le haut.

Marshal consacra cette dernière séance à un bilan et à une consolidation des acquis. Peter regretta la fin de leur collaboration et répéta à l'envi à quel point sa dette envers Marshal était incalculable.

« Docteur Streider, toute ma vie j'ai donné des fortunes à des consultants pour ne pas recevoir grand-chose en retour. Avec vous, c'est le contraire : vous m'avez donné quelque chose d'une valeur inestimable, et en retour je ne vous ai pratiquement rien donné. En l'espace de quelques séances, vous avez changé ma vie. Et comment vous ai-je remercié ? Mille six cents dollars ? Si je suis prêt à m'ennuyer un quart d'heure, je peux gagner la même somme en investissant sur les marchés financiers à terme. »

Rien ne pouvait l'arrêter ; il parlait de plus en plus vite : « Vous me connaissez bien, docteur Streider, suffisamment en tout cas pour savoir que cette injustice ne correspond pas vraiment à ma personnalité. Ça m'irrite, ça va me rester en travers de la gorge. On ne peut pas ignorer la chose, parce que, qui sait… Ça peut même effacer certains de mes acquis avec vous. *J'insiste* : je veux que nous soyons quittes.

« Cela dit, vous savez que je ne suis pas très doué pour les échanges personnels directs. Et pas très fort, non plus, pour ce qui est d'être un bon père. Ou pour parler aux femmes. En revanche, il y a une chose que je fais très bien, c'est gagner de l'argent. Vous me feriez donc un immense honneur si vous acceptiez que je vous donne une partie de l'un de mes derniers investissements. »

Marshal rougit comme une pivoine. Pris d'un vertige, il était submergé par le conflit entre cupidité et sens du devoir. Mais il serra les mâchoires et fit ce qu'il convenait de faire : il déclina l'offre, une offre comme on n'en reçoit qu'une seule fois dans sa vie.

« Monsieur Macondo, je suis très touché mais c'est absolument hors de question. Je crains que, dans mon métier, accepter d'un patient un cadeau matériel – ou bien n'importe quel cadeau, d'ailleurs – soit contraire à la déontologie la plus élémentaire. Une question que nous n'avons jamais abordée au cours de nos séances est celle de votre gêne à accepter de l'aide. Peut-être que si nous travaillons de nouveau ensemble, il faudra nous attaquer à ce problème. Pour le moment, il me reste juste le temps de vous rappeler que je vous ai proposé, et que vous avez réglé, un tarif qui correspond parfaitement au service fourni. Je rejoins le chirurgien de votre père et vous assure que vous n'avez aucune dette envers moi.

— Le Dr Black ? Vous parlez d'une comparaison ! Lui prenait dix mille dollars pour seulement quelques heures de travail. Et une demi-heure après l'opération, il me demandait déjà un million de dollars pour la chaire de chirurgie cardio-vasculaire de Harvard. »

Marshal secoua la tête avec emphase. « Monsieur Macondo, j'admire votre générosité. Et je serais ravi de pouvoir accepter. J'aime autant que quiconque la perspective d'une sécurité financière – et même plus que les autres, puisque j'aimerais avoir du temps pour écrire ; j'ai plusieurs projets de livres sur la théorie analytique, qui attendent depuis des années. Mais je ne peux pas accepter. Ce serait enfreindre le code déontologique de ma profession.

— Alors je vous propose autre chose, répliqua immédiatement M. Macondo. Pas d'argent. Permettez-moi de vous ouvrir un compte à terme et de le gérer pour vous pendant un mois. Nous discuterons tous les jours et je vous enseignerai l'art de gagner de l'argent sur le marché à terme des devises. Ensuite je reprends mon investissement initial et je vous reverse les profits. »

Cette fois-ci, Marshal fut extrêmement séduit par cette proposition, cette possibilité de se frotter *de l'intérieur* aux techniques financières. Il lui fut tellement douloureux de refuser que ses yeux s'emplirent de larmes. Mais il s'en tint à sa décision et secoua la tête encore plus vigoureusement. « Monsieur Macondo, si nous avions été dans une autre… euh… situation, j'aurais volontiers accepté. Encore une fois, je suis touché par votre proposition, et j'aimerais beaucoup apprendre de vous les techniques financières. Mais non. Non. C'est impossible. Et puis, j'ai oublié de vous dire une chose. Vous m'avez donné plus que des honoraires. Et cette chose, c'est le bonheur de voir votre état s'améliorer. Pour moi, c'est très gratifiant. »

M. Macondo s'enfonça dans son fauteuil, désespéré. Dans ses yeux on pouvait voir toute son admiration pour l'intégrité et le professionnalisme de Marshal. Il leva les mains, paumes tournées vers le haut, comme pour dire : « Très bien, je capitule, j'aurai tout essayé. » La séance touchait à sa fin. Les deux hommes se serrèrent la main pour la dernière fois. En se dirigeant vers la porte, M. Macondo semblait perdu dans ses pensées. Puis soudain, il s'arrêta et se retourna.

« Une dernière chose. Cette fois-ci, vous ne pouvez pas refuser. Je vous invite à déjeuner demain. Ou vendredi. Je pars pour Zurich dimanche. »

Marshal hésita.

Peter ajouta : « Je sais que vous n'avez pas le droit de fréquenter vos patients, mais la poignée de main que nous venons d'échanger signifie que nous ne sommes plus patient et médecin. Grâce à vos bons soins, j'ai vaincu ma maladie et, à présent, nous sommes tous les deux redevenus de simples êtres humains. »

Marshal réfléchit. Il aimait bien M. Macondo et ses recettes de professionnel pour gagner de l'argent. Quel mal y aurait-il à déjeuner avec lui ? Rien ne l'interdisait, pas même la déontologie.

Voyant Marshal hésiter, Peter précisa : « Même si je reviens de temps en temps à San Francisco pour affaires – sans doute deux fois par an pour des conseils d'administration, voir mes enfants, le père et les sœurs d'Adriana –, nous allons vivre sur des continents différents. Je ne crois pas qu'un déjeuner post-thérapeutique soit interdit… »

Marshal tendit le bras vers son agenda. « Vendredi à treize heures ?

— Parfait. Au Pacific Union Club. Vous connaissez ?

— De nom. Mais je n'y suis jamais allé.

— Ça se trouve sur California Street, en haut de Nob Hill. Près de l'hôtel Fairmont. Il y a un parking derrière. Vous n'aurez qu'à mentionner mon nom. Au revoir. »

Le vendredi matin, Marshal reçut un fax, lui-même copie d'un fax que M. Macondo avait reçu de l'université du Mexique.

« Cher monsieur Macondo,

Nous sommes enchantés de votre généreux don, qui va financer le cycle annuel de conférences Marshal Streider, intitulé « La santé mentale au troisième millénaire ». Conformément à votre suggestion, nous inviterons naturellement le Dr Streider à être l'un des trois membres du comité qui sera amené à sélectionner les intervenants chaque année. Le président de l'université, Raoul Menendez, le contactera dans les plus brefs délais. Il m'a lui-même demandé de vous adresser ses remerciements les plus chaleureux, il a d'ailleurs déjeuné avec votre père au début de la semaine.

Nous vous sommes extrêmement reconnaissants de ce don, comme de toutes vos contributions à la recherche et à l'éducation au Mexique. Que serait cette université sans votre soutien puissant, ainsi que celui du petit groupe de bienfaiteurs visionnaires, unis par une même volonté, dont vous faites partie ?

Sincèrement,
Raoul Gomez
Recteur de l'université du Mexique »

En-dessous, Peter Macondo avait ajouté :

« Je ne sais pas dire non. Voilà un cadeau que vous ne pouvez pas refuser ! À demain. »

Marshal lut et relut le fax, lentement, analysant ses sentiments. *« Le cycle de conférences Marshal Streider »*... Son nom gravé dans le marbre pour l'éternité ! Qui ne serait heureux à sa place ? La recette parfaite pour retrouver confiance en soi. Pendant les années à venir, dès que son moral faiblirait, il n'aurait qu'à penser à son cycle de conférences. Ou bien aller à Mexico City pour assister à une conférence et se lever timidement, la main en l'air, en se retournant avec lenteur et modestie, en guise de remerciement pour les nombreux applaudissements du public reconnaissant.

Mais c'était aussi un cadeau doux-amer, une maigre consolation après avoir laissé filer une occasion unique entre ses doigts. Quand pourrait-il de nouveau tomber sur un patient richissime dont la seule envie serait de faire de son thérapeute un homme riche ? Marshal se demanda ce qui se cachait derrière l'offre de M. Macondo, cette fameuse « partie de l'un de ses derniers investissements ». Cinquante mille dollars ? Cent mille ? Dieu comme sa vie en serait radicalement changée ! Et il pourrait réinvestir rapidement. Même sa propre stratégie d'investissement – en utilisant un programme informatique pour prédire l'évolution du marché et en faisant des allers-retours dans les fonds spécialisés Fidelity – lui avait garanti seize pour cent chaque année depuis deux ans. Avec l'offre de M. Macondo de jouer sur le marché des devises étrangères, il pourrait sans doute doubler ou tripler la mise. Marshal savait qu'il était un boursicoteur négligeable : dès qu'une bribe d'information parvenait à ses oreilles, il était invariablement trop tard. Là, pour la première fois de sa vie, on lui avait donné la possibilité d'être un véritable initié.

Oui, En tant qu'initié, il aurait pu être tranquille jusqu'à la fin de ses jours. Il n'avait pas besoin de grand-chose. Tout ce qu'il voulait, c'était un peu de temps libre pour consacrer trois ou quatre après-midi par semaine à la recherche et à l'écriture. Et puis tout cet argent !

Et pourtant, il avait dû renoncer à tout cela. Nom de Dieu ! Nom de Dieu de nom de Dieu ! Mais avait-il eu le choix ? Voulait-il emprunter le même chemin que Seth Pande ? Ou Seymour Trotter ? Il savait qu'il avait bien fait.

Le vendredi suivant, en s'approchant de l'impressionnante porte d'entrée en marbre du Pacific Union Club, Marshal était tout excité, presque subjugué. Pendant des années, il s'était senti exclu d'endroits aussi légendaires que ce P.U. Club, le Burlingame Club ou encore le Bohemian Grove. À présent, les portes s'ouvraient à lui. Il s'arrêta devant celles du P.U. Club, respira un grand coup, et pénétra dans le saint des saints.

C'était la fin d'un voyage, pensa Marshal, un voyage qui avait commencé en 1924 dans l'entrepont malodorant et grouillant de monde du bateau qui transportait ses parents, encore enfants, de Southampton à Ellis Island. Non, non, le voyage avait commencé plus tôt, à Prussina, un *shtetl* près de la frontière russo-polonaise, avec ses pauvres maisons de bois au sol de terre battue. Dans l'une d'elles, son père avait dormi, enfant, dans un petit recoin chauffé au-dessus du grand four en brique qui occupait pratiquement toute la grande pièce.

Comment étaient-ils allés de Prussina à Southampton ? se demanda Marshal. Par la route ? Par bateau ? Il ne le leur avait jamais demandé. Et il était trop tard, maintenant. Son père et sa mère étaient redevenus poussière, côte à côte, depuis longtemps déjà, parmi les hautes herbes d'un cimetière d'Anacostia, dans la banlieue de Washington, D. C. Seul un survivant de ce long voyage pouvait encore le lui dire : son oncle maternel, Label, qui passait ses derniers jours sous le vaste porche d'une maison de retraite de Miami Beach aux murs de bois rose, puant l'urine. Il était temps de téléphoner à Label.

La rotonde centrale, un gracieux octogone, était bordée d'imposants canapés en cuir couleur acajou, et coiffée, trente mètres plus haut, d'un superbe toit de verre transparent orné d'un élégant motif floral. Le majordome, smoking et souliers vernis, accueillit Marshal avec une grande déférence ; puis, entendant son nom, il hocha la tête et l'emmena dans le salon. Là, tout au fond, devant une énorme cheminée, était assis Peter Macondo.

Le salon était immense. La moitié de Prussina aurait sans doute pu tenir sous ce majestueux plafond que soutenaient des murs alternant chêne brillant et panneaux en satin rouge fleurdelisé. Et du cuir, partout – Marshal repéra au premier coup d'œil douze longs canapés et une trentaine de fauteuils profonds. Sur quelques-uns de ces fauteuils étaient assis de vieux messieurs ridés, chenus et vêtus de costumes rayés, en train de lire leurs journaux. Marshal dut regarder à deux fois pour déterminer s'ils respiraient encore. Douze candélabres sur l'un des murs – donc quarante-huit pour toute la pièce, chacun disposant de trois rangées d'ampoules, l'une de cinq, l'autre de sept, la dernière de neuf, soit vingt et une ampoules, ce qui faisait un total de… Marshal interrompit ses calculs lorsqu'il remarqua sur une des cheminées deux serre-livres en métal, hauts d'un mètre environ, copies exactes des *Esclaves* de Michel-Ange. Au centre de la pièce, une table massive sur laquelle s'entassaient des piles de journaux, la plupart financiers, venus du monde entier ; le long d'un mur, une vitrine de verre protégeait un énorme vase en porcelaine fin dix-huitième, accompagné d'une plaque expliquant que l'objet, une poterie Ching-te Cheng, avait été offert par l'un des membres du club. Les peintures qui l'ornaient illustraient plusieurs épisodes du roman *Le Rêve dans le pavillon rouge*.

La vraie vie… Oui, c'était ça, la vraie vie, se dit Marshal en s'approchant de Peter qui discutait amicalement, sur un canapé, avec un autre membre du club – un homme grand et corpulent vêtu d'une veste rouge à carreaux, d'une chemise rose et d'une lavallière joliment fleurie. Jamais Marshal n'avait vu quelqu'un s'habiller de la sorte. Jamais, même, il n'avait vu quelqu'un qui soit capable de porter des vêtements aussi mal assortis mais avec assez d'élégance et de dignité pour que ce soit acceptable.

« Ah, Marshal, s'exclama Peter. Content de vous voir. Permettez-moi de vous présenter Roscoe Richardson. Le père de Roscoe fut le meilleur maire que San Fransisco ait jamais eu. Roscoe, je vous présente le Dr Marshal Streider, le premier psychanalyste de tout San Francisco. La rumeur court, Roscoe, que le Dr Streider vient d'avoir l'honneur qu'un cycle de conférences universitaires soit baptisé de son nom. »

Après un bref échanges d'amabilités, Peter indiqua à Marshal la salle à manger, avant de se retourner pour un dernier commentaire.

« Roscoe, je ne crois *pas* qu'il y ait une niche sur le marché pour un nouveau système informatique, mais je ne suis pas complètement contre cette idée. Si Cisco décide vraiment d'investir, ça pourrait m'intéresser. Convainquez-moi, je convaincrai mes investisseurs. Envoyez le *business plan* à Zurich, je l'étudierai lundi, en rentrant au bureau.

« C'est un homme bien, poursuivit-il tandis qu'il accompagnait Marshal. Nos pères se connaissaient. En plus, c'est un excellent golfeur. Il habite juste au-dessus du parcours de Cypress Point. Bon potentiel d'investissement, mais je ne vous le recommanderais pas : avec ces start-up, il faut miser sur le très long terme. Très cher de jouer le jeu… Vous ne gagnez qu'une fois sur vingt. Évidemment, quand ça marche, vous gagnez plus, beaucoup plus, que vingt contre un. Soit dit en passant, j'espère que ce n'est pas présomptueux de ma part de vous appeler Marshal ?

— Non, bien sûr que non. Nous ne sommes plus dans le cadre d'une relation professionnelle.

— Vous dites que vous n'êtes jamais venu ici auparavant ?

— Non, en effet. Je suis souvent passé devant, en admirant l'endroit. Mais ce n'est pas vraiment le genre de la communauté médicale. Je ne sais presque rien du club. Quel est le profil des membres ? Des hommes d'affaires, surtout ?

— Oui, beaucoup de vieilles fortunes de San Francisco. Conservateurs. La plupart sont des rentiers qui s'accrochent à leur héritage. Roscoe est une exception, c'est pour ça que je l'aime bien. À soixante et onze ans, c'est toujours un battant. Voyons voir… Quoi d'autre ? Seulement des hommes, principalement Wasp, politiquement incorrects. J'ai commencé à soulever certaines objections il y a une dizaine d'années, mais les choses changent très lentement ici, surtout après le déjeuner. Vous voyez ce que je veux dire ? » D'un geste très discret, Peter indiqua les fauteuils sur lesquels deux octogénaires, tout de tweed vêtus, somnolaient doucement, leurs mains encore agrippées, comme si leur vie en dépendait, à des numéros du *Financial Times.*

En arrivant dans la salle à manger, Peter s'adressa au majordome : « Emil, nous sommes prêts. Est-ce que nous aurons du saumon *en croûte*[1] aujourd'hui ? *Il est toujours délicieux*[2].

— Je pense pouvoir convaincre le chef d'en préparer spécialement pour vous, monsieur Macondo.

— Emil, je me rappelle comme il était délicieux au Cercle de l'Union interalliée à Paris. » Puis Peter chuchota à l'oreille d'Emil : « Ne révélez jamais ce secret à un Français, mais je dois avouer que je préfère la recette d'ici. »

Il continua de bavarder joyeusement avec Emil. Marshal n'entendait rien de leur conversation, subjugué qu'il était par la beauté de la salle à manger, notamment le gigantesque vase en porcelaine qui contenait ce qu'on pouvait faire de mieux en matière de composition florale japonaise : de splendides

---

1. En français dans le texte.
2. *Idem.*

orchidées cymbidiums dégringolant le long d'une branche d'érable à feuilles rouges. « Si seulement ma femme pouvait voir ça ! » se dit Marshal. Visiblement, la personne qui faisait ces bouquets devait être payée une fortune ; peut-être serait-ce pour elle une manière de faire fructifier son petit hobby.

Après qu'Emil les eut placés, Marshal prit enfin la parole. « Peter, vous êtes rarement à San Francisco. Êtes-vous également membre actif de ce club à Zurich et à Paris ?

— Non, non, non, répondit Peter, amusé par la *naïveté*[1] de Marshal. À ce rythme-là, le déjeuner me coûterait cinq mille dollars par mois. Tous ces clubs, le Circolo dell'Unione à Milan, l'Atheneum de Londres, le Cosmos Club de Washington, le Cercle de l'Union interalliée à Paris, le Baur au lac de Zurich et celui-ci, font partie d'un même réseau : être membre de l'un vous donne des droits dans tous les autres. C'est comme ça que je connais Emil, qui travaillait au Cercle de Paris. » Il leva son menu. « Bon, Marshal, on commence par un apéritif ?

— Seulement un peu d'eau minérale pour moi. J'ai encore quatre patients à voir aujourd'hui. »

Peter commanda un Dubonnet avec du soda. Lorsque les boissons arrivèrent, il leva son verre : « À vous, et au cycle de conférences Marshal Streider. »

Le visage de Marshal s'empourpra. Le club avait fait si forte impression sur lui qu'il avait complètement oublié de remercier Peter.

_____
1. En français dans le texte.

« Peter, ces conférences… Quel honneur pour moi… Je voulais vous remercier tout de suite, mais je suis préoccupé par mon dernier patient.

— Votre dernier patient ? Vous me surprenez. Je croyais que, une fois que les patients quittaient votre cabinet, ils ne venaient plus hanter votre cerveau jusqu'à la séance suivante.

— Ce serait l'idéal. Mais – et je vous livre là un secret professionnel – même les analystes les plus avertis ont du mal à oublier leurs patients, et continuent de discuter avec eux, en silence, entre les séances.

— Sans gagner un dollar de plus !

— Hélas, non… Il n'y a que les avocats qui font payer les heures de réflexion.

— Intéressant, intéressant ! Peut-être parlez-vous au nom de tous les thérapeutes, Marshal, mais quelque chose me dit que vous parlez surtout de vous. Je me suis souvent demandé pourquoi j'ai toujours si peu reçu de la part des autres psy. Peut-être parce que vous êtes plus impliqué… Peut-être parce que vos patients vous importent plus qu'aux autres. »

Le saumon *en croûte*[1] arriva, mais Peter n'en tint pas compte. Il commença à raconter comment Adriana, elle aussi, avait été profondément déçue par ses précédents psychothérapeutes.

« En fait, Marshal, poursuivit-il, c'est la première des deux choses dont je voulais vous parler aujourd'hui. Adriana aimerait beaucoup travailler avec vous pendant quelques séances. En effet, elle a besoin d'éclaircir certains aspects de ses rapports avec

---

1. En français dans le texte.

son père, d'autant qu'il ne reste peut-être plus au vieil homme beaucoup de temps à vivre. »

Fin observateur des différences de classe, Marshal savait bien que, lorsqu'ils mangent, les gens aisés repoussent toujours à plus tard, délibérément, la première bouchée de nourriture ; en réalité, plus la richesse est ancienne, plus le délai est long. Marshal fit donc de son mieux pour respecter le rythme de Peter. Lui aussi ignora le saumon, but son eau minérale, écouta attentivement Peter, acquiesça et l'assura qu'il serait ravi de voir Adriana pour une thérapie courte.

Mais il finit par craquer et attaqua son plat. Il était content d'avoir suivi les conseils de Peter à propos du saumon : délicieux, *en effet*. La croûte délicatement beurrée craquait et fondait dans sa bouche ; nul besoin de mastiquer la bête : par la simple pression de la langue contre le palais, les morceaux couverts de romarin se disloquaient avant de doucement glisser dans son gosier sur un lit de beurre chaud et crémeux. Au diable le cholestérol, estima-t-il, pris d'une culpabilité jouissive.

Pour la première fois, Peter regarda son assiette, presque surpris de la découvrir sous ses yeux. Il avala une copieuse bouchée, posa sa fourchette et reprit le fil de son propos.

« Parfait. Adriana a besoin de vous. Je me sens vraiment soulagé. Elle vous appellera cet après-midi. Voici sa carte. Si vous ne parvenez pas à vous joindre, elle aimerait que vous l'appeliez pour lui fixer un rendez-vous la semaine prochaine. Votre heure sera la sienne. Je voudrais aussi, Marshal, vous régler tout de suite les séances d'Adriana. Je lui en ai parlé, elle est d'accord. Ceci paiera cinq séances. » Il sortit une enveloppe contenant dix billets de cent dollars. « Vous ne pouvez pas savoir à quel point je vous sais gré de recevoir Adriana. Naturellement, tout cela ne fait qu'ajouter à ma volonté de vous payer ma dette. »

Il avait piqué la curiosité de Marshal. Celui-ci supposait, en effet, que l'attribution du cycle de conférences universitaires avait conclu le débat. Le destin, semblait-il, avait décidé de lui sourire une fois de plus. Mais il savait bien que sa conscience professionnelle l'emporterait : « Tout à l'heure, vous disiez vouloir discuter de deux choses avec moi. D'abord, les séances avec Adriana. Est-ce que votre sentiment d'avoir encore et toujours une dette envers moi constituerait, par hasard, le deuxième sujet ? »

Peter acquiesça.

« Peter, il va falloir vous arrêter. Sinon – et considérez cela comme une menace sérieuse – je me verrai dans l'obligation de vous demander de reporter votre voyage de trois ou quatre ans, afin que nous puissions résoudre ce problème par la psychanalyse. Je vous le répète : *vous n'avez plus aucune dette à me régler*. Vous avez fait appel à mes services. En échange, je vous ai fait payer les honoraires adéquats, dont vous vous êtes acquitté. Et vous m'avez même payé un peu plus, vous vous souvenez ? Pour finir, vous vous êtes montré assez gentil et généreux pour financer un cycle de conférences qui porte mon nom. Vous n'avez *jamais* eu de dette en suspens. Et même si ç'avait été le cas, votre cadeau l'aurait réglée. Mieux que ça : maintenant *je* me sens une dette envers *vous* !

— Marshal, vous m'avez appris à être honnête avec moi-même et à exprimer mes sentiments ouvertement. Je vais donc suivre vos consignes à la lettre. Accordez-moi deux minutes et écoutez-moi. Cinq minutes, allez. D'accord ?

— Cinq minutes. Et on n'en parle plus. OK ? »

Peter acquiesça. Souriant, Marshal ôta sa montre et la plaça entre eux.

Peter s'en empara, l'étudia attentivement quelques instants, la reposa sur la table et commença.

« Premièrement, il y a une chose que j'aimerais clarifier. Je me sentirais malhonnête si je vous laissais croire que mon legs à l'université est véritablement un cadeau que je vous fais. En réalité, je fais un petit cadeau à l'université presque chaque année. Il y a quatre ans, j'ai financé la chaire d'économie de mon père. De toute façon, j'aurais fait ce cadeau. La seule différence, c'est que je l'ai spécifiquement destiné à votre cycle de conférences.

« Deuxième chose : je comprends parfaitement votre point de vue sur les cadeaux. Et je le respecte. Pourtant, j'ai une proposition qui vous semblera peut-être acceptable. Combien de temps me reste-t-il ?

— Trois minutes et des poussières, sourit Marshal.

— Je ne vous ai pas dit grand-chose de ma vie professionnelle. Pour faire court, j'achète et je vends des entreprises. Je suis un expert de l'évaluation financière des entreprises – je l'ai fait pour Citicorp pendant des années, avant de me mettre à mon compte. J'ai dû être impliqué dans l'achat de plus de deux cents sociétés.

« Récemment, j'ai repéré une entreprise néerlandaise qui est tellement sous-valorisée, et qui dispose d'un tel potentiel de profit, que je l'ai achetée pour mon propre compte ; peut-être suis-je égoïste, mais le tour de table n'est pas encore bouclé. Nous levons deux cent cinquante millions de dollars. La fenêtre de tir pour acheter cette entreprise n'est pas immense et, franchement, l'affaire est trop belle pour que je la partage. »

Malgré lui, Marshal était intrigué. « Et ?

— Attendez, laissez-moi terminer. Cette société, qui s'appelle Rucksen, est le deuxième constructeur de casques de vélo au monde, avec quatorze pour cent du marché. L'année dernière, les ventes ont été bonnes – vingt-trois millions –, mais je suis persuadé de pouvoir quadrupler ce chiffre en deux ans. Voilà pourquoi. Le leader sur le marché, à hauteur de vingt-six pour cent, s'appelle Solvag, c'est une entreprise finlandaise. Or il se trouve que mon consortium contrôle Solvag ! Et moi, je contrôle le consortium. Le produit principal de Solvag, ce sont les casques de moto, et ce secteur est nettement plus rentable que celui des casques de vélo. Mon projet consiste donc à optimiser Solvag en la fusionnant avec une entreprise autrichienne de casques de moto que je suis en train d'acheter. Une fois que ce sera fait, j'arrête la production de casques de vélo chez Solvag et je leur fais fabriquer uniquement des casques de moto. En attendant, j'aurai augmenté la capacité de production de Rucksen et positionné l'entreprise juste sur le créneau laissé vacant par Solvag. Vous voyez la beauté du projet, Marshal ? »

Marshal hocha la tête. Bien sûr qu'il voyait la beauté du projet, une beauté pour initiés. Et il voyait aussi tout le pathétique de ses tentatives répétées pour prédire les évolutions de la Bourse ou pour acheter des actions sur la foi des miettes d'informations sans valeur qui parvenaient aux oreilles des simples amateurs.

« Voilà ce que je vous propose. » Peter consulta la montre. « Encore deux minutes. Écoutez-moi bien. » Mais Marshal avait complètement oublié la limite des cinq minutes.

« J'ai financé le rachat de Rucksen par endettement, et je n'ai eu qu'à débourser neuf millions de dollars comptant. Je compte revendre Rucksen dans vingt-deux mois, à peu près, et j'ai de très bonnes raisons de miser sur un rendement de plus de cinq cents pour cent. Le départ de Solvag du paysage les laissera sans véritables concurrents – ce que personne ne sait, bien sûr, sauf moi. Aussi je vous demanderai le plus grand secret. J'ai également eu vent – je ne peux pas révéler mes sources, même à vous – d'une loi imminente qui obligera les mineurs de trois pays européens à porter un casque de vélo.

« Je vous propose donc de récupérer une partie de l'investissement, disons un pour cent... Non, attendez, Marshal, avant de refuser : *ce n'est pas* un cadeau, et je ne suis plus un de vos patients. C'est un véritable investissement en bonne et due forme. Vous me signez un chèque, et vous détenez des parts dans l'entreprise. À une condition, cependant, et c'est là que je vous demande de faire un effort : je ne veux *en aucun cas* me retrouver dans un nouveau scénario à la Dr Black. Vous savez à quel point j'en ai souffert. »

Peter remarqua l'intérêt croissant qu'il éveillait chez Marshal. Il parlait avec plus d'assurance. « Alors voilà ce que je vous propose. Pour *ma* propre santé mentale, je veux que tout ça ne comporte pas le moindre risque pour *vous*. Si à un moment donné vous n'êtes pas satisfait de votre investissement, je vous le rachète, et ce à votre prix. Je propose également de vous donner un billet à ordre, parfaitement garanti et payable, à votre demande, pour un montant égal à cent pour cent de votre investissement, plus dix pour cent d'intérêts annuels. Mais vous devez me *promettre* que vous utiliserez ce billet à ordre en cas d'accident imprévu – qui sait ? L'assassinat du président, ma mort accidentelle, ou quoi que ce soit qui puisse vous faire courir un risque. Autrement dit, vous êtes obligé d'utiliser ce billet. »

Peter s'enfonça dans son fauteuil, se saisit de la montre de Marshal et la lui rendit. « Sept minutes et demie. J'ai terminé. »

Toutes les calculatrices internes de Marshal tournaient en même temps. Et la mécanique ne grinçait pas, cette fois-ci. « Quatre-vingt-dix mille dollars, se disait-il. Je fais, disons, sept cents pour cent… On arrive quand même à plus de six cent mille dollars de profit. En vingt-deux mois. Comment refuser ? Qui pourrait refuser une telle offre ? Si j'investis à douzze pour cent, je gagne soixante douze mille dollars par an jusqu'à la fin de mes jours ! Peter a raison : ce n'est plus un patient. Ce n'est plus un cadeau lié au transfert. Je mets de l'argent : c'est un investissement. Et en plus, c'est sans risque ! Il s'agit d'une affaire privée. Pas de faute professionnelle là-dedans. Tout ça est réglo. Parfaitement réglo. »

Il interrompit le fil de ses pensées, car il était temps d'agir. « Peter, dans mon bureau, je n'ai vu qu'une facette de votre personnalité. Maintenant, je commence à mieux vous cerner ; et je comprends pourquoi vous avez si bien réussi. Vous vous fixez un objectif et vous faites tout pour l'atteindre, avec une ténacité et une intelligence comme j'en ai rarement vu… Et une grande générosité, également. » Il lui tendit la main. « J'accepte votre offre. Avec plaisir. »

Le reste de la transaction fut rapidement réglé. Peter proposa à Marshal d'être son partenaire dans la société, à la hauteur qu'il souhaiterait jusqu'à un pour cent du capital. Au point où il en était, Marshal décida de se jeter à l'eau et d'investir la somme maximale : quatre-vingt-dix mille dollars, qu'il trouverait en vendant ses placements chez Wells Fargo et Fidelity, et qu'il verserait dans un délai de cinq jours sur le compte de Peter à Zurich. Puis Peter achèterait Rucksen dans un délai de huit jours, date à laquelle la loi néerlandaise lui demanderait de donner le nom de tous les actionnaires. Pendant ce temps, il préparerait un billet à ordre et le laisserait au cabinet de Marshal avant de s'envoler pour Zurich.

Plus tard dans l'après-midi, après avoir reçu son dernier patient de la journée, Marshal entendit toquer à sa porte. Un coursier à vélo, adolescent boutonneux vêtu d'une veste en jean avec des brassards rouge fluorescent ainsi que de l'obligatoire casquette des San Francisco Giants portée à l'envers, lui remit une enveloppe en papier kraft. À l'intérieur, Marshal trouva un acte notarié qui recensait tous les détails de la transaction. Un deuxième document, qui devait être signé par Marshal, précisait qu'il était obligé de demander un remboursement total de son investissement au cas où, pour quelque raison que ce soit, la valeur de l'action Rucksen viendrait à tomber en deçà de son prix d'achat. Peter avait aussi laissé une petite note : « Afin que vous soyez tout à fait tranquille, vous recevrez mercredi de mon avocat un billet garanti. Veuillez trouver dans l'enveloppe un cadeau pour célébrer notre partenariat. »

Marshal plongea sa main au fond de l'enveloppe et en sortit une petite boîte où était inscrit le nom de la bijouterie Shelve. Il l'ouvrit et, bouche bée, découvrit sa toute première Rolex, incrustée de pierres précieuses.

Chapitre 10

Le mardi soir, juste avant six heures, Ernest reçut un coup de téléphone de la sœur d'Eva Galsworth, une de ses patientes.

« Eva m'a dit de vous appeler et de vous dire simplement : "C'est l'heure." »

Ernest rédigea un mot d'excuse pour son patient de dix-huit heures dix, le scotcha sur la porte de son cabinet et se précipita chez Eva, une femme de cinquante et un ans atteinte d'un cancer des ovaires déjà très avancé. Femme élégante et d'une grande dignité, Eva enseignait l'écriture. Souvent, Ernest se serait très bien vu vivre à ses côtés, si elle avait été plus jeune, et s'ils s'étaient rencontrés dans d'autres circonstances. Il la trouvait magnifique, il l'admirait énormément et ne cessait d'être émerveillé par son appétit de vivre. Depuis maintenant un an et demi, il avait fait feu de tout bois pour l'accompagner et la soulager dans ses derniers jours.

Avec de nombreux patients, Ernest faisait intervenir le concept de regret dans la thérapie. Il leur demandait d'analyser les regrets que suscitait leur comportement passé, et les exhortait à ne pas entretenir de nouveaux regrets dans l'avenir. « Le but, disait-il, est de vivre de telle sorte que dans cinq ans vous ne vous retourniez pas en regrettant amèrement les cinq dernières années qui se seront écoulées. »

De temps à autre, cette stratégie du « regret anticipé » se soldait par un échec cuisant. Mais la plupart du temps, elle fonctionnait. Néanmoins, personne ne s'y attela plus sérieusement qu'Eva, qui voulait absolument « sucer la moelle des os de la vie », comme elle disait elle-même. Au cours des deux années qui avaient suivi le diagnostic, sa vie avait été totalement bouleversée : elle avait rompu un mariage sans joie, eu de brèves aventures avec deux hommes qu'elle avait longtemps désirés, fait un safari au Kenya, écrit deux nouvelles et sillonné le pays pour rendre visite à ses trois enfants et à plusieurs de ses anciens étudiants.

Pendant tout ce temps-là, Ernest et elle avaient beaucoup travaillé. Et bien travaillé. Pour Eva, le bureau d'Ernest était devenu un refuge, un endroit où elle pouvait exprimer toutes ses peurs au sujet de la mort, toutes les angoisses macabres qu'elle n'osait pas partager avec ses amis. Ernest lui avait promis de tout aborder de manière frontale, de ne rien esquiver, enfin de la traiter non pas comme une patiente, mais comme une compagne de voyage et de souffrance.

Et il tint parole. Il décida de voir Eva à chaque fois en toute fin de journée, parce qu'il lui arrivait régulièrement de terminer leur séance totalement angoissé par la mort d'Eva, comme par sa propre mort. Il lui avait rappelé maintes et maintes fois qu'elle n'était pas complètement seule face à la mort, qu'elle et lui étaient confrontés à la terreur de la finitude, et qu'il l'accompagnerait aussi loin que la vie le lui permettrait. Lorsque Eva lui demanda de promettre qu'il assisterait à son dernier souffle, Ernest accepta. Ces deux derniers mois, elle était trop malade pour venir jusqu'à son bureau ; mais Ernest lui téléphonait très régulièrement et se rendait parfois chez elle pour des séances qu'il avait décidé de ne pas facturer.

Ce jour-là, il fut accueilli par la sœur d'Eva, qui l'accompagna vers la chambre. Le teint terriblement jauni parce que la tumeur avait gagné son foie, Eva respirait péniblement ; elle transpirait tellement que ses cheveux trempés lui collaient au visage. Elle hocha la tête et, dans un souffle, demanda à sa sœur de quitter la pièce. « Je veux une dernière séance privée avec mon médecin. »

Ernest s'assit à ses côtés. « Vous pouvez parler ?

— Trop tard. Plus de mots. Tenez-moi. »

Ernest prit sa main dans la sienne, mais elle secoua la tête. « Non, s'il vous plaît, tenez-moi », murmura-t-elle.

Alors, Ernest s'assit sur le lit et se pencha pour la prendre dans ses bras. Mais il n'arrivait pas à trouver une position confortable. Il ne lui restait plus qu'à s'allonger à côté d'elle, et à la serrer dans ses bras. Gardant sur lui sa veste et ses chaussures, il regardait nerveusement la porte, craignant un éventuel malentendu. Au début, il se sentit gêné, heureux de constater qu'entre leurs corps se trouvaient plusieurs couches d'objets – le drap, la couette, le couvre-lit, la veste. Il se détendit peu à peu, ôta sa veste, tira la couette et serra fort Eva. Elle le serra à son tour. L'espace d'un instant, il sentit en lui une ardeur malvenue, les prémices d'une excitation sexuelle, mais, honteux, il parvint à se ressaisir et à se concentrer uniquement sur ses bras tendrement noués autour d'Eva.

Au bout de quelques minutes, il lui demanda : « Ça va mieux, Eva ? »

Pas de réponse. La respiration d'Eva devenait difficile.

Ernest bondit du lit, se pencha sur elle et hurla son nom.

Toujours pas de réponse. Alarmée par son cri, la sœur d'Eva se précipita dans la chambre. Ernest prit le poignet de la mourante : le pouls avait disparu. Il posa une main sur son torse, écartant doucement son sein lourd, et chercha son pouls apical. Voyant que son cœur battait très faiblement et irrégulièrement, il déclara : « Fibrillation ventriculaire. C'est très mauvais signe. »

Ils veillèrent tous deux la malade pendant environ deux heures, écoutant sa respiration lourde et irrégulière. « Respiration de Cheyne-Stokes », se rappela Ernest, étonné de voir comment le terme avait remonté depuis les profondeurs de sa troisième année de médecine. Les yeux d'Eva tremblaient de temps en temps, mais ils ne se rouvrirent jamais. Sur ses lèvres s'amassait sans cesse une écume sèche, qu'Ernest nettoyait à intervalles réguliers avec un Kleenex.

« C'est le signe d'un œdème pulmonaire, dit-il. Comme le cœur ne marche plus, ses poumons se remplissent de liquide. »

La sœur d'Eva hocha la tête. Elle paraissait soulagée. Ernest fut surpris de constater, une fois de plus, comment le fait de nommer et d'expliquer scientifiquement tel ou tel phénomène apaisait toutes les angoisses. « Il suffit que je donne un nom à sa respiration ? pensa-t-il. Que j'explique pourquoi le ventricule gauche affaibli fait que le fluide repart dans l'oreillette gauche puis dans les poumons, ce qui provoque l'écume ? Et alors ? Je n'ai rien donné ! Tout ce que j'ai fait, c'est nommer la bête. Mais voilà : je me sens mieux, sa sœur se sent mieux et, si la pauvre Eva avait été consciente, elle se serait certainement sentie mieux. »

Ernest tenait la main d'Eva tandis que sa respiration devenait de plus en plus ténue et irrégulière. Au bout d'une heure, elle cessa tout à fait. Ernest ne sentait plus son pouls. « Elle est partie. »

Pendant quelques minutes, la sœur d'Eva et lui demeurèrent assis sans rien dire, puis ils commencèrent à discuter de la marche à suivre. Ils dressèrent une liste de coups de fil à passer – enfants, amis, journaux, pompes funèbres. Au bout d'un moment, Ernest se leva pour partir, tandis que la sœur d'Eva s'apprêtait à laver le corps. Ils se mirent d'accord sur les vêtements que porterait la défunte. Elle serait incinérée, dit sa sœur, qui pensait par ailleurs que les pompes funèbres fourniraient un linceul. Ernest acquiesça, bien que ne connaissant strictement rien à ces questions.

En rentrant chez lui, Ernest repensa justement à son ignorance complète de la mort. Malgré les multiples expériences médicales et les dissections de cadavres au cours de ses études, il n'avait jamais vu, comme nombre de médecins, quelqu'un mourir sous ses yeux. Il était calme. Professionnel. Même si Eva lui manquerait énormément, sa mort avait été douce, fort heureusement. Il savait qu'il avait fait tout son possible mais il continua de sentir le corps d'Eva contre sa poitrine pendant toute la nuit qui suivit – une nuit pour le moins agitée.

Il se réveilla juste avant cinq heures du matin, tentant d'agripper les restes d'un rêve troublant. Il fit exactement ce qu'il conseillait toujours à ses patients de faire après un mauvais rêve : il resta dans son lit, sans bouger, et essaya de se le rappeler avant même d'ouvrir les yeux. Prenant un crayon à papier et un carnet qui se trouvaient à côté du lit, Ernest écrivit son rêve.

« Je marche avec mes parents et mon frère dans un centre commercial, et nous décidons de monter à l'étage. Je me retrouve tout seul sur un escalator. La montée est longue, très longue. Quand j'arrive à l'étage, je suis au bord de la mer ; mais ma famille n'est plus là. Je les cherche partout. Bien que le paysage soit magnifique… que la plage soit paradisiaque… je commence à éprouver une angoisse terrifiante. Puis je me mets à enfiler un pyjama sur lequel est imprimé le visage souriant d'un mignon nounours. Le visage devient de plus en plus brillant, puis éblouissant… Très vite il devient le centre absolu de mon rêve, comme si toute l'énergie onirique se concentrait sur le joli visage souriant du nounours. »

Plus Ernest repensait à ce rêve, plus celui-ci lui semblait fondamental. Incapable de se recoucher, il s'habilla et se rendit à son bureau – il était six heures du matin – pour saisir ces notes sur ordinateur. Cela s'inscrivait parfaitement dans le cadre du chapitre sur les rêves du nouveau livre qu'il était en train d'écrire : *Angoisse de la mort et psychothérapie*. Ou bien *Psychothérapie, mort et angoisse*. Ernest avait du mal à se décider sur le titre.

Le rêve qu'il avait fait était limpide. Tout s'expliquait, en effet, à la lumière des événements de la veille. La mort d'Eva l'avait contraint à se confronter à sa propre mort (incarnée ici par l'angoisse terrifiante, par la séparation de sa famille, et par le long escalator qui menait au bord de la mer). Quelle tristesse de constater, pensa-t-il, que sa propre machine à rêves était tombée dans le panneau de l'ascension merveilleuse vers le paradis ! Mais qu'y pouvait-il ? La machine à rêves était maîtresse d'elle-même, elle s'était formée à l'aube de sa conscience, évidemment façonnée par les croyances populaires plutôt que par la seule volonté.

La force de ce rêve se trouvait tout entière dans le pyjama illuminé par le visage de l'ourson. Ernest savait que cette image-là provenait directement de la discussion qu'il avait eue sur les habits que porterait Eva en attendant son incinération. Le nounours comme image de l'incinération ! Curieux, mais instructif.

Plus Ernest y pensait, plus ce rêve lui semblait utile à l'enseignement qu'il dispensait aux psychothérapeutes. D'abord il illustrait parfaitement l'idée de Freud selon laquelle une des fonctions primaires des rêves était de préserver le sommeil. En l'occurrence, une pensée angoissante – l'incinération – est transformée en quelque chose de plus léger et de plus agréable : le visage adorable, attachant, du nounours. Mais le rêve n'avait été qu'un demi-succès : s'il lui avait permis de continuer à dormir, l'angoisse de la mort avait été suffisamment forte pour investir l'espace entier de son rêve.

Il écrivit pendant deux heures, jusqu'à ce que Justin arrive pour son rendez-vous. Il adorait écrire tôt le matin, même si cela le faisait tomber de fatigue en début de soirée.

« Pardon pour lundi, dit Justin, qui marcha tout droit vers son fauteuil en évitant soigneusement le regard d'Ernest. Je n'arrive toujours pas à croire que j'ai pu faire ça. Vers dix heures, j'étais sur le chemin du bureau, en train de siffloter, de bonne humeur, quand tout à coup patatras : *j'avais complètement oublié ma séance avec vous.* Qu'est-ce que vous voulez que je vous dise ? Je n'ai pas d'excuse. Aucune. Tout simplement oublié. Est-ce que je dois quand même payer la séance ?

— Eh bien... » Ernest hésita. Il détestait faire payer un patient pour une heure manquée, même lorsqu'il s'agissait manifestement, comme c'était le cas cette fois-ci, d'un geste de résistance. « Écoutez, Justin, comme c'est la première fois que vous ratez une séance, depuis toutes ces années que nous travaillons ensemble... On n'a qu'à dire, Justin, qu'à partir d'aujourd'hui, je vous ferai payer chaque séance que vous raterez sans m'avoir prévenu vingt-quatre heures auparavant. »

Ernest n'en croyait pas ses oreilles. Avait-il vraiment dit ce qu'il venait de dire ? Comment pouvait-il *ne pas* faire payer Justin ? Il se mit à redouter sa prochaine séance de supervision. Marshal allait le massacrer pour s'être comporté de la sorte ! Car il ne tolérait aucune entorse à la règle, aucune excuse – accident de voiture, maladie, tempête de neige, inondation, jambe cassée... Il aurait fait payer un patient quand bien même ce dernier assistait à l'enterrement de sa mère.

Il entendait déjà Marshal : « Tout ça pour faire le type sympa, Ernest ? C'est donc ça ? Pour que vos patients disent un jour à qui voudra les entendre : "Ernest Lash est un type sympa" ? Ou alors est-ce que vous culpabilisez encore parce que Justin a plaqué sa femme sans vous prévenir ? Vous êtes en train de donner à cette thérapie un cadre à la fois incohérent et irrégulier. »

Bon, conclut-il. Il n'y avait rien à faire pour le moment.

« Creusons un peu, Justin. Parce qu'il ne s'agit pas simplement d'un oubli de la séance de lundi. Lors de notre dernière entrevue, vous aviez deux ou trois minutes de retard ; sans parler des silences, des longs silences, qui sont apparus entre nous au cours des dernières séances.

— C'est bien simple, répondit Justin avec une détermination inhabituelle, aujourd'hui il n'y aura aucun silence. Il faut que je vous parle d'une chose très importante : j'ai décidé de faire un raid chez moi. »

Ernest remarqua un changement dans la manière de s'exprimer de Justin. Plus direct, moins déférent. Néanmoins, il évitait encore d'évoquer leur relation. Ernest y reviendrait plus tard ; pour l'instant, il était très intrigué par les propos de Justin.

« Qu'est-ce que vous entendez par "raid", au juste ?

— Eh bien, Laura estime que je devrais récupérer ce qui m'appartient. Ni plus, ni moins. Pour l'instant, je n'ai que ce que j'ai pu fourrer dans ma valise le soir où je suis parti. Or j'ai une immense garde-robe. C'est mon péché mignon, vous savez... Mon Dieu, quand je pense aux sublimes cravates que j'ai à la maison, ça me fend le cœur. Laura trouve absurde d'acheter des tonnes de nouveaux habits alors que j'en ai déjà tellement. En outre, nous avons besoin d'économiser pour d'autres choses, à commencer par la nourriture et le loyer. Laura me conseille d'aller directement chez moi et de récupérer ce qui m'appartient.

— C'est un pas important. Qu'en pensez-vous ?

— Je crois que Laura a raison. Elle est jeune, elle est pure, elle n'a pas suivi de psychanalyse, donc elle va droit au but et comprend tout de suite les vrais problèmes.

— Et Carol ? Sa réaction ?

— Je l'ai appelée deux fois, pour voir les enfants et récupérer certaines de mes affaires. Sur mon ordinateur, à la maison, il y a toutes les fiches de paie du mois prochain... Mon père me tuera s'il l'apprend. Bien sûr, je n'ai rien dit à Carol, sinon elle foutrait tout à la poubelle. » Justin se tut.

« Et ? » Ernest commençait à retrouver l'irritation que lui avait causée Justin la semaine précédente. Au bout de cinq années de traitement, il n'était pas normal qu'il doive batailler autant pour extirper de son patient la moindre miette d'information.

« Eh bien, Carol a fait sa Carol. Avant même que je puisse dire quoi que ce soit, elle m'a demandé quand je reviendrais. Quand je lui ai dit que je ne reviendrais plus jamais, elle m'a traité de gros connard et elle a raccroché.

— Carol a fait sa Carol, dites-vous...

— Vous savez, c'est drôle, elle me rend service quand elle fait son petit numéro de mégère. Après l'avoir entendue hurler et raccrocher, je me suis senti mieux. Dès que je l'entends brailler comme ça, je me dis que j'ai eu raison de partir. De plus en plus, je me rends compte à quel point j'ai été assez con pour gâcher neuf années de ma vie avec elle.

— Oui, Justin, je comprends vos regrets, mais le plus important c'est de ne pas regarder en arrière dans dix ans et d'avoir exactement les mêmes regrets. Regardez déjà le bon départ que vous avez pris ! C'est merveilleux que vous ayez quitté cette femme, merveilleux que vous ayez trouvé le courage de prendre une telle décision.

— Oui, vous me l'avez toujours dit : éviter d'avoir des regrets plus tard, éviter d'avoir des regrets plus tard. Il m'est même arrivé de le dire pendant mon sommeil. Mais je n'en prenais pas vraiment toute la mesure.

— Disons que vous n'étiez pas prêt à entendre ces paroles. Et maintenant vous l'êtes, *et* vous êtes également prêt à agir.

— Heureusement que Laura est apparue dans ma vie à ce moment-là. Vous ne pouvez pas savoir quel bonheur je ressens d'être avec une femme qui m'aime vraiment, qui m'admire, même, une femme qui est à mes côtés. »

Bien qu'agacé d'entendre Justin invoquer constamment Laura, Ernest maîtrisait très bien ses émotions – la séance de supervision avec Marshal avait été d'un grand secours. Il savait qu'il n'avait d'autre recours que de faire alliance avec Laura. Et pourtant, il n'aimait pas voir Justin lui céder tous ses pouvoirs.

Après tout, il venait de récupérer son autonomie des mains de Carol, et en jouir de nouveau pendant quelque temps ne pourrait lui faire que du bien.

« C'est *en effet* une chose merveilleuse que Laura soit entrée dans votre vie, Justin. Mais je ne voudrais pas que vous vous dévalorisiez en permanence : car c'est *vous* qui avez fait le premier pas, c'est *vous* qui êtes sorti de la vie de Carol… Tout à l'heure vous parliez de raid ?

— Oui, j'ai suivi le conseil de Laura et je suis allé hier récupérer mes affaires à la maison. »

Justin remarqua le visage surpris d'Ernest et précisa : « N'ayez pas peur, je n'ai pas complètement perdu la tête. J'ai d'abord téléphoné pour être bien certain que Carol était partie à son travail. Vous vous rendez compte qu'elle m'a interdit d'entrer dans ma propre maison ? Cette sorcière a changé les serrures. Toute la nuit, Laura et moi avons discuté de l'attitude à adopter. Pour elle, je devrais récupérer un pied-de-biche dans l'un des magasins de mon père, défoncer la porte et reprendre tout ce qui m'appartient. Plus j'y pense, plus je me dis qu'elle a raison.

— Vous savez, beaucoup de maris ont fait ça », dit Ernest, stupéfait par cette soudaine volonté de puissance chez son patient. Un instant, il imagina Justin avec une veste de cuir noir et un passe-montagne, un pied-de-biche à la main, en train de faire sauter les nouvelles serrures posées par Carol. Croustillant ! D'un autre côté, Ernest appréciait de plus en plus Laura. Mais il sut raison garder ; il savait bien qu'il avait tout intérêt à se retenir, parce qu'il devrait raconter toute la séance à Marshal. « Et les conséquences judiciaires ? Vous avez songé à prendre un avocat ?

— Laura ne veut pas attendre une seule seconde : chercher un avocat ne fera qu'accorder à Carol plus de temps pour piller et détruire mes affaires. Qui plus est, elle est connue pour sa méchanceté dans tous les tribunaux du pays, j'aurais du mal à trouver un avocat dans les parages qui veuille bien se la coltiner. Vous savez, je n'ai pas vraiment le choix : Laura et moi, nous commençons à ne plus avoir d'argent. Je n'ai plus assez pour payer quoi que ce soit… et je crains que ça vous concerne aussi !

— Raison de plus pour trouver un avocat. Vous m'avez dit que Carol gagnait beaucoup plus d'argent que vous ; en Californie, ça veut dire que vous avez droit à une pension.

— Vous plaisantez ! Vous imaginez un seul instant Carol me verser une pension ?

— Elle est comme tout le monde, que je sache. Elle doit obéir à la loi.

— Mais Carol ne me paiera jamais la moindre pension. Avant de me donner un centime, elle préférerait plaider devant la Cour suprême, jeter l'argent dans les toilettes ou aller en prison.

— Très bien : elle va en prison et vous récupérez vos affaires, vos gamins et votre maison. Vous vous rendez compte à quel point vous êtes à côté de la plaque ? Écoutez-vous un seul instant ! À vous entendre, Carol a des pouvoirs surnaturels ! Carol est tellement terrifiante qu'aucun avocat californien n'oserait l'affronter ! Carol est au-dessus des lois ! Bon Dieu, Justin, on parle de votre femme, pas d'Al Capone !

— On voit bien que vous ne la connaissez pas aussi bien que moi… Même après toutes ces années de thérapie, vous ne la connaissez pas vraiment. Quant à mes parents, ce n'est pas brillant non plus. S'ils me payaient correctement, tout irait bien pour moi. Je sais, je sais, Ernest, pendant des années vous m'avez poussé à demander un salaire digne de ce nom. J'aurais dû le faire depuis longtemps. Mais ce n'est pas le moment. Ils m'en veulent beaucoup pour toute cette affaire.

— Ils vous en veulent ? Mais pourquoi donc ? Je croyais qu'ils détestaient Carol.

— Rien ne leur ferait autant plaisir que de ne plus jamais voir cette harpie. Mais elle les tient à la gorge : elle a les enfants en otage. Depuis que je suis parti, elle leur a interdit de voir leurs petits-enfants, et même de leur parler une seule seconde au téléphone. Elle les a également prévenus : s'ils se rangent de mon côté, ils peuvent dire adieu aux gamins. Ils sont absolument pétrifiés, ils n'osent pas bouger le petit doigt pour moi. »

Jusqu'à la fin de la séance, Justin et Ernest évoquèrent l'avenir de leur travail ensemble. Aux yeux d'Ernest, retards et séances manquées étaient le signe évident d'une implication déclinante dans la thérapie. Justin en convint, mais avoua sans ambages qu'il ne pouvait plus se permettre de payer ses séances. Ernest lui conseilla cependant de ne pas abandonner la thérapie au milieu d'un tel bouleversement, et lui proposa de remettre le paiement des séances à des jours plus fastes. Mais Justin, avec sa nouvelle détermination en bandoulière, refusa, arguant que sa situation financière ne s'arrangerait pas avant longtemps

– c'est-à-dire pas avant la mort de ses parents. Et puis Laura voyait d'un mauvais œil (et il était d'accord avec elle) l'idée de commencer leur nouvelle vie en s'endettant.

Mais l'argent n'était pas tout. Justin affirma qu'il n'avait plus besoin de thérapie, puisque le fait de parler avec Laura lui suffisait amplement. Ernest n'apprécia pas la remarque ; mais le souvenir des paroles de Marshal, selon lesquelles la révolte de Justin était un signe de progrès, adoucit son irritation. Il accepta donc la décision de Justin de mettre fin à sa thérapie, mais plaida néanmoins contre une interruption aussi brutale. Justin s'entêta, avant d'accepter finalement de revenir pour deux séances de plus.

La plupart des thérapeutes prennent dix minutes de pause entre chaque séance et programment leurs rendez-vous aux heures rondes. Mais pas Ernest. Il était bien trop mal organisé pour cela, lui qui commençait souvent en retard ou dépassait les cinquante minutes réglementaires. Dès le début, il avait pris des pauses de quinze ou vingt minutes, et fixé des rendez-vous à des horaires curieux : neuf heures dix, onze heures vingt ou quatorze heures cinquante, par exemple. Naturellement, Ernest ne soufflait mot de ces habitudes pour le moins hétérodoxes à Marshal, lequel aurait évidemment fustigé son incapacité à rester dans des limites bien établies.

Ernest profitait généralement de ses pauses pour rentrer dans l'ordinateur les notes qu'il avait prises sur tel ou tel patient, ou pour griffonner quelques idées utiles à son futur livre. Mais après le départ de Justin, il ne fit rien de tout cela. Non, il se contenta de rester assis dans son fauteuil, à méditer sur la décision de Justin de mettre fin à sa thérapie. Même s'il était conscient de l'avoir aidé, Ernest se disait tout de même qu'il ne l'avait pas emmené assez loin. D'autre part, il était profondément agacé d'entendre son patient attribuer tout le mérite de sa guérison à Laura. Mais d'une certaine manière, cela n'avait plus grande importance pour lui, car la supervision de Marshal lui avait permis de tout relativiser. D'ailleurs il comptait bien le lui dire la prochaine fois. Les individus aussi sûrs d'eux que Marshal reçoivent généralement peu de compliments – la plupart des gens pensent qu'ils n'en ont pas besoin. Mais Ernest avait l'intuition que Marshal apprécierait la remarque.

Tout en regrettant que Justin s'arrête en si bon chemin, Ernest n'était pas si mécontent de cette décision. Cinq années de thérapie, tout de même… Il n'était pas fait pour les patients chroniques. Non, c'était un aventurier et, lorsqu'un patient n'avait plus soif de nouveauté, plus envie de défricher des terres inconnues, alors il se lassait. Or Justin n'avait jamais appartenu à la race des explorateurs. C'est vrai, il avait brisé ses chaînes et s'était libéré de son épouvantable couple. Mais Ernest mettait cette liberté retrouvée au crédit d'une nouvelle entité, Justin *et* Laura, et non pas du seul Justin. Une fois que Laura disparaîtrait du paysage, ce qui était inéluctable, Justin retomberait dans les affres de son ancienne vie. Ernest en était convaincu.

Chapitre 11

Le lendemain après-midi, Ernest griffonnait quelques notes à la hâte en attendant la deuxième séance de Carolyn Leftman. La journée avait été longue, mais il n'était pas fatigué : lorsque les séances étaient bonnes, il était toujours requinqué. Et jusqu'ici, les choses s'étaient bien passées.

Ç'avait été le cas, au moins, pour quatre de ses cinq patients. Le cinquième, Brad, comme toujours, avait consacré la séance à fournir un compte rendu aussi détaillé qu'ennuyeux de sa semaine. Ce genre de patients semblaient intrinsèquement incapables de tirer profit de leur thérapie. Après avoir tout tenté pour le guider vers des sphères plus élevées, Ernest commençait à penser qu'une autre approche, comportementale peut-être, pourrait mieux aider Brad à surmonter son anxiété chronique et sa tendance à la procrastination permanente. Mais chaque fois qu'il commençait à exprimer des choses, celui-ci se lançait dans des propos gratuits sur les immenses bienfaits de cette thérapie, sur la fin de ses crises d'angoisse et sur la qualité de son travail avec Ernest.

Ce dernier ne se satisfaisait plus d'endiguer simplement l'anxiété de Brad. Comme avec Justin, il était de plus en plus impatient, au point de modifier son critère d'appréciation d'une bonne thérapie : désormais, il n'était satisfait que si le patient se livrait, prenait des risques, faisait des avancées et, plus que tout, avait envie de travailler et d'explorer le fameux « entre-deux », cette zone qui sépare le patient du thérapeute.

Lors de la dernière séance de supervision, Marshal avait reproché à Ernest sa *chutzpah* [1], en l'occurrence de croire que cette attention portée à l'entre-deux était quelque chose d'original. Cela faisait quatre-vingts ans que les psychanalystes se penchaient de très près sur le transfert, à savoir les sentiments irrationnels qu'éprouve le patient pour son psy.

Mais Ernest ne se laissait pas faire et continuait opiniâtrement de prendre des notes en vue d'un article sur la relation thérapeutique, intitulé « L'entre-deux. Pour une thérapie authentique ». Quoi qu'en dise Marshal, il était persuadé de révolutionner la psychothérapie en se concentrant non pas sur le transfert – relation irréelle et déformée – mais sur le lien *réel* et *authentique* qui l'unissait à ses patients.

Cette évolution dans son approche exigeait d'Ernest qu'il se révèle davantage à ses patients ; ensemble, ils devaient étudier la véritable relation qui existait entre eux, le *nous* qui se créait dans le cabinet du thérapeute. Longtemps, il avait estimé que la mission du psy était d'identifier et d'éliminer tous les obstacles qui amoindrissaient cette relation. Or l'expérience radicale d'ouverture personnelle qu'il avait eue avec Carolyn Leftman était, tout simplement, l'étape suivante, logique, de l'évolution de sa nouvelle approche conceptuelle.

---

1. Terme yiddish qui désigne un culot mêlé d'insolence.

Non seulement Ernest était content de sa journée, mais il avait même reçu un petit cadeau : des patients lui avaient décrit deux rêves effrayants qu'il pourrait, avec leur permission, rapporter dans son livre sur l'angoisse de la mort. Il lui restait donc encore cinq minutes avant que Carol n'arrive. Il alluma son ordinateur pour y noter les deux rêves.

Le premier n'était qu'un fragment :

« Je vais vous voir pour un rendez-vous. Mais vous n'êtes pas là. Je regarde partout et je vois votre chapeau sur le portemanteau, entièrement couvert de toiles d'araignée. Une vague oppressante d'intense tristesse m'envahit. »

Madeline, l'auteur de ce rêve, qui avait un cancer du sein, venait d'apprendre que le mal avait envahi sa moelle épinière. Dans son rêve, la cible de la mort se déplace : ce n'est plus Madeline qui est confrontée à la souffrance et à la mort, mais le thérapeute lui-même, qui a disparu en ne laissant derrière lui que son chapeau couvert de toiles d'araignée. Ou alors, jugea Ernest, le rêve reflète le sentiment qu'éprouve Madeline de quitter le monde : si sa conscience est responsable de la forme, de l'apparence et du sens de toute réalité « objective » – tout son monde personnel –, alors l'extinction de cette conscience entraîne la disparition de tout.

Ernest avait l'habitude de travailler avec des patients au seuil de la mort ; mais cette image particulière, celle de son cher panama prisonnier des toiles d'araignée, lui fit froid dans le dos.

Matt, un médecin de soixante-quatre ans, lui avait raconté l'autre rêve :

« Je fais de la randonnée au sommet d'une haute falaise, sur la côte de Big Sur, et je vois en contrebas une petite rivière qui se jette dans le Pacifique. En m'approchant, je me rends compte que la rivière coule en fait depuis l'océan, à contre-courant. Puis je vois un vieil homme voûté qui ressemble à mon père ; il est tout seul, debout, brisé, devant une grotte. Je ne peux pas me rapprocher parce qu'il n'y a plus de chemin praticable. Je continue donc à suivre la rivière du haut de la falaise. Au bout de quelques instants, je vois un autre homme, encore plus voûté, peut-être mon grand-père. Aucun moyen non plus de m'approcher de lui, et je me réveille à la fois troublé et frustré. »

Ce que Matt craignait le plus n'était pas la mort en tant que telle, mais plutôt le fait de mourir seul. Son père, alcoolique invétéré, était mort quelques mois auparavant et, bien que leurs rapports aient toujours été conflictuels, Matt ne se pardonnait pas d'avoir laissé son père mourir seul. Il avait l'impression que le destin le vouait, lui aussi, à une mort solitaire, sans foyer, comme ç'avait été le cas pour tous les hommes de sa famille. Souvent, lorsqu'au milieu de la nuit l'angoisse le serrait à la gorge, Matt trouvait la paix en s'asseyant à côté de son fils de huit ans qui dormait, et en l'écoutant respirer. Il avait souvent ce fantasme de nager dans l'océan, loin du rivage, avec ses deux enfants qui l'aidaient à glisser entre les vagues pour toujours. Mais comme il n'avait aidé ni son père ni son grand-père à mourir, il se demandait s'il méritait vraiment de tels enfants.

Une rivière qui coule à contre-courant ! Une rivière qui coule *vers l'amont*, en charriant des pommes de pin et des feuilles de chêne marron, loin de l'océan. Une rivière qui coule à rebours, vers l'âge d'or de l'enfance et de la réunion de la famille primitive. Quelle extraordinaire image pour dire le temps inversé, pour dire le besoin d'une échappatoire au fatal déclin du corps ! Ernest admirait toujours l'artiste qui sommeillait en chacun de ses patients. Souvent il aurait voulu tirer son chapeau au fabricant de rêves inconscient qui, nuit après nuit, année après année, tissait ces chefs-d'œuvre d'illusion.

Derrière la porte, dans la salle d'attente, Carol aussi écrivait : des notes sur sa première séance avec Ernest. Elle s'arrêta pour se relire.

« SÉANCE 1.
12 février 1995

Dr Lash – inopportunément familier. Intrusif. Malgré mes protestations, a insisté pour que je l'appelle Ernest… M'a touchée dès les trente premières secondes, mon coude, quand je suis entrée dans la pièce… Très doucement – m'a retouchée, la main, quand il m'a tendu un mouchoir… Je lui ai raconté mes gros problèmes et mon passé familial… A insisté lourdement sur des souvenirs réprimés d'abus sexuels au cours de mon enfance. Dès la première séance ! Trop de choses, et trop vite. Je me suis sentie dépassée et troublée ! M'a révélé ses sentiments personnels… Me dit qu'il est important que nous soyons très proches… M'invite à poser des questions sur lui, me promet de tout dire sur lui, est d'accord avec moi sur mon aventure avec le Dr Cooke… A dépassé l'heure de dix minutes… A insisté pour me prendre dans ses bras en guise d'au revoir… »

Elle était contente. « Ces notes, pensa-t-elle, seront très utiles. Je ne sais pas trop comment mais, un jour ou l'autre, Justin, mon avocat, le comité de déontologie de Californie, quelqu'un trouvera ces lignes particulièrement instructives. » Puis elle referma son carnet. Il lui fallait maintenant se concentrer sur sa séance avec Ernest. Après tous les événements des dernières vingt-quatre heures, elle avait du mal à avoir les idées claires.

La veille, en rentrant à la maison, elle avait trouvé un billet de Justin scotché sur la porte d'entrée : « Je suis revenu chercher mes affaires. » La porte de derrière avait été forcée, et Justin avait repris tout ce qu'elle n'avait pas eu le temps de détruire : ses raquettes, ses vêtements, ses affaires de toilette, ses chaussures, ses livres, et quelques possessions communes – livres, appareil photo, jumelles, chaîne stéréo, la plupart de ses disques, plusieurs vases, poêles à frire et autres verres. Il avait même forcé son armoire de cèdre pour y récupérer son ordinateur personnel.

Folle de rage, Carol avait appelé les parents de Justin pour leur dire qu'elle comptait bien voir leur fils derrière les barreaux, et qu'ils se retrouveraient dans la cage voisine s'ils avaient la mauvaise idée de l'aider, d'une façon ou d'une autre. Les coups de fil qu'elle passa à Norma et à Heather ne lui furent d'aucun secours – bien au contraire, même. Norma était entièrement préoccupée par sa propre crise conjugale, et Heather, à sa manière à la fois douce et laborieuse, lui rappela que Justin avait parfaitement le droit de reprendre ses affaires. Impossible de le poursuivre pour effraction, puisqu'il était chez lui et qu'elle n'avait pas le droit de changer les serrures ou de lui barrer la route autrement que par une décision judiciaire.

Carol savait pertinemment que Heather avait raison. Elle n'avait pas demandé au tribunal de décision interdisant à Justin d'entrer, car jamais, au grand jamais, elle n'aurait imaginé qu'il entreprenne une telle action.

Comme si le fait de voir disparaître ces objets ne suffisait pas, elle avait eu la surprise, en s'habillant le lendemain matin, de trouver toutes ses petites culottes méticuleusement découpées en leur centre. Et pour qu'aucun doute ne soit permis, Justin avait laissé sur chaque culotte un petit lambeau des cravates qu'elle avait elle-même tailladées et replacées dans l'armoire.

Carol était sidérée. Ce n'était pas Justin. Du moins pas le Justin qu'elle connaissait. Non, jamais il n'aurait pu faire cela tout seul. Il n'avait ni les tripes ni l'imagination nécessaires. Il n'y avait qu'une seule piste… Il n'y avait qu'une seule personne pour avoir tout manigancé : Ernest Lash ! Elle leva alors les yeux ; il était là, en chair et en os, lui faisant signe d'entrer dans son bureau ! « Quel qu'en soit le prix, espèce d'ordure, quel que soit le temps que j'y passerai, quoi que je doive faire, je briserai ta carrière ! » Voilà ce que Carol pensa en cet instant.

Une fois qu'ils furent assis, Ernest dit : « Alors, qu'est-ce qui vous paraît important aujourd'hui ?

— Il y a tellement de choses… Laissez-moi quelques instants pour rassembler mes idées. Je ne sais pas vraiment pourquoi je suis tellement agitée.

— En effet, je vois que vous avez plein de choses qui se bousculent dans votre tête. »

« Oh, brillant, brillant… Pauvre con », pensa Carol.

« Néanmoins, reprit Ernest, j'ai du mal à vous déchiffrer, Carolyn. Perturbée, peut-être. Triste, aussi.

— Ralph, mon ancien psy, disait qu'il y a quatre sentiments fondamentaux…

— Oui, coupa Ernest, le mal, la colère, la joie et la tristesse. C'est un bon moyen mnémotechnique. »

« Un bon moyen mnémotechnique ? Mais ce métier est une véritable pépinière de talents… Une profession monosyllabique. Vous êtes tous les mêmes, des crétins ! »

Carol réussit tout de même à se maîtriser. « Je crois que je suis passée par tous ces sentiments, Ernest.

— C'est-à-dire, Carolyn ?

— Eh bien, la colère lors des moments difficiles de ma vie, toutes ces choses dont nous avons discuté la dernière fois, mon frère et mon père, notamment. Le mal – l'angoisse – quand je pense au piège dans lequel je me retrouve aujourd'hui, à attendre que mon mari meure. Et la tristesse… J'imagine, oui, quand je songe à toutes ces années que j'ai perdues dans ce mariage raté.

340

— Et la joie ?

— C'est le plus simple. La joie, je la ressens dès que je pense à vous et à la chance que j'ai eue de vous rencontrer. Pour vous dire, toute la semaine j'ai pensé à vous et à cette séance…

— Pouvez-vous creuser un peu plus ? »

Carol prit son sac à main et le posa par terre, tout en décroisant gracieusement ses longues jambes. « Vous allez me faire rougir, j'en ai bien peur… » Elle s'arrêta, timide, pensant : « Parfait ! Mais vas-y doucement, très doucement, Carol. » « Toute la semaine j'ai rêvé de vous. J'ai même fantasmé sur vous. Mais vous avez sans doute l'habitude que vos patientes vous trouvent séduisant. »

Ernest était tout émoustillé à l'idée de Carol en train de rêver de lui, et sans doute de se masturber en pensant à lui. Il chercha la bonne réponse à donner, une réponse *honnête*.

« Vous n'avez pas l'habitude de ça, Ernest ? reprit Carol. C'est vous-même qui m'avez incitée à poser des questions.

— Carolyn, il y a quelque chose dans votre question qui me met mal à l'aise, et j'essaye de comprendre pourquoi. Je crois que c'est parce qu'elle part du principe que ce qui se passe ici entre nous est standardisé, prévisible en somme.

— Je ne suis pas sûre de bien comprendre.

— Eh bien, je vous considère comme un être unique. Unique votre situation, unique notre rencontre. Par conséquent, une question portant sur ce qui se passe *d'habitude* me paraît un peu décalée. »

Carol lui lança un regard admiratif.

Ernest, lui, savourait ses propres paroles. « Quelle réponse ! se dit-il. Il faut que je m'en souvienne, elle colle parfaitement pour mon article sur l'entre-deux. » Il se rendit tout de même compte qu'il emmenait la séance sur un terrain abstrait, impersonnel ; il voulut corriger le tir : « Mais je m'éloigne du sujet, Carolyn, et de votre question… Quelle est-elle, déjà… ?

— Sur ce que vous pensez du fait que je vous trouve séduisant ? répondit Carol. J'ai tellement pensé à vous cette semaine, à ce que les choses auraient donné si nous nous étions rencontrés – peut-être à l'une de vos lectures –, non pas comme thérapeute et patiente, mais comme un homme et une femme… Je sais que je devrais en parler mais c'est difficile… C'est embarrassant, et peut-être trouverez-vous la chose – et *moi* y compris – répugnante. Je *me sens* répugnante. »

« Excellent, pensa Carol, excellent. Je suis forte, quand même… »

« Eh bien, Carolyn, je vous ai promis de vous répondre en toute honnêteté. Et je suis bien obligé de reconnaître qu'il m'est très agréable d'entendre qu'une femme – une très belle femme, qui plus est – me trouve séduisant. Comme la plupart des gens, j'ai toujours des doutes sur mon physique. »

Ernest s'arrêta de parler. « Mon cœur s'emballe, pensa-t-il. Je n'ai jamais rien dit d'aussi personnel à une patiente. C'était bon de lui dire qu'elle était belle, ça m'a excité. Sans doute une erreur. Trop séducteur. Et pourtant, elle se trouve répugnante. Elle ne se rend pas compte qu'elle est jolie. Pourquoi ne pas l'encourager au sujet de son physique ? Pourquoi ne pas la confronter à cette réalité ? »

De son côté, Carol fut transportée de joie pour la première fois depuis des semaines. « "Une très belle femme." Dans le mille ! J'entends encore Ralph Cooke me tenir exactement les mêmes propos. C'était sa première tentative d'approche. Les mêmes mots, aussi, qu'employait ce porc de Dr Zweisung. Dieu merci, j'ai eu assez de jugeote pour le traiter de sac à merde et me tirer de son bureau. Mais ces deux salauds doivent encore être en train de rejouer le même coup à d'autres victimes. Si seulement j'avais eu la présence d'esprit de réunir des preuves pour faire arrêter ces ordures… Aujourd'hui je peux me rattraper. Dommage que je n'aie pas apporté un magnétophone dans mon sac. La prochaine fois ! Je ne pensais pas qu'il se montrerait entreprenant aussi vite. »

« Mais, poursuivit Ernest, pour être tout à fait franc, je ne prends pas vos propos trop à cœur. Il y a peut-être un peu de moi dans ce que vous dites, mais, plus généralement, ce n'est pas à ma personne que vous êtes sensible, mais à ma fonction. »

Carol était décontenancée. « Qu'est-ce que vous voulez dire par là ?

— Prenons un peu de recul et regardons d'un œil neutre les événements récents. Vous avez vécu d'épouvantables moments, vous avez tout gardé en vous et peu partagé avec les autres. Vous avez eu des rapports désastreux avec les hommes qui ont joué un rôle important dans votre vie, l'un après l'autre : votre père, votre frère, votre mari et… Rusty, c'est ça ? Votre petit ami du lycée. Et le seul homme avec qui vous vous sentiez bien, votre ancien psy, vous a abandonnée en mourant.

« Sur ces entrefaites, vous venez me voir et, pour la première fois, vous prenez un risque en partageant tout avec moi. Une fois qu'on sait cela, Carolyn, il n'y a rien de surprenant à ce que vous éprouviez quelques sentiments à mon égard. Voilà ce que j'entends quand je vous dis que c'est ma fonction, et non pas moi, qui vous attire. Et vos sentiments très forts pour le Dr Cooke ? Normal que j'hérite de certains de ces sentiments… En somme, vous les transférez sur moi.

— Je suis d'accord avec vous là-dessus, Ernest. *En effet*, je commence à ressentir les mêmes sentiments pour vous que pour le Dr Cooke. »

Un bref silence. Carol fixait Ernest. Ce regard, Marshal l'aurait soutenu jusqu'au bout. Ernest en fut incapable.

« Nous avons discuté de la joie, et j'apprécie beaucoup votre honnêteté. Est-ce qu'on peut s'arrêter quelques instants sur les trois autres sentiments ? Voyons voir… Vous avez dit être en colère contre votre passé, en particulier contre les hommes qui ont compté ; et vous sentir mal face au piège dans lequel vous vous retrouvez aujourd'hui avec votre mari ; enfin triste parce que… Parce que… Rappelez-moi, Carolyn. »

Carol rougit. Elle avait oublié son propre mensonge. « J'ai oublié ce que je vous ai dit… Je suis trop troublée pour avoir les idées claires. » « Aïe, pensa-t-elle. Il faut que je reste dans mon rôle. Il n'y a qu'une manière d'éviter ce genre de petits accidents : être honnête à propos de moi, sauf, évidemment, en ce qui concerne Justin. »

344

« Ah si, je me rappelle, dit Ernest. De la tristesse, oui, à cause des regrets accumulés toute votre vie durant, "ces années perdues", comme vous disiez, je crois. Vous savez, Carolyn, le moyen mnémotechnique en question est assez rudimentaire, et comme vous êtes une femme intelligente, j'ai peur d'insulter votre intelligence : mais il a été utile aujourd'hui. Toutes les questions associées à ces quatre sentiments sont absolument fondamentales. Creusons. »

Carol acquiesça. Elle était déçue de ne plus avoir à discuter de sa beauté et des sentiments qu'elle inspirait à Ernest. « Patience, se consola-t-elle. Souviens-toi de Ralph Cooke. Ils procèdent tous de la même manière. D'abord ils gagnent ta confiance ; ensuite ils te rendent complètement dépendante d'eux et se rendent indispensables. Et ce n'est qu'à ce moment-là qu'ils agissent. Aucun moyen d'éviter cette petite comédie. Laisse-lui deux ou trois semaines. Avance à son rythme. »

« Par où commençons-nous ? demanda Ernest.

— Ma tristesse, répondit-elle, à l'idée de toutes ces années passées aux côtés d'un homme que je ne supporte pas.

— Neuf ans. C'est long, dans une vie.

— Très long, oui. J'aimerais qu'on me les rende.

— Alors essayons de voir pourquoi vous avez ainsi abandonné neuf années de votre vie.

— Vous savez, j'ai déjà exploré la question en long et en large avec d'autres thérapeutes : aucun résultat. Est-ce que le fait de regarder le passé ne nous éloigne pas un peu plus de ma situation actuelle, de mon dilemme ?

— Excellente question, Carolyn. Faites-moi confiance, je ne suis pas un fouineur. Néanmoins, le passé fait partie de votre conscience actuelle, il dessine les lunettes à travers lesquelles vous regardez le présent. Si je veux vous connaître, j'ai besoin de voir ce que vous voyez. Je veux également déterminer comment vous avez pris certaines décisions dans le passé, de manière à pouvoir vous aider à ne plus commettre d'erreurs à l'avenir. »

Carol hocha la tête. « Je comprends.

— Alors parlez-moi de votre couple. Comment en êtes-vous arrivée à épouser un homme que vous détestiez et à vivre avec lui pendant neuf ans ? »

Carol s'en tint à sa résolution de coller au plus près de la vérité ; elle donna à Ernest un compte rendu fidèle de sa véritable histoire, n'en modifiant que la géographie et certains détails qui auraient pu éveiller les soupçons d'Ernest.

« J'ai rencontré Wayne juste avant de décrocher mon diplôme à la fac de droit. Je travaillais à l'époque comme employée dans un cabinet d'avocats à Evanston, et nous avons dû défendre l'entreprise du père de Wayne, une chaîne de magasins de chaussures qui marchait très bien. J'ai passé beaucoup de temps avec Wayne. Il était beau gosse, gentil, dévoué, calme, et il devait reprendre un ou deux ans plus tard l'affaire de son père, qui valait cinq millions de dollars. Je n'avais pas un rond et je m'étais lourdement endettée pour payer mes études. J'ai donc décidé de me marier très vite. Une décision stupide.

— Pourquoi donc ?

— Au bout de quelques mois, j'ai commencé à voir les qualités de Wayne sous un autre jour, un jour plus réaliste, disons. Gentil ? J'ai vite compris que ce n'était pas de la gentillesse, mais de la lâcheté. Calme ? Plutôt une indécision monstrueuse et chronique. Dévoué ? On est très vite passé à de la dépendance absolue. Riche ? Plus du tout le jour où l'affaire de son père a fait faillite, trois ans plus tard.

— Et le côté beau gosse ?

— Avec un beau gosse débile et fauché comme les blés plus un dollar cinquante, vous pouvez vous payer un cappuccino. Non, ç'a été une erreur à tous points de vue, une erreur qui a foutu ma vie en l'air.

— Mais que pouvez-vous me dire sur cette décision que vous avez prise ?

— Je peux vous dire après quoi elle est intervenue, en tout cas. Je vous ai déjà dit que mon petit ami du lycée, Rusty, m'avait plaquée pendant ma deuxième année de fac, sans la moindre explication. Pendant toutes mes études, je me suis liée avec Michael. Nous formions une équipe de choc ; lui était deuxième de la classe…

— Mais en quoi cela faisait-il de vous une équipe de choc ? coupa Ernest. Vous étiez douée, vous aussi ?

— Disons que nous avions un brillant avenir devant nous. Il était deuxième, j'étais première. Mais Michael a fini par me plaquer, lui aussi, pour épouser une parfaite idiote, la fille d'un des associés du plus gros cabinet new-yorkais. Ensuite, pendant mon stage d'été au tribunal du district, j'ai rencontré Ed, un influent adjoint du procureur, qui m'a dispensé une formation pratiquement tous les après-midi, nus sur le canapé de son bureau. Mais il ne voulait surtout pas paraître en public avec moi, et puis, une fois l'été terminé, il ne m'a plus jamais rappelée. Lorsque j'ai rencontré Wayne, cela faisait un an et demi que je n'avais pas touché le corps d'un homme. Je crois que je me suis mariée avec lui pour rebondir.

— Je vois qu'il y a une longue cohorte d'hommes qui vous ont trahie : votre père, Jed…

— Jeb. Avec un *B*. En son for intérieur, Carol pensa : « B, B, B, espèce de con ! » Elle grimaça un sourire amical. « *B* comme beauté… Un moyen mnémotechnique en deux syllabes. Ou *B* comme bâtard, ou balivernes, ou boucher.

— Pardon, Carolyn. Donc *Jeb*, le Dr Cooke, et Rusty, sans compter, depuis aujourd'hui, Michael et Ed. La liste commence à être longue… J'imagine que lorsque Wayne a débarqué dans votre vie, vous avez été soulagée de trouver enfin quelqu'un d'apparemment stable et digne de confiance.

— Certes, il n'y avait aucun risque qu'il m'abandonne. Il était tellement accroché à moi qu'il avait du mal à aller dans la salle de bains tout seul.

— Peut-être que son côté « accroché » avait quelque chose d'attirant à l'époque. Et cette cohorte de minables ? Elle ne connaît donc aucun répit ? Vous ne m'avez parlé d'aucune exception, d'aucun homme qui vous ait semblé bien. Et qui vous ait *fait* du bien, aussi.

— Il n'y a eu que Ralph Cooke. » Carol se hâta d'entrer sur les terres plus sûres du mensonge. Quelques instants plus tôt, en dressant la liste des hommes qui l'avaient trahie, Ernest avait rouvert une plaie douloureuse chez elle, exactement comme il l'avait fait lors de la séance précédente. Elle comprit alors qu'il lui fallait rester sur ses gardes. Elle n'avait jamais aimé la part de séduction dans la thérapie ; ni sa part de trahison.

« Il est mort, dit Ernest.

— Et maintenant vous voilà. Est-ce que vous serez gentil avec moi ? »

Avant même qu'Ernest puisse répondre quoi que ce soit, Carol sourit et posa une autre question : « Et comment *vous* portez-vous ? »

Ernest sourit à son tour. « Je suis en excellente santé, Carolyn. J'ai l'intention de durer encore un petit bout de temps.

— Et mon autre question ? »

Ernest la regarda, perplexe.

« Est-ce que vous serez gentil avec moi ? »

Il hésita, avant de choisir ses mots avec prudence : « Oui, j'essayerai de vous aider autant que j'en suis capable. Vous pouvez y compter. Vous savez, je repense à ce que vous m'avez dit tout à l'heure, que vous étiez la première de la classe à l'université. J'ai presque dû vous l'arracher de la bouche. Première à la fac de droit de Chicago... Ce n'est pas rien, Carolyn. Vous en êtes fière ? »

Elle se contenta de hausser les épaules.

« Carolyn, faites-moi plaisir. Redites-moi : comment vous en êtes-vous tirée à la fac de droit de Chicago ?

— Pas trop mal.

— C'est-à-dire ? »

Un silence et puis, d'une petite voix, Carol dit : « J'étais la première de la classe.

— Encore une fois. Comment ? » Ernest posa sa main derrière son oreille, pour montrer qu'il l'entendait à peine.

349

« Première de la classe », dit Carol d'une voix forte. Avant d'ajouter : « Et rédactrice en chef de la revue de droit de la fac. Personne, sauf Michael, ne m'a égalée. » Elle fondit en larmes.

Ernest lui tendit un Kleenex, attendit patiemment que ses épaules cessent de trembler, et demanda doucement : « Pourriez-vous transformer quelques-unes de ces larmes en mots ?

— Savez-vous, avez-vous la *moindre* idée de mes perspectives de l'époque ? J'aurais pu faire ce que je voulais, j'avais une douzaine de belles propositions, je n'avais plus qu'à choisir mon cabinet d'avocats. J'aurais même pu me lancer dans le droit international, puisqu'on m'avait proposé de travailler auprès du directeur de l'Agence américaine pour le développement international. J'aurais pu jouer un rôle central dans la politique du gouvernement. Ou alors, si j'avais choisi une prestigieuse société de Wall Street, à l'heure où je vous parle je serais en train de gagner cinq cent mille dollars par an. Eh bien non. À la place, regardez plutôt où j'en suis : dans les divorces, les testaments, les déclarations d'impôts, et je gagne des clopinettes. J'ai tout gâché.

— Pour Wayne ?

— Pour Wayne et pour Mary, qui est née dix mois après notre mariage. Je l'aime énormément, mais elle aussi faisait partie du piège.

— Décrivez-moi un peu mieux ce piège.

— Ce que je voulais vraiment faire, c'était du droit international. Mais comment s'y prendre lorsque vous avez un enfant en bas âge et un mari trop immature pour pouvoir faire ne serait-ce qu'un bon chef de famille ? Un mari qui a peur de rester tout seul la nuit, qui ne peut pas décider ce qu'il va manger au petit-déjeuner sans vous consulter au préalable ? J'ai donc revu mes ambitions à la baisse, refusé ce qu'on me proposait et accepté de travailler pour une entreprise plus petite, de rester à Evanston pour que Wayne habite à proximité du quartier général de son père.

— Quand avez-vous compris votre erreur ? Saviez-vous alors, vraiment, dans quelle situation vous vous mettiez ?

— Difficile à dire. J'ai eu des doutes les deux premières années, mais un incident s'est produit – la grande débâcle du camping – qui m'a confirmée dans mes craintes. C'était il y a environ cinq ans.

— Racontez-moi.

— Eh bien, Wayne avait décrété que toute la famille devait se livrer au passe-temps préféré des Américains : la randonnée et le camping en pleine nature. Plus jeune, j'ai failli mourir d'une piqûre d'abeille – choc anaphylactique – et j'ai des allergies terribles à l'arbre à poison. Donc impossible pour moi d'aller faire du camping en pleine nature. J'ai proposé une douzaine d'alternatives : canoë-kayak, plongée sous-marine, croisière fluviale en Alaska, navigation dans les Caraïbes ou dans le Maine – je suis une bonne navigatrice –, que sais-je encore… Mais Wayne avait décidé que sa virilité était en jeu s'il cédait sur le camping.

— Mais comment pouvait-il s'attendre à ce que vous acceptiez si vous êtes allergique aux piqûres d'abeille ? Il était donc prêt à mettre votre vie en danger ?

— Il ne voyait qu'une chose : j'essayais d'avoir la mainmise sur lui. Nous nous sommes livré de vraies batailles rangées. Je lui ai dit que jamais je n'irais camper, il a insisté pour emmener Mary sans moi. Je n'avais aucune objection à ce qu'il fasse de la randonnée, je lui ai même proposé d'en faire avec ses amis – mais il n'avait pas d'amis. Je pensais aussi qu'il n'était pas très raisonnable d'emmener Mary, qui n'avait que quatre ans à l'époque ; il est tellement maladroit, peureux, que je craignais pour la sécurité de ma fille. Je crois qu'il voulait que Mary soit avec lui pour qu'elle le protège plutôt que l'inverse. Mais il ne cédait pas d'un pouce. Finalement, il m'a tellement épuisée que j'ai donné mon accord.

« Et c'est là que les choses sont devenues étranges, poursuivit Carol. Il a d'abord voulu se remettre en forme et perdre cinq kilos – il aurait eu besoin d'en perdre trois fois plus, d'ailleurs … Entre parenthèses, c'est la réponse à votre question sur son physique : quelque temps après notre mariage, il s'est mis à gonfler. Enfin… Il a donc commencé à faire de la gym tous les jours, à lever des poids pour en perdre, mais il s'est vite fait mal au dos et a repris tous ses kilos. Il était tellement angoissé qu'il faisait souvent de l'hyperventilation. Un soir, alors que je fêtais au bureau mon nouveau statut d'associée dans le cabinet d'avocats, j'ai dû partir en catastrophe pour l'emmener aux urgences. Voilà pour le camping macho en pleine nature. C'est là que j'ai pris la pleine mesure de ma gigantesque erreur.

— Quelle histoire, Carolyn ! » Ernest était frappé par les similitudes entre ce récit et celui que lui avait fait Justin de son fiasco randonneur avec sa femme et ses jumeaux. Il fut surpris, fasciné même, d'entendre deux histoires aussi proches, mais avec des points de vue totalement différents.

« Mais dites-moi, lorsque vous avez vraiment compris votre erreur… Voyons, ce camping en pleine nature, quand était-ce ? Vous me disiez que votre fille avait quatre ans ?

— Il y a environ cinq ans », répondit-elle. Toutes les cinq minutes, Carol s'arrêtait net. Tout en méprisant Ernest, elle se trouvait prise au jeu de son investigation. « C'est curieux, pensait-elle, de voir à quel point le processus thérapeutique peut vous captiver. Ils arrivent à vous ferrer en une heure ou deux, et une fois que c'est fait ils peuvent faire de vous ce qu'ils veulent : vous attirer chez eux tous les jours et payer la somme qu'ils fixent, vous sauter sur le tapis et vous faire payer pour ça. Peut-être que je joue un jeu dangereux en me montrant trop honnête. Mais je n'ai plus le choix ; si j'invente un autre moi, je me retrouverai à chaque fois coincée dans mes propres mensonges. Ce type a beau être un connard, ce n'est pas un imbécile. Non, il faut que je la joue sincère. Mais attention. Attention. »

« Donc, Carolyn, il y a cinq ans de cela, vous avez compris votre erreur. Et pourtant vous êtes restée ! Peut-être y avait-il dans votre couple des aspects plus positifs dont nous n'avons pas encore parlé ?

— Non, ç'a été une catastrophe de bout en bout. Je n'avais aucun amour pour Wayne. Aucun respect. Et lui non plus. Je n'ai rien reçu de lui. » Carol s'essuya les yeux. « Qu'est-ce qui m'a poussée à rester ? Mon Dieu, je n'en sais rien ! L'habitude, la peur, ma fille – bien que Wayne ne se soit jamais senti proche d'elle. Je ne sais pas… Le cancer et la promesse que j'ai faite à Wayne... Nulle part où aller, je n'avais pas d'alternatives.

— Pas d'alternatives masculines, vous voulez dire ?

— Oui, entre autres, bien sûr... D'ailleurs, Ernest, je vous en prie, parlons-en aujourd'hui, il faut que je fasse quelque chose à propos de mes pulsions sexuelles, je n'en peux plus, je suis désespérée. Mais il n'y avait pas que ça ; je parlais aussi d'alternatives professionnelles intéressantes. Rien qui égale les propositions en or de ma jeunesse.

— Oui, ces propositions en or... Vous savez, je repense aux larmes que vous avez versées tout à l'heure, quand nous parlions de votre réussite universitaire et des perspectives splendides qui s'offraient à vous... »

Carol se raidit. « Il essaye d'y revenir, se dit-elle. Une fois qu'ils ont trouvé le point sensible, ils n'arrêtent pas d'appuyer dessus. »

« Je perçois, poursuivit Ernest, une grande souffrance à propos de ce qu'aurait pu être votre vie. Ça me fait penser à ces merveilleux vers de Whittier : "De tous les mots tristes, dits ou écrits / Les plus tristes sont ceux-là : 'Ça aurait pu arriver.'" »

« Oh, non... se lamenta Carol. Épargnez-moi ça. Pas de la poésie. Il est en train de me faire la totale. Il ne manque plus que la vieille guitare mal accordée. »

Ernest continua. « Et vous avez abandonné toute possibilité de vivre avec Wayne. Un mauvais calcul – pas étonnant que vous ne vouliez pas y repenser... Vous voyez toute la douleur qui resurgit en vous dès que nous abordons la question ? Je crois que c'est pour ça que vous n'avez pas quitté Wayne : ç'aurait été vous confronter à la réalité, vous n'auriez pas pu nier plus longtemps le fait d'avoir sacrifié votre avenir, en somme, pour si peu. »

À son corps défendant, Carol tressaillit. L'interprétation que lui livrait Ernest tapait en plein dans le mille. « Mais tu ne veux pas me lâcher la grappe, un peu ? Qui t'a demandé de pérorer sur ma vie ? »

« Vous avez peut-être raison, répondit-elle. Mais tout est terminé, maintenant. En quoi cela peut-il m'aider ? Voilà ce que je voulais dire quand je parlais de fouiller le passé en long et en large. Ce qui est fait est fait.

— Ah oui ? Je ne le crois pas. Je ne crois pas qu'il s'agit simplement d'une mauvaise décision que vous avez prise dans le passé ; j'ai l'impression que vous continuez de faire des mauvais choix. Aujourd'hui encore, dans votre vie de tous les jours.

— Mais ai-je le choix ? Que puis-je faire ? Abandonner mon mari à l'agonie ?

— Je sais, ça va vous paraître cruel. Mais c'est toujours de cette manière que les mauvais choix s'opèrent. Peut-être est-ce l'un de vos objectifs…

— Qu'est-ce que vous voulez dire exactement ?

— Je veux vous aider à comprendre qu'il y a d'autres choix possibles, beaucoup plus de choix.

— Non, Ernest, on en revient toujours à la même chose. Je n'ai que deux possibilités : soit j'abandonne Wayne, soit je reste auprès de lui. D'accord ? »

Carol retrouvait ses esprits : ce Wayne fictif était très éloigné de Justin. Pourtant, à voir Ernest essayer de l'aider à le quitter, cela montrait bien comment il avait pu pousser Justin à la quitter, elle, justement.

« Non, je ne suis pas d'accord. Vous partez d'hypothèses qui ne sont pas forcément justes. Par exemple, celle d'un mépris mutuel et perpétuel entre vous et Wayne. Vous partez du principe que les gens ne changent pas. Or la confrontation avec la mort est le plus puissant des facteurs d'évolution – pour lui naturellement, mais aussi pour vous. Peut-être la thérapie de couple pourrait-elle vous aider : vous m'avez dit que vous ne l'avez pas essayée. Peut-être qu'au fond de vous, comme de lui, se trouve quelque amour enterré. À vous deux de le redécouvrir. Après tout, vous avez vécu ensemble et élevé un enfant pendant neuf ans ! Comment vous sentirez-vous lorsque vous vous rendrez compte, une fois que Wayne sera mort ou que vous l'aurez quitté, que vous auriez pu chercher un peu plus activement à améliorer les choses entre vous ? Je suis persuadé que vous vous sentirez mieux en ayant la conviction d'avoir tout essayé.

« J'ajoute qu'une autre manière de voir les choses consiste à examiner votre postulat selon lequel le fait de l'accompagner jusqu'à son dernier souffle est, en soi, une bonne chose. Est-ce toujours le cas ? Je me pose la question.

— C'est tout de même mieux, pour lui, que de mourir seul.

— Vraiment ? demanda Ernest. Est-ce une bonne chose pour Wayne que de mourir en présence de quelqu'un qui le méprise ? Autre possibilité : gardez bien à l'esprit que le divorce n'est pas forcément synonyme d'abandon. Est-ce qu'on ne pourrait pas imaginer un scénario dans lequel vous vous construisez une nouvelle vie, même avec un autre homme, sans pour autant abandonner Wayne ? Vous pourriez même être plus présente, si seulement vous ne vous lui en vouliez plus d'être partie intégrante de ce piège dans lequel vous êtes coincée. Vous voyez, il existe des tas de possibilités. »

Carol acquiesça. Elle ne voulait plus qu'une seule chose : qu'Ernest s'arrête de parler. Il semblait capable de continuer pendant des semaines. Elle consulta sa montre.

« Vous regardez l'heure, Carolyn. Pouvez-vous exprimer ce geste par des mots ? » Ernest esquissa un petit sourire en se rappelant la séance de supervision pendant laquelle Marshal lui avait tenu exactement les mêmes propos.

« Eh bien, la séance est presque terminée, dit-elle en se frottant les yeux, et il y a encore beaucoup de choses dont je voulais parler aujourd'hui. »

Ernest fut contrarié à l'idée d'avoir été tellement directif que sa patiente n'avait pas pu aller au bout du programme qu'elle s'était fixé. Il réagit promptement. « Il y a quelques instants, Carolyn, vous avez parlé de votre détresse sexuelle. Ça fait partie des sujets que vous vouliez aborder ?

— C'est même le sujet numéro un. La frustration me rend folle, je suis sûre qu'elle est à l'origine de toutes mes angoisses. Notre vie sexuelle n'était pas brillante, mais depuis que Wayne s'est fait opérer de la prostate, il est devenu impuissant. J'ai cru comprendre que c'était fréquent après une opération. » Carol avait bien fait ses devoirs.

Ernest hocha la tête. Il attendait.

« Donc, Ernest... Vous êtes sûre que je peux vous appeler Ernest ?

— Si je vous appelle Carolyn, vous devez m'appeler Ernest.

— Très bien. Alors, Ernest, que dois-je faire ? J'ai de l'énergie sexuelle à revendre, mais nulle part où la diriger.

— Parlez-moi de Wayne et de vous. Même s'il est impuissant, vous avez des moyens de vous retrouver.

— Si par "se retrouver", vous entendez une manière pour lui de me faire jouir, alors ce n'est même pas la peine d'y penser. Il n'y a plus rien à faire de ce côté-là. Bien avant l'opération, notre vie sexuelle était déjà terminée. C'était d'ailleurs une des raisons qui me poussaient à vouloir le quitter. Désormais, le moindre contact physique avec lui me dégoûte. Et lui-même, de son côté, se désintéresse totalement de la question. Il ne m'a jamais trouvée désirable : trop mince, trop osseuse, dit-il. Et maintenant, il me dit de partir et d'aller me faire sauter ailleurs.

— Et… ? demanda Ernest.

— Et je ne sais pas quoi faire, ni comment le faire. Où aller ? Je vis dans une ville qui m'est étrangère, où je ne connais personne. Je ne me vois pas aller dans un bar pour me faire lever par le premier venu. C'est la jungle. C'est dangereux. Et je pense que vous serez d'accord avec moi pour dire qu'un viol est bien la dernière chose au monde dont j'ai besoin en ce moment.

— Je vous l'accorde, Carolyn.

— Et vous, Ernest, êtes-vous célibataire ? Divorcé ? La jaquette de votre livre ne le dit pas. »

Ernest respira un grand coup. Jamais il n'avait parlé de la mort de sa femme avec l'un de ses patients. Son engagement pour une ouverture personnelle totale était mis à rude épreuve. « Ma femme s'est tuée dans un accident de voiture il y a six ans.

— Oh, je suis désolée… Ça a dû être dur, j'imagine. »

Ernest fit oui de la tête. « Dur… Oui. »

« Malhonnête, malhonnête ! se dit-il. Même s'il est vrai que Ruth est morte six ans plus tôt, il est non moins vrai que notre couple n'aurait jamais pu continuer, quoi qu'il arrive. Mais a-t-elle vraiment besoin de savoir tout ça ? Tiens-t'en juste à ce qui peut aider ta patiente. »

« Vous êtes donc vous aussi aux prises avec le monde impitoyable des célibataires ? » questionna Carol.

Ernest fut totalement désarçonné. Cette femme était décidément imprévisible. Pour son baptême du feu, il ne s'était certainement pas attendu à un tel déferlement. Il fut tenté de retrouver les eaux plus calmes de la neutralité analytique. Il connaissait le chemin par cœur. Il lui suffisait de dire : « Je me demande pourquoi vous me posez toutes ces questions » ou bien : « Qu'est-ce qui peut vous faire fantasmer dans le fait que j'évolue dans l'univers du célibat ? » Mais une telle neutralité roublarde, une telle inauthenticité était précisément ce qu'Ernest avait juré d'éviter.

Que faire ? Il s'attendait à ce qu'elle le questionne ensuite sur ses stratégies de séduction. L'espace d'un instant, il imagina Carolyn, quelques mois ou quelques années plus tard, racontant à un autre thérapeute l'approche thérapeutique du Dr Lash : « Oh oui, le Dr Lash discutait souvent de ses problèmes personnels et de sa manière de séduire les femmes seules. »

Plus il y pensait, plus il se rendait compte qu'il était tombé sur un sérieux problème d'ouverture personnelle thérapeutique. *Le patient a droit à la confidentialité, mais pas le psychothérapeute !* Par ailleurs, ce dernier n'a pas à l'exiger : si, plus tard, un patient entame une thérapie avec un nouveau psy, il doit absolument avoir la liberté de discuter de tout, y compris des faiblesses de son ancien psy. Et bien que l'on puisse faire confiance aux thérapeutes pour protéger la confidentialité des patients, il se trouve qu'ils aiment souvent médire entre eux sur les déboires de leurs confrères.

Quelques semaines plus tôt, par exemple, Ernest avait envoyé la femme d'un de ses patients consulter un autre psy, son ami Dave. Plus récemment, le même patient avait demandé un autre psy pour sa femme : elle avait mis fin à ses séances avec Dave parce qu'il avait la fâcheuse habitude de *la renifler* pour percevoir son état d'esprit ! Normalement, Ernest aurait été horrifié par un tel comportement et ne lui aurait plus jamais envoyé un seul patient. Mais Dave était un ami tellement proche qu'il lui avait demandé ce qui s'était passé. Dave lui avait répondu que la femme avait tout plaqué parce qu'il refusait de lui prescrire du Valium, dont elle abusait secrètement depuis des années. « Et cette histoire de reniflement ? » Dans un premier temps, Dave fut très surpris mais, au bout de quelques instants, il se rappela lui avoir fait, au début de la thérapie, un compliment sur son nouveau parfum, très entêtant.

Ernest ajouta donc une règle à celles qu'il s'était fixées pour sa pratique de l'ouverture personnelle :

« Livre-toi dans la mesure où ça aidera ton patient. Mais si tu veux garder ton travail, fais attention à ce que les autres thérapeutes diront de ton expérience. »

« Donc vous luttez dans le monde des célibataires, répéta Carol.

— Je suis célibataire en effet, mais je ne lutte pas. Pas pour le moment, en tout cas. » Ernest s'efforça d'arborer un sourire à la fois sympathique et décontracté.

« J'aimerais, insista Carol, que vous me racontiez comment *vous* menez votre vie de célibataire à San Francisco. »

Ernest hésita. Il se rappela qu'il existe une grande différence entre spontanéité et impulsivité. Il ne devait pas, de gré ou de force, répondre à toutes les questions qu'elle lui posait. « Carolyn, à vous de me dire pourquoi vous me posez cette question. Je vous ai fait deux promesses : vous aider autant que j'en suis capable – c'est primordial – et, à cette fin, me montrer le plus honnête possible avec vous. Par rapport au premier objectif, essayons de comprendre votre question : que voulez-vous savoir vraiment ? Et pourquoi ? »

« Pas mal, pensa-t-il, pas mal du tout. » La transparence ne signifie pas la soumission aux caprices et aux accès de curiosité du patient. Ernest nota même sur un bout de papier la réponse qu'il venait de donner à Carolyn. C'était tellement bien envoyé qu'il pourrait le réutiliser dans son article.

Carol s'était préparée à cette question et avait répété, en silence, toute la séquence. « Je me sentirais mieux comprise par vous si je savais que vous êtes confronté aux mêmes problèmes. Encore plus si vous les avez surmontés. Je pourrais vous percevoir comme quelqu'un qui me ressemble plus.

— Ce n'est pas absurde, Carolyn. Mais il y a forcément quelque chose d'autre dans votre question, puisque je vous ai déjà dit que j'étais célibataire – et qui plus est un célibataire heureux.

— J'espérais que vous pourriez me donner des conseils, m'indiquer la bonne direction. Je me sens vraiment paralysée… Franchement, je me sens à la fois excitée et terrifiée. »

Ernest regarda sa montre. « Vous savez, Carolyn, nous avons mordu sur le temps. Avant notre prochaine séance, je vais vous demander d'étudier une série de possibilités pour rencontrer des hommes, et puis nous pèserons le pour et le contre de chacune d'entre elles. Je me sens bien incapable de vous donner des conseils concrets, ou, comme vous dites, de vous "indiquer la bonne direction". Croyez-moi sur parole : ce genre d'accompagnement direct est rarement d'un grand secours pour le patient – j'ai vécu ça très souvent. Ce qui est bon pour moi ou pour quelqu'un d'autre n'est pas forcément bon pour vous. »

Carol se sentit contrariée. Et en colère. « Espèce de truand, espèce de faux cul, pensa-t-elle. Je ne terminerai pas cette séance sans avoir fait un pas décisif. »

« Ernest, il me sera très difficile d'attendre la semaine prochaine. Est-ce que nous pourrions nous voir avant ? J'ai besoin de vous voir plus souvent. Rappelez-vous, je suis une bonne cliente. » Elle ouvrit son sac et sortit cent cinquante dollars.

Ernest était déconcerté par cette remarque à propos de l'argent. Le terme de « client » lui paraissait particulièrement odieux : il détestait avoir affaire aux aspects commerciaux de la psychothérapie. « Oh… Ah… Carolyn, ce n'est pas nécessaire… Je sais que vous avez payé comptant la première séance, mais désormais je préfère vous envoyer une note d'honoraires à la fin du mois. Et puis j'aimerais mieux que vous me payiez en chèque. C'est mieux pour ma comptabilité. Je sais que les chèques sont moins pratiques pour vous, car vous ne voulez pas que Wayne sache que vous me voyez. Mais peut-être un chèque de banque ? »

Ernest ouvrit alors son agenda. Le seul créneau disponible était celui de huit heures du matin, depuis peu libéré par Justin, mais qu'Ernest souhaitait consacrer à l'écriture. « Bon, Carolyn, voyons ça le moment venu. Je suis un peu pressé par le temps, en ce moment. Attendez un jour ou deux, et si vous avez un besoin impérieux de me voir avant la semaine prochaine, appelez-moi et je me débrouillerai. Voici ma carte, laissez-moi un message sur le répondeur, je vous rappellerai pour fixer un rendez-vous.

— Je ne sais pas si c'est une bonne idée. Je ne travaille pas, et mon mari est toujours à la maison…

— D'accord. Bon, je note mon numéro de téléphone personnel sur la carte. Vous pouvez généralement me trouver entre neuf heures et onze heures du matin. » Contrairement à nombre de ses confrères, Ernest n'avait aucun scrupule à donner son numéro de téléphone privé. Il avait appris depuis longtemps que plus il était facile pour les patients angoissés de le joindre, moins ils avaient la tentation d'appeler.

En quittant le bureau, Carol joua sa dernière carte. Elle se tourna vers Ernest et le prit dans ses bras, un peu plus longtemps, un peu plus fort que la dernière fois. Sentant le corps d'Ernest se raidir, elle fit ce commentaire : « Merci, Ernest. J'avais besoin de cette étreinte pour pouvoir tenir encore une semaine. J'ai tant besoin d'être touchée… Je n'en peux plus. »

Tandis qu'elle descendait les escaliers, Carol s'interrogeait : « Est-ce que je rêve, ou le poisson est en train de mordre à l'appât ? Cette étreinte lui a plu ? » Elle se trouvait maintenant à mi-chemin des escaliers lorsque le joggeur au sweat-shirt blanc, qui montait en courant, faillit la renverser. Pour éviter qu'elle tombe, l'homme lui tint fermement le bras, souleva sa casquette blanche de marin et lui décocha un superbe sourire. « Décidément… Désolé, j'ai failli vous renverser. Je me présente : Jess. J'ai l'impression qu'on a le même psy, vous et moi. Merci de le faire patienter, en tout cas, sans quoi il interpréterait mon retard pendant la moitié de la séance. Il est en forme, aujourd'hui ? »

Carol observa sa bouche. Elle n'avait jamais vu des dents aussi blanches. « En forme ? Oui, oui, il est en forme. Vous verrez. Au fait, moi c'est Carol. » Elle se retourna pour regarder Jess gravir les marches deux à deux. Belles fesses !

Chapitre 12

Le jeudi matin, quelques minutes avant neuf heures, Shelly referma ses grilles de tiercé et se mit à taper nerveusement du pied. Il se trouvait dans la salle d'attente du Dr Marshal Streider. Une fois qu'il en aurait fini avec ce dernier, la journée s'annonçait excellente. D'abord, une partie de tennis avec Willy et ses enfants, qui étaient chez eux pour les vacances de Pâques. Les enfants jouaient maintenant tellement bien que les parties de double s'apparentaient désormais plus à une compétition qu'à une leçon. Ensuite, déjeuner au club de Willy : les langoustines grillées au beurre et à l'anis, ou alors les onctueux sushis au crabe. Puis direction l'hippodrome de Bay Meadows, en compagnie de Willy, pour assister à la sixième course. Ting-a-ling, le cheval de Willy et Arnie, courait pour le prix Santa Clara (le ting-a-ling était sa variante de poker préférée : un *stud* à cinq cartes, où une sixième carte pouvait être achetée à la fin pour deux cent cinquante dollars).

Shelly n'avait pas besoin de psy. Mais il se sentait bien disposé à l'égard de Streider. Bien qu'il ne le connaisse pas encore, Streider lui avait déjà rendu un fier service. Lorsque Norma – qui, malgré tout, l'aimait beaucoup – était revenue, la nuit suivant la réception de son fax, elle était si heureuse de ne pas devoir le quitter qu'elle lui sauta dans les bras et l'entraîna dans la chambre à coucher. Une fois de plus, ils prirent des engagements : Shelly jura de faire bon usage de la thérapie pour arrêter de jouer, et Norma de mettre un frein, de temps à autre, à la voracité de son appétit sexuel.

« Tout ce que j'ai à faire, se dit Shelly, c'est d'obéir sagement à ce Dr Streider, après quoi je serai peinard. Mais il y a peut-être une meilleure approche. Forcément. Puisque je dois passer du temps, sans doute plusieurs heures, à faire plaisir à Norma – et à ce psy, aussi – autant tirer parti de ce type. »

La porte s'ouvrit. Marshal se présenta, lui serra la main et lui demanda de le suivre. Shelly cacha ses grilles de tiercé dans son journal, entra dans le bureau et commença à en étudier la configuration.

« Vous avez une belle collection de verres, docteur ! » Il désignait les Musler. « J'aime bien le truc orange, là. Je peux toucher ? »

Shelly s'était déjà levé et, Marshal ayant donné d'un geste son accord, il se mit à tripoter la Roue dorée du temps. « Agréable... Très apaisant. Je suis sûr que certains de vos patients aimeraient l'emporter chez eux. Et ces bords déchiquetés... Vous savez, on dirait un peu la ligne d'horizon de Manhattan ! Et ces verres ? C'est vieux, tout ça, non ?

— Très ancien, oui, monsieur Merriman. Environ deux siècles et demi. Vous aimez ?

— Disons que j'aime les vieux vins. Je ne m'y connais pas en verres anciens. C'est précieux, n'est-ce pas ?

366

— Difficile à dire. On ne peut pas dire que le marché des anciens verres à sherry soit très développé. Bon, monsieur Merriman… » Marshal adopta son ton officiel, celui qu'il employait toujours pour ouvrir une séance. « Je vous en prie, asseyez-vous et commençons, voulez-vous ? »

Une dernière fois, Shelly caressa le globe orange, puis il s'assit.

« Je ne sais presque rien de vous, sinon que vous avez été le patient du Dr Pande et que vous avez exprimé au secrétaire de l'Institut votre souhait d'être reçu immédiatement.

— Oui, ce n'est pas tous les jours qu'on lit dans le journal que son psy est une merde. De quoi est-il accusé ? Qu'est-ce qu'il m'a fait, au juste ? »

D'emblée, Marshal voulut reprendre le contrôle de la séance : « Pourquoi ne pas commencer par me parler un peu de vous, et me dire pourquoi vous avez consulté le Dr Pande.

— Oh là, attendez… J'ai besoin d'un peu plus de précisions. Vous imaginez General Motors mettre un panneau pour dire que votre voiture a un sérieux problème mais que c'est à vous de le trouver ? Non, ils vont vous dire ce qui ne marche pas, l'allumage, le réservoir ou la transmission, par exemple. Pourquoi ne pas commencer par me dire ce qui n'allait pas dans la thérapie du Dr Pande ? »

Un instant désarçonné, Marshal retrouva vite sa contenance. Voilà un patient qui sortait de l'ordinaire, se dit-il : un vrai cas d'école, le premier exemple de rappel thérapeutique de l'histoire. S'il fallait faire preuve de souplesse, alors soit ! Depuis l'époque de ses parties de football, dans sa jeunesse, Marshal était fier de sa capacité à lire le jeu de l'adversaire. « Respecte ce besoin de savoir que M. Merriman ressent, décida-t-il. Donne-lui ça… et rien d'autre. »

« Très bien, monsieur Merriman. L'Institut psychanalytique s'est rendu compte que le Dr Pande proposait souvent des interprétations idiosyncrasiques et parfaitement infondées.

— Je vous demande pardon ?

— Oui, excusez-moi… Je veux dire par là qu'il donnait à ses patients des explications sauvages, et souvent dérangeantes, de leur comportement.

— Je ne vous suis toujours pas. Quel genre de comportement ? Donnez-moi un exemple.

— Eh bien, il disait par exemple que tous les hommes peuvent désirer une sorte de relation homosexuelle avec leur père.

— *Comment ?*

— Qu'ils veulent parfois entrer dans le corps de leur père et fusionner avec lui.

— Ah oui ? Le *corps* de leur père ? Et quoi d'autre ?

— Que ce désir peut altérer leurs rapports amicaux avec les autres hommes. Est-ce que ça vous rappelle votre travail avec le Dr Pande ?

— Oui, en effet. Ça commence à me revenir maintenant. Il faut dire que c'était il y a longtemps, et que j'ai oublié pas mal de choses. Mais est-ce que c'est vrai qu'on n'oublie jamais vraiment les choses ? Que tout est stocké là-haut, quelque part, tout ce qui nous est arrivé ?

— Exactement, acquiesça Marshal. On dit que ça se trouve dans *l'inconscient*. Dites-moi maintenant ce que vous vous rappelez de cette thérapie.

— Juste cette histoire de… De le faire avec mon père.

— Et vos relations avec les autres hommes ? Des problèmes à ce niveau-là ?

— Oui. De graves problèmes. » Shelly tâtonnait encore mais, peu à peu, il discernait de mieux en mieux les contours d'un angle d'attaque. « De graves, graves problèmes ! Par exemple, depuis que l'entreprise pour laquelle je travaillais s'est cassé la gueule il y a quelques mois, je cherche toujours du boulot, et dès que j'ai un entretien – presque toujours avec des hommes –, je déconne d'une façon ou d'une autre.

— Que se passe-t-il pendant ces entretiens ?

— Je fous tout en l'air. Je suis bouleversé. Je crois que c'est toute cette histoire d'inconscient avec mon père.

— Vous perdez les pédales… Comment ça ?

— Eh bien, pour de vrai. Comment dire… Vous savez, la panique, quoi… Je respire mal, et puis tout le reste. »

Shelly regarda Marshal griffonner des notes ; il se dit qu'il était sur la bonne voie. « Oui, la panique, c'est le meilleur terme. Impossible de respirer normalement. Je transpire comme un dingue. Les recruteurs me regardent comme si j'étais fou et doivent se dire : " Comment est-ce que ce type va pouvoir vendre nos produits ?" »

Marshal nota également cela.

« Ils finissent assez vite par m'indiquer la porte de sortie. Je suis tellement nerveux qu'ils le deviennent aussi. Voilà pourquoi je suis au chômage depuis longtemps. Et puis il y a autre chose, docteur. Le poker. Ça fait quinze ans que je joue avec les mêmes gars. On joue en copains bien sûr, mais les mises sont suffisamment élevées pour y perdre quelques sous, quand même... Tout ça est confidentiel, n'est-ce pas ? Je veux dire, si par hasard vous rencontrez ma femme, ça reste entre nous, hein ? Vous êtes tenu par le secret professionnel ?

— Bien sûr. Tout ce que vous dites ne sortira pas de cette pièce. Ces notes ne sont destinées qu'à moi.

— Parfait. Je ne voudrais pas que ma femme soit au courant de l'argent que j'ai perdu... Notre histoire est déjà suffisamment compliquée comme ça. *J'ai perdu* pas mal d'argent au poker, et maintenant que j'y pense, j'ai commencé à perdre à peu près au moment où j'ai vu le Dr Pande. Depuis ma thérapie avec lui, mon savoir-faire a disparu, à cause de cette anxiété devant les hommes dont on parlait tout à l'heure. Vous savez, je jouais bien avant la thérapie, mieux que la moyenne ; après la thérapie, j'ai commencé à m'emmêler les pinceaux et à perdre la main... Je ne gagnais plus une partie. Vous jouez au poker, doc ?

— Nous avons beaucoup de choses à examiner, dit Marshal en secouant la tête. J'aimerais que vous me disiez pourquoi vous avez consulté le Dr Pande.

— Deux secondes... Laissez-moi d'abord terminer, doc. Ce que je voulais vous dire, c'est que la chance n'a rien à voir avec le poker : tout est dans les nerfs. Soixante-quinze pour cent du jeu, c'est de la psychologie : comment vous contrôlez vos émotions, comment vous bluffez, comment vous réagissez au bluff des autres, les signes que vous montrez sans le vouloir quand vous avez un bon ou un mauvais jeu.

— Oui, je vois ce que vous voulez dire, monsieur Merriman. Si vous n'êtes pas à l'aise, ça ne peut pas marcher.

— Et "pas marcher", ça veut dire tout perdre. Beaucoup d'argent.

— Bon, revenons à la raison qui vous a poussé à consulter le Dr Pande. Voyons… C'était en quelle année ?

— Tout ça pour dire qu'entre le poker et le chômage, ce Dr Pande et ses mauvaises interprétations m'ont fait perdre beaucoup d'argent ! Beaucoup, beaucoup d'argent !

— Oui, je comprends. Mais dites-moi d'abord pourquoi vous avez consulté le Dr Pande. »

Juste au moment où Marshal commençait à s'inquiéter de la tournure que prenait la séance, Shelly se détendit soudain. Il avait ce qu'il voulait. Ce n'est pas pour rien qu'il avait vécu neuf ans avec un as du barreau. À partir de cet instant, pensa-t-il, il avait tout à gagner et rien à perdre à se montrer coopératif. Il avait l'intuition qu'il serait en meilleure position devant un tribunal s'il démontrait qu'il réagissait parfaitement aux techniques psychothérapeutiques conventionnelles. Par conséquent, il répondit à toutes les questions de Marshal avec franchise et sérieux. Sauf celles, naturellement, qui portaient sur son traitement avec le Dr Pande, dont il n'avait plus aucun souvenir.

Lorsque Marshal l'interrogea sur ses parents, Shelly fouilla profondément dans son passé, dans la glorification permanente, par sa mère, de ses talents et de sa beauté, qui contrastait amèrement avec sa déception chronique devant les nombreux projets de son mari, suivis d'autant d'échecs. Malgré toute la dévotion de sa mère, Shelly était persuadé que son père avait joué un rôle central dans sa vie.

Oui, confia-t-il à Marshal, plus il y pensait, plus il avait été troublé par les commentaires du Dr Pande sur son père. Malgré toute l'irresponsabilité de ce dernier, Shelly se sentait très proche de lui. Plus jeune, il le vénérait. Il adorait le voir avec ses amis, jouer au poker, aller aux courses – Monmouth dans le New Jersey, Hialeah et Pimlico quand ils allaient en vacances à Miami Beach. Son père pariait sur tous les sports : courses de lévriers, pelote basque, football, basket-ball ; tous les jeux l'attiraient : poker, roulette, backgammon… Parmi ses meilleurs souvenirs d'enfance, raconta-t-il, figuraient ceux où, assis sur les genoux de son père, il ramassait et classait ses cartes. Son passage à l'âge adulte eut lieu le jour où son père l'autorisa à jouer avec lui. Shelly grimaça en se rappelant qu'à l'âge de seize ans, il avait, non sans insolence, demandé à ce que la mise du poker soit augmentée.

Shelly était donc d'accord avec l'analyse de Marshal, dont l'identification au père était très forte et très profonde. Il avait la même voix que lui, et chantait souvent les chansons de Johnnie Ray que fredonnait son père. Il utilisait la même mousse à raser, la même lotion après-rasage ; il se lavait les dents, lui aussi, avec de la levure, et ne manquait jamais, jamais, de terminer sa toilette matinale par deux ou trois secondes passées sous l'eau froide. Il aimait les pommes de terre croustillantes et, comme son papa, les renvoyait souvent en cuisine pour qu'on les *brûle* !

Lorsque Marshal l'interrogea sur la mort de son père, Shelly ne put retenir ses larmes. Il décrivit son père mourant d'une crise cardiaque, à cinquante-huit ans, entouré par ses amis, en tirant un poisson hors de l'eau lors d'une croisière de pêche au large de Key West. Shelly raconta même à quel point il avait eu honte, lors de l'enterrement, d'être préoccupé par le sort de cet ultime poisson péché par son père. L'avait-il pris, finalement ? Quelle taille faisait-il ? Ses compères ayant toujours fait des paris sur la plus grosse prise, peut-être que son père aurait dû rafler la mise ce jour-là – sinon lui, du moins son héritier… Sachant qu'il ne reverrait sans doute jamais les partenaires de pêche de son père, il avait été douloureusement tenté, le jour de l'enterrement, de leur poser la question. Seule la honte l'en empêcha.

Depuis la mort de son père, Shelly pensait à lui chaque jour, d'une manière ou d'une autre. Quand il s'habillait le matin et se regardait dans la glace, il retrouvait ses mollets musclés et ses petites fesses. À trente-neuf ans, il commençait à ressembler de plus en plus à son père.

Lorsque la séance fut terminée, Marshal et Shelly étaient d'accord : puisque les choses se passaient bien, ils devaient se revoir bientôt. Marshal avait plusieurs créneaux dans son agenda – il n'avait pas encore trouvé preneur pour remplacer Peter Macondo – et convint de voir Shelly à trois reprises au cours de la semaine suivante.

Chapitre 13

« Ce psychanalyste a donc deux patients qui se trouvent être des amis très proches… Tu m'écoutes ? » Paul s'adressait à Ernest, très occupé à ôter avec des baguettes les arêtes d'un haddock braisé à la sauce douce-amère. Ernest devait faire une lecture à Sacramento, et Paul avait pris sa voiture pour l'y rencontrer. Ils étaient maintenant assis à une table isolée du China Bistro, un vaste restaurant dont la plate-forme centrale en chrome et en verre était décorée de canards et de poulets caramélisés. Ernest portait son uniforme spécial lecture : un blazer bleu croisé sur un col roulé en cachemire blanc.

« Bien sûr que je t'écoute… Tu crois que je ne peux pas manger et écouter en même temps ? Deux amis très proches consultent le même psy et…

— Et un beau jour, continua Paul, après une partie de tennis, ils comparent leurs expériences avec leur psy commun. Exaspérés par sa prétendue omniscience, ils décident de lui faire une blague : ils vont lui raconter, chacun son tour, exactement le même rêve. Le lendemain matin, à huit heures, le premier raconte au psy son rêve ; à onze heures, le second décrit le même rêve. Imperturbable comme à l'accoutumée, le psy s'exclame : "C'est incroyable ! C'est la *troisième* fois que j'entends ce rêve aujourd'hui !"

— Excellent ! dit Ernest en pouffant de rire et en s'étouffant presque dans son plat. Mais quelle est la morale ?

— Tout d'abord, qu'il n'y a pas que les thérapeutes qui se dissimulent. Nombre de patients ont été pris en flagrant délit de mensonge sur le divan. Je t'ai raconté le coup du patient qui, il y a deux ans de cela, voyait deux psy en même temps sans le dire à aucun des deux ?

— Pour quelle raison ?

— Oh, pour les humilier, en quelque sorte. Il comparait leurs commentaires respectifs et s'amusait en silence de les entendre donner avec assurance des interprétations absurdes et complètement opposées.

— Tu parles d'un triomphe ! répondit Ernest. Tu te rappelles comment le vieux Whitehorn appelait ça ?

— Une victoire à la Pyrrhus !

— *À la Pyrrhus…* Son expression favorite ! On y avait droit à chaque fois qu'il parlait de patients qui résistaient à la psychothérapie ! Mais tu sais, à propos de ton patient qui voyait deux psy, rappelle-toi, quand on était à Johns Hopkins, on présentait le même patient à deux superviseurs différents et on s'amusait toujours du fait qu'ils n'étaient jamais d'accord. Eh bien, c'est exactement la même chose. Ton histoire sur les deux psy m'intrigue beaucoup… » Ernest posa ses baguettes. « Je me pose la question : est-ce que ça pourrait m'arriver ? Je ne crois pas. Je suis même certain de voir quand un patient est sincère avec moi. Parfois, au début, il peut y avoir un doute, mais il arrive toujours un moment où il devient évident que nous sommes tous les deux dans la vérité.

— "Tous les deux dans la vérité"... C'est bien beau, Ernest, mais qu'est-ce que tu entends par là, exactement ? Tu ne peux pas savoir le nombre de fois où, après avoir vu un patient pendant un an, deux ans, j'apprends quelque chose qui me fait changer complètement d'avis sur lui. Il m'arrive de voir quelqu'un pendant des années, puis de le diriger vers une thérapie de groupe, et là je vois des choses étonnantes ! Est-ce bien la même personne ? Tous ces aspects de lui qu'il ne m'avait pas montrés !

« J'ai travaillé trois ans avec une patiente, poursuivit-il, une femme très intelligente, la trentaine, qui a commencé – sans que je l'y incite le moins du monde – à retrouver spontanément le souvenir d'un inceste avec son père. Nous avons donc travaillé pendant un an là-dessus, jusqu'à être convaincus que nous étions tous les deux, comme tu dis, dans la vérité. Pendant tous ces mois terribles où ses souvenirs remontaient à la surface, j'ai été à ses côtés, je l'ai soutenue alors qu'elle affrontait des scènes de famille effrayantes, lorsqu'elle voulait aborder cette histoire avec son père. Et maintenant – ça a peut-être un rapport avec le déluge médiatique à ce sujet –, elle commence à douter de tous ces souvenirs d'enfance...

« Franchement, je ne sais plus quoi penser. Qu'est-ce qui est vrai, qu'est-ce qui ne l'est pas ? En plus, elle commence à m'en vouloir de l'avoir crue sur parole. La semaine dernière, elle a rêvé qu'elle était chez ses parents et qu'une pelleteuse attaquait les fondations de la maison. Qu'est-ce qui te fait sourire ?

— Qui est cette pelleteuse ? Je te laisse trois chances.

— C'est une évidence. Il n'y pas de mystère. Quand je lui ai demandé à qui elle identifiait la pelleteuse, elle m'a répondu, sur le ton de la plaisanterie, que le titre du rêve était "Le Retour de la main secourable". Le message est donc le suivant : sous couvert de l'aider, ou en y croyant sincèrement, je suis en train de saper les fondations de sa maison et de sa famille.

— Quelle ingrate…

— Parfaitement. Et j'ai été assez con pour essayer de me défendre. Quand je lui ai rappelé que c'étaient *ses* souvenirs que j'analysais, elle m'a taxé de simplisme et de crédulité pour avoir ajouté foi à tout ce qu'elle disait.

« Tu sais quoi, poursuivit Paul, elle a peut-être raison. Il se peut, oui, que nous soyons trop crédules. Nous sommes tellement habitués à voir des patients nous payer pour entendre leur vérité qu'à la fin nous oublions que le mensonge est toujours possible. J'ai entendu parler de recherches récentes qui montrent que les psychiatres, tout comme les agents du FBI, sont particulièrement incompétents dès qu'il s'agit d'identifier les menteurs. Et la polémique sur l'inceste prend un tour encore plus bizarre… Tu m'écoutes, Ernest ?

— Continue. Tu disais que la polémique sur l'inceste…

— Oui, elle prend un tour bizarre dès que tu entres dans le monde des abus rituels sataniques. Ce mois-ci, je suis de garde à l'hôpital du comté. Sur les

377

vingt patients qui s'y trouvent, six parlent de violences rituelles. Tu ne peux pas imaginer tout ce qui
se passe dans les thérapies de groupe : ces six patients
décrivent des violences rituelles sataniques – sacrifices humains et cannibalisme inclus –, avec une telle
précision et une telle conviction que personne n'ose
mettre en doute leur parole. Et ça vaut aussi pour le
personnel ! Si les thérapeutes de groupe se mettaient
à douter de la valeur de ces récits, ils se feraient lyncher par leurs groupes et seraient anéantis. Franchement, plusieurs membres du personnel croient dur
comme fer à ces récits. Tu parles d'un asile de
fous… »

Ernest acquiesça, tout en retournant habilement
son poisson pour renouveler l'opération de l'autre
côté.

« C'est le même problème avec les troubles de la
personnalité multiple, reprit Paul. Je connais d'excellents psy qui ont mentionné des centaines de cas de ce
genre, et j'en connais d'autres, tout aussi bons, qui
sont dans le métier depuis trente ans et qui affirment
qu'ils n'ont jamais eu affaire au moindre cas.

— Tu connais la phrase de Hegel : "Ce n'est qu'au
début du crépuscule que la chouette de Minerve
prend son vol." Peut-être qu'on ne découvrira la
vérité sur cette épidémie qu'au moment où elle
s'achèvera, et que nous aurons un peu plus de recul.
Je suis d'accord avec ce que tu as dit à propos de
l'inceste et des troubles de la personnalité multiple.
Mais laisse ça de côté et regarde ton travail quotidien
avec tes patients. Je pense qu'un bon thérapeute
reconnaît la vérité chez ses patients.

— Et chez les sociopathes ?

— Non, non… Tu vois ce que je veux dire : chez des patients comme tu en vois tous les jours. Jamais tu ne te retrouveras avec un sociopathe dans ton bureau, quelqu'un qui paye les séances et qui n'est pas obligé de venir sur décision judiciaire. Tu vois, la nouvelle patiente dont je t'ai parlé, le cobaye de ma grande expérience d'ouverture personnelle, eh bien… Au cours de notre deuxième séance la semaine dernière, je n'ai pas pu la déchiffrer pendant un bon moment… Nous étions tellement loin l'un de l'autre, comme si nous n'étions pas dans la même pièce. Puis elle a commencé à me raconter qu'elle était la première de sa classe à la fac de droit, et elle a soudain éclaté en sanglots, avant de me parler avec une honnêteté absolument merveilleuse. Elle a évoqué ses immenses regrets, la carrière splendide qu'elle aurait pu faire au lieu de se lancer dans un mariage minable. Et tu sais, la même chose, exactement, la même irruption dans la vérité s'était produite au cours de la première séance, lorsqu'elle m'a parlé de son frère et d'abus sexuels – d'éventuels abus –, dans sa jeunesse.

« À chaque fois, mon cœur battait pour elle… Bref, nous nous sommes vraiment rencontrés, et d'une telle manière que la moindre malhonnêteté est désormais rigoureusement impossible entre nous. En fait, juste après cet épisode de la dernière séance, elle est allée très loin dans la vérité, elle a commencé à me parler d'une façon remarquablement franche… De sa frustration sexuelle… Du fait qu'elle allait devenir folle si personne ne la baisait très vite.

— Je vois que vous avez beaucoup de choses en commun, tous les deux.

— Oui. Oui… J'y travaille. Franchement, Paul, arrête avec tes germes de haricots. Tu t'entraînes pour les jeux Olympiques de l'anorexie ou quoi ? Tiens, goûte un peu de ces délicieuses escalopes – spécialité de la maison. Pourquoi est-ce que je dois toujours manger pour deux ? Regarde-moi ce flétan, il est magnifique.

— Non merci, pour avoir ma dose quotidienne de mercure, je préfère encore mâcher mon thermomètre.

— Très drôle. Quelle semaine, quand j'y pense ! Ma patiente Eva est morte il y a deux jours. Tu te souviens d'elle ? Tu sais, je t'en avais parlé… La femme, ou la mère, que j'aurais voulu avoir. Cancer des ovaires. Prof d'écriture. Une grande dame.

— C'est elle qui avait rêvé une fois de son père lui disant : "Ne reste pas à la maison à manger de la soupe de poisson comme moi ! Va-t-en, va en Afrique."

— Ah oui ! J'avais oublié cet épisode. C'est tout Eva. Elle va beaucoup me manquer. Sa mort m'a choqué.

— Je ne sais pas comment tu travailles avec des patients qui ont le cancer. Comment est-ce que tu supportes ça, Ernest ? Tu vas à son enterrement ?

— Non. C'est la limite que je me suis fixée. Je dois me protéger, me ménager une sorte de zone tampon. Et puis je limite le nombre de patients mourants. En ce moment, l'une de mes patientes travaille dans une clinique cancérologique comme conseillère psychiatrique. Elle ne voit que des cancéreux, toute la journée, et j'aime autant te dire qu'elle en bave.

— C'est un métier à haut risque, Ernest. Tu connais le taux de suicide chez les oncologues ? Aussi élevé que celui des psychiatres ! Il faut être maso pour continuer à faire ce travail.

— Ce n'est pas toujours si noir, rétorqua Ernest. Tu peux aussi en tirer quelque chose. Si tu travailles avec des mourants et que tu es en thérapie, tu fais agir différentes parties de toi-même, tu n'as plus les mêmes priorités, tu banalises le banal. Je sais que quand je sors de mes séances, je me sens beaucoup mieux. Cette conseillère dont je te parle avait fait cinq ans de thérapie, avec succès, mais après avoir travaillé avec des mourants, toutes sortes de nouveaux éléments ont fait surface. Dans ses rêves, par exemple, la peur de la mort revenait sans cesse.

« La semaine dernière, elle a fait un drôle de rêve, après la mort de l'un de ses patients préférés. Elle a rêvé qu'elle assistait à une réunion du comité que je présidais. Elle devait m'apporter des dossiers et, pour cela, devait passer devant une grande fenêtre ouverte qui descendait jusqu'au sol. Elle était furieuse de mon indifférence face aux risques qu'elle devait prendre. Alors un orage a éclaté, je prenais le groupe en charge et menais tout le monde vers un escalier métallique, comme un escalier de secours. Tout le monde montait mais les marches ne menaient qu'au plafond. Voie sans issue. Du coup, ils devaient tous redescendre.

— Autrement dit, il n'y a que toi qui sois capable de la protéger ou de la mener hors de cette maladie, vers la mort.

— Exactement. Mais le plus important, c'est qu'en cinq ans d'analyse, jamais la question de sa mort ne s'était posée.

— C'est la même chose avec mes patients.

— Il faut aller la chercher, parce qu'elle est tapie sous la surface des choses.

— Et toi dans tout ça, Ernest, face à toutes ces questions métaphysiques ? De nouveaux éléments surgissent, dis-tu. Est-ce que ça signifie davantage de thérapie à venir ?

— C'est justement pour ça que j'écris un livre sur l'angoisse de la mort. Tu sais qu'Hemingway disait que son thérapeute, c'était sa Corona ?

— La bière ?

— Non, la machine à écrire… Tu es trop jeune pour connaître. Et en plus de mes travaux d'écriture, *toi aussi* tu me soignes bien.

— Très bien… Voilà ma facture. » Paul demanda l'addition au serveur et demanda qu'elle soit remise à Ernest. Il regarda sa montre. « Tu dois être à la librairie dans vingt minutes. Raconte-moi rapidement ton expérience d'ouverture personnelle avec ta nouvelle patiente. Comment est-elle ?

— C'est une femme étonnante. Très intelligente, compétente, et pourtant étrangement naïve. Un mauvais mariage – j'aimerais l'aider à trouver un moyen d'en sortir. Elle a voulu divorcer il y a deux ans, mais son mari a eu un cancer de la prostate ; du coup, elle se sent obligée d'être à ses côtés jusqu'à la fin de ses jours. La seule bonne thérapie qu'elle ait faite ? Avec un psy de la côte Est. Et, tiens-toi bien, Paul, elle a eu une longue histoire de cul avec ce type ! Il est mort il y a quelques années. Le pire, c'est qu'elle dit que ça l'a soignée, et elle ne jure plus que par ce type. Pour moi, c'est une vraie première. Je n'ai jamais entendu une patiente me dire que le fait de coucher avec son psy l'avait aidée. Et toi ?

— L'aider ? Ça a aidé le psy à s'éclater, oui ! Mais la patiente… Jamais bon pour les patients, ce genre de choses.

— Comment peux-tu en être si sûr ? Il y a un instant, je t'ai parlé d'un cas où la patiente a été soulagée. Je crois qu'il ne faut pas laisser les faits s'interposer devant la vérité scientifique.

— Très bien, Ernest. Je reconnais mon erreur. Alors je vais essayer d'être objectif. Voyons voir… Je me rappelle cette affaire, il y a plusieurs années déjà, où tu avais été appelé comme expert témoin… Seymour Trotter, non ? Il prétendait avoir aidé sa patiente, et que c'était la seule façon pour lui de la soigner efficacement. Mais ce type était tellement narcissique – ce qui n'est jamais bon – que personne ne pouvait le croire. Il y a des années, j'ai travaillé avec une patiente qui avait couché une ou deux fois avec son psychothérapeute, un vieux monsieur qui venait de perdre sa femme. Un "coup pour dépanner", elle appelait ça… Elle disait aussi que ça n'avait ni freiné ni aidé son traitement, même si, à tout prendre, ça avait été plus positif que négatif.

« Bien sûr, continua Paul, beaucoup de psy ont eu des aventures avec leurs patientes et les ont épousées. Il ne faut pas l'oublier. Je n'ai jamais vu de données chiffrées à ce sujet. Qui sait quel est le destin de ces couples ? Peut-être qu'ils fonctionnent mieux qu'on ne le croit ! En vérité, on n'a aucun moyen de le savoir. On n'entend parler que des accidents. Bref, on connaît seulement le numérateur, et pas le dénominateur.

— C'est curieux, dit Ernest. Ma patiente m'a sorti exactement le même discours. Mot pour mot.

— Mais c'est une évidence : on connaît bien les accidents, pas l'ensemble des histoires. Peut-être y a-t-il des patientes qui profitent d'une telle relation, et qu'on n'en entend jamais parler ! Et ce n'est pas difficile de comprendre un tel silence. D'abord, ce n'est pas le genre de choses qu'on déballe sur la place publique. Ensuite, elles ont pu être aidées et on n'en a plus entendu parler parce qu'elles ont mis fin à leur thérapie. Enfin, si l'expérience a été positive, elles auront tendance à protéger leur psy et amant en ne disant rien.

« Par conséquent, Ernest, tu as la réponse à ta question sur la vérité scientifique. Voilà, j'ai payé mon écot à la science. Mais pour moi, la question de la relation sexuelle entre psy et patiente relève de la morale. En aucun cas la science ne pourra me démontrer que l'immoralité est morale. Je crois que coucher avec des patientes ne relève ni de la thérapie ni de l'amour : c'est de l'exploitation, la violation d'un pacte. Malgré tout, je ne sais pas quoi faire de ta patiente qui prétend le contraire... Je ne vois pas pourquoi elle te mentirait ! »

Ernest régla l'addition. Alors que les deux amis quittaient le restaurant pour se diriger vers la librairie toute proche, Paul demanda à Ernest : « Alors, raconte-moi ton expérience. Jusqu'où est-ce que tu te dévoiles ?

— Je défriche le terrain de ma propre transparence, mais pas dans la direction que j'avais espérée. Ce n'est pas ce que j'escomptais.

— C'est-à-dire ?

— Eh bien, j'espérais une sorte de révélation plus humaine, plus existentielle, qui débouche sur un "nous voilà ensemble face aux exigences de la vie". Je pensais que je lui dévoilerais mes sentiments immédiats, sur elle, sur notre relation, sur mes propres angoisses, sur les choses fondamentales qu'elle et moi nous partageons. Mais elle ne pose aucune question sur quoi que ce soit de profond ou d'intéressant. Au contraire, elle reste toujours dans le trivial : mon couple, mes méthodes de drague.

— Et qu'est-ce que tu lui réponds ?

— J'essaye tant bien que mal de trouver un chemin, de faire la différence entre répondre sincèrement et satisfaire sa curiosité maladive.

— Mais qu'est-ce qu'elle veut de toi ?

— Que je la libère d'un poids. Elle est empêtrée dans une situation épouvantable mais elle a tendance à ne se concentrer que sur sa frustration sexuelle. Elle a vraiment le feu au cul. Et elle s'est mise à me prendre dans ses bras à la fin de la séance.

— Dans ses bras ? Et tu acceptes ça ?

— Pourquoi pas ? Je tente d'établir une relation totale avec elle. Tu sais, peut-être que dans ton ermitage, tu as tendance à oublier que les gens se touchent tout le temps, dans le *vrai* monde. Ce n'est pas sexuel. Je sais reconnaître ce qui est sexuel.

— Et moi je te connais... Fais attention, Ernest.

— Je vais te rassurer tout de suite, Paul. Tu te souviens du passage de *Souvenirs, rêves et pensées* dans lequel Jung affirme que le psy doit inventer un nouveau langage thérapeutique pour chaque patient ? Plus j'y pense, plus je trouve l'idée pertinente. Je crois que c'est l'idée la plus intéressante que Jung ait formulée à propos de la psychothérapie, même si à mon avis il n'est pas allé assez loin. Il ne s'est pas rendu compte que l'important n'était pas d'inventer un nouveau langage ou une nouvelle thérapie pour chaque patient, mais bien *d'inventer* tout court ! Autrement dit, ce qui compte, c'est de voir le thérapeute et son patient travailler et inventer ensemble, en toute honnêteté. Ça, je l'ai appris du vieux Seymour Trotter, figure-toi.

— En effet, un grand professeur, répliqua Paul. Regarde comment il a terminé. »

« *Sur une sublime plage de sable fin dans les Antilles* », voulut répondre Ernest. Au lieu de quoi, il dit : « Tout n'est pas à jeter chez lui. Il n'était pas complètement bidon, tu sais. Mais avec cette patiente – ce sera plus simple si je lui donne un nom : appelons-la Mary –, avec Mary, donc, je prends tout ça très au sérieux. Je me suis engagé à être parfaitement sincère avec elle, et jusqu'ici le résultat m'a l'air plutôt authentique. Et l'étreinte de l'autre jour n'est qu'un élément parmi tant d'autres… Pas de quoi en faire toute une histoire. Voilà une femme qui n'a pas été touchée depuis des lustres, et le contact est un signe d'attention. Crois-moi, Paul, cette étreinte, c'est de l'amour pur, pas du désir.

— Mais je te crois, Ernest. Je sais que c'est ce que représente l'étreinte *pour toi*. Mais pour *elle* ? Comment voit-elle les choses ?

— Je te répondrai en te racontant une discussion entendue la semaine dernière sur le lien thérapeutique. Le type racontait un rêve incroyable qu'une de ses patientes avait fait vers la fin de sa thérapie. Dans ce rêve, elle et son psy assistaient à une conférence dans un hôtel. À un moment donné, le psy lui suggère de prendre une chambre contiguë à la sienne, pour qu'ils puissent dormir ensemble. Elle va à la réception et arrange tout. Un peu plus tard, le psy change d'avis et lui dit que ce n'est pas une bonne idée. Alors elle retourne à la réception pour annuler l'opération. Trop tard : toutes ses affaires ont été transférées dans la nouvelle chambre. Il s'avère que cette chambre est bien mieux que l'autre, plus grande, plus haute de plafond, avec une plus belle vue. Et puis, du point de vue numérologique, le nombre 929 est plus propice.

— Très bien, dit Paul. Très bien. J'ai pigé : dans l'attente de l'acte sexuel, la patiente procède à des changements importants et positifs – la meilleure chambre. Mais au moment où cette attente sexuelle s'avère être une illusion, les changements sont déjà irréversibles ; elle ne peut plus revenir en arrière, pas plus qu'elle ne peut retrouver son ancienne chambre.

— Exactement. Voilà ma réponse. C'est même la clé de toute ma stratégie avec Mary. »

Ils marchèrent en silence pendant quelques minutes, jusqu'à ce que Paul reprenne la parole : « Quand j'étais étudiant en médecine à Harvard, je me souviens qu'Elvin Semrad, un professeur merveilleux, tenait des propos très similaires… Sur l'avantage, voire la nécessité, pour certains patients d'installer une forme de tension sexuelle dans la relation. Mais quand même, tu prends de gros risques, Ernest. J'espère que tu as une marge de sécurité suffisante. Elle est séduisante ?

— Très ! Pas forcément mon style, mais, pas de doute, c'est une belle femme.

— Est-ce qu'il se pourrait que tu te plantes complètement dans ton interprétation ? Qu'elle t'allume, tout simplement ? Qu'elle veuille qu'un psy l'aime, comme le précédent ?

— Oui, c'est ce qu'elle veut. Mais justement, je vais utiliser ça comme un levier thérapeutique. Fais-moi confiance. Et pour moi l'étreinte que nous avons eue n'est pas sexuelle. Plutôt… avunculaire. »

Ils s'arrêtèrent devant la librairie Tower. « Bon, nous y sommes, dit Ernest.

— On est en avance. Je peux te poser une dernière question ? Dis-moi la vérité : tu aimes les étreintes avunculaires avec Mary ? »

Ernest hésita.

« La vérité, Ernest.

— Oui, j'aime la prendre dans mes bras. J'aime beaucoup cette femme. Elle a un parfum incroyable… Si je n'aimais pas ça, je ne le ferais pas !

— Ah bon ? Intéressant… Je croyais que c'était uniquement pour le bien-être de ta patiente.

— C'est le cas. Mais si je n'aimais pas ça, elle le sentirait, et le geste perdrait toute authenticité.

— Qu'est-ce que c'est que ce charabia ?

— Je te parle d'une brève étreinte amicale, Paul. Je contrôle la situation.

— En tout cas, garde bien ta braguette fermée, Ernest. Sinon, ton mandat au comité déontologique va être victime d'une soudaine et brutale interruption. Quand la prochaine réunion a-t-elle lieu ? Dînons ensemble.

— Dans deux semaines. J'ai entendu parler d'un nouveau restaurant cambodgien.

— À mon tour de choisir. Fais-moi confiance, j'ai un beau cadeau pour toi dans ma hotte… Une sacrée surprise macrobiotique ! »

Chapitre 14

Le lendemain soir, Carol appela Ernest à son domicile pour lui raconter qu'elle était dans un état d'affolement absolu et qu'elle avait d'urgence besoin d'une séance. Ernest lui parla longuement et lui fixa rendez-vous le lendemain matin. Il proposa de téléphoner à une pharmacie de nuit pour qu'on délivre des anxiolytiques à Carol.

Le lendemain, en s'asseyant dans la salle d'attente, Carol relut ses notes sur la dernière séance.

« Il m'a dit que j'étais une femme séduisante, très séduisante… M'a donné son numéro de téléphone personnel, me demande de l'appeler à ce numéro… A sondé longuement ma vie sexuelle… Parle de sa vie privée, la mort de sa femme, la drague, la vie de célibataire… Et m'a prise dans ses bras à la fin de la séance – plus longtemps que la dernière fois… Dit qu'il aime savoir que je fantasme sur lui, prolonge la séance de dix minutes… Curieusement mal à l'aise quand je lui donne l'argent. »

Aux yeux de Carol, les choses tournaient bien. Introduisant une microcassette dans son magnétophone miniature, elle glissa l'objet dans un sac en osier acheté exprès pour l'occasion. Elle entra ensuite dans le bureau d'Ernest, tout excitée de savoir que le piège était maintenant posé et que chaque mot, chaque entorse au règlement seraient enregistrés.

Constatant que l'urgence de la veille s'était dissipée, Ernest voulut comprendre les raisons de cet accès de panique. Chacun adoptait un point de vue radicalement différent. Pour Ernest, il était évident que l'angoisse de Carolyn était directement liée à la séance précédente. Elle, au contraire, soutenait qu'elle explosait à cause de sa tension et de sa frustration sexuelles ; elle renouvela ses approches tentatrices auprès d'Ernest.

En explorant de manière plus systématique la vie sexuelle de Carol, Ernest obtint bien plus qu'il n'avait espéré. À grand renfort de détails, elle décrivit en effet un certain nombre de fantasmes masturbatoires dans lesquels il jouait un rôle de premier plan. Sans la moindre pudeur, elle raconta comment elle s'excitait en s'imaginant déboutonner sa chemise, s'agenouiller devant le fauteuil de son bureau, ouvrir la braguette de son pantalon et glisser son sexe dans sa bouche. Elle prenait un plaisir fou, disait-elle, à l'idée de pouvoir l'amener encore et toujours au bord de l'orgasme avant de ralentir soudain et d'attendre que la fièvre retombe, pour mieux recommencer. C'était en général suffisant pour qu'elle atteigne l'orgasme en se masturbant. Sinon, elle prolongeait son fantasme en se voyant attirer Ernest au sol et en imaginant qu'il soulevait sa jupe, glissait sa culotte sur le côté et la pénétrait vigoureusement. Ernest l'écouta attentivement, en essayant de ne pas se tortiller dans tous les sens.

« Mais la masturbation, poursuivit Carol, ne m'a jamais vraiment satisfaite. En partie, je crois, parce que je me sens honteuse. Sauf une ou deux fois avec Ralph, je n'en ai jamais parlé avec qui que ce soit, homme ou femme. Le problème, c'est que souvent je n'arrive pas à l'orgasme, mais plutôt à des petits spasmes à répétition qui me laissent dans un état d'excitation extrême. Je me demande si ce n'est pas une simple question de technique. Est-ce que vous pourriez me donner des conseils à ce sujet ? »

La question de Carol empourpra le visage d'Ernest. Il commençait à s'habituer à la manière pour le moins décomplexée dont sa patiente abordait les questions sexuelles. En fait, il admirait sa facilité à parler de ses pratiques les plus intimes, par exemple comment, dans le passé, elle ramassait des hommes dans les bars dès qu'elle voyageait ou qu'elle était fâchée avec son mari. Tout ça lui paraissait si facile, si naturel. Ernest pensa aux heures de souffrance qu'il avait, lui, passées en pure perte dans des bars pour célibataires ou dans des soirées. Pendant son internat, il avait vécu un an à Chicago. « Pourquoi, se demandait-il, pourquoi est-ce que je n'ai pas croisé Carolyn quand elle écumait les bars de Chicago ? »

Quant à sa question sur les techniques de masturbation, que pouvait-il bien en dire ? Rien, à peu de chose près, sauf le besoin évident d'une stimulation clitoridienne. En général, les gens surestimaient les connaissances des psy.

« Je ne suis pas expert dans ce domaine, Carolyn. » Mais où croyait-elle, se demanda-t-il, qu'il aurait pu s'instruire sur la masturbation féminine ? À la fac de médecine ? Peut-être devait-il intituler son prochain livre : *Tout ce qu'on ne vous a pas enseigné à la fac de médecine* !

« La seule chose qui me vient à l'esprit, Carolyn, est une conférence à laquelle j'ai assisté récemment, donnée par un sexologue, sur la nécessité de libérer le clitoris de toute entrave.

— Ah oui ? Et pouvez-vous vérifier cela par un examen médical, docteur Lash ? Allez-y, je vous en prie. »

Ernest rougit de nouveau. « Non, j'ai raccroché mon stéthoscope et pratiqué mon dernier examen médical il y a plus de sept ans. Je vous conseille d'en parler plutôt à votre gynécologue. Certaines femmes préfèrent parler de ces choses-là avec *une* gynécologue.

— Et pour les hommes, est-ce différent, docteur Lash ? Je veux dire, est-ce que vous… Est-ce que les hommes ont aussi des problèmes d'orgasme partiel pendant la masturbation ?

— Encore une fois, je ne suis pas un expert, mais je crois que pour les hommes, c'est plutôt tout ou rien. Vous en avez parlé à Wayne ?

— À Wayne ? Non, on ne parle de rien. C'est aussi pour ça que je vous pose toutes ces questions. Pour le moment, vous êtes le seul homme dans ma vie ! »

Ernest se sentait perdu. Sa résolution d'être honnête en toute circonstance ne lui était d'aucun secours. L'agressivité de Carolyn le troublait ; il était désorienté. Il se tourna alors vers sa pierre de touche, son superviseur, et essaya d'imaginer quelle aurait été la réponse de Marshal à la question de Carolyn.

La bonne technique, aurait-il dit, consiste à glaner plus d'éléments, à retracer de manière systématique et dépassionnée toute l'histoire sexuelle de Carolyn, y compris les détails de ses pratiques autoérotiques et de ses fantasmes corollaires, passés et présents.

Oui, c'était la bonne approche. Mais Ernest était confronté à un problème : Carolyn commençait à l'exciter sérieusement. Toute sa vie, il s'était vu comme un homme qui ne plaisait pas aux femmes. Toute sa vie, il avait cru qu'il lui faudrait travailler dur, user de son intelligence, de sa sensibilité et de ses charmes pour faire oublier ses airs de premier de la classe. Aussi prenait-il un plaisir particulièrement intense à entendre cette femme ravissante lui décrire par le menu comment elle se masturbait en imaginant qu'elle le déshabillait et l'entraînait au sol.

Cette excitation limitait sa liberté d'action en tant que psychothérapeute. Demander à Carolyn des détails plus intimes sur ses fantasmes sexuels pouvait semer le doute sur ses motivations profondes : serait-ce pour le bien de Carolyn ou pour son propre plaisir ? C'eût été une forme de voyeurisme, un peu comme faire l'amour au téléphone. D'un autre côté, s'il esquivait les fantasmes de Carolyn, lui rendait-il vraiment service en l'empêchant d'exprimer ce qu'elle avait sur le cœur ? Qui plus est, ne serait-ce pas une manière de lui dire que ses fantasmes étaient trop honteux pour être évoqués ?

Et son propre engagement ? L'ouverture personnelle ? Ne devait-il pas tout simplement partager avec Carolyn le fond de sa pensée ? Non, il était convaincu que ce serait commettre là une énorme erreur. Existait-il un autre principe de transparence du thérapeute ? Peut-être ce dernier ne devait-il pas partager des choses qui le tourmentent profondément. Mieux

valait qu'il règle ces questions lors de sa propre analyse, sans quoi le patient se verrait obligé de travailler
également sur les problèmes de son psy. Ernest nota
ces quelques réflexions sur son calepin ; elles méritaient d'être approfondies plus tard.

Il profita de la première occasion pour recadrer le
débat. Il revint à la crise d'angoisse qui avait saisi
Carolyn la veille au soir ; il se demandait si elle n'était
pas due aux questions épineuses qu'il avait soulevées
lors de la séance précédente. Par exemple, pourquoi
était-elle restée si longtemps dans une relation néfaste
et dénuée d'amour ? Pourquoi n'avait-elle jamais
tenté d'améliorer les choses grâce à une thérapie de
couple ?

« J'ai du mal à vous dire à quel point j'ai une vision
désespérée de mon couple, et du couple en général.
Voilà des années qu'il n'y a pas eu la moindre étin-
celle de bonheur ou de respect dans mon couple. Et
Wayne est à peu près aussi nihiliste que moi, il a passé
de nombreuses années, coûteuses et infructueuses, en
thérapie. »

Ernest n'était pas du genre à se décourager facilement.

« Carolyn, quand je songe à votre désespoir amoureux, je ne peux pas m'empêcher de penser que
l'échec de vos parents a eu une influence sur vous.
Quand, la semaine dernière, je vous ai posé des questions sur eux, vous m'avez dit avoir toujours entendu
votre mère parler de votre père en termes mépri-
sants, haineux. Elle ne vous a peut-être pas rendu service en vous soumettant à un régime aussi sévère, en
vous répétant jour après jour, année après année, que

les hommes sont incapables de s'intéresser à autre chose qu'à eux-mêmes. »

Carol voulait revenir aux questions purement sexuelles. Mais elle ne put s'empêcher de voler au secours de sa mère : « Jamais elle n'a eu le moindre répit... Elle a passé sa vie à élever ses deux enfants, toute seule, sans l'aide de personne.

— Pourquoi toute seule, Carolyn ? Et sa propre famille ?

— Mais quelle famille ? Maman était toute seule. Son père aussi était parti quand elle était petite – un des grands pionniers de l'abandon de foyer. Et sa mère, n'en parlons pas... Complètement paranoïaque et aigrie. Elles ne se parlaient pratiquement jamais.

— Et l'entourage de votre mère ? Ses amis ?

— Personne !

— Votre mère n'avait pas de beau-père ? Votre grand-mère ne s'était pas remariée ?

— Non. Hors de question. Il fallait voir la grand-mère... Toujours en noir. Même ses mouchoirs étaient noirs. Je ne l'ai jamais vue sourire.

— Et votre mère ? D'autres hommes dans sa vie ?

— Vous voulez rire ? Je n'ai jamais vu un seul homme à la maison. Elle détestait les hommes ! Mais tout ça, j'en ai parlé et reparlé à longueur de thérapie. Pour moi c'est de l'histoire ancienne. Je croyais que vous aviez dit que vous n'étiez pas du genre à fouiner...

— C'est intéressant, dit Ernest, ignorant ostensiblement la dernière remarque de Carol. Je sais que nous avons dépassé l'heure, mais je vous demande de rester encore une minute, Carolyn. C'est très important, vous savez. Je vais vous dire pourquoi... Parce que cela touche, et de très près, ce que vous allez peut-être transmettre à votre fille ! Voyez-vous, la meilleure chose qu'une thérapie puisse faire, c'est peut-être, justement, de vous aider à briser le cycle ! J'ai envie de vous aider, Carolyn, et je m'y engage. Mais peut-être que la vraie, la principale bénéficiaire de notre travail ensemble, ce sera votre fille. »

Absolument pas préparée à un tel développement, Carol était abasourdie. Elle ne put retenir ses larmes. Sans un mot, elle se précipita hors du bureau, en sanglots. « Le salaud, il a recommencé, se dit-elle. Pourquoi est-ce que je me laisse avoir par ce fumier ? »

Dévalant l'escalier, elle essayait de discerner, dans les propos d'Ernest, ce qui concernait le personnage fictif qu'elle s'était créé et ce qui s'appliquait réellement à elle. Elle était tellement secouée, perdue dans ses pensées, qu'elle faillit marcher sur Jess, assis en bas des marches.

« Bonjour Carol. Jess… Vous vous rappelez ?

— Ah oui, bonjour… Je ne vous avais pas reconnu. » Elle essuya une larme. « Je n'ai pas l'habitude de vous voir assis, sans bouger.

— J'adore le jogging, mais à vrai dire je suis plutôt du genre marcheur. Si vous me voyez courir, c'est simplement parce que je suis toujours en retard. Pas facile de travailler là-dessus pendant la thérapie, justement parce que j'arrive trop tard pour en parler !

— Et aujourd'hui, vous êtes à l'heure ?

— Eh bien, ma séance est à huit heures du matin, maintenant. »

L'horaire de Justin, pensa Carol. « Donc vous n'avez pas de séance avec Ernest maintenant ?

— Non. En fait, je suis venu là pour vous voir. Je me demandais si ça vous disait de bavarder un jour… Ou de courir, peut-être ? De déjeuner ? Ou les deux ?

— Je ne connais rien au jogging. Je n'en ai jamais fait. » Carol sécha ses larmes.

« Je suis un bon prof, vous savez. Tenez, un mouchoir… Je vois que vous sortez d'une séance. Ernest me fait passer de mauvais moments, aussi… Il est fort pour appuyer là où ça fait mal. Je peux faire quelque chose ? Vous voulez marcher un peu ? »

Carol s'apprêtait à lui rendre son mouchoir lorsqu'elle éclata de nouveau en sanglots.

« Non, gardez le mouchoir. Vous savez, moi aussi j'ai eu des séances comme celle-là, et j'ai toujours besoin d'un peu de temps pour les digérer, tout seul. Donc je vous laisse tranquille. Mais je peux vous appeler ? Voici ma carte.

— Tenez, je vous donne aussi la mienne, dit Carol en cherchant dans son sac. Mais je veux que mes réserves à propos du jogging figurent au procès-verbal. »

Jess regarda la carte. « Vu et noté, maître. » Sur ces mots, il remit sa casquette et partit en courant dans Sacramento Street. Carol le regardait, ses longs cheveux blonds flottant dans le vent et, noué autour de son cou, son sweat-shirt blanc qui montait et descendait au gré des ondulations de ses épaules puissantes.

Dans son bureau, Ernest intégrait ses notes au dossier de Carolyn :

« De bons progrès. Dure séance de travail. Lourds aveux à propos de sa sexualité et de ses fantasmes masturbatoires. Le transfert érotique est de plus en plus fort. Dois trouver un moyen d'y répondre. Travaillé sur sa relation à sa mère et sur le modèle familial. Sur la défensive dès qu'elle a l'impression qu'on critique sa mère. J'ai terminé la séance par un commentaire sur le modèle familial qu'elle va transmettre à sa fille. Elle est partie du bureau en larmes. Dois-je m'attendre à un nouvel appel en urgence ? Erreur de terminer la séance par un message aussi fort ? »

« En plus, pensa Ernest en refermant son dossier, je ne peux pas la laisser partir comme ça ! Je n'ai pas eu mon câlin ! »

Chapitre 15

Après avoir déjeuné avec Peter Macondo, Marshal avait vendu quatre-vingt-dix mille dollars d'actions, avec la ferme intention de transférer aussi tôt que possible cette somme sur le compte de Peter. Mais sa femme avait insisté pour qu'il discute de l'opération avec Melvin, le cousin de Marshal, fiscaliste au ministère de la Justice.

Généralement, Shirley n'intervenait pas dans les finances de la famille Streider. De plus en plus absorbée par la méditation et l'ikebana, elle se désintéressait des biens de ce monde et méprisait ouvertement l'appétit de son mari pour ceux-ci. Chaque fois que Marshal, s'émerveillant devant la beauté d'un tableau ou d'une sculpture de verre, gémissait devant l'étiquette indiquant qu'ils coûtaient cinquante mille dollars, elle se contentait de lui dire : « La beauté ? Mais pourquoi est-ce tu ne la vois pas là-dedans ? » Elle montrait alors l'une de ses compositions florales – menuet délicat entre une branche de chêne torsadée et six fleurs de camélia –, ou les formes élégantes d'un pin bonsaï à cinq aiguilles, fier et noueux.

Indifférente à l'argent, Shirley était en revanche furieusement attachée à une chose que seule l'argent pouvait fournir : la meilleure éducation possible pour ses enfants. Marshal lui avait parlé avec une telle fascination et un tel appétit de ses futurs retours sur investissement dans le secteur du casque de vélo qu'elle en conçut quelque inquiétude. Avant de donner son accord final (ils possédaient conjointement leurs actions), elle lui demanda d'en parler à Melvin.

Depuis des années, Marshal et Melvin étaient liés par un pacte de troc non écrit et mutuellement profitable : Marshal offrait ses conseils médicaux et psychologiques à Melvin, en échange de quoi celui-ci le gratifiait de son expertise fiscale et boursière.

« Je n'aime pas trop ça, lui dit Melvin. *N'importe quel* investissement qui te promet un tel retour est suspect. Cinq cents pour cent, sept cents pour cent de profit ! Soyons sérieux, Marshal ! Sept cents pour cent ? Reviens sur terre… Et puis le billet à ordre que tu m'as faxé ? Tu sais ce que ça vaut ? Que dalle, Marshal ! Zéro !

— Comment ça, zéro ? Un billet à ordre signé par un homme d'affaires important ? Ce type est connu dans le monde entier, tu sais.

— S'il est tellement connu, répondit Melvin de sa voix rauque, dis-moi pourquoi il te donne un bout de papier sans valeur, une promesse creuse ? Je ne vois aucune garantie. Imagine qu'il décide de ne pas te rembourser ? Il peut toujours inventer des excuses pour ne pas payer… Il faudrait alors que tu lui fasses un procès, qui te coûterait des millions, et tu te retrouverais encore avec un autre bout de papier, le jugement du tribunal, avant de pouvoir récupérer ton argent. Ça te coûterait encore plus d'argent. Ce document *ne te protège pas* de ce danger, Marshal. Je sais de quoi je parle. Je vois ce genre de choses tous les jours. »

Marshal préféra, malgré tout, ignorer les conseils de Melvin. D'abord, son cousin était payé pour se méfier. Ensuite, il avait toujours été un gagne-petit. Exactement comme son père, l'oncle Max, le seul de toute la famille venue de Russie à avoir raté sa vie en Amérique. Le père de Marshal avait supplié Max pour qu'ils montent ensemble une épicerie, mais Max avait refusé de devoir se lever à quatre heures du matin pour aller sur les marchés, travailler seize heures par jour et terminer la journée en jetant à la poubelle des pommes pourries et des ananas couverts de taches vertes. Max avait pensé petit, choisi la sécurité facile d'un emploi de fonctionnaire, et Melvin, son *schlemiel*[1] de fils, ce balourd aux oreilles décollées, avec ses bras qui touchaient presque le sol, avait suivi les traces de son père.

Mais Shirley, qui avait entendu leur conversation, refusa d'écarter aussi rapidement les conseils de Melvin. Elle était même de plus en plus inquiète. Quatre-vingt-dix mille dollars, c'était le coût d'un cycle universitaire entier. Marshal tenta de dissimuler son agacement face aux réticences de sa femme. Depuis dix-neuf ans qu'ils étaient mariés, pas une fois elle ne s'était intéressée, même de loin, aux investissements de Marshal. Et voilà que *subitement*, au moment même où se présentait l'occasion de sa vie, elle décidait de fourrer son nez dans ses affaires. Il parvint tout de même à garder son calme ; il comprit que l'inquiétude de Shirley provenait de son

---

1. En yiddish, « incapable, maladroit ».

ignorance totale en matière financière. Si elle avait rencontré Peter, elle aurait réagi différemment. Toutefois, sa coopération était essentielle. Pour l'obtenir, Marshal devait d'abord se concilier Melvin.

« Très bien, Melvin, dis-moi ce que je dois faire. Je suivrai tes conseils.

— C'est bien simple : ce qu'on veut, c'est qu'une banque garantisse le paiement du billet à ordre, autrement dit qu'une grande banque s'engage, de manière irrévocable et sans conditions, à honorer ce billet *dès que tu exigeras ton argent*. Si le patrimoine de cet homme est aussi important que ce que tu me décris, alors il ne devrait avoir aucun mal à obtenir cet engagement. Si tu veux, je peux même te préparer un modèle de billet blindé, dont Houdini ne pourrait pas s'échapper.

— Parfait, Melvin. Prépare-moi ça », intervint Shirley, qui s'était jointe à la conversation sur un autre combiné.

« Oh, Shirley ! » Marshal commençait à être très énervé par cette étroitesse d'esprit qui gênait soudain ses plans. « Peter m'a promis un billet garanti d'ici mercredi. Pourquoi ne pas simplement attendre de voir ce qu'il nous envoie ? Je te faxerai le document, Melvin.

— D'accord. Je suis là toute la semaine. Mais n'envoie pas d'argent sans m'avoir consulté. Et puis autre chose : tu dis que ta Rolex vient de la bijouterie Shelve, c'est bien cela ? C'est un magasin réputé, alors fais-moi plaisir, Marshal. Prends vingt minutes pour aller chez Shelve et vérifier que la Rolex vient bien de chez eux. Il y a des fausses Rolex partout, maintenant.

Tu peux en trouver à tous les coins de rue de Manhattan.

— Il ira faire un tour là-bas, dit Shirley, et je l'accompagnerai. »

L'expédition chez Shelve rassura Shirley. La montre était bien une Rolex, une Rolex à trente-cinq mille dollars ! Non seulement elle avait été achetée dans ce magasin, mais le vendeur se souvenait très bien de Peter.

« Un monsieur très élégant, avec le plus beau manteau que j'aie vu, un manteau croisé en cachemire gris, si long qu'il touchait presque le sol. Il a failli en acheter une deuxième, la même, pour son père. Mais après réflexion, il s'est ravisé : comme il allait à Zurich dans la semaine, il m'a dit qu'il l'achèterait là-bas. »

Marshal était si content qu'il voulut offrir un cadeau à sa femme. Il jeta son dévolu sur un superbe vase de céramique à double encolure pour ses compositions florales.

Le mercredi suivant, comme promis, le billet à ordre de Peter arriva ; à la grande joie de Marshal, il répondait exactement aux exigences de Melvin : garanti par le Crédit Suisse à hauteur de quatre-vingt-dix mille dollars, plus les intérêts, et payable sur demande auprès de n'importe quelle agence du Crédit Suisse dans le monde. Melvin lui-même n'y trouva rien à redire et admit à contrecœur que le billet avait l'air solide comme le roc. Cela dit, répéta-t-il, il se méfiait d'un investissement qui promettait de tels profits.

« Est-ce que ça veut dire, demanda Marshal, que tu ne participerais pas à une telle opération ?

— Est-ce que je dois y voir une proposition ?

403

— Laisse-moi réfléchir. Je te rappelle tout de suite. »

Mais pour Marshal, c'était tout vu. « Il peut toujours courir… se dit-il en raccrochant. Il attendra longtemps avant d'en avoir la moindre miette. »

Le lendemain, Marshal encaissa sur son compte l'argent obtenu par la vente de ses actions, et envoya quatre-vingt-dix mille dollars à Peter, qui se trouvait à Zurich. À midi, il se défoula en disputant une réjouissante partie de basket, avant de déjeuner rapidement avec Vince, l'un de ses coéquipiers, un psychologue dont le bureau jouxtait le sien. Bien que Vince et lui se confient volontiers leurs secrets, Marshal ne lui parla pas de son investissement. Il n'en parla à aucun de ses confrères. Seul Melvin était au courant. Marshal se rassura en estimant, une fois de plus, que l'opération était parfaitement régulière. Peter, après tout, n'était pas un de ses patients ; c'était un ex-patient, et un ex-patient pour une thérapie courte. La question du transfert ne se posait pas. Même s'il savait qu'on ne pouvait lui reprocher aucun conflit d'intérêt professionnel, Marshal se rappela qu'il convenait d'exiger de Melvin le secret absolu.

Plus tard dans l'après-midi, lorsqu'il rencontra Adriana, la compagne de Peter, Marshal prit bien soin de respecter les limites de leur relation professionnelle en évitant de parler de son investissement avec Peter. Elle le félicita pour les conférences au Mexique, il la remercia chaleureusement ; mais quand elle lui dit avoir appris par Peter, la veille, qu'une loi rendant obligatoire le port du casque pour les jeunes cyclistes était en discussion en Suisse et en Suède, Marshal hocha brièvement la tête avant de revenir au problème d'Adriana : sa relation avec son père, un homme fondamentalement bienveillant, mais tellement intimidant que personne n'osait le contredire. Même s'il appréciait énormément Peter – il faisait même partie de l'un de ses groupes d'investisseurs –, il s'opposait néanmoins avec force à un mariage qui entraînerait loin de son pays non seulement sa fille bien-aimée, mais aussi ses futurs petits-enfants et héritiers.

Les commentaires de Marshal sur la relation d'Adriana à son père – une bonne éducation consiste à préparer ses enfants à devenir des individus autonomes et à être capable de quitter leurs parents – se révélèrent efficaces. Pour la première fois, la jeune femme comprenait qu'elle n'avait plus à subir toute la culpabilité que son père mettait sur ses épaules. Ce n'était pas de sa faute, après tout, si sa mère était morte. Pas de sa faute, non plus, si son père vieillissait et devenait de plus en plus seul. La séance s'acheva par une question d'Adriana : pourrait-elle poursuivre les séances au-delà des cinq heures initialement fixées par Peter ?

« Docteur Streider, dit-elle au moment de se lever pour partir, seriez-vous d'accord pour me rencontrer avec mon père ? »

Il n'était pas né, le patient qui aurait pu contraindre Marshal Streider à prolonger une séance – ne serait-ce que d'une minute. C'était d'ailleurs un de ses motifs de fierté. Mais il ne résista pas à l'envie de faire allusion au cadeau de Peter. Jetant un coup d'œil à son poignet, il dit : « Ma nouvelle montre, qui donne l'heure au millième de seconde près, indique précisément quatorze heures cinquante. Commencerons-nous la prochaine séance par vos questions, mademoiselle Roberts ? »

Chapitre 16

En se préparant à voir Shelly, Marshal était remonté à bloc. Quelle belle journée, se dit-il. Que pouvait-il imaginer de mieux : l'argent enfin transféré à Peter, une séance formidable avec Adriana et une excellente partie de basket – double pas à la dernière seconde, un boulevard devant lui, personne qui ose lui barrer la route...

Il avait hâte de retrouver Shelly. C'était leur quatrième séance. Les deux précédentes, plus tôt dans la semaine, avaient été extraordinaires. Se pouvait-il qu'un autre psy puisse œuvrer aussi brillamment ? Il avait ainsi entamé une analyse habile, efficace, de la relation entretenue par Shelly avec son père et, avec une précision de chirurgien, remplacé méthodiquement les interprétations malhonnêtes de Seth Pande par des interprétations correctes.

Shelly entra dans le bureau et, comme toujours, caressa la coupe orange avant de s'asseoir. Puis, sans y être invité par Marshal, il commença à parler.

« Vous vous souvenez de Willy, mon partenaire de tennis et de poker ? Je vous en ai parlé la semaine dernière... Celui qui vaut entre quarante et cinquante millions. Eh bien, il vient de m'inviter à passer une semaine à La Costa, pour être son partenaire de

double dans le tournoi Pancho Segura, une compétition annuelle sur invitation. Je pensais qu'il n'y aurait
pas de problème, mais... Je me suis rendu compte
qu'il y a quelque chose qui cloche. Et je ne sais pas
très bien quoi.

— Que pensez-vous de cette invitation ?

— J'aime bien Willy. Il fait des efforts pour être
sympa. Je sais que les deux mille dollars qu'il va
balancer pour moi à La Costa ne représentent rien
pour lui. Il est tellement plein aux as qu'il ne pourrait même pas dépenser les intérêts annuels de ses placements... En plus, ce n'est pas comme s'il ne recevait rien en retour. Il a envie d'être classé parmi les
meilleures équipes seniors de double, et j'aime autant
vous dire qu'il ne peut pas trouver mieux que moi
comme partenaire. Mais quand même... Ça n'explique pas pourquoi je ne me sens pas à l'aise.

— Essayons quelque chose, monsieur Merriman.
J'aimerais qu'aujourd'hui vous procédiez autrement.
Concentrez-vous sur ce malaise et sur Willy, et laissez
libre cours à vos pensées. Dites-moi tout ce qui vous
passe par la tête, sans essayer de réfléchir ou de
choisir des choses pertinentes. N'essayez pas de raisonner. Pensez à voix haute, tout simplement.

— *Gigolo* : c'est le premier mot qui me vient... Je
suis un gigolo, une danseuse qui est là pour amuser
Willy. Pourtant je l'aime bien. S'il n'était pas aussi
immensément foutument riche, on serait bons amis...
Enfin, peut-être pas... Je n'ai pas confiance en moi.
Peut-être que s'il était moins riche, je ne m'intéres-
serais pas à lui.

— Continuez, monsieur Merriman, c'est très bien.
Ne triez pas, ne censurez rien. Tout ce qui vous passe

par l'esprit, dites-le et parlez-en. Décrivez-moi tout ce que vous pensez et tout ce que vous voyez.

— Une montagne de fric… Des pièces, des billets… Une montagne qui ne fait que grossir… Dès que je suis avec Willy, je manigance, toujours… Comment est-ce que je peux tirer profit de lui ? Obtenir quelque chose de lui ? Je veux tout : de l'argent, des privilèges, des déjeuners gastronomiques, de nouvelles raquettes, des conseils financiers. Il m'impressionne… Sa réussite… À ses côtés, je me sens plus fort, plus grand. Mais plus petit, aussi… J'ai l'impression de tenir la grande paluche de mon père…

— Fixez cette image de votre père et vous. Concentrez-vous dessus pour que quelque chose en sorte.

— Je revois cette scène, en particulier. Je devais avoir moins de dix ans, parce que c'est à l'époque où nous avons déménagé – nous étions à Washington, D. C. – pour habiter au-dessus du magasin de mon père. Il me tenait la main en m'emmenant un dimanche au Lincoln Park. Il y avait de la neige fondue et sale dans les rues. Je me souviens de mon pantalon en velours gris foncé qui faisait ce bruit de frottement quand je marchais. J'avais un sachet de cacahuètes, je crois, et j'en jetais pour nourrir les écureuils. Et puis l'un d'eux m'a mordu le doigt. Méchamment.

— Que s'est-il passé alors ?

— J'ai eu très mal… Mais je ne me rappelle plus la suite. Rien du tout.

— Mais comment avez-vous pu être mordu par un écureuil en lui jetant des cacahuètes ?

— C'est vrai… Bonne question ! C'est impossible. Peut-être que je tendais la main vers le sol et qu'ils me mangeaient dans la main, mais je ne sais plus vraiment…

— Vous avez dû avoir peur.

— Sans doute. Je ne m'en souviens pas.

— Vous vous souvenez d'avoir été soigné ? Les morsures d'écureuil peuvent être graves, à cause de la rage.

— Oui. La rage des écureuils posait de gros problèmes sur la côte Est, à l'époque. Mais je n'ai aucun souvenir. Peut-être de secouer la main à cause de la douleur. Et encore…

— Laissez-vous aller, décrivez-moi le flux de vos pensées.

— Willy. En quoi il me fait me sentir plus petit. Sa réussite ne fait que mettre en lumière mes échecs. Et vous savez, quand je suis avec lui je ne me sens pas seulement plus petit : tout ce que *je fais* devient plus nul… Il parle de son projet immobilier et des prix très bas… J'ai deux ou trois bonnes idées sur la question, je suis compétent en la matière. Mais quand je lui en parle, je commence à trembler et j'oublie la moitié de ce que je voulais lui dire… Même chose au tennis, parfois, quand je joue en double avec lui… Je me mets à son niveau, alors que je pourrais être bien meilleur… Je retiens mes coups, je ne frappe pas mes deuxièmes balles de service… Quand je joue contre n'importe qui d'autre, je frappe comme un dingue et je touche la ligne neuf fois sur dix… Je ne sais pas pourquoi, je ne veux pas le surpasser. Pourtant il va falloir que ça change quand on va disputer ce tournoi. C'est marrant, j'ai envie qu'il gagne, mais aussi qu'il perde… La semaine dernière, il m'a parlé d'un de ses investissements qui battait de l'aile et… Putain, vous savez quoi ? J'étais content ! Vous y croyez ? Content. Je me sens merdeux… Tu parles d'un ami… Alors que ce type a toujours été adorable avec moi. »

Marshal écouta les associations libres de Shelly pendant la moitié de la séance avant de proposer ses interprétations.

« Ce qui me frappe, monsieur Merriman, ce sont vos sentiments profondément ambivalents envers Willy comme envers votre père. J'ai l'impression que votre relation à votre père est l'aune à laquelle on peut mesurer votre relation à Willy.

— L'*aune* ?

— J'entends par là que votre vision du père est la clé, la base, si vous voulez, de vos relations aux autres hommes importants, ceux qui ont réussi. En deux séances, vous m'avez beaucoup parlé de la manière dont votre père vous a négligé ou dévalorisé. Aujourd'hui, pour la première fois, vous m'avez livré un bon souvenir de lui, un souvenir chaleureux même ; et pourtant, regardez comment l'épisode s'est terminé : par une blessure grave. Et quel genre de blessure ? Une morsure au doigt !

— Je ne vois pas où vous voulez en venir.

— Il semble invraisemblable que ce soit un vrai souvenir ! Après tout, comme vous l'avez dit vous-même, comment un écureuil a-t-il pu vous mordre alors que vous lui jetiez des cacahuètes ? D'autre part, est-ce qu'un père laisserait un rongeur enragé manger dans la main de son fils ? J'en doute fortement. Il se peut donc que cette blessure particulière – une

410

morsure au doigt – soit le symbole de votre peur d'une autre blessure.

— Attendez, je ne comprends pas... Où voulez-vous en venir, doc ?

— Vous vous rappelez le souvenir d'enfance que vous m'avez raconté la dernière fois ? Votre tout premier souvenir ? Vous étiez à la maison, sur le lit de vos parents, vous avez mis votre camion miniature en plomb dans la douille de la lampe de chevet, vous avez pris une terrible décharge électrique et le camion a fondu.

— Oui, je m'en souviens comme si c'était hier.

— Juxtaposons ces souvenirs. Vous mettez votre camion dans la douille de maman et vous vous brûlez. Il y a là un danger. Le danger de trop vous approcher de votre mère, car c'est le territoire du père. Alors comment faites-vous pour vous accommoder du danger qui provient de votre père ? Peut-être que vous essayez de vous approcher de lui, mais votre doigt est sévèrement blessé. Et n'est-il pas évident que ces blessures – au camion miniature comme au doigt – ont valeur de symboles ? Que pourraient-elles représenter d'autre qu'une blessure infligée à votre pénis ?

« Vous m'avez dit que votre mère vous adorait, continua Marshal, qui avait remarqué l'attention soutenue que Shelly lui accordait. Elle vous prodiguait toute son affection et, en même temps, dénigrait votre père. Ce genre d'attitude qui consiste à monter un fils contre son père me semble toujours un danger pour le jeune enfant. Alors que faites-vous ? Comment réagissez-vous face à cela ? Soit vous vous identifiez à votre père, et ç'a été le cas, dans tout ce que vous avez décrit : en imitant son goût pour les pommes de terre brûlées, le jeu, son irresponsabilité financière, cette impression que vous avez de lui ressembler de plus en plus sur le plan physique. Soit, autre méthode, vous entrez en compétition avec lui. Et vous l'avez fait aussi : le poker, la boxe, le tennis. En fait, c'était facile de le surpasser et de faire mieux que lui, tant il ratait tout ce qu'il entreprenait. Et pourtant, vous vous sentez mal à l'idée de le dépasser, comme si c'était dangereux, dangereux de réussir.

— Mais quel danger, au juste ? Je crois sincèrement que mon vieux voulait que je réussisse.

— Le danger ne réside pas dans la réussite en tant que telle, mais dans une réussite *contre* lui, mieux que lui, à sa place, si je puis dire… Peut-être que, petit garçon, vous souhaitiez qu'il parte – rien que de très normal –, qu'il disparaisse du tableau pour vous retrouver seul avec maman. Mais pour un enfant, "disparaître" équivaut à mourir. *Donc vous avez souhaité sa mort*. Et ne le prenez pas comme une accusation : c'est ce qui se passe dans toutes les familles, nous sommes faits comme ça. Le fils s'oppose à son père, qui est perçu comme un obstacle. Et le père s'oppose à son fils qui veut le remplacer dans la famille, dans la vie.

« Pensez-y : c'est embarrassant, bien sûr, de souhaiter la mort de quelqu'un. Ça semble dangereux. Mais quel est le danger ? Regardez votre camion ! Votre doigt ! *Le danger se trouve dans les représailles de votre père.* Ce sont de vieilles histoires, qui remontent à des dizaines d'années. Pourtant ces sentiments n'ont pas disparu, ils sont enfouis au plus profond de vous, encore vivaces, ils influent sur votre vie. Ce sens du danger qui était le vôtre est encore présent, même si vous en avez depuis longtemps oublié la raison ; mais vous vous m'avez dit aujourd'hui que *vous vous comportiez comme si la réussite était très dangereuse.* C'est pourquoi, au contact de Willy, vous vous interdisez de réussir ou d'être compétent – et même de bien jouer au tennis. Du coup, tous vos talents, toutes vos compétences restent enfermés en vous, inutilisés. »

Shelly ne répondit pas. Tout ce qu'il venait d'entendre lui semblait difficilement compréhensible. Il ferma les yeux et se remémora les paroles de Marshal, à la recherche d'un élément qui pourrait lui être utile.

« Un peu plus fort, dit Marshal, souriant. Je ne vous entends pas bien.

— Je ne sais pas quoi penser. Vous m'avez dit tellement de choses. Je me demande évidemment pourquoi le Dr Pande ne m'a jamais dit tout ça… Vos explications me paraissent tellement justes, en tout cas bien plus que toutes ses conneries homosexuelles avec mon père. En quatre séances, j'ai bien plus avancé qu'en quarante avec le Dr Pande. »

Marshal jubilait. Il avait l'impression d'être le roi de l'interprétation. Tous les deux ou trois ans, il lui arrivait, en jouant au basket, d'atteindre une sorte d'état mystique : le panier ressemblait à un immense cylindre, et tous les coups lui paraissaient faciles – tirs à trois points, doubles pas renversés, tirs en suspension, main gauche comme main droite, tout lui réussissait. Et cette fois-ci, il retrouvait le même état, mais dans son bureau, avec Peter, Adriana et Shelly. Tout lui réussissait. Chacune de ses interprétations fusait – zzzooommmmm – droit au cœur.

Dieu qu'il aurait aimé qu'Ernest Lash puisse voir et entendre cette séance ! Car la veille, lors de leur séance de supervision, ils s'étaient encore pris le bec. Cela arrivait de plus en plus souvent, presque à chaque fois. Bon Dieu, ce qu'il devait supporter… « Tous ces thérapeutes comme Ernest, se disait Marshal, ces petits amateurs, ne comprennent donc pas que la tâche du psy est d'interpréter. Ni plus ni moins. Ernest est incapable de voir que l'interprétation n'est pas une option parmi d'autres, une possibilité offerte au thérapeute : c'est la *seule* chose qu'il doit faire. C'est une insulte à l'intelligence et à l'ordre naturel que quelqu'un de mon niveau soit obligé de supporter la mise en doute, par cet immature d'Ernest, de l'efficacité de l'interprétation, sans parler de tout son blabla sur l'authenticité et l'ouverture d'esprit, et toutes ces foutaises transpersonnelles sur la prétendue rencontre des âmes… »

Soudain les nuages s'ouvrirent et Marshal vit tout, comprit tout. Ernest et tous ceux qui critiquent la psychanalyse avaient raison, soit, sur l'inefficacité des interprétations – de *leurs* interprétations ! Entre leurs mains en effet, l'interprétation était inefficace parce que son contenu était erroné. Et à coup sûr, se dit Marshal, ce n'était pas uniquement le contenu qui faisait de lui l'un des meilleurs. C'était aussi sa manière de parler, sa capacité à exprimer l'interprétation dans le langage adéquat, avec la métaphore adéquate, pour chaque patient, sans compter ce don qu'il avait de pouvoir s'adresser à n'importe qui : du plus raffiné des universitaires, un prix Nobel de physique, aux individus les plus quelconques, joueurs de tennis et joueurs tout court, par exemple ce M. Merriman qui lui mangeait maintenant dans la main. Plus que jamais, Marshal vit quel instrument d'interprétation superbement aiguisé il était.

Puis il pensa à ses tarifs. Il était certainement anormal qu'un génie comme lui pratique les mêmes prix que ses confrères. « Franchement, se demanda-t-il, *qui* m'arrive à la cheville ? Si cette séance avait été observée par une assemblée des plus grands héros de la psychanalyse – Freud, Ferenczi, Fenichel, Fairbairn, Sullivan, Winnicott –, ils se seraient, à coup sûr, émerveillés : « *Wunderbar*, étonnant, extraordinaire ! Ce jeune Streider, c'est quelque chose ! Laissez-le travailler et faites-lui passage. Rien à dire : c'est le plus grand thérapeute au monde ! »

Cela faisait longtemps qu'il ne s'était pas senti aussi bien, peut-être depuis les années glorieuses où il jouait défenseur à l'université. Et si, se demanda-t-il, il avait tout ce temps été subcliniquement déprimé ? Peut-être Seth Pande n'avait-il pas véritablement analysé en profondeur sa dépression ni la mort lente de ses rêves de grandeur. Dieu sait si Seth avait ses défauts en matière d'ambition. Mais ce jour-là, Marshal comprit avec une limpidité nouvelle qu'il ne fallait jamais abandonner ce rêve de grandeur, que c'était le moyen naturel pour l'ego de surmonter les obstacles, de conjurer la platitude et la tristesse du quotidien. Il fallait absolument parvenir à canaliser cette grandeur et lui donner une forme à la fois souple, concrète et adulte. Par exemple encaisser un chèque de six cent mille dollars grâce aux casques de vélo, ou bien être élu président de l'Association internationale de psychanalyse. Tout ça finirait par arriver. Très bientôt !

Marshal fut tiré de sa rêverie par des sons désagréables.

« Vous savez, doc, dit Shelly, la manière dont vous allez au fond des choses et dont vous m'avez aidé aussi rapidement me met encore plus en colère contre ce connard de Seth Pande. Cette nuit, j'ai fait une sorte de bilan, pour évaluer combien m'a coûté son traitement… Comment dites-vous… Ses "méthodes dévoyées". Ça reste entre nous, mais j'ai tout de même perdu quarante mille dollars au poker. Je vous ai déjà expliqué comment la tension que j'éprouvais avec d'autres hommes – tension créée par Pande avec ses explications à la con – a ruiné mon talent. À propos, vous n'êtes pas obligé de me croire sur parole pour les quarante mille dollars ; je peux facilement démontrer la réalité de cette somme devant n'importe quel enquêteur, n'importe quel tribunal, grâce aux relevés bancaires et aux chèques annulés de mon compte poker… Et puis il y a mon travail, mon handicap lors des entretiens d'embauche à cause des conséquences d'un traitement psychiatrique néfaste : ça représente au moins six mois sans salaires ni avantages sociaux, soit encore quarante mille dollars. Alors de quoi on parle ? En gros de quatre-vingt mille dollars.

— Oui, je comprends votre sentiment d'amertume à propos du Dr Pande.

— C'est même plus que cela, docteur. Plus que de la simple amertume. Pour parler en termes juridiques, j'appellerais ça une demande de dommages et intérêts. Ma femme et ses amis avocats sont d'accord avec moi pour dire qu'il y a de quoi régler cette affaire devant la justice. Je ne sais pas qui devrait être poursuivi : le Dr Pande, bien sûr, mais aujourd'hui les avocats tapent d'abord sur les gros bonnets, l'Institut psychanalytique, par exemple. »

Quand il avait une bonne main, Shelly savait bluffer. Et cette fois-ci, ses cartes étaient plutôt bonnes.

Toute la procédure de rappel des anciens patients du Dr Pande avait été une idée de Marshal. Il avait sauté dessus, espérant qu'elle le mènerait directement à la présidence de l'Institut. Or voilà que le tout premier patient rappelé menaçait de traîner l'Institut devant la justice, pour un procès qui serait, à n'en pas douter, aussi médiatisé qu'embarrassant. Marshal tenta de garder son calme.

« Oui, monsieur Merriman, je comprends très bien votre désarroi. Mais est-ce qu'un juge ou un juré le comprendront ?

— Pour moi, l'affaire est on ne peut plus simple. Elle ne débouchera jamais sur un procès. Et je serais ravi de considérer, de sérieusement considérer, un règlement à l'amiable. Peut-être que l'Institut et le Dr Pande pourraient partager l'addition.

— Je suis seulement votre psychothérapeute, je n'ai aucune autorité pour parler au nom de l'Institut ou de qui que ce soit. Néanmoins, il me semble qu'un procès *devrait* avoir lieu. D'abord, je connais le Dr Pande : c'est un dur à cuire. Et du genre têtu. Un vrai lutteur. Croyez-moi, jamais il ne reconnaîtra avoir commis un tel méfait ; il préférera se battre jusqu'au bout, il prendra les meilleurs avocats du pays et dépensera jusqu'au dernier centime pour gagner.

Même chose pour l'Institut. Ils se battront comme de beaux diables. Ils n'accepteront jamais un règlement à l'amiable, tout simplement parce que ce serait ouvrir la voie à des poursuites sans fin. Pour eux, ce serait le glas. »

Shelly suivit les enchères de Marshal et relança à la hussarde. « Un procès me conviendrait. Et puis ça ne me coûterait pas grand-chose. On ferait ça en famille. Ma femme est redoutée dans tous les tribunaux… »

Marshal surenchérit sans sourciller. « Oh, j'en ai vu, des procès pour faute professionnelle ! Et permettez-moi de vous dire que le patient paye toujours un lourd tribut émotionnel dans ce genre d'affaires. Toute cette publicité… Pas seulement vous, mais aussi votre famille, y compris votre femme, qui pourrait ne plus vous défendre puisqu'elle devra témoigner de votre souffrance mentale. Et le montant de vos pertes au jeu ? Si ce chiffre était rendu public, on ne peut pas dire que ça améliorerait l'image de son cabinet d'avocats. Sans compter que vos partenaires de poker seraient, évidemment, appelés eux aussi à témoigner… »

Non sans assurance, Shelly répliqua : « Ce ne sont pas seulement des joueurs de poker, mais de très bons amis. Aucun d'entre eux, je dis bien *aucun*, ne refuserait de témoigner.

— Mais si ce sont des amis, voudrez-vous leur demander de témoigner, de rendre public le fait qu'ils jouent régulièrement toutes ces sommes d'argent ? Ce n'est peut-être pas l'idéal pour leurs vies privées et professionnelles… Par ailleurs, il me semble que le jeu privé est illégal en Californie, non ? Ce serait leur demander de mettre chacun la tête sur le billot. Vous ne m'avez pas dit que certains d'entre eux étaient avocats ?

— Entre eux, les amis sont prêts à faire ce genre de choses.

— Mais une fois qu'ils le font, ils ne sont plus amis. »

Shelly regardait fixement Marshal. « Ce type est un mur en béton, se dit-il. Pas un gramme de mou. Il pourrait arrêter un char d'assaut. » Puis il s'arrêta pour étudier les cartes qu'il lui restait en main. « Merde, j'ai affaire à un vrai joueur. Il sort un full aux as contre ma suite. Il vaut mieux que j'en garde pour la prochaine main. » Shelly jeta ses cartes. « Très bien, docteur, je vais y réfléchir et en parler avec mes avocats. »

Puis ce fut le silence. Marshal, évidemment, attendait que Shelly craque en premier.

« Je peux vous poser une question, doc ?

— Vous pouvez me poser toutes les questions. Mais je ne vous promets pas d'y répondre.

— Il y a cinq minutes… Notre conversation sur les poursuites judiciaires… Vous étiez très ferme sur vos positions. Pourquoi donc ? Qu'est-ce qui vous est arrivé ?

— Monsieur Merriman, je crois qu'il est plus important encore d'explorer ce qui se cache derrière votre question. Que me demandez-vous, en réalité ? Et de quelle manière est-ce que cela peut s'articuler avec mon interprétation sur vous et votre père ?

— Non, doc, ça n'a rien à voir. Nous en avons terminé avec cette histoire. J'ai compris. Franchement. Je pense voir clairement la douille de ma mère et mon père et la compétition avec lui et l'envie de le voir mourir… Non, ce dont je veux parler, c'est de cette partie que nous venons juste de disputer. Revenons en arrière et jouons cartes sur table. Voilà comment vous pourrez vraiment m'aider.

— Vous ne m'avez toujours pas dit *pourquoi*.

— D'accord. C'est très simple. On a travaillé sur les motifs de mes actes. Comment appeliez-vous ça, déjà ? L'*aube* ?

— L'*aune*.

— Oui. Il me semble qu'on a bien fait le tour de la question, mais j'ai encore des séquelles, notamment la mauvaise habitude de montrer ma nervosité et mon angoisse. Je ne suis pas ici seulement pour comprendre, j'ai également besoin de changer mes mauvaises habitudes. Vous savez que j'ai souffert… Sinon vous ne seriez pas là en train de m'accorder gratis une séance à cent soixante-quinze dollars. Non ?

— Très bien, je commence à voir où vous voulez en venir. Alors reposez-moi votre question.

— Tout à l'heure, il y a cinq minutes, nous avons parlé du procès, du jury et des pertes au poker. Vous auriez pu jeter vos cartes, vous coucher. Mais à la place, vous avez tranquillement surenchéri. Je veux donc savoir comment je me suis trahi.

— Je n'en suis pas certain, mais je crois que c'est votre pied.

— Mon pied ? s'exclama Shelly.

— Oui, quand vous avez voulu attaquer, vous tapiez beaucoup du pied, monsieur Merriman. Et c'est un des signes d'anxiété les plus évidents. Et puis… Votre voix : un chouïa plus forte, et plus haute d'une demi-octave.

— Sérieusement ? C'est génial. Voilà, là vous m'aidez, docteur… C'est ce que j'appelle *vraiment* de l'aide ! Ça me donne une idée – une inspiration sur la manière dont vous pouvez réparer les dégâts.

— Je crains, monsieur Merriman, que vous ayez déjà vu ce que je suis capable de faire. J'ai épuisé tout mon stock de commentaires et d'observations. Je reste persuadé qu'il est bien plus utile de continuer ce que nous avons fait ces quatre dernières heures.

— Écoutez, doc, vous m'avez appris plein de choses sur mon enfance et mon père. De nouvelles perspectives s'ouvrent devant moi. Et des belles ! Mais je suis handicapé : je n'arrive pas à voir mes amis pour une partie de poker amicale. Une thérapie vraiment efficace devrait pouvoir réparer ça, non ? Me libérer suffisamment pour que je puisse choisir à quoi consacrer mon temps libre.

— Je ne comprends pas. Je suis psychothérapeute, je ne peux pas vous apprendre à gagner au poker…

— Docteur, vous savez ce qu'on appelle un "signe" ?

— Un signe ?

— Je vais vous montrer. » Shelly sortit alors son porte-monnaie et en tira une liasse de billets. « Je vais prendre un billet de dix, le rouler, passer mes mains derrière mon dos, et mettre le billet dans l'une de mes mains. » Shelly procéda à l'opération qu'il venait de décrire, puis tendit ses deux mains devant lui, poings fermés. « À vous de deviner dans quelle main se trouve le billet. Si vous trouvez, vous gardez les dix dollars ; sinon, vous m'en donnez dix. Je vais faire ça six fois.

— Très bien, monsieur Merriman, mais on ne parie pas !

— Non ! Faites-moi confiance, ça ne marche pas si on ne prend pas de risques. Il faut pimenter le jeu, sinon ça n'a pas d'intérêt. Vous voulez m'aider, oui ou non ? »

Marshal acquiesça. Il était tellement content de voir Shelly abandonner l'idée d'une poursuite judiciaire qu'il aurait accepté de jouer aux osselets par terre si celui-ci le lui avait demandé.

Six fois, Shelly tendit les mains ; six fois, Marshal devina : trois fois bien, trois fois mal.

« Parfait, docteur, vous avez gagné trente dollars et en avez perdu trente. Nous sommes quittes. C'est normal. Ça devrait toujours se passer comme ça. Maintenant, à *vous* de prendre le billet et de le cacher dans l'une de vos mains. Et à *moi* de deviner. »

Six fois, Marshal cacha le billet dans sa main droite ou sa main gauche. Shelly se trompa la première fois, mais devina juste les cinq suivantes.

« Vous gagnez dix dollars, docteur, et j'en gagne cinquante. Vous m'en devez donc quarante. Vous voulez de la monnaie ? »

Marshal fouilla dans sa poche pour en sortir une liasse de billets tenus par une lourde pince d'argent, héritée de son père. Vingt ans plus tôt, celui-ci avait succombé à une terrible attaque. En attendant l'arrivée des secours, la mère de Marshal avait sorti l'argent des poches de son père, mis les billets dans son sac à main et donné la pince à son fils. « Voilà, Marshal, c'est pour toi, avait-elle dit. Utilise-la et tu penseras chaque fois à ton père. »

Marshal respira profondément, en silence, extirpa de la liasse deux billets de vingt dollars – la plus grosse somme qu'il ait jamais perdue dans un pari – et les tendit à Shelly.

« Comment avez-vous fait, monsieur Merriman ?

— Vos phalanges étaient un peu pâles sur la main vide : vous la serriez trop fort. Et vous avez tourné légèrement, très légèrement, votre nez vers le billet de dix. Voilà ce que j'appelle un "signe", docteur. Vous voulez une revanche ?

— Bonne démonstration, monsieur Merriman. Pas besoin de revanche : j'ai compris. Je ne sais toujours pas où ça nous mène, mais en tout cas je crains que notre séance soit à présent terminée. À mercredi. » Marshal se leva.

« Moi je crois savoir où tout ça nous mène. J'ai une idée, une idée fantastique. Vous voulez l'entendre ?

— Mais faites donc, monsieur Merriman, faites donc. » Marshal consulta de nouveau sa montre et se leva. « La semaine prochaine, à seize heures précises. »

Chapitre 17

Dix minutes avant sa séance, Carol voulut se préparer mentalement. Pas de magnétophone cette fois-ci. En effet, la fois précédente, l'objet, caché au fond de son sac à main, n'avait rendu qu'un brouhaha inintelligible. Elle comprit que pour disposer d'un enregistrement correct, il lui faudrait investir dans du matériel de professionnel – peut-être dans ce magasin d'espionnage qui venait d'ouvrir près d'Union Square.

Cependant, elle n'avait pas raté grand-chose. Ernest se montrait plus retors qu'elle ne l'avait cru. Plus rusé, également. Et plus patient. Il passait un temps fou à essayer de gagner sa confiance et de la rendre dépendante de lui. Il n'avait pas l'air pressé – sans doute qu'il sautait allègrement une autre de ses patientes. Carol devait elle aussi se montrer patiente : elle savait que, tôt ou tard, le vrai Ernest surgirait, l'Ernest libidineux, lascif et prédateur qu'elle avait vu à la librairie.

Elle résolut de se montrer plus forte. Elle ne pouvait pas perpétuellement fondre en larmes comme elle l'avait fait une semaine auparavant lorsque Ernest l'avait mise en garde de ne pas transmettre sa colère maternelle à ses enfants. Pendant plusieurs jours, elle avait ruminé cette phrase, qui, de manière inattendue, avait intensément affecté sa relation à ses enfants. Son fils lui avait même dit qu'il était heureux de ne plus la voir triste, et sa fille avait laissé sur son oreiller un dessin représentant un visage qui souriait largement.

Puis, la nuit précédente, une chose extraordinaire s'était produite : pour la première fois depuis des semaines, Carol avait été prise d'un accès de bonheur. Cela s'était passé alors qu'elle lisait à ses enfants le rituel chapitre du *Merveilleux Voyage de Nils Holgersson* pour les endormir – ce même livre tout écorné que sa mère, des décennies plus tôt, lui lisait tous les soirs. Ce faisant, les souvenirs remontaient à la surface, Jeb s'accrochant à sa mère, leurs petites têtes se serrant pour voir les illustrations du livre. Elle fut surprise, aussi, de constater que plusieurs fois au cours de la semaine passée elle avait repensé à Jeb, son frère honni, son frère banni. Elle ne voulait pas le revoir, naturellement – elle était sincère en parlant de peine à perpétuité –, mais elle se demandait juste ce qu'il était devenu, où il se trouvait, ce qu'il faisait.

« Mais alors, se demanda-t-elle, est-ce bien nécessaire de dissimuler mes sentiments aux yeux d'Ernest ? Peut-être que ce n'est pas plus mal de pleurer ; mes larmes me rendent service, puisqu'elles me rendent plus crédible. Bien que ce ne soit pas vraiment nécessaire : pauvre Ernest… Il ne se doute de rien. Pourtant c'est un jeu risqué. Pourquoi le laisser m'influencer ? D'un autre côté, pourquoi est-ce que je devrais me priver des choses positives qu'il peut me donner ? Je paye déjà suffisamment cher. Il dit parfois des choses utiles. À force de chercher, on finit toujours par trouver. »

Elle massa ses jambes. Même si Jess, fidèle à sa parole, s'était montré un professeur de jogging à la fois patient et doux, Carol avait mal aux mollets et aux cuisses. Jess lui avait téléphoné la veille au soir et ils étaient convenus d'un rendez-vous, tôt ce matin, devant le musée De Young, pour aller courir dans la brume qui montait du lac et des terrains d'équitation du Golden Gate Park. Elle avait suivi son conseil et s'était bornée à marcher d'un pas rapide, à glisser, à traîner la jambe plutôt que de courir, décollant à peine les pieds de l'herbe couverte de rosée. Au bout d'un quart d'heure, à bout de souffle, elle avait regardé Jess d'un air suppliant. Il planait gracieusement à côté d'elle.

« Encore quelques minutes, lui avait-il promis. Continue à marcher vite et trouve la foulée qui te permet de respirer sans problème. On va s'arrêter au salon de thé japonais. »

Après vingt minutes de jogging, le miracle se produisit. Carol sentit sa fatigue disparaître en un clin d'œil, remplacée dans son corps par une énergie illimitée. Elle regarda Jess, qui hochait la tête en souriant béatement comme s'il avait toujours attendu ce second souffle chez elle. Elle s'était mise à courir de plus belle, elle volait, légère comme une plume, au-dessus de l'herbe. Elle levait ses pieds plus haut, toujours plus haut ; elle aurait pu continuer sans jamais s'arrêter. Alors qu'ils ralentissaient pour s'arrêter devant le salon de thé, elle trébucha sur une motte de terre et se réjouit de l'aide du bras puissant de Jess.

De l'autre côté du mur, Ernest notait sur son ordinateur un incident qui s'était déroulé au cours d'une séance de thérapie de groupe qu'il venait de diriger – contribution précieuse à son article sur l'entre-deux qui sépare patient et psy. L'un des membres du groupe avait raconté un rêve frappant :

« Nous sommes tous assis autour d'une longue table, le psy, à un bout de la table, tient un bout de papier. Nous sommes tous en train de nous contorsionner, de tendre le cou et de nous pencher pour essayer de voir le bout de papier, mais le psy nous le cache. Nous savons tous, je ne sais comment, que sur cette feuille est écrite la réponse à la question : qui de nous aimez-vous le plus ? »

« Cette question, écrivit Ernest – qui de nous aimez-vous le plus ? – est le cauchemar du thérapeute de groupe. Celui-ci craint toujours de se voir demander, par le groupe, lequel de ses membres il préfère. Et c'est précisément pour cette raison que de nombreux thérapeutes de groupe (et de thérapie individuelle) rechignent à partager leurs émotions avec les patients. »

Ce qui avait rendu cette séance de groupe si particulière, c'était qu'Ernest avait tenu son engagement d'une transparence totale ; il avait donc l'impression d'avoir brillamment maîtrisé la situation. Il avait d'abord engagé avec le groupe une discussion fertile sur l'idée que chaque membre se faisait du « chouchou » du psy. C'était là une pratique tout à fait habituelle – beaucoup de thérapeutes font cela. Mais Ernest s'était ensuite livré à un exercice nettement

plus original : il avait ouvertement exposé les sentiments qu'il éprouvait pour chacun des patients. Non
pas pour dire s'il aimait ou non telle personne, bien
sûr, car de telles réactions générales n'apportaient
jamais rien, mais pour identifier ce qui, en chacun,
l'attirait ou le repoussait. Et la stratégie avait été plus
que payante : tous les membres du groupe avaient
décidé de procéder à la même opération entre eux, et
chacun avait reçu des réponses intéressantes. Quel
bonheur, pensait Ernest, de se trouver devant ses
troupes plutôt que derrière elles !

Il éteignit son ordinateur et parcourut rapidement
les notes qu'il avait prises après la dernière séance de
Carolyn. Avant de se lever pour aller la chercher, il se
remémora les principes d'ouverture personnelle qu'il
s'était fixés :

1. Livre-toi uniquement dans la mesure où c'est
utile à ton patient.

2. Livre-toi à bon escient. Souviens-toi que tu le
fais pour ton patient, pas pour toi.

3. Fais attention, si tu veux continuer à exercer, à
la manière dont les autres thérapeutes réagissent à ton
ouverture personnelle.

4. Le processus doit se faire par étapes. Certaines
révélations utiles en fin de thérapie peuvent être
contre-productives en début de thérapie.

5. Les thérapeutes ne devraient pas partager ce qui
les tourmente : ils devraient se pencher sur ces questions au préalable, en supervision ou en thérapie individuelle.

C'est déterminée à obtenir des résultats que Carol fit son entrée dans le bureau d'Ernest. Passé le seuil, elle fit quelques pas, mais ne s'assit pas. Elle se contenta de rester debout, à côté de son siège. Ernest, au moment de s'asseoir, vit Carolyn le toiser ; il s'arrêta dans son élan, se releva et la regarda, intrigué.

« Ernest, mercredi je suis partie précipitamment, tellement émue par ce que vous m'aviez dit que j'ai oublié de vous prendre dans mes bras. Et vous ne pouvez pas savoir la différence que ça fait… À quel point ça m'a manqué ces deux derniers jours. C'est comme si je vous avais perdu, comme si vous n'existiez plus. J'ai pensé vous passer un coup de fil, mais je n'aime pas entendre votre voix sans vous voir. J'ai besoin d'un contact physique. Pourriez-vous m'accorder ce petit plaisir ? »

Ernest, qui ne voulait pas montrer sa joie à l'idée d'être enlacé, hésita un instant et dit : « Tant que nous sommes d'accord pour en parler. » Puis il la prit dans ses bras, un court instant.

Son cœur battait la chamade. Il aimait bien Carolyn, il adorait la toucher : le contact soyeux de son chandail en cachemire, son épaule brûlante, la fine bretelle du soutien-gorge dans son dos, ses seins fermes contre sa poitrine. Aussi innocente que soit l'étreinte, Ernest se sentit tout de même souillé en regagnant son fauteuil.

« Aviez-vous remarqué que j'étais partie sans mon câlin ? demanda Carol.

— Oui.

— Ça vous a manqué ?

— Eh bien, je savais que mes propos sur vous et votre fille avaient touché une corde très sensible. Une corde désagréable, même.

— Vous m'avez promis d'être franc avec moi, Ernest. Alors je vous en prie, pas de vieille ruse de psy. Dites-moi franchement si mon étreinte vous a manqué. Est-ce que le fait de me prendre dans vos bras vous est désagréable ? Ou agréable ? »

Ernest perçut comme une urgence dans la voix de Carolyn. Visiblement, l'étreinte revêtait une importance cruciale à ses yeux, comme la confirmation de sa beauté et de l'engagement pris par Ernest. Il se sentait coincé. Il chercha quoi dire puis, esquissant un sourire charmeur, répondit : « Le jour où je trouverai désagréable une étreinte dans les bras d'une femme aussi attirante que vous – attirante dans tous les sens du terme –, il sera temps d'appeler le croque-mort. »

Carol vit là un grand signe d'encouragement. « "Une femme attirante – attirante dans tous les sens du terme" ! pensa-t-elle. Ça me rappelle le Dr Cooke et le Dr Zweisung… Le chasseur commence à bouger. Il est temps que la proie lui tende un piège. »

Ernest poursuivit : « Dites-m'en plus sur l'importance du contact physique à vos yeux.

— Je ne sais pas très bien ce que je peux ajouter, dit-elle. Je sais simplement que des heures durant, je m'imagine en train de vous toucher. Parfois c'est très sexuel, je meurs d'envie de vous avoir en moi, que vous explosiez comme un geyser et que vous me remplissiez de votre chaleur et de votre liquide. D'autres fois, ce n'est pas sexuel, c'est juste de la chaleur, de la tendresse. Cette semaine, presque tous les soirs, je me suis couchée tôt uniquement pour m'imaginer à vos côtés. »

« Non, pensa-t-elle, ce n'est pas suffisant. Il faut que je sois plus explicite, que je fasse monter la pression. Mais j'ai vraiment du mal à m'imaginer au lit avec ce gros connard graisseux – toujours la même cravate tachée, jour après jour, et ces vieux mocassins en faux cuir. »

Elle reprit la parole. « Ma scène préférée, c'est quand je nous imagine tous les deux dans ces mêmes fauteuils. Alors j'avance vers vous, je m'assois par terre à vos côtés et vous commencez à me caresser les cheveux, avant de me rejoindre par terre et de me caresser partout. »

Des patientes en plein transfert érotique, Ernest en avait vu beaucoup, mais jamais aucune qui l'exprime aussi explicitement, jamais aucune qui lui fasse autant d'effet. Il demeura assis, en silence, en sueur, à peser le pour et le contre, déployant toute son énergie pour combattre l'érection qui guettait.

« Vous m'avez demandé de vous répondre honnêtement, reprit Carol, et de vous dire ce que j'avais en tête.

— C'est ce que j'ai fait, Carolyn. Et vous faites exactement ce que vous devriez faire. Au royaume de la psychothérapie, l'honnêteté est la vertu suprême. On peut, on doit évoquer et exprimer *tout*… Tant que chacun reste dans les limites de son espace physique.

— Ça ne marche pas pour moi, Ernest. Parler ne me suffit pas. Vous connaissez mon passé avec les hommes. Ma méfiance est si profondément ancrée… Je ne peux plus croire aux belles paroles. Avant de

431

voir Ralph, j'ai consulté des tas de thérapeutes, toujours pour une ou deux séances. Ils suivaient scrupuleusement la procédure, respectaient leur code professionnel à la lettre et se tenaient à distance respectueuse. Et ils ont tous échoué ! Jusqu'à ce que je rencontre Ralph, un vrai psy, capable d'être souple, de se pencher sur ma situation et sur mes besoins. Il m'a sauvé la vie.

— Mais à part Ralph, aucun d'entre eux ne vous a jamais rien apporté ?

— Seulement des mots. Je quittais leur bureau les mains vides. C'est ce qui se passe en ce moment. Quand je vous quitte sans vous avoir touché, les mots disparaissent, vous disparaissez aussi… »

« Il faut qu'il se passe quelque chose aujourd'hui, pensa-t-elle. Il faut que le spectacle commence. Et se termine aussitôt. »

« En fait, Ernest, ce dont j'aurais vraiment envie aujourd'hui, plutôt que de parler, c'est de m'asseoir à côté de vous sur le divan et simplement sentir votre présence près de moi.

— Je ne me sens pas de faire cela… Ce n'est pas la meilleure manière de vous aider. Nous avons trop de travail à faire ensemble, il y a trop de choses dont nous devons discuter. »

Ernest était de plus en plus impressionné par la profondeur et la force du besoin de contact physique qu'éprouvait Carolyn. Il ne s'agissait pas, se dit-il, d'un besoin devant lequel il devait battre en retraite, terrifié. C'était un aspect du patient qui devait être pris au sérieux. Il lui fallait le comprendre et le traiter comme n'importe quel autre besoin.

Au cours de la semaine précédente, Ernest était allé à la bibliothèque pour relire la littérature sur le transfert érotique. Il avait été frappé par les propos très prudents de Freud sur le traitement des « femmes à passions élémentaires ». Freud qualifiait ces patientes d'« enfants de la nature », qui refusaient d'accepter le spirituel à la place du matériel et n'étaient capables d'entendre que « la logique de la soupe et les arguments de quenelles ».

Pessimiste quant à la guérison de telles patientes, Freud affirmait que le thérapeute n'avait que deux possibilités, toutes deux inacceptables : rendre son amour à la patiente, ou bien être la cible de la colère d'une femme mortifiée. Dans les deux cas, disait Freud, il faut reconnaître son échec et se retirer à temps.

Carol était l'un de ces « enfants de la nature ». Soit. C'était même une évidence. Mais Freud avait-il raison ? N'existait-il vraiment, pour le thérapeute, que deux options, aussi inacceptables l'une que l'autre ? Freud était arrivé à ces conclusions un siècle plus tôt, immergé dans le contexte particulier de l'autoritarisme viennois. Peut-être les choses avaient-elles changé entre-temps… Peut-être Freud n'aurait-il pas pu imaginer ce que serait le vingtième siècle finissant, une époque de plus grande transparence thérapeutique, une époque où patient et psy pouvaient être, l'un vis-à-vis de l'autre, *dans la vérité*.

La voix de Carol interrompit Ernest dans sa réflexion. « Est-ce qu'on ne pourrait pas discuter sur le divan ? Je n'aime pas vous parler à distance, c'est beaucoup trop froid, trop oppressant… Essayons simplement quelques minutes. Asseyez-vous à mes côtés, je vous jure que je ne vous demanderai plus rien. Et je vous assure que ça m'aidera beaucoup à aller plus loin dans mes réflexions. Oh, ne secouez pas la tête ! Je connais les règles de l'AAP, tout comme leurs stratégies standards et le code de conduite… Franchement, Ernest, pourquoi ne pas laisser libre cours à la créativité ? Le vrai thérapeute n'est-il pas celui qui cherche le moyen d'aider chacun de ses patients ? »

Carol caressait Ernest dans le sens du poil, en choisissant soigneusement tous les termes qui faisaient mouche : « AAP », « standards », « règles », « code de conduite », « créativité ». Comme si elle avait agité des mots rouges devant un taureau iconoclaste.

En l'écoutant, Ernest se rappelait certains propos de Seymour : « Une technique officielle ? Oubliez toutes les techniques ! Quand vous évoluerez dans votre carrière de thérapeute, vous aurez envie de faire le grand saut de l'authenticité, pour ériger les besoins du patient – et non les standards professionnels de l'AAP – en guide thérapeutique. » C'était curieux de voir à quel point, ces derniers temps, il pensait à Seymour. Peut-être qu'il était simplement rassuré de connaître un psy qui avait, un beau jour, emprunté le même chemin que lui. Mais pour l'instant, Ernest occultait allègrement le fait que Seymour n'en était jamais revenu.

Le transfert de Carolyn était-il en train de lui échapper ? Seymour avait affirmé que le transfert n'était *jamais* trop puissant : « Plus il est fort, plus il devient une arme efficace pour combattre les tendances autodestructrices du patient. » Et Dieu sait si Carolyn était autodestructrice. Pour quelle autre raison aurait-elle supporté une vie de couple comme la sienne ?

« Ernest, insista-t-elle, je vous en prie : asseyez-vous près de moi sur le divan. J'en ai vraiment besoin. »

Ernest pensa alors au conseil de Jung : traiter chaque patient aussi individuellement que possible et *créer un nouveau langage thérapeutique pour chacun*. Il pensa également à la manière dont Seymour avait poussé le raisonnement encore plus loin en affirmant que le psy devait inventer une nouvelle thérapie pour chaque patient. Ces mots lui redonnèrent du courage. Et de la détermination. Il se leva, fit quelques pas vers le divan, s'assit et dit : « Alors essayons. »

Carol se leva à son tour pour s'asseoir aux côtés d'Ernest, aussi près que possible, sans pour autant le toucher. « Aujourd'hui c'est mon anniversaire, dit-elle. Trente-six ans… Je vous ai dit que je suis née le même jour que ma mère ?

— Bon anniversaire, Carolyn. J'espère que vos trente-six anniversaires à venir vous verront aller de mieux en mieux.

— Merci, Ernest. Vous êtes adorable », dit-elle en se penchant vers lui et en lui faisant une bise sur la joue. « Beurk, pensa-t-elle, de l'après-rasage au citron. Répugnant. »

Le besoin d'une proximité physique forte, le coup du divan, enfin le baiser sur la joue : tout cela rappelait étrangement à Ernest la patiente de Seymour Trotter. Mais, naturellement, Carolyn était bien plus solide que cette folle de Belle avec ses pulsions délirantes. Ernest fut alors parcouru par une vague de chaleur. Il ne chercha pas à l'endiguer, en profita même pendant une minute, avant de ranger son excitation croissante dans un coin reculé de son cerveau et de revenir à son travail. De sa voix la plus professionnelle, il dit : « Rappelez-moi les dates de votre mère, Carolyn.

— Elle est née en 1937, et elle est morte il y a dix ans, à l'âge de quarante-huit ans. La semaine dernière, je me suis rendu compte que j'étais aux trois quarts de son âge quand elle est morte…

— Et qu'est-ce que ça vous inspire ?

— Je suis triste pour elle. Elle a vraiment eu une vie malheureuse. Abandonnée par son mari à trente ans, toute sa vie passée à élever ses deux gamins… Elle n'avait rien, si peu de plaisir. Je suis tellement contente qu'elle ait vécu assez longtemps pour me voir diplômée de la fac de droit. Et je suis contente, aussi, qu'elle soit morte avant que Jeb n'aille en prison. Et avant que ma vie ne s'effondre.

— Voilà où nous nous sommes arrêtés la dernière fois, Carolyn. Encore une fois, je suis frappé de vous voir convaincue que votre mère était condamnée dès ses trente ans, qu'elle était faite pour vivre malheureuse et mourir pleine de regrets… Comme si toutes les femmes qui perdent leur mari étaient vouées au même sort ! Est-ce vraiment le cas ? Est-ce qu'il n'y avait pas d'autre choix pour elle ? Une voie plus satisfaisante ? »

« Typiques conneries de mecs, pensa Carol. J'aimerais bien t'y voir, avec deux gamins à élever, sans éducation, sans rien recevoir de ta femme qui s'est barrée, et avec des panneaux "Défense d'entrer" qui te bloquent l'accès de n'importe quel boulot digne de ce nom. »

« Je ne sais pas, Ernest. Peut-être que vous avez raison. Tout ça est nouveau pour moi. » Mais elle ne put s'empêcher d'ajouter : « Cela dit, je n'aime pas que les hommes sous-estiment le piège dans lequel se trouvent la plupart des femmes.

— Vous voulez dire *cet* homme ? Ici ? Maintenant ?

— Non, ce n'est pas ce que je voulais dire… Réflexe féministe. Je sais bien que vous êtes de mon côté, Ernest.

— Vous savez, moi aussi j'ai mes œillères, Carolyn, et j'accepte parfaitement que vous les montriez du doigt. Je dirais même que je *veux* que vous le fassiez. Mais je ne crois pas qu'en l'occurrence il s'agisse de cela. J'ai l'impression que vous refusez toute responsabilité de votre mère dans la vie qu'elle a eue. »

Carol serra les dents et ne dit rien.

« Mais parlons plutôt de votre anniversaire, Carolyn. Vous savez comme moi que les anniversaires sont généralement des moments de fête ; mais j'ai toujours considéré que c'était le contraire, que chaque anniversaire est avant tout le signe du temps qui passe, et que sa célébration est simplement une manière de nier ce constat terrible. Est-ce que vous partagez mon point de vue ? Qu'est-ce que ça vous fait d'avoir trente-six ans ? Vous disiez tout à l'heure qu'au même âge, votre mère avait parcouru les trois quarts du chemin. Êtes-vous, comme elle, complètement piégée par la vie que vous menez ? Êtes-vous vraiment à jamais condamnée à mener une vie de couple malheureuse ?

— Je *suis* condamnée, Ernest. Que dois-je faire, à votre avis ? »

Pour mieux faire face à Carolyn, Ernest avait posé son bras derrière le divan. Carolyn, quant à elle, avait subrepticement détaché le deuxième bouton de son chemisier ; elle se glissa vers lui et posa sa tête sur son épaule. L'espace d'un instant, d'un court instant, Ernest se laissa aller à poser sa main sur les cheveux de Carolyn et à les caresser.

« Ah, le porc commence à faire son cochon, se dit-elle. Voyons jusqu'où il va aller aujourd'hui. Pourvu que je tienne le coup. » Elle appuya sa tête un peu plus fort. Ernest sentit son poids contre son épaule. Il en huma le parfum citronné. Il jeta un coup d'œil à son décolleté. Puis, soudain, il se leva.

« Vous savez, Carolyn, je crois qu'il est préférable que nous revenions à nos sièges respectifs. » Il regagna son fauteuil.

Carol ne bougea pas d'un centimètre. Elle semblait sur le point d'éclater en sanglots : « Mais pourquoi ne restez-vous pas sur le divan avec moi ? Juste parce que j'ai posé ma tête sur votre épaule ?

— Je ne crois pas que ce soit le meilleur moyen de vous rendre service. Je crois que j'ai besoin d'une certaine distance entre nous pour pouvoir travailler correctement. »

À contrecœur, Carol rejoignit son fauteuil, ôta ses chaussures et replia ses jambes sous ses fesses. « Je ne devrais peut-être pas vous le dire, parce que c'est un peu injuste, mais je me demande si vous diriez la même chose si j'étais vraiment une femme attirante.

— Le problème n'est pas là. » Ernest tentait de retrouver sa contenance. « C'est même exactement l'inverse : si *je ne peux pas* rester à proximité de vous, c'est justement *parce que* je vous trouve attirante et excitante. Or il m'est impossible d'être à la fois sexuellement attiré par vous et d'assumer mon rôle de psychothérapeute.

— Vous savez, Ernest, j'ai beaucoup réfléchi. Je vous ai raconté, n'est-ce pas, que je suis allée assister à une de vos lectures à la librairie Printer's Inc., il y a environ un mois ?

— Oui, c'est à cette occasion que vous avez décidé de prendre rendez-vous avec moi.

— Eh bien, je vous ai observé avant que vous ne parliez, et je n'ai pas pu m'empêcher de remarquer à quel point vous étiez attiré par la jolie femme qui se trouvait à côté de vous. »

Ernest frémit : « Merde ! pensa-t-il. Elle m'a vu avec Nan Carlin ! C'est le bouquet. Dans quoi est-ce que je me suis embarqué, nom de Dieu ? »

Jamais plus Ernest ne prendrait la transparence du thérapeute à la légère. Il ne lui servait plus à rien de se demander comment Marshal ou d'autres maîtres auraient réagi au discours de Carolyn. Il était maintenant tellement vulnérable, tellement loin des exigences de la technique traditionnelle et des limites de la pratique clinique, qu'il se savait complètement seul, perdu dans cette jungle qu'était la thérapie sauvage. Il n'avait plus qu'une seule chose à faire : continuer d'être honnête et de suivre ses instincts.

« Qu'en pensez-vous, Carolyn ?

— Et *vous*, qu'en pensez-vous, Ernest ?

— Je ressens de l'embarras. Pour être très honnête, Carolyn, c'est le pire cauchemar du thérapeute. C'est très gênant de vous parler, à vous comme à n'importe quel patient, de ma vie privée avec les femmes. Mais voilà, je me suis engagé à rester *dans le vrai* avec vous, et je vais essayer de m'y tenir. Maintenant, *vos* sentiments.

— Oh, tout un tas de sentiments différents... De l'envie, de la colère, de l'injustice, de la malchance.

— Pouvez-vous préciser ? Par exemple, la colère ou l'injustice.

— C'est tellement arbitraire. Si seulement j'avais fait ce qu'elle a fait, se déplacer et s'asseoir à côté de vous. Si seulement j'avais eu le courage et le culot de vous parler.

— Eh bien ?

— Eh bien, tout aurait pu se passer autrement. Dites-moi la vérité, Ernest : que serait-il arrivé si je vous avais approché, si j'avais essayé de vous séduire ? Vous seriez-vous intéressé à moi ?

— Toutes ces questions au conditionnel, avec des "si" partout... Qu'est-ce que vous voulez savoir au juste, Carolyn ? Je vous ai déjà dit plusieurs fois que je vous considérais comme une belle femme. Voulez-vous que je vous le redise encore une fois ?

— Et vous, cherchez-vous à éviter ma question avec *votre* question ?

— Est-ce que j'aurais répondu à vos avances ? La réponse est : sans doute, c'est fort possible. Je dirais même : oui. »

Un silence. Ernest se sentait mis à nu. Il venait de tenir un discours tellement différent de celui qu'il tenait habituellement à ses patients qu'il commençait à se demander s'il pourrait poursuivre le traitement de Carolyn. Non seulement Freud, mais sans doute l'ensemble de la communauté psychanalytique auraient décrété qu'une patiente connaissant un transfert érotique tel que celui de Carolyn était inguérissable – en tout cas par le Dr Ernest Lash.

« Que ressentez-vous maintenant ? demanda-t-il.

— Eh bien, c'est exactement ce que j'entendais par "arbitraire", voyez-vous. Il suffisait que les dés soient lancés autrement, et à l'heure actuelle nous pourrions être amants, plutôt que thérapeute et patiente. Et je reste intimement convaincue que vous feriez bien plus pour moi comme amant que comme psy. Je ne vous demanderais pas grand-chose, Ernest, juste de nous voir une ou deux fois par semaine, de me tenir dans vos bras et de me débarrasser de cette frustration sexuelle qui est en train de me tuer à petit feu…

— Je comprends, Carolyn, mais il se trouve que je suis votre psy, *pas* votre amant.

— Mais c'est purement arbitraire ! Rien n'est jamais indispensable. Tout pourrait se passer différemment. Je vous en supplie, Ernest, revenons en arrière, jusqu'à notre rencontre dans la librairie, et jetons les dés une nouvelle fois ! Devenez mon amant, ma frustration me tue… »

Tout en parlant, Carol glissa de son fauteuil, se dirigea vers Ernest, s'assit par terre près de son fauteuil et posa la tête sur son genou.

Ernest plaça de nouveau sa main sur la tête de Carolyn. « Dieu que j'aime toucher cette femme… Et son désir ardent de faire l'amour, comme je la comprends ! Combien de fois ai-je été gagné par le désir ? Je me sens triste pour elle. Et je vois bien ce qu'elle veut dire quand elle parle de l'aspect arbitraire de notre rencontre. Dommage pour moi, aussi. Je préférerais largement être son amant plutôt que son psy.

J'adorerais pouvoir quitter ce fauteuil et la déshabiller. Caresser son corps. Et qui sait ? Imaginons que je l'*aie* rencontrée à la librairie ? Que nous soyons devenus amants ? Peut-être qu'elle a raison, peut-être que je lui aurais apporté davantage ! Mais nous ne le saurons jamais : c'est une expérience qui ne peut être tentée. »

« Carolyn, ce que vous me demandez – revenir en arrière, devenir votre amant… Très franchement… Vous n'êtes pas la seule à être tentée, moi aussi je trouverais ça merveilleux, moi aussi je crois que nous pourrions nous faire beaucoup de bien. Mais je crains que *cette* horloge, dit-il en indiquant du doigt la discrète pendule qui se trouvait sur l'étagère, ne puisse pas revenir en arrière. »

En parlant, Ernest se remit à caresser les cheveux de Carolyn. Elle se pressa encore plus contre sa jambe. Il retira soudain sa main : « S'il vous plaît, Carolyn, retournez à votre fauteuil et laissez-moi vous dire une chose très importante. »

Carol posa un baiser furtif sur le genou d'Ernest et reprit sa place. « Laisse-le faire son petit laïus de protestation, joue son jeu. Il a besoin de faire semblant de résister. »

« Prenons un peu de recul, dit Ernest, et examinons ce qui est en train de se passer. Permettez-moi de vous dire comment je vois les choses. Vous étiez plongée dans le désarroi. Vous avez fait appel à mes compétences de professionnel de la santé mentale. Nous nous sommes rencontrés et nous avons fait un pacte par lequel je me suis engagé à vous aider dans votre combat. Conséquence de la nature intime de nos discussions, vous avez développé à mon égard des sentiments amoureux. Et je crains d'y être aussi pour quelque chose : je crois en effet que mon comportement – en vous prenant dans mes bras, en vous touchant – ne fait qu'attiser les braises. Et cela m'inquiète. En aucune manière je ne peux soudain changer d'avis, tirer profit de vos sentiments amoureux et décider de chercher mon plaisir avec vous.

— Mais vous n'y êtes pas, Ernest. Je dis juste qu'en étant mon amant, vous seriez le meilleur thérapeute possible. Pendant cinq ans, Ralph et moi…

— Ralph c'est Ralph, moi c'est moi. La séance est terminée, Carolyn, nous continuerons cette discussion la prochaine fois. » Ernest se leva pour indiquer clairement que l'heure s'était écoulée. « En attendant, une dernière observation. J'espère que la prochaine fois vous commencerez à explorer d'autres manières de prendre ce que j'ai à vous offrir, plutôt que de me pousser dans mes derniers retranchements. »

Alors qu'elle recevait d'Ernest son étreinte d'au revoir, Carol dit : « Quant à moi, une dernière chose aussi. Vous m'avez demandé, de belle manière d'ailleurs, de ne pas suivre les traces de ma mère, de ne pas laisser les autres décider de ma vie. Aujourd'hui je ne fais qu'appliquer vos consignes et j'essaye d'améliorer ma situation. Je commence à voir de quoi, et de qui, j'ai besoin dans ma vie, et je veux en profiter pleinement. Vous m'avez dit de vivre de manière à ne pas avoir de regrets plus tard : c'est exactement ce que j'essaye de faire. »

Ernest fut incapable de trouver une réponse intelligente.

Chapitre 18

Profitant d'une heure libre, Marshal s'assit sur son balcon et contempla sa série d'érables bonsaïs : neuf magnifiques arbres minuscules dont les feuilles écarlates commençaient à se dégager de leur gangue. Le week-end précédent, Marshal les avait rempotés. À l'aide d'une baguette, il avait délicatement nettoyé toutes les racines de leur terre avant de les placer, selon la méthode traditionnelle, dans un large pot de céramique bleue : deux fourrés de taille inégale, l'un de six arbres, l'autre de trois, séparés par un gros caillou gris-rose importé du Japon. Marshal remarqua que l'un des arbres du gros fourré commençait à dévier de sa pente – dans quelques mois, il croiserait la route de son voisin. Il découpa donc un morceau de fil de cuivre, long de quinze centimètres, pour en entourer soigneusement le tronc de l'érable rebelle et lui donner une position plus verticale. Tous les deux ou trois jours, pendant cinq ou six mois, Marshal tirerait un peu plus le fil et finirait par le retirer avant qu'il n'endommage le tronc du petit érable sans défense. « Ah, se dit-il, si seulement la psychothérapie pouvait être aussi simple… »

D'ordinaire, il aurait fait appel à la main verte de sa femme pour rectifier la course de l'érable vagabond.

Mais Shirley et lui s'étaient copieusement engueulés pendant le week-end et ne se parlaient plus depuis trois jours. Cette ultime péripétie n'était que le symptôme d'une distance entre eux qui n'avait fait que s'accroître avec les années.

Selon Marshal, tout avait commencé lorsque Shirley, quelques années auparavant, s'était inscrite à son premier cours d'ikebana. Elle se prit de passion pour cet art et fit montre d'un don inhabituel. Non que Marshal soit capable de juger de ses talents en la matière – il n'y connaissait absolument rien et mettait un point d'honneur à n'y rien connaître –, mais on ne pouvait pas nier la quantité de prix et de coupes qu'elle avait gagnés.

Bien vite, Shirley fit de l'ikebana le véritable centre de gravité de sa vie. Son cercle d'amis n'était plus composé que de ses condisciples, tandis que Marshal et elle avaient de moins en moins de choses à partager. Pour couronner le tout, son vieux maître âgé de quatre-vingts ans, auquel elle était dévouée corps et âme, l'encouragea à se lancer dans la méditation bouddhiste Vipassana, ce qui prit encore plus sur son temps déjà fort occupé.

Trois ans plus tôt, Marshal s'était tellement alarmé de l'influence sur leur couple de l'ikebana et de la méditation Vipassana (activité qu'il avait également décidé d'ignorer) qu'il proposa à Shirley d'entrer dans une école de psychologie clinique. Il espérait que le fait de partager les mêmes préoccupations les rapprocherait, et que Shirley serait ainsi à même de pouvoir admirer les talents professionnels de son époux. Enfin, il pourrait bientôt lui envoyer des patients, et l'idée d'avoir un deuxième revenu au sein du couple ne lui était pas désagréable.

Malheureusement, les choses ne s'étaient pas passées comme il l'aurait voulu. Si Shirley intégra bel et bien une école de psychologie, elle n'abandonna pas ses centres d'intérêt. Du coup, les heures consacrées à ses nouvelles études s'ajoutèrent à celles qu'elle passait à élaborer des compositions florales ou à méditer dans un centre zen : elle n'avait plus de temps pour Marshal. Et voilà que, trois jours plus tôt, elle avait porté l'estocade en lui annonçant que sa thèse de doctorat porterait sur l'efficacité de l'ikebana dans le traitement des troubles paniques.

« Parfait, lui avait-il dit. Exactement ce que j'attendais de mon épouse pour me soutenir dans ma candidature à la présidence de l'Institut... Une femme complètement folle qui se lance dans une thérapie à base de fleurs ! »

La discussion ne dura pas longtemps. Shirley ne revenait plus à la maison que pour dormir, et dans une chambre séparée. Depuis des mois, leur vie sexuelle était inexistante. Et maintenant, Shirley s'était mise en grève de cuisine ; chaque soir, tout ce qui attendait Marshal sur la table consistait en une nouvelle composition florale.

L'observation de ses érables miniatures procura à Marshal un apaisement dont il avait grand besoin. Il y avait en effet quelque chose de profondément rassérénant dans le fait d'entourer l'érable de fil de cuivre. Agréable... Oui, ces bonsaïs constituaient un divertissement agréable.

Mais enfin on ne pouvait décemment pas en faire un mode de vie complet. Shirley avait besoin de tout embellir et de faire des fleurs sa *raison d'être* [1]. Aucun sens de la mesure... Elle avait même suggéré à Marshal d'introduire l'art du bonsaï dans ses thérapies longues. Absurde ! Il tailla quelques boutures du genévrier qui tombaient un peu trop bas, puis il arrosa tous les arbres. Il traversait une mauvaise passe. Non seulement ses rapports avec Shirley étaient exécrables, mais il était déçu par Ernest, qui avait précipitamment mis fin à sa supervision. Sans parler des autres désagréments du moment.

D'abord, Adriana n'était pas venue à son rendez-vous. Elle n'avait même pas téléphoné. Très étrange. Pas son genre. Marshal avait attendu deux jours avant de l'appeler et de lui donner un nouveau rendez-vous sur son répondeur, même heure la semaine prochaine, lui demandant de le rappeler si l'horaire ne lui convenait pas.

Quel tarif appliquer à cette heure manquée ? Normalement, Marshal aurait dû, sans la moindre once d'hésitation, la faire payer à Adriana. Mais les circonstances étaient un peu spéciales, et Marshal se posa la question du tarif pendant des jours. Peter lui avait donné mille dollars pour les cinq séances d'Adriana. Pourquoi ne pas, tout simplement, déduire deux cents dollars pour la séance manquée ? Peter le saurait-il jamais ? Si oui, serait-il vexé ? Penserait-il que Marshal se montrait déloyal ou mesquin ? Ou bien peu reconnaissant face aux largesses de Peter – l'investissement dans les casques de vélo, le cycle de conférences, la Rolex ?

---

1. En français dans le texte.

D'un autre côté, Marshal se demandait s'il ne valait pas mieux envoyer une note d'honoraires, comme il l'aurait fait avec n'importe quel autre patient. Peter respecterait sa cohérence professionnelle et ses exigences personnelles. Peter ne l'avait-il pas, d'ailleurs, plus d'une fois tancé sur le fait qu'il sous-évaluait toujours ses compétences ?

Finalement Marshal opta pour le paiement de la séance manquée. C'était la bonne chose à faire, il en était persuadé. Mais dans ce cas, pourquoi tant d'agitation ? Pourquoi ne pouvait-il pas se débarrasser du sentiment tenace et envahissant qu'il regretterait cette décision toute sa vie ?

Cette tempête sous un crâne n'était qu'un léger nuage comparée à l'ouragan qui commençait à se déchaîner autour de son rôle dans l'exclusion de Seth Pande de l'Institut. Art Bookert, éminent chroniqueur et humoriste, était en effet tombé sur l'annonce parue dans le *San Francisco Chronicle* (« Adieu Ford, Toyota, Chevrolet ; les psy rappellent leurs produits ») et avait publié un article satirique prédisant que les psy ouvriraient bientôt des bureaux dans les garages automobiles, dans lesquels, au cours de séances marathons, ils traiteraient les patients qui attendent que leur voiture soit réparée. Grâce à ce nouveau partenariat, poursuivait-il, les psy et les garagistes proposeraient une garantie commune sur cinq ans, prenant en charge à la fois les freins et le contrôle des pulsions, le système d'allumage et l'affirmation de soi, la lubrification automatique et les mécanismes de relaxation, la colonne de direction et la maîtrise de l'humeur, le pot d'échappement et l'apaisement du système gastrique, enfin l'arbre de transmission et le priapisme.

L'article de Bookert, intitulé « Henry Ford et Sigmund Freud décident de fusionner », parut en première page du *New York Times* et de l'*International Herald Tribune.* Assailli de questions, le président de l'Institut, John Weldon, se déchargea sur-le-champ en envoyant les curieux vers Marshal, responsable de cette opération. Toute la semaine, celui-ci reçut les appels téléphoniques de psychanalystes extrêmement remontés qui trouvaient la chose fort peu amusante. En une journée, les présidents de quatre instituts psychanalytiques – New York, Chicago, Philadelphie et Boston – l'avaient appelé pour lui faire part de leur inquiétude.

Marshal avait fait de son mieux pour les rassurer, en leur disant notamment que seul un patient s'était manifesté, que c'était lui-même qui s'en chargeait, dans le cadre d'une thérapie courte, et que l'annonce de rappel ne serait pas republiée.

Mais la manœuvre se révéla absolument inefficace quand le Dr Sunderland, président de l'Association internationale de psychanalyse, lui apprit, très énervé, que Shelly Merriman harcelait son bureau, par fax et par téléphone, en prétendant que les méthodes dévoyées du Dr Pande avaient brisé sa vie et qu'il n'hésiterait pas à faire appel à la justice si ses demandes d'indemnisation n'étaient pas rapidement satisfaites.

« Mais qu'est-ce que c'est que ce foutoir ? avait demandé le Dr Sunderland. Nous sommes la risée de tout le pays ! Une fois de plus ! Les patients apportent maintenant des exemplaires de *Prozac : le bonheur sur ordonnance* à leurs séances… Des laboratoires pharmaceutiques, des neurochimistes, des comportementalistes et des critiques comme Jeffrey Masson commencent à nous attaquer ! Des procès pour des histoires de souvenirs retrouvés, et des contre-procès au sujet de souvenirs implantés nous pendent au nez. Merde, l'institution psychanalytique n'avait vraiment pas besoin de ça ! Vraiment pas ! De quel droit avez-vous publié cette annonce ? »

Marshal lui expliqua calmement le pourquoi d'une telle action et la nécessité d'en passer par cette procédure.

« Je suis absolument désolé, ajouta Marshal, que personne ne vous ait tenu au courant, docteur Sunderland. Une fois que vous serez pleinement informé, je suis sûr que vous saurez apprécier la logique qui sous-tend notre action. En outre, nous avons parfaitement respecté le protocole qui s'imposait. Le lendemain du vote de l'Institut, j'ai tout vérifié auprès de Ray Wellington, le secrétaire de votre institution.

— Wellington ? Je viens d'apprendre qu'il déménageait ses bureaux et sa clinique entière en Californie ! Je commence en effet à comprendre votre logique, une logique de végétariens de Californie du Sud ! Tout ce scénario-catastrophe a été écrit à Hollywood.

— San Francisco est en Californie du Nord, docteur Sunderland, à six cents kilomètres au nord de Hollywood – soit la même distance que celle qui sépare Boston de Washington. Nous ne sommes pas du tout en Californie du Sud. Croyez-moi quand je vous dis qu'il y a derrière notre action une logique septentrionale.

— Une logique septentrionale ? Merde alors ! Et comment se fait-il que votre logique septentrionale ne vous ait pas informé que le Dr Pande a soixante-quatorze ans et qu'il est en train de mourir d'un cancer des poumons ? Je sais que c'est un emmerdeur fini, mais combien de temps lui reste-t-il ? Un an ? Deux ans ? Vous êtes le gardien du jardin psychanalytique : un peu plus de patience, un peu plus de retenue, et la nature se serait chargée des mauvaises herbes toute seule !

« Bon, ça suffit, conclut le Dr Sunderland. Ce qui est fait est fait. Cela dit, je dois prendre une décision rapide et j'ai besoin de vos lumières. Ce Shelly Merriman menace de nous traîner devant les tribunaux. Il est prêt à y renoncer en échange de soixante-dix mille dollars d'indemnité. Nos avocats estiment qu'il accepterait même la moitié. Naturellement, nous craignons de créer un précédent. Comment voyez-vous les choses ? Est-ce que la menace est sérieuse ? Est-ce que soixante-dix ou trente-cinq mille dollars calmeront M. Merriman ? Est-ce que cette somme achètera son silence ? Est-il discret, votre M. Merriman ? »

Marshal répondit rapidement à toutes ces questions, de sa voix la plus assurée : « Je vous conseille de ne rien faire du tout, docteur Sunderland. Laissez-moi m'en charger. Vous pouvez compter sur moi pour gérer efficacement la situation. Je puis vous assurer que cette menace n'est pas sérieuse. Cet homme bluffe. L'argent pourrait-il acheter son silence et sa discrétion ? N'y pensez même pas. Laissez tomber… Nous avons affaire à un vrai sociopathe. Il nous faut rester très fermes. »

Ce ne fut que plus tard dans l'après-midi, en accompagnant Shelly dans son bureau, que Marshal se rendit compte de l'erreur grossière qu'il avait commise : pour la première fois de sa carrière, il avait violé la confidentialité de la relation thérapeute-patient. La discussion avec Sunderland l'avait fait vaciller. Comment avait-il bien pu évoquer la sociopathie de Merriman ? Il n'aurait rien dû lui dire.

Marshal était hors de lui. Si M. Merriman venait à apprendre ce qui s'était passé, il le traînerait en justice pour faute professionnelle, ou alors, informé des doutes de l'Association internationale, placerait la barre plus haut dans ses exigences financières. La situation était en train de devenir catastrophique.

Il décréta alors qu'il n'y avait qu'une seule voie raisonnable : appeler le Dr Sunderland aussi vite que possible et avouer son indiscrétion – un oubli momentané et compréhensible dû à un conflit de loyauté, à la fois à l'Association et à son patient. Le Dr Sunderland comprendrait certainement et se sentirait tenu par l'honneur de ne répéter à personne les remarques sur M. Merriman. Certes, tout cela n'allait pas arranger sa réputation dans les cercles psychanalytiques nationaux ou internationaux, mais enfin Marshal n'en était déjà plus là : l'objectif était maintenant de limiter la casse.

Shelly entra dans son bureau et s'attarda sur les pièces de Musler plus longtemps qu'à l'accoutumée.

« J'adore ce globe orange, doc. Si jamais vous voulez le vendre, pensez à moi. Comme ça, avant chaque grosse partie, je le caresserai et je me sentirai mieux. » Puis il s'affala dans son fauteuil. « Bon, doc, je vais un peu mieux. Vos interprétations m'ont beaucoup aidé. Meilleur tennis, déjà : je me suis lâché sur mes secondes balles. Willy et moi, nous avons joué trois, quatre heures par jour et je crois qu'on a de bonnes chances de remporter le tournoi de La Costa la semaine prochaine. Sur ce plan, il y a du mieux. En revanche, sur le reste, il y a encore du chemin à faire. C'est là-dessus que j'aimerais travailler.

— Le reste ? demanda Marshal, tout en sachant pertinemment de quoi il s'agissait.

— Vous savez bien… Tout ce dont nous avons parlé la dernière fois. Les signes qui ne trompent pas. Vous voulez essayer encore une fois ? Pour vous rafraîchir la mémoire ? Le billet de dix dollars… Vous devinez cinq fois, et moi cinq autres…

— Non, je crois que j'ai compris le principe… Votre démonstration était efficace. Mais à la fin de notre dernière séance, vous m'avez dit avoir deux ou trois idées sur la manière de poursuivre.

— Parfaitement. Voilà mon plan. De la même manière que vous avez montré la semaine dernière des signes qui vous ont fait perdre quarante dollars, eh bien… Je suis convaincu que, moi aussi, je dévoile tout le temps des choses quand je joue au poker. Et pourquoi cela ? À cause du stress, à cause de la "thérapie dévoyée" du Dr Pande… C'est comme ça que vous l'avez qualifiée, non ?

— Quelque chose dans le genre, oui.

— C'étaient vos propres mots, je crois.

— Je pense avoir parlé de *méthodes* dévoyées, plutôt.

— Très bien : "méthodes dévoyées", ce qui revient au même. Donc, à cause des méthodes dévoyées du Dr Pande, j'ai développé de mauvaises habitudes en jouant au poker. Comme vous la semaine dernière, je laisse tout transparaître pendant les parties. J'en suis sûr, c'est la raison pour laquelle j'ai perdu quarante mille dollars en jouant avec des amis.

— Très bien, continuez », dit Marshal, de plus en plus méfiant. Bien que déterminé à calmer son patient par tous les moyens dont il disposait et à amener la thérapie à un terme immédiat et satisfaisant, il commençait à sentir un réel danger.

« Qu'est-ce que la thérapie vient faire là-dedans ? reprit-il. J'ose espérer que vous n'allez pas me demander de jouer au poker avec vous… Je ne suis pas joueur, encore moins joueur de poker. Comment diable pourriez-vous apprendre quoi que ce soit en jouant au poker avec moi ?

— Minute, doc. Qui vous parle de jouer au poker ? Cela dit, je ne vous cache pas que l'idée m'a traversé l'esprit… Non, l'important c'est la situation concrète : j'aimerais que vous m'observiez pendant que je joue une vraie partie, avec les mises élevées et toute la tension qui va avec, et qu'ensuite vous utilisiez vos talents d'observateur pour déceler les signes qui me trahissent et me font perdre mon argent.

— Vous voulez que je vienne vous regarder jouer au poker ? » Marshal se sentait soulagé. Pour bizarre qu'elle soit, la requête était moins pénible que ce qu'il avait craint quelques minutes plus tôt. Il était prêt à accéder à toutes les demandes qui le débarrasseraient définitivement et du Dr Sunderland, et de Shelly Merriman.

« Non… Vraiment ? Vous viendriez me regarder jouer avec les gars ? La vache, ça en jettera de venir jouer avec mon psy ! » Shelly se tapa les cuisses en signe d'admiration. « Oh, génial… Sérieusement, doc, on deviendrait des mythes vivants, vous et moi. Amener mon psy et son divan à une partie de poker… Les gars vont en parler jusqu'au prochain millénaire.

— Heureux de voir que ça vous fait autant plaisir, monsieur Merriman. Je ne suis pas sûr de tout comprendre. Dites-moi donc quel est votre plan.

— Il n'y a qu'une seule solution. Vous devez venir avec moi dans un casino et me regarder jouer. Personne ne nous reconnaîtra. Nous serons incognito.

— Vous voulez que je vous accompagne à Las Vegas ? Que j'annule tous mes rendez-vous ?

— Dites donc, doc, vous êtes à cran aujourd'hui ! C'est la première fois que je vous vois comme ça. Qui vous a parlé de Las Vegas ou d'annuler quoi que ce soit ou que sais-je encore ? Non, c'est encore plus simple, vous allez voir. À vingt minutes d'ici, plein sud, juste à côté de l'autoroute de l'aéroport, il y a une salle de jeux quatre étoiles qui s'appelle Avocado Joe's.

« Ce que je vous demande, et après je ne vous embête plus, c'est simplement une de vos soirées. Deux ou trois heures. Et vous regardez tous mes faits et gestes pendant la partie de poker. À la fin de chaque main, je vous montrerai mes cartes retournées pour que vous voyiez exactement comment je joue. Vous m'observez : comment je réagis lorsque j'ai une bonne main, quand je bluffe, quand je tire une carte avec l'idée de faire un full ou une suite, quand je suis à bloc et que je ne me préoccupe plus des cartes qui sont tirées. Tout, vous observez tout, mes gestes, mes mains, mes grimaces, mes yeux, si je me tire l'oreille ou me gratte les couilles, si je me cure le nez, si je tousse… Absolument tout !

— Et après ça vous ne m'embêterez plus ?

— Parfaitement ! Après ça, votre boulot est terminé. La suite, c'est moi qui m'en charge. Réfléchir à ce que vous m'aurez enseigné, l'étudier et l'utiliser à bon escient plus tard. Après la soirée chez Avocado Joe's, vous êtes libre ; vous aurez fait tout ce qu'un psy est en mesure de faire.

— Et… Euh… On pourrait peut-être officialiser tout ça, non ? » La roue tournait pour Marshal. Une lettre de remerciement officiellement signée par Shelly pouvait signifier son salut : il la faxerait immédiatement à Sunderland.

« Vous voulez dire une sorte de lettre que je signe et où je dis que le traitement a été une réussite pour moi ?

— Quelque chose comme ça, oui, dit Marshal, mais qui reste entre nous… Quelque chose qui explique que mon traitement a été efficace, et que vos symptômes ont disparu. »

Shelly hésita un instant. Pour lui aussi, la roue tournait. « Je pourrais accepter, doc… Mais en échange d'une lettre signée par vous, dans laquelle vous exprimez toute votre satisfaction devant les progrès que j'ai accomplis. Ça pourrait être utile dans la gestion de mes problèmes de couple.

— Récapitulons, dit Marshal. Je vais chez Avocado Joe's, je passe deux heures là-bas à vous observer en train de jouer. Puis nous échangeons nos lettres et nous n'avons plus rien à faire ensemble. Marché conclu, on se serre la main ? » Marshal tendit la main.

« Je dirais plutôt deux heures et demie… J'ai besoin de vous briefer avant la partie, et puis il faudra prendre quelques minutes après pour que vous me fassiez part de vos impressions.

— D'accord. Disons donc deux heures et demie. »

Les deux hommes se serrèrent la main.

« Bon, demanda Marshal, quand dois-je me rendre chez Avocado Joe's ?

— Ce soir ? Vingt heures ? Demain je pars une semaine pour La Costa avec Willy.

— Non, ce soir je ne peux pas. J'ai un cours à donner.

— C'est dommage, je me sentais gonflé à bloc… Vous ne pouvez vraiment pas déplacer votre cours ?

— Hors de question. Je me suis engagé.

— D'accord. Voyons voir… Je reviens dans une semaine. Qu'est-ce que vous dites de vendredi en huit ? Vingt heures ? Au restaurant de la salle de jeu ? »

Marshal acquiesça. Après le départ de Shelly, il se laissa tomber sur son fauteuil et sentit une onde de soulagement le parcourir des pieds à la tête. Comment était-ce possible ? se demanda-t-il. Comment lui, l'un des meilleurs psychanalystes au monde, pouvait-il se sentir soulagé et infiniment reconnaissant à l'idée d'aller retrouver un de ses patients chez Avocado Joe's ?

On frappa à la porte. C'était Shelly. Il entra et se rassit. « J'ai oublié de vous dire une chose, doc. Il est contraire aux règles de l'établissement d'assister à une partie de poker sans participer. Vous allez devoir jouer avec moi. Tenez, je vous ai apporté un bouquin. »

Il lui tendit un livre intitulé *Tout savoir du Texas Hold'Em*.

« Pas de panique, docteur, dit Shelly en voyant le regard terrifié de Marshal. C'est un jeu très simple. Deux cartes cachées et cinq cartes ouvertes. Tout est expliqué dans le livre. Je vous dirai ce qu'il faut savoir la semaine prochaine, juste avant la partie. Vous passez à chaque main, et vous ne perdez que la mise. Ça ne va pas monter bien haut.

— Vous êtes sérieux ? Je vais devoir jouer ?

— Vous savez quoi, docteur ? Partageons les pertes. Et si vous avez une main incroyable, alors restez dans le jeu, faites une enchère et vous gardez vos gains. Mais lisez d'abord le bouquin, je vous en dirai plus la prochaine fois. C'est une bonne affaire pour vous. »

Marshal regarda Shelly se lever et quitter tranquillement son bureau, non sans avoir caressé le globe orange.

« Tu parles d'une bonne affaire, se dit-il. Pour moi, la bonne affaire, monsieur Merriman, c'est lorsque toi et tes bonnes affaires, vous aurez totalement disparu de ma vie. »

Chapitre 19

Des semaines durant, Ernest lutta avec Carol, heure après heure. Les séances avec elle étaient gorgées d'une immense tension érotique. Bien qu'Ernest fasse tous les efforts du monde pour défendre ses lignes, Carol commençait à les enfoncer. Ils avaient beau se voir seulement deux fois par semaine, Carol occupait dans la vie d'Ernest bien plus que les cinquante minutes qui lui étaient dévolues. Les jours de rendez-vous, Ernest se réveillait toujours en anticipant la séance. Il imaginait le visage de Carolyn dans son miroir, en train de l'observer alors qu'il se frottait les joues avec une vigueur toute particulière, se rasait de plus près et s'aspergeait de sa lotion après-rasage citronnée.

Les « jours de Carolyn », il faisait un effort vestimentaire. Il lui réservait son plus beau pantalon repassé, ses chemises les plus chatoyantes, ses cravates les plus élégantes. Un jour, Carolyn avait voulu lui offrir une des cravates de Wayne – son mari, avait-elle expliqué, était trop malade pour sortir, et comme leur appartement de San Francisco avait peu d'espaces de rangement, elle se débarrassait de la plupart de ses tenues habillées. Naturellement, et au grand dam de Carolyn, Ernest avait refusé le cadeau, alors même qu'elle avait passé la séance à essayer de le persuader de changer d'avis. Ernest, en réalité, avait une envie folle de cette cravate. Elle était somptueuse : un motif japonais figurant de rutilantes petites fleurs sombres autour d'une large fleur centrale d'un vert émeraude étincelant. Ernest avait en vain écumé les magasins pour trouver le même modèle – c'était clairement une cravate unique en son genre. Il se demandait où Carolyn l'avait dégottée. Si elle la lui offrait de nouveau, peut-être répondrait-il qu'en fin de thérapie, au bout de deux années de travail ensemble, une cravate n'était pas entièrement inappropriée.

Ernest aimait aussi montrer à Carolyn ses nouveaux habits. Ce jour-là, c'était un gilet et un pantalon achetés pendant les soldes annuels chez Wilkes Bashford. Le gilet, en tweed beige, était du plus bel effet sur la chemise rose à col boutonné et sur son pantalon marron en point croisé. Il se dit aussi que le gilet aurait peut-être meilleure allure sans la veste. Oui, il laisserait celle-ci posée sur une chaise, pour ne porter finalement qu'une chemise, un gilet et une cravate. Ernest se regarda dans le miroir : un peu osé, mais ça fonctionnait. Il assumait.

Il adorait observer Carolyn, sa manière d'entrer dans le bureau, tout en légèreté, d'avancer son fauteuil vers lui avant de lui parler, le crissement troublant de ses bas lorsqu'elle croisait les jambes. Il adorait aussi le moment où, juste avant que la séance ne commence, leurs yeux se croisaient pour la première fois. Enfin, et surtout, il aimait le culte qu'elle lui vouait, sa façon de décrire ses fantasmes masturbatoires les plus intimes, des fantasmes toujours plus détaillés, plus vivants, plus excitants. Chaque fois, la séance passait trop vite au gré d'Ernest et, lorsqu'elle s'achevait, il lui arrivait très souvent de se ruer à la fenêtre pour regarder Carolyn sortir de l'immeuble. Au cours des deux dernières séances, il avait remarqué une chose curieuse ; elle avait dû chausser des baskets dans la salle d'attente puisqu'il l'avait vue dévaler les marches de l'entrée et courir dans Sacramento Street.

Quelle femme ! Quel dommage qu'ils ne se soient pas rencontrés à la librairie plutôt que de devenir thérapeute et patiente ! Tout, en Carolyn, plaisait à Ernest : son intelligence vive, son intensité, le feu qui brûlait ses yeux, son pas sautillant et son corps agile, ses bas ornés de motifs, son aisance et sa franchise absolues dès qu'il s'agissait de sexualité – ses envies, ses plaisirs solitaires, ses coups d'un soir.

Et il aimait sa vulnérabilité. Malgré ses airs durs et tranchants (sans doute imposés et renforcés par son travail dans les tribunaux), elle était prête, pour peu qu'on l'y invite avec tact, à explorer ses douleurs. Par exemple, ses angoisses de transmettre son amertume à sa fille, le départ prématuré de son père, son désespoir d'être obligée de vivre avec un homme qu'elle détestait.

Malgré toute son attirance sexuelle pour Carolyn, Ernest s'en tenait rigoureusement à sa position thérapeutique et s'obligeait à un contrôle de soi permanent. Autant qu'il sache, il faisait du très bon travail. Soucieux de l'aider, il était resté concentré et avait su, de temps à autre, lui soumettre des éclairages instructifs. Récemment, il l'avait confrontée aux conséquences de son amertume et de son ressentiment permanents, ainsi qu'à sa difficulté à imaginer que les autres puissent voir la vie sous un autre angle.

Chaque fois que Carolyn avait tenté de faire dévier le cours de la thérapie, ce qui arrivait à chaque séance, avec des questions incongrues sur la vie privée d'Ernest ou des invitations à un contact physique plus poussé, il avait vaillamment et vigoureusement résisté. Peut-être même un peu trop vigoureusement, d'ailleurs, lors de leur dernière séance, puisque, après s'être entendu demander par Carolyn quelques minutes de « pause divan », il lui avait répondu par une dose de thérapie existentielle de choc. Sur une feuille de papier, il avait tracé une ligne dont l'une des extrémités représentait l'anniversaire de Carolyn, et l'autre le jour de sa mort. Il lui avait donné le papier et demandé d'inscrire un X sur la ligne, comme symbole de son emplacement actuel dans la vie. Pour terminer, il lui avait demandé de méditer quelques instants sa réponse.

Cette technique, Ernest l'avait déjà employée avec d'autres patients ; mais jamais il n'avait vu une réaction aussi forte. Carolyn plaça sa croix aux trois quarts de la ligne, vers la fin, observa la feuille de papier deux ou trois minutes et finit par dire : « Une vie si courte… » avant de fondre en larmes. Ernest lui demanda d'en dire plus, mais elle n'était capable que de secouer la tête et de répéter : « Je ne sais pas, je ne sais pas pourquoi je pleure autant.

— Je crois savoir pourquoi, Carolyn. Je pense que vous pleurez pour toute la vie qui est en vous et qui n'a jamais eu l'occasion de vivre, justement. J'espère que notre travail aura pour effet de délivrer de ses chaînes un peu de cette vie. »

La phrase n'avait fait qu'augmenter le débit de ses larmes. Une fois de plus, elle se précipita hors du bureau. Sans l'étreindre.

Même s'il appréciait toujours l'étreinte d'au revoir qui était devenue traditionnelle, Ernest avait fermement dit non à toutes les autres demandes de contact physique formulées par Carolyn, à l'exception des quelques fois où elle voulait s'asseoir à côté de lui sur le divan. Ernest mettait invariablement fin à ces intermèdes assis au bout de quelques minutes, voire plus vite encore si Carolyn s'aventurait trop près de lui – ou si lui-même était gagné par une excitation un peu trop forte.

Mais il n'était pas aveugle, pour autant, aux signaux inquiétants qui se déclenchaient en lui. Il se rendait bien compte que sa fébrilité juste avant les séances avec Carolyn était des plus funestes. Comme l'étaient les insidieuses incursions de Carolyn dans l'univers de ses fantasmes, notamment de ses fantasmes masturbatoires. Et l'Ernest spectateur de lui-même trouva d'encore plus mauvais augure le fait que le décor de ses fantasmes soit invariablement son bureau. En effet, il trouvait irrésistiblement excitant d'imaginer Carolyn assise en face de lui, en train de raconter ses problèmes, puis, à un simple geste de lui, s'approcher ; il lui demandait ensuite de s'asseoir sur ses genoux et de continuer à parler pendant qu'il déboutonnait son chemisier, dégrafait son soutien-gorge, caressait et embrassait ses seins, lui enlevait délicatement son collant, glissait lentement jusqu'au sol avec elle pour la pénétrer délicieusement tandis qu'elle continuait de lui parler comme une patiente normale, jusqu'à l'orgasme.

Il était à la fois excité et dégoûté par ses propres fantasmes ; ils insultaient le fondement même de la mission dont il s'était, toute sa vie, senti investi. Il voyait bien que, dans son fantasme, l'excitation sexuelle était décuplée par le pouvoir absolu qu'il exerçait sur Carolyn et par l'interdit qui pesait sur une telle situation. Briser un tabou sexuel était toujours excitant. Freud n'avait-il pas montré, un siècle plus tôt, que les tabous n'existeraient pas si les comportements interdits n'étaient pas aussi excitants ? Malgré cette lucidité sur son propre cas, ses fantasmes ne perdaient pas pour autant leur force, ni leur attrait.

Ernest savait qu'il avait besoin d'aide. Il se tourna de nouveau vers la littérature professionnelle sur le transfert érotique : il y trouva plus qu'il ne l'espérait. D'abord, il fut ravi d'apprendre que des générations entières de thérapeutes avaient été confrontées au même dilemme. Nombre d'entre eux, nota Ernest, avaient souligné le fait que le psy ne doit pas esquiver la part érotique de la thérapie, ou bien y répondre par la condamnation ou le reproche, de peur que tout cela devienne clandestin et que la patiente ait l'impression que ses désirs sont dangereux. Freud soulignait que le transfert érotique était riche d'enseignements. Dans l'une de ses magnifiques métaphores, il disait que le fait de ne pas l'explorer revenait à invoquer un esprit et à le renvoyer dans son monde surnaturel sans lui avoir posé la moindre question.

Ernest lut avec soulagement que la plupart des thérapeutes ayant eu des rapports sexuels avec des patientes affirmaient toujours leur avoir donné de l'amour. « Mais ne confondez pas cela avec l'amour, corrigeaient nombre de confrères. Ce n'est pas de

l'amour : ce n'est qu'une autre forme d'abus sexuel. »
Rassurant aussi d'apprendre que beaucoup de ces
thérapeutes hors la loi estimaient, comme lui, qu'il eût
été cruel de ne pas donner à une patiente toute la passion sexuelle qu'elle réclamait avec tant d'ardeur !

D'autres, en revanche, affirmaient qu'aucun transfert érotique ne pouvait subsister longtemps si le psy
ne s'y engageait pas sciemment. Un célèbre psychanalyste conseillait même au thérapeute de prêter attention à sa propre vie amoureuse et de veiller à ce que
« son budget libidineux et narcissique soit suffisamment excédentaire ». L'idée toucha une corde sensible chez Ernest, qui décida d'équilibrer son budget
« libido » en renouant avec Marsha, une vieille amie
avec qui il avait, dans le temps, entretenu une relation
dépassionnée mais sexuellement satisfaisante.

Le concept de complicité inconsciente troublait
Ernest. Il n'était pas improbable, en effet, qu'il trans-
fère d'une manière déguisée ses appétits sexuels vers
Carolyn, semant le doute chez elle en lui donnant verbalement tel message, et non verbalement un message
contraire.

Un autre psychiatre qu'Ernest respectait beaucoup
rappelait que certains grands thérapeutes avaient
parfois recours aux rapports sexuels lorsqu'ils déses-
péraient de pouvoir soigner leurs patientes, et que
leur image de guérisseur tout-puissant était mise à
mal. Cela ne lui correspondait pas, pensa Ernest. Mais
il connaissait bien quelqu'un qui était concerné de
très près : Seymour Trotter ! Plus il pensait à ce dernier – sa démesure, sa fierté d'être perçu comme « le
thérapeute de dernier recours », sa conviction qu'il
était capable de soigner n'importe qui –, plus ce qui

s'était passé entre Trotter et Belle lui paraissait d'une clarté absolue.

Ernest chercha ensuite de l'aide auprès de ses amis. Paul, notamment. S'adresser à Marshal était hors de question. Aucun doute sur sa réaction : censure dans un premier temps, puis colère face à l'écart d'Ernest, enfin demande pressante pour qu'il mette un terme à la thérapie avec cette patiente et reprenne sa propre analyse.

Marshal avait d'ailleurs disparu du paysage. La semaine précédente, Ernest avait dû mettre fin à ses séances de supervision à la suite d'une étrange série d'événements. Six mois auparavant, il avait accepté un nouveau patient, Jess, qui avait lui-même brusquement mis fin à sa thérapie avec un psy de San Fransisco qu'il avait vu deux années durant. Lorsque Ernest lui avait demandé la raison de cette rupture, Jess avait raconté un curieux incident.

Infatigable joggeur, Jess, courant dans le Golden Gate Park, avait aperçu une silhouette bizarre dans le feuillage épais d'un érable du Japon. En s'approchant, il avait surpris la femme de son psy dans les bras d'un moine bouddhiste vêtu de sa traditionnelle robe safran.

Un vrai dilemme s'était posé à lui. Il ne faisait absolument aucun doute que c'était la femme de son psy : Jess venait de commencer des cours d'ikebana, et la dame était une des gloires de l'école Sogetsu, le courant le plus innovateur de l'ikebana. Il l'avait déjà rencontrée par deux fois, lors de concours de composition florale.

Que faire ? La question taraudait Jess. Même si son analyste était un personnage collet monté et froid pour lequel il ne se sentait pas une grande affection, c'était tout de même quelqu'un de compétent, de correct, et qui l'avait tellement aidé que Jess hésitait à le blesser en lui dévoilant toute la vérité sur sa femme. Mais d'un autre côté, comment pouvait-il décemment poursuivre son analyse avec un si lourd secret sur les épaules ? Jess ne vit donc qu'une solution : mettre fin à cette analyse en prétextant un problème d'emploi du temps.

Jess, pourtant, savait qu'il avait encore besoin d'être suivi par un thérapeute. Aussi, sur les conseils de sa sœur, elle-même psychologue clinicienne, il commença à travailler avec Ernest. Confronté aux grandes ambitions que son père nourrissait à son égard et aux espoirs mis en lui pour reprendre la banque familiale, Jess s'était révolté sur tous les fronts : il avait abandonné les études, il était parti surfer pendant deux ans avant de plonger dans la drogue et l'alcool. Après s'être douloureusement séparé de sa première femme après cinq ans de mariage, il s'était peu à peu remis sur pied, d'abord par une hospitalisation prolongée et une cure de désintoxication, ensuite par une formation pour devenir paysagiste, un métier qu'il avait choisi, enfin par deux années d'analyse avec Marshal, et un entretien physique rigoureux reposant sur le jogging quotidien.

Au cours des six premiers mois de thérapie avec Ernest, Jess lui expliqua pourquoi il avait mis fin à sa première analyse mais refusa de nommer le psy en question. Sa sœur, expliqua-t-il, lui avait raconté trop d'histoires sur les ragots entre thérapeutes… Mais au fil des semaines, Jess eut de plus en plus confiance en

Ernest, jusqu'au jour où il lui révéla soudain le nom de son ancien psy : Marshal Streider.

Ernest était abasourdi. Non, pas Marshal Streider ! Pas lui, son superviseur inébranlable, son Rocher de Gibraltar ! Il était confronté au même dilemme qui avait empoisonné Jess. Il ne pouvait ni dire la vérité à Marshal – il était tenu au secret professionnel – ni continuer sa supervision avec lui en détenant ce brûlant secret. Cela dit, l'incident n'avait pas que des inconvénients : Ernest avait en effet pris la décision de mettre fin à sa supervision. Les révélations de Jess n'avaient fait qu'accélérer le processus.

Très agité, Ernest informa donc Marshal de sa décision. « Marshal, ça fait déjà quelque temps que je me dis qu'il faut couper le cordon. Vous m'avez fait énormément avancer mais maintenant que j'ai trente-huit ans, j'ai décidé de quitter la maison et d'être autonome. »

Ernest se préparait à une volée de bois vert de la part de Marshal. Il savait exactement ce que ce dernier lui dirait. Il voudrait certainement analyser les raisons d'une telle décision aussi précipitée. Il voudrait, sans l'ombre d'un doute, connaître les circonstances dans lesquelles Ernest s'était décidé. Quant à son désir pathétique d'autonomie, Marshal le démolirait en un instant. Il suggérerait que c'était une preuve supplémentaire de son iconoclasme juvénile ; il pourrait même insinuer qu'il manquait à l'évidence de la maturité et de l'autorité nécessaires pour postuler à l'Institut psychanalytique.

Mais curieusement, Marshal ne fit rien de tout cela. Visiblement las et distrait, il répondit un peu à la légère : « Oui, il est peut-être temps. Nous pourrons toujours reprendre plus tard… Bonne chance, Ernest ! Je vous souhaite tout le meilleur. »

Néanmoins, Ernest n'accueillit pas ces mots avec soulagement. Au contraire, le désarroi l'emporta. Plutôt qu'une telle indifférence, il aurait nettement préféré entendre une désapprobation violente.

Après avoir passé une demi-heure à lire un long article faxé par Paul sur le lien sexuel entre thérapeute et patient, Ernest décrocha son téléphone.

« Merci pour le papier sur "Les Don Juan de bureau et les savants fous d'amour" ! Merde, Paul !

— Ah, je vois que tu as reçu mon fax.

— Malheureusement, oui.

— Pourquoi "malheureusement ?" Attends deux secondes, je passe sur le téléphone sans fil et je m'installe dans un bon fauteuil. Je sens qu'on va avoir une très grande conversation, une conversation historique… Voilà… Alors, pourquoi "malheureusement", dis-moi ?

— Parce que "Don Juan de bureau" n'a rien à voir avec ce qui m'arrive ! Ton journaliste dénigre quelque chose de très précieux, quelque chose qu'il ne comprend absolument pas. Utiliser un langage trivial peut rendre vulgaire n'importe quel sentiment un peu élevé.

— C'est comme ça que tu vois les choses parce que tu es trop près pour bien appréhender ce qui se passe. Il faut que tu comprennes comment on voit les choses de l'extérieur. Franchement, Ernest, depuis notre dernière discussion, je me fais du souci pour toi. Écoute un peu ce que tu me racontes : tu veux être dans le vrai, aimer ta patiente qui souffre de n'être plus touchée, toi qui es assez souple pour lui procurer le contact

469

physique dont elle a besoin pour avancer dans sa thérapie… Je crois que tu es en train de déconner très sévèrement, Ernest ! Et que tu vas au-devant de sérieux problèmes. Tu me connais bien, non ? J'ai passé toute ma carrière à ridiculiser les freudiens orthodoxes, n'est-ce pas ? »

Ernest acquiesça en grommelant.

« Mais quand le doyen disait : "Trouver un objet de désir, c'est toujours en *retrouver* un", il touchait du doigt quelque chose de juste. Ta patiente est en train de réveiller en toi quelque chose qui vient de loin, quelque chose de très ancien. »

Ernest ne dit rien.

« Très bien, Ernest. Devinette : est-ce que tu connais une femme qui t'a aimé inconditionnellement, qui t'a aimé jusqu'à la moindre molécule de ton corps ? Je te donne trois chances.

— Oh non, Paul, tu vas encore me sortir le coup de ma mère ? Je n'ai jamais nié avoir eu une bonne mère. Elle m'a donné un bon coup de main – les deux premières années de ma vie. Elle m'a donné une grande confiance en moi, et c'est sans doute de là que vient ma volonté de tout livrer aux autres. Mais quand j'ai commencé à me débrouiller tout seul, elle a été une moins bonne mère, c'est vrai. Jusqu'à sa mort, elle ne m'a jamais pardonné de l'avoir quittée. Bon, très bien, mais où veux-tu en venir ? Tout ça pour dire que dans ma prime jeunesse j'ai été marqué par ma mère et que, toute ma vie, j'ai passé mon temps à la chercher en d'autres femmes ?

« Soit, poursuivit-il – il connaissait bien son texte, pour avoir déjà eu cette discussion avec Paul à de nombreuses reprises –, je te l'accorde. Mais ce n'est qu'une partie de la vérité ! C'est tellement réducteur de dire que je suis *seulement* un adulte encore à la recherche de la maman qui lui passera toutes ses bêtises. C'est de la foutaise ! Je suis, nous sommes tous bien plus que cela. Ton erreur, qui est aussi celle de toute la communauté psychanalytique, c'est d'oublier qu'il y a une vraie relation qui n'est pas déterminée par le passé, une relation qui existe dans le moment présent, deux âmes qui se rencontrent, plus influencées par l'avenir que par le passé, par le destin qui les attend, par ce qui n'est pas encore…. Par leur camaraderie aussi, par le fait qu'elles se serrent l'une contre l'autre pour affronter les dangers de la vie ! Et c'est cette forme de relation, pure, tolérante, réciproque, équilibrée, qui est rédemptrice et qui nous permet de guérir. »

Paul connaissait trop bien Ernest pour se laisser intimider ou désarçonner par ses envolées lyriques. « Pure ? Pure ? *Une relation pure*, dis-tu ? Mais si elle était pure, cette relation, je ne serais pas là en train de t'emmerder ! Franchement, Ernest, tu es en train de délirer complètement avec cette femme. Avoue-le, enfin !

— Une étreinte amicale à la fin de chaque séance : voilà. Et tout est sous contrôle. Oui, j'ai des fantasmes. Je l'ai admis. Mais ils restent cantonnés dans le monde des fantasmes.

— Je parie que tes fantasmes et les siens dansent un menuet moite dans le monde des fantasmes. Mais jure-le-moi, Ernest : il n'y a pas eu d'autres attouchements ? Quand tu t'assieds près d'elle sur le divan ? Même un petit baiser de rien du tout ? »

Ernest repensa alors à ses mains caressant les beaux cheveux de Carolyn. Mais il savait pertinemment que le geste serait mal interprété par Paul, qu'il y verrait quelque chose de trivial, voire de vulgaire. « Non, c'est tout. Pas d'autre contact. Crois-moi, Paul, je fais du bon travail thérapeutique avec cette femme. J'ai la situation bien en main.

— Encore une fois, si j'en étais convaincu, je ne serais pas là à te poser ces questions. Il y a quelque chose avec cette femme que je n'arrive pas à comprendre : pourquoi est-ce qu'elle t'allume en permanence, séance après séance, même lorsque tu as bien – ou que tu penses avoir – marqué les limites à ne pas franchir ? Je sais, tu as un physique absolument irrésistible... Qui ne succomberait pas à tes jolies petites fesses ? Mais je crois qu'il y a encore autre chose : je suis persuadé que tu l'encourages sans t'en rendre compte... Tu veux mon avis, Ernest ? Laisse tout tomber. Et tout de suite ! Envoie-la chez une psy et pendant que tu y es, oublie ton expérience d'ouverture personnelle ! Ou alors limite-la à tes patients masculins, du moins pour l'instant. »

Après avoir raccroché, Ernest fit les cent pas dans son bureau. Il disait toujours la vérité à Paul, et le petit écart exceptionnel qu'il venait de faire l'attristait. Pour se changer les idées, il s'occupa de son courrier. Afin de renouveler son assurance contre les fautes professionnelles, il devait en effet remplir un questionnaire truffé de questions sur ses rapports avec ses patients. Les questions étaient pour le moins directes. Avait-il déjà touché des patients ? Si oui, comment ? De quel sexe ? Combien de temps ? Quelle partie du corps du patient avait-il touchée ? Avait-il déjà touché leurs seins, leurs fesses ou d'autres parties génitales ? Ernest faillit mettre le document en morceaux. Mais il n'osa pas.

Personne, en cette époque du tout-juridique triomphant, n'osait plus mener une thérapie sans prendre une assurance contre les fautes professionnelles. Il reprit donc le formulaire et cocha « oui » à la question : « Touchez-vous vos patients ? » À celle qui disait : « Comment ? », il répondit : « Je ne fais que leur serrer la main. » Pour toutes les autres questions, il cocha la case « non ».

Puis il ouvrit le dossier de Carolyn afin de préparer la séance à venir. Il repensa brièvement à sa conversation avec Paul. « L'envoyer chez une psychothérapeute ? se demanda-t-il. Elle ne voudra jamais. Laisser tomber mon expérience ? Pourquoi donc ? Elle est en cours. Cesser d'être honnête avec mes patients ? Jamais de la vie ! La vérité m'a mis dans ce pétrin, la vérité m'en sortira. »

Chapitre 20

Avant de fermer la porte de son bureau à clé en ce vendredi après-midi, Marshal jeta un dernier coup d'œil aux objets qu'il aimait. Tout était à sa place : l'armoire en palissandre bien cirée qui contenait les verres à sherry torsadés, les sculptures en verre et la Roue dorée du temps. Et pourtant… Rien ne pouvait alléger son cœur, rien n'était en mesure de lui dénouer la gorge.

En refermant la porte, il s'arrêta un instant et tenta de comprendre son inquiétude. Celle-ci n'était pas uniquement liée à son rendez-vous avec Shelly chez Avocado Joe's, dans trois heures, bien que la chose fût particulièrement angoissante. Non, il y avait encore autre chose : Adriana. Au début de la semaine, une fois de plus, elle ne s'était pas présentée au rendez-vous, sans même prendre la peine d'annuler par téléphone. Marshal était déconcerté. Décidément, quelque chose clochait : une femme de son rang et de sa classe ne pouvait pas se comporter de la sorte. Marshal déduisit encore deux cents dollars de la somme que lui avait remise Peter, mais cette fois-ci sans la moindre hésitation. Il avait immédiatement laissé un message sur le répondeur d'Adriana, lui demandant de le contacter dès que possible.

Peut-être avait-il commis une erreur tactique en l'acceptant comme patiente, même pour une thérapie courte. Émettant peut-être plus de réserves sur son couple que ce qu'elle avait dévoilé à Peter, elle n'osait sans doute pas aborder le sujet. Après tout, Marshal était l'ex-thérapeute de Peter, il avait été payé par Peter, et il faisait maintenant des affaires avec Peter. Oui, plus il y pensait, plus il se disait qu'il avait commis une erreur de jugement. « C'est bien le problème, se dit-il, quand on transgresse les limites… La pente savonneuse : chaque glissade en entraîne une autre. »

Trois jours s'étaient écoulés depuis son coup de fil à Adriana, et toujours pas de réponse. Ce n'était pas son genre de rappeler ses patients, mais, n'y tenant plus, Marshal rouvrit la porte, retourna dans son bureau et composa de nouveau le numéro d'Adriana. Cette fois, une voix lui dit que la ligne avait été débranchée. L'employée des télécoms ne pouvait lui donner aucune autre information.

Dans sa voiture, sur le chemin du retour, Marshal trouva à cette soudaine disparition deux explications diamétralement opposées. Soit Adriana et Peter, éventuellement après une provocation du père, avaient eu une violente dispute et elle avait décidé de ne plus rien avoir à faire avec un psy lié à Peter. Soit Adriana en avait eu marre de son père et avait pris le premier avion pour retrouver Peter à Zurich – lors de la dernière séance avec Marshal, elle avait laissé entendre à quel point sa vie serait difficile sans Peter.

Mais, quelle que fût l'hypothèse retenue, aucune n'expliquait le fait qu'Adriana ne l'ait pas appelé. Plus Marshal y pensait, plus il était convaincu qu'un très grave événement s'était produit. La maladie ? La mort ? Un suicide ? Il n'y avait qu'une chose à faire : appeler Peter à Zurich ! Il jeta un coup d'œil à sa Rolex, exacte au millième de seconde près. Il était dix-huit heures. Donc trois heures du matin à Zurich. Il devait patienter jusqu'à son rendez-vous avec Shelly avant d'appeler Peter sur les coups de minuit – neuf heures du matin, heure suisse.

En ouvrant la porte de son garage pour y garer sa voiture, Marshal remarqua que celle de Shirley n'était pas là. Absente pour la soirée. Comme d'habitude… C'était devenu tellement fréquent qu'il avait définitivement renoncé à savoir ce qu'elle faisait : travaillait-elle encore à la clinique, suivait-elle un de ses derniers cours de psychologie clinique, enseignait-elle l'ikebana, participait-elle à un concours ou était-elle en train de méditer en position assise dans un centre zen ?

Il ouvrit la porte du réfrigérateur. Vide. Shirley ne cuisinait toujours pas. Comme d'habitude, elle lui avait laissé sur la table une nouvelle composition florale. Sous le vase, une note indiquait qu'elle serait de retour avant dix heures. Marshal jeta un rapide coup d'œil aux fleurs : trois arums, deux blancs, un jaune safran. Leurs longues et belles tiges étaient enlacées et séparées par une épaisse touffe de baies pourpres surgie du troisième lys, qui semblait vouloir s'éloigner autant que possible de ses congénères, et penchait dangereusement au-dessus du rebord du vase en céramique bleu lavande craquelée.

Pourquoi lui avait-elle laissé cette composition florale ? Un instant, un très court instant, Marshal se rappela que Shirley, ces derniers temps, avait beaucoup utilisé les arums blancs et jaune safran. Un peu comme si elle voulait lui envoyer un message. Mais il écarta rapidement cette pensée. Il était outré de la voir perdre son temps à des choses aussi absurdes, au lieu de le consacrer à des activités nettement plus constructives. Comme préparer le dîner, par exemple. Recoudre ses boutons de chemise. Finir sa thèse, qui, pour farfelue qu'elle soit, devait être achevée afin que Shirley puisse recevoir des patients. Elle était très douée, pensa Marshal, pour exiger l'égalité des droits, mais tout aussi douée pour gaspiller son temps et, tant que son mari était là pour payer les factures, elle était ravie de repousser toujours plus loin le jour de son entrée dans le monde des adultes, le monde du travail rémunéré.

Lui, en tout cas, savait quoi faire de son temps. Écartant la composition florale, il ouvrit son numéro de l'*Examiner*, celui de l'après-midi, et calcula ses profits boursiers du jour. Puis, encore tendu et agité, il décida de faire un peu d'exercice. Prenant son sac de sport, il se dirigea vers le YMCA. Il mangerait plus tard, au restaurant d'Avocado Joe's.

Shelly siffla « Dadi lada da » tout au long du trajet qui le menait chez Avocado Joe's. Sa semaine avait été un véritable feu d'artifice. En jouant le meilleur tennis de sa vie, il avait emmené Willy jusqu'à la victoire dans le double messieurs vétérans de Californie, ce qui leur ouvrait la porte du tournoi national. Mais il y avait autre chose. Bien plus que cela.

Emporté par une vague d'euphorie, Willy lui avait fait une offre qui réglait d'un coup d'un seul tous ses problèmes. Les deux hommes avaient décidé de rester en Californie du Sud un jour de plus, histoire d'assister aux courses de chevaux à Hollywood Park – Willy possédait un cheval de deux ans, Omaha, qui courait dans la course principale, le Hollywood Juvenile Derby. Willy était fier d'Omaha, autant que de son jockey ; il avait déjà misé une belle somme et insisté pour que Shelly en fasse autant. Willy paria en premier, tandis que Shelly traînait dans le pavillon du club, cherchant un autre cheval sur lequel faire un second pari. Lorsque Willy le retrouva, Shelly partit parier. Néanmoins, après avoir observé les chevaux au paddock, admiré l'arrière-train noir et musculeux d'Omaha et noté que le favori de la course transpirait énormément, Willy se précipita soudain vers le guichet des paris. Il venait juste de rejouer cinq mille dollars lorsqu'il aperçut Shelly qui pariait au guichet à vingt dollars.

« Qu'est-ce qui se passe, Shelly ? Ça fait dix ans qu'on va aux courses et je ne t'ai jamais vu jouer ailleurs qu'au guichet à cent dollars. Et pendant que je mise sur ce sacré putain de cheval, toi tu fais le petit bras au guichet à vingt dollars ?

— Eh bien… » Shelly rougit. « Je suis obligé de me restreindre… Tu sais… Pour le bien de mon couple. On se serre un peu la ceinture. Le marché de l'emploi va mal, beaucoup de propositions, mais j'attends le boulot qui me convient. Pas pour l'argent, mais juste histoire de me dire que je fais quelque chose qui me plaît. Honnêtement, Willy, c'est à cause de Norma, qui est énervée, *très énervée*, de me voir jouer alors que c'est elle qui ramène l'argent à la maison. On s'est méchamment engueulés la semaine dernière. Tu sais, avant c'était moi qui faisais vivre la famille, elle considérait toujours que son gros salaire, c'était *son* argent. Tu connais les nanas, elles râlent et elles se plaignent de ne pas avoir de liberté, mais une fois que ça marche pour elles, alors là, plus rien ! »

Willy se frappa le front. « Ah, c'est pour *ça* que tu n'es pas venu aux deux dernières parties ! Merde, Shelly, il faut vraiment que je sois complètement aveugle pour ne pas m'en être rendu compte ! Attends, deux secondes, voilà, ça y est, ils sont partis ! Regarde Omaha, regarde ce putain de canasson voler ! Numéro cinq, McCarron, casaque et toque jaunes. Tu vas voir, il va rester avec le peloton sur l'extérieur jusqu'aux trois quarts de la course, et tout à coup il va mettre le turbo. Regarde, ils y arrivent. C'est parti, Omaha commence à accélérer. Regarde-moi cette foulée, nom de Dieu ! Il touche à peine le sol... Tu as déjà vu un cheval courir comme ça ? On dirait que le deuxième court à reculons. Je te dis, Shelly, ce cheval est à bloc, il pourrait courir comme ça encore deux kilomètres. »

Après la course – Omaha rapportait huit quatre-vingts contre un –, lorsque Willy revint des festivités données à l'entourage du gagnant, Shelly et lui passèrent au bar du club et commandèrent des bières chinoises.

« Depuis quand est-ce que tu es au chômage, Shelly ?

— Ça fait six mois.

— Six mois ! Aïe, c'est épouvantable. Écoute, j'avais déjà l'intention de discuter un jour avec toi. On n'a qu'à dire que ce jour, c'est aujourd'hui. Tu es au courant du grand projet que j'ai à Walnut Creek ? Eh bien, ça fait deux ans qu'on essaye d'obtenir du conseil municipal le permis pour transformer les quatre cents unités d'habitation en copropriété, et on y est presque. Toutes mes sources privées – et je peux te dire que j'en balance, de l'argent – me disent qu'on aura l'autorisation dans un mois. La prochaine étape, c'est d'obtenir l'accord des résidents… Bien sûr, on doit leur proposer des prix très intéressants. Après quoi, on pourra commencer les travaux de reconversion.

— Et ?

— Et… voilà l'idée : j'ai besoin d'un directeur des ventes. Je sais que tu n'as jamais bossé dans l'immobilier, mais je sais aussi que tu es un excellent commercial. Quand tu m'as vendu un yacht à un million de dollars, il y a quelques années, tu t'y es tellement bien pris que je suis parti en étant persuadé que tu m'avais fait une fleur. En plus, tu apprends vite et tu inspires un sentiment que personne ne peut imiter : la confiance. Une confiance totale. Je te fais confiance à mille pour cent. Ça fait quinze ans que je joue au poker avec toi, et tu te souviens de cette connerie qu'on répète à chaque fois, que même si les routes étaient bloquées à cause d'un tremblement de terre, on continuerait de jouer par téléphone ? »

Shelly acquiesça.

« Eh bien, tu sais quoi ? C'est tout sauf une connerie ! J'en suis persuadé, on est sans doute les seuls joueurs de poker à être capables de faire ça ! Parce que je vous fais confiance, à toi comme aux autres gars, les yeux fermés. Alors je te demande de travailler pour moi, Shelly. En plus, on va passer tellement d'heures sur les courts, toi et moi, à nous entraîner pour le championnat national, que tu te ferais virer de n'importe quel autre boulot ! »

Shelly accepta de travailler pour Willy. Pour un salaire équivalant à celui qu'il gagnait dans son dernier emploi, soit soixante mille dollars. Sans compter les commissions. Mais ce n'était pas tout. Car Willy voulait préserver leurs parties de poker et s'assurer que Shelly continuerait de jouer.

« Tu sais, le yacht à un million ? J'y ai passé de bons moments, mais qui ne valent pas un million de dollars. Rien à voir avec les parties de poker. Sans comparaison. Si je devais abandonner l'un des deux, le yacht ou le poker, je largue le bateau sans hésiter une seule seconde. Je veux que nos parties continuent, encore et encore, comme elles l'ont toujours fait. Et tu veux savoir ? Les deux dernières parties sans toi, ce n'était plus la même chose. C'est Dillon qui t'a remplacé. Il est très tendu, il serre les cartes si fort que les dames pleurent. Neuf fois sur dix, il passe sans même attendre le flop. Une sale soirée, tout ça manquait de vie. Il suffit qu'un gars comme toi ne soit pas là, et toute la magie disparaît ! Dis-moi franchement, Shelly, et je te jure que ça reste entre nous : de combien as-tu besoin pour jouer ? »

Shelly lui expliqua qu'il avait tenu quinze ans avec quarante mille dollars, jusqu'à cette fameuse malédiction sur ses cartes. Willy proposa immédiatement de lui prêter de nouveau quarante mille dollars : un prêt à dix ans sans intérêt, renouvelable, dont Norma ne connaîtrait pas l'existence.

Shelly hésitait.

« Appelons ça, insista Willy, une prime à la signature.

— Euh... » grogna Shelly.

Mais Willy avait compris et chercha tout de suite un autre moyen de lui prêter cet argent sans mettre en péril leur amitié.

« Attends, j'ai une meilleure idée, Shelly. On n'a qu'à déduire dix mille dollars de ton salaire, le salaire dont Norma connaîtra l'existence, ensuite je te fais une avance de quarante mille, planquée sur un compte *offshore* aux Bahamas, et on sera quittes dans quatre ans. De toute façon, tes commissions compenseront la diminution de salaire. »

C'est ainsi que Shelly obtint sa mise de départ. Et un travail. Et un passeport pour jouer au poker jusqu'à la fin de ses jours. Même Norma ne pourrait plus nier les avantages professionnels qu'offraient ses parties de poker. « Quelle journée, pensa Shelly après leur discussion, alors qu'il faisait la queue pour ramasser son ticket gagnant à vingt dollars. Une journée presque parfaite. Seul point noir : si seulement, si seulement cette conversation avait eu lieu la semaine dernière ! Ou même hier... Ce matin ! Je serais en train de faire la queue avec une poignée de tickets à cent dollars ! Huit quatre-vingts contre un ! Bon Dieu, quel cheval ! »

C'est avec quelques minutes d'avance que Marshal arriva chez Avocado Joe's, un vaste casino éclairé par des néons criards. Juste derrière l'entrée principale trônait une Mazda Miata décapotable d'un rouge flamboyant : un prix, lui expliqua le portier, qui devait être remis le mois suivant. Après avoir avancé de dix ou quinze pas dans l'épaisse fumée des cigarettes, Marshal jeta un rapide coup d'œil autour de lui, puis revint immédiatement sur ses pas afin de retourner à sa voiture. Il était beaucoup trop habillé, et la dernière chose qu'il désirait était de se faire remarquer. Chez Avocado Joe's, le joueur le mieux habillé portait un blouson des San Francisco Forty-niners.

Il se nettoya les poumons en humant profondément l'air, puis il gara sa voiture dans un coin un peu reculé du parking. Après s'être assuré que personne ne le regardait, il grimpa sur la banquette arrière, ôta sa cravate et sa chemise blanche, ouvrit son sac de sport et enfila son haut de survêtement. Mais avec ses chaussures noires vernies et son pantalon de toile bleu marine, ce n'était pas encore ça. Il attirerait moins l'attention en ne portant que des affaires de sport. Aussi chaussa-t-il ses baskets et enfila-t-il, non sans peine, son bas de survêtement, cachant son visage aux deux femmes qui, s'étant garées à côté de lui, se mirent à le siffler.

Marshal attendit qu'elles soient parties, respira un grand coup et pénétra de nouveau dans la salle enfumée. Le hall principal, immense, était divisé en deux salles de jeu, l'une consacrée au poker occidental, l'autre aux jeux d'argent asiatiques. Dans la première salle se trouvaient quinze tables en forme de fer à cheval tapissées de feutre vert, chacune éclairée par une lampe imitation Tiffany, entourée de dix sièges pour les joueurs et d'un siège central pour le croupier. Des distributeurs de Coca-Cola étaient disposés dans trois coins de la pièce, le quatrième étant occupé par une grosse machine pleine de poupées et de peluches bon marché. Pour un dollar, vous pouviez avoir l'immense privilège de manœuvrer deux pinces et d'essayer d'attraper l'un des prix. Marshal n'avait pas revu ce genre d'appareils depuis l'époque où, tout gamin, il se baladait le long du bord de mer, à Atlantic City.

À toutes les tables, le même jeu : le Texas Hold 'Em. La seule différence entre elles tenait au montant des enchères autorisé. Marshal se dirigea vers une table à cinq ou dix dollars. Se postant derrière l'un des joueurs, il observa la partie. Il avait lu suffisamment de pages du livre que lui avait prêté Shelly pour comprendre les rudiments du poker. Chaque joueur disposait de deux cartes cachées. Puis cinq cartes communes étaient distribuées, ouvertes, les trois premières en même temps (« le flop »), les deux suivantes une par une (« le tournant » et « la rivière »).

Les sommes en jeu étaient considérables. Marshal était sur le point de s'approcher de la table lorsque Dusty, le chef de table aux cheveux blond-roux, un sosie d'Alan Ladd qui fumait un cigarillo et qui n'avait de leçons de confiance en soi à recevoir de personne, déboula devant lui d'un air décidé et le toisa de la tête aux pieds avant de s'attarder longuement sur ses baskets.

« Dis-donc, l'ami, dit-il, qu'est-ce que tu fais là ? Tu viens en touriste ?

— Je regarde, simplement, en attendant mon ami avec qui je dois jouer.

— Tu regardes ? Mais tu rigoles ou quoi ? Tu crois que tu peux te poser comme ça et regarder ? Tu ne te demandes pas ce que les joueurs peuvent en penser ? Tu vois, ici, on est soucieux du confort des gens ! Comment tu t'appelles ?

— Marshal.

— Très bien, Marshal. Quand tu seras prêt, tu viendras me voir et je mettrai ton nom sur la liste d'attente. Toutes les tables sont prises, pour l'instant. »

Dusty s'éloigna de quelques pas avant de se retourner, tout sourire : « Bon, content de t'avoir parmi nous, chef. Vraiment, bienvenue chez Avocado Joe's. En attendant ta partie, si tu veux faire quelque chose, n'importe quoi... Eh bien, *ne le fais pas*. Viens d'abord me voir. Si tu veux regarder, retourne là-bas. » Il lui indiqua le hall, derrière un mur de verre. « Ou alors va voir dans la salle asiatique : il se passe plein de choses et tu as de quoi te rincer l'œil. »

En s'éloignant, Marshal entendit Dusty dire à l'un des croupiers qui s'apprêtait à prendre sa pause : « Il veut regarder ! Tu te rends compte ? Pourquoi pas des photos, pendant qu'on y est ! »

Tout penaud, Marshal retourna discrètement dans le hall et observa la scène. Au centre de chaque table, faite pour dix joueurs, était assis le croupier, vêtu de l'uniforme local : pantalon noir et gilet fleuri. Toutes les deux ou trois minutes, Marshal voyait le gagnant de chaque partie remettre au croupier un jeton que ce dernier faisait claquer sur le tapis avant de le glisser dans la poche intérieure de son gilet. Un rituel, comprit Marshal, qui indiquait au responsable de la salle que le croupier empochait son pourboire, et non l'argent de la maison. Le procédé était archaïque, bien sûr, puisque chaque table faisait l'objet d'une surveillance vidéo. D'ordinaire peu porté sur les sentiments, Marshal fut tout de même séduit par ce reliquat de tradition perdu au beau milieu de ce temple du matérialisme qu'était Avocado Joe's.

Au début de chaque main de Texas Hold 'Em, trois des dix joueurs étaient obligés de miser, chacun son tour. Le croupier divisait la mise en trois parties : la première restait dans le jeu, la deuxième était déposée dans le « tas » de la maison – c'était le « loyer » pour la partie – et la troisième dans le jackpot, attribué, disait une pancarte sur le mur, à quiconque avait une main supérieure à un full aux as par les dix. Le jackpot tournait autour de dix mille dollars, dont la plupart revenaient à la meilleure main et la suivante ; une partie était partagée entre les autres joueurs de la table. Toutes les vingt minutes environ, le croupier faisait une pause et était remplacé par un de ses collègues. Marshal vit des joueurs à qui la chance avait souri remettre quelques jetons supplémentaires au croupier alors qu'il se levait pour prendre sa pause.

Marshal toussait et tentait d'empêcher la fumée de cigarettes de pénétrer dans ses narines. Il y avait quelque ironie à porter une tenue de sport dans un casino qui était un temple dédié à la mauvaise santé. Tout le monde avait l'air mal en point. Les visages étaient jaunâtres, sinistres. Beaucoup des joueurs étaient là depuis dix ou quinze heures déjà. Tous fumaient. Les chairs de plusieurs individus obèses débordaient des barreaux de leurs chaises. Deux serveuses anorexiques zigzaguaient entre les tables en s'éventant avec leurs plateaux ; certains joueurs étaient munis de mini-ventilateurs électriques qui chassaient la fumée ; d'autres engloutissaient de la nourriture tout en jouant – les crevettes à la sauce au homard étaient la spécialité du chef. Le code vestimentaire était à mi-chemin entre le décontracté et le bizarre : un homme avec une barbe blanche hirsute portait des poulaines et un fez rouge ; d'autres étaient affublés de lourdes bottes de cow-boys et de stetsons monstrueux ; quelqu'un était vêtu d'un costume de marin japonais des années 1940 ; beaucoup portaient encore leurs costumes de bureau, et quelques femmes âgées arboraient des robes années 1950, fleuries, proprettes, boutonnées jusqu'au menton.

Partout, on parlait jeu. Impossible d'y échapper. Certains discutaient du loto californien ; Marshal entendit quelqu'un amuser ses auditeurs en décrivant comment le prix El Camino avait été remporté, quelques heures auparavant, par un outsider à quatre-vingt-dix contre un qui avait terminé la course sur trois pattes. Non loin de là, il vit un homme tendre une liasse de billets à sa petite amie en lui disant : « Rappelle-toi, quoi que je fasse, même si je te supplie, si je te menace, si je jure, si je pleure, n'importe quoi, envoie-moi balader, donne-moi un coup de genou dans les couilles, fais-moi une prise de karaté s'il le faut. *Mais ne me donne pas cet argent, sous aucun prétexte !* Il y a là toutes nos vacances aux Antilles. Tire-toi d'ici et rentre en taxi avant moi. » Un autre hurla au responsable de la salle qu'il branche un poste de télévision sur le match de hockey des Sharks. Il y avait en effet une douzaine d'écrans, chacun diffusant un match de basket différent, chacun entouré par des clients qui avaient joué sur le match. Tout le monde pariait sur quelque chose.

Sa Rolex lui indiqua huit heures moins cinq. M. Merriman étant censé arriver d'une minute à l'autre, Marshal décida de l'attendre au restaurant, petite salle enfumée que dominait un grand bar de chêne. Partout, du faux Tiffany : des lampes, des cendriers, des armoires, des placards. Un coin de la salle abritait une table de billard autour de laquelle une grappe de badauds parieurs regardaient une belle partie de billard à huit boules.

La nourriture était à peu près aussi malsaine que l'air. Pas de salades. Marshal parcourut la carte dans tous les sens, en quête du plat le moins toxique. « Hein ? » fut la seule réponse de la serveuse anorexique lorsque Marshal lui demanda s'il était possible d'avoir des légumes à la vapeur. Nouveau « hein ? » lorsqu'il la questionna sur l'huile utilisée pour les crevettes à la sauce au homard. Finalement, il commanda du roast-beef sans sauce, accompagné de tomates en rondelles et de laitue. Il n'avait pas mangé de bœuf depuis des siècles, mais au moins il saurait ce qui se trouvait dans son assiette.

« Bonsoir, doc, comment va ? Salut, Sheila, dit Shelly en entrant dans le restaurant et en envoyant un baiser à la serveuse. Donne-moi la même chose que le doc. Il sait ce qui est bon. Mais n'oublie pas la sauce. » Il se pencha vers la table voisine et serra la main d'un client qui lisait les grilles du tiercé. « Jason, il faut absolument que je te parle d'un cheval. Derby Del Mar dans deux semaines. Mets de côté. Je vais faire de toi un homme riche, toi et tous tes descendants. On en reparle plus tard, je dois parler affaires avec mon ami ici présent. »

Marshal comprit que Shelly était dans son élément. « Vous avez l'air en pleine forme ce soir, monsieur Merriman. Le tournoi de tennis s'est bien passé ?

— Inimaginable. Vous êtes en train de partager votre repas avec une moitié de la paire qui a remporté le championnat de Californie ! Oui, doc, je me sens bien, grâce au tennis, grâce à mes amis, et grâce à vous.

— Donc, monsieur Merriman…

— Non, doc, plus de "monsieur Merriman" entre nous. Je veux du "Shelly" et du "Marshal", d'accord ?

— D'accord, Shelly. On y va ? Vous deviez me briefer sur mes obligations. Je dois vous dire que j'ai des rendez-vous très tôt demain matin, et que je ne vais donc pas rentrer à des heures indues. Je vous rappelle notre pacte : entre deux heures et deux heures et demie, soit cent cinquante minutes, après quoi je m'en vais.

— Pigé. Allons-y. »

Marshal hocha la tête. Il découpa les moindres bouts de gras de son roast-beef, et en fit un sandwich qu'il couvrit de tranches de tomate, de feuilles de laitue toutes flétries et de ketchup, avant de l'ingurgiter pendant que Shelly dessinait les grandes lignes de la soirée.

« Vous avez lu le petit bouquin que je vous ai passé sur le Texas Hold 'Em ? »

Marshal hocha de nouveau la tête.

« Bien. Vous en savez assez pour vous débrouiller. En gros, ce que je veux, c'est que vous soyez suffisamment à l'aise pour ne pas vous faire remarquer. Je ne veux pas que vous vous concentriez sur vos propres cartes, et je ne veux pas que vous jouiez : vous devez me regarder. Bon, il y a une table à vingt et quarante dollars qui se libère dans pas longtemps. Voilà comment ça marche. La mise se fait par rotation : à chaque partie, trois joueurs doivent mettre de l'argent. Le premier met cinq dollars – c'est la commission de la maison pour payer la table et le croupier. Le deuxième, qu'on appelle la "petite blind", mise vingt dollars. Son voisin, la "grosse blind", balance dix dollars. *Capisci ?*

— Cela veut-il dire que le joueur qui met vingt dollars peut voir le flop sans miser plus d'argent ?

— Exact. Sauf s'il y a relance. Dans ce cas, vous avez payé pour le flop et vous pouvez le voir une fois par tour. Il y aura sans doute neuf joueurs ; donc ça fera une fois sur neuf. Les huit autres fois, vous passez : *ne suivez jamais la première enchère*. Je vous le répète, doc : *ne le faites pas*. Ça veut dire qu'à chaque tour vous devrez miser trois fois, pour un total de trente-cinq dollars. La série des neuf parties doit durer environ vingt-cinq minutes. Vous perdrez donc soixante-dix dollars par heure, grand maximum. À moins que vous agissiez de façon stupide en essayant de jouer une main.

« Vous voulez partir dans deux heures ? poursuivit Shelly tandis que la serveuse lui apportait son roast-beef nappé de sauce graisseuse. Écoutez, on joue pendant une heure et demie, une heure quarante, et ensuite on discute une demi-heure. J'ai décidé de couvrir toutes vos pertes – j'ai envie d'être généreux, aujourd'hui… Alors tenez, je vous donne cent dollars. » Il sortit un gros billet de son portefeuille.

Marshal prit le billet. « Voyons voir… Cent dollars… Est-ce la somme nécessaire ? » Il sortit un stylo et griffonna quelque chose sur la nappe en papier. « Trente-cinq dollars toutes les vingt-cinq minutes, et vous voulez jouer pendant cent minutes… On arrive plutôt à cent quarante dollars, non ?

— Très bien, très bien. Je vous en donne quarante de plus. Et puis, tenez, encore deux cents dollars, je vous les prête pour la soirée. Mieux vaut commencer par trois cents dollars de jetons : ça en jette plus, et on ne vous regardera pas comme le plouc du coin. Vous les encaisserez au moment de partir. »

Shelly poursuivit, tout en engloutissant son roast-beef et son pain dégoulinant de sauce. « Maintenant

écoutez-moi bien, doc. Si vous perdez plus de cent quarante dollars, vous vous débrouillez tout seul. Parce que
la *seule* manière pour que ça se produise, c'est que vous
jouiez vos cartes. Je ne vous le conseille vraiment pas :
ces types savent jouer. Ils sont là trois ou quatre fois par
semaine. Pour la plupart, c'est leur gagne-pain. En plus,
si vous jouez vos cartes, vous ne pourrez pas regarder ce
que je fais. Et c'est l'objectif de cette soirée. Compris ?

— Dans votre livre, répondit Marshal, il est dit qu'il
existe certaines mains qui devraient suivre le flop à
chaque fois : des paires fortes, un as et un roi de la
même couleur.

— Ah non, je vous en supplie… Pas sur mon temps
de jeu, docteur. Après mon départ, vous faites ce que
vous voulez. Mais pas avant…

— Pourquoi sur *votre* temps ?

— Mais parce que je paye vos mises pour voir toutes
ces cartes. Et par ailleurs, je vous rappelle qu'il s'agit
d'une séance de thérapie officielle, même si c'est la dernière. »

Marshal acquiesça. « Si vous le dites…

— Attendez, doc, je vous vois venir. Qui mieux que
moi sait à quel point il est difficile de jeter une bonne
main ? Ce serait une punition à la fois cruelle et injuste.
Coupons la poire en deux. Chaque fois que vos deux
premières cartes sont une paire d'as, de rois ou de
dames, vous suivez l'enchère pour voir le flop. Si le flop
n'améliore pas votre main, c'est-à-dire si vous n'obtenez
pas un brelan ou deux paires, *à ce moment-là* vous
passez : vous ne misez pas à nouveau. Dans ce cas, bien
sûr, nous partageons les gains moitié-moitié.

— Moitié-moitié ? demanda Marshal. Est-ce que des
joueurs jouant à la même table ont le droit de se

partager les gains ? Et sur les pertes que je subis, moitié-moitié aussi ?

— Bon, d'accord. Je serai grand prince, ce soir : vous empochez tous les gains mais vous promettez de ne jouer que les paires d'as, de rois et de dames. Vous passez sur toutes les autres mains. Même un as et un roi de la même couleur ! Si vous faites n'importe quoi d'autre, vous perdez tout, et à vos frais. Marché conclu ?

— Marché conclu.

— Abordons maintenant le sujet principal, la raison de votre présence ici. Je veux que vous me regardiez quand je fais une enchère. Je vais beaucoup bluffer ce soir, donc essayez de voir si je dévoile quoi que ce soit… Vous savez, le genre de choses que vous avez pu remarquer au bureau : mes pieds qui bougent, par exemple… »

Quelques minutes plus tard, Marshal et Shelly entendirent leurs noms dans le haut-parleur : ils devaient rejoindre la table à vingt et quarante dollars. On les accueillit poliment. Shelly salua le croupier : « Ça roule, Al ? Tiens, donne-moi pour cinq cents dollars de ces petites choses rondes, et prends bien soin de mon ami ici présent. C'est un débutant. J'essaye de le corrompre, et j'aurai besoin de ton aide… »

Marshal acheta pour trois cents dollars de jetons : à cinq dollars – rouges – et à vingt dollars – rayés bleu et blanc. Dès le second tour, Marshal était la « blind » ; il devait donc miser vingt dollars sur les deux cartes cachées et voir le flop : trois petits piques. Ayant en main deux piques – un deux et un sept –, il avait une couleur de cinq cartes. La carte suivante, le tournant, était encore un petit pique. Marshal, étourdi par sa couleur, viola les consignes de Shelly et joua toute la partie, suivant par deux fois des enchères à quarante dollars. À la fin de la partie, les joueurs retournèrent leurs cartes. Marshal montra son deux et son sept de pique, et proclama fièrement : « Couleur. » Mais trois autres joueurs avaient des couleurs plus fortes.

Shelly se pencha vers lui pour lui dire doucement : « Marshal, quatre piques dans le flop. Ça veut dire que *tout joueur* qui a ne serait-ce qu'un pique a une couleur. Vos six piques ne valent pas plus que cinq piques chez un autre, et votre sept de pique va se faire battre par un pique plus fort. Pourquoi croyez-vous que les autres joueurs ont surenchéri ? Posez-vous toujours cette question. Ils ont *forcément* des couleurs ! À ce rythme, mon vieux, vous allez perdre environ neuf cents dollars à l'heure, sur *votre* – il insista sur ce "votre" – argent durement gagné. »

Entendant cette discussion, l'un des joueurs qui avait compté ses jetons, un grand Noir portant un borsalino et une Rolex au poignet, dit : « Mec, j'étais parti pour encaisser mon fric et me barrer. Dormir un peu. Mais ce mec mise avec une couleur au sept ?… Je vais peut-être rester encore un peu. »

Marshal piqua un fard. Le croupier lui dit, comme pour le rassurer : « Ne vous laissez pas faire, Marshal. J'ai l'impression que vous allez vous y faire très vite. Et alors là, vous allez faire mal. » Comme allait l'apprendre Marshal ce soir-là, un bon croupier était toujours un thérapeute de groupe manqué, et on pouvait toujours compter sur lui pour consoler et soutenir les joueurs : une table calme signifiait de plus gros pourboires.

Après cette main, Marshal joua défensivement et passa tous les tours. On entendit fuser quelques moqueries bon enfant sur son jeu conservateur, mais Shelly et le croupier le défendirent et implorèrent la patience des autres, en attendant qu'il comprenne le truc. Puis, une demi-heure plus tard, Marshal toucha une paire d'as ; le flop lui donna un as et une paire de deux : un full aux as. Même s'il ne fut pas suivi par beaucoup de joueurs, il empocha un pot à deux cent cinquante dollars. Le reste du temps, il observa Shelly comme un rapace, griffonnant de temps en temps quelques notes sur un carnet. Personne ne semblait s'en préoccuper, à l'exception d'une petite femme asiatique, presque entièrement cachée derrière d'immenses piles de jetons. Elle se leva, se pencha au-dessus d'une pile de jetons noir et blanc à vingt dollars et, désignant le carnet de Marshal, le taquina en ces termes : « N'oubliez pas qu'une grosse quinte est plus forte qu'un tout petit full ! Hihihi ! »

Shelly était de loin le plus gros parieur de la table. Il avait l'air de savoir ce qu'il faisait. Pourtant, lorsqu'il avait en main un jeu gagnant, peu de joueurs le suivaient. Et quand il bluffait, même avec la meilleure position sur la table, il se trouvait toujours un ou deux joueurs pour le suivre et le battre. Si quelqu'un d'autre misait sur une main imbattable, Shelly le suivait bêtement. Bien qu'il ait de meilleures cartes que les autres, son tas de jetons ne faisait que diminuer, et, à la fin des quatre-vingt-dix minutes, il avait perdu ses cinq cents dollars. Marshal n'eut pas grand mal à comprendre pourquoi.

Shelly se leva, jeta au croupier les quelques jetons qui lui restaient en guise de pourboire et se dirigea vers le restaurant. Marshal, quant à lui, encaissa ses jetons, ne laissa aucun pourboire et suivit Shelly.

« Vous avez remarqué quelque chose, doc ? Des signes qui m'auraient trahi ?

— Shelly, vous savez que je suis un amateur, mais je crois que la seule façon de leur en dire plus sur votre jeu serait d'utiliser un sémaphore.

— Un quoi ?

— Vous savez, la communication par drapeaux, entre les bateaux.

— Ah oui… C'était donc si terrible que ça ? »

Marshal acquiesça.

« Vous avez des exemples ? Précis ?

— Pour commencer, vous vous rappelez les très bonnes mains que vous avez eues ; j'en ai compté six : quatre fulls, une quinte, et une couleur ? »

Shelly eut un sourire mélancolique, comme s'il se rappelait d'anciennes amours. « Oui… Je me souviens de chacune d'elles. C'était beau, quand même.

— Eh bien, reprit Marshal, j'ai remarqué que tous ceux à la table qui avaient de bonnes mains gagnaient toujours plus d'argent que vous avec des mains comparables. Beaucoup plus d'argent, au moins deux ou trois fois plus que vous ! En fait, je ne devrais même pas parler de "bonnes mains" dans votre cas, mais plutôt de mains correctes, parce qu'avec aucune d'elles vous n'avez gagné gros.

— Ce qui veut dire ?

— Ce qui veut dire qu'à chaque fois que vous avez eu de belles cartes en main, tout le monde était au courant.

— Quels signes j'ai donnés ?

— J'aimerais d'abord vous exposer toutes mes observations. J'ai le sentiment que lorsque vous avez de bonnes cartes, vous les broyez.

— Je les broie ?

— Oui… Vous les gardez comme si vous teniez Fort Knox entre les mains. Vous les serrez tellement fort ! Autre chose : quand vous avez un full, vous n'arrêtez pas de regarder vos jetons avant de miser. Quoi d'autre encore… » Marshal compulsa ses notes. « Ah oui ! Chaque fois que vous avez un bon jeu, vous regardez ailleurs, au loin, comme pour essayer de voir un des matches de basket à la télévision – pour faire croire, j'imagine, que la partie ne vous intéresse pas. Mais si vous bluffez, vous regardez chaque joueur droit dans les yeux, comme pour lui faire baisser le regard, l'intimider et le dissuader d'enchérir.

— Vous voulez rire, doc ? Je fais ça ? Je n'arrive pas à y croire. Je connais tous ces trucs, ils sont dans le *Livre des signes de Mike Caro*. Mais je ne savais pas que je faisais la même chose. » Shelly se leva alors et prit Marshal dans ses bras. « Voilà ce que j'appelle de la thérapie, doc ! J'ai hâte de rejouer. Je vais inverser tous mes signes, ces plaisantins ne vont rien comprendre à ce qui leur arrive.

— Attendez ! Ce n'est pas fini. Vous êtes prêt ?

— Bien sûr. Mais vite, alors. Je veux absolument jouer la prochaine partie. Attendez, je vais même réserver. » Sur ce, Shelly alla voir Dusty, le chef de table, lui donna une tape sur l'épaule en murmurant quelques mots à son oreille et lui glissa un billet de dix dollars. De retour avec Marshal, Shelly était tout ouïe :

« Je vous écoute.

— Deux choses. Si vous regardez vos jetons, faites un rapide calcul et allez-y : vous avez un bon jeu. Je crois que je vous l'ai déjà dit. Mais quand vous bluffez, vous ne regardez jamais vos jetons. Enfin, quelque chose d'un peu plus subtil – je ne suis pas très sûr de moi sur ce coup-là…

— N'hésitez pas. Tout ce que vous me direz, doc, je l'écouterai ! Je vous assure que vous me rendez un immense service.

— Très bien. Je crois que lorsque vous avez un bon jeu, vous posez très doucement votre mise sur la table. Et tout près de vous ; vous ne tendez pas votre bras très loin. Mais quand vous bluffez, vous faites exactement le contraire : vous êtes plus agressif et vous balancez vos jetons en plein milieu de la table. Autre chose encore. Souvent – mais pas toujours –, quand vous bluffez, on dirait que vous regardez sans cesse vos cartes, comme si vous aviez envie qu'elles changent. Pour terminer, vous vous accrochez jusqu'au bout alors que tout le monde, autour de la table, a l'air de savoir que le gars a une main imbattable. Je crois donc que vous jouez trop vos cartes, et ne tenez pas du tout compte de l'adversaire. Voilà, je crois vous avoir tout dit. » Marshal s'apprêtait à arracher sa page de notes.

« Non, non, doc ! Ne l'arrachez pas ! Donnez-la-moi. Je vais l'encadrer… Ou plutôt, non. Je vais la mettre sous plastique et la porter comme un talisman, le symbole de la fortune des Merriman ! Bon, il faut que j'y retourne… » Shelly indiqua du regard la table qu'ils venaient de quitter. « C'est l'occasion de ma vie. Peut-être la dernière fois que je me retrouve avec autant de pigeons autour d'une même table. Ah ! J'allais oublier. Voici la lettre que je vous avais promise. »

Marshal parcourut la lettre.

« À qui de droit,

Je témoigne avoir reçu du Dr Marshal Streider un traitement exceptionnel. Je me considère aujourd'hui parfaitement guéri des effets néfastes induits par mon traitement avec le Dr Pande.

Shelly Merriman »

« Ça vous va ? demanda Shelly.

— C'est parfait. Maintenant, si vous voulez bien la dater. »

Shelly s'exécuta puis, ostensiblement, ajouta une ligne :

« J'abandonne par la présente toute poursuite judiciaire à l'encontre de l'Institut psychanalytique du Golden Gate. »

« Ça vous convient ?

— Je ne pouvais rêver mieux. Merci, monsieur Merriman. Je vous envoie demain la lettre que je vous ai promise.

— Ainsi nous serons quittes. Une main lave l'autre. Vous savez, doc, je suis en train de me dire – c'est une idée en l'air, il faudrait que j'y réfléchisse – que vous avez peut-être une carrière devant vous dans le conseil en poker. Je vous assure que vous êtes excellent. Enfin, c'est mon impression, attendons de voir ce que va donner la prochaine partie. Déjeunons ensemble un de ces quatre, voulez-vous ? Vous pourriez me persuader d'être votre agent, vous savez ? Regardez cet endroit, par exemple : des centaines de perdants avec leurs rêves irréalisables qui crèvent d'envie de s'améliorer. Sans parler des plus grands casinos, Garden City, le Club 101… Ils paieraient n'importe quoi ! Je pourrais vous trouver des clients à la pelle, et en moins de deux… Ou remplir un auditorium pour faire un atelier, deux cents joueurs, cent dollars par tête, vingt mille dollars par jour ! Je prendrais ma commission, bien sûr. Pensez-y. Il faut que j'y aille. Je vous téléphone bientôt. Le destin m'appelle. »

Sur ce, Shelly s'en retourna vers la table de jeu, en fredonnant « Dadi lada da ».

Marshal quitta Avocado Joe's et gagna le parking. Il était vingt-trois heures trente. Dans une demi-heure, il appellerait Peter.

Chapitre 21

Ernest fit un rêve saisissant dans la nuit qui pré-céda sa séance avec Carolyn. Une fois réveillé, il se redressa dans son lit et le nota immédiatement sur une feuille de papier : « Je cours dans un aéroport. Je repère Carolyn parmi une foule de passagers. Je suis heureux de la voir et je me précipite vers elle pour la prendre dans mes bras ; mais elle met son sac à main entre nous, ce qui rend notre étreinte à la fois malaisée et peu satisfaisante. »

Dans la matinée, repensant à ce rêve, Ernest se rap-pela la ligne de conduite qu'il s'était fixée après sa dis-cussion avec Paul : « La vérité m'a mis dans ce pétrin, la vérité m'en sortira. » Il décida de faire quelque chose d'inédit : il confierait son rêve à sa patiente.

Pendant la séance, Carol fut intriguée d'entendre Ernest lui raconter ce rêve. Depuis leur dernière entrevue, elle se demandait si, finalement, elle n'avait pas mal jugé Ernest. Elle avait perdu presque tout espoir de le voir céder à ses avances et tomber dans le piège qu'elle lui tendait. Voilà qu'il lui racontait main-tenant son rêve à propos d'elle. Elle se dit alors qu'il y avait là, peut-être, une piste intéressante à explorer. Mais sans grande conviction : elle sentait bien qu'elle ne maîtrisait plus du tout la situation. Pour un psy,

Ernest était totalement imprévisible ; à chaque séance, il faisait ou disait quelque chose qui la surprenait. Et à chaque séance, il lui montrait un aspect d'elle-même qu'elle n'avait jamais soupçonné.

« Écoutez, Ernest, c'est très curieux, parce que j'ai également rêvé de vous cette nuit. Ce n'est pas ce que Jung appelait la "synchronicité" ?

— Pas tout à fait. Par "synchronicité", Jung entendait la coïncidence de deux phénomènes reliés entre eux, l'un se produisant dans le monde subjectif, et l'autre dans le monde physique, objectif. Il raconte quelque part qu'il travaille sur le rêve d'un de ses patients, dans lequel apparaît un scarabée de l'ancienne Égypte, et qu'au même moment un vrai scarabée se cogne en bourdonnant contre la fenêtre, comme s'il voulait entrer dans la pièce.

« Je n'ai jamais bien compris la signification de ce concept, continua Ernest. Je pense que beaucoup de gens acceptent si mal la contingence de la vie qu'ils se rassurent en croyant à des correspondances cosmiques. Je n'ai jamais été attiré par ces choses-là. L'idée de hasard et d'indifférence de la nature ne m'a jamais dérangé. Pourquoi une simple coïncidence serait-elle un cauchemar ? Pourquoi y voir forcément autre chose qu'une simple coïncidence ?

« Quant à nos rêves croisés, est-ce vraiment une surprise ? Étant donné la fréquence de nos rencontres et la force de notre lien, le contraire eût été surprenant. Désolé de vous parler en ces termes, Carolyn, je dois avoir l'air de faire un cours magistral. Mais les idées telles que la synchronicité de Jung me mettent très mal à l'aise. Je me sens souvent un peu seul dans le *no mans land* qui sépare le dogmatisme freudien du mysticisme jungien.

— Non, ça ne me dérange pas que vous me parliez de tout ça, Ernest. Pour tout vous dire, j'aime bien quand vous m'exposez votre point de vue. Mais vous avez une habitude qui donne à ces mots l'air d'un cours magistral : vous répétez mon nom toutes les deux minutes.

— Je ne m'en rends pas du tout compte.

— Je vous ai froissé ?

— Froissé ? Au contraire, je suis ravi. J'ai l'impression que vous commencez à me prendre au sérieux. »

Carol se pencha en avant et serra la main d'Ernest.

Celui-ci serra la sienne en retour. « Bon, nous avons du travail à faire. Revenons à mon rêve. Pouvez-vous me dire ce que vous en pensez ?

— Ah non, Ernest, c'est *votre* rêve. Qu'en pensez-*vous* ?

— D'accord… Souvent, dans les rêves, la psychothérapie est symbolisée comme une sorte de voyage. Aussi, je crois que l'aéroport représente justement notre thérapie. J'essaye d'être proche de vous, de vous prendre dans mes bras, mais vous mettez un obstacle entre nous : votre sac à main.

— Justement, ce sac à main, que représente-t-il ? C'est bizarre, j'ai l'impression que nous échangeons nos rôles…

— Pas du tout, Carolyn. Rien n'est plus important que l'honnêteté mutuelle. Alors continuons sur cette voie. D'abord, Freud répète souvent que le sac à main symbolise le sexe féminin. Encore une fois, je ne souscris pas tout le temps au dogme freudien, mais j'essaye de ne pas jeter le bébé avec l'eau du bain.

Freud a eu tellement d'intuitions lumineuses qu'il serait absurde de ne pas en tenir compte. Une fois, il y a des années de ça, j'ai participé à une expérience où l'on demandait à des femmes sous hypnose de rêver qu'un homme qu'elles désiraient venait dans leur lit. Mais on leur demandait aussi de ne pas représenter l'acte sexuel dans leur rêve. Un nombre surprenant de ces femmes utilisaient le symbole du sac à main pour le figurer : c'est-à-dire que l'homme s'approchait d'elles et mettait quelque chose dans leur sac à main.

— Donc votre rêve, Ernest, signifie… ?

— Eh bien, je crois qu'il veut dire que nous nous embarquons tous les deux dans la thérapie, mais que vous placez entre vous et moi une barrière sexuelle d'une manière qui nous empêche d'être véritablement intimes. »

Carol demeura silencieuse quelques instants. Puis : « Il y a une autre possibilité. Une interprétation plus simple, plus directe : dans votre for intérieur, vous avez physiquement envie de moi, et notre étreinte est un substitut sexuel. Après tout, dans votre rêve, n'est-ce pas vous qui initiez cette étreinte ?

— Et le sac à main en tant qu'obstacle ?

— Si, comme le dit Freud, un cigare est parfois un cigare, pourquoi l'équivalent ne s'appliquerait-il pas aux femmes ? Un sac à main peut parfois être un sac à main. Un sac qui contient de l'argent.

— Oui, je vois ce que vous voulez dire… Vous pensez que je vous désire comme un homme désire une femme, et que l'argent, donc notre contrat professionnel, est un obstacle. Et que, pour finir, je me sens frustré par cette situation. »

Carol acquiesça. « Oui. Que dites-vous de *cette* interprétation ?

— Elle est indéniablement plus mesurée, et je ne doute pas qu'elle contient une part de vérité. Si nous ne nous étions pas rencontrés en tant que psychothérapeute et patiente, j'aurais aimé vous connaître sur un plan personnel, non professionnel. Nous en avons déjà parlé la dernière fois, je ne vous ai pas caché que je vous trouvais belle et attirante, douée d'une intelligence merveilleusement vive et pénétrante. »

Carol était radieuse. « Je commence à l'aimer de plus en plus, votre rêve.

— Toutefois, reprit Ernest, les rêves sont généralement surdéterminés. Mon rêve illustre deux de mes envies : celle de travailler avec vous en tant que thérapeute, sans que vienne interférer et perturber le désir sexuel, et l'envie de vous connaître en tant que femme, sans que notre contrat professionnel vienne troubler le processus. Voilà le dilemme auquel je suis confronté. »

Ernest s'émerveillait de voir jusqu'où il était allé dans la franchise. Sans retenue, sans faux-fuyant, il disait à sa patiente des choses qu'il n'aurait jamais pu imaginer lui dire quelques semaines plus tôt. Et il avait le sentiment de se tenir à carreau, de ne plus être dans un rapport de séduction avec Carolyn. Il était ouvert, mais aussi responsable et thérapeutiquement efficace.

« Et l'argent, Ernest ? Parfois je vous vois regarder l'heure, et j'ai l'impression d'être un tiroir-caisse pour vous, comme si chaque seconde représentait un dollar.

— L'argent ne compte pas beaucoup pour moi, Carolyn. J'en gagne tellement que je ne sais pas quoi en faire, et d'ailleurs j'y pense rarement. Mais il faut que je fasse attention au temps, Carolyn. C'est la même chose pour vous, quand vous avez un client, et que vous devez respecter un programme. Pourtant, jamais je n'ai désiré que le temps que nous passons ensemble s'écoule rapidement. J'attends toujours nos séances avec impatience, j'aime passer du temps avec vous, et en général je suis triste quand l'heure se termine. »

De nouveau, Carol resta silencieuse. Elle était très embarrassée. Elle se sentait flattée par les propos d'Ernest. Comme c'était ennuyeux qu'il ait l'air de dire la vérité. Comme c'était ennuyeux que, par moments, il ne lui semble pas répugnant.

« Une autre pensée que j'ai eue, Carolyn, portait sur le contenu du sac à main. Naturellement, comme vous le suggérez, on pense d'abord à l'argent. Mais qu'est-ce qui pourrait s'y trouver qui entrave notre intimité ?

— Je ne suis pas sûre de bien comprendre, Ernest.

— Je veux dire que vous ne me voyez peut-être pas tel que je suis vraiment, à cause de certaines idées ou de certains préjugés. Peut-être que vous trimballez avec vous de vieilles idées qui gênent notre relation, comme des séquelles de vos anciennes relations avec d'autres hommes, père, frère, mari... Ou alors des attentes venues d'une autre époque : songez à Ralph Cooke, et au nombre de fois où vous m'avez demandé d'être comme lui, d'être votre amant-psychothérapeute. En un sens, Carolyn, vous êtes en train de me dire : "Ne soyez pas vous-même, Ernest, soyez quelqu'un d'autre, soyez quelqu'un d'autre." »

Carol ne put s'empêcher de penser qu'il avait tapé en plein dans le mille – mais pas pour les raisons qu'il croyait. Elle s'étonnait de constater qu'Ernest, depuis quelque temps, était devenu beaucoup plus intelligent.

« Et votre rêve, Carolyn ? Je crois que j'ai tout dit sur le mien.

— Eh bien, j'ai rêvé que nous étions tous les deux dans un lit, tout habillés, et je crois que nous…

— Carolyn, l'interrompit Ernest, pourriez-vous recommencer et essayer de me décrire votre rêve au présent, comme s'il se déroulait en ce moment. Ça donne souvent plus de vie à l'émotion du rêve.

— Très bien. Vous et moi étions assis…

— Non : vous et moi *sommes* assis. Restez au présent.

— Ah oui… Nous sommes donc assis ou allongés sur le lit, tout habillés, et nous sommes en séance. Je veux que vous vous montriez plus tendre mais vous restez imperturbable et vous gardez vos distances. C'est là qu'un autre homme entre dans la pièce, un homme tout petit, très laid, noir comme de l'encre, et je décide immédiatement de le séduire. J'y parviens très facilement et nous faisons l'amour devant vous, dans le même lit. Pendant ce temps, je me dis qu'à me voir aussi douée sexuellement vous allez vous intéresser davantage à moi, que vous allez vous raviser et me faire l'amour, vous aussi.

— Et que ressentez-vous pendant ce rêve ?

— De la frustration par rapport à vous. Et puis du dégoût envers cet homme qui était une sorte de monstre. Je ne savais pas qui c'était, et je le savais, en même temps… C'était Duvalier.

— Qui ?

— Duvalier. Vous savez, le dictateur haïtien.

— Mais vous avez un lien avec Duvalier ? Il représente quelque chose pour vous ?

— C'est ce qui est curieux : il ne représente strictement rien pour moi. Ça fait des années que je n'ai pas pensé à lui. Je ne comprends pas qu'il me soit venu à l'esprit.

— Faites un peu d'association libre à partir de Duvalier, Carolyn. Voyons ce qu'il en sort.

— Rien. Je ne suis même pas sûre d'avoir déjà vu sa tête. Un tyran. Brutal. Sinistre. Bestial. Ah si, je crois que j'ai lu un article, récemment, selon lequel il vit dans la misère, quelque part en France.

— Mais cela fait longtemps qu'il est mort.

— Non, non, je ne parle pas du père, mais du jeune Duvalier. Celui qu'on appelait "Bébé Doc". Je suis sûre que c'était lui ; j'ignore par quel mystère, mais le fait est que je le savais. Dès qu'il est entré dans la pièce, son nom m'est venu à l'esprit. Je vous l'ai dit, non ?

— Non, vous ne l'avez pas dit, et je crois justement que c'est la clé de votre rêve.

— Comment ça ?

— Continuez d'abord à explorer le rêve. Il vaut mieux que vous livriez vos associations, comme nous l'avons fait avec mon rêve.

— Voyons… Je sais que je me sentais frustrée. Nous étions tous les deux dans le lit, mais je n'arrivais à rien avec vous. Et puis ce type surgit et je fais l'amour avec lui… Beurk… Comment j'ai pu faire

507

ça ? En tout cas, l'objectif était que vous voyiez ma performance et que vous soyez séduit. Ça ne rime à rien.

— Continuez, Carolyn.

— Non, ça ne rime à rien. Je veux dire… Si je fais l'amour avec un type grotesque devant vous, soyons honnêtes, ce n'est pas comme ça que je vais vous séduire. Au contraire, vous seriez plus repoussé qu'attiré.

— C'est ce que la logique voudrait, en effet, si on prenait le rêve pour argent comptant. Mais j'y vois tout de même un sens, une logique. Imaginons que Duvalier ne soit pas Duvalier, mais plutôt qu'il représente quelqu'un ou quelque chose d'autre.

— Par exemple ?

— Réfléchissez un instant à ce nom : Bébé Doc ! Dites-vous que cet homme, c'est un peu moi : le bébé, la part de moi la plus instinctive. Dans le rêve, vous espérez attirer cette part de moi afin que le reste, ma part la plus mûre soit également fascinée.

« Voyez-vous, Carolyn, sous cet angle, le rêve est loin d'être absurde : si vous pouvez séduire une partie, un alter ego, de ma personnalité, alors le reste suivra sans problème. »

Carol ne répondit pas.

« Qu'en pensez-vous, Carolyn ?

— L'interprétation est intelligente, Ernest. Très intelligente. » Elle pensa : « *Encore plus intelligente que tu ne crois !* »

« Ainsi, Carolyn, je récapitule. Pour moi, nos deux rêves débouchent sur la même conclusion : bien que vous veniez me voir et que vous disiez éprouver des sentiments forts à mon égard, que vous désiriez me toucher et me prendre dans vos bras, vous n'avez pas vraiment envie d'être proche de moi.

« Et ces messages oniriques, vous savez, sont très proches de la vision que j'ai de notre relation. Il y a quelques semaines, je vous ai dit très clairement que je serais entièrement ouvert et que je répondrais honnêtement à toutes vos questions. Pourtant vous n'avez jamais vraiment profité de cette possibilité. Vous dites que vous voulez que je sois votre amant mais, à part quelques questions sur ma vie dans le monde des célibataires, vous n'avez rien fait pour savoir qui j'étais. Pardon, Carolyn, de vous embêter avec ça, mais nous nous trouvons là au cœur du problème. Je vais vous demander d'être toujours honnête avec moi et, pour ce faire, vous devrez apprendre à me connaître et à me faire suffisamment confiance pour pouvoir vous livrer entièrement devant moi. Après ça, vous pourrez enfin être vous-même, au sens le plus profond du terme, avec un homme qu'il vous reste encore à rencontrer. »

Carol, silencieuse, regarda sa montre.

« Je sais que l'heure est écoulée, Carolyn, mais je vous en prie, prenez encore une ou deux minutes. Vous ne pouvez pas aller plus loin sur ce sujet ?

— Pas aujourd'hui, Ernest », dit-elle avant de se lever et de quitter brusquement le bureau.

Chapitre 22

Le coup de téléphone nocturne passé à Peter Macondo ne rassura pas vraiment Marshal. Il tomba simplement sur un message, enregistré en trois langues, disant que la société financière Macondo était fermée pour tout le week-end et rouvrirait le lundi suivant. Les renseignements téléphoniques de Zurich ne connaissaient pas le numéro personnel de Peter. Rien de surprenant à cela, évidemment : Peter avait souvent évoqué des problèmes avec la mafia et la nécessité, pour quelqu'un d'aussi riche que lui, de protéger sa vie privée. Le week-end serait très long ; Marshal allait devoir patienter tranquillement, avant de rappeler dimanche, à minuit.

À deux heures du matin, incapable de trouver le sommeil, il farfouilla dans son armoire à pharmacie pour y trouver un somnifère. Cela ne lui ressemblait pas, lui qui fulminait souvent contre l'abus de médicaments et insistait pour que les individus correctement traités combattent leur mal-être uniquement par l'introspection et l'autoanalyse. Mais cette nuit-là, aucune autoanalyse n'était possible : sa tension artérielle atteignait des sommets, et il avait désespérément besoin d'un calmant. Il trouva finalement une tablette de Chlor-Trimeton, un sédatif antihistaminique dont il avala deux gélules qui lui procurèrent quelques heures de mauvais sommeil.

À mesure que le week-end s'écoulait, l'angoisse de Marshal allait croissant. Où était donc Adriana ? Et Peter ? Impossible de se concentrer. Il jeta le dernier numéro de l'*American Journal of Psychoanalysis* contre le mur, fut incapable de s'intéresser plus de deux secondes à ses bonsaïs, et n'arriva même pas à calculer ses profits boursiers hebdomadaires. Il fit une épuisante séance de fitness à son club de gym, puis une partie de basket improvisée au YMCA, enfin un jogging sur le pont du Golden Gate. Mais rien ne pouvait dissiper l'appréhension qui le ravageait.

Il prétendit qu'il était son propre patient. « Calme-toi ! Pourquoi tant d'agitation ? Asseyons-nous un instant et analysons la situation. Un seul événement : Adriana n'est pas venue à ses rendez-vous. Et alors ? L'investissement est une affaire sûre. Dans deux jours… voyons… dans trente-six heures, tu seras en train de discuter au téléphone avec Peter. Tu as reçu un billet à ordre du Crédit Suisse qui te garantit le prêt. Depuis que tu les as vendues, les actions Wells Fargo ont perdu près de deux pour cent : au pire, tu fais jouer le billet à ordre de la banque et tu rachètes tes actions à un prix plus bas. Il y a peut-être quelque chose avec Adriana que tu n'as pas compris. Mais tu n'es pas un devin. Tu peux passer à côté des choses, parfois. »

Marshal vit là une bonne intervention thérapeutique. Mais aussi un dialogue intérieur stérile. L'auto-analyse avait ses limites : comment Freud s'était-il débrouillé pendant toutes ces années ? Marshal savait qu'il avait besoin de partager ses angoisses avec quelqu'un. Mais qui ? Certainement pas Shirley : ils se parlaient à peine depuis plusieurs semaines, et l'investissement qu'il avait fait avec Peter était un sujet explosif. Elle s'y était opposée dès le début. Lorsque Marshal avait imaginé, à voix haute, comment ils pourraient dépenser les sept cent mille dollars escomptés, elle lui avait répondu sèchement : « On ne vit pas dans le même monde, toi et moi. » Le mot "cupidité" tombait de plus en plus souvent des lèvres de Shirley. Deux semaines plus tôt, elle avait même suggéré à Marshal de demander conseil à son maître bouddhiste afin qu'il l'aide à soigner cette cupidité galopante.

Par ailleurs, elle avait prévu, ce dimanche, de se promener sur le mont Tamalpais à la recherche d'éléments pour ses compositions florales. En partant, ce même après-midi, elle avait dit à Marshal qu'elle passerait peut-être la nuit ailleurs : elle avait besoin de se retrouver seule, pour une mini-retraite de méditation ikebana. Inquiet à l'idée de passer le reste du week-end tout seul, Marshal faillit lui dire qu'il avait besoin d'elle et lui demander de ne pas partir. Mais Marshal Streider ne quémandait jamais – pas son genre. Qui plus est, sa tension était tellement palpable, contagieuse même, que Shirley devait sans aucun doute s'échapper.

Marshal regardait impatiemment une composition que Shirley avait laissée : une branche d'abricotier fourchue, couverte de lichen, un de ses bras parallèle à la table, l'autre s'étendant verticalement. Au bout de la branche horizontale, une fleur d'abricotier blanche ; l'autre rameau était orné de lavande et de pois de senteur tressés, qui enlaçaient tendrement deux arums, l'un blanc, l'autre jaune safran. « Bon Dieu, maugréa Marshal, pour ce genre de trucs elle a tout le temps qu'il faut ! » Puis il s'interrogea, une fois de plus, sur cette composition, ces trois fleurs, de nouveau les arums blanc et jaune safran... Il étudia la composition pendant une longue minute, secoua la tête et posa l'objet sous la table, à l'abri des regards.

« À qui d'autre est-ce que je pourrais parler ? Mon cousin Melvin ? Certainement pas ! Même s'il est parfois de bon conseil, il me serait totalement inutile à cet instant. Je ne pourrais pas supporter son petit ton narquois. Un confrère ? Impossible. Je n'ai enfreint aucune règle de déontologie, mais je ne suis pas sûr que les autres – surtout ceux qui sont jaloux de moi – arrivent à la même conclusion. Un mot de travers et je peux dire adieu à la présidence de l'Institut !

« J'ai besoin de quelqu'un... D'un confident. Si seulement Seth Pande était disponible ! Mais j'ai fait une croix sur cette relation. Je n'aurais peut-être pas dû être aussi dur avec lui... Et puis non, il le méritait, c'était la seule chose à faire. Il a eu exactement le sort auquel il devait s'attendre. »

L'un des patients de Marshal, un psychologue clinicien, lui parlait souvent de son groupe d'entraide : dix psychothérapeutes, tous des hommes, qui se rencontraient pendant deux heures toutes les deux semaines. Non seulement ces discussions étaient toujours utiles, mais les membres s'appelaient souvent les uns les autres en cas de coup dur. Naturellement, Marshal n'appréciait pas que son patient fréquente un groupe. À une autre époque, une époque plus conservatrice, il l'en aurait même empêché. Pour lui, soutien, affirmation, entraide… Toutes ces béquilles minables ne faisaient que renforcer la pathologie et ralentir les effets de la véritable thérapie. Néanmoins, Marshal, dans la passe difficile qu'il traversait, aurait tout fait pour avoir à sa disposition un tel réseau de soutien. Il repensait aux propos de Seth Pande, lors de la fameuse réunion à l'Institut, déplorant l'absence d'amitiés masculines dans la société contemporaine. Oui, c'était ce dont il avait besoin : un ami.

Dimanche soir, à minuit – soit neuf heures du matin à Zurich –, il appela Peter Macondo. Il tomba sur un message pour le moins inquiétant : « Vous êtes en communication avec la Société financière Macondo. M. Macondo est absent pour une croisière de neuf jours. Pendant cette période, nos bureaux seront fermés mais, en cas d'urgence, veuillez laisser un message. Nous ferons de notre mieux pour en informer M. Macondo. »

Une croisière ? Une société de cette importance fermée pendant neuf jours ? Marshal, troublé, laissa un message demandant que M. Macondo le rappelle au plus vite, pour une question extrêmement urgente. Plus tard, tandis qu'il était couché sur son lit, éveillé, l'idée d'une croisière devint plus crédible. « Il a dû y avoir une engueulade, pensa-t-il, soit entre Peter et Adriana, soit entre elle et son père. Du coup, pour rattraper la situation, Peter est parti sur un coup de tête, avec ou sans Adriana, pour une croisière en Méditerranée. C'est aussi simple que ça. »

Mais les jours passant sans la moindre nouvelle de Peter, Marshal commença à avoir de sérieux doutes sur son investissement. Il pouvait toujours encaisser le billet à ordre, certes, mais cela voulait dire adieu à toute possibilité de profiter des largesses de Peter : il aurait été absurde de céder à la panique et de faire une croix définitive sur une telle aubaine. Et tout cela parce qu'Adriana n'était pas venue à un rendez-vous ? Insensé !

Le mercredi suivant, à onze heures, Marshal avait une heure à tuer. Le créneau autrefois rempli par la séance de supervision d'Ernest n'avait toujours pas été comblé. Il se promena dans California Street, passa devant le Pacific Union Club, où il avait autrefois déjeuné avec Peter ; puis, quelques immeubles plus loin, il revint soudainement sur ses pas et décida d'entrer dans le club. Il gravit les marches, franchit l'entrée de marbre, le long des boîtes aux lettres en cuivre patiné, avant de pénétrer dans la lumière éclatante de la rotonde et de sa haute coupole de verre. Là, encadré sur trois côtés par des canapés de cuir acajou, se tenait Emil, le majordome, tout sourire, vêtu de son smoking.

Marshal repensa à sa soirée chez Avocado Joe's : les blousons des San Francisco Forty-niners, l'épais nuage de fumée, le grand Noir avec son borsalino et ses tonnes de bijoux, et Dusty, le chef de table, le sermonnant sur son attitude « parce qu'ici, on est soucieux du confort des gens ». Et le bruit ! Ce bourdonnement permanent, le cliquetis des jetons, les boules de billard qui s'entrechoquent, les blagues, le jargon des jeux… Au Pacific Union Club, les sons étaient beaucoup plus étouffés. La vaisselle et le cristal tintaient légèrement tandis que les serveurs apprêtaient les tables pour le déjeuner ; les membres du club discutaient actions en Bourse à voix basse, le cuir des chaussures italiennes résonnait élégamment sur les parquets de chêne cirés.

Où se sentait-il donc chez lui ? Mais avait-il un chez lui, d'ailleurs ? Marshal se posa la question, comme il l'avait fait si souvent. Quel était son monde ? Avocado Joe's ou le Pacific Union Club ? Était-il voué à une dérive éternelle, sans attaches, dans un entre-deux, passant sa vie à essayer de quitter l'un de ces mondes pour rejoindre l'autre ? Et si un génie lui disait : « Tu dois te décider maintenant, choisir, entre l'un et l'autre, ta maison pour le restant de tes jours », que ferait-il ? Lui revint alors en mémoire sa psychanalyse avec Seth Pande, et il se rappela que jamais ils n'avaient travaillé sur cette question, ni sur son « chez-soi », ni sur l'amitié, ni sur l'argent ou, comme disait Shirley, sa cupidité. De quoi avaient-ils donc parlé pendant neuf cents heures ?

Pour le moment, Marshal feignait de se sentir chez lui au club. Il marcha d'un pas décidé vers le major-dome.

« Comment va, Emil ? Docteur Streider. Il y a quelques semaines, mon ami Peter Macondo m'a parlé de votre mémoire prodigieuse, mais peut-être que vous ne vous souvenez pas d'un invité après une seule rencontre.

— Oh, si, docteur, je me souviens parfaitement de vous. Et M. Maconta…

— Macondo.

— Oui, pardon, *Macondo*. Autant pour ma mémoire prodigieuse. Mais je me rappelle très bien votre ami. Bien que je l'aie rencontré une seule fois, il m'a laissé une impression indélébile. Un vrai gentleman… Très généreux.

— Vous voulez sans doute dire que vous ne l'avez croisé qu'une seule fois *à San Francisco*. Il m'a dit vous avoir rencontré lorsque vous étiez majordome dans son club parisien.

— Ah non, vous devez vous tromper, monsieur. S'il est vrai que j'ai travaillé au Cercle de l'Union interalliée à Paris, je n'y ai jamais vu M. Macondo.

— Alors à Zurich ?

— Non, nulle part. Je suis certain de n'avoir jamais rencontré ce monsieur auparavant. Le jour où vous êtes tous les deux venus déjeuner ici, c'était la première fois que je le voyais.

— Mais alors… Comment ça ? Je veux dire… Comment vous connaissait-il aussi bien ? Comment… Euh… Comment savait-il même que vous aviez travaillé à Paris ? Comment a-t-il eu le droit de déjeuner ici ? Est-ce que… Est-ce qu'il a un compte ici ? Comment paie-t-il ?

— Y a-t-il un problème, monsieur ?

— Oui, un problème lié au fait que vous avez fait semblant de le connaître très bien, d'être un de ses vieux amis. »

Emil eut l'air troublé. Il regarda sa montre, puis jeta un coup d'œil méfiant autour de lui. La rotonde était vide, le club calme. « Docteur Streider, j'ai encore quelques minutes de libres avant le déjeuner. Je vous en prie, asseyons-nous un instant et discutons. » Emil lui indiqua alors une pièce minuscule, située juste derrière la salle à manger. Une fois à l'intérieur, il invita Marshal à s'asseoir et demanda la permission d'allumer une cigarette. Après une profonde première bouffée, il dit : « Est-ce que je peux

vous parler franchement, monsieur ? Et confidentiel-
lement, si je puis dire ? »

Marshal acquiesça. « Bien sûr.

— Pendant trente ans, j'ai travaillé dans des clubs
très fermés. Et je suis majordome depuis quinze ans.
De mon poste, je suis témoin de tout ce qui se passe.
Rien ne m'échappe. Je vois aussi, docteur Streider,
que vous n'êtes pas familier de ce genre de cercles.
Dites-moi si je me trompe.

— Non, vous avez raison.

— Vous devez savoir une chose : dans les clubs
privés, une personne cherche toujours à obtenir
quelque chose d'une autre personne – un service, une
invitation, une recommandation, que sais-je encore.
Et pour… disons, huiler la machine, il faut toujours
que les premiers fassent impression sur les seconds.
Comme tout majordome, je dois jouer mon rôle dans
ce processus. Je dois absolument faire en sorte que
tout se passe au mieux. Aussi, lorsque, ce matin-là,
M. Macondo est venu discuter avec moi et m'a
demandé si j'avais travaillé dans un club en Europe,
je lui ai bien sûr répondu poliment que j'avais travaillé
dix ans à Paris. Quand il m'a salué devant vous d'un
air extrêmement chaleureux, qu'aurais-je dû faire ?
Me tourner vers vous, son invité, et dire : "C'est la
première fois que je vois cet homme" ?

— Bien sûr que non, Emil. Je comprends très bien
la situation, et je ne veux pas du tout vous faire de
reproches. C'est simplement que j'ai été étonné
d'apprendre que vous ne le connaissiez pas.

— Vous avez mentionné un problème, docteur
Streider. J'espère que ce n'est pas grave. Mais si ça

l'était, j'aimerais être tenu au courant. Le club aimerait être tenu au courant.

— Non, non, merci bien. Rien de grave. J'ai juste égaré son adresse et j'aimerais le contacter. »

Emil hésita un instant. Manifestement, il n'était pas dupe et se doutait bien que le problème était grave, mais lorsque Marshal se tut, il se leva. « Je vous en prie, attendez-moi dans la rotonde. Je vais voir ce que je peux faire pour vous renseigner. »

Marshal s'assit, gêné par sa propre maladresse. La chose s'annonçait difficile, mais Emil pourrait peut-être l'aider.

Ce dernier revint quelques minutes plus tard et lui tendit une feuille de papier sur laquelle étaient inscrits le même numéro de téléphone, la même adresse à Zurich, que Marshal connaissait déjà. « Selon la réception, M. Macondo a été reçu ici en tant que membre invité, puisqu'il est membre du club Baur au lac, à Zurich. Si vous le souhaitez, nous pouvons leur envoyer un fax pour demander des coordonnées plus récentes.

— Ce serait gentil, oui. Pourriez-vous également me faxer la réponse ? Je vous donne ma carte. »

Marshal s'apprêtait à partir lorsque Emil l'arrêta et lui dit, à voix basse : « Vous me demandiez comment il avait payé. Je vais vous faire une confidence, docteur : M. Macondo a payé en liquide, et généreusement. Il m'a donné deux billets de cent dollars, m'a demandé de payer le déjeuner, de laisser un gros pourboire au serveur et de garder le reste pour moi. Dans ce genre de situations, on peut faire entièrement confiance à ma mémoire prodigieuse.

— Merci beaucoup, Emil. Vous m'avez rendu un immense service. » Marshal sortit à contrecœur un billet de vingt dollars de son portefeuille et le colla dans la main talquée d'Emil. Au moment de se retourner pour partir, il se rappela soudain autre chose.

« Je peux vous demander un dernier service, Emil ? La dernière fois, j'ai rencontré un ami de M. Macondo, un monsieur de haute taille qui portait des habits très voyants – une chemise orange et une veste à carreaux rouge, il me semble. J'ai oublié son nom, mais je sais que son père était le maire de San Francisco.

— Ça ne peut être que M. Roscoe Richardson. Je l'ai vu tout à l'heure. Il est soit dans la bibliothèque, soit dans la salle de jeu. Un conseil, docteur : ne lui parlez surtout pas s'il est en train de jouer au back-gammon. Il le prendrait très mal. Quand il joue, il est très concentré. Bonne chance… Je m'occuperai personnellement de votre fax. Vous pouvez compter sur moi. » Emil inclina la tête et patienta.

« Encore merci, Emil. » De nouveau, Marshal n'eut d'autre choix que de sortir un deuxième billet de vingt dollars.

Lorsque Marshal pénétra dans la salle de jeu aux murs tout en bois de chêne, Roscoe Richardson quittait la table de backgammon. Il se dirigeait vers la bibliothèque pour y lire le journal, un rituel qu'il observait avant chaque déjeuner.

« Ah, monsieur Richardson ! Vous vous souvenez peut-être de moi : Dr Streider. Nous nous sommes rencontrés il y a quelques semaines, quand je suis venu déjeuner avec une de vos connaissances, Peter Macondo.

— Ah oui, docteur Streider. Je me souviens de vous, en effet. Le cycle de conférences. Félicitations, quel honneur ! Voulez-vous vous joindre à moi pour le déjeuner ?

— Hélas, ça m'est impossible. Je reçois des patients tout l'après-midi. Mais j'aimerais vous demander un service... Il se trouve que j'essaye de joindre M. Macondo, et je me demandais si vous saviez où il se trouvait.

— Mon Dieu, non, je n'en ai aucune idée. Je ne l'avais jamais vu avant ce jour. Un garçon délicieux mais, curieusement, je lui ai envoyé des documents sur ma nouvelle start-up, qui sont revenus avec la mention "Destinataire inconnu". Il vous a dit qu'il me connaissait ?

— Je crois, mais je n'en suis plus trop certain. En tout cas, il m'a dit que votre père et le sien, un professeur d'économie, jouaient au golf ensemble.

— Eh bien, qui sait ? C'est fort possible. Mon père a joué avec tous les grands de ce monde. Et... » Une grimace traversa ses lourdes bajoues, il décocha un clin d'œil appuyé. « Et avec pas mal de femmes, aussi... Bon, il est onze heures et demie, le *Financial Times* ne devrait pas tarder à arriver. C'est toujours la cohue pour l'avoir en premier, vous m'excuserez donc si je vous quitte pour aller à la bibliothèque. Bonne chance, docteur. »

Bien que la conversation avec Roscoe Richardson ne l'ait pas rassuré, elle avait donné quelques idées à Marshal. Sitôt arrivé à son bureau, il ouvrit le dossier « Macondo » et en sortit le fax qui lui avait appris la création du cycle de conférences Marshal Streider. Comment s'appelait le recteur de l'université du Mexique ? Voilà, Raoul Gomez. En quelques instants, Marshal s'entretenait avec M. Gomez par téléphone – la seule chose qui fonctionnait, depuis quelques jours. Même si sa maîtrise de l'espagnol était limitée, elle était suffisante pour que Marshal comprenne que M. Gomez n'avait jamais entendu parler d'un Peter Macondo, encore moins reçu une bourse considérable de sa part pour la création d'un cycle de conférences Marshal Streider. Qui plus est, il s'avéra qu'aucun Macondo n'avait été professeur d'économie, ni professeur de quoi que ce soit, à l'université du Mexique.

Marshal s'effondra dans son fauteuil. Il avait reçu trop de coups et devait se détendre, essayer de s'éclaircir les idées. Mais très vite, son tempérament volontaire reprit le dessus. Il s'empara d'un stylo et d'une feuille de papier et dressa la liste de ce qu'il avait à faire. D'abord, annuler ses quatre rendez-vous de l'après-midi ; il appela ses patients et laissa des messages. Sans donner, bien entendu, de motif. La bonne technique, Marshal en était persuadé, était de ne rien dire et d'explorer plus tard les scénarios imaginés par les patients eux-mêmes à propos de cette annulation. Et l'argent ! Quatre heures à cent soixante-quinze dollars. Cela faisait tout de même sept cents dollars qui s'envolaient – de l'argent qu'il ne récupérerait jamais.

Il se demanda si cette annulation n'était pas un tournant majeur dans sa vie. La pensée le traversa que le moment était critique. Il n'avait jamais, dans toute sa carrière, annulé la moindre séance. En fait, il n'avait jamais rien manqué, ni entraînement de football, ni jour d'école. Ses bulletins scolaires étaient bardés de bons points de présence, et ce depuis le collège. Non qu'il ait toujours été en bonne santé : il tombait malade aussi souvent que le commun des mortels. Mais il était dur au mal, voilà tout. En revanche, faire une séance de psychothérapie dans un tel état d'affolement était tout simplement chose impossible.

Ensuite, appeler Melvin. Marshal savait très bien ce que son cousin allait lui dire, et Melvin fut à la hauteur : « Apporte immédiatement ton billet à ordre au Crédit Suisse et demande-leur de faire un virement de quatre-vingt-dix mille dollars sur ton compte. Et sois gentil, Marshal, baise-moi les pieds pour avoir insisté à propos de ce billet. Tu as une dette envers moi. Rappelle-toi, enfin… Bordel, je ne devrais pas être obligé de te le répéter… Rappelle-toi que tu as affaire à des *meshuganahs*[1]. N'investis jamais avec ces types ! »

Une heure plus tard, Marshal, garantie bancaire en main, marchait dans Sutter Street, en chemin vers le Crédit Suisse. En route, il fut pris d'une bouffée de regret : adieu les richesses, adieu les nouvelles œuvres d'art, adieu le temps libre pour jeter sur le papier les fruits de son imagination fertile. Il regrettait surtout la clé qui lui aurait ouvert le monde des initiés, le monde des clubs fermés, des boîtes aux lettres de cuivre et des secrets d'alcôve…

« Et Peter ? se demanda-t-il. Appartenait-il à ce monde ? Il ne tirera aucun profit financier de cette affaire – ou, si c'est le cas, ce sera entre lui et sa banque. Mais si ce n'est pas pour l'argent, pourquoi donc ? Ridiculiser la psychanalyse ? Y a-t-il un rapport avec Seth Pande ? Ou avec Shelly Merriman ? Ou avec la

---

1. En yiddish : « fous », « imbéciles ».

faction qui menace de quitter l'Institut ? Est-ce que c'est un canular ? Une pure farce de sociopathe ? Quel que soit le jeu, quelle qu'en soit la raison, comment ai-je fait pour ne pas m'en rendre compte plus tôt ? Je me suis comporté comme un con. Un vrai con rongé par la cupidité ! »

Le Crédit Suisse était un bureau, et non une agence commerciale, au cinquième étage d'un immeuble de Sutter Street. L'employé qui accueillit Marshal étudia le billet à ordre et l'assura que le personnel était pleinement autorisé à s'en occuper. Puis il s'excusa et l'informa que le directeur, occupé avec un autre client, le recevrait personnellement. Par ailleurs, il faudrait patienter, le temps de faxer le document à Zurich.

Dix minutes plus tard, le directeur, un homme mince et sérieux au long visage orné d'une moustache à la David Niven, reçut Marshal dans son bureau. Après avoir vérifié son identité et noté les données de ses cartes bancaires et de son permis de conduire, il examina le billet à ordre et se leva pour en faire une photocopie. Quand il revint, Marshal lui demanda : « Comment se fera le paiement ? Mon avocat m'a informé que…

— Excusez-moi, docteur Streider, mais pourrais-je avoir le nom et l'adresse de votre avocat ? »

Marshal lui donna les coordonnées de Melvin. « Je disais donc que mon avocat m'a conseillé de demander un virement direct sur mon compte chez Wells Fargo. »

L'employé demeura silencieux quelques instants, absorbé par le billet.

« Y a-t-il un problème ? demanda Marshal. Ce document permet un remboursement immédiat, n'est-ce pas ?

— Il s'agit en effet d'un document émanant du Crédit Suisse, qui garantit un remboursement immédiat. Voyez, là… » Il indiqua la signature. « Il a été émis par notre bureau de Zurich et signé par Winfred Forster, l'un de nos vice-présidents. Il se trouve que je connais bien Winfred Forster, très bien même, puisque nous avons travaillé ensemble pendant trois ans à Toronto… Et en effet, monsieur Streider, il y a bien un problème : ce n'est pas la signature de Winfred Forster ! D'ailleurs, Zurich vient de le confirmer par fax : il n'y a absolument aucune similitude. Je crains, et je le regrette, qu'il soit de mon devoir de vous informer que ce document est un faux ! »

Chapitre 23

Après avoir quitté le bureau d'Ernest, Carol se changea dans les toilettes du premier étage, revêtit un survêtement et enfila des chaussures de course. Elle prit ensuite sa voiture et conduisit jusqu'à la marina. Elle se gara près de Green's, un restaurant végétarien à la mode tenu par le centre zen de San Francisco. Tout le long du port de plaisance, sur quatre kilomètres, un chemin conduisait à Fort Point, sous le pont du Golden Gate. C'était le parcours préféré de Jess pour son jogging, et désormais le parcours préféré de Carol.

Le trajet commençait près des vieux bâtiments de Fort Mason, qui abritent de petites galeries, une librairie d'occasion, un musée, un cinéma et un cours de théâtre. Il passait devant les cales des bateaux et longeait la rive où des mouettes hardies mettaient les passants au défi de les piétiner. Il dépassait les pelouses où s'essayaient les lanceurs de cerfs-volants – pas les simples cerfs-volants triangulaires ou ceux, en trois dimensions que son frère Jeb et elle maniaient dans leur enfance, mais des modèles d'avant-garde en forme de Superman, de jambes de femmes, ou des triangles métalliques ultramodernes qui sifflaient en tournant abruptement, piquant vers le sol avant de freiner en une jolie pirouette. Après cela, une petite plage où se doraient quelques baigneurs, autour d'une sirène surréaliste sculptée dans le sable. Une longue portion du chemin longeait la mer où des véliplanchistes vêtus de combinaisons étanches préparaient leurs montures ; puis un rivage rocheux, avec des douzaines de sculptures de pierre, monticules choisis avec soin et délicatement agencés par un artiste inconnu afin qu'ils ressemblent aux fantastiques pagodes birmanes. On passait ensuite devant une longue jetée peuplée de pêcheurs asiatiques, graves et diligents, dont nul, autant que Carol le sache, n'avait jamais rien attrapé. Enfin, le dernier tronçon, qui menait sous le pont du Golden Gate, où l'on pouvait admirer les surfeurs sexy aux cheveux longs qui attendaient dans l'eau froide de chevaucher les hautes vagues du Pacifique.

Presque tous les jours désormais, Carol et Jess couraient, parfois dans les allées du Golden Gate Park ou sur la plage au sud de Cliff House. Mais leur parcours favori restait le chemin de la marina. Ils se voyaient également plusieurs soirs par semaine. Quand elle rentrait chez elle après son travail, il était généralement là, préparant le dîner et bavardant avec les jumeaux, qui s'attachaient de plus en plus à lui. Pourtant, Carol se faisait du souci. Son histoire avec Jess lui semblait trop belle pour être vraie. Que se passerait-il lorsqu'il s'approcherait suffisamment près pour découvrir sa vraie nature ? Car sa vie intérieure et ses pensées les plus intimes n'étaient pas belles à voir. Que ferait-il ? S'en irait-il ? Elle se méfiait de la manière dont il s'était insinué au plus profond de son foyer, dont il s'était rendu si important auprès des enfants. Si elle décrétait que Jess n'était pas l'homme de sa vie, serait-elle libre de choisir ? Ou se sentirait-elle piégée par le bonheur de ses enfants ?

Les rares fois où Jess, empêché par son travail, ne pouvait se joindre à elle, Carol courait une heure toute seule. Elle était sidérée de voir comme elle y avait pris goût ; peut-être était-ce dû à la sensation de légèreté que cela procurait à son corps pour le restant de la journée, ou alors à cette joie revigorante qui s'emparait d'elle lorsqu'elle trouvait son second souffle. Ou, tout simplement, son attachement à Jess lui faisait peut-être aimer tout ce qu'il faisait.

Courir seule ne lui procurait pas les mêmes joies que courir avec Jess, mais cela avait tout de même un avantage : elle avait du temps pour réfléchir. Au début, elle écoutait de la musique dans un walkman – de la country, Vivaldi, des flûtes japonaises, les Beatles –, mais elle avait récemment décidé de laisser l'appareil dans sa voiture afin de laisser libre cours à la méditation.

Pour Carol, l'idée de passer du temps à réfléchir sur elle-même était révolutionnaire. Pendant la plus grande partie de sa vie, elle avait fait exactement le contraire, meublant de distractions ses moindres minutes de temps libre. « Qu'est-ce qui a changé ? » se demandait-elle en avalant les kilomètres, chacun de ses pas écartant au loin les mouettes. Ce qui avait changé, c'était le spectre élargi de sa vie affective. Auparavant, son paysage intérieur était monotone et sinistre, fait d'un bloc d'émotions étroites, négatives – colère, ressentiment, regret –, la plupart dirigées contre Justin, le reste contre quiconque croisait son chemin quotidien. Hormis ses enfants, elle n'avait pratiquement jamais eu de pensée aimable pour qui que ce soit, ne faisant en cela que perpétuer la tradition familiale : elle était bien la fille de sa mère et la petite-fille de sa grand-mère ! Cela, Ernest lui avait permis de le comprendre.

Et si elle détestait tellement Justin, *pourquoi* diable s'était-elle emprisonnée dans ce couple avant de jeter la clé ? Elle aurait aussi bien pu la lancer dans les rouleaux du Pacifique qui venaient s'abattre à quelques mètres de là alors qu'elle approchait de la jetée aux pêcheurs : c'eût été la même chose.

Elle avait conscience d'avoir commis une erreur gigantesque ; elle l'avait même compris peu après son mariage. Comme Ernest – qu'il aille au diable – le lui avait fait admettre, elle avait pourtant eu le choix, comme tout le monde : elle aurait pu le quitter, elle aurait pu aussi bien essayer de modifier le cours des choses. Elle avait choisi, délibérément choisi, de ne faire ni l'un ni l'autre, pour s'embourber et se vautrer dans une erreur lamentable.

Elle se rappelait comment Norma et Heather, le soir même où Justin avait disparu de sa vie, lui avaient affirmé que c'était là un beau service qu'il lui rendait. Elles avaient eu raison. Et sa fureur d'avoir été quittée et non d'avoir quitté ? Complètement futile ! Dans le grand dédale de la vie, comme disait pompeusement Justin, quelle différence cela faisait-il de savoir qui était quitté par qui ? Ils se portaient tous deux mieux depuis qu'ils étaient séparés. Jamais, depuis une dizaine d'années, elle ne s'était sentie aussi bien. Et Justin avait l'air en meilleure forme, faisant de son mieux, faible, pathétique, pour être un père décent. Une semaine plus tôt, il avait même accepté, sans poser de questions, de garder les jumeaux pendant le week-end où elle était allée à Mendocino avec Jess.

Quelle ironie, pensa-t-elle, de voir Ernest travailler si dur avec elle, et sans se douter de rien, pour régler ses problèmes de couple fictifs avec Wayne. Dieu qu'il était intraitable dans sa volonté de la voir aborder sa vie sans faux-fuyant et agir sur elle : soit le couple évoluait, soit il cessait d'exister ! Quelle blague… Si seulement il pouvait se rendre compte qu'il faisait avec elle exactement la même chose qu'avec Justin, en étant dans son camp à *elle*, en échafaudant une stratégie avec *elle* dans le quartier général, en lui donnant les mêmes conseils qu'il devait avoir donnés à Justin !

En arrivant au pont du Golden Gate, Carol avait le souffle court. Elle courut jusqu'au bout du chemin, toucha la barrière qui se trouvait sous le pont et, sans s'arrêter, fit demi-tour pour repartir vers Fort Mason. Le vent, comme à l'accoutumée, soufflait du Pacifique. Désormais dans le dos de Carol, il lui facilitait la tâche, et elle put repasser sans mal devant les surfeurs, les pêcheurs, les pagodes birmanes, les cerfs-volants en forme de Superman et les mouettes insolentes.

Après avoir déjeuné dans sa voiture d'une simple pomme, Carol regagna son cabinet d'avocats, Jarndyce, Kaplan and Tuttle, où elle prit une douche et s'apprêta à rencontrer un tout nouveau client envoyé par M. Jarndyce, l'un des associés principaux. Très occupé à faire du lobbying à Washington, il lui avait demandé de prendre bien soin de ce client, un vieil ami : le Dr Marshal Streider.

Elle l'aperçut qui faisait les cent pas dans la salle d'attente, visiblement très agité. Lorsqu'elle le fit entrer dans son bureau, il s'installa sur le bord d'un fauteuil et commença : « Merci de me recevoir aujourd'hui, madame Astrid. M. Jarndyce, que je connais depuis des années, me proposait un rendez-vous la semaine prochaine, mais mon cas est trop urgent pour que j'attende. J'irai droit au fait : hier, j'ai appris qu'on m'avait escroqué de quatre-vingt-dix mille dollars. Pouvez-vous m'aider ? Quels sont les recours dont je dispose ?

— Se faire escroquer est une chose très désagréable, et je comprends très bien votre hâte, docteur Streider. Mais commençons par le commencement. Dites-moi d'abord tout ce qui pourra m'être utile afin de mieux vous connaître, puis revoyons ensemble, méticuleusement, tout ce qui s'est passé.

— Avec plaisir… Mais puis-je, avant tout, connaître le cadre précis de notre contrat ?

— Le cadre, docteur Streider ?

— Oui, pardon, c'est un terme de psychanalyse… Disons qu'avant de commencer, j'aimerais que certaines choses soient bien claires entre nous. Votre disponibilité ? Vos honoraires ? Et surtout la question de la confidentialité. C'est très important pour moi. »

La veille, dès qu'il avait compris la nature de l'escroquerie, Marshal, affolé, avait composé le numéro de Melvin. Avant même que ce dernier ait décroché, il changea subitement d'avis et se rendit compte qu'il avait besoin d'un avocat à la fois plus compatissant et plus puissant. Il raccrocha et appela aussitôt M. Jarndyce, un ancien patient et, accessoirement, l'un des ténors du barreau de San Francisco.

Plus tard, vers trois heures du matin, Marshal avait réalisé qu'il était impératif d'entourer l'incident de la plus grande discrétion. Il avait fait des affaires avec l'un de ses ex-patients – beaucoup de gens lui en tiendraient rigueur. En soi, la chose était suffisamment grave, mais, en plus, il s'était fait plumer comme un vrai débutant. L'un dans l'autre, moins les gens seraient au courant de cette affaire, mieux il s'en porterait. Il se dit même qu'il n'aurait jamais dû appeler Jarndyce, énième erreur de jugement, même si sa thérapie s'était terminée des années plus tôt. Sa déception devant l'indisponibilité de M. Jarndyce se transforma de ce fait en soulagement.

« Je serai disponible, répondit Carol, aussi longtemps que vous aurez besoin de moi, docteur Streider. Je n'ai pas l'intention de partir en voyage, si c'est ce que vous voulez savoir. Mes honoraires sont de deux cent cinquante dollars de l'heure, et la confidentialité est absolue, comme elle l'est dans votre profession – voire plus stricte encore.

— J'aimerais qu'elle concerne aussi M. Jarndyce. Je veux que tout ça reste strictement entre vous et moi.

— Très bien. Vous pouvez y compter, docteur Streider. Entrons maintenant dans le vif du sujet, si vous voulez bien. »

Toujours assis sur le bord de son fauteuil, Marshal raconta toute l'histoire, sans omettre le moindre détail, hormis ses inquiétudes concernant la déontologie. Au bout d'une demi-heure, une fois son récit terminé, il sombra dans son fauteuil, épuisé et soulagé. Il ne manqua pas de remarquer à quel point cela lui faisait du bien de tout partager avec Carol, à quel point il se sentait déjà attaché à elle.

« Docteur Streider, j'apprécie votre honnêteté. Je sais que ce n'était pas facile de revivre ces pénibles détails. Avant que nous ne continuions, j'aimerais vous poser une question. J'ai entendu l'insistance avec laquelle vous avez affirmé, plus d'une fois, qu'il s'agissait d'un investissement, *non* d'un cadeau, et que M. Macondo était un de vos *anciens patients*. Avez-vous des doutes sur le bien-fondé de votre comportement ? Sur le plan de la déontologie, j'entends.

— Pas le moins du monde. Mon comportement est irréprochable. Mais vous avez raison d'en parler. Ça pourrait poser un problème aux yeux d'autres personnes. J'ai toujours plaidé, dans mon secteur, pour une exigence déontologique forte. J'ai fait partie du comité de déontologie médicale de Californie et j'ai dirigé le groupe de recherche psychanalytique sur l'éthique professionnelle. Par conséquent, sur ces questions, ma situation est un peu délicate : non seulement mon comportement doit *être* au-dessus de tout soupçon, mais il doit aussi *apparaître* tel. »

Marshal transpirait beaucoup. Il s'essuya le front à l'aide d'un mouchoir. « Comprenez-moi… Et c'est la réalité, pas de la paranoïa… J'ai des adversaires et des ennemis, des individus qui seraient trop heureux de mal interpréter mon comportement et enchantés de me voir chuter.

— Bien… dit Carol en levant les yeux de ses notes. Encore une fois, est-il vrai que vous êtes absolument certain de ne pas avoir enfreint les règles financières qui régissent la relation thérapeute-patient ? »

Marshal cessa soudain de s'éponger le front et regarda son avocate avec étonnement. Visiblement, elle connaissait ces questions sur le bout des doigts.

« Rétrospectivement, il va sans dire que j'aurais préféré agir autrement et m'en tenir à mes principes. J'aurais dû lui dire que je ne faisais *jamais* d'affaires avec un patient, ancien *ou* actuel. Je me rends compte maintenant, pour la première fois, que ces règles ne protègent pas seulement le patient, mais aussi le thérapeute.

— Ces adversaires et ces ennemis dont vous parlez, est-ce qu'ils représentent… Enfin, constituent-ils une menace sérieuse ?

— Que voulez-vous dire ? Oui… J'ai de véritables adversaires. Et comme je vous l'ai dit, je suis très inquiet. Enfin, non, disons plutôt… Je tiens *absolument*… à ce que cette affaire reste confidentielle. Vis-à-vis de mes patients, et des associations professionnelles. Donc la réponse est oui : je veux que tout cela reste secret. Mais pourquoi insistez-vous autant sur cet aspect ?

— Parce que, répondit Carol, votre exigence de secret détermine directement les recours disponibles : moins vous voudrez faire de vagues, moins nous pourrons être agressifs. Je m'en expliquerai plus tard. Mais il y a une autre raison, plus académique certes, mais puisque les faits sont derrière nous, cela peut vous intéresser. Sans vouloir paraître présomptueuse, docteur Streider, en abordant devant *vous* des thèmes psychologiques, j'aimerais vous rappeler un ou deux points sur la manière dont les escrocs professionnels procèdent toujours. Ils font tout pour amener leur victime dans un schéma tel qu'elle pense, *elle aussi*, être impliquée dans une affaire illégale. Ainsi la victime devient-elle, comment dire… presque complice de l'escroc, et elle finit par adopter un état d'esprit tout à fait différent, dans lequel elle oublie toute méfiance. Qui plus est, comme la victime se sent complice, même légèrement, elle répugne à consulter les conseillers financiers dignes de foi auxquels elle aurait normalement eu recours. Pour la même raison, la victime, après s'être fait plumer, hésite à entreprendre une action énergique devant les tribunaux.

— La victime ici présente n'a pas de problème de ce côté-là, dit Marshal. Je vais traquer ce salaud et le clouer au mur. Quel qu'en soit le prix.

— Ce n'est pas ce que vous me disiez il y a quelques instants, docteur Streider, quand vous parliez de la confidentialité comme d'une condition absolue. Posez-vous cette question, par exemple : accepteriez-vous d'être impliqué dans un procès public ? »

Tête baissée, Marshal resta silencieux.

« Pardonnez-moi, docteur Streider, mais je suis obligée d'aborder ce sujet. Loin de moi l'idée de vous décourager. Je sais bien que ce n'est pas ce dont vous avez besoin en ce moment. Mais poursuivons. Il nous faut étudier de très près chaque détail. D'après tout ce que vous m'avez raconté, j'ai l'impression que ce Peter Macondo est un professionnel, quelqu'un qui n'en est pas à son coup d'essai, et certainement pas le genre à laisser des indices derrière lui. Dites-moi d'abord quelles investigations vous avez vous-même conduites. Pouvez-vous faire une liste des gens dont il a parlé ? »

Marshal raconta alors ses conversations avec Emil, Roscoe Richardson et le recteur de l'université du Mexique, mais aussi la manière dont il avait perdu la trace d'Adriana et de Peter. Il lui montra le fax qu'il avait reçu ce matin du Pacific Union Club – une copie d'un fax envoyé par le Club Baur au lac de Zurich affirmant qu'ils ne connaissaient aucun Peter Macondo. Le fax avait bien été envoyé sur leur papier à en-tête, depuis leur bibliothèque, mais ils insistaient sur le fait que n'importe quel membre, invité, ancien invité, ou même un client de l'hôtel adjacent au club aurait facilement pu emprunter leur papier et utiliser leur fax.

« Est-il possible, demanda Marshal tandis que Carol lisait, que des preuves à charge puissent se trouver sur ce fax, ou sur le fax de l'université du Mexique ?

— Ce *supposé* fax de l'université du Mexique ! répliqua Carol. Il se l'est probablement envoyé à lui-même.

— Dans ce cas, nous pouvons peut-être identifier la machine d'où il est parti. Des empreintes digitales, peut-être ? Ou alors interroger de nouveau le bijoutier, celui qui lui a vendu ma Rolex ? Ou la liste des passagers ayant pris l'avion pour l'Europe ? Ou le contrôle des passeports ?

— Oui, si tant est qu'il soit vraiment parti en Europe. Parce que tout ce que vous savez, docteur Streider, vous le tenez de lui. Dites-vous bien qu'*il n'y a pas une seule source d'information indépendante*. Et il a tout payé en liquide… Non, il n'y a rien à dire, votre type est un vrai professionnel. On doit, bien entendu, informer le FBI, la banque l'a sans doute déjà fait, puisqu'elle est obligée de dénoncer toute fraude internationale. Voici le numéro de téléphone. Demandez simplement l'agent de service. Je pourrais vous aider, mais cela ne ferait qu'augmenter vos dépenses.

« La plupart des questions que vous vous posez, poursuivit-elle, sont de nature policière, et non juridique. Un détective privé serait plus à même d'y répondre. Je peux vous en conseiller un bon, si vous voulez, mais je vous recommande la plus grande prudence. Ne gâchez pas tout votre argent et votre énergie dans une recherche qui se révélera sans doute vaine. J'ai vu trop de cas du même ordre. Ce genre de truands se font rarement attraper. Et quand ça arrive, ils n'ont en général plus d'argent.

— Comment finissent-ils ?

— Ils ont le plus souvent un comportement autodestructeur. Tôt ou tard, votre M. Macondo se fera pincer – soit parce qu'il aura pris trop de risques, soit parce qu'il aura arnaqué la mauvaise personne, et il finira tôt ou tard dans un coffre de voiture.

— Peut-être qu'il est en train de se trahir. Regardez le risque qu'il a pris ce coup-ci, regardez sa proie : un psychanalyste ! Je reconnais m'être fait avoir, mais enfin il s'est quand même attaqué à un observateur affûté du comportement humain, très susceptible de repérer son escroquerie.

— Détrompez-vous, docteur Streider, et croyez-en ma longue expérience, c'est même tout le contraire. Je n'ai pas le droit de dévoiler mes sources, mais j'ai la preuve que les psy figurent parmi les proies les plus crédules. Ils sont habitués à ce que les gens leur disent la vérité, à ce qu'on les *paie* pour qu'ils écoutent des histoires vraies. Je pense que les psy gobent plus facilement ce qu'on leur dit et, dans le cas de M. Macondo, vous n'êtes sans doute pas sa première victime. Qui sait ? Il se fait peut-être une spécialité d'escroquer les psychothérapeutes…

— Donc ça veut dire qu'on peut l'attraper. Oui, madame Astrid, tout bien réfléchi, je *veux* le numéro de votre détective. Au football, j'ai été un arrière de talent. Je sais comment m'y prendre pour traquer un type et le plaquer comme il faut. Je suis dans un tel état de nerfs que je n'arrive pas à en démordre. Je ne pense plus qu'à ça, je ne vois plus mes patients, je ne dors plus. Pour le moment, je n'ai que deux idées en tête : d'abord le tailler en pièces, ensuite récupérer mes quatre-vingt-dix mille dollars. Je suis catastrophé par la perte de cet argent.

— Très bien, passons aux questions qui fâchent. Je vais vous demander de me brosser un rapide tableau de votre situation financière : revenus, dettes, placements, épargne – tout. »

Marshal s'exécuta, pendant que Carol prenait des notes à la hâte sur du papier quadrillé jaune.

Lorsqu'il eut fini, Marshal montra du doigt les notes de Carol et dit : « Vous voyez, madame Astrid, que je ne suis pas un homme riche. Vous voyez également ce que signifie pour moi le fait de perdre quatre-vingt-dix mille dollars. C'est désastreux, la pire chose qui me soit jamais arrivée. Quand je pense aux années passées à travailler, à me réveiller à six heures du matin pour voir un patient supplémentaire, à suivre et à jouer sur mes actions, à appeler tous les jours mon courtier et mon conseiller financier, et… Et… Je ne sais pas comment je vais pouvoir m'en remettre. Ma vie, ma famille sont bouleversées à jamais ! »

Carol relisait ses notes. En les posant sur son bureau, elle dit à Marshal, de sa voix la plus douce : « Permettez-moi de vous aider à prendre du recul. Tout d'abord, comprenez bien qu'il ne s'agit *pas* d'une perte de quatre-vingt-dix mille dollars. Avec la preuve que constitue ce faux billet à ordre, votre comptable traitera cela comme une perte de capital et il l'utilisera pour compenser les gains substantiels que vous avez faits l'année dernière et que vous ferez probablement à l'avenir. Par ailleurs, vous pourrez défalquer chaque année trois mille dollars de vos revenus *habituels* pendant les dix prochaines années. De ce fait, en un tournemain, nous allégeons votre perte de manière significative – elle vient de descendre à moins de cinquante mille dollars.

« Deuxième et dernier point que j'ai le temps d'aborder aujourd'hui – un autre client m'attend : quand je regarde votre situation financière à partir des chiffres que vous m'avez donnés, je ne vois vraiment pas de quoi tirer la sonnette d'alarme. Vous avez subvenu aux besoins de votre famille de manière satisfaisante – excellente, dirai-je même –, et vous avez été un investisseur heureux. En vérité, cette perte ne changera rien à votre situation matérielle !

— Vous ne comprenez pas. Et l'éducation de mon fils ? Mes objets d'art ?

— La prochaine fois, docteur Streider. J'ai un autre client…

— Quand vous reverrai-je ? Demain ? Je ne sais pas comment je vais pouvoir survivre dans les jours qui viennent.

— Quinze heures demain ? Ça vous convient ?

— Je me débrouillerai. J'annulerai mes rendez-vous, si besoin est. Si vous me connaissiez mieux, docteur Astrid…

— Non, *madame* Astrid. Mais merci quand même pour la promotion.

— Madame Astrid, pardon… J'allais dire que si vous me connaissiez, vous comprendriez que la situation doit être grave pour que j'annule les rendez-vous de mes patients. Je l'ai fait hier pour la première fois en vingt ans.

— Je serai aussi disponible pour vous que possible. Nous désirons néanmoins maintenir les coûts à un niveau raisonnable. C'est étrange de dire une chose pareille à un psychiatre, mais la meilleure chose que vous puissiez faire maintenant est de parler à un confident – un ami, un confrère. Vous êtes coincé dans une vision qui ne fait qu'alimenter votre désespoir, et vous avez besoin d'entendre d'autres points de vue. Et votre femme ?

— Ma femme vit sur une autre planète… La planète ikebana.

— Où ? Ikeb… ? Je ne comprends pas.

— Ikebana. Vous savez, les compositions florales japonaises. Elle est complètement accro, elle ne fréquente plus que ses petits camarades de la méditation bouddhiste. Je ne la vois presque plus.

— Ah oui… Je vois. Comment, déjà ? Oui, ikebana ! Oui, j'en ai entendu parler. Les compositions florales japonaises. Je comprends. Et elle est ailleurs, dites-vous, perdue sur cette planète ? Pas souvent à la maison ? Euh… Ce doit être pénible pour vous.

Terrible. Vous êtes seul. Et vous avez besoin d'elle en ce moment. Terrible. »

Marshal était surpris, mais touché, par la réponse de Carol, chaleureuse et à mille lieues du discours juridique standard. Ils restèrent tous deux assis en silence pendant quelques instants, jusqu'à ce que Marshal se lance : « Vous me dites que vous avez un autre client maintenant ? »

Un silence.

« Madame Astrid, vous dites que…

— Désolée, docteur Streider, coupa Carol tout en se levant, j'ai eu la tête ailleurs pendant une petite minute. Mais nous nous revoyons demain. Courage, je suis de tout cœur avec vous. »

Chapitre 24

Après le départ de Marshal, Carol resta assise plusieurs minutes, éberluée. L'ikebana ! La composition florale japonaise ! Aucun doute : son client, le Dr Streider, était bel et bien l'ancien psy de Jess. Celui-ci lui avait, de temps à autre, parlé de son ancien analyste, toujours en des termes élogieux et mettant l'accent sur sa dignité, son dévouement, sa diligence. Au début, Jess avait éludé les questions de Carol sur la manière dont il avait commencé sa thérapie avec Ernest ; mais à mesure que leur relation s'approfondit, il finit par lui raconter ce fameux jour d'avril où il avait aperçu, cachés derrière les branches épaisses d'un érable rouge, la femme de son psy en train d'embrasser à pleine bouche un moine bouddhiste vêtu de sa robe jaune safran.

Jess avait mis un point d'honneur à respecter la vie privée de son psy, et il n'avait jamais révélé son nom à Carol. Mais il n'y avait pas d'erreur possible : ce ne pouvait être *que* Marshal Streider, pensa-t-elle. Combien de psy ont une femme à la fois bouddhiste et experte en ikebana ?

Carol avait hâte de voir Jess au dîner. Cela faisait longtemps qu'elle n'avait pas partagé une nouvelle aussi sensationnelle avec quelqu'un. Elle imaginait l'expression incrédule de Jess, et sa jolie bouche ronde, si douce, qui dirait : « Non ! C'est incroyable ! Quelle horreur, quatre-vingt-dix mille dollars ! Et je t'assure que l'animal a travaillé dur pour les gagner. Et entre tous les avocats du monde, il s'adresse à toi ! » Elle le voyait déjà en train de boire chacune de ses paroles. Elle userait de tous les artifices rhétoriques pour rendre le récit aussi croustillant que possible.

Mais elle s'arrêta net lorsqu'elle se rendit compte qu'elle ne pouvait rien révéler à Jess. « Je ne peux rien lui dire à propos de Streider, pensa-t-elle. Je ne peux même pas lui dire que je l'ai vu. Je suis explicitement tenue par le secret professionnel. »

Pourtant, Dieu sait qu'elle en mourait d'envie. Peut-être qu'un jour elle trouverait un moyen de le faire. En attendant, elle devait se contenter de la pitance, aussi maigre soit-elle, que lui accordait son code déontologique. Se contenter, aussi, d'agir comme Jess aurait voulu qu'elle agisse, en offrant toute l'aide possible à son ancien thérapeute. L'opération promettait d'être compliquée. Carol n'avait aimé aucun des psychothérapeutes qu'elle avait rencontrés. Et ce Dr Streider, elle l'aimait encore moins que les autres : il était trop geignard, se prenait trop au sérieux, et avait recours à des images footballistiques aussi puériles que machos. Même s'il avait été momentanément affaibli par sa déconvenue, Carol n'avait pas manqué de déceler en lui une formidable arrogance. Elle n'avait pas de mal à comprendre pourquoi il s'était fait tant d'ennemis.

Mais Jess avait beaucoup reçu du Dr Streider, et Carol, comme un cadeau destiné à Jess, se promit de tout faire pour aider son client. Elle aimait offrir des cadeaux à Jess – même si agir en secret, comme une sorte de bon Samaritain masqué, pour que Jess ignore tout de ses bonnes actions – allait se révéler très compliqué.

Le secret avait toujours été son fort. Dans sa profession, Carol était passée maîtresse dans la manipulation et l'art de l'intrigue. Aucun avocat n'aimait l'affronter au tribunal. Elle avait la réputation d'être particulièrement, et dangereusement, retorse. La tromperie avait toujours été pour elle une seconde nature, elle qui faisait si peu la part entre ses comportements professionnel et personnel. Néanmoins, depuis quelque temps, elle était lassée de sa propre roublardise. Elle avait découvert dans sa relation sincère avec Jess quelque chose de délicieusement rafraîchissant. Chaque fois qu'elle le voyait, elle essayait de prendre de nouveaux risques. Après quelques semaines, elle en avait révélé davantage à Jess qu'à tous les hommes de sa vie réunis. Excepté, naturellement, Ernest.

Ni l'un ni l'autre, d'ailleurs, ne parlait beaucoup d'Ernest. Carol avait émis l'idée que la vie serait plus simple s'ils évitaient le sujet. Au début, elle aurait bien voulu dresser Jess contre Ernest mais, très vite, elle abandonna l'idée – il ne faisait aucun doute que Jess profitait énormément de sa thérapie et qu'il aimait énormément Ernest. Carol, bien sûr, ne révéla rien de ses sentiments ou de son comportement calculateur à l'égard d'Ernest.

« Ernest est un psy extraordinaire ! s'exclama un jour Jess en sortant d'une séance particulièrement satisfaisante. Il est tellement honnête, tellement humain, dit-il avant de décrire la séance par le menu. Aujourd'hui, il a touché du doigt quelque chose de très important. Il m'a dit que, dès qu'on se rapprochait un peu, dès qu'on abordait des questions plus intimes, je fuyais

544

systématiquement, soit en faisant des blagues homophobes, soit en me lançant dans une diversion intellectuelle.

« Et tu sais quoi, Carol ? Il a complètement raison. Je fais toujours ça avec les hommes, en particulier avec mon père. Mais le plus étonnant, c'est qu'Ernest a reconnu, *lui aussi*, être gêné par une trop grande intimité masculine et s'être compromis avec moi en rigolant de mes blagues ou en me suivant dans des discussions intellectuelles.

« C'est quand même, poursuivit Jess, une preuve d'honnêteté inhabituelle de la part d'un thérapeute, tu ne trouves pas ? Surtout après toutes ces années que j'ai passées avec des psy coincés et froids comme la mort ! Le plus fort, c'est qu'il arrive, heure après heure, à maintenir un tel niveau d'intensité. »

Carol fut sidérée d'apprendre qu'Ernest se montrait aussi sincère avec Jess qu'avec elle. D'une certaine manière, bizarre, elle était déçue, courroucée presque, d'apprendre que ce traitement ne lui était pas réservé. Elle se sentait dupée. Mais jamais Ernest n'avait prétendu la traiter différemment du reste de ses patients. Elle se convainquit qu'elle s'était trompée sur son compte, et qu'en fin de compte l'ardeur qu'il mettait dans son travail était autre chose qu'une simple stratégie de séduction.

En fait, son stratagème byzantin pour piéger Ernest tournait au bourbier. Un jour ou l'autre, Jess finirait par parler d'elle au cours d'une séance, et Ernest découvrirait toute la vérité. L'objectif qu'elle s'était fixé – discréditer Ernest, ruiner sa carrière et détruire sa relation avec Justin – n'avait plus de sens. Justin avait sombré dans les oubliettes de son cœur, et Ralph Cooke et

Zweisung dans celles de sa mémoire. Toute blessure infligée à Ernest n'aurait d'autre résultat que de blesser Jess, et elle-même par contrecoup. La colère et la vengeance l'avaient si longtemps dominée que, sans elles, Carol se sentait perdue. Chaque fois qu'elle s'attardait sur ses motivations profondes – ce qu'elle faisait de plus en plus –, elle ne trouvait que confusion.

Néanmoins, elle poursuivit son jeu de séduction auprès d'Ernest, comme en pilotage automatique. Ainsi, deux semaines plus tôt, lors de leur étreinte rituelle, elle l'avait serré fort contre elle. Il s'était immédiatement raidi et avait dit sèchement : « Carolyn, à l'évidence vous voulez toujours que je sois votre amant, comme l'était Ralph. Mais il est grand temps pour vous d'abandonner cette idée. Jamais je n'aurai d'aventure sexuelle avec vous. Ni avec aucune de mes patientes ! Vous m'entendez bien : jamais. »

Ernest avait immédiatement regretté sa réponse abrupte. La séance suivante, il était revenu dessus avec Carol.

« Pardon d'avoir été aussi brutal, Carolyn. Je perds rarement mon sang-froid comme ça, mais il y a quelque chose de si étrange, de si insistant dans votre obstination. Et de si autodestructeur, aussi. Je pense sincèrement que nous pouvons faire du bon travail, vous et moi, et que je peux vous apporter beaucoup ; mais ce que je ne comprends pas, c'est pourquoi vous persistez à saboter notre travail. »

La réponse de Carol, ses supplications pour qu'Ernest s'occupe d'elle, ses références à Ralph Cooke, tout cela sonna creux, même à ses propres oreilles, et la réponse d'Ernest ne se fit pas attendre : « Je vais vous paraître rébarbatif, mais aussi longtemps que vous essayerez de repousser mes limites, j'y reviendrai encore et encore. D'abord, je suis persuadé que le fait de m'avoir pour amant finirait par vous causer du tort – je sais que vous pensez le contraire, et j'ai tout tenté pour vous faire changer d'avis. Vous n'arrivez pas à croire que je puisse me soucier sincèrement de vous. Aujourd'hui, je vais donc essayer autre chose. Je vais vous parler de notre relation de mon point de vue égoïste, en partant de ce qui est bon pour moi.

« L'idée de base, c'est que je vais éviter d'adopter un comportement qui risque de me faire souffrir plus tard. Je *sais* pertinemment quelles seraient pour moi les conséquences d'une aventure sexuelle avec vous : je regretterais mon geste pendant des années, peut-être même pour le restant de mes jours. Or je n'ai aucune envie de m'infliger un tel traitement. Sans parler des conséquences juridiques. Je risquerais la radiation pure et simple. J'ai travaillé dur pour en arriver là, j'adore mon boulot et je n'ai pas du tout l'intention de foutre en l'air toute ma carrière. Maintenant, c'est à vous de vous demander pourquoi vous insistez tant auprès de moi.

— Vous vous trompez, rétorqua Carol. D'un point de vue juridique, vous ne risquez rien, parce qu'aucune action en justice ne peut être entreprise sans qu'une plainte soit déposée, et jamais, jamais je ne ferai une chose pareille. Je veux que vous soyez mon amant. Je ne pourrai jamais vous faire souffrir.

— Je sais que c'est votre sentiment. *Aujourd'hui*. Mais des centaines de plaintes sont déposées chaque année et chaque fois, sans exception, le patient tenait les mêmes propos que vous en ce moment. Alors permettez-moi de vous dire les choses franchement et crûment : j'agis dans mon propre intérêt ! »

Carol ne répondit rien.

« Voilà, je vous ai à peu près tout dit, Carolyn. Je ne peux pas être plus clair. La balle est dans votre camp maintenant. Rentrez chez vous et réfléchissez bien à ce que je viens de vous dire. Croyez-moi quand je vous dis que je ne me lancerai jamais dans une aventure avec vous. Je suis on ne peut plus sérieux. Dites-moi alors si vous voulez, oui ou non, continuer la thérapie. »

Ce jour-là, ils se quittèrent sur une note sombre. Pas d'étreinte. Et, cette fois, pas de regrets de la part d'Ernest.

Carol s'assit dans la salle d'attente pour chausser ses baskets. Elle ouvrit son sac à main et relut quelques-unes de ses notes.

« Il insiste pour que je l'appelle "Ernest" pour que je l'appelle chez lui, il dit que je suis belle en tous points, s'assied près de moi sur le divan, m'invite à lui poser des questions sur sa vie privée, caresse mes cheveux, affirme que si nous nous étions rencontrés ailleurs, il aurait voulu être mon amant… »

Elle pensa à Jess qui l'attendait devant le restaurant Green's. « Merde ! » se dit-elle. Elle déchira les notes et partit en courant.

Chapitre 25

Le rendez-vous entre Marshal et Bat Thomas, le détective privé recommandé par Carol, commença sous les meilleurs auspices. L'homme avait exactement la gueule de l'emploi : le visage buriné, les habits fripés, les dents de traviole, des baskets aux pieds, un peu gros et ne respirant pas la bonne santé – conséquence, sans doute, d'un excès d'alcool et de planques sédentaires. Il avait des manières rudes et brusques, mais un esprit à la fois puissant et discipliné. Dans son bureau, petit appartement minable au quatrième étage donnant sur Fillmore Street, coincé entre un marché et une boulangerie, tout l'attirail était en bonne place : un canapé en cuir éventré et, à moitié affaissé, un parquet nu et un bureau en bois, rayé de toutes parts, une pochette d'allumettes glissée sous l'un des pieds en guise de cale.

Marshal fut content de monter les marches de cet immeuble : trop agité par les événements récents, il n'avait pas eu sa ration de sport et d'exercice cette semaine. Et il prit plaisir, au début, à discuter avec ce détective bourru qui n'avait pas sa langue dans sa poche.

Bat Thomas était parfaitement d'accord avec Carol. Après avoir entendu Marshal lui décrire toute l'affaire, y compris son angoisse à propos de sa stupidité, l'ampleur de ses pertes et sa terreur à l'idée d'un déballage public, Bat fit ce commentaire : « Votre avocate a raison… Depuis le temps que je travaille avec elle, je l'ai rarement vue se tromper. On a affaire à un pro. Je vais vous dire la partie que je préfère : le coup du chirurgien de Boston, et puis quand il vous a demandé de l'aider à ne plus culpabiliser… Franchement, c'est du très beau travail. En plus, il achète votre silence avec une Rolex à trente cinq mille dollars : moi je dis chapeau bas ! Un amateur vous aurait refilé une fausse montre. Grandiose, aussi, le coup du Pacific Union Club. Il a tout de suite compris qui vous étiez. Rapide. Vous vous êtes trahi. Un gros malin, ce type. Vous avez de la chance qu'il ne vous ait pas pris plus. Bon, voyons ce qu'on peut savoir sur lui. Est-ce qu'il vous a cité d'autres noms ? Comment est-ce qu'il est arrivé jusqu'à vous, au départ ?

— Il m'a dit que je lui avais été recommandé par une amie d'Adriana. Mais sans me dire qui.

— Vous avez leurs numéros de téléphone, à lui et à sa fiancée ? Je vais commencer par là. Et son numéro à Zurich, aussi. Il a dû fournir des papiers pour obtenir ces lignes de téléphone. Je vais faire cette recherche aujourd'hui. Mais pas la peine de vous emballer, c'est sans doute bidon. Comment est-ce qu'il se déplaçait ? En voiture ?

— Je ne sais pas comment il est arrivé à mon bureau. Une voiture de location ? Un taxi ? Quand nous avons quitté le Club, il est rentré à pied jusqu'à son hôtel tout proche. Mais pourquoi ne creusez-vous pas la piste du fax de l'université du Mexique ?

— Non, les fax ne mènent à rien. Mais donnez toujours, je jetterai un œil aussi. Il a visiblement créé un logo sur son ordinateur, puis se l'est faxé à lui-même ou a demandé à sa copine de le faire. Je vais vérifier leurs noms dans le fichier des criminels. Je connais quelqu'un qui peut le consulter contre un petit pourboire. Ça vaut le coup d'essayer mais je n'ai pas grand espoir, votre bonhomme utilise un pseudo. Il doit sans doute faire le coup deux ou trois fois par an, peut-être uniquement avec des psy. C'est la première fois que j'entends parler de ce *modus operandi*. Je vais vérifier. Ou alors il court après les grosses fortunes, les médecins, par exemple… Mais même avec du menu fretin comme vous, il doit se faire quatre ou cinq cent mille dollars par an. Pas mal, quand on sait que ce n'est pas imposable. Ce type est fort, il ira loin ! Bon, pour commencer, je vais vous demander un acompte de cinq cents dollars. »

Marshal signa un chèque et lui demanda un reçu.

« OK, doc, ça marche. Je me mets au boulot tout de suite. Revenez cet après-midi vers cinq ou six heures, on regardera ce qu'on aura trouvé. »

À l'heure dite, Marshal retourna voir le détective, uniquement pour apprendre que les recherches n'avaient rien donné. Adriana avait obtenu une ligne de téléphone grâce à un permis de conduire et à une carte de crédit volés dans l'Arkansas. Peter, lui, avait tout payé en liquide au Fairmont Hotel, et utilisé une fausse carte American Express en guise de garantie. Tous les fax étaient partis de là-bas. Le numéro de téléphone à Zurich avait été activé grâce à la même fausse carte.

« Aucune piste, conclut Bat. Que dalle ! On a affaire à un artiste, un véritable artiste… Il force le respect.

— Bon, j'ai compris. Vous admirez le travail de ce type. Je suis ravi que vous vous entendiez si bien, tous les deux. Mais rappelez-vous que *je* suis votre client et que j'ai l'intention de l'attraper.

— Vous voulez l'attraper ? Alors une seule solution. J'ai des amis bien placés dans la répression des fraudes. Laissez-moi les contacter et déjeuner avec mon ami Lou Lombardi – il a une dette envers moi. On pourra comparer avec des affaires similaires, d'autres psy ou toubibs qui se sont fait avoir de la même manière, le riche patient, reconnaissant, guéri, qui veut remercier le médecin, le chirurgien miraculeux, la Rolex, le cycle de conférences, l'investissement à l'étranger et la culpabilité au sujet des tuyaux crevés donnés aux toubibs. La recette est trop belle pour ne pas avoir été déjà utilisée.

— Attrapez cet enfoiré par tous les moyens.

— Il y a un petit souci : vous devez m'accompagner pour déposer plainte auprès de la brigade financière de San Francisco, parce que c'est sur son territoire que vous avez fait votre transaction. Mais il faut que vous donniez votre nom, et il n'y aura aucun moyen de le cacher à la presse. Impossible. Il va falloir vous y faire, vous connaissez ces journaux de merde, ils vont sortir des unes du genre : "Le portefeuille du psy bien soigné par son ex-patient !" »

La tête entre les mains, Marshal se contenta d'émettre un grognement. « C'est pire que l'escroquerie ! Ce serait ma ruine ! Imaginez les journaux en train de raconter comment j'ai accepté une Rolex d'un patient… Comment ai-je pu être aussi con ? Comment ?

— C'est votre argent, c'est votre affaire. Mais je ne peux pas vous aider si vous me liez les mains.

— Cette putain de Rolex m'a coûté quatre-vingt-dix mille dollars ! Quel con, quel con, mais quel con !

— Du calme, docteur. Pas sûr que la répression des fraudes puisse le retrouver. Il y a des chances pour qu'il ait déjà quitté le pays. Mais asseyez-vous, je vais vous raconter une histoire. » Bat alluma une cigarette et jeta l'allumette par terre.

« Il y a quelques années je vais à New York pour affaires et pour voir ma fille, qui vient de mettre au monde mon premier petit-enfant. C'est une belle journée d'automne, le ciel est bleu et je marche sur Broadway, près de la 39e ou de la 40e Avenue en me disant que j'aurais peut-être dû acheter un petit cadeau – mes enfants m'ont toujours trouvé radin. Et soudain je vois ma tête sur un écran de télévision, un pauvre type me propose une mini-caméra Sony flambant neuve pour cent cinquante dollars : j'en utilise tout le temps pour mon boulot, et je sais qu'elles en valent au moins six cents. Je négocie jusqu'à soixante-quinze dollars, il envoie un gamin et cinq minutes plus tard une vieille Buick arrive avec sur la banquette arrière une douzaine de caméras, dans leur emballage Sony d'origine. Les gars ont l'air sur leurs gardes, ils me sortent le vieux coup des caméras tombées du camion. C'était du matériel volé, à l'évidence. Mais le vieil avare que je suis décide quand même de l'acheter. Je leur donne leurs soixante-quinze dollars, ils décampent et je rapporte le paquet à l'hôtel. C'est là que je commence à faire une crise de parano. Il faut dire qu'à l'époque je travaillais sur une grosse affaire d'arnaque pour une très grande banque, et il fallait que je fasse gaffe. J'avais l'impression qu'on me suivait. Une fois à l'hôtel, je suis encore plus convaincu de m'être fait avoir. J'ai peur de laisser la caméra volée dans ma chambre, du coup je la range dans une valise fermée à clé et je descends la valise à la réception. Le lendemain, je récupère la valise, je l'emmène chez ma fille, j'ouvre l'emballage intact de la caméra, et sur quoi je tombe ? Une brique !

« Tout ça pour dire, docteur, que vous devez relativiser : ça arrive à de grands professionnels, et même aux meilleurs… Vous ne pouvez pas passer votre vie à regarder dans votre dos, à penser que vos amis vont vous escroquer. On a parfois la malchance de croiser sur sa route un conducteur bourré. Désolé, doc, mais il est sept heures, j'ai du travail ce soir. Je vous envoie une facture bientôt, mais les cinq cents dollars que vous m'avez donnés devraient suffire. »

Marshal leva les yeux. Il comprit vraiment, pour la première fois, qu'il avait perdu quatre-vingt-dix mille dollars. « Comment ça ? C'est tout ? C'est tout ce que j'ai pour mes cinq cents dollars ? Votre charmante petite histoire sur la caméra et la brique ?

— Attendez, vous vous êtes fait avoir comme un bleu-bite, vous débarquez chez moi sans la moindre piste, sans le moindre indice, sans rien… Vous me demandez de vous aider, je vous donne cinq cents dollars de mon temps et de celui de mes employés. Ne me dites pas que je ne vous avais pas prévenu ! Encore une fois, vous ne pouvez pas me lier les mains, m'empêcher de faire mon travail, et ensuite vous plaindre… Je sais que vous êtes furieux. Qui ne le serait pas à votre place ? Mais laissez-moi le traquer par tous les moyens, sinon laissez tomber. »

Marshal demeura silencieux.

« Vous voulez que je vous donne un conseil ? J'arrête le compteur, c'est gratuit : *dites adieu à cet argent*. Considérez ça comme une dure leçon de la vie.

— Mais moi, Bat, dit Marshal en quittant le bureau, je ne lâche pas le morceau comme ça. Ce connard est tombé sur la mauvaise personne.

— Doc ! cria Bat dans l'escalier pendant que Marshal descendait. Si vous voulez jouer les justiciers solitaires, je vous le déconseille fortement ! Ce type est plus malin que vous. Beaucoup plus malin !

— Va te faire foutre ! » marmonna Marshal en sortant de l'immeuble. Il se retrouva dans Fillmore Street.

Il rentra chez lui à pied, en une longue promenade qui lui permit d'envisager soigneusement toutes les options qui se présentaient à lui. Le soir même, il passa à l'action. Il souscrivit tout d'abord un nouvel abonnement téléphonique, avec un numéro sur liste rouge et une messagerie vocale. Ensuite, il envoya par fax une annonce qui paraîtrait dans le prochain numéro de *Psychiatrie News*, la revue de l'AAP envoyée chaque semaine à tous les psy du pays :

« ATTENTION ! Recevez-vous en thérapie courte un patient (homme blanc, riche, séduisant, la quarantaine, mince) pour des problèmes avec ses enfants et sa fiancée relatifs à la dispersion de son patrimoine et à un accord prénuptial, qui vous propose des projets d'investissement, des cadeaux et des cycles de conférences ? Vous êtes peut-être en grand danger. Appelez le 415-555-1751. Confidentialité garantie. »

Chapitre 26

Les nuits de Marshal furent particulièrement agitées. Seuls de puissants somnifères lui permettaient de trouver le sommeil et, dans la journée, il était absolument incapable de penser à autre chose qu'aux instants, tous les instants, qu'il avait passés en compagnie de Peter Macondo. Il lui arrivait de passer au crible les débris de sa mémoire pour y déceler de nouveaux indices ; ou alors, parfois, il construisait des scénarios vengeurs dans lesquels il tendait à Peter une embuscade dans la forêt avant de le capturer et de le battre à chaux et à sable. D'autres fois, il restait couché dans son lit, fustigeant sa naïveté et imaginant Adriana et Peter en train de passer en trombe devant lui dans leur Porsche à quatre-vingt-dix mille dollars et le saluer joyeusement.

Ses journées non plus n'étaient pas faciles. Les effets des somnifères, malgré les doubles cafés, se poursuivaient tard dans la matinée, et ce n'était qu'au prix d'immenses efforts que Marshal parvenait à assurer les séances avec ses patients. Il s'imaginait sans cesse sortant de son rôle et faisant intrusion dans l'analyse. « Arrête de geindre », avait-il envie de dire à l'un d'eux. Ou alors, à tel autre : « Tu n'as pas pu dormir pendant une heure, et tu appelles *ça* une insomnie ? Moi je n'ai pas fermé l'œil de toute la nuit ! » Ou bien encore : « Alors comme ça, dix ans après, tu as vu Mildred chez l'épicier et une fois de plus tu as ressenti cette magie, ce petit pincement au cœur, cet éclair d'appréhension ! Laisse-moi t'expliquer ce qu'est la vraie douleur ! »

Malgré tout, Marshal tenait bon, fier de savoir qu'à sa place, la plupart des psy auraient depuis longtemps jeté l'éponge et pris un long congé de maladie. Quand les temps sont durs, seuls les durs avancent, se rappelait-il. Aussi, heure après heure, jour après jour, il encaissait les coups et ravala sa douleur.

Seules deux choses lui permettaient de tenir. Sa soif de vengeance, d'abord. Il écoutait régulièrement sa messagerie téléphonique, plusieurs fois par jour, pour voir si quelqu'un avait répondu à son annonce dans *Psychiatric News*, dans l'attente d'une piste qui remonterait vers Peter.

Ensuite, les rendez-vous rassurants chez son avocate. Une heure ou deux avant de voir Carol, Marshal était incapable de penser à autre chose : il répétait son texte, il imaginait leur conversation. Parfois, en pensant à elle, il se sentait envahi par une onde de gratitude. Chaque fois qu'il quittait le bureau de Carol, c'était son fardeau qui semblait s'alléger. Il ne chercha pas à analyser la nature de ses sentiments profonds pour elle ; à vrai dire, il n'en avait cure. Très vite, les rendez-vous hebdomadaires ne lui suffirent plus, il voulut la voir deux ou trois fois par semaine, tous les jours même.

Ces exigences éreintaient Carol, au point qu'elle ne sut plus quoi faire pour lui et qu'elle se sentit rapidement incapable de dissiper les angoisses de son client.

Elle tenta finalement de le convaincre d'aller consulter un psychothérapeute. Mais Marshal ne voulait rien entendre.

« Je ne peux pas aller voir un thérapeute, pour les mêmes raisons qui m'interdisent la moindre publicité autour de cette affaire. J'ai trop d'ennemis dans la profession.

— Vous croyez qu'un thérapeute serait incapable de garder tout ça confidentiel ?

— Non, répondit Marshal, ce n'est pas tant une question de confidentialité – plutôt une question de visibilité. Il faut que vous sachiez une chose : toute personne qui pourrait m'être utile devra avoir reçu une formation psychanalytique.

— Vous voulez dire, interrompit Carol, que seul un psychanalyste pourra vous aider ?

— Madame… Ça vous dérange si on s'appelle par nos prénoms ? Je trouve un peu formel de dire "madame Astrid" ou "docteur Streider", étant donné la nature intime de nos discussions. »

Carol donna son accord en hochant la tête, se rappelant au même moment que la seule chose que Jess n'appréciait pas chez son psy était justement son formalisme – il avait ainsi haussé les épaules lorsque Jess lui avait proposé de l'appeler par son prénom, tenant à ce qu'on le nomme « docteur ».

« Carol… Oui, c'est mieux… Dites-moi franchement : est-ce que vous m'imaginez consulter un thérapeute bidon ? Du genre spécialiste des vies antérieures, ou quelqu'un qui dessine des diagrammes sur un tableau pour vous expliquer le passage de l'enfance à l'âge adulte, ou encore un jeune merdeux versé dans la thérapie cognitive qui va vouloir corriger mes mauvaises habitudes intellectuelles ?

— D'accord. Partons du principe que seul un psychanalyste est capable de vous aider. Alors poursuivons le raisonnement : pourquoi est-ce un tel problème pour vous ?

— Eh bien, je connais l'ensemble de la communauté des psychanalystes, et je crois qu'aucun d'entre eux ne pourrait maintenir avec moi la nécessaire neutralité thérapeutique. J'ai trop bien réussi, je suis trop ambitieux. Tout le monde sait que je brigue la présidence de l'Institut psychanalytique du Golden Gate et que j'ai des ambitions nationales.

— C'est donc une question de jalousie et de concurrence ?

— Évidemment. Comment un psychanalyste pourrait-il se montrer neutre avec moi ? Tous ceux que je connais jubileront en cachette devant mes déboires. À leur place, je ferais la même chose, d'ailleurs... Tout le monde aime voir les puissants se casser la gueule. Et puis la rumeur courrait que je suis en thérapie... En moins d'un mois, toute la ville serait au courant.

— Comment ça ?

— Impossible de cacher une chose pareille. Les psy travaillent dans des cabinets communs, et on me verrait très vite dans la salle d'attente.

— Et alors ? Qu'y a-t-il de honteux à suivre une thérapie ? Beaucoup de gens admirent justement les thérapeutes qui continuent de travailler sur eux-mêmes.

— Parmi mes confrères de mon âge et de mon niveau, ce serait perçu comme un aveu de faiblesse.

Politiquement, je serais grillé. Et rappelez-vous que j'ai toujours été très sévère à l'encontre des fautes professionnelles commises par les thérapeutes ; j'ai même organisé le rappel à l'ordre et l'expulsion – bien méritée, soit dit en passant – de mon propre psy. Vous avez entendu parler de l'affaire Seth Pande ?

— La procédure de rappel ? Oui, bien sûr ! Comment oublier une telle histoire ? C'était donc vous ?

— J'ai joué un rôle majeur dans cette affaire. Peut-être même le rôle principal. Entre nous soit dit, j'ai sauvé la peau de l'Institut… C'est une longue histoire confidentielle, je ne peux pas vous en dire plus, mais le problème est le suivant : comment voulez-vous que je fasse de grands discours sur les mauvais comportements des thérapeutes alors même que la moitié du public saura que j'ai accepté une Rolex d'un de mes patients ? Je serais obligé de me taire et d'abandonner toute velléité politique. »

Carol savait bien qu'il y avait dans le raisonnement de Marshal quelque chose qui clochait sérieusement. Mais elle ne trouvait pas la parade. Peut-être éprouvait-elle la même méfiance à l'égard des thérapeutes. Elle tenta un autre angle d'attaque.

« Marshal, revenons à votre idée selon laquelle *seul* un thérapeute ayant suivi une formation psychanalytique serait en mesure de vous aider. Regardez notre relation, par exemple… Je n'ai reçu aucune formation ! Et pourtant vous me trouvez d'un grand secours. Pourquoi donc ?

— Je ne sais pas pourquoi. Je sais seulement que *c'est le cas*. Et pour le moment, je n'ai pas le courage de comprendre pourquoi. Peut-être suffit-il que vous soyez dans la même pièce que moi... Laissez-moi faire le travail.

— Malgré tout, dit Carol en secouant la tête, je ne suis pas vraiment d'accord avec notre arrangement. Ce n'est pas professionnel, c'est aussi même peut-être contraire à la déontologie. Vous dépensez de l'argent pour voir quelqu'un qui n'a pas une expertise réelle dans le domaine qui vous concerne. Et une bonne somme d'argent. Après tout, je coûte plus cher qu'un thérapeute.

— Non, j'ai fait le tour de la question. En quoi est-ce contraire à la déontologie ? Votre client vous demande un service dont il pense qu'il pourra l'aider. Je peux signer une décharge à cet effet. Et ce n'est pas cher si vous réfléchissez aux conséquences fiscales. À mon niveau de revenus, les dépenses médicales modiques ne sont pas déductibles ; en revanche, les honoraires d'avocats le sont. Carol, vous êtes déductible à cent pour cent ! Vous êtes donc moins chère qu'un psychothérapeute, mais ce n'est pas ça qui me pousse à vous voir. Non, la vraie raison, c'est que vous êtes la seule personne qui puisse m'aider. »

C'est ainsi que Marshal put convaincre Carol de le garder comme client. Elle n'eut aucun mal à identifier les problèmes de Marshal – il les lui exposa l'un après l'autre. Comme tant d'excellents avocats, Carol était fière de sa belle écriture et les notes méticuleuses qu'elle avait prises sur son élégant papier à entête contenaient une liste de questions pertinentes. Pourquoi était-il tellement impossible à Marshal de demander de l'aide à quelqu'un d'autre ? Pourquoi avait-il tant d'ennemis ? Et pourquoi était-il si catégorique, si arrogant, à l'égard des autres thérapeutes, des autres thérapies ? Il était d'une intolérance invraisemblable, n'épargnant personne : sa femme, Bat Thomas, Emil, Seth Pande, ses confrères, ses étudiants… Tout le monde y passait.

Carol ne put s'empêcher de glisser une question sur Ernest Lash. Prétextant qu'une de ses amies envisageait de commencer une thérapie avec lui, elle lui demanda son avis.

« Eh bien… Je vous rappelle que cela reste confidentiel, Carol… Pour être honnête, ce n'est pas la première personne que je vous recommanderais. Ernest est un garçon brillant et réfléchi, qui a fait un excellent parcours dans la recherche pharmaceutique. Dans ce domaine-là, c'est l'un des tout meilleurs. Aucun doute. Mais en tant que thérapeute… Bon, disons simplement qu'il est encore en gestation, qu'il n'a pas trouvé sa voie. Le problème principal, c'est qu'il n'a pas reçu de formation analytique, à part une supervision limitée avec moi. Mais par ailleurs, je ne crois pas qu'il soit assez mûr pour suivre une formation analytique digne de ce nom : trop indiscipliné, trop insolent et trop iconoclaste. Pire encore, il se vante de sa rébellion, il essaye de la faire passer pour de l'innovation ou de "l'expérimentation", comme il dit. »

Rebelle ! Insolent ! Iconoclaste ! Après ces accusations contre Ernest, Marshal remonta nettement dans l'estime de Carol.

Après la méfiance et l'arrogance, sur la liste de Carol venait la honte éprouvée par Marshal. Une honte absolue. Peut-être que l'arrogance et la honte étaient liées, pensa-t-elle. Peut-être que si Marshal était moins arrêté dans ses jugements, il serait moins dur avec lui-même. Ou bien était-ce l'inverse ? S'il n'était pas aussi dur avec lui-même, serait-il plus indulgent avec autrui ? Maintenant qu'elle y pensait, c'était exactement en ces termes qu'Ernest lui en avait parlé.

En fait, par bien des aspects, elle se reconnaissait en Marshal. Sa colère, par exemple – chauffée à blanc, tenace, vengeresse –, lui rappelait la discussion qu'elle avait eue avec Heather et Norma le soir où Justin l'avait quittée. Avait-elle vraiment songé à engager un tueur ? À faire rosser Justin à coups de démonte-pneus ? Avait-elle vraiment détruit les dossiers informatiques de Justin, ses vêtements, ses souvenirs de jeunesse ? Rien de tout cela ne lui paraissait plus réel, comme si ces événements s'étaient produits des milliers d'années plus tôt. Le visage de Justin était en train de disparaître de sa mémoire.

Elle se demanda comment elle avait pu changer autant. Grâce à sa rencontre inopinée avec Jess, sans doute. Ou simplement parce qu'elle avait échappé à l'étau du couple ? Et puis Ernest avait croisé sa route... Se pouvait-il qu'il ait réussi, malgré tout, à faire entrer un peu de thérapie, comme en contrebande, dans leurs séances ?

Elle essaya de raisonner Marshal sur l'inutilité de sa colère, mettant l'accent sur son caractère autodestructeur. En vain. Elle aurait parfois souhaité pouvoir lui transfuser un peu de sa modération nouvellement acquise. D'autres fois, elle perdait patience et voulait lui remonter les bretelles. « Lâchez l'affaire ! aurait-elle aimé hurler. Vous ne voyez donc pas que votre colère absurde et votre fierté sont en train de vous perdre ? Tout s'en ressent : votre tranquillité d'esprit, votre sommeil, votre travail, votre couple, vos amitiés ! Laissez tomber ! » Rien n'y fit. Elle ne se rappelait que trop bien la force de son propre désir de vengeance, quelques semaines plus tôt, et pouvait donc aisément comprendre Marshal. Mais elle ne savait pas comment le convaincre d'abandonner l'affaire.

D'autres éléments de sa liste – par exemple l'attrait de Marshal pour l'argent et le prestige social – lui étaient parfaitement étrangers. Carol n'avait aucune affinité avec ces préoccupations-là. Elle comprit toutefois qu'elles tenaient une place centrale chez Marshal ; après tout, c'étaient son ambition et son appât du gain qui l'avaient plongé dans ce bourbier.

Et sa femme ? Heure après heure, Carol attendit patiemment que Marshal parle de Shirley. Mais il n'en dit pratiquement rien, sinon qu'elle était partie trois semaines pour Tassajara dans une retraite Vipassana. Il ne répondit pas non plus aux questions de Carol sur son couple, sinon pour dire que chacun suivait depuis quelques années un chemin séparé, et était mû par des intérêts différents.

Carol pensait souvent à Marshal, pendant qu'elle courait, qu'elle travaillait sur d'autres affaires, qu'elle était allongée sur son lit. Tellement de questions. Et si peu de réponses. Marshal perçut ce trouble chez elle ; il la rassura en disant que le fait de l'aider à exprimer ses problèmes de fond suffisait à soulager un peu de sa douleur. Mais Carol savait bien que cela ne suffisait pas. Elle avait besoin qu'on l'aide. Elle avait besoin d'un consultant. Mais qui ? Et puis, un beau jour, l'événement se produisit : elle avait trouvé exactement la personne qu'il lui fallait.

Chapitre 27

Dans la salle d'attente d'Ernest, Carol avait décidé de consacrer toute la séance à la recherche des moyens d'aider Marshal. Ayant dressé la liste des points sur lesquels elle avait absolument besoin de soutien, elle se demandait comment présenter la chose à Ernest. Elle savait qu'il convenait d'être prudente : Marshal lui avait clairement dit qu'Ernest et lui se connaissaient, elle devait donc dissimuler complètement l'identité de son client. Mais cela n'effraya pas Carol ; *au contraire*[1], elle adorait manœuvrer sur le terrain de l'intrigue.

Ernest, en revanche, s'était concocté un tout autre programme. Dès que Carol entra dans son bureau, ce fut *lui* qui ouvrit le bal.

« Vous savez, Carolyn, je trouve que notre dernière séance avait un goût d'inachevé. Nous nous sommes arrêtés au milieu de quelque chose d'important, me semble-t-il.

— Que voulez-vous dire ?

— J'ai eu le sentiment que dès que nous parvenions à poser un regard plus profond sur notre relation, vous avez commencé à être mal à l'aise. À la fin

---

1. En français dans le texte.

de la séance, vous êtes partie comme une fusée. Pouvez-vous me dire ce que vous avez ressenti en rentrant chez vous ce jour-là ? »

Comme la plupart des psychothérapeutes, Ernest attendait presque toujours du patient qu'il ouvre la séance. Chaque fois qu'il allait à l'encontre de cette règle et lançait le premier sujet, c'était pour explorer un sujet qui avait été laissé en plan lors de la séance précédente. De Marshal, il avait appris que plus les séances s'enchaînaient avec souplesse et fluidité, plus la thérapie s'en trouvait consolidée.

« Mal à l'aise ? Non. » Carol secoua la tête. « Je ne crois pas… Je ne me souviens pas vraiment de la dernière séance. Par ailleurs Ernest, aujourd'hui est un autre jour, et j'ai envie de vous parler de quelque chose d'autre. J'ai besoin de vos lumières. Il s'agit d'un de mes clients.

— Très bien, Carolyn, mais avant cela j'aimerais poursuivre mon idée. Il y a des choses qui me paraissent importantes et dont je voudrais vous parler. »

Carol n'était pas contente. « Qui est le patient, ici : toi ou moi ? » pensa-t-elle. Néanmoins, elle acquiesça poliment et laissa Ernest poursuivre.

« Vous vous rappelez certainement, Carolyn, que lors de notre première séance, je vous ai dit que le plus important pour nous était d'avoir des rapports honnêtes ? Pour ma part, je vous avais promis d'être honnête avec vous. Mais en vérité, je n'ai pas tenu parole. Je crois qu'il est temps de clarifier les choses. Je vais commencer par ma perception de l'érotisme… qui est très présent dans notre relation et qui me pose un vrai problème.

— Comment ça ? » Carol ouvrit grand les oreilles. Le ton employé par Ernest indiquait clairement qu'il ne s'agissait pas d'une séance comme les autres.

« Eh bien, regardez ce qui s'est passé. Dès la première séance, nous avons passé beaucoup de temps à discuter de l'attirance sexuelle que vous éprouvez pour moi. Je suis devenu le centre de vos fantasmes sexuels. Vous n'avez pas cessé de me demander de remplacer Ralph dans le rôle du thérapeute-amant. Et puis il y a eu nos étreintes à la fin de chaque séance, vos tentatives pour m'embrasser, la "pause divan" pendant laquelle vous vouliez vous asseoir à mes côtés...

— Oui, oui, je suis au courant. Mais vous avez employé le mot "problème".

— Oui, un vrai problème, en effet, et plutôt deux fois qu'une. D'abord parce que c'était excitant.

— Cela vous dérange, le fait que je sois excitée ?

— Non, le fait que *moi* je sois excité ! Vous vous êtes montrée très provocante, Carolyn, et puisque la règle du jeu est l'honnêteté, surtout aujourd'hui, je dois vous avouer que votre attitude m'a toujours excité et dérangé à la fois. Je vous ai déjà dit que je vous trouvais très belle ; il m'est très difficile, en tant qu'homme, de ne pas être troublé par votre charme. Vous êtes, vous aussi, entrée dans l'univers de *mes* fantasmes. Je réfléchis même aux vêtements que je vais porter les jours où je vous reçois. Je me dois de vous le dire.

« Naturellement, on ne peut plus continuer cette thérapie dans ces conditions. Voyez-vous, au lieu de vous aider à régler ces... comment dire... ces sentiments puissants, mais parfaitement irréalistes, que vous éprouvez pour moi, je crois en être devenu le complice, les avoir encouragés. J'aime vous prendre dans mes bras, j'aime toucher vos cheveux, vous voir assise à mes côtés sur le divan. Et je pense que vous vous en êtes rendu compte. Vous niez, Carolyn, mais je reste convaincu d'avoir attisé les flammes de votre attirance pour moi. Je proclamais "non, non, non", mais je disais aussi "oui, oui, oui", d'une voix moins forte, mais audible quand même. Et ça n'a pas aidé le processus thérapeutique.

— Je n'ai jamais entendu ces "oui, oui, oui", Ernest...

— Peut-être pas consciemment. Mais je suis sûr que vous les avez entendus. Deux personnes enfermées dans une relation intime, ou du moins une relation qui *se veut* intime, échangent tout entre elles, sinon explicitement, du moins à un niveau non verbal ou inconscient.

— Je ne suis pas du tout convaincue, Ernest.

— Je vous assure. Nous y reviendrons. Mais je veux que vous entendiez l'essence de ce que j'ai dit : votre attirance érotique pour moi dessert la psycho-thérapie, et j'assume, avec ma vanité et ma propre attirance pour vous, la responsabilité de vous avoir encouragée sur cette voie. Je n'ai pas été un bon psycho-thérapeute pour vous.

— Non, non, dit Carol en secouant vigoureusement la tête. Rien de tout ça n'est de votre faute...

— Non, écoutez, Carolyn, laissez-moi finir... Il faut que je vous dise encore autre chose. Avant même de vous rencontrer, j'avais pris la résolution de me montrer totalement sincère avec mon prochain patient. Je pensais, et je pense toujours, que le grand défaut des thérapies traditionnelles tient à l'inauthenticité de la relation thérapeute-patient. J'en étais tellement persuadé que j'ai dû rompre avec un superviseur que j'admire beaucoup. C'est pour cette raison précise que j'ai récemment décidé de ne plus suivre de formation analytique.

— Je ne vois pas bien le rapport avec ma thérapie…

— Eh bien… Ça signifie que j'ai tenté une expérience avec vous. À ma décharge, je dois dire que le terme est un peu fort puisque ça fait maintenant plusieurs années que j'essaye d'être moins rigide, plus humain, avec mes patients. Mais dans votre cas, il y a un curieux paradoxe : j'ai voulu tenter l'honnêteté totale, et pourtant je ne vous ai jamais parlé de cette expérience. Maintenant que je fais le bilan, je ne crois pas que mon approche ait été la bonne. Je n'ai pas su établir la relation honnête, authentique, nécessaire à votre guérison.

— Mais ce n'est pas votre faute, ni celle de votre approche.

— Je ne sais pas très bien ce qui n'a pas fonctionné. Je vois un immense océan entre nous, je vous sens très méfiante, et puis soudain vous vous montrez très affectueuse, très aimante… Du coup, je me sens toujours déconcerté, parce que je ne sens presque aucune chaleur émanant de vous, aucune onde positive. Mais en disant ça, je ne vous apprends rien… »

Carol, tête baissée, resta silencieuse.

« Je suis donc de plus en plus inquiet. Je me suis planté avec vous. Dans votre cas précis, l'honnêteté n'a peut-être *pas* été la bonne solution. Vous auriez dû consulter un psychothérapeute plus traditionnel, quelqu'un qui aurait établi une relation plus formelle avec vous, qui aurait maintenu des limites plus étanches entre relations professionnelle et personnelle. Voilà, Carolyn… Je crois que je vous ai tout dit. Qu'en pensez-vous ? » Par deux fois, Carol voulut répondre mais elle dut chercher ses mots. « Je suis troublée… Je ne sais pas quoi vous dire.

— Je peux comprendre ce que vous ressentez. À la lumière de tout ce que je viens de vous dire, j'imagine que vous avez envie de mettre un terme à cette expérience et d'aller voir un autre psy. Et vous avez sans doute raison. Je vous soutiens, je serais même heureux de vous recommander un de mes confrères. Vous vous dites aussi, peut-être, que vous avez dépensé de l'argent inutilement, qui plus est pour une simple expérience thérapeutique. Si c'est le cas, parlons-en : le plus simple, me semble-t-il, serait que je vous rembourse.

« La fin de l'expérience : jolie formule, se dit Carol. Et le meilleur moyen de sortir de cette pénible farce. Oui, il est temps de partir, d'arrêter la mascarade. Laisse donc Ernest à Jess et à Justin. Tu as peut-être raison, Ernest… Le moment est sans doute venu de mettre fin à la thérapie. »

Tels étaient les propos qu'elle aurait dû tenir. Au lieu de quoi, elle s'entendit dire quelque chose de totalement différent.

« Non. Vous avez tout faux, Ernest. Non, ce n'est pas votre approche thérapeutique qui est en cause. Je ne voudrais pas que vous l'abandonniez à cause de moi… Ça me dérange, ça me dérange énormément. Vous ne pouvez pas en arriver à cette conclusion à partir d'un seul cas. Qui sait ? Peut-être est-il encore trop tôt pour savoir. Peut-être est-ce la meilleure approche pour moi. Laissez-moi du temps. J'apprécie votre honnêteté, dont je n'ai jamais eu à souffrir. Il se pourrait même qu'elle m'ait fait un bien fou. Quant à me rembourser, c'est absolument hors de question. Soit dit en passant, en tant qu'avocate, je vous conseille de ne plus jamais proposer ce genre de choses. C'est la porte ouverte à tous les procès.

« La vérité ? poursuivit-elle. Vous voulez la vérité ? Eh bien, la voici : vous m'avez aidée. Plus que vous ne le croyez. Et puis, tout bien réfléchi, j'ai envie de continuer à vous voir. Je n'ai aucunement l'intention de consulter un autre thérapeute. Peut-être que nous avons fait le plus dur et que, inconsciemment, j'étais en train de vous tester. J'en suis même sûre...

— Et j'ai réussi le test ?

— Je crois, oui. Mieux encore... Vous avez écrasé tout le monde.

— Et sur quoi portait le test ?

— Eh bien... Je ne sais pas trop. En fait, j'ai deux ou trois idées sur la question mais j'aimerais en parler une prochaine fois. D'accord, Ernest ? Aujourd'hui, je *dois absolument* vous parler d'autre chose.

— Très bien. Mais on est quittes ?

— On est sur la bonne voie.

— Passons à votre question. Vous me disiez qu'elle portait sur l'un de vos clients. »

Carol lui expliqua la situation de Marshal, en précisant bien qu'il s'agissait d'un psy mais en dissimulant son identité, et en rappelant à Ernest qu'elle était liée par le secret professionnel, afin qu'il ne lui pose pas de questions indiscrètes.

Ernest ne se montra pas très coopératif. Il n'aimait pas voir la thérapie de Carolyn se transformer en une simple séance de conseil. Il lui opposa une série d'objections : elle refusait de travailler vraiment sur elle-même ; elle faisait mauvais usage de son temps et de son argent ; enfin, ce n'était pas une avocate que son client devait consulter, mais plutôt un psychothérapeute.

Carol se défendit comme un beau diable. La question financière ne se posait pas, puisqu'elle coûtait plus à son client qu'Ernest ne lui coûtait à elle. Quant à aller voir un thérapeute plutôt que Carol, son client s'y *refusait*, elle ne pouvait pas en dire plus à cause du secret professionnel. Enfin, elle ne fuyait pas ses propres problèmes : elle était même disposée à voir Ernest plus souvent pour rattraper cette séance « perdue ». Puisque les problèmes de son client reflétaient, d'une certaine manière, les siens, elle ferait ainsi d'une pierre deux coups. Mais son plus bel argument fut de dire qu'en agissant d'une manière aussi désintéressée pour son client, elle ne faisait que mettre en pratique les consignes d'Ernest, c'est-à-dire casser ce cycle infernal de l'égoïsme et de la paranoïa qui s'était transmis, dans sa famille, de mère en fille.

« Vous m'avez convaincu, Carolyn. Vous êtes une femme incroyable. Si un jour je dois aller au tribunal, je veux que vous soyez mon avocate. Dites-moi tout sur votre client. »

Ernest était un conseiller expérimenté, il écouta attentivement Carol lui décrire ce qu'elle avait observé chez Marshal : colère, arrogance, solitude, obsession de l'argent et du statut social, et perte d'intérêt pour tout le reste, y compris sa vie sentimentale.

« Ce qui me frappe, répondit Ernest, c'est qu'il a perdu toute perspective. Il est tellement empêtré dans ses problèmes et dans ses sentiments qu'il en est venu à s'identifier à eux. Il faut trouver le moyen de l'aider à prendre du recul par rapport à lui-même, à se regarder d'un peu plus haut, dans une perspective plus cosmique. C'est exactement ce que j'essayais de faire avec vous, Carolyn, chaque fois que je vous demandais de réfléchir sur telle ou telle chose à partir des événements de votre vie. Votre client est donc *devenu* ces choses-là, il ne se voit plus comme une personnalité ancrée dans le temps, qui vit ces événements pendant une petite fraction de son existence. Pire encore, votre client part du principe que ses malheurs actuels vont durer toute la vie. Bien sûr, c'est typique de la dépression : un mélange de tristesse et de pessimisme.

— Comment y mettre fin ?

— Vous avez plusieurs possibilités. Par exemple, d'après ce que vous me dites, il est clair que la réussite et l'efficacité sont au centre de sa personnalité. Il doit se sentir complètement impuissant aujourd'hui, et terrifié par cette impuissance. Il se peut qu'il ait oublié le simple fait qu'il existe des possibilités de choix, et que ces choix lui donnent le pouvoir de changer le cours des choses. Il faut l'aider à comprendre que la mauvaise passe dans laquelle il se trouve n'est pas une fatalité, mais bien la conséquence de ses propres choix, notamment celui de vénérer l'argent. Une fois qu'il aura reconnu être le vrai responsable de la situation, il pourra être amené à comprendre qu'il a les moyens de s'en tirer : ses choix l'ont amené là, ses choix peuvent l'en sortir.

« Ou alors, continua Ernest, il a perdu de vue l'évolution naturelle de son désarroi actuel, qui existe au présent, qui a eu un début, et qui aura une fin. Vous pouvez aussi lui rappeler les moments où, dans le passé, il a ressenti cette même colère, ce même affolement, et comment cette souffrance a fini par disparaître – tout comme la mauvaise expérience qu'il traverse aujourd'hui finira par devenir, elle aussi, un souvenir délavé.

— Bien, merci, Ernest. Génial. » Carol griffonna quelques notes à la hâte. « Quoi d'autre ?

— Vous me dites qu'il est thérapeute. Il existe d'autres pistes de ce côté-là. Quand je traite des thérapeutes, je constate souvent que je peux tirer profit de leurs compétences professionnelles. C'est un bon moyen de les faire sortir d'eux-mêmes, de les faire se regarder avec un peu plus de recul.

— Comment vous y prenez-vous ?

— Le plus simple, c'est de lui demander d'imaginer un patient qui arrive dans son bureau avec les mêmes problèmes que les siens. Comment aborderait-il ce patient ? Posez-lui la question : "Que penseriez-vous d'un tel patient ? Comment pourriez-vous l'aider ?" »

Ernest s'arrêta un instant pour laisser le temps à Carol de tourner sa page et de coucher ses notes.

« Préparez-vous à ce qu'il soit agacé par cette question. En général, quand les psy vont très mal, ils sont comme tout le monde : ils veulent qu'on s'occupe d'eux, ils refusent d'être leur propre thérapeute. Mais soyez tenace. C'est une approche qui fait ses preuves, une technique très efficace. On appelle ça "l'amour vache".

« L'amour vache n'est pas mon fort, poursuivit-il. Mon ancien superviseur me disait toujours que je préférais la satisfaction immédiate de voir mes patients m'aimer plutôt que la satisfaction plus importante de les voir aller mieux. Je crois… non, je *sais* qu'il avait raison. Je lui dois beaucoup pour ça.

— Et l'arrogance ? demanda Carol en levant les yeux de ses notes. Mon client est si arrogant, prétentieux et ambitieux qu'il n'a plus aucun ami.

— Généralement, la meilleure approche est celle du renversement : sa prétention cache sans doute une vision de lui-même bourrée de doutes, de honte et de mépris de soi. Les gens arrogants et durs pensent souvent qu'il faut en faire des tonnes pour tenir le coup. Par conséquent, je ne travaillerais pas sur sa prétention ou son narcissisme ; j'explorerais plutôt sa tendance à l'autoflagellation.

— Doucement… » Carol leva la main pour lui dire d'aller moins vite. Puis Ernest lui demanda : « Quoi d'autre encore ?

— Son obsession de l'argent, répondit Carol, et du rang social. Et puis sa solitude et son étroitesse d'esprit. C'est comme si sa femme et sa famille n'avaient aucune place dans sa vie.

— Vous savez, personne n'aime se faire arnaquer. Mais je suis tout de même surpris par la réaction catastrophée de votre client. Une telle panique, la fin du monde… Comme si c'était une question de vie ou de mort, comme si, sans cet argent, il était réduit à néant. Je serais tenté de m'interroger sur les racines de ce mythe qu'il s'est forgé. Et, incidemment, de manière délibérée et répétée, j'y ferais allusion comme à un mythe. Quand l'a-t-il conçu ? Quelle voix l'a guidé ? J'aimerais en savoir plus sur le rapport que ses parents entretenaient avec l'argent. D'après ce que vous me dites, son obsession du rang social est précisément ce qui l'a conduit jusque-là. J'ai l'impression qu'un escroc malin l'a perçue et l'a utilisée pour le piéger.

« Il y a un paradoxe, tout de même. Votre client – j'ai failli dire votre *patient* – considère cette perte d'argent comme sa ruine. Or pour peu que vous le guidiez habilement, cette escroquerie peut être son salut. C'est peut-être même la meilleure chose qui lui soit jamais arrivée !

— Comment dois-je m'y prendre ?

— Si j'étais vous, je lui demanderais de procéder à une introspection très poussée et de voir si son for intérieur, le cœur de sa personnalité, estime que le but de l'existence est d'amasser de l'argent. Il m'arrive de demander à ce genre de patients de se projeter dans l'avenir, jusqu'à leur mort et leur enterrement, voire d'imaginer leur propre tombe et de rédiger une épitaphe. Que penserait votre client s'il voyait inscrit sur sa tombe qu'il était obsédé par l'argent ? Est-ce ainsi qu'il aimerait voir sa vie résumée ?

— C'est terrifiant, comme exercice, rétorqua Carol. Ça me rappelle le test sur la ligne de vie auquel vous m'avez soumise. Je devrais peut-être m'y attaquer, d'ailleurs… Mais une autre fois… En attendant, j'ai d'autres questions à propos de mon client. Dites-moi, Ernest, que faites-vous de son indifférence complète à l'égard de sa femme ? Par le plus grand des hasards, j'ai appris qu'elle avait peut-être un amant.

— Même stratégie. Je lui demanderais ce qu'*il* dirait à un patient qui se montre indifférent à la personne qui est la plus proche de lui sur cette planète. Demandez-lui d'imaginer la vie sans elle. Et *quid* de sa sexualité ? Où est-elle passée ? Depuis quand a-t-elle disparu ? Et vous ne trouvez pas curieux qu'il soit bien plus enclin à comprendre ses patients que sa femme ? Vous dites qu'elle aussi est psychothérapeute et qu'il n'arrête pas de dénigrer sa formation et son approche ? Eh bien, à votre place j'aborderais cette question de front, aussi durement que possible. Pourquoi la ridiculise-t-il ainsi ? Je suis persuadé que c'est parfaitement infondé.

« Que puis-je vous dire encore... Ah oui, sa paralysie professionnelle. Si elle se poursuit, peut-être qu'un ou deux mois d'arrêt de travail lui feraient du bien, à lui comme à ses patients. L'idéal serait qu'il en profite pour faire une retraite en compagnie de sa femme. Ils pourraient également suivre une thérapie de couple et tenter quelques exercices d'écoute. Je pense qu'une des meilleures choses qui pourraient lui arriver serait qu'il permette à sa femme de lui venir en aide, y compris à l'aide de ces méthodes qu'il méprise tant.

— Une dernière question...

— Non, pas aujourd'hui, Carolyn. Nous avons déjà bien mordu sur le temps... Et puis je suis à court d'idées. Revenons plutôt un instant sur notre séance d'aujourd'hui. Au-delà des propos que nous venons d'échanger, dites-moi ce que vous avez ressenti. À propos de notre relation. Je veux entendre la vérité, toute la vérité, Carolyn. J'ai été honnête avec vous, soyez-le avec moi.

— Oui, je sais que vous avez été honnête. Et j'aimerais vous rendre la pareille... mais je ne sais pas comment vous dire... Je me sens dégrisée, honteuse... Ou peut-être *privilégiée* est-il le mot juste. Écoutée. Respectée. Et votre honnêteté m'oblige à ne rien vous cacher.

— Cacher quoi ?

— Regardez la pendule ! Nous avons dépassé le temps ! La prochaine fois ! » Carol se leva pour partir.

Au seuil de la porte, il y eut un moment de gêne partagé. Ils devaient inventer un nouveau geste d'au revoir.

« À jeudi, dit Ernest en tendant la main.

— Il est trop tôt pour se serrer la main. Il est difficile de se défaire des mauvaises habitudes. Surtout du jour au lendemain. Procédons par étapes. Que diriez-vous d'une étreinte paternelle ?

— Va pour une étreinte avunculaire ?

— Qu'est-ce que ça veut dire, avunculaire ? »

Chapitre 28

La journée avait été longue. Marshal revint du bureau en traînant les pieds, perdu dans ses pensées. Il avait vu neuf patients, ce jour-là. Soit neuf fois cent soixante-quinze dollars. Combien de temps encore lui faudrait-il attendre avant de récupérer ses quatre-vingt-dix mille dollars ? Cinq cents séances d'une heure chacune. Soixante journées pleines au bureau. Plus de douze semaines de travail, douze semaines de dur labeur au service de cet enfoiré de Peter Macondo ! Sans parler des dépenses occasionnées pendant ce temps-là : le loyer du bureau, les frais professionnels, l'assurance contre l'erreur professionnelle, l'autorisation d'exercice de la médecine. Plus les honoraires perdus pendant les deux semaines d'inactivité qui avaient suivi l'escroquerie. Et les cinq cents dollars volés par le détective privé. Sans oublier le fait, évidemment, que les actions Wells Fargo avaient repris du poil de la bête une semaine plus tôt et valaient désormais quatre pour cent de plus que lorsqu'il les avait vendues ! Et les frais d'avocat ! « Carol les vaut bien, pensa-t-il, même si elle n'arrive pas à comprendre que je ne peux pas lâcher le morceau. Même si je dois y passer ma vie entière, je verrai cette ordure se balancer au bout d'une corde. »

Il entra chez lui comme une furie et, comme à son habitude, posa sa mallette dans l'entrée avant de se précipiter sur son nouveau répondeur téléphonique. *Et voilà*[1] ! Comme tu auras semé, tu moissonneras ! Il y avait un message.

« Bonjour, j'ai vu votre annonce dans la revue de l'AAP… Enfin pas votre annonce, plutôt votre avertissement. Je suis psychiatre à New York, et j'aimerais avoir plus de renseignements sur la personne que vous décrivez. J'ai l'impression que c'est un de mes patients. Pourriez-vous me rappeler ce soir, chez moi, au 212-555-7082 ? Même très tard. »

Marshal composa le numéro et entendit un « Bonjour » à l'autre bout du fil, un « Bonjour » qui, avec l'aide de Dieu, le conduirait directement sur les traces de Peter. « Oui, répondit Marshal, je viens d'avoir votre message sur mon répondeur. Vous dites que vous traitez en ce moment quelqu'un qui ressemble à la personne que j'ai décrite dans mon annonce. Pourriez-vous m'en dire un peu plus ?

— Attendez, dit la voix. Reprenons dès le début. Qui êtes-vous ? Avant que je ne vous dise quoi que ce soit, je veux savoir à qui j'ai affaire.

— Je suis psychiatre et psychanalyste, je travaille à San Francisco. Et vous ?

— Je suis psychiatre à Manhattan. J'ai besoin d'en savoir plus sur votre annonce. Vous employez le terme de "danger".

— Oui, et plutôt deux fois qu'une. Cet homme est un véritable escroc, et si vous avez le malheur de l'avoir pour patient, alors vous êtes en danger. Est-ce

---

1. En français dans le texte.

que vous avez l'impression qu'il s'agit du même homme ?

— Je n'ai pas le droit de parler de mes patients à des inconnus. Secret professionnel oblige.

— Franchement, oublions les règles… C'est une urgence.

— Je préférerais que vous me décriviez d'abord ce fameux patient.

— Pas de problème, répondit Marshal. Environ quarante ans, bel homme, une moustache, il se fait appeler Peter Macondo…

— *Peter Macondo !* l'interrompit la voix au bout du fil. Mais c'est le nom de *mon* patient !

— C'est incroyable ! » Marshal s'effondra sur une chaise, abasourdi. « Il garde le même nom ! Jamais je ne l'aurais cru. Le même nom ? Eh bien, figurez-vous que ce Macondo, je l'ai eu en thérapie courte pendant huit séances, pour des problèmes typiques de personnes richissimes, des histoires de partage et d'héritage avec ses deux enfants et son ex-femme… Tout le monde voulait se partager le gâteau, il était généreux à un point pathologique, sa femme complètement alcoolique. Vous avez le même scénario ?

« Oui, répondit Marshal à son interlocuteur, moi aussi il m'a dit qu'il l'avait envoyée au Centre Betty Ford. Et puis je l'ai vu avec sa petite amie, ensemble… Voilà, oui, une grande et belle fille, élégante. Adriana. Elle a gardé le même nom, elle aussi ?… Exactement, oui, un accord prénuptial… On dirait un calque parfait ! Donc vous connaissez la suite de l'histoire… La thérapie marchait bien, il a voulu me remercier, il s'est plaint de mes tarifs trop bas, un cycle de conférences à Mexico… Ah bon,

Buenos Aires pour vous ? Ah… je suis heureux de voir qu'il improvise de temps en temps. Il vous a parlé de son dernier investissement ? Dans les casques de vélo ?

« Exactement, oui, l'occasion du siècle, impossible de perdre de l'argent dans cette affaire. J'imagine que vous avez été aussi confronté au grand dilemme moral ? Le mauvais tuyau donné au chirurgien qui avait sauvé la vie de son père, comment il s'en est voulu à mort pour ça, et comment il ne veut plus jamais connaître ce genre de situation…

« Oui, c'est bien ça… Un chirurgien du cœur… Il m'a raconté cette histoire pendant toute une séance. Un détective que j'ai vu par la suite, un vrai minable, m'a dit à quel point il admirait le travail du bonhomme.

« Où en êtes-vous aujourd'hui ? Vous lui avez déjà donné un chèque ? Comment ? Vous déjeunez avec lui la semaine prochaine au Jockey Club, juste avant qu'il ne s'envole pour Zurich ? Tiens, ça me rappelle quelque chose…

« Dites-donc, heureusement que vous êtes tombé sur mon annonce ! La suite de l'histoire ? Vous allez voir, c'est très simple. Il m'a offert une Rolex que j'ai naturellement refusée, et j'imagine qu'il procédera de la même manière avec vous. Ensuite, il va vous demander de traiter Adriana et vous paiera d'avance, généreusement, pour la thérapie. Vous la verrez peut-être une ou deux fois. Et là… plus rien ! Envolés ! Ils disparaîtront tous deux de la surface de la Terre.

« Quatre-vingt-dix mille dollars. Et dites-vous bien que je ne peux pas me permettre de perdre une telle somme. Et vous ? Combien comptiez-vous investir ?

« Ah oui ? Seulement quarante mille ? Je vois ce que vous voulez dire à propos de votre femme, j'ai eu le même problème avec la mienne. Elle ne pense qu'à entasser des pièce d'or sous le matelas. Cette fois-ci, malgré tout, elle avait raison. Mais je suis surpris qu'il ne vous ait pas demandé plus.

« Ah, il vous a proposé de vous prêter quarante mille dollars sans intérêts en attendant que vous libériez de l'argent dans les semaines qui viennent ? Pas bête.

— Je ne sais pas comment vous remercier, répondit la voix. Vous êtes tombé à point nommé. Je vous dois une fière chandelle.

— Oui, à point nommé, c'est vrai. Mais je vous en prie, ça me fait plaisir d'aider un confrère. J'aurais tellement aimé que quelqu'un fasse la même chose pour moi.

« Oh, oh, attendez, ne raccrochez pas ! Vous ne savez pas comme je suis content de vous avoir épargné cette escroquerie. Mais ce n'est pas pour ça... Disons, pas *uniquement* pour ça que j'ai passé cette annonce dans le journal. Ce salaud est un danger public. Il faut absolument l'arrêter avant qu'il ne s'attaque à un autre psy. Nous devons le mettre hors d'état de nuire.

« L'AAP ? Je suis d'accord, mettre les avocats de l'AAP sur le coup serait une idée. Mais nous n'avons pas le temps. Ce type fait surface quelque temps et il disparaît aussi sec. J'ai demandé à un détective privé de le trouver : j'aime autant vous dire que quand Peter Macondo disparaît dans la nature, il disparaît vraiment. Introuvable. Vous avez des pistes, des idées, des renseignements qui pourraient nous

584

permettre de l'identifier ? Une adresse permanente ? Un passeport que vous auriez aperçu ? Des cartes de crédit ? Un compte bancaire ?

« Ah, je vois… Toujours en liquide ? C'était pareil avec moi. Et des plaques d'immatriculation ?

« Parfait… Si vous arriviez à les avoir, ce serait parfait. Donc c'est comme ça que vous l'avez rencontré ? Il louait une maison à côté de votre maison de vacances à Long Island et il vous a fait faire un tour dans sa Jaguar flambant neuve ? Je sais qui lui a payé sa Jag. Oui, oui, essayez de noter le numéro de sa plaque, ou bien le nom du concessionnaire. Il n'y a pas de raison qu'on ne l'attrape pas.

« Je suis tout à fait d'accord. Vous devriez voir un détective privé, ou alors un avocat. Toutes les personnes que j'ai consultées ont fini par me dire que ce type était un artiste. Non, nous avons besoin de professionnels…

« Oui, il vaut mieux laisser au détective, et pas à vous, le soin de collecter des informations. Si Macondo vous repère en train de rôder près de chez lui ou de sa voiture, il va encore s'envoler dans la nature.

« Les tarifs ? Mon détective m'a demandé cinq cents dollars, et mon avocate deux cent cinquante dollars de l'heure. Vous risquez de payer plus cher à New York.

« Attendez, je ne vous suis pas, dit Marshal. Pourquoi est-ce que *je* devrais payer ?

« Mais moi non plus, je n'ai rien à gagner. Nous sommes dans la même galère, vous et moi, et tout le monde m'a assuré que je ne récupérerais jamais le moindre centime, que lorsque Macondo se fera attraper il n'aura plus un sou, et une longue série de procès aux fesses. Croyez-moi, nous avons les mêmes motivations : que justice soit faite et que nos confrères soient protégés. La vengeance ? Oui, un peu, je dois reconnaître. Bon, que dites-vous de ça ? Moitié-moitié pour toutes les dépenses occasionnées. Rappelez-vous que c'est déductible de vos impôts. »

Après quelques marchandages, Marshal finit par dire : « Soixante-quarante ? Bon, d'accord. Marché conclu ? Prochaine étape : le détective. Demandez à votre avocat de vous en recommander un. Il nous aidera à élaborer un plan pour piéger Macondo. Une idée, cependant. Macondo va vous proposer un billet à ordre de votre choix. Dans ce cas, demandez-lui un billet garanti par une banque ; il vous en donnera un avec une fausse signature. C'est là que nous pourrons l'attraper pour fraude bancaire – ce qui lui coûtera déjà nettement plus cher. Même le FBI pourrait s'en mêler... Non, je ne l'ai pas fait. Pas le FBI. Pas la police. Franchement, j'avais trop peur de la publicité négative, qu'on me critique pour avoir enfreint les règles et investi avec un patient, un ex-patient. C'était une erreur, j'aurais dû le traquer avec tous les moyens à ma disposition. Mais voyez-vous, vous n'êtes pas dans le même pétrin que moi. Vous n'avez pas encore investi, et lorsque vous le ferez, ce sera uniquement pour piéger Macondo... »

« Vous n'êtes pas certain de vouloir vous impliquer ? » Le cœur de Marshal se mit à battre plus fort. Il comprit qu'il risquait de passer à côté de cette précieuse occasion, et choisit ses mots avec soin.

« Pardon ? Mais vous *êtes* impliqué ! Qu'est-ce que vous vous direz quand vous apprendrez que des confrères, peut-être même des amis à vous, se seront fait avoir alors que vous auriez pu l'empêcher ? Et *eux*, comment vont-ils réagir quand ils apprendront que vous n'avez rien dit ? Ce n'est pas ce qu'on explique à nos patients, les conséquences de nos actions ou de notre manque d'action ?

« Comment ça "je vais réfléchir" ? Nous n'avons pas de temps à perdre. Je vous en prie, docteur… D'ailleurs, je ne sais toujours pas votre nom.

« C'est vrai, vous ne connaissez pas le mien non plus. Nous sommes dans la même situation, nous craignons tous les deux la publicité autour de cette affaire. Nous devons nous faire confiance. Mon nom est Marshal Streider. Je travaille à San Francisco comme formateur en psychanalyse, j'ai moi-même été formé à Rochester, Institut psychanalytique du Golden Gate. C'est ça, à l'époque où John Romano était président de Rochester. Et vous ?

« Arthur Randal… Ça me dit quelque chose… St Elizabeth, à Washington ? Non, je ne connais personne là-bas. Donc vous travaillez surtout dans la psychopharmacie ?

« Eh bien, moi je fais de plus en plus de thérapies courtes, et un peu de thérapies de couple… Mais revenons à nos moutons, s'il vous plaît : avez-vous l'intention de vous impliquer avec moi dans cette aventure ?

« Vous plaisantez ou quoi ? Bien sûr que j'irai à New York ! Je ne voudrais pas rater ça. Je ne peux pas venir cette semaine, j'ai un emploi du temps chargé. Mais le moment venu, je serai là, rassurez-vous. Rappelez-moi après votre rendez-vous avec le détective, je veux suivre l'affaire de bout en bout. Vous êtes chez vous ? Où est-ce que je peux vous joindre le plus facilement ? »

Marshal nota plusieurs numéros de téléphone – domicile, bureau et maison de campagne à Long Island. « Très bien, je vous appellerai chez vous à l'heure dite. C'est presque impossible de me joindre à mon bureau, moi aussi. Vos séances se terminent à la demie ? Moi j'arrête en général à moins dix. On ne s'appellera pas dans la journée, alors. »

Il raccrocha, plein de sentiments mélangés – soulagement, allégresse, triomphe. Peter derrière les barreaux. Peter tête baissée. Adriana, prostrée, en uniforme de prisonnière. La Jaguar flambant neuve coincée dans son garage à lui, revendue à bon prix. La vengeance, enfin la vengeance ! On ne se foutait pas de la gueule de Marshal Streider comme ça.

Il consulta ensuite l'annuaire de l'AAP pour voir la photo d'Arthur Randal : une bonne tête, des cheveux blonds plaqués en arrière, sans raie, quarante-deux ans, formé à Rutgers et à St Elizabeth, recherches sur le lithium et les troubles bipolaires, deux enfants. Le numéro de téléphone était le bon. Que Dieu bénisse le Dr Randal.

« Quel petit connard, quand même, se dit Marshal. Si on me permettait de sauver quarante mille dollars, j'éviterais de pinailler sur les frais de détective. Cela dit, de son point de vue, pourquoi est-ce qu'il devrait allonger du fric ? Il n'a rien perdu, Peter a réglé ses honoraires. Pourquoi devrait-il payer pour piéger quelqu'un qui ne lui a rien fait ? »

Marshal repensa ensuite à Peter. Pourquoi avait-il utilisé le même nom pour rééditer son exploit ? Peut-être était-il vraiment en train de s'autodétruire. Tout le monde sait que, tôt ou tard, les sociopathes se suicident. Ou est-ce qu'il s'est dit que ce crétin de Marshal Streider était tellement débile que ce n'était même pas la peine de changer de nom ? On verra bien !

Une fois mis en branle par Marshal, Arthur Randal agit promptement. Le lendemain soir, il avait déjà consulté un détective, qui, contrairement à Bat Thomas, se montra efficace. Il préconisa une surveillance de vingt-quatre heures sur la personne de Peter Macondo (à raison de soixante-quinze dollars de l'heure). Il se chargeait également de relever et de vérifier les plaques d'immatriculation de sa voiture. Enfin, si les circonstances le lui permettaient, il fouillerait la Jaguar pour y trouver des empreintes digitales et d'autres éléments à charge.

L'homme avait affirmé à Arthur Randal qu'il serait impossible d'appréhender Macondo tant qu'il n'aurait pas commis de forfait à New York. Il conseilla donc d'échafauder un plan : enregistrer soigneusement toutes ses conversations et contacter immédiatement la brigade financière de la police new-yorkaise.

Le lendemain soir, Marshal apprit que l'affaire avançait. Arthur avait contacté la brigade financière de Manhattan et avait été dirigé vers l'inspecteur Darnel Collins, qui, ayant enquêté sur une affaire similaire six mois plus tôt, se montra intéressé par le cas Macondo. Il demanda à Arthur de se munir d'un micro et de déjeuner avec Peter Macondo au Jockey Club, de lui remettre son chèque et d'accepter en échange son faux billet à ordre. La brigade financière, après avoir été témoin de la transaction et l'avoir filmée, pourrait ainsi arrêter l'animal en flagrant délit.

Néanmoins, pour mener une telle opération, la police new-yorkaise avait besoin d'un dossier solide. Marshal devait donc coopérer en se rendant à New York pour porter plainte contre Peter auprès de la brigade financière, et l'identifier personnellement. Il haussa les épaules à l'idée d'une telle publicité. Mais se sachant si près du but, il finit par se raviser. Certes, son nom apparaîtrait dans quelques petits journaux à scandale new-yorkais, mais il y avait fort peu de chances pour que l'affaire s'ébruite jusqu'à San Francisco.

« La Rolex ? Mais quelle Rolex ? se demandait Marshal à voix haute, comme s'il répétait un texte. Ah, vous voulez parler de la montre que Macondo m'a envoyée à la fin de sa thérapie ? Celle que j'ai refusée et que j'ai renvoyée à Adriana ? » Tout en parlant, Marshal ôta la Rolex de son poignet et la cacha au fond d'un tiroir. Qui viendrait l'interroger là-dessus ? Qui croirait Macondo sur parole ? Seuls sa femme et Melvin connaissaient l'existence de cette montre. Il pouvait compter sur le silence de Shirley. Et il connaissait tellement d'étranges secrets sur l'hypocondrie de Melvin qu'il ne se faisait aucun souci de ce côté-là.

Tous les soirs, Marshal et Arthur discutaient pendant vingt minutes. Marshal était soulagé d'avoir, enfin, un vrai confident, un collaborateur, voire un ami, qui sait ? Arthur lui envoya même un de ses patients, un ingénieur informatique travaillant pour IBM qui allait bientôt être muté dans la région de San Francisco.

Leur seul point de désaccord porta sur la somme qu'il fallait remettre à Peter pour l'investissement.

Arthur et Peter étaient convenus de se rencontrer quatre jours plus tard pour déjeuner. Celui-ci avait accepté de rédiger un billet à ordre, et Arthur lui remettrait un chèque de quarante mille dollars. Mais il voulait que Marshal débourse l'intégralité de cette somme : ayant récemment acheté une maison de campagne, il n'avait plus d'argent à sa disposition. Son seul recours était l'héritage que sa femme avait reçu de sa mère, disparue l'hiver précédent. Or sa femme, issue d'une grande famille de l'aristocratie new-yorkaise, était extrêmement attachée aux apparences sociales et exerçait une énorme pression sur Arthur pour qu'il ne se mêle pas, ni de près ni de loin, à cette sordide affaire.

Choqué par l'injustice de la situation, Marshal entama une longue séance de négociation avec Arthur, au cours de laquelle il perdit toute estime pour son pusillanime confrère. Finalement, Marshal, plutôt que de voir Arthur capituler devant sa femme et se retirer définitivement, accepta à nouveau un partage soixante-quarante. Arthur devait présenter un seul chèque, tiré sur une banque new-yorkaise. Marshal accepta de verser vingt-quatre mille dollars sur le compte d'Arthur la veille du déjeuner fatidique – soit il apporterait la somme en personne à New York, soit il ferait un virement. À contrecœur, Arthur accepta de lâcher les seize mille dollars restants.

En rentrant chez lui le lendemain soir, Marshal trouva un message téléphonique de l'inspecteur Darnel Collins, de la brigade financière de Manhattan. Il reçut une douche froide lorsqu'il rappela. Un agent de police antipathique lui demanda de rappeler dans la matinée : l'inspecteur Collins était en congé, et le coup de téléphone de Marshal n'avait pas l'air urgent.

Le premier patient de Marshal, le lendemain matin, était prévu à sept heures. Il régla son réveil à cinq heures et appela New York sitôt levé. L'agent de police lui dit : « Je vais lui envoyer un message. Bonne journée », avant de raccrocher violemment. Dix minutes plus tard, le téléphone sonna.

« Monsieur Marshal Streider ?

— *Docteur* Streider.

— Ah, faites excuse. DOCTEUR Streider. Inspecteur Collins, de la brigade financière de New York. Je viens de voir dans mon bureau un *autre* docteur, le docteur Arthur Randal, qui me dit que vous avez eu une rencontre désagréable avec quelqu'un qui nous intéresse de très près, quelqu'un qui se fait de temps en temps appeler Peter Macondo.

— Une très désagréable rencontre. Il m'a volé quatre-vingt-dix mille dollars.

— Vous n'êtes pas le seul, vous savez. D'autres personnes ont eu des ennuis avec notre ami Macondo. Donnez-moi les détails. Je veux tout savoir. Pas de problème si j'enregistre notre conversation ? »

Pendant un quart d'heure, Marshal décrivit par le menu toute son histoire avec Peter Macondo.

« Oh là là… Vous êtes en train de me dire que vous lui avez refilé quatre-vingt-dix mille dollars comme ça, sans broncher ?

— Vous ne pouvez pas apprécier pleinement la situation si vous ne comprenez pas la nature, la complexité de la situation psychothérapeutique.

— Ah oui ? C'est vrai, je ne suis pas toubib. Mais je vais vous dire un truc, je n'ai jamais refilé de l'argent comme ça. Quatre-vingt-dix mille, c'est un sacré paquet.

— Je vous ai dit que j'avais un billet à ordre, validé par mon avocat. C'est une pratique courante en affaires. Le document engage la banque à payer le billet à ordre à la demande du créditeur.

— Oui, enfin, vous avez tout de même attendu deux semaines pour vérifier le document...

— Écoutez, inspecteur, qu'est-ce que ça veut dire ? C'est un interrogatoire ou quoi ? Vous croyez que cette situation me fait plaisir ?

— Du calme, l'ami. Restez tranquille et tout se passera bien. Voilà comment on va procéder pour vous remettre sur pied. On va arrêter ce type pendant qu'il déjeune, quand il sera en train de bouffer son *radicchio*, mercredi prochain, entre midi et demi et treize heures. Mais pour que ça marche, il faut que vous veniez l'identifier à New York dans les douze heures qui suivent l'arrestation. Avant mercredi minuit, autrement dit. On est d'accord ?

— Pour rien au monde je ne raterais ça.

— Impeccable. On compte tous sur vous... Autre chose : vous avez encore avec vous le faux document et le reçu du chèque ?

— Oui. Vous voulez que je les apporte ?

— Oui, apportez-nous les originaux. Mais je veux voir les copies tout de suite. Vous pourriez me faxer tout ça aujourd'hui ? 212-555-3489, mettez mon nom sur le fax : inspecteur Darnel Collins. Et puis encore autre chose. Je ne crois évidemment pas nécessaire de vous le rappeler, mais *surtout* ne vous montrez pas au restaurant. *En aucun cas.* Sinon, notre oiseau s'envolera aussi sec, et tout le monde sera très triste.

Attendez-moi au commissariat de la 54ᵉ Rue, qui se trouve entre la 8ᵉ et la 9ᵉ Avenue. Ou arrangez-vous avec votre copain pour vous retrouver après qu'on aura chopé l'autre, et passez avec lui. Dites-moi ce que vous préférez. D'autres questions ?

— Oui. Est-ce que vous êtes sûr de votre coup ? Je vous rappelle que l'argent que va lui remettre le Dr Randal m'appartient en grande partie.

— *Votre* argent ? Mais je croyais que c'était le *sien* ?

— On partage à soixante-quarante. Moi je mets vingt-quatre mille.

— Sûr de mon coup ? On a deux gars qui vont manger à la table d'à côté et trois autres qui vont observer et enregistrer le moindre mouvement. C'est donc sûr. Mais *moi* je ne le ferais pas.

— Pourquoi ?

— On ne sait jamais, il peut toujours se passer quelque chose... Un tremblement de terre, un incendie, les trois flics terrassés au même moment par une crise cardiaque... Je sais pas, ce genre de merde arrive. Sûr de mon coup ? Oui, carrément. Mais à votre place je ne le ferais pas. Mais je ne suis pas toubib. »

Marshal reprit goût à la vie. Il se remit à courir, à jouer au basket. Il annula ses rendez-vous avec Carol parce qu'il avait honte de lui avouer qu'il avait traqué Peter Macondo. Elle s'était lancée à fond dans une stratégie diamétralement opposée, en le pressant d'accepter sa défaite et de laisser passer sa colère. Une belle leçon, pensa Marshal, sur le danger de donner des conseils au cours d'une thérapie : si les patients ne les suivent pas, ils ne reviennent plus.

Il discutait chaque soir avec Arthur Randal. À mesure que le rendez-vous avec Peter approchait, Arthur se montrait de plus en plus nerveux.

« Marshal, ma femme est persuadée que je cours à la catastrophe. Les journaux vont forcément en parler. Mes patients vont les lire. Pensez à ma réputation… Je serai soit ridiculisé, soit accusé d'avoir fait des affaires avec un patient.

— Mais justement : *vous ne faites pas* d'affaires avec votre patient. Vous agissez de concert avec la police pour piéger un criminel. Au contraire, votre réputation en sortira *grandie*.

— Ce n'est pas ce que diront les journaux. Vous savez bien comment ils raffolent des scandales, surtout si un psy est mouillé dans l'affaire. Je me dis de plus en plus que je n'ai vraiment pas besoin de ça. Les affaires marchent bien, j'ai tout ce que j'ai toujours désiré.

— Si vous n'aviez pas lu mon annonce dans le journal, Arthur, vous auriez refilé quarante mille dollars à ce truand. Et si on ne l'arrête pas tout de suite, il va continuer, victime après victime.

— Mais vous n'avez pas besoin de moi. Attrapez-le, *vous*, et moi je l'identifie. Je postule en ce moment pour un poste à Columbia… Il suffit de l'ombre d'un soupçon de scandale et tout est…

— Écoutez, Arthur, j'ai une idée : couvrez vos arrières, rédigez à l'attention de la Société psychiatrique de New York une lettre détaillée sur la situation et sur vos projets. Mais écrivez-la *tout de suite*, avant que Macondo ne soit arrêté. En cas de besoin, vous pourrez toujours donner une copie de cette lettre à Columbia et à la presse. Vous serez totalement protégé.

— Je ne peux certainement pas écrire une telle lettre sans parler de vous, de votre annonce et de vos liens avec Macondo. Qu'en pensez-vous, Marshal ? Vous non plus, vous ne vouliez pas que votre nom circule. »

Marshal pâlit à l'idée de voir son nom rendu public, mais il savait qu'il n'avait pas le choix. De toute façon, ça n'y changerait pas grand-chose : sa conversation enregistrée avec l'inspecteur Collins rendait officiellement publics les liens qu'il avait eus avec Peter Macondo.

« Si vous devez le faire, Arthur, alors faites-le. Je n'ai rien à cacher. Vous verrez, toute la profession n'éprouvera rien d'autre à notre égard qu'une immense gratitude. »

Se posa ensuite le problème du micro que devait porter Arthur afin que la police puisse enregistrer sa négociation finale avec Macondo. Chaque jour qui passait, Arthur se sentait plus mal.

« Marshal, il doit bien y avoir un autre moyen. Sérieusement, je prends de gros risques en faisant cela… Macondo est beaucoup trop malin et aguerri pour se laisser avoir comme ça ! Vous avez discuté avec l'inspecteur Collins ? Honnêtement, vous pensez qu'il est de taille à rivaliser avec Macondo ? Imaginez que ce dernier découvre le micro pendant que nous parlons ?

— Comment ?

— Je ne sais pas… Par un moyen ou un autre. Vous le connaissez, il a toujours dix coups d'avance sur nous.

— Pas cette fois-ci. Il y aura des flics à la table d'à côté, Arthur. Et n'oubliez pas que les sociopathes sont vaniteux, ils se croient invincibles…

— Les sociopathes sont également imprévisibles. Qu'est-ce qui vous dit qu'il ne s'énervera pas et ne dégainera pas un flingue ?

— Arthur, ce n'est pas comme ça qu'il procède. Ça ne cadre pas avec ce que nous savons de lui. Vous ne courez aucun danger. Rappelez-vous que vous serez dans un restaurant très chic, entouré de policiers à l'affût. Vous pouvez y arriver. Vous devez y arriver. »

Marshal eut alors l'horrible pressentiment qu'Arthur flancherait au dernier moment ; à chaque conversation avec lui, il faisait appel à toutes ses capacités rhétoriques pour ranimer le cœur de son timoré complice. Il fit même part de ses craintes à l'inspecteur Collins, qui se joignit à lui dans ses efforts pour rassurer Arthur.

Contre toute attente, Arthur parvint à vaincre son angoisse et il attendit son déjeuner en compagnie de Macondo avec résolution, et même sérénité. Marshal procéda au virement le mardi matin, appela Arthur dans la soirée pour confirmer son arrivée, et s'envola dans la nuit pour New York.

L'avion ayant été retardé de deux heures, ce n'est qu'à trois heures de l'après-midi qu'il arriva au commissariat de la 54e Rue pour y retrouver Arthur et l'inspecteur Collins. L'agent de service lui annonça que l'inspecteur était en rendez-vous, et lui indiqua un fauteuil de cuir râpé dans le hall d'entrée. C'était la première fois qu'il entrait dans un commissariat, et il observa avec intérêt le flot continu de suspects aux mines patibulaires qui étaient emmenés dans les escaliers par des policiers très affairés. Mais il était épuisé – il avait été dans un tel état de nerfs qu'il n'avait pas pu fermer l'œil dans l'avion. Il s'assoupit rapidement.

Environ une demi-heure plus tard, l'agent de police lui secoua doucement l'épaule pour le réveiller, avant de l'emmener dans une pièce au premier étage où l'inspecteur Collins, un Noir solidement charpenté, écrivait à son bureau. « Costaud, pensa Marshal. Un gabarit d'arrière pro. Exactement comme je l'imaginais. »

Mais rien d'autre ne ressemblait à ce qu'il avait imaginé. Lorsqu'il se présenta, Marshal fut frappé par le ton étrangement formel de l'officier de police. Quelques instants plus tard, il comprit, en un éclair d'intuition proprement monstrueux, que l'homme ne savait absolument pas à qui il avait affaire. Oui, il était bien l'inspecteur Darnel Collins. Non, il n'avait jamais parlé au téléphone avec Marshal. Non, il n'avait jamais entendu parler d'un Dr Arthur Randal ou d'un Peter Macondo. Pas plus qu'il n'avait eu vent d'une quelconque arrestation au Jockey Club. Il ne savait même pas ce qu'était le Jockey Club. Oui, *bien sûr*, il était absolument certain de n'avoir jamais procédé à l'arrestation de Peter Macondo pendant qu'il bouffait son *radicchio. Radicchio ?* Qu'est-ce que c'était ?

La déflagration qui se produisit alors dans la tête de Marshal fut assourdissante, plus forte encore que l'explosion causée, quelques semaines auparavant, par sa découverte du faux billet à ordre. Il faillit se trouver mal et s'effondra dans le fauteuil que lui proposait l'inspecteur.

« Du calme, monsieur, du calme. Baissez la tête, ça peut faire du bien. » L'inspecteur Collins se leva et revint avec un grand verre d'eau. « Dites-moi ce qui s'est passé. Mais j'ai déjà ma petite idée. »

Le regard vide, Marshal raconta toute l'histoire : Peter, les billets de cent dollars, Adriana, le Pacific Union Club, les casques de vélo, l'annonce dans la revue de l'AAP, l'appel d'Arthur Randal, le partage de la somme, le détective privé, la Jaguar, le piège du virement de vingt-quatre mille dollars, le micro, la brigade financière… Tout. Le désastre, de *A* à *Z*.

L'inspecteur Collins secouait la tête pendant que Marshal parlait. « Ça fait mal, mon vieux, je sais. Vous n'avez pas l'air bien. Vous voulez vous allonger ? »

Marshal fit non de la tête. L'inspecteur reprit : « Vous pouvez parler ?

— Les toilettes, vite. »

Le policier le conduisit jusqu'aux toilettes et attendit dans son bureau pendant que Marshal vomissait, se rinçait la bouche, se lavait le visage et se recoiffait. Il rejoignit lentement le bureau de l'inspecteur Collins.

« Ça va mieux ? »

Marshal hocha la tête. « Je peux parler, maintenant.

— Écoutez-moi une minute. Je vais vous expliquer ce qui vous est arrivé. C'est ce qu'on appelle le coup du double harpon. Un cas d'école. J'en ai entendu parler des centaines de fois, mais je ne l'avais encore jamais vu. On l'enseignait à l'école de police. Ça demande beaucoup de talent. Le type a besoin de trouver une victime particulière, quelqu'un d'intelligent, d'orgueilleux… Ensuite, ce qu'il fait, c'est qu'*il le harponne deux fois de suite*… Le premier appât, c'est le gain, le deuxième la vengeance. Vraiment habile. Mon vieux, j'avais jamais vu ça. Il faut avoir les nerfs solides parce que tout peut foirer. Par exemple, si vous aviez eu un doute et que vous aviez appelé les renseignements de Manhattan pour vérifier le numéro de téléphone du commissariat, c'était foutu. Franchement, du beau boulot. Un vrai pro.

— Aucun espoir, n'est-ce pas ? chuchota Marshal.

— Donnez-moi ces numéros de téléphone, je vais les faire vérifier. Je vais faire tout ce qui est en mon pouvoir. Mais en vérité... Vous voulez la vérité ? Aucun espoir.

— Et le vrai Dr Randal ?

— Sans doute en vacances à l'étranger. Macondo a piraté sa messagerie. Pas très compliqué.

— Pourquoi ne pas poursuivre les autres personnes impliquées ?

— Mais quelles autres personnes ? Il n'y a personne d'autre. Sa petite amie a dû jouer l'agent de police. Et lui, il a sans doute joué lui-même tous les autres rôles... Ces types sont des acteurs, vous savez, et les meilleurs font toutes les voix eux-mêmes. Et ce type fait partie des meilleurs. Il est très loin, maintenant. C'est sûr. »

Marshal tituba dans les escaliers, soutenu par le bras de l'inspecteur Collins. Il refusa d'être emmené à l'aéroport dans une voiture de police, prit un taxi sur la 8e Avenue, se rendit à l'aéroport, embarqua dans le premier avion pour San Francisco, rentra chez lui dans un état second, annula toutes ses consultations de la semaine et grimpa dans son lit.

Chapitre 29

« Le fric, encore le fric, toujours le fric ! On peut parler d'autre chose, Carol ? Je vais vous raconter une histoire à propos de mon père qui va répondre une bonne fois pour toutes à toutes vos questions sur moi et l'argent. Ça s'est passé quand j'étais tout petit, mais toute ma vie j'ai entendu cette histoire … Elle fait partie de la légende familiale. » Marshal ouvrit lentement la fermeture Éclair de sa veste de survêtement, ôta celui-ci, refusa la main tendue de Carol qui se proposait de le suspendre au portemanteau, et le jeta par terre à côté de son fauteuil.

« Mon père tenait une minuscule épicerie à Washington, au coin de la 5e Rue et de la Rue R. Nous vivions au-dessus du magasin. Un jour, un client est entré pour acheter une paire de gants de travail. Mon père lui a indiqué la porte de service en disant qu'il devait aller les chercher dans l'arrière-boutique, l'affaire de deux petites minutes. Mais en fait il n'y avait pas d'arrière-boutique. La porte de service donnait sur une ruelle. Mon père a donc couru jusqu'au marché, à deux cents mètres de là, il a acheté une paire de gants pour douze cents, il est revenu au galop et il a vendu les gants au bonhomme pour quinze cents. »

Marshal sortit un mouchoir, se moucha très fort et, sans se cacher, essuya les larmes qui coulaient sur ses joues. Depuis son retour de New York, il avait abandonné toute velléité de masquer sa fragilité, et pleurait presque à chaque séance. Carol resta silencieuse, respectant les larmes de Marshal et cherchant dans sa mémoire la dernière fois où elle avait vu un homme pleurer. Jeb, son frère, refusait de pleurer, bien que tout le monde en ait fait sa victime habituelle : son père, sa mère, les caïds de l'école – parfois à seule fin de le faire pleurer.

Marshal plongea la tête dans son mouchoir. Carol se pencha vers lui et lui prit la main. « Vous pleurez pour votre père ? Il est toujours vivant ?

— Non, il est mort jeune, enterré à jamais dans cette épicerie. Trop de courses au marché du coin. Trop de transactions à trois cents. Dès que je pense à l'argent, qu'il s'agisse d'en gagner, d'en perdre ou d'en gaspiller, je revois mon cher père, avec son tablier blanc couvert de sang de poulet, courir dans cette ruelle sinistre, contre le vent, les cheveux noirs ébouriffés, cherchant son souffle pour revenir en brandissant triomphalement une paire de gants de travail à douze cents.

— Et vous, Marshal, quelle est votre place dans cette vision ?

— Cette image est la matrice de toutes mes passions, peut-être même le tournant critique de ma vie.

— C'est cette image qui a défini les contours à venir de votre rapport à l'argent ? demanda Carol. En d'autres termes, si vous gagnez suffisamment d'argent, les os de votre père cesseront enfin de cliqueter dans la ruelle. »

Marshal était sidéré. Il dévisageait son avocate avec un respect tout neuf. Sa stricte robe mauve, qui contrastait avec son teint radieux, lui fit prendre conscience avec honte de son visage mal rasé et de son survêtement sale. « Cette phrase… Elle me coupe le souffle. Il faut que je réfléchisse à ces os qui cliquettent. »

Un long silence. Carol le relança : « À quoi pensez-vous ?

— À la porte de service. Cette histoire des gants n'est pas qu'une histoire d'argent… Elle parle aussi des portes de service.

— La porte de service du magasin de votre père ?

— Oui. Et ce mensonge sur une prétendue arrière-boutique immense derrière la porte… C'est l'histoire de toute ma vie, en fait. Je prétends posséder d'autres pièces, et pourtant, dans mon for intérieur, je sais bien que je n'ai aucune arrière-boutique, aucun article caché en réserve. J'entre et je sors par les portes d'entrée et de service.

— Ah, le Pacific Union Club, dit Carol.

— Exactement. Vous pouvez vous imaginer ce que ça voulait dire de franchir enfin, enfin, cette porte. Macondo a utilisé l'appât le plus puissant, celui du *privilège d'en être*. Je passe mon temps à traiter des patients pleins aux as. Nous sommes proches, nous partageons des moments d'intimité, et je leur suis indispensable. Pourtant je sais exactement quelle est ma place. Je sais que si j'avais exercé un autre métier, si je les avais croisés dans un autre contexte, ils ne m'accorderaient pas une minute. Je suis comme le curé de campagne issu d'une famille pauvre qui finit par confesser la classe dirigeante. Mais le Pacific

Union Club… *Voilà* le symbole de la réussite ! On est loin de l'épicerie du coin de la 5e Rue et de la Rue R à l'escalier de marbre, pour frapper le lourd heurtoir de cuivre, passer les portes ouvertes qui donnent accès au velours rouge des pièces intérieures. Toute ma vie, j'avais visé ce but.

— Et Macondo vous y attendait – un homme plus corrompu que tous les clients de votre père réunis. »

Marshal hocha la tête. « En vérité, j'ai de très bons souvenirs des clients de mon père. Vous vous souvenez, je vous ai parlé de ce patient qui m'a manipulé, il y a quelques semaines, pour que j'aille chez Avocado Joe's ? Je n'étais jamais allé dans un endroit aussi… aussi bas. Pourtant, vous voulez que je vous dise la vérité ? J'étais bien là-bas. Pas de prétentions. Je me sentais chez moi, plus à l'aise qu'au Pacific Union Club. Je faisais partie de ce monde là, un peu comme si je m'étais retrouvé dans la boutique de mon père. Mais je ne supporte pas d'aimer cet endroit, je n'aime pas descendre aussi bas – il y a quelque chose d'inquiétant dans le fait d'être aussi profondément programmé par les événements de l'enfance. Je suis tout de même capable de faire mieux. Toute ma vie, je me suis dit : "Je quitte la crasse de l'épicerie ; je m'élève au-dessus de ça."

— Mon grand-père est né à Naples, répondit Carol. Je ne me souviens pas bien de lui, sinon qu'il m'a appris à jouer aux échecs. Chaque fois qu'on terminait une partie et qu'on rangeait les pièces, il me disait la même chose. J'entends encore sa voix douce me dire : "Tu vois, Carol, les échecs, c'est comme la vie : quand la partie est terminée, toutes les pièces

– les pions, les rois et les reines – retournent dans la même boîte."

« C'est une belle leçon, Marshal. Vous devriez la méditer : *les pions, les rois et les reines retournent dans la même boîte à la fin de la partie*. À demain, même heure. »

Chaque jour depuis son retour de New York, Marshal voyait Carol. Les deux premières rencontres avaient eu lieu chez lui, puis il s'était traîné jusqu'au bureau de Carol. Maintenant, une semaine plus tard, il commençait à émerger de sa torpeur dépressive et essayait de comprendre sa part de responsabilité dans ce qui lui était arrivé. Les associés de Carol avaient remarqué la régularité de ces rendez-vous quotidiens et lui demandèrent à plusieurs reprises de quoi il retournait. Invariablement, Carol répondait : « Affaire compliquée. Je ne peux pas vous en dire plus, confidentialité oblige. »

Pendant ce temps, elle continuait de consulter Ernest. Elle fit bon usage de ses observations et de ses conseils : presque toutes ses suggestions agissaient comme autant de charmes.

Un jour que Marshal paraissait particulièrement embourbé dans les affres de la dépression, Carol décida de le soumettre à l'exercice dit « de la tombe » dont lui avait parlé Ernest.

« Marshal, vous avez consacré tant de temps à la réussite matérielle, à l'argent et aux choses qu'il procure – votre rang social, vos collections d'art – que l'argent semble avoir donné le sens même de votre vie. Voudriez-vous que ce soit votre signe distinctif ultime, le résumé final de votre vie ? Dites-moi : avez-vous jamais pensé à ce que vous voudriez voir gravé sur votre tombe ? Est-ce que ce serait l'ascension sociale, l'accumulation, l'argent ? »

Marshal cligna des yeux tandis qu'une goutte de sueur glissait sur sa paupière. « C'est une question vache, Carol.

— Et je ne suis pas censée poser des questions difficiles ? Faites-moi plaisir. Arrêtons-nous deux minutes sur cette question. Dites-moi tout ce qui vous passe par la tête.

— La première chose, c'est ce qu'a dit de moi ce policier de New York : je suis orgueilleux, aveuglé par la cupidité et par la rancune.

— Et c'est *ça* que vous aimeriez voir sur votre tombe ?

— Non, c'est ce que je ne veux *pas* voir sur ma tombe... Mon pire cauchemar. Mais peut-être que je mérite ces qualificatifs, peut-être que ma vie tout entière mérite cette épitaphe.

— Vous ne voulez pas de cette inscription ? Dans ce cas, expliqua Carol en regardant sa montre, une seule solution : vous devez changer de mode de vie. Nous en avons fini pour aujourd'hui, Marshal. »

Ce dernier acquiesça, ramassa sa veste, l'enfila lentement et s'apprêta à partir. « Il fait froid tout à coup... J'ai des frissons... C'est cette histoire de tombe, je la trouve absolument dévastatrice. Soyez prudente avec l'artillerie lourde, Carol. Vous savez à qui ça me fait penser ? Vous vous rappelez ce thérapeute dont vous m'aviez parlé il y a quelque temps ? Ernest Lash, mon ancien supervisé... Voilà le genre de choses qu'il aimait demander, et moi je le rappelais toujours à l'ordre. Il appelait ça la "thérapie du choc existentiel". »

Carol s'était déjà levée pour partir, mais sa curiosité l'emporta. « Vous pensez donc que c'est une mauvaise thérapie ? Vous étiez très critique envers Lash.

— Non, je n'ai pas dit que c'était une mauvaise thérapie pour moi. Au contraire, c'est une méthode excellente. Un bon rappel à l'ordre. Quant à Ernest Lash, je n'aurais pas dû être aussi dur avec lui. Je regrette certains de mes propos.

— Pourquoi étiez-vous si dur ?

— La faute à mon arrogance. Exactement ce dont nous avons parlé la semaine dernière. J'étais intolérant avec lui, persuadé que j'étais dans le droit chemin. J'ai été un mauvais superviseur. Et je n'ai rien appris de lui. D'ailleurs, je n'apprends rien de personne.

— Alors que pensez-vous d'Ernest Lash ? demanda Carol.

— Je l'aime bien. Mieux que ça, même. En vérité, c'est un *bon* psychothérapeute. Je lui disais souvent, pour rire, que s'il mangeait tellement c'était parce qu'il donnait trop à ses patients. Il se surinvestit et se laisse dévorer. Mais si je devais voir un psy aujourd'hui, je choisirais quelqu'un qui donne trop de lui-même plutôt que l'inverse. Si je ne parviens pas à me sortir de ce bourbier rapidement, et si je dois diriger mes patients vers d'autres thérapeutes, je pense que j'en enverrai quelques-uns chez Ernest. »

Marshal se leva pour partir. « Le temps est dépassé. Merci de m'avoir laissé mordre un peu, aujourd'hui, Carol. »

Les séances passèrent sans que Carol aborde la question du couple de Marshal. Peut-être hésitait-elle à cause de son propre naufrage matrimonial. Un jour, finalement, alors que Marshal lui répétait pour la énième fois qu'elle était la seule personne au monde à qui il pouvait parler en toute franchise, elle se jeta à l'eau et lui demanda pourquoi il ne parlait jamais de sa femme. Visiblement, il avait toujours caché à cette dernière l'escroquerie dont il avait été victime. Et l'étendue de son désespoir. Et le fait qu'il avait besoin d'aide.

Il n'avait rien dit à Shirley, expliqua-t-il, parce qu'il n'avait pas souhaité interrompre son mois de retraite méditative à Tassajara. Carol comprit tout de suite qu'il s'agissait là d'un faux-fuyant : c'était moins par souci d'attention que par indifférence, et par honte, que Marshal avait agi de la sorte. Il avoua qu'il ne pensait que très rarement à Shirley, préoccupé qu'il était par son propre état, et que Shirley et lui vivaient désormais dans des mondes différents. Mais, enhardie par les conseils d'Ernest, Carol ne lâcha pas prise.

« Dites-moi, Marshal, que se passe-t-il quand un de *vos* patients évacue vingt-quatre ans de vie commune avec sa femme d'un tel revers de main ? Comment réagissez-*vous* ? »

Comme Ernest l'avait prédit, Marshal se rebiffa devant cette question.

« Votre bureau est le seul endroit au monde où *je n'ai pas* à être le thérapeute. Soyez cohérente. L'autre jour, vous m'avez confronté à mon refus d'être objet d'attention, et maintenant vous essayez de me transformer en psy, *même ici.*

— Vous ne pensez pas qu'il serait absurde de ne pas exploiter toutes les ressources à notre disposition, y compris votre propre compétence thérapeutique ?

— Écoutez, je vous paye pour que vous me fassiez profiter de votre expertise. L'autoanalyse ne m'intéresse pas.

— Vous parlez de mon expertise, mais vous refusez mon conseil d'experte d'utiliser, justement, votre propre expertise.

— Sophisme. »

Une fois encore, Carol appliqua les principes d'Ernest.

« Je ne me trompe pas en disant que recevoir la becquée est à vos yeux insatisfaisant. Pour vous, le véritable objectif, c'est l'autonomie, n'est-ce pas ? Apprendre à se nourrir soi-même ? Devenir ses propres père et mère ? »

Marshal secoua la tête, émerveillé du pouvoir de Carol. Il n'avait d'autre choix que de répondre aux questions qu'elle lui posait, des questions qui se trouvaient au cœur de sa propre guérison.

« Très bien, très bien… Vous me demandez ce qu'il est advenu de mon amour pour Shirley ? Après tout, nous étions grands amis et grands amants depuis le lycée. C'est vrai. Quand et comment les choses se sont-elles gâtées ? »

Marshal tenta de répondre à ses propres questions. « La situation a commencé à tourner au vinaigre il y a quelques années. Au moment où nos enfants sont entrés dans l'adolescence, Shirley est devenue inquiète. Phénomène classique. Elle me disait sans cesse qu'elle était insatisfaite, que j'étais de plus en plus absorbé par mon travail. J'ai donc pensé que la solution idéale serait qu'elle devienne psy, elle aussi, et qu'elle travaille avec moi. Mais mon projet s'est retourné contre moi. Pendant sa formation, elle est devenue très critique à l'encontre de la psychanalyse et a décidé de s'orienter vers les approches que je considérais, moi, comme les plus dangereuses : les courants alternatifs pseudo-spirituels, notamment tous ceux qui s'inspirent des approches méditatives orientales. Je suis sûr qu'elle a fait ce choix délibérément.

— Continuez, insista Carol, identifiez d'autres questions importantes que je devrais vous poser. »

Marshal en énuméra quelques-unes à contrecœur : « Pourquoi Shirley fait-elle si peu d'efforts pour apprendre de moi les bases de la psychanalyse ? Pourquoi est-ce qu'elle me contrarie systématiquement ? Tassajara n'est qu'à trois heures de route d'ici. Peut-être que je devrais prendre ma voiture et y aller, pour lui dire ce que je ressens et lui demander pourquoi elle a jeté son dévolu sur ces approches thérapeutiques.

— Très bien, mais ce n'est pas là que je veux en venir. Ces questions portent sur *elle*. Ce que je veux entendre, ce sont des questions sur vous. »

Marshal hocha légèrement la tête, comme pour indiquer à Carol que son approche était raisonnable.

« Pourquoi lui ai-je si peu parlé de ses intérêts ? Pourquoi ai-je fait si peu d'efforts, voire aucun effort, pour la comprendre ?

— Autrement dit, demanda Carol, pourquoi cherchez-vous plus à comprendre vos patients qu'à comprendre votre femme ?

— Oui, on pourrait dire les choses comme ça.

— On *pourrait* ?

— On peut tout à fait formuler les choses ainsi, corrigea Marshal.

— Autres questions que vous poseriez à un patient dans votre situation ?

— Oui, je l'interrogerais sur le sexe. Sur ce qu'est devenue sa sexualité. Et celle de sa femme. Je lui demanderais s'il souhaite que cette situation insupportable dure toute la vie. Si ce n'est pas le cas, pourquoi n'a-t-il pas suivi une thérapie de couple ? A-t-il envie de divorcer ? Ou bien est-ce juste la fierté et l'arrogance qui le poussent à attendre que sa femme vienne à lui en rampant ?

— Beau travail, Marshal. Si on passait aux réponses, maintenant ? »

Celles-ci se bousculèrent. Les sentiments de Marshal pour Shirley n'étaient pas sans ressemblance avec ceux qu'il éprouvait à l'égard d'Ernest, dit-il. Ils l'avaient tous deux blessé en rejetant son idéologie professionnelle. Il ne faisait pas de doute qu'il se sentait à la fois meurtri et rejeté. Et qu'il attendait qu'on le soigne, qu'il attendait des excuses globales et des réparations. Aussitôt qu'il eut prononcé ces mots, Marshal secoua la tête et ajouta : « Voilà ce que mon cœur et mon orgueil me disent. Mais mon cerveau me dit autre chose.

— Qu'est-ce qu'il vous dit ?

— Il me dit que je ne devrais pas prendre la volonté d'indépendance d'un étudiant pour une attaque personnelle. Shirley doit pouvoir être libre de développer ses propres intérêts. Ernest aussi.

— Et ils doivent être libérés de votre mainmise ? demanda Carol.

— Oui, aussi.

« Je me souviens que mon psy disait que je jouais à la vie comme je jouais au football, poussant sans cesse, stoppant, bousculant et imposant ma volonté à l'adversaire. C'est sans doute comme ça que Shirley m'a vu. Mais ce n'est pas seulement le fait qu'elle a rejeté la psychanalyse… Même si c'est un problème grave, j'aurais néanmoins pu y survivre. Non, ce que je n'ai pas pu supporter, c'est qu'elle ait choisi les approches les plus bidon sur le marché, les délires thérapeutiques les plus crétins qu'on puisse trouver dans toute la Californie. À l'évidence, elle se foutait ouvertement de ma gueule…

— Ainsi, parce qu'elle choisit une approche différente, vous déduisez qu'elle se moque de vous. Et en retour, vous vous moquez d'elle.

— Je n'agissais pas en représailles, mais par principe. Soigner des patients grâce à la composition florale, vous imaginez un peu ? Je crois qu'on peut difficilement imaginer une idée plus ridicule. Dites-moi honnêtement, Carol : est-ce ridicule, oui ou non ?

— Je ne suis pas sûre de pouvoir vous donner ce que vous attendez, Marshal. Je n'y connais pas grand-chose, mais il se trouve que mon compagnon est un adepte de l'ikebana. Il l'a étudié pendant des années et il me dit qu'il en a tiré grand profit.

— C'est-à-dire ?

— Il a passé des années en thérapie, y compris en psychanalyse, dont il dit qu'elle l'a beaucoup aidé. Mais il affirme qu'il a autant reçu de l'ikebana.

— Vous ne me dites toujours pas *de quelle manière*.

— Il m'a expliqué que l'ikebana lui permet d'échapper à ses angoisses, que c'est un havre de paix. La discipline l'aide à se concentrer, elle lui procure harmonie et équilibre. Quoi d'autre encore ? Ah oui, il dit que l'ikebana l'inspire pour exprimer sa créativité et sa sensibilité esthétique. Vous êtes trop catégorique, Marshal. Dites-vous bien que l'ikebana est une pratique vénérable, qui remonte à des centaines d'années, et qui compte des dizaines de milliers de disciples. Vous savez un peu de quoi il s'agit ?

— Mais de là à en faire une thérapie, Carol !

— J'ai entendu parler de thérapie par la poésie, par la musique, la danse, l'art, la méditation, le massage... Vous disiez vous-même que, ces derniers temps, vos bonsaïs vous avaient évité de sombrer dans la folie. Est-ce qu'on ne pourrait pas imaginer qu'une thérapie par l'ikebana puisse fonctionner pour certains patients ?

— Je crois que c'est justement ce que Shirley essaye de démontrer dans son mémoire.

— À quelles conclusions arrive-t-elle ? »

Marshal secoua la tête sans rien dire.

« J'imagine que ça signifie que vous n'avez jamais posé la question » dit Carol.

Marshal acquiesça de manière quasi imperceptible. Il ôta ses lunettes et regarda ailleurs – il faisait toujours ça quand il se sentait honteux.

« Vous avez donc l'impression que Shirley se moque de vous, et elle se sent... ? » D'un geste, Carol invita Marshal à parler.

Silence.

« Elle se sent… ? » Carol renouvela sa question, mais cette fois-ci en mettant sa main en coquille autour de l'oreille.

« Dévalorisée. Annihilée », murmura Marshal.

Il y eut ensuite un long silence. Marshal reprit finalement la parole : « Très bien, Carol, j'avoue. Vous avez gagné. J'ai des choses à lui dire. Comment m'y prendre, maintenant ?

— J'ai l'impression que vous connaissez la réponse à cette question. Une question n'est plus une question si vous connaissez la réponse. Pour moi, la marche à suivre est très claire.

— Claire ? Claire ? Peut-être pour vous, oui. Qu'est-ce que vous voulez dire ? Dites-moi… J'ai besoin de votre aide. »

Carol demeura silencieuse.

« Dites-moi ce que je dois faire, répéta Marshal.

— Que diriez-*vous* à un patient qui prétend ne pas savoir quoi faire ?

— Bon Dieu, Carol, arrêtez de jouer les psy et dites-moi plutôt ce que je devrais faire.

— Comment réagiriez-*vous* à ce genre de phrase ?

— Nom de Dieu ! s'exclama Marshal en se tenant la tête entre les mains et en s'agitant sur son siège. J'ai créé un foutu monstre ! Pitié. Pitié. Vous avez déjà entendu parler de la pitié, Carol ? »

Mais elle tint bon, exactement comme Ernest le lui avait conseillé. « Vous faites de la résistance, une fois de plus. Ce temps vous coûte cher. Allez-y, Marshal, qu'est-ce que vous diriez à ce patient ?

— Je ferais ce que je fais toujours : j'interpréterais son comportement. Je lui dirais qu'il a un tel désir de soumission, une telle soif d'autorité, qu'il refuse d'écouter sa propre sagesse.

— Bon, vous savez donc ce qu'il vous reste à faire ? »

Résigné, Marshal fit oui de la tête.

« Et quand le faire, également ? »

Nouveau hochement de tête.

Carol regarda sa montre et se leva. « Il est exactement trois heures moins dix, Marshal. Le temps est écoulé. On a fait du bon travail aujourd'hui. Appelez-moi à votre retour de Tassajara. »

À deux heures du matin, dans la maison de Len à Tiburon, Shelly fredonnait « Dadi la dada, dadi dadi oh » en ramassant un autre pot. Non seulement les cartes lui étaient revenues – toute la soirée il avait reçu des couleurs, des fulls et des petites cartes parfaites – mais, en inversant soigneusement tous les signes que Marshal avait identifiés chez lui, il avait semé la confusion chez les autres joueurs et remporté d'énormes pots.

« Jamais je n'aurais pensé qu'il puisse avoir un full, bougonna Willy. J'aurais parié mille dollars contre.

— Mais tu *as* parié mille dollars contre, précisa Len. Regarde cette montagne de jetons, elle est tellement haute que la table va finir par s'écrouler. Hé, Shelly, où es-tu ? Tu es toujours là ? Je te vois à peine derrière tes jetons. »

Tandis que Willy cherchait son portefeuille dans sa poche, il maugréa : « Tu me bluffes sur les deux dernières mains, et sur celle-ci tu m'as complètement roulé dans la farine. Qu'est-ce qui se passe, Shelly ? Tu prends des cours ou quoi ? »

Shelly serra dans ses bras sa montagne de jetons, les rapprocha de lui, leva les yeux et, tout sourire, répondit : « Oui, oui, des cours, c'est ça. En fait, mon thérapeute, un vrai psychanalyste, me donne quelques tuyaux. Chaque semaine il vient chez Avocado Joe's, accompagné de son divan. »

« Cette nuit, dit Carol, j'ai rêvé que vous et moi étions assis au bord d'un lit, nous enlevions nos chaussettes et nos chaussures sales, et nous nous faisions face, nos pieds se touchant.

— Tonalité du rêve ? demanda Ernest.

— Positif. Euphorique. Mais un peu effrayant, aussi.

— Vous et moi assis, et nos pieds nus qui se touchent. Qu'est-ce que cela signifie ? Laissez votre esprit dériver, pensez à vous et moi assis ensemble. Pensez à la thérapie.

— Quand je pense à la thérapie, je pense à mon client. Il a quitté la ville.

— Et…

— Eh bien, je me suis cachée derrière lui. Il est temps pour moi de sortir du bois, de me lancer toute seule.

— Et… Laissez vos pensées courir librement, Carolyn.

— C'est comme si je commençais à peine. Bon conseil… Vous savez, vous m'avez donné de bons conseils pour mon client. Vachement bons, même… Et de le voir tant recevoir m'a donné envie d'obtenir à mon tour quelque chose de bon. J'en ai besoin. J'ai besoin de vous parler de Jess, que je vois beaucoup depuis quelque temps, et les problèmes apparaissent à mesure que je me rapproche de lui. J'ai du mal à croire que quelque chose de bon puisse m'arriver... Je commence à vous faire confiance, vous avez réussi tous les tests. Mais ça me fait peur, en même temps, je ne sais pas vraiment pourquoi. Enfin, si, je sais, mais je ne peux pas trop en parler. Pas tout de suite.

— Peut-être que votre rêve le dit à votre place, Carolyn. Voyez ce que nous y faisons, vous et moi.

— Je ne comprends pas... Les plantes de nos pieds nus qui se touchent ?

— Eh oui, voyez comment nous sommes assis : plante contre plante. Je crois que ce rêve exprime le désir d'opérer une greffe, comme deux plantes qui fusionnent.

— Oh, joli... Plante et plante... Ernest, vous déployez parfois de ces trésors d'intelligence ! Mais oui, c'est bien ça, évidemment... Il est temps de commencer. De prendre un nouveau départ. L'honnêteté est la règle d'or, n'est-ce pas ? »

Ernest acquiesça. « Il n'y a rien de plus important que d'être honnêtes l'un avec l'autre, en effet.

— Et tout sera permis tant que je serai honnête ?

— Naturellement.

— Alors j'ai une confession à vous faire. »

Ernest opina du chef, rassurant.

« Vous êtes prêt, Ernest ? »

Ernest répéta son geste.

« Vous êtes sûr ? »

Ernest fit un sourire complice, quelque peu suffisant : il avait toujours soupçonné Carolyn de cacher certaines choses. Il prit son carnet de notes, se cala confortablement dans son fauteuil et dit : « Dès qu'il s'agit de la vérité, je suis toujours prêt. »

Nombreux sont ceux qui m'ont aidé sur le chemin sinueux qui mène de la psychiatrie à la fiction : John Beletsis, Martel Bryant, Casey Feutsch, Peggy Gifford, Ruthellen Josselson, Julius Kaplan, Stina Katchadourian, Elizabeth Tallent, Josiah Thompson, Alan Rinzler, David Spiegel, Saul Spiro, Randy Weingarten, mes partenaires de poker, Benjamin Yalom, et Marilyn Yalom (sans qui ce livre aurait pu être écrit bien plus facilement). Je leur dis toute ma gratitude.

Le Livre de Poche s'engage pour
l'environnement en réduisant
l'empreinte carbone de ses livres.
Celle de cet exemplaire est de :
550 g éq. CO_2
Rendez-vous sur
www.livredepoche-durable.fr

PAPIER À BASE DE
FIBRES CERTIFIÉES

Composition réalisée par FACOMPO, LISIEUX

Imprimé en France par CPI
en février 2018
N° d'impression : 3026835
Dépôt légal 1re publication : mai 2013
Édition 05 - février 2018
LIBRAIRIE GÉNÉRALE FRANÇAISE
21, rue du Montparnasse - 75298 Paris Cedex 06